Kate Quinn

LE RÉSEAU ALICE

Traduit de l'anglais (États-Unis) par Agnès Jaubert

Hauteville

Hauteville est un label des éditions Bragelonne

Titre original : *The Alice Network*

ISBN : 978-2-8112-2394-6

Bragelonne – Hauteville
60-62, rue d'Hauteville – 75010 Paris

E-mail : info@editions-hauteville.fr
Site Internet : www.editions-hauteville.fr

À ma mère.
Ma première lectrice, ma première critique et ma première fan.
Ce roman est pour toi.

Mer du Nord
GRANDE-BRETAGNE
Amsterdam
PAYS-BAS
Londres
Folkestone
Southampton
ALLEMAGNE
Calais
Roubaix
Bruxelles
Cologne
Lille
Tournai
Siegburg
BELGIQUE
Manche
LUXEMBOURG
Le Havre
Rouen
Paris
FRANCE
SUISSE
Genève
Océan Atlantique
Oradour-sur-Glane
Limoges
Grenoble
ITALIE
Grasse
Nice
Marseille
ANDORRE
ESPAGNE
Mer Méditerranée
0 80 160
ÉCHELLE EN KILOMÈTRES
FRONTIÈRES MODERNES

Partie I

1

Charlie

Southampton, mai 1947

Ma première rencontre, en Angleterre, fut une hallucination. Fidèle compagne, elle m'avait suivie sur le paisible transatlantique qui m'avait amenée, morne et hébétée, de New York à Southampton.

Assise face à ma mère à une table en rotin, au milieu des palmiers en pots du *Dolphin Hotel*, j'essayais d'ignorer une jeune femme blonde. Celle-ci, devant la réception, n'était pas celle que je croyais. Je le savais. C'était juste une Anglaise qui attendait, debout à côté des bagages de sa famille. Et je ne l'avais jamais vue. Ce qui n'empêchait pas mon esprit de tenter de me convaincre du contraire. Je détournai les yeux vers les trois jeunes Anglais qui, à la table voisine, essayaient d'arnaquer leur serveuse.

Arborant la cravate de son université, l'un d'entre eux agitait un billet.

— Cinq ou dix pour cent de pourboire ? demanda-t-il à ses amis, hilares. Je ne laisse un pourboire qu'aux jolies serveuses. Celle-là a les jambes trop maigres.

Je les foudroyai du regard. Sans rien remarquer, ma mère s'exclama :

— *Mon Dieu**! Comme il fait froid et humide pour un mois de mai !

Elle déplia sa serviette. Dans le bruissement de ses jupes parfumées à la lavande, au milieu de nos piles de bagages, elle était la féminité incarnée. Et offrait un sacré contraste avec mes vêtements froissés et mon visage renfrogné.

— Tiens-toi droite, *chérie**. Évite de t'avachir.

Même si elle vivait à New York depuis qu'elle avait épousé mon père, elle n'avait jamais cessé de parsemer ses phrases de mots français.

— Il m'est difficile de m'avachir dans cet accoutrement ! rétorquai-je.

J'étais engoncée dans un corset qui me faisait l'effet d'une sangle de fer. Non qu'il me soit nécessaire étant donné ma minceur de brindille mais, sans cet accessoire de torture, mes innombrables jupons ne tombaient pas gracieusement. Que ce Dior et son *New Look* aillent au diable ! Ma mère, qui s'habillait toujours à la dernière mode, avait la silhouette idéale pour en adopter tous les nouveaux styles : grande, elle était dotée de formes voluptueuses qui mettaient en valeur sa taille fine. Dans son tailleur de voyage à l'ample jupe, elle était d'une élégance de magazine. Vêtue, moi aussi, d'une tenue de voyage à froufrous, je me noyais dans cette profusion de tissus. Avec son *New Look*, cette année 1947 était un enfer pour les petites maigrichonnes ! D'un autre côté, 1947 était un enfer pour toutes celles qui préféraient

---

* Tous les mots en italique suivis d'un astérisque sont en français dans le texte original. (*NdT*)

résoudre des problèmes de mathématiques au lieu de lire *Vogue*. Pour toutes celles qui écoutaient Édith Piaf plutôt qu'Artie Shaw. Et pour toutes celles qui voyaient leurs ventres s'arrondir sans une alliance brillant à leur annulaire gauche...

Et moi, Charlie St Clair, je remplissais ces trois critères. C'était l'autre raison pour laquelle ma mère exigeait que je porte un corset. Même si je n'étais enceinte que de trois mois, elle ne voulait pas prendre le moindre risque de voir mes rondeurs trahir le fait que sa fille était une traînée.

Un coup d'œil à la dérobée de l'autre côté de la cour me confirma que la jeune Anglaise blonde était toujours là. Je persistais à essayer de me convaincre qu'elle n'était pas celle que je pensais. Détournant le regard, je battis furieusement des paupières. Notre serveuse approchait, un sourire aux lèvres.

— Prendrez-vous le thé complet, madame?

En effet, elle avait les jambes décharnées. Alors qu'elle s'éloignait d'un pas preste avec notre commande, nos trois voisins continuaient à déplorer de devoir lui laisser un pourboire.

— Un thé à 5 shillings chacun. Laissons-lui 2 pence, ce sera bien suffisant!

Notre thé ne tarda pas à arriver dans un cliquetis de porcelaine fleurie. Ma mère remercia la serveuse d'un sourire.

— Un peu plus de lait, s'il vous plaît. Merci, ça ira!

À vrai dire, cela n'allait pas si bien. Les scones étaient durs comme de la pierre, les sandwichs rassis et le thé était servi sans sucre: même si la victoire remontait à deux ans, l'Angleterre était toujours soumise au rationnement, et le menu d'un hôtel, même de luxe, ne pouvait excéder les 5 shillings autorisés par repas. Contrairement à New York, les séquelles de la guerre étaient toujours visibles. Des soldats en uniforme traversaient le hall en flirtant avec les femmes de chambre. Et, en descendant du paquebot, une heure auparavant, j'avais remarqué les maisons bombardées qui bordaient le quai, comme un joli sourire gâché par des dents manquantes. Du débarcadère à l'hôtel, l'Angleterre dégageait l'impression de grisaille infinie d'un pays encore exsangue. Hébété. Exactement comme moi.

Je plongeai la main dans la poche de ma veste gris perle et palpai le bout de papier que j'avais toujours sur moi, que je sois en vêtements de jour ou en pyjama. Pourtant, je n'avais pas la moindre idée de la façon dont je pourrais en tirer profit. Que pourrais-je bien en faire ? Une chose était sûre, il me donnait l'impression de peser plus lourd que le bébé que je portais. Je ne me sentais pas du tout enceinte, mon état ne faisait naître en moi aucune émotion concrète. Je ne souffrais pas de nausées matinales, je n'avais pas d'envies étranges comme d'une soupe de pois cassés avec du beurre de cacahuètes, je ne ressentais aucun des autres symptômes habituels d'une grossesse. J'étais juste apathique. Je n'arrivais pas à croire à l'existence de ce bébé car il n'avait rien changé. Hormis le fait qu'il avait bouleversé ma vie.

Les trois étudiants se levèrent de la table voisine sur laquelle ils lancèrent quelques pennies. La serveuse revenait avec du lait. À sa démarche, j'eus l'impression qu'elle avait les pieds douloureux. Alors que les trois jeunes Anglais s'apprêtaient à s'éloigner, je levai les yeux vers eux :

— Excusez-moi.

Surpris, ils se retournèrent.

— Trois thés à 5 shillings égalent 15 shillings. Avec cinq pour cent de pourboire, vous lui laisseriez 9 pennies. Mais avec dix pour cent, elle aurait 1 shilling et 6 pennies.

Ils me dévisagèrent, l'air ébahi. J'étais habituée à ce regard. Personne n'imaginait une fille capable de compter, encore moins de tête, même pour une opération aussi simple. Mais j'avais fait des études de maths à Bennington. J'avais le sens des chiffres. Contrairement aux gens, les chiffres étaient ordonnés, rationnels, faciles à comprendre. Et, quelle que soit la somme, je pouvais l'additionner plus vite que n'importe quelle machine au monde.

— 9 pennies ou 1 shilling et 6 pennies, répétai-je sur un ton las aux garçons qui ne me quittaient pas des yeux. Faites preuve d'élégance. Laissez-lui 1 shilling et 6 pennies.

Ils s'éloignèrent avec une expression revêche.

— Charlotte ! me rabroua ma mère. Cela ne se fait pas du tout !

— Pourquoi ? J'ai dit : « Excusez-moi ! »

— Tout le monde ne laisse pas de pourboire. Et tu n'aurais pas dû t'en mêler. Personne n'aime les femmes autoritaires.

Ni les étudiantes en maths, ni les filles qui se retrouvent enceintes, ni… Mais trop éreintée pour discuter, je refoulai mes protestations. Plus longue que prévu en raison de la mer agitée, notre traversée de l'Atlantique en cabine de luxe avait duré six jours. Six journées ponctuées par une alternance de querelles pleines de tension et d'une courtoisie encore plus gênante. Par mes silences lourds d'une honte sous-jacente et la rage silencieuse qui consumait ma mère. Voilà pourquoi nous avions sauté sur l'occasion de débarquer pour une seule nuit. Si nous n'étions pas sorties de cette cabine confinée, nous aurions fini par nous étriper.

C'était l'expression utilisée par Rose, ma cousine française, des années auparavant : « *Ta mère a toujours besoin d'étriper quelqu'un.* » Ce jour-là, maman nous avait soumises à un discours de dix minutes pour avoir écouté un disque d'Édith Piaf. « *Ce n'est pas de la musique pour les petites filles, c'est indécent.* »

Eh bien, depuis, j'avais poussé l'indécence bien plus loin que d'écouter du jazz français ! Désormais, pour oublier, je refoulais mes émotions jusqu'à devenir insensible et, feignant l'indifférence la plus totale, devenais provocante. Mais si ces goujats qui roulaient sans vergogne une serveuse m'avaient prise pour un dragon, ma mère avait la capacité de transpercer cette carapace.

Elle bavardait maintenant, se plaignant de notre traversée.

— … savais que nous aurions dû prendre le bateau suivant. Cela nous aurait amenées directement à Calais et nous aurait évité cette stupide escale en Angleterre.

Je gardai le silence. Après cette halte à Southampton, nous devions arriver le lendemain à Calais où nous prendrions un train pour la Suisse. Ma mère avait pris un certain rendez-vous sous le sceau du secret dans une clinique de Vevey. *Sois reconnaissante, Charlie*, me répétai-je pour la millième fois. *Rien ne l'obligeait à t'accompagner.* J'aurais pu être expédiée en Suisse avec la secrétaire de mon père ou quelque autre personne totalement indifférente que l'on aurait payée pour m'escorter. Ma mère n'aurait pas eu à renoncer à ses habituelles vacances à Palm Beach pour m'y conduire elle-même. *Elle est ici avec toi. Elle fait un effort.* J'aurais pu l'apprécier, même si, à force de ruminer ma colère et ma honte, j'avais l'esprit embrumé. Après tout, avait-elle tort d'être aussi furieuse ? De me considérer comme une traînée, une perturbatrice ? N'était-ce pas l'étiquette que l'on collait sur les filles qui se retrouvaient dans ce pétrin ? Alors, autant en prendre mon parti.

Maman continuait à parler, visiblement déterminée à rester enjouée.

— J'ai pensé que nous pourrions aller à Paris après ton Rendez-vous.

Chaque fois qu'elle prononçait ce mot, j'entendais la majuscule.

— Pour t'acheter une garde-robe convenable. Changer ta coupe de cheveux.

Ce qui voulait dire, en réalité : « Tu feras ta rentrée avec un nouveau style très chic et personne ne se doutera de ton Petit Problème. »

— Je ne vois vraiment pas cette équation s'équilibrer, maman.

— Que diable veux-tu dire ?

Avec un soupir résigné, je répondis :

— Une étudiante de deuxième année de licence, moins un petit fardeau, divisé par six mois, multiplié par dix robes Dior et une nouvelle coupe de cheveux, n'égale pas comme par magie une réputation blanchie.

— La vie n'est pas un problème de maths, Charlotte ! me rembarra-t-elle.

Si cela avait été le cas, j'aurais été bien plus avisée. J'avais souvent regretté de ne pas être aussi douée pour cerner les gens que je l'étais pour résoudre un problème d'arithmétique : de ne pouvoir me contenter de les décomposer en dénominateurs communs et de les résoudre. Les chiffres ne mentaient pas ; il y avait toujours une solution, et la solution était soit juste soit fausse. C'était simple. Mais rien dans la vie n'était simple et, dans ce cas précis, je n'avais aucune opération à faire pour trouver une solution. Il y avait juste moi, et le désordre que je représentais, assise à une table face à ma mère qui ne partageait aucun dénominateur commun avec sa fille.

Sans se départir du sourire rayonnant qui dissimulait à quel point elle me maudissait, elle buvait son thé froid.

— Je vais aller me renseigner pour savoir si nos chambres sont prêtes. Tiens-toi droite ! Et surveille ta valise. Elle contient les perles de ta grand-mère.

Elle s'éloigna d'un pas léger en direction du long comptoir de marbre derrière lequel s'affairaient des réceptionnistes zélés et je pris ma mallette de voyage. Sous l'écrin plat qui contenait mes perles (seule maman pouvait insister pour que j'emporte des perles dans une clinique suisse) se trouvait un demi-paquet de gauloises. J'aurais volontiers laissé les bagages et les perles sans surveillance pour sortir fumer une cigarette. Ma cousine Rose et moi avions fumé notre première gauloise aux âges respectifs de treize et onze ans. Nous avions piqué un paquet à mon frère aîné et avions escaladé un arbre pour essayer en cachette ce vice de grande personne.

— Est-ce que je ressemble à Bette Davis ? m'avait demandé Rose en essayant de souffler la fumée par le nez.

M'étouffant à ma première bouffée, j'avais piqué un tel fou rire que j'avais failli tomber de ma branche.

— Tu es idiote, Charlie ! m'avait-elle lancé en me tirant la langue.

Rose était la seule personne qui, ignorant le prénom Charlotte, me surnommait Charlie, avec cette charmante intonation française.

C'était Rose, bien sûr, qui m'observait de l'autre côté de la cour de l'hôtel. Et ce n'était pas Rose, mais juste une Anglaise affalée sur une pile de bagages. Pourtant, mon cerveau s'entêtait à me marteler que c'était ma cousine : treize ans, blonde, belle comme un cœur. C'était l'âge qu'elle avait lorsque je l'avais vue lors de ce dernier été, assise dans cet arbre, fumant sa première cigarette.

Elle serait plus âgée, aujourd'hui. Elle aurait vingt et un an. Et j'en avais dix-neuf.

Si elle était toujours vivante.

Sachant que je devrais détourner les yeux, que je me faisais du mal, je chuchotai :

— Rose. Oh, Rose !

Dans mon imagination, elle esquissa un sourire espiègle et, d'un mouvement de menton, me montra la rue, devant l'hôtel.

« *Va !* »

— Où ? demandai-je à voix haute.

Pourtant, je le savais déjà. Je plongeai ma main dans ma poche et sentis la feuille de papier qui ne me quittait pas depuis un mois. À l'origine craquante et gaufrée, elle était devenue douce et souple à force d'usure. Elle indiquait une adresse. Je pourrais…

Ne sois pas stupide. Tu sais que tu ne vas nulle part, sinon au premier étage. La voix de ma conscience était tranchante, réprobatrice. Une chambre d'hôtel m'attendait avec des draps frais, une chambre que je n'aurais pas à partager avec ma mère que sa rage refoulée rendait affreusement irascible. Un balcon où je pourrais fumer en paix. Un autre bateau à prendre demain, puis le « Rendez-vous », comme disaient mes parents par euphémisme. Le « Rendez-vous » allait régler mon « Petit Problème » et tout serait « Arrangé ».

Ou bien, je pouvais décider que rien ne serait Arrangé. Et je pourrais partir, sans plus attendre, et m'engager dans la voie qui commençait ici, en Angleterre.

« *Tu l'avais prévu. Tu sais que tu l'avais programmé* », chuchota Rose. Et c'était vrai. En dépit de la sourde détresse qui m'avait accablée ces dernières semaines, j'avais insisté pour prendre le bateau qui ferait escale à Southampton, au lieu du suivant qui nous aurait amenées directement en France. J'avais insisté sans chercher à réfléchir à la raison qui motivait ma requête. Parce que j'avais une adresse britannique au fond de ma poche. Et maintenant que je n'en étais plus séparée par un océan, il ne me manquait plus que le courage de m'y rendre.

L'Anglaise inconnue qui n'était pas Rose se dirigeait maintenant vers l'escalier de l'hôtel, derrière un groom chargé de ses bagages. Frôlant le bout de papier, je regardai l'endroit où ma cousine s'était tenue. Des émotions en dents de scie me secouaient de mon hébétude. Peur ? Espoir ? Détermination ?

Une adresse gribouillée plus un soupçon de détermination multiplié par dix.

Calcule l'équation, Charlie.

Décompose-la.

Résous-la pour X.

Maintenant ou jamais.

Je pris une profonde inspiration et sortis le bout de papier de ma poche, laissant échapper un billet d'une livre sterling froissé. Résolument, je le posai sur la table où les étudiants râleurs avaient laissé leur maigre pourboire et sortis de la cour de l'hôtel en serrant fort ma mallette qui contenait mes cigarettes françaises. Sans la moindre hésitation, je franchis les grandes portes qui donnaient sur la rue et demandai au concierge :

— Pardon, pourriez-vous m'indiquer la gare ?

Ce n'était pas la meilleure idée de ma vie. J'étais une jeune fille seule dans une ville inconnue. Ces dernières semaines, ma perpétuelle malchance m'avait plongée dans un tel état de stupeur – le Petit Problème, les hurlements en français de ma mère, le silence glacial de mon père – que j'aurais volontiers suivi n'importe qui n'importe où. J'aurais été prête à me jeter d'une falaise, ahurie et docile, indifférente, et ne me serais étonnée qu'arrivée à mi-chemin de la chute. Aspirée par le trou noir que ma vie était devenue, je tournoyais sans relâche dans le vide. Mais, maintenant, j'avais agrippé une poignée.

Certes, c'était une poignée en forme d'hallucination. Une vision qui me poursuivait depuis des mois, fruit de mon imagination qui collait obstinément le visage de Rose à chaque jeune fille blonde que je croisais. La première fois, j'avais paniqué. Non parce que je pensais avoir vu son fantôme mais parce que je m'étais crue frappée de démence. J'étais peut-être folle, mais je ne voyais pas de fantômes. Parce que, en dépit de ce qu'affirmaient mes parents, j'étais convaincue que Rose n'était pas morte.

M'accrochant à cet espoir, je me hâtai le long de la rue en direction de la gare, sur les hautes semelles de liège de mes chaussures si peu pratiques *(« Toujours des talons hauts pour une fille aussi petite que toi,* ma chère*, *sinon tu ressembleras toute ta vie à une enfant. »)* Je fendis la foule des travailleurs qui se dirigeaient vers les quais d'un pas conquérant, des vendeuses élégantes, des soldats qui s'attardaient au coin des rues. Je pressai le pas jusqu'à avoir le souffle court et laissai l'espoir me gonfler la poitrine au point de la rendre douloureuse, jusqu'à en avoir les yeux brûlants.

Rebrousse chemin, me soufflait la voix sévère de ma conscience. *Tu le peux encore.* Regagner la chambre d'hôtel, retrouver ma mère et m'en remettre à toutes ses décisions, m'isoler dans mon engourdissement cotonneux. Mais je continuais à avancer d'un pas vif. J'entendis le sifflement d'un train, sentis l'odeur des cylindres, aperçus les volutes de vapeur. Terminus Southampton. Des hordes de passagers descendaient des wagons ; des hommes coiffés de Borsalino, des enfants grognons aux joues rouges, des femmes protégeant du crachin leurs cheveux crantés à l'aide de journaux froissés. Depuis quand pleuvait-il ? Ignorant ma chevelure brune qui s'aplatissait sur le col de ma veste, je continuai ma progression et entrai en courant dans la gare.

Un conducteur de train criait quelque chose. Un départ dans moins de dix minutes, direct pour Londres.

Je jetai un nouveau coup d'œil au morceau de papier que je serrais dans ma main.

N° 10 Hampson Street, Pimlico, Londres. Evelyn Gardiner.

Qui pouvait-elle bien être ? Je n'en avais pas la moindre idée.

Au *Dolphin*, ma mère devait déjà me chercher, accablant le personnel de l'hôtel de monologues impérieux. Mais cela m'était égal. Je n'étais qu'à soixante-quinze miles du n° 10 Hampson Street à Londres, et un train attendait sous mes yeux.

— Cinq minutes ! brailla le conducteur.

Les passagers se hâtèrent de monter, traînant leurs bagages.

Si tu n'y vas pas maintenant, tu n'iras jamais, m'exhortai-je.

Sans plus tergiverser, j'achetai un billet, montai dans le train et, en un clin d'œil, fus engloutie dans la fumée.

Alors que le crépuscule tombait, l'intérieur du wagon se fit glacial. Je partageais mon compartiment avec une dame âgée et ses trois petits-enfants qui ne cessaient de renifler. La grand-mère jeta un coup d'œil désapprobateur à ma main dégantée, sans alliance, comme si elle essayait de deviner quel genre de fille prenait le train pour Londres, seule. Étant donné les exigences de la guerre, il ne devait pas être rare de voir une demoiselle voyager seule. Néanmoins, il était manifeste qu'elle n'approuvait pas ma présence.

— Je suis enceinte, lui annonçai-je à son troisième coup d'œil désapprobateur à ma main gauche. Vous souhaitez changer de place ?

Elle se raidit et, drapée dans sa dignité, descendit à l'arrêt suivant, entraînant ses petits-enfants, indifférente à leurs pleurnicheries : « Nana, nous ne sommes pas censés descendre avant… » Quand, une dernière fois, je croisai son regard sévère, je la défiai du menton pour lui signifier à quel point je me moquais de son opinion. La portière claqua. Restée seule, je me calai de nouveau dans mon siège et pressai mes mains sur mes joues rouges. Troublée, j'avais le vertige. Je me sentais à la fois pleine d'espoir et coupable. J'avais l'impression d'être engloutie dans un océan d'émotions et me pris à regretter ma carapace d'hébétude. Qu'est-ce qui ne tournait pas rond chez moi ?

T'enfuir en Angleterre avec une adresse et un nom, martelait la voix réprobatrice. *Que penses-tu faire ? Tu es une telle loque, tellement démunie, comment es-tu censée pouvoir aider quiconque ?*

Je tressaillis. Je n'étais pas démunie.

Si. Tu l'es. La dernière fois que tu as essayé d'aider quelqu'un, regarde ce qui s'est passé !

— Et maintenant, j'essaie de nouveau, répliquai-je à voix haute dans le compartiment vide.

J'étais peut-être une loque, j'étais peut-être démunie, mais j'étais dans ce train. J'avais fait le grand saut.

Quand je descendis à Londres, titubant de faim et de fatigue, la nuit était tombée. D'un pas lourd, je me mis à marcher dans la rue. La ville s'étendait devant moi, énorme masse sombre et enfumée. Au loin, je discernai l'horloge de Westminster. Un moment, je restai en contemplation, indifférente aux voitures qui m'éclaboussaient. À quoi pouvait bien ressembler la ville sous le feu des Spitfires et des Messerschmitts, quelques années auparavant ? Puis je revins au moment présent. Je n'avais pas la moindre idée d'où se trouvaient Pimlico et le 10 Hampson Street. Je hélai un taxi, priant pour que les quelques pièces qui restaient dans mon porte-monnaie suffisent. L'idée de devoir arracher une perle du collier de ma grand-mère pour une course en taxi ne me réjouissait pas outre mesure. Peut-être que je n'aurais pas dû laisser une livre sterling à la serveuse du *Dolphin*. Mais je ne le regrettais pas.

Le chauffeur me conduisit jusqu'à un quartier qu'il m'annonça comme étant Pimlico et me déposa devant une rangée de hautes maisons. La pluie tombait dru. Je balayai les lieux du regard, en quête de mon hallucination, mais n'aperçus aucun éclair de cheveux blonds. Juste une rue sombre derrière un rideau de pluie tenace et les marches usées du n° 10 qui conduisaient à une porte défraîchie dont la peinture s'écaillait. Tirant ma valise, je la hissai en haut de l'escalier et, avant que le courage ne vienne à me manquer, je frappai.

Pas de réponse. Je frappai de nouveau. La pluie avait redoublé et je sentis le désespoir me submerger. Je continuai à tambouriner sur le heurtoir à en avoir mal à la main, jusqu'à ce que je remarque l'imperceptible mouvement d'un rideau derrière une fenêtre de côté.

Aveuglée par les gouttes, je secouai la poignée et hurlai :

— Je sais qu'il y a quelqu'un ! Laissez-moi entrer !

À ma grande surprise, je la vis tourner et je me précipitai à l'intérieur d'un couloir obscur. Trébuchant sur mes sandales, je tombai la tête la première, sur les genoux, déchirant mes bas de soie. La porte se referma et j'entendis le clic d'un pistolet que l'on armait.

Rocailleuse et avinée, une voix à l'intonation féroce me demanda sourdement :

— Qui êtes-vous et que venez-vous faire ici, bordel ?

La lumière floue des réverbères à travers les rideaux éclairait partiellement l'entrée sombre. Je distinguai une grande silhouette décharnée, des cheveux en bataille, le bout incandescent d'une cigarette. Un éclat de lumière se refléta sur un pistolet pointé droit sur moi.

J'aurais dû être terrifiée, sous le choc de la surprise, de l'arme, du langage. Mais la fureur avait balayé les dernières traces de l'hébétement qui m'avait embrumé l'esprit. Je repliai mes jambes pour me relever, mes bas déchirés pendouillant.

— Je cherche Evelyn Gardiner.

— Je me fiche bien de qui vous cherchez ! Si vous ne me dites pas pourquoi une foutue Ricaine vient forcer ma porte, je vous descends. Je suis vieille et je suis soûle mais mon pistolet est un Luger neuf millimètres P08 en excellent état. Ivre ou pas, je peux viser et vous tirer une balle dans le crâne !

J'écartai mes cheveux mouillés de mes yeux et me présentai :

— Je m'appelle Charlie St Clair. Ma cousine Rose Fournier a disparu en France il y a quatre ans. Vous êtes peut-être la personne qui pourra m'aider à la retrouver.

Soudain, la lampe au mur s'alluma. Éblouie par la lumière crue, je clignai des yeux. Je me trouvai nez à nez avec une grande femme efflanquée, vêtue d'une robe d'intérieur d'un rose fané, ses mèches grises pendouillant autour d'un visage ravagé par le temps. Elle aurait pu aussi bien avoir cinquante ans que soixante-dix ans. D'une main, elle tenait son Luger, de l'autre, une cigarette allumée. Tout en gardant le pistolet braqué sur mon front, elle porta la cigarette à ses lèvres pour en tirer une longue bouffée. En voyant ses mains, je sentis une boule se former dans ma gorge. Juste ciel ! Que leur était-il arrivé ?

—Je suis Eve Gardiner, finit-elle par dire. Et je ne sais rien de votre cousine.

—Peut-être que si, plaidai-je, en désespoir de cause. Peut-être que si. Si vous acceptiez juste de me parler.

Ses yeux gris orage sous des paupières alourdies m'évaluaient comme aurait pu le faire un oiseau de proie dédaigneux.

—C'est ça, votre idée, jeune Ricaine ? Vous surgissez chez moi à la nuit tombée, sans aucun plan, et, je suis prête à le parier, sans argent, au cas où, par hasard, je saurais quelque chose de votre a… amie disparue ?

—Oui.

Face à son pistolet et à sa colère, j'aurais été incapable d'expliquer pourquoi la possibilité de retrouver Rose consumait soudain ma pitoyable vie. Je ne pouvais expliquer ce désespoir aussi étrange que violent. Ni pourquoi je l'avais laissé me conduire jusqu'ici. Je ne pouvais que dire la vérité.

—Il fallait absolument que je vienne.

—Eh bien, je suppose que vous allez vouloir du t… thé, bégaya Eve Gardiner en baissant son arme.

— Oui, un thé serait…

— Je n'en ai pas.

Elle pivota sur ses talons et, d'une démarche désinvolte, s'enfonça à grands pas dans les ténèbres du couloir. Ses pieds nus ressemblaient à des serres d'aigle. Elle titubait un peu, le Luger se balançant librement à son côté. Et je vis qu'elle avait toujours un doigt sur la gâchette. Une folle. La vieille chouette était folle.

Quant à ses mains… elles étaient monstrueuses : deux masses bosselées, chaque phalange déformée et grotesque, elles ressemblaient à des pinces d'écrevisse.

— Suivez-moi ! lança-t-elle sans se retourner.

Je me hâtai d'obéir. Elle ouvrit une porte et alluma une lampe qui éclaira un salon glacé. L'âtre était éteint, les rideaux tirés empêchaient tout éclat de lumière provenant de la rue de s'immiscer à l'intérieur. Partout, de vieux journaux et des mugs de thé sales traînaient, en un désordre indescriptible.

— Madame Gardiner…

— Mademoiselle !

Elle s'affala dans un fauteuil élimé qui trônait au milieu de la pagaille et lança son pistolet sur la table voisine. Je tressaillis d'effroi mais l'arme ne se déclencha pas.

— Vous pouvez m'appeler Eve. En fo… forçant ma porte, vous avez forcé l'intimité de ma vie, ce qui vous rend déjà antipathique. Que me voulez-vous ?

— Je n'avais pas l'intention de forcer votre…

— Si, c'est ce que vous avez fait. Vous voulez quelque chose et vous êtes prête à tout. Alors ?

Je pris place sur un coussin. Soudain, je ne savais plus par où commencer. Je m'étais tellement concentrée sur mon périple que j'étais maintenant à court de mots. Deux filles et onze étés divisés par un océan et une guerre…

—All… allons, racontez.

Je remarquai son léger bégaiement. Était-il dû à sa consommation d'alcool ou à un défaut d'élocution ? J'aurais été bien incapable de le dire. Elle prit la carafe en cristal à côté du pistolet, la déboucha maladroitement de ses doigts noueux, et je sentis l'odeur du whisky.

—D'ici quelques heures, je serai ivre. Je vous suggère donc d'en profiter tant que je suis lucide.

Je réprimai un soupir. J'avais affaire non seulement à une vieille folle, mais à une vieille folle alcoolique. J'avais imaginé qu'une femme qui répondait au nom d'Evelyn Gardiner serait coiffée d'un chignon bas et habiterait un pavillon flanqué de haies de troène. J'étais loin de m'attendre à me trouver face à une ivrogne armée d'une carafe de whisky et d'un pistolet chargé.

—Vous permettez que je fume ?

Elle haussa une épaule maigre. Tout en l'observant, je sortis mes gauloises de mon sac. Elle cherchait un verre. N'en trouvant pas à portée de main, elle versa une mesure du liquide ambré dans une tasse à thé fleurie. À la fois fascinée et consternée, j'allumai ma cigarette sans la quitter des yeux. *Seigneur ! Qui êtes-vous ?*

Soutenant mon regard, elle me rabroua d'un ton brusque :

—On ne fixe pas les gens. Cela ne se fait pas. Bon sang, toutes ces fanfreluches que vous portez ! C'est comme ça que s'habillent les femmes, aujourd'hui ?

—Vous ne sortez jamais ?

La question avait franchi mes lèvres malgré moi.

—Je sors peu.

— C'est le *New Look*. Ça vient de Paris.

— Ça a l'air sa… sacrément inconfortable.

— Ça l'est.

Je tirai sans conviction une bouffée de ma cigarette et poursuivis :

— Bien. Je m'appelle Charlie St Clair. Charlotte, en fait. J'arrive tout juste de New York.

Je n'osais imaginer ma mère à cet instant précis. Elle devait être furieuse, folle d'inquiétude, et prête à me scalper. Mais je repoussai ces pensées.

— Mon père est américain, ma mère française. Avant la guerre, nous passions nos étés en France, avec mes cousins français. Des Parisiens qui avaient pour villégiature une maison de campagne près de Rouen.

— Votre enfance ressemble à un pique-nique de Degas, fit remarquer Eve en buvant une gorgée de whisky. Essayez de pimenter un peu votre récit ou je vais me mettre à boire beaucoup plus vite.

Oui, nos vacances avaient un parfum de tableau de Degas. Si je fermais les yeux, les images floues de ces longs étés normands surgissaient dans mon esprit : les rues étroites et sinueuses, les vieux *Figaro* traînant dans la grande maison de famille, pleine de coins et de recoins, avec ses greniers bourrés à craquer et ses canapés râpés. Les rayons du soleil qui, filtrant à travers les rideaux de verdure, accrochaient des paillettes dorées aux grains de poussière.

Des larmes me picotant les paupières, je repris :

— Rose Fournier est ma cousine germaine. Mais elle est comme une grande sœur. Bien qu'elle ait deux ans de plus que moi, elle ne m'a jamais ignorée. Nous partagions tout, n'avions aucun secret l'une pour l'autre.

Deux fillettes dans leurs robes d'été tachées d'herbe qui jouaient à chat perché, grimpaient aux arbres et livraient de féroces batailles à leurs frères qui se liguaient contre elles. Puis deux pré-adolescentes : Rose avec ses seins naissants, moi, toujours gauche, avec mes genoux écorchés. Ensemble, nous écoutions des disques de jazz et piquions des fous rires en évoquant notre béguin pour Errol Flynn. Rose, l'intrépide, m'entraînait dans mille aventures audacieuses, et moi, son ombre dévouée, qu'elle protégeait comme une lionne ses petits, quand ses idées m'attiraient des ennuis. Soudain, sa voix me parvint, si claire que j'eus l'impression qu'elle était debout dans la pièce : « *Charlie, va te cacher dans ma chambre. Je vais recoudre ta robe avant que ta mère s'aperçoive de cet accroc. Je n'aurais pas dû t'emmener escalader ces rochers.* »

Celle d'Eve Gardiner me ramena au présent.

— De grâce, ne pleurez pas ! lança-t-elle. Je ne supporte pas les pleurnicheuses.

— Moi non plus.

Bien trop ahurie pour pleurer, je n'avais pas versé une larme depuis des semaines. Mais, maintenant, mes yeux me brûlaient.

— C'est en 1939 que nous avons passé notre dernier été ensemble. Tout le monde s'inquiétait de la situation en Allemagne. À part nous. Rose avait treize ans, moi onze. Nous ne voulions qu'une chose, filer en catimini au cinéma l'après-midi. Ça nous semblait bien plus important que les actualités. La Pologne a été envahie juste après mon retour aux États-Unis. Mes parents voulaient que Rose et sa famille nous rejoignent mais mon oncle et ma tante hésitaient. Ma tante était convaincue d'être trop fragile pour voyager. Avant qu'ils aient pu prendre leurs dispositions, la France est tombée.

Eve prit une autre gorgée de whisky. Elle me regardait sans cligner des yeux. D'une main tremblante, je tirai une autre bouffée de ma cigarette.

—J'ai reçu des lettres. Le père de Rose était un industriel, un homme important. Il avait des relations. Ils pouvaient donc nous faire passer des messages de temps en temps. Rose semblait joyeuse. Elle parlait constamment de nos retrouvailles. Mais nous suivions les nouvelles, nous savions tous ce qui se passait en France : le couvre-feu à Paris, les gens que l'on embarquait dans des camions et qui ne revenaient jamais. Je lui écrivais en la suppliant de me dire si elle allait vraiment bien et elle me répondait toujours que oui mais...

Au printemps 1943, nous avions échangé des photos. Nous ne nous étions pas vues depuis longtemps. Rose avait dix-sept ans. Souriant à l'objectif, elle avait pris une pose de pin-up. Et elle était si jolie. J'avais toujours le cliché, aux coins usés et racornis, dans mon portefeuille.

—Dans sa dernière lettre, elle me parlait d'un garçon qu'elle voyait en cachette. Elle disait qu'il y avait eu beaucoup d'action. C'était au début de 1943. Ensuite je n'ai plus eu de nouvelles. Ni d'elle ni du reste de sa famille.

Eve m'écoutait, son visage ravagé impassible, sans la moindre lueur d'émotion dans le regard. J'aurais été incapable de dire si elle ressentait de la pitié, du mépris, ou l'indifférence la plus totale.

Ma cigarette finissait de se consumer. J'aspirai une dernière longue bouffée et l'écrasai dans une soucoupe de tasse à thé qui débordait déjà de mégots.

—Je savais que son silence ne voulait rien dire. Le courrier en temps de guerre est un vrai cauchemar. Il nous suffisait d'attendre le retour de la paix et les lettres recommenceraient à passer. Mais la fin de la guerre est arrivée sans apporter plus de nouvelles.

Le silence persistait. Je réprimai un soupir. Je n'avais pas pensé qu'il me serait si difficile de raconter mon histoire.

—Nous avons fait des recherches qui ont pris un temps fou mais nous avons obtenu des réponses. Mon oncle français est mort en 1944, fusillé alors qu'il essayait de se procurer des médicaments au marché noir pour ma tante. Mes deux cousins, les frères de Rose, ont péri en 1943, dans un bombardement. Ma tante est toujours vivante. Ma mère voulait qu'elle vienne vivre avec nous, mais elle a refusé. Préférant se murer dans sa maison, près de Rouen. Quant à Rose…

Ma voix s'étrangla. Je la revis franchir le mur de verdure des arbres en sautillant. Passer une brosse dans ses boucles indisciplinées, jurer en français. Et dans ce café provençal, le jour le plus heureux de toute ma vie…

—Rose a disparu. Elle a quitté sa famille en 1943. Je ne sais même pas pourquoi. Après cela, c'est le néant. Mon père a lancé une enquête, mais… plus rien.

La voix rocailleuse d'Eve s'éleva, me prenant un peu par surprise après mon long monologue.

—Ce conflit a généré beaucoup de « plus rien ». Beaucoup de gens ont disparu. Vous ne pensez quand même pas qu'elle est encore en vie ? Ça fait deux ans que cette fou… foutue guerre est finie.

Je serrai les dents. Mes parents étaient depuis longtemps arrivés à la conclusion que Rose devait être morte, disparue dans le chaos de la guerre, et il y avait de fortes chances pour qu'ils aient raison mais…

—Nous n'en sommes pas sûrs.

— Ne me dites pas que vous l'auriez sen… senti, si elle était morte, railla-t-elle en levant les yeux au ciel.

— Vous n'êtes pas obligée de me croire. Je vous demande juste de m'aider.

— Pourquoi ? Qu'est-ce que ça a à voir a… avec moi, bon sang ?

— Parce que les dernières recherches menées par mon père l'ont conduit à Londres. Il cherchait à savoir si Rose avait traversé la Manche. Il y avait un bureau qui aidait à localiser les réfugiés.

Je pris une profonde inspiration et ajoutai :

— Vous y travailliez.

— En 1945 et 1946, précisa-t-elle en remplissant de nouveau sa tasse à fleurs de whisky. J'ai été renvoyée à Noël dernier.

— Pourquoi ?

— Peut-être parce que je suis arrivée au travail ivre. Peut-être parce que j'ai traité ma responsable de vieille garce méchante.

Je ne pus m'empêcher d'avoir un geste de recul. Jamais je n'avais entendu personne jurer comme Eve Gardiner, et surtout pas une femme.

Faisant tourner son whisky dans sa tasse, elle poursuivit :

— Bien, je suppose que le dossier sur votre cousine est passé sur mon bureau ? Je ne me rap… rappelle pas. Comme je vous le disais, j'arrivais souvent au bureau soûle.

Je n'avais jamais vu, non plus, une femme boire autant. Ma mère buvait du sherry, mais jamais plus de deux petits verres. Eve avalait du whisky pur comme si c'était de l'eau et elle commençait à marmonner. Peut-être était-ce la cause de son léger bégaiement.

Voyant que j'étais sur le point de la perdre par manque d'intérêt, ou noyée dans les brumes de l'alcool, je plaidai, éperdue :

— J'ai reçu une copie du rapport sur Rose. Il portait votre signature. C'est ainsi que j'ai eu votre nom. J'ai téléphoné en me faisant passer pour votre nièce américaine. On m'a donné votre adresse. Je m'apprêtais à vous écrire mais…

C'était au moment où mon Petit Problème avait germé dans mon ventre.

— Vous êtes sûre de ne pas vous souvenir d'autres informations concernant Rose ?

— Écoutez, ma fille. Je ne peux pas vous aider.

— N'importe quel détail. En 1943, elle a quitté Paris. Au printemps suivant, elle était à Limoges. Nous l'avons su par sa mère…

— J'ai dit que je ne pouvais pas vous aider.

— Vous le devez !

Je m'aperçus soudain que je m'étais levée. Je sentais mon ventre lourd d'un désespoir bien plus dense que l'ombre irréelle qu'était mon bébé.

— Vous devez m'aider ! Je ne partirai pas sans votre aide ! Rose Fournier ! Elle était à Limoges, elle avait dix-sept ans…

Jamais de ma vie, je n'avais invectivé un adulte. Pourtant, j'étais en train de crier.

Eve qui s'était levée à son tour me toisait de toute sa haute taille. Enfonçant l'un de ses doigts abjects sous ma poitrine, elle me répliqua, sa voix d'un calme glaçant :

— Ne haussez pas le ton chez moi !

— Et elle a vingt et un ans, et elle est blonde, belle, drôle.

— Elle pourrait être Jeanne d'Arc, ça m'est égal. Sa vie ne me regarde pas, la vôtre non plus.

— Elle travaillait dans un restaurant qui s'appelait *Le Léthé*, dont le propriétaire était un certain M. René. C'est tout ce que nous savons.

Malgré le masque indéchiffrable de l'Anglaise, je vis soudain une ombre passer sur son visage. Comme un imperceptible remous remontant des profondeurs d'un lac. Pas même un frisson. Mais son trouble, si infime fût-il, ne m'échappa pas. Elle me regarda, les yeux soudain scintillants.

— Qu'y a-t-il ?

Ma poitrine se soulevait comme si j'avais couru un cent mètres, je sentais mes joues rouges d'émotion, mes côtes prêtes à faire éclater le carcan de fer de mon corset.

— « *Le Léthé* », murmura-t-elle. Je connais ce nom. Comment dites-vous que s'appelait le propriétaire ?

J'ouvris précipitamment ma valise, repoussai les vêtements et tirai ma pochette de la doublure. J'en sortis deux feuilles de papier pliées en quatre que je lui tendis.

Eve parcourut le court rapport sur la première, au bas de laquelle s'étalait son propre nom.

— Je ne vois le nom de ce restaurant nulle part.

— Je l'ai découvert plus tard. Regardez mes notes sur la deuxième page. J'ai téléphoné au bureau dans l'espoir de vous parler, mais vous étiez déjà partie. J'ai convaincu l'employée de chercher dans les dossiers l'origine de ces renseignements. Elle m'a alors communiqué le nom *Le Léthé*, dont le propriétaire était un certain M. René, sans nom de famille. C'était un gribouillis illisible, c'est peut-être la raison pour laquelle il n'est pas dans le rapport. Mais j'ai supposé que si vous l'aviez signé, vous aviez vu cette information.

— Eh bien, vous vous êtes trompée. Si je l'avais vue, je ne l'aurais pas cla… classée, assura-t-elle, en contemplation devant mes notes. Mais *Le Léthé*… c'est un nom que je connais.

L'espoir était une émotion douloureuse. Tellement plus douloureuse que la colère.

—Comment?

Eve déboucha de nouveau sa carafe, versa du whisky dans sa tasse et la vida. Puis, après l'avoir de nouveau remplie, elle resta immobile, les yeux perdus dans le vague.

—Sortez de chez moi!

—Mais…

—Vous pouvez dormir ici, si vous n'avez nulle part où all… aller. Mais vous avez intérêt à être partie demain matin, Ricaine!

Sans crier gare, elle reprit son arme à la vitesse de l'éclair et, pour la deuxième fois de la soirée, je me trouvai face à un pistolet pointé dans ma direction. J'eus un mouvement de recul mais elle fit un pas en avant et pressa le canon entre mes yeux. Le cercle froid me picota la peau.

—Vieille folle! chuchotai-je.

—Oui, approuva-t-elle d'une voix rauque. Et si vous n'êtes pas partie à mon réveil, je vous tuerai.

Titubant, elle sortit du salon et s'engagea dans le couloir sans tapis.

2

Eve

Londres, mai 1915

La chance surgit dans la vie d'Eve Gardiner sous la forme d'un gentleman en costume de tweed.

Ce matin-là, il était 9 h 10 quand elle entra discrètement dans le bureau de l'avocat qui l'employait. Sir Francis Galborough ne remarqua même pas ses dix minutes de retard. Passionné de courses, il ne s'intéressait quasiment qu'aux pages hippiques de ses journaux.

— Voilà vos dossiers, ma chère, lui déclara-t-il.

Elle prit la pile de ses mains fines : grande, elle avait les cheveux châtains, une peau de pêche et des yeux de biche d'une douceur trompeuse.

— Bien, mons… monsieur.

Le S était une lettre difficile à prononcer. Elle se félicita d'y être parvenue en deux tentatives seulement.

Du menton, il désigna l'officier dégingandé assis en face de lui, de l'autre côté de son bureau.

— Et le capitaine Cameron veut vous donner une lettre à taper en français. Vous devriez l'entendre bavarder en français! ajouta-t-il à l'intention de son visiteur. Mlle Gardiner est une vraie perle. Elle est à moitié française! Pour ma part, je suis bien incapable de prononcer un seul mot de la langue des *Frogs*.

Souriant, le capitaine jouait avec sa pipe.

—Moi non plus, renchérit-il, je n'en connais pas un mot. Merci de me prêter votre secrétaire, Francis.

—Je vous en prie, c'est tout naturel!

Aucun d'entre eux ne s'inquiéta d'elle. Pourquoi l'auraient-ils dû? Après tout, une secrétaire ne comptait pas plus qu'un meuble de bureau; plus mobile qu'un porte-parapluie, bien sûr, mais tout aussi sourde et muette.

Tu as de la chance d'avoir ce travail, se rappela-t-elle. En temps de paix, un tel poste, dans un cabinet d'avocats, aurait été confié à un jeune homme aux cheveux gominés avec de meilleures références. *Tu as de la chance.* Vraiment beaucoup de chance, en fait.

Ce n'était pas un travail difficile: elle devait gérer le courrier, le classement des documents et, de temps en temps, taper une lettre en français. Pour un salaire qui lui assurait un relatif confort matériel. Et si elle commençait à se lasser de la pénurie de sucre, de crème et de fruits, due à la guerre, en contrepartie elle avait la sécurité. Elle aurait aussi bien pu être coincée dans le nord de la France, affamée par l'occupation allemande. Certes, un climat de peur régnait sur Londres où les Londoniens marchaient désormais les yeux levés vers le ciel, guettant les zeppelins. Mais les journaux qu'elle dévorait lui décrivaient la Lorraine, où elle avait grandi, comme une mer de boue et d'os. Aussi mesurait-elle toute sa fortune d'être en Angleterre, protégée de toute cette horreur.

Oui, décidément, elle avait beaucoup de chance.

Sans un mot, Eve prit la lettre du capitaine Cameron qui, depuis quelque temps, passait régulièrement au cabinet juridique. S'il portait des costumes de tweed froissés au lieu de l'uniforme kaki, son dos raide et sa démarche militaire prouvaient mieux son grade que n'importe quelle barrette de rubans. Hormis son léger accent écossais, il était anglais jusqu'au bout des ongles. Trente-cinq ans environ, longiligne, les tempes grisonnantes, le costume froissé, il semblait tout droit sorti d'une série de Conan Doyle, incarnant le gentleman britannique par excellence. Elle brûlait d'envie de lui demander : « Êtes-vous obligé de fumer la pipe ? De porter du tweed ? Vous devez-vous d'être un tel cliché ? »

Le capitaine se cala contre le dossier de son fauteuil et lui adressa un signe de la tête.

— Je vais attendre votre lettre, mademoiselle Gardiner.

— Oui, mons… monsieur, répéta-t-elle, en sortant à reculons.

Dans la salle des dossiers, Mlle Gregson la salua d'un reniflement de dédain.

— Vous êtes en retard.

Doyenne des secrétaires, elle avait tendance à faire preuve d'autorité. Eve la regarda, l'air étonné. Elle détestait son propre physique, la beauté fade de ce visage doux et lisse dont le miroir lui renvoyait le reflet et qui n'avait rien de marquant, hormis une apparence juvénile de jeune fille de seize ou dix-sept ans qui lui était très utile quand elle avait des ennuis. Depuis toujours, il lui suffisait d'ouvrir de grands yeux et de battre des cils avec une perplexité pleine de candeur pour esquiver tout problème. Avec un soupir exaspéré, Mlle Gregson se remit à s'activer. Elle la surprit qui chuchotait à la troisième secrétaire :

— Je me demande parfois si cette demi-Française n'est pas un peu simple d'esprit.

—Vous voyez bien qu'elle bégaie ! renchérit son autre collègue avec un haussement d'épaules méprisant.

Eve se pressa les paumes l'une contre l'autre pour s'empêcher de serrer les poings. Puis, se concentrant sur la lettre du capitaine Cameron, elle la traduisit dans un français impeccable. Elle avait été recrutée pour son français qui était aussi pur que son anglais. Native des deux pays, elle se sentait étrangère dans les deux.

Elle garda de cette journée le souvenir d'un ennui profond. Elle avait tapé des lettres à la machine, classé des documents, mangé un sandwich au déjeuner. Puis, fatiguée, elle avait arpenté les rues de la ville d'un pas pesant à la lumière déclinante du crépuscule et, cerise sur le gâteau, un taxi avait éclaboussé sa jupe. Pour finalement arriver à la pension de famille de Pimlico qui sentait le savon Lifebuoy et l'huile de friture. Pendant le dîner, elle avait souri consciencieusement à l'une des autres pensionnaires, une jeune infirmière fraîchement fiancée à un lieutenant, qui exhibait son minuscule solitaire.

—Vous devriez venir travailler à l'hôpital, Eve ! C'est là que vous trouveriez un mari, pas dans un bureau rempli de dossiers juridiques poussiéreux !

—Je me fi... fiche un peu de trouver un mari.

Sa réponse lui valut un regard stupéfait de ses trois colocataires et de leur logeuse. *Pourquoi sont-elles si surprises ?* songea-t-elle. *Je ne veux ni mari ni bébés, ni salon avec un tapis ni alliance. Je veux...*

Sa cuillère arrêtée à mi-chemin de sa bouche, la logeuse s'inquiéta :

—J'espère que vous n'êtes pas l'une de ces suffragettes ?

— Non.

Elle n'avait pas la moindre envie de surveiller une urne pendant un vote. On était en guerre. Elle voulait combattre. Prouver qu'Eve Gardiner, la bègue, pouvait servir son pays aussi efficacement que n'importe lequel de ces non-bègues qui, toute sa vie, l'avaient laissée de côté en la croyant stupide. Et les suffragettes pouvaient bien continuer à lancer des pavés dans les fenêtres, aucune de leurs actions ne l'enverrait jamais au front, même pour une fonction d'appui comme volontaire au sein du *Voluntary Aid Detachment* ou ambulancière. Son handicap d'élocution lui avait déjà valu deux refus pour ces postes. Elle repoussa son bol, prit congé et monta à la chambre qu'elle occupait seule. Impeccablement rangée, elle était meublée d'un bureau branlant et d'un lit étroit.

Elle était en train de dénouer ses cheveux quand elle entendit le chat de la logeuse miauler à sa porte. Souriante, elle alla lui ouvrir et lui annonça :

— Je t'ai gardé un peu de fo… foie.

Elle déballa les morceaux de viande de la serviette dans laquelle elle les avait enveloppés. Le chat ronronna et arrondit le dos. Nourri de maigres restes grappillés à la cuisine et de tout ce qu'il tuait, il ne servait qu'à chasser les souris. Mais ayant compris qu'Eve avait un cœur d'or, il s'engraissait maintenant des miettes de ses dîners.

Le prenant sur ses genoux, elle poursuivit :

— J'aimerais être un chat. Les chats n'ont pas besoin de pa… pa… parler, à part dans les contes. Ou peut-être me suffirait-il de souhaiter être un homme.

Parce que, si elle était un homme, au lieu de se contenter de subir en souriant avec une patience polie les quolibets provoqués par son bégaiement, elle pourrait frapper les moqueurs.

Le chat continuait à ronronner. Tout en le caressant, elle poursuivit :

— Autant demander la lune.

Une heure plus tard, on frappa à sa porte. Sa logeuse se tenait sur le seuil, les lèvres tellement pincées que sa bouche avait quasiment disparu.

— Vous avez de la visite. Un monsieur ! déclara-t-elle d'un ton accusateur.

Eve reposa le matou qui protesta.

— À cette heure-ci ?

— Ne faites pas ces yeux innocents, mademoiselle. Vous ne pouvez en aucun cas recevoir de visite d'admirateur le soir. C'est ma règle. Et surtout pas de militaires. Ce dont j'ai informé le gentleman. Mais il insiste. Il dit que c'est urgent. Je l'ai fait entrer dans mon salon et je vous autorise à lui offrir du thé. Mais je vous prierai de laisser la porte entrouverte.

— Un « militaire » ? s'étonna-t-elle, au comble de la surprise.

— Un certain capitaine Cameron. Je trouve tout à fait inconvenant qu'un capitaine de l'armée vienne demander à vous voir, chez vous, le soir !

Avec un signe d'assentiment, Eve remonta ses cheveux châtains en chignon et remit sa veste sur sa blouse à col montant, comme pour partir au bureau. Un certain genre d'homme considérait toutes les femmes qui travaillaient, vendeuses, secrétaires ou autres, comme parfaitement disponibles. *S'il est ici pour me faire des avances, je vais le gifler. Tant pis s'il me dénonce à sir Francis et qu'il me fait renvoyer.*

Optant pour une attitude formelle, elle ouvrit la porte du salon.

— Bonsoir. Je suis extrêmement surprise de vous voir, cap… cap… cap…

Sa main droite se crispa et elle parvint à prononcer le mot :

— Cap… capitaine. En quoi puis-je vous être utile ?

Elle gardait la tête bien droite, refusant de laisser l'embarras lui rosir les joues.

À sa stupéfaction, elle entendit le capitaine Cameron lui répondre en français :

— Voulez-vous changer de langue ? Je vous ai entendue parler français à vos collègues, vous bégayiez beaucoup moins.

Elle dévisagea cet Anglais si parfait, installé dans un fauteuil du salon, les jambes nonchalamment croisées, un léger sourire flottant sous sa petite moustache bien taillée. Mais il ne parlait pas français ! N'était-ce pas ce qu'il avait affirmé ce matin même ?

— Bien sûr, répondit-elle. Continuez en français, s'il vous plaît.

Il poursuivit donc, dans la langue de Molière :

— Votre logeuse qui écoute aux portes va devenir folle.

À son tour, Eve s'assit, arrangea sa jupe en serge bleue et se pencha vers la théière en porcelaine fleurie.

— Comment aimez-vous votre thé ?

— Un nuage de lait, deux sucres. Dites-moi, mademoiselle Gardiner, quel est votre niveau d'allemand ?

Elle leva vivement les yeux vers lui. Elle avait rayé cette compétence de sa liste de qualifications quand elle cherchait du travail. En 1915, il était mal vu d'admettre maîtriser la langue de l'ennemi.

— Je ne pa… parle pas allemand, mentit-elle en lui tendant une tasse.

— Hum…

Il l'observait par-dessus le bord. Elle croisa les mains sur ses genoux et, affichant son expression la plus innocente, elle soutint son regard.

— Vous avez un visage remarquable, déclara-t-il alors. D'une impassibilité totale. En apparence, du moins. Et je m'y connais bien en visages, mademoiselle Gardiner. Ce qui trahit surtout la plupart des gens, c'est le plissement des petits muscles autour des yeux. Or, vous contrôlez presque totalement les vôtres.

Les prunelles élargies, elle battit des cils, feignant son air le plus perplexe.

— Je crains de ne pas bien saisir.

— Me permettez-vous de vous poser quelques questions, mademoiselle Gardiner ? Tout en restant dans les limites de la discrétion, je vous le promets.

Au moins, il ne s'était pas encore penché en avant pour essayer de lui caresser le genou.

— Bien sûr, cap… capitaine.

Se calant confortablement dans son fauteuil, il déclara :

— Je sais par sir Francis que vous êtes orpheline. Mais pourriez-vous me parler de vos parents ?

— Mon père était anglais. Il est parti en Lorraine, travailler pour une banque française. C'est là qu'il a rencontré ma mère.

— Elle était française ? Ce qui explique sans conteste la pureté de votre accent.

— En effet.

Et comment pouvez-vous savoir si mon accent est pur ?

— J'aurais pensé qu'une Lorraine parlerait aussi allemand. L'Allemagne est juste à côté.

Baissant les cils, elle répliqua :

— Je ne l'ai pas appris.

— Vous êtes vraiment une excellente menteuse, mademoiselle Gardiner. Je n'aimerais pas jouer aux cartes avec vous.

— Une dame ne joue pas aux ca… cartes.

Tous ses sens étaient en alerte. Pourtant, inexplicablement, elle se sentait détendue. Comme toujours quand elle pressentait le danger. Comme à la chasse aux canards, dans les roseaux, juste avant de tirer : le doigt sur la gâchette, l'oiseau qui se figeait, la balle sur le point de voler. Les battements de son cœur ralentissaient, une profonde sérénité la gagnait. Exactement comme maintenant, alors que, hochant la tête, elle répondait au capitaine :

— Vous vouliez savoir pour mes parents ? Nous habitions Nancy où mon père travaillait. Ma mère était femme au foyer.

— Et vous ?

— J'allais à l'école et je rentrais tous les jours à l'heure du goûter. Ma mère m'enseignait le français et la broderie et mon père l'anglais et à chasser le canard.

— Comme c'est civilisé.

Elle le gratifia de son plus charmant sourire. Elle se souvenait des altercations derrière les rideaux de dentelle, des insultes grossières, des violentes disputes. Si elle avait appris la distinction, sa famille n'avait rien de raffiné : les cris constants, la porcelaine qui volait, son père hurlant sur sa mère qui dépensait sans compter, sa mère invectivant son père qui collectionnait les aventures avec des serveuses. Elle avait grandi au sein du genre de foyer où un enfant apprenait vite à raser les murs pour passer inaperçu, à disparaître comme une ombre dans une nuit d'encre au premier signe de dispute conjugale. À tout écouter, tout soupeser, tout en se faisant invisible.

—Oui, j'ai eu une enfance très instructive.

—Pardonnez-moi de vous poser cette question : avez-vous toujours bégayé ?

—Quand j'étais petite, c'était un handicap légèrement plus pro… pro… noncé.

Sa langue avait toujours fourché. Une caractéristique qui n'avait rien d'élégant ni de discret.

—Vous avez dû avoir de bons professeurs pour vous aider à surmonter ce défaut.

Ses « professeurs » ? Ils la laissaient se débattre jusqu'à ce que, au bord des larmes, elle devienne toute rouge. Puis ils passaient à un autre élève qui pouvait répondre à la question plus rapidement. Pour la plupart d'entre eux, elle était non seulement bègue mais aussi simple d'esprit. Ils ne prenaient même pas la peine d'empêcher les autres enfants de l'encercler en la taquinant : « *Dis ton nom. Dis-le ! G… g… g… g… Gardiner.* » Il leur arrivait même de se joindre à leurs rires.

Elle avait dompté son bégaiement uniquement grâce à sa volonté. Enfermée dans sa chambre, elle avait lu de la poésie à voix haute, hésitant ligne après ligne, butant sur les consonnes qui restaient coincées jusqu'à ce qu'elles se déroulent et se libèrent. Rien que l'introduction des *Fleurs du mal* de Baudelaire lui avait demandé dix minutes d'exercice. Et le français était la langue dans laquelle elle rencontrait le moins de difficultés. Baudelaire avait raconté avoir écrit *Les Fleurs du mal* avec rage et patience. Comme elle le comprenait !

—Où sont vos parents aujourd'hui ? s'enquit alors le capitaine Cameron.

— Mon père est mort en 1912 d'une crise cardiaque.

Une crise cardiaque causée par un couteau de boucher qu'un mari cocu lui avait enfoncé en plein cœur.

— Les rumeurs venant d'Allemagne ne disant rien qui vaille à ma mère, elle a décidé de m'emmener à Londres.

Pour échapper au scandale, pas aux Boches.

— Elle est morte de la grippe l'année dernière. Paix à son âme.

Jusqu'à la fin, elle était restée aigrie, vulgaire. Les tasses à thé volaient, elle l'insultait comme une mégère, l'abreuvait de jurons.

Avec une pitié dont elle ne fut pas dupe un instant, le capitaine répéta :

— Paix à son âme. Et maintenant, nous vous avons. Evelyn Gardiner, orpheline, avec son français aussi pur que son anglais. Qui affirme ne pas parler l'allemand. Qui travaille dans un bureau, pour mon ami sir Francis Galborough, vraisemblablement en attendant le mariage. Une jolie fille qui a, néanmoins, tendance à vouloir passer inaperçue. Par timidité, peut-être ?

Le chat entra par la porte ouverte avec un miaulement curieux. Elle l'appela, le prit sur ses genoux et lui gratta la gorge. Puis, arborant le sourire qui lui donnait l'air d'avoir seize ans, elle demanda :

— Capitaine Cameron, seriez-vous en train d'essayer de me séduire ?

Sa question réussit à le choquer. Il recula dans son fauteuil, le visage rouge d'embarras.

— Mademoiselle, jamais je n'oserais…

— Dans ce cas, quelle est la raison de votre visite ? questionna-t-elle sans ambages.

Retrouvant son aplomb, il croisa les chevilles.

— Je suis ici pour vous évaluer. Voilà déjà quelques semaines que je vous ai repérée, depuis que je suis entré pour la première fois dans le bureau de mon ami, feignant de ne pas connaître le français. Puis-je vous parler sans détour ?

— N'est-ce pas déjà ce que vous faites ?

— Je ne crois pas que vous m'ayez parlé une seule fois avec franchise, mademoiselle Gardiner. Je vous ai entendue murmurer à vos collègues que vous rêviez de vous évader d'un travail que vous trouvez ennuyeux. Je vous ai entendue mentir sans ciller lorsqu'on vous a demandé la raison de votre retard, ce matin. Une histoire de chauffeur de taxi qui vous avait fait des avances indésirables. Vous n'avez jamais l'air troublé, vous êtes d'un flegme inimitable. Pourtant, vous avez magnifiquement feint l'agitation. Vous n'étiez pas en retard à cause d'un chauffeur de taxi enamouré. Vous étiez restée plantée dans la rue, devant une affiche à la porte du bureau de recrutement, pendant dix bonnes minutes. J'ai chronométré, en vous observant de ma fenêtre.

Ce fut au tour d'Eve de se sentir embarrassée. Elle sentit ses joues s'empourprer. Elle était restée fascinée par cette affiche sur laquelle, au milieu d'une colonne de soldats, un espace était vacant. Le titre surmontant l'image proclamait : « Il reste une place dans cette colonne ! LA COMBLEREZ-VOUS ? » Et elle l'avait contemplée avec amertume en pensant : *Non*. Parce que, en plus petites lettres, à la place du soldat manquant, s'étalait la phrase suivante : « Cet espace est réservé à un homme en bonne santé ! » Alors, même si elle avait vingt-deux ans et qu'elle était en parfaite santé, jamais elle ne pourrait compléter cette colonne.

Ses doigts se crispèrent sur le chat qui émit un miaulement de protestation. La voix du capitaine s'éleva de nouveau, interrompant le fil de ses pensées.

— Bien, mademoiselle Gardiner. Si je vous pose une question, me répondrez-vous honnêtement ?

N'y comptez pas. Elle mentait comme elle respirait. Elle n'avait jamais eu d'autre choix, depuis l'enfance. Mentir, toujours mentir, tout en se composant un visage angélique. Elle ne se souvenait même pas de la dernière fois où elle avait parlé à quelqu'un en toute franchise. Il était plus facile d'inventer des mensonges que d'avouer la dure et houleuse vérité.

— J'ai trente-deux ans. Je suis trop âgé pour combattre dans cette guerre. Ma mission est donc tout autre. Notre ciel est menacé par des zeppelins allemands, nos mers par des sous-marins allemands, mademoiselle Gardiner. Nous sommes la cible d'attaques continuelles.

Elle hocha la tête avec conviction. Deux semaines auparavant, les Allemands avaient coulé le *Lusitania.* Ses colocataires avaient versé de nombreuses larmes. Pas elle. Folle de rage, elle avait dévoré les comptes-rendus des journaux.

— Pour éviter de voir de telles attaques se répéter, nous avons besoin de gens. Mon travail est d'en trouver dotés de certaines compétences. Comme la capacité de parler français et allemand, par exemple. Celle de mentir. Des gens d'apparence innocente. Pleins de courage. Les trouver et les mettre au travail afin de percer à jour les plans des Allemands. Je pense que vous avez du potentiel, mademoiselle Gardiner. Alors permettez-moi de vous demander : avez-vous envie de vous battre pour l'Angleterre ?

La question lui fit l'effet d'un coup de marteau. Elle laissa échapper un soupir tremblotant, repoussa le chat et répondit spontanément :

— Oui.

Quoi qu'il entende par « se battre pour l'Angleterre », la réponse était oui.

— Pourquoi ?

Elle commença à échafauder une réponse sur les méchants Fritz, sur le fait qu'elle voulait faire sa part pour les hommes dans les tranchées. Puis, renonçant à ce mensonge, elle finit par avouer :

— Je veux me prouver de quoi je suis capable, le prouver à tous ceux qui ont toujours cru que j'étais simple d'esprit ou faible parce que je bégaie. Je veux me b… je veux me b…

Elle buta à tel point sur le mot que ses joues s'embrasèrent. Mais, contrairement à la plupart de ses interlocuteurs qui la mettaient en colère, le capitaine ne s'empressa pas de finir sa phrase. Il se contenta d'attendre, jusqu'à ce que, tapant son genou de son poing fermé, elle sorte enfin le mot. À travers ses dents serrées, elle l'exhala avec une telle véhémence que le chat s'enfuit du salon.

— Je veux me battre !

— Vraiment ?

— Oui.

Elle avait répondu sans hésiter aux trois questions. Ce qui, pour elle, était un record. Au bord des larmes, elle se sentit trembler sous le regard attentif du capitaine.

— Bien, je vais vous poser la question pour la quatrième et dernière fois. Parlez-vous allemand ?

— *Wie ein Einheimischer.*

« Comme si c'était ma langue maternelle. »

— Parfait !

Se levant, le capitaine Cecil Aylmer Cameron demanda alors :

— Evelyn Gardiner, seriez-vous intéressée par un poste d'espionne au service de Sa Majesté ?

3

CHARLIE

Mai 1947

Je fis des cauchemars confus de coups de feu tirés dans des verres à whisky, de blondes disparaissant derrière des wagons de train, de quelqu'un chuchotant : « *Le Léthé* ». Soudain, une voix d'homme me parvint, transperçant mon sommeil :

— Qui êtes-vous, mademoiselle ?

Encore somnolente, je soulevai mes paupières alourdies avec un grognement. Sachant cette folle en liberté avec un Luger, je n'avais pas osé m'aventurer dans la maison en quête d'un lit et m'étais endormie sur le vieux canapé défoncé du salon. Une fois libérée de mon tailleur de voyage en tissu duveteux, je m'étais enroulée dans un plaid en laine râpée et m'étais assoupie dans ma combinaison. Apparemment, le matin était là. Une fente dans les lourdes tentures laissait filtrer un rayon de soleil. Sur le seuil de la porte, un coude contre le jambage, un homme brun dans une vieille veste usée me regardait.

— Qui êtes-vous ? demandai-je, toujours ensommeillée.

— Je vous ai posé la question le premier. Je n'ai jamais vu Gardiner recevoir des visiteurs.

Il avait le timbre rauque, avec une pointe d'accent écossais.

Je jetai un regard affolé derrière lui.

— Elle n'est pas réveillée ? Elle m'a menacée de m'abattre si j'étais encore ici quand elle se lèverait…

— C'est tout elle, fit remarquer l'Écossais.

Je voulais me mettre en quête de mes vêtements mais me lever en combinaison devant un inconnu n'était même pas envisageable.

— Je dois partir…

« *Pour aller où* ? » chuchota Rose.

Cette pensée me fit battre le cœur plus vite. Où pourrais-je bien aller ? Je n'avais pour seul indice que ce bout de papier portant le nom d'Eve. Quelle option me restait-il ? Je sentis les larmes me brûler les paupières.

— Ne vous fatiguez pas à décamper, me conseilla l'inconnu. Si Gardiner était bourrée hier soir, elle ne se souviendra probablement de rien.

Sur ces mots, il tourna les talons et se débarrassa de sa veste.

— Je vais faire du thé.

— Qui êtes-vous ? commençai-je.

Mais la porte se referma. Après un instant d'hésitation, je repoussai la couverture, le froid faisant naître des picotements sur mes bras nus. La vue de mon tailleur froissé, roulé en boule, me fit faire une grimace. J'avais une autre robe dans ma valise, mais elle était tout aussi velouteuse, étroite et inconfortable. Je me décidai donc pour un vieux pull et une salopette usée que ma mère détestait. Puis, les pieds nus, je me mis en quête de la cuisine. Je n'avais pas mangé depuis vingt-quatre heures. La faim qui me tenaillait surpassait ma peur du pistolet d'Eve.

Je trouvai une pièce étonnamment propre et lumineuse. La bouilloire ronronnait, le couvert était mis et l'Écossais, dans une chemise élimée, sa veste râpée jetée sur une chaise, était debout devant la table.

— Qui êtes-vous ? répétai-je, incapable de contenir ma curiosité.

— Finn Kilgore, répondit-il en décrochant une casserole. L'homme à tout faire de Gardiner. Servez-vous du thé.

Il était étrange d'entendre appeler Evelyn Gardiner « Gardiner », comme si elle était un homme.

— « L'homme à tout faire » ? répétai-je, sceptique, en prenant un mug ébréché sur l'évier.

Exception faite de la cuisine, cette maison me semblait sacrément en piteux état.

— … Oui.

Le thé bien noir était fort, exactement comme je l'aimais.

— Que croyez-vous qu'elle puisse faire avec de pareilles mains ?

Je laissai échapper un petit rire.

— D'après ce que j'ai vu hier soir, elle peut braquer un pistolet et déboucher une bouteille de whisky sans le moindre problème.

— C'est à peu près tout ce dont elle est capable. Pour le reste, elle fait appel à moi. Je m'occupe de ses courses. Je vais chercher son courrier. Je la conduis quand elle sort. Je cuisine un peu. Même si elle ne me laisse faire le ménage nulle part, en dehors de cette pièce.

Une à une, il ajouta des tranches de bacon dans la poêle. Grand, mince, il se déplaçait d'un pas souple, avec une grâce féline. Il paraissait avoir vingt-neuf ou trente ans. Ses joues ombrées d'une barbe naissante auraient eu besoin d'être rasées. Et ses cheveux bruns, ébouriffés, qui lui tombaient dans la nuque, d'une bonne coupe.

— Que faites-vous ici, mademoiselle ?

J'hésitai. Ma mère aurait souligné qu'il était tout à fait inconvenant pour un homme à tout faire de poser des questions à une invitée. Mais je n'étais pas vraiment une invitée et il avait plus de droits d'être dans cette cuisine que moi. Je décidai donc de me présenter :

— Charlie St Clair.

Puis, buvant mon thé à petites gorgées, je me lançai dans un récit édulcoré de la raison pour laquelle j'avais échoué sur le seuil (et sur le canapé) d'Eve. J'omis les cris et les menaces de mort. Et, une nouvelle fois, je me demandai comment ma vie avait pu être ainsi bouleversée en moins de vingt-quatre heures.

« *Parce que tu as suivi un fantôme depuis Southampton*, me chuchota Rose. *Parce que tu es un peu folle.* »

Pas folle, rétorquai-je. *Je veux te sauver. Cela ne fait pas de moi une folle.*

« *Tu veux sauver tout le monde, Charlie, mon cœur. Moi, James, tous les chiens abandonnés que tu voyais dans la rue quand nous étions petites.* »

James. Je tressaillis et la méchante petite voix intérieure de ma conscience me chuchota : *Tu n'as pas vraiment su le sauver, je me trompe ?*

Sans laisser le temps à l'inévitable culpabilité de me submerger, je m'empressai de chasser cette pensée et me préparai aux questions de M. Kilgore. J'avais conscience de l'étrangeté de mon histoire. Mais, silencieux, il s'affairait à ajouter des champignons et une boîte de haricots dans la poêle. C'était la première fois de ma vie que je voyais un homme cuisiner : mon père savait à peine beurrer ses toasts. Ma mère et moi nous en chargions pour lui. Mais debout devant le fourneau, l'Écossais remuait les haricots et le bacon craquant avec une parfaite maîtrise, indifférent aux éclats de graisse qui giclaient sur ses avant-bras.

— Depuis combien de temps travaillez-vous pour Eve, monsieur Kilgore ?

— Quatre mois.

Il commença à trancher la demi-miche de pain.

— Et avant cela ?

Son couteau à la main, il hésita puis répondit :

— Régiment royal d'artillerie, 63e régiment antichar.

— Et maintenant vous êtes au service d'Eve. Sacrée reconversion !

Il ne réagit pas. Je m'étonnai de son silence. Peut-être qu'après s'être battu contre les nazis, il avait honte d'assumer désormais les tâches domestiques pour une folle qui brandissait son pistolet.

— Comment est-elle…

Je m'interrompis, ne sachant pas très bien comment formuler mes pensées. Quel genre de patronne était-elle ? Comment était-elle devenue aussi hargneuse ?

— Comment s'est-elle blessé les mains ? finis-je par questionner.

Tout en cassant les œufs un à un dans la poêle, il répondit :

— Elle ne me l'a jamais raconté. Mais je crois que j'ai deviné.

Je sentis mon estomac gargouiller.

—Et qu'avez-vous deviné ?

—Que chacune des articulations de ses doigts a été systématiquement broyée.

Avec un frisson de frayeur, je poursuivis :

—Quel genre d'accident peut provoquer un tel handicap ?

Pour la première fois, Finn Kilgore me regarda droit dans les yeux. Sous ses sourcils droits, d'un noir de jais, ses prunelles sombres étaient à la fois attentives et lointaines.

—Qui a dit qu'il s'agissait d'un accident ?

Je resserrai mes doigts autour de mon mug. Soudain, le thé me sembla froid.

—*English breakfast*, annonça-t-il.

Il souleva la poêle brûlante et la posa à côté du pain coupé en tranches.

—Je dois aller jeter un coup d'œil à un tuyau qui fuit, mais servez-vous. Je vous demande juste d'en laisser une grosse portion pour Gardiner. Elle va descendre avec un mal de tête carabiné et un petit déjeuner complet cuit à la poêle est le meilleur remède anti-gueule de bois de toutes les îles britanniques. Si vous finissez tout, vous pouvez être sûre qu'elle mettra sa menace à exécution et vous abattra.

Il s'éclipsa sans m'accorder un autre regard. Je pris une assiette et m'avançai vers la poêle qui grésillait. J'en avais l'eau à la bouche. Mais, alors que je regardais le délicieux mélange d'œufs, bacon, haricots et champignons, je sentis soudain mon estomac se retourner. Je mis ma main devant ma bouche et me détournai de la cuisinière, avant de vomir sur le meilleur remède anti-gueule de bois des îles britanniques.

Même si je n'en avais jamais fait l'expérience auparavant, j'en connaissais la raison. J'étais toujours aussi affamée mais j'avais de tels haut-le-cœur que, même avec le canon du Luger d'Eve pointé sur ma tempe, je n'aurais pas pu avaler une bouchée. J'étais en proie aux nausées matinales. Pour la première fois, mon Petit Problème avait décidé de me signaler sa présence.

Et les nausées n'étaient pas le seul symptôme. J'avais le souffle court, les paumes soudain moites. Le Petit Problème avait trois mois mais, jusqu'ici, il n'avait jamais été qu'une idée abstraite. Je ne pouvais ni le sentir, ni l'imaginer, ni déceler le moindre signe de sa présence. Il avait juste déboulé dans ma vie, sans crier gare. Et, maintenant que mes parents avaient pris l'affaire en main, il se résumait à une équation produit-nul : un Petit Problème plus un voyage en Suisse égale zéro, triple zéro. Rien de plus simple.

Mais soudain, il se manifestait comme bien plus qu'un Petit Problème.

— Que vais-je faire ? murmurai-je.

Pour la première fois depuis longtemps je me posai la question. Il ne s'agissait plus ni de Rose, ni de mes parents, ni de décider de retourner à l'université ou pas. Mais qu'allais-je faire de moi-même ?

Je ne sais pas combien de temps je restai figée, absorbée dans mes réflexions. Soudain, une voix acerbe me fit sursauter.

— Je vois que l'envahisseur américain n'a pas levé le camp.

Je fis volte-face. Eve se tenait debout sur le seuil de la cuisine, vêtue de la même robe d'intérieur imprimée qu'elle portait la veille au soir, ses cheveux grisonnants lâchés et indisciplinés, ses yeux injectés de sang. Je me redressai, prête à affronter ses foudres. Mais peut-être M. Kilgore avait-il raison. Visiblement moins intéressée par ma présence que par ses tempes qu'elle massait, elle semblait avoir oublié ses menaces de la veille.

— Les Quatre Cavaliers de l'Apocalypse galopent dans mon crâne, déclara-t-elle. Et j'ai dans la bouche un goût d'urinoir de Chepstow. J'espère bien que ce fichu Écossais a préparé le p… petit déjeuner.

Toujours nauséeuse, je lui montrai la cuisinière d'un geste.

— La poêle miracle.

— Qu'il soit béni !

Elle sortit une fourchette d'un tiroir et se mit à manger à même la poêle.

— Ainsi, vous avez rencontré Finn ? Sacrément canon, non ? Si je n'étais pas un si vieux débris, laide comme un pou, j'en ferais bien mon quatre-heures.

Je m'éloignai du fourneau.

— Je n'aurais pas dû venir ici. Je suis désolée de m'être imposée. Je vais juste repartir à…

Où ? Ramper jusqu'à ma mère, affronter sa fureur, prendre le bateau pour mon Rendez-vous ? Qu'est-ce qui m'attendait d'autre ? Je me sentis de nouveau submergée par une vague d'hébétude. Je voulais poser ma tête sur l'épaule de Rose et fermer les yeux ; me pencher sur une cuvette de toilettes et vomir tripes et boyaux. Je me sentais si malade, si démunie.

Eve sauça un jaune d'œuf avec un morceau de pain.

— A… Asseyez-vous, Ricaine.

Cette voix râpeuse était impérieuse, bégaiement ou pas. Je m'exécutai.

Elle s'essuya les doigts à une serviette, plongea la main dans la poche de sa robe et en sortit une cigarette. Puis, l'allumant, elle en tira une longue bouffée.

— Première clope de la journée, annonça-t-elle en exhalant la fumée. C'est toujours la meilleure. Ça compenserait presque cette foutue gueule de bois. Co… comment s'appelle votre cousine, déjà ?

Les battements de mon cœur s'affolèrent.

— Rose. Rose Fournier. Elle…

— Dites-moi une chose, m'interrompit-elle. Les filles comme vous ont des mamans et des papas riches. Pourquoi vos parents ne sont-ils pas en train de chercher cette petite brebis égarée qu'est leur nièce ?

— Ils ont essayé. Ils se sont renseignés. Au bout de deux années sans résultat, mon père a déclaré que Rose était sûrement morte.

Même si je leur en voulais, je savais qu'ils avaient fait leur possible.

— Votre père me semble être un homme intelligent.

Il l'était. Et en tant qu'avocat spécialisé en droit international, il avait su par quelles filières, quels biais, mener son enquête à l'étranger. Il avait remué ciel et terre. Mais voyant que personne, pas même moi qui, dans la famille, étais la préférée de Rose, n'avait reçu ne serait-ce qu'un télégramme de sa part, il en était arrivé à la conclusion logique : ma cousine était morte. J'avais essayé de m'accoutumer à cette idée, de m'en convaincre. Mais la mort de James, six mois auparavant, avait été comme un déclic, me réveillant de ma résignation.

— Mon grand frère est revenu de Tarawa avec une jambe en moins. Il y a six mois, il s'est tiré une balle dans la tête.

J'entendis ma voix se briser. Enfants, James et moi n'avions jamais été proches. J'étais juste la petite sœur qu'il pouvait tyranniser. Mais une fois sorti de la phase dans laquelle il prenait un malin plaisir à me tirer les cheveux, les taquineries s'étaient adoucies. Il plaisantait en menaçant de terroriser tous mes soupirants. Quand il s'était enrôlé dans le corps des marines, je m'étais vengée en me moquant de son affreuse coupe de cheveux. C'était mon frère. Je l'aimais et mes parents ne juraient que par lui. Puis il était mort. Et sa disparition avait coïncidé avec l'époque où, émergeant de mes souvenirs, j'avais commencé à voir Rose partout. Dans chaque fillette de six, huit, onze ans, que je croisais. Dans chaque étudiante blonde qui trottinait devant moi sur la pelouse du campus : plus âgée, elle avait grandi et commençait à avoir de jolies formes... Une bonne dizaine de fois par jour ma mémoire, impitoyable, me jouait des tours. Et mon cœur se mettait à battre la chamade, avant de voler en éclats.

Regardant Eve droit dans les yeux, je m'efforçai de lui faire comprendre :

— Je sais que c'est sans doute sans espoir. Je sais que ma cousine est sans doute... Je sais à quel point les chances sont minimes. Croyez-moi, je les ai calculées jusqu'à la dernière décimale. Mais je dois essayer. Je dois suivre chaque piste jusqu'au bout, même la plus ténue. S'il y a la plus petite possibilité qu'elle soit encore quelque part...

Incapable de finir ma phrase, je m'étranglai. J'avais perdu mon frère dans cette guerre. S'il existait la plus infime chance de faire revenir Rose du néant, je devais la tenter.

— Aidez-moi ! plaidai-je de nouveau. Je vous en prie. Si je ne pars pas à sa recherche, personne d'autre ne le fera.

Eve poussa un lent soupir.

— Et elle travaillait dans un restaurant qui s'appelle *Le Léthé*... Où ça ?

— À Limoges.

— Hum. Qui est le propriétaire ?

— Un certain M. René quelque chose. J'ai essayé d'en savoir plus en passant quelques coups de téléphone mais personne n'a pu trouver son nom de famille.

Elle pinça les lèvres. L'espace d'un moment, son regard se perdit dans le vide et elle se mit à courber et détendre ses doigts hideux. Elle finit par me dévisager, ses yeux aussi impénétrables que du verre opaque.

— Je vais peut-être pouvoir vous aider en fin de compte.

Le coup de téléphone d'Eve ne semblait pas bien se passer. Elle hurlait dans le combiné en faisant les cent pas dans le couloir, sa cigarette s'agitant comme la queue d'un chat enragé et, même si je n'entendais que la moitié de la conversation, c'était suffisant pour en comprendre les grandes lignes.

— Je me fiche de ce que coûte un appel pour la France, espèce de stupide secrétaire derrière son bureau ! Je vous demande de me passer la communication.

— Qui essayez-vous de joindre ? la pressai-je pour la troisième fois.

Mais comme pour les deux premières, elle m'ignora et continua à invectiver l'opératrice.

— Oh, arrêtez de me couvrir de « madame », vous allez finir par vous étrangler, et passez-moi le commandant…

Je sortis discrètement de la maison, poursuivie par sa voix qui transperçait le bois de la porte d'entrée. Un soleil éclatant avait remplacé la grisaille humide de la veille. Aujourd'hui, Londres resplendissait sous un ciel d'azur dans lequel filaient quelques rares nuages. Une main en visière, je cherchai la forme qu'il m'avait semblé distinguer la veille au soir par la vitre du taxi. Et j'aperçus l'une de ces cabines téléphoniques rouges si typiquement anglaises qu'elles en étaient un peu ridicules. Sentant mon estomac se retourner de nouveau, je m'avançai. Le peu de pain grillé que je m'étais forcée à avaler quand Eve avait démarré sa conversation téléphonique avec le mystérieux commandant avait un peu calmé les nausées provoquées par mon Petit Problème. Mais je devrais affronter maintenant une autre sorte de malaise. J'avais mon propre coup de téléphone à passer et je ne pensais pas que ce serait plus facile que celui d'Eve.

Après avoir débattu avec l'opératrice, puis avec le réceptionniste du *Dolphin Hotel* à Southampton à qui je donnai mon nom, j'entendis :

— Charlotte ? Allô, allô ?

J'éloignai le récepteur de mon oreille et, soudain contrariée, le regardai. Ma mère ne répondait au téléphone de cette façon que si elle avait un auditoire. On aurait pu croire qu'elle s'inquiéterait plus de sa fille enceinte partie pour une escapade d'une nuit à Londres que d'impressionner le réceptionniste du *Dolphin*.

Sa voix continuait à glapir dans le récepteur. Je l'approchai de mon oreille et lançai vivement :

— Bonjour, maman. Je n'ai pas été kidnappée. Et, de toute évidence, je ne suis pas morte. Je suis à Londres, en parfaite sécurité.

— *Ma petite**! Tu as perdu la raison ? Comment as-tu pu disparaître ainsi ? Tu m'as fait une peur bleue !

Je perçus un reniflement discret, puis l'entendis murmurer : « *merci** ». Je devinai que le réceptionniste lui avait proposé un mouchoir pour se tamponner les yeux.

Pourtant, je doutais fort que son maquillage ait coulé. Je me rabrouai intérieurement. C'était méchant de ma part d'avoir de telles pensées! Hélas, je ne pouvais m'en empêcher.

—Dis-moi où tu es, Charlotte. Immédiatement!

—Non, répondis-je, de nouveau nauséeuse. Je suis désolée, mais non.

—Ne sois pas absurde, Charlotte. Tu dois rentrer.

—Je rentrerai. Quand j'aurai découvert une fois pour toutes ce qui est arrivé à Rose.

—Rose? Qu'est-ce que...

—Je vous rappelle bientôt, je te le promets.

Sur ces mots, je raccrochai.

Lorsque j'entrai de nouveau dans la cuisine d'Eve, Finn Kilgore se tourna vers moi. Les bras plongés dans l'évier, il frottait la poêle du petit déjeuner. Ce qui me laissa de nouveau interloquée. Mon père croyait que les tasses à café sales s'autonettoyaient comme par miracle.

—Vous voulez bien me passer l'un de ces torchons, mademoiselle? me demanda-t-il en me les montrant du menton.

Il prit celui que je lui tendis et hocha la tête en direction du couloir.

—Elle est en train de passer un autre coup de téléphone, m'expliqua-t-il. Elle a essayé de joindre un officier anglais en France, mais il est en vacances. Maintenant, elle est en train de hurler sur une femme. Ne me demandez pas qui. Je n'en ai pas la moindre idée.

Après une hésitation, j'avançai:

—Monsieur Kilgore, vous avez dit que vous étiez le chauffeur d'Eve. Pourriez-vous... pensez-vous pouvoir me conduire quelque part ? Je ne sais pas me diriger à pied dans Londres et je n'ai pas les moyens de prendre un taxi.

Comme il ne m'avait jamais vue avant ce jour, je pensais qu'il émettrait une objection. Mais, avec un haussement d'épaules désinvolte, il s'essuya les mains.

— Je vais sortir la voiture.

Après un coup d'œil à mes vieux vêtements, salopette et pull, j'annonçai :

— Je vais en profiter pour aller me changer.

Une fois prête, je trouvai Finn qui attendait sur le seuil de la porte d'entrée ouverte. Les yeux rivés sur la rue, il frappait le sol de l'une de ses bottes. En entendant le cliquetis de mes talons, il me jeta un coup d'œil par-dessus son épaule et, visiblement ébahi, haussa les sourcils. Il ne s'agissait pas là d'admiration. Je portais la seule tenue de rechange que j'avais dans ma valise, un ensemble qui me donnait l'apparence d'une bergère en porcelaine : une jupe blanche bouffante sur de multiples couches de jupons, un chapeau rose garni d'une petite voilette, des gants impeccables, et une légère veste rose ajustée qui aurait moulé mes formes, si j'en avais eu. Le défiant du menton, je baissai la ridicule voilette sur mes yeux.

— C'est l'une des banques internationales, déclarai-je en lui tendant une adresse. Merci.

— D'habitude, une jeune fille qui porte autant de jupons ne prend pas la peine de remercier le chauffeur, fit-il remarquer.

Il me tint la porte et je sortis en passant sous l'arc de son bras. Même avec mes talons, je n'avais pas besoin de me pencher. Au moment où j'allais refermer le battant derrière moi, la voix d'Eve nous parvint du bout du couloir.

—Espèce de crétine de Française ! Je vous défends bien de me raccrocher au nez…

Prise d'une soudaine envie de lui demander ce qui la poussait à vouloir m'aider, j'hésitai. N'avait-elle pas montré la plus grande réticence à cette idée, la veille au soir ? Mais j'allais attendre pour essayer de lui soutirer des informations. Je n'avais qu'une envie, secouer ses épaules décharnées et lui faire cracher ce qu'elle savait. Mais je n'osais ni la mettre en colère ni la décourager. Pourtant, elle me cachait quelque chose. J'en étais certaine.

Pour le moment, il était préférable de la laisser se débattre au téléphone. Je suivis Finn jusqu'à la voiture et j'eus un mouvement de surprise : c'était une vieille décapotable bleu nuit, capote baissée, à la carrosserie rutilante.

—Jolie voiture ! Elle appartient à Eve ?

—Non, c'est la mienne.

Étrangement, le véhicule ne correspondait pas à ses joues mal rasées et à ses coudes rapiécés.

—C'est une Bentley ? Mon père avait une Ford. Mais il aime les voitures anglaises. Il ne manquait jamais de les remarquer quand nous venions en Europe.

—C'est une Lagonda LG6, annonça-t-il fièrement en m'ouvrant la portière. Installez-vous, mademoiselle.

Avec un sourire, je le regardai se glisser au volant et s'emparer du levier de vitesse à moitié dissimulé sous mes jupes. C'était plutôt agréable de me retrouver au milieu d'inconnus qui ignoraient tout de la tache qui ternissait mon passé récent. J'aimais regarder quelqu'un dans les yeux et y voir se refléter une jeune femme qui méritait un « mademoiselle » plein de déférence. Tout ce que j'avais lu dans le regard de mes parents, ces dernières semaines, c'était : « traînée », « ratée », « désillusion ».

Tu es une ratée, persistait à me chuchoter ma voix intérieure. Je faisais mon possible pour l'ignorer.

Londres défila sous mes yeux en une vision un peu floue : la ville aux rues pavées était grise, leurs trottoirs bordés de ruines, de toits fendus et de murs éventrés. Nous avions beau être en 1947, les traces de la guerre étaient encore bien présentes. Je me rappelai le soupir de satisfaction de mon père se félicitant devant les journaux annonçant la Victoire : « *Parfait. Tout va pouvoir redevenir comme avant.* » Comme si les toits, les immeubles, les fenêtres brisées se réparaient comme par magie au lendemain de la signature d'un armistice.

Finn s'engagea dans une rue criblée de trous comme un gruyère. Une pensée me traversant l'esprit, je lui lançai un coup d'œil curieux.

— Pourquoi Eve a-t-elle besoin d'une voiture ? Avec de telles pénuries d'essence, ne serait-il pas plus simple de prendre le tramway ?

— Elle a du mal à supporter les tramways.

— Pourquoi ?

— Je n'en sais rien. Les tramways, les endroits confinés, la foule, la mettent hors d'elle. La dernière fois qu'elle a pris un tramway, elle a failli exploser comme une grenade. Elle invectivait les femmes au foyer avec leurs cabas de courses en les bourrant de coups de coude.

Je secouai la tête, intriguée. Dans un crissement de freins, la Lagonda s'arrêta devant une banque à l'invraisemblable façade de marbre. J'étais arrivée à destination. Mon visage devait trahir ma nervosité car mon chauffeur me demanda doucement :

— Avez-vous besoin d'une escorte, mademoiselle ?

Certes. Mais un Écossais mal rasé, qui observerait en silence, ne me donnerait pas l'air plus respectable. Je descendis prestement de voiture.

— Non merci, répondis-je en secouant la tête.

Une fois à l'intérieur de la banque, je traversai le hall au sol de marbre luisant, en essayant d'adopter la nonchalance innée de ma mère. Je me présentai, indiquai la raison de ma visite, et ne tardai pas à être introduite dans le bureau d'un homme à l'allure d'un grand-père, vêtu d'un costume pied-de-poule. Il leva les yeux du tableau sur lequel il était en train de noter des chiffres.

— Puis-je vous aider, jeune dame ?

— Je l'espère, monsieur.

Avec un sourire, je fis un geste vers son graphique et sa colonne de chiffres.

— Sur quoi travaillez-vous ? demandai-je sur un ton enjoué.

— Des pourcentages. Des chiffres. Très ennuyeux.

Il se leva et m'indiqua un fauteuil.

— Asseyez-vous.

— Merci.

Je m'exécutai et, derrière ma voilette, pris une profonde inspiration.

— Je voudrais retirer de l'argent, s'il vous plaît.

À sa mort, ma grand-mère américaine m'avait laissé une rente. Sans représenter une fortune, elle n'était pas anodine et je l'augmentais consciencieusement depuis que, à quatorze ans, j'avais eu mon premier poste d'été dans les bureaux de mon père. Mon allocation pour l'université suffisant à mes besoins, je n'y avais jamais touché. Mon livret d'épargne restait caché sous ma lingerie, dans un tiroir de ma commode. Pourtant, en faisant mes bagages pour embarquer sur le transatlantique, je l'avais jeté dans ma valise à la dernière minute. Tout comme j'avais emporté l'adresse d'Eve et le rapport sur les derniers déplacements de Rose. Sans avoir de plan précis, j'avais écouté la petite voix qui me chuchotait : *Cela te sera peut-être utile, si tu trouves le courage de faire ce que tu veux vraiment faire…*

Et, aujourd'hui, je me félicitais de mon initiative. En effet, je n'avais pas un sou. Et si je ne savais pas pourquoi Eve voulait soudain m'aider, je me doutais que ce n'était pas par pure bonté de cœur. Je la paierais au besoin, comme j'étais prête à payer tous ceux qui pourraient me conduire à Rose. Mais j'avais besoin de fonds. Toujours souriante, je présentai donc mon livret et ma pièce d'identité au banquier.

Dix minutes plus tard, me faisant violence pour rester affable, je répétai pour la quatrième fois au moins :

—Je ne comprends pas. Vous avez la preuve de mon âge et, visiblement, ce compte est largement alimenté. Alors pourquoi…

—En général, jeune dame, on ne se sépare par d'une somme pareille. De tels comptes représentent un fonds de placement pour votre avenir.

—Mais ce n'est pas juste un placement pour mon avenir. J'y ai mes propres économies…

—Peut-être pourrais-je m'entretenir avec votre père ?

—Il est à New York. Et puis, cela ne représente pas une somme si importante.

Le banquier m'interrompit de nouveau.

—Il vous suffit de me communiquer le numéro de téléphone du bureau de votre père. Cela me suffira. Si nous pouvions lui parler pour obtenir son consentement…

Cette fois, ce fut à mon tour de lui couper la parole.

—Je n'ai pas besoin du consentement de mon père. Ce compte est à mon nom. Il a été convenu que je pourrais y avoir accès à dix-huit ans. Et j'en ai dix-neuf, ajoutai-je en poussant de nouveau mes papiers d'identité vers lui. Vous n'avez besoin du consentement de personne, hormis du mien.

Sans se départir de son expression de grand-père débonnaire, le banquier changea de position dans son fauteuil.

—Je peux vous assurer que je vais pouvoir trouver un arrangement. Je dois juste m'entretenir avec votre père.

À bout de patience, je grinçai des dents et sifflai :

—Je voudrais faire un retrait de…

—Je suis désolé, jeune dame.

Mes yeux se posèrent sur sa chaîne de montre, ses mains dodues, sa calvitie naissante. Il ne me regardait même plus. Il avait repris son tableau et s'était remis à griffonner et à barrer des chiffres.

Consciente de ma puérilité, je le lui arrachai et inspectai ses colonnes de calculs. Puis, sans lui laisser le temps de réagir, je pris une gomme sur le bureau, barrai ses nombres, les remplaçai par les corrects, avant de faire glisser la feuille vers lui.

—Vous aviez fait une erreur d'un vingt-cinquième pour cent. Voilà pourquoi votre total était faux. Vérifiez bien avec une machine à calculer pour être sûr. Étant donné que, visiblement, on ne peut pas me faire confiance avec l'argent.

Son sourire s'évanouit. Je me levai, le toisai de mon air le plus détaché, et sortis en trombe dans la rue éclaboussée de soleil. C'était mon argent. Et il ne s'agissait pas simplement d'un héritage mais d'une somme économisée à la sueur de mon front. Or, je ne pouvais même pas en retirer cinq pour cent en personne, à moins d'être accompagnée d'un homme. C'était d'une telle injustice que je semblais incapable de calmer mon grincement de dents. Pourtant, je n'étais pas vraiment surprise.

Voilà pourquoi j'avais un plan de secours.

Je remontai à la hâte sur le siège avant, coinçant la moitié de mes jupes dans la portière. Avec un regard étonné, Finn me fit remarquer :

— Vous n'avez pas l'air très respectable, si je peux me permettre.

Je rouvris la portière et tirai mes jupons à l'intérieur.

— Et vous, êtes-vous respectable, monsieur Kilgore ? Ou est-ce juste que vous détestez vous raser ?

Il referma le livre de poche cabossé qu'il lisait.

— Un peu les deux.

— Bien. J'ai besoin d'un prêteur sur gages. D'un endroit où on ne pose pas trop de questions à une jeune fille qui a quelque chose à vendre.

Il me dévisagea un moment en silence. Puis, après avoir fait redémarrer la Lagonda, il s'élança de nouveau dans la circulation londonienne.

Ma grand-mère américaine m'avait laissé une petite rente. Ma grand-mère française avait un double rang de perles spectaculaires qu'elle avait divisé en deux colliers avant de mourir.

« *Un pour chacune, pour la petite Charlotte et pour la belle Rose ! Je devrais les donner à mes filles mais, Seigneur ! Elles sont devenues tellement pincées !* » avait-elle déclaré avec son habituelle candeur française.

Refoulant notre sentiment de culpabilité, ma cousine et moi étions parties d'un éclat de rire. Ma petite grand-mère française, Dieu merci, était morte avant d'avoir vu la croix gammée flotter sur son Paris adoré ! *Pardon, grand-mère*. Je n'ai pas le choix.* Puisque je ne pouvais toucher à mes économies, il me restait mes perles. Je les avais emportées car, après le Rendez-vous, ma mère était bien déterminée à me traîner à Paris dans l'intention de refaire ma garde-robe et de rendre visite à ses vieux amis. Toujours soucieuse des apparences, elle voulait montrer que nous n'étions en Europe que pour les boutiques et les mondanités. Et certainement pas pour quelque raison scandaleuse. Je m'autorisai un dernier regard aux grosses perles laiteuses et à l'émeraude carrée qui faisait office de fermoir et entrai d'un pas décidé dans la boutique du prêteur sur gages devant laquelle Finn s'était arrêté. Puis, posant le collier bruyamment sur le comptoir, je déclarai :

— Combien pouvez-vous m'en donner ?

Une lueur d'intérêt passa dans le regard du boutiquier mais il répondit d'une voix mielleuse :

— Vous devez attendre, mademoiselle. Je dois finir une commande importante.

— La rengaine habituelle, murmura Finn.

Surprise, je me rendis compte que, cette fois, il m'avait suivie.

— Il va vous faire languir pour vous faire accepter son offre. Vous êtes ici pour un moment.

Je défiai l'Écossais du menton.

— Je peux y passer la journée, s'il le faut.

— Dans ce cas, je vais peut-être aller m'assurer que tout va bien chez Gardiner. Elle n'habite pas loin. Vous n'allez pas en profiter pour me fausser compagnie, mademoiselle ?

Même si sa politesse ne me déplaisait pas, une telle formalité me paraissait un peu absurde.

— Vous n'êtes pas obligé de m'appeler « mademoiselle », vous savez. Vous n'êtes pas en train de m'escorter à Buckingham Palace.

Avec un haussement d'épaules dégagé, il sortit et, juste avant de refermer la porte, lança :

— Bien, mademoiselle.

Résignée, je secouai la tête et m'installai dans un fauteuil inconfortable, les perles de ma grand-mère enroulées autour de mes doigts. Au bout d'une bonne demi-heure, le prêteur sur gages daigna enfin m'accorder son attention et les inspecta de sa loupe d'orfèvre. Puis, avec un soupir accablé, il m'annonça :

— Je crains que vous ne vous soyez fait duper, mademoiselle. Ce sont des perles de verre. Du beau verre mais juste du verre. Je suppose que je pourrais vous en donner quelques livres sterling.

— Faites un nouvel effort.

Je savais précisément pour quel montant était assuré mon collier. Mentalement, je convertis les dollars en livres, y ajoutai dix pour cent et lui annonçai mon prix.

— Vous avez un certificat d'origine ? Peut-être une facture de vente ?

Dans un éclat de loupe, je vis ses doigts s'avancer vers l'émeraude du fermoir. Je tirai vigoureusement les perles à moi et nous continuâmes à marchander. Une nouvelle demi-heure passa, tout aussi pénible. Voyant qu'il ne cédait pas, j'élevai la voix malgré moi et finis par lâcher, féroce :

— Je vais aller ailleurs !

Il se contenta de me décocher un sourire suave.

— Vous ne trouverez pas une meilleure offre, mademoiselle. Pas sans une preuve de l'origine. Maintenant, si votre père vous accompagnait, ou votre mari… Quelqu'un qui pourrait nous donner les garanties que vous avez la permission de les vendre.

Je me sentis bouillonner de rage. *Encore!* J'avais beau avoir traversé l'Atlantique, j'étais toujours sous l'autorité de mon père. Je tournai la tête vers la vitrine pour dissimuler ma colère et aperçus la tête blonde de Rose dans la rue. Pour me rendre compte aussitôt qu'il s'agissait d'une écolière qui se hâtait dans la foule. Sans la quitter des yeux, je gémis intérieurement: *Oh, Rosie! Tu as quitté ta famille pour partir à Limoges. Mais comment as-tu fait? Les filles n'ont aucun droit. Ni celui de dépenser leur argent, ni celui de vendre leurs possessions, ni celui de décider de leur propre vie.*

Refoulant mon sentiment d'impuissance, j'étais en train de rassembler mon courage pour continuer à négocier quand la porte de la boutique s'ouvrit à la volée et une voix de femme carillonna:

—Charlotte, que diable! Bon sang, je t'avais dit de m'attendre! Je suppose que tu savais que me séparer de mes pe… perles allait avoir raison de mon pauvre vieux cœur et que tu pensais m'épargner?

Eve Gardiner franchit le seuil d'un pas vif, aussi radieuse que si j'avais été la prunelle de ses yeux. Je la dévisageai, ahurie. Elle portait la même robe d'intérieur imprimée que ce matin, fripée et usée, mais des bas et des chaussures respectables. Ses mains noueuses étaient dissimulées sous des gants en daim et elle avait réuni sa chevelure désordonnée sous un grand chapeau orné d'une plume de balbuzard qui avait connu son heure de gloire. J'étais ébahie de constater qu'elle avait l'air d'une femme du monde. Une femme du monde excentrique, mais une femme du monde.

Appuyé d'une épaule au chambranle, les bras croisés, Finn se tenait discrètement en retrait, un imperceptible sourire aux lèvres.

Avec un soupir à fendre l'âme, Eve regarda le prêteur et tapota les perles comme s'il s'agissait d'un petit chien :

— Oh, je vais être tellement triste de m'en séparer ! Des perles des mers du Sud, vous savez. Cadeau de mon très cher mari défunt, ajouta-t-elle d'une voix vibrante de mélancolie.

Elle se tamponna les yeux d'un mouchoir et j'eus toutes les peines du monde à ne pas éclater de rire.

— Et l'émeraude vient des Indes. De Cawnpore. Elle est dans ma famille depuis que mon cher grand-père servait sous la r… reine Victoria. Quand il faisait sauter les cipayes, ces petits diables basanés, et bon débarras !

Sa parfaite diction n'avait rien à envier à l'élégance d'une lady de Mayfair.

— Et maintenant, monsieur, je vous prie de reprendre votre loupe et d'examiner de nouveau leur éclat. Et je pense que vous réfuterez toutes vos ridicules affirmations sur le fait qu'elles seraient en verre. Nous attendons votre vrai prix, mon brave.

Les yeux du prêteur allaient de ses gants méticuleusement raccommodés à la plume de rapace qui s'agitait sur sa tête.

— Une origine, madame ? Une preuve quelconque de…

— Oui, oui, je l'ai quelque part.

Elle posa lourdement un énorme sac sur le comptoir et, repoussant la loupe d'orfèvre, se mit à fourrager à l'intérieur.

— Voilà. Non, ce n'est pas ça. Mes lunettes, Charlotte !

— Dans votre sac, grand-mère, parvins-je à répondre, en dépit de ma stupéfaction.

— Je pensais que tu les avais. Vérifie bien dans ton sac. Attends ! N'est-ce pas ce document ? Non, c'est la facture de ce châle chinois. Laisse-moi regarder... Le certificat d'origine... je dois l'avoir quelque part...

Des feuilles de papier cascadèrent sur le comptoir de la boutique. Eve les ramassa tour à tour, comme une pie, sans cesser de jacasser avec cet accent si distingué, digne d'une invitation à prendre le thé avec la reine. Tout en continuant à chercher ses lunettes au fond de son sac, elle inspectait méticuleusement chaque feuillet à la lumière.

— Charlotte, regarde de nouveau dans le tien. Je suis certaine que c'est toi qui l'as.

Le prêteur sur gages s'éclaircit la voix :

— Madame...

De nouveaux clients venaient d'entrer. Hennissant comme une douairière dans un roman de Jane Austen, elle n'y prêta pas la moindre attention.

— De grâce, monsieur, ne faites pas d'histoires ! Ah ! Voilà le certificat d'origine. Non, toujours pas. Mais il est quelque part.

Sa plume tanguait dangereusement, laissant échapper quelques duvets à l'odeur de naphtaline. Le prêteur sur gages fit mine de s'occuper des nouveaux arrivants mais, lui prenant sa loupe des mains, elle lui frappa les phalanges.

— Ne me laissez pas, mon brave ! Nous n'avons pas fini notre affaire. Charlotte, chérie, lis-moi ça, mes vieux yeux...

Au bout de quelques instants, les clients ressortirent.

Avec l'impression de tourner un rôle dans un film, j'attendis, curieuse de connaître le dénouement. Enfin, l'homme lança, avec une moue d'impatience :

— Qu'importe, madame ! Le certificat d'origine n'est pas indispensable. Vous m'avez donné votre parole. Et je reste suffisamment galant pour ne pas douter de l'honnêteté d'une lady.

— Bien ! s'exclama Eve. Annoncez-moi votre prix.

Ils marchandèrent un moment mais je savais qui serait le vainqueur. Un instant plus tard, le boutiquier, vaincu, comptait une grosse liasse de billets neufs qu'il me tendit. Puis mes perles disparurent derrière son comptoir.

Faisant demi-tour, nous nous dirigeâmes vers la porte où Finn nous attendait, le regard pétillant de malice. Le visage impassible, il demanda :

— Madame ?

Eve sortit, drapée dans une dignité de vieille duchesse, sa plume branlant toujours sur son crâne.

— Bon Dieu ! Comme je me suis amusée ! s'exclama-t-elle tandis que la porte du négoce se refermait derrière nous.

Elle avait perdu toute trace d'accent de Mayfair. Et son apparence n'avait plus rien à voir avec celle démente de la veille, l'ivrogne à la tasse de thé remplie de whisky et armée d'un Luger. En fait, elle n'avait même plus rien à voir avec la vieille chouette qui, ce matin, avait la gueule de bois. L'œil vif, jubilant, elle n'avait manifestement pas bu. Son regard gris scintillait, ses épaules anguleuses ne trahissaient plus du tout son âge et elle avait abandonné ses airs de vieille aristocrate désargentée.

— Comment avez-vous réussi ? demandai-je, agrippant toujours les billets.

Elle retira un gant, révélant de nouveau sa main monstrueuse, et sortit ses éternelles cigarettes de son sac.

— Les gens sont d'une stupidité consternante. En leur racontant une hi… histoire à moitié crédible et en leur mettant un papier sous le nez, avec une bonne dose de toupet, on arrive à tout.

J'avais l'impression qu'elle citait quelqu'un.

— Toujours ? insistai-je.

La lueur s'éteignit dans son regard.

— Pas toujours. Mais je n'ai pas pris un grand risque. Ce crétin prétentieux savait qu'il faisait une aff… affaire. J'ai juste fait en sorte qu'il ait envie de me voir déguerpir un peu plus vite.

Son bégaiement m'étonnait. Pourquoi disparaissait-il pour revenir ? Elle avait fait son numéro dans la boutique avec un sang-froid stupéfiant. Mais pour quelle raison ? Je l'observai. Elle tendit sa cigarette à Finn qui l'alluma.

— Vous ne m'aimez pas, finis-je par dire.

Sans l'ombre d'une hésitation, elle rétorqua :

— Non !

Elle ne m'aimait peut-être pas mais elle me parlait d'égale à égale, ne s'adressait pas à moi comme à une enfant ou à une fille de petite vertu.

— Alors pourquoi m'avez-vous aidée ? insistai-je, avec la même franchise. Pourquoi m'aidez-vous ?

— Pour l'argent ?

Elle regarda ma liasse de billets et énonça une somme qui m'arracha un cri d'effroi.

— Je p… peux vous conduire à quelqu'un qui saura quelque chose sur votre cousine. Mais je ne le ferai pas gratuitement.

Regrettant de me sentir aussi petite entre l'immense Écossais et la grande Anglaise, je plissai les yeux.

— Vous n'aurez pas un penny avant de m'avoir dit qui vous appeliez ce matin.

— Un officier anglais qui est actuellement en garnison à Bordeaux, répondit-elle sans hésitation. Nous nous connaissons depuis trente ans mais il est en vacances. J'ai donc essayé de joindre une autre connaissance. Une femme qui possède quelques informations. Je lui ai demandé si elle pouvait me renseigner sur un restaurant du nom de *Le Léthé* et son patron mais elle m'a raccroché au nez.

Elle émit un reniflement dédaigneux, avant de poursuivre :

— La garce sait quelque chose. Si nous allons la voir en personne, je la fe… ferai parler. Sinon, je suis sûre d'obtenir les informations de l'officier anglais à son retour des Marches en Savoie où il est parti chasser le canard. Alors, tout cela ne vaut-il pas bien quelques livres sterling ?

La somme qu'elle me demandait était bien supérieure à « quelques » livres sterling. Mais je ne pris pas la peine de le lui faire remarquer. Au lieu de cela, je persistai :

— Pourquoi le nom de M. René a-t-il aiguisé votre intérêt ? Comment pouvez-vous le connaître sans même savoir son nom de famille ? Ou est-ce le nom du restaurant qui vous a mis la puce à l'oreille ?

Elle sourit à travers un nuage de fumée et riposta d'une voix douce :

— Je vous emmerde, Ricaine !

Aucune trace de bégaiement dans sa réplique. Jamais je n'avais entendu une femme s'exprimer ainsi avant Eve Gardiner. Prudent, Finn se composa un visage impénétrable et leva la tête vers le ciel.

— Très bien, cédai-je.

Un à un, je lui mis les billets dans la main.

— Ce n'est que la moitié de ce que je vous demande.

— Vous aurez le reste quand nous aurons parlé à vos amis, assurai-je, adoptant son ton mielleux. Sinon, vous allez sans doute partir faire la tournée des pubs et me planter là.

— C'est bien possible, acquiesça-t-elle.

Pourtant, je m'interrogeais. Elle n'était pas intéressée que par mon argent. Elle était en quête d'autre chose. J'en étais convaincue.

Une fois dans la voiture, pressée contre la portière du passager, je rangeai le reste des billets dans mon portefeuille. Assise au milieu, Eve avait passé un bras nonchalant autour des épaules de Finn :

— Bon, où se trouve votre vieille amie ? demandai-je alors.

— À Folkestone, répondit-elle, faisant mine d'écraser sa cigarette sur le tableau de bord.

Finn la lui arracha et, la foudroyant du regard, la jeta par la vitre ouverte.

4

Eve

Mai 1915

La France. C'était là qu'Eve serait envoyée comme espionne. «*Espionne*», songea-t-elle en soupesant consciencieusement le mot. Son cœur battait d'un mélange d'appréhension et d'excitation. *Je vais espionner en France.*

Mais, avant la France, Folkestone.

Dans le train qui les y emmenait, le lendemain du soir où il l'avait recrutée devant une tasse de thé, dans le salon de la pension de famille, le capitaine Cameron, qui s'était chargé de son sac en tapisserie plein à craquer, lui demanda:

—Vous pensiez qu'il était possible de vous arracher à une salle de classement pour vous parachuter directement en territoire ennemi?

La veille, elle l'aurait suivi sur-le-champ, sans même prendre la peine de se changer, et tant pis pour la bienséance! Mais, respectueux des usages, le capitaine avait insisté pour venir la chercher le lendemain après-midi et lui avait donné le bras jusqu'à la gare, comme s'ils partaient en vacances. Seul le chat lui avait dit au revoir. Elle l'avait embrassé sur le museau et lui avait chuchoté : « Va voir Mme Fitz, la voisine. Je lui ai fait promettre de te donner des restes pendant mon absence. »

— Si quelqu'un vous posait la question, reprit le capitaine Cameron alors qu'ils s'installaient dans leur compartiment vide, je suis un oncle affectionné qui emmène sa nièce préférée à Folkestone, prendre le soleil.

Il ferma bien la porte, s'assurant qu'ils avaient le compartiment pour eux seuls, et vérifia de nouveau que personne ne les écoutait à leur insu.

La tête penchée de côté, Eve examina son visage en lame de couteau et son costume en tweed froissé.

— N'êtes-vous pas un peu jeune pour être mon oncle ?

— Vous avez vingt-deux ans et vous avez l'air d'en avoir seize. J'en ai trente-deux et j'en parais quarante-cinq. Je suis votre oncle Edward. Désormais, ce sera notre couverture.

Elle avait appris que son vrai nom était Cecil Aylmer Cameron. Éduqué dans des pensions privées, il avait ensuite été élève de l'Académie royale militaire, puis avait fait un séjour à Édimbourg, séjour dont il avait sans doute gardé cette légère intonation écossaise.

Il lui avait méthodiquement dressé la liste de ces qualifications officielles quand elle avait accepté son offre. Dans cette affaire placée sous le sceau de la plus grande discrétion, ses qualifications privées ne seraient dévoilées qu'en cas de nécessité… Et elle venait d'en obtenir la première. Un nom de code.

— Bien, oncle Edward.

Elle sentit un frisson d'excitation au creux du ventre.

— Et moi, quel sera mon nom de co… code ?

Elle avait lu Kipling, Childers, Conan Doyle… Même dans les livres idiots comme *Le Mouron rouge*, les espions avaient des noms de code, des déguisements.

— Vous verrez.

— Où i… irai-je en France ?

Avec lui, son bégaiement ne la gênait plus.

— Attendez de voir. Pour commencer, la formation. Attention, mademoiselle Gardiner, votre enthousiasme est flagrant.

Il sourit, de fines pattes-d'oie se creusant au coin de ses yeux. Docile, elle se composa un visage inexpressif.

— C'est mieux.

Avant la guerre, Folkestone était une ville côtière assoupie. Aujourd'hui, c'était un port animé : chaque jour, des ferries bondés y débarquaient des réfugiés belges et français et les quais résonnaient plus fréquemment du français ou du wallon que de l'anglais. Le capitaine Cameron ne prononça pas une parole avant qu'ils aient quitté la gare grouillante de monde et qu'ils se soient engagés sur la promenade en bois du front de mer, où ils trouvèrent un peu de tranquillité. Pressant le pas pour éviter que les autres couples de promeneurs ne l'entendent, il expliqua :

— Folkestone est la première escale pour les arrivants de Vlissingen, aux Pays-Bas. Une partie de mon travail consiste à faire passer des entretiens aux réfugiés avant de les laisser entrer en Grande-Bretagne.

— Vous cherchez des gens comme moi ?

— Exactement. Mais je cherche aussi ceux qui travaillent pour l'autre camp.

— Combien en avez-vous trouvé pour chaque catégorie ?

— Six, pour chaque.

Curieuse, elle demanda :

— Y a-t-il beaucoup de femmes parmi les… recrues ?

Comment les appelait-on ? Apprentis espions ? Espions en formation ? Tout cela semblait si absurde. Elle avait encore peine à croire à ce qui était en train de lui arriver.

— Jamais je n'aurais pensé que des femmes pouvaient être reconnues aptes à un tel travail, déclara-t-elle avec honnêteté.

Le capitaine Cameron, *l'oncle Edward*, semblait avoir un don étrange pour lui arracher la vérité. Il devait se montrer un interrogateur hors pair. Il vous soutirait les informations avec une telle douceur que vous vous rendiez à peine compte qu'elles avaient franchi vos lèvres.

— Au contraire, dit-il. J'aime recruter des femmes. Elles peuvent souvent passer inaperçues là où un homme serait soupçonné et arrêté. J'ai recruté une Française, plus tôt dans l'année.

À son sourire plein d'affection, elle devina qu'il en gardait un excellent souvenir.

— Elle dirige maintenant un réseau d'une bonne centaine d'agents, comme s'il n'y avait rien de plus simple au monde. Ses rapports sur les emplacements des batteries d'artillerie sont si rapides et précis que nous pouvons les faire bombarder au bout de quelques jours seulement. Elle est vraiment remarquable. De tout notre contingent, hommes et femmes, elle est notre meilleur élément.

Eve sentit son esprit de compétition se réveiller. *Je serai la meilleure.*

Il héla un taxi.

— *The Parade*, n° 8.

L'adresse était celle d'une petite maison miteuse, pas très différente de sa pension de famille londonienne. Un choix certainement délibéré, visant à satisfaire la curiosité des voisins indiscrets. Mais lorsque le capitaine la fit entrer dans un salon au tapis défraîchi, elle ne fut pas accueillie par une vieille fille coincée, aux lèvres pincées, mais par un commandant de haute taille, en uniforme.

L'air dubitatif, il examina Eve tout en tripotant les pointes cirées de son impressionnante moustache.

— Très jeune, déclara-t-il d'un ton désapprobateur en l'examinant de la tête aux pieds.

— Donnez-lui une chance, avança le capitaine Cameron, affable. Mademoiselle Evelyn Gardiner, je vous présente le commandant George Allenton. Je vous laisse entre ses mains.

Soudain prise de panique, Eve vit Cameron et son costume de tweed disparaître. Se ressaisissant, elle refoula son anxiété.

Je ne dois avoir peur de rien, sinon j'échouerai !

Le manque d'enthousiasme ostentatoire du commandant indiquait clairement qu'il ne partageait pas la préférence du capitaine Cameron pour les recrues féminines.

— Votre chambre est la première, au deuxième étage. Présentez-vous ici dans un quart d'heure.

Et aussi simplement que cela, le monde des services secrets s'ouvrit à Eve.

La formation à Folkestone durait deux semaines. Deux semaines dans des pièces étouffantes, basses de plafond, aux fenêtres constamment fermées malgré la chaleur du mois de mai. Des pièces où des élèves qui n'avaient en rien l'apparence d'espions suivaient des cours sur d'étranges et sinistres sujets, enseignés par des hommes qui n'avaient pas l'air de militaires.

En dépit des préférences du capitaine Cameron, elle était la seule femme, ignorée des instructeurs qui persistaient à s'adresser en priorité à leur auditoire masculin avant de lui permettre de s'exprimer. Ce qui ne la troublait en rien. Bien au contraire, cela lui permettait d'évaluer ses collègues à loisir. S'ils n'étaient que quatre, elle était frappée par leurs différences. Sur toutes les affiches vantant les troupes de combat, on voyait des colonnes de fantassins tous identiques, des fidèles partisans, robustes, aux visages anonymes tellement ils se ressemblaient : le soldat idéal appartenait à un bataillon d'hommes forts, tous sur le même modèle. En revanche, une affiche qui viserait à recruter pour les services secrets montrerait des hommes aux physiques très différents et qui, surtout, n'auraient pas l'air d'espions.

Leur petit groupe comptait cinq élèves. Un Belge à la barbe poivre et sel. Un Français claudiquant, l'autre avec un accent lyonnais. Et un jeune Anglais efflanqué qui nourrissait une haine farouche à l'égard des « Huns ».

Il n'y arrivera pas. Il ne possède aucune maîtrise de soi, jugea-t-elle.

Le Français boiteux aussi la laissait dubitative ; il serrait les poings à la moindre frustration. La formation consistait justement à apprendre à contrôler ses réactions, à acquérir des techniques très délicates. À apprendre avec une infinie patience à crocheter des serrures, écrire en code, déchiffrer. À maîtriser les divers types d'encre invisible, leur fabrication et leur lecture. À dessiner des cartes, à dissimuler des messages. La liste était interminable. Le Belge aux gros poings qui ressemblaient à des jambons étouffait des jurons en essayant de compiler des rapports sur de minuscules papiers. Elle ne tarda pas à comprendre le système des lettres microscopiques, jamais plus grosses qu'une virgule sur une machine à écrire. Son instructeur, un cockney maigre qui lui avait à peine accordé un regard depuis son arrivée, s'autorisa quelques sourires de satisfaction devant son travail et commença à l'observer de plus près.

Elle s'interrogeait : à quel point pouvait-on changer en deux semaines ? Mais était-elle vraiment en train de changer ? Ou devenait-elle celle qu'elle était déjà, au fond ? Elle avait l'impression de muer, de délester son corps et son esprit de tout ce qui pouvait l'alourdir. Chaque matin, elle se réveillait et, pleine d'entrain, repoussait ses couvertures et sautait de son lit, impatiente de voir ce que la journée lui réservait. De ses doigts fins, elle manipulait habilement les morceaux de papier, se perfectionnait dans l'art de faire livrer ses secrets à une serrure. Et la première fois que, ses efforts couronnés de succès, elle en entendit le clic, elle fut envahie par un sentiment de pur plaisir, plus grisant encore que son premier baiser.

J'étais faite pour ça. Je suis Evelyn Gardiner et c'est mon destin.

À la fin de la deuxième semaine, le capitaine Cameron vint la voir.

— Comment va mon élève ?

— Très bien, oncle Edward, répondit-elle, docile.

Les yeux pétillant de malice, il demanda :

— À quoi vous entraînez-vous ?

— À cacher des messages.

Comment couper prestement une fente dans sa manchette de blouse pour y glisser un message roulé et comment l'en sortir tout aussi vite. Ce qui demandait à la fois de la célérité et des doigts agiles, deux qualités qu'elle possédait.

Le capitaine s'appuya au bord de la table. Aujourd'hui, il était en uniforme. C'était la première fois qu'elle le voyait en kaki, une couleur qui lui allait bien.

—Avec la tenue que vous portez actuellement, dans combien d'endroits pouvez-vous cacher un message ?

—Dans les manchettes, les ourlets, le bout des doigts d'un gant, récita-t-elle. Dans une épingle à cheveux, bien entendu. Enroulé à l'intérieur d'une bague ou d'un talon…

—Hum. Vous feriez mieux d'oublier cette dernière cachette. D'après ce que je sais, les Fritz connaissent le coup du talon.

Elle hocha la tête, enregistrant l'information. Puis, roulant le minuscule message blanc, elle le fit promptement glisser dans l'ourlet de son mouchoir.

—Vos camarades s'entraînent au tir, fit alors remarquer Cameron. Pourquoi pas vous ?

—Le commandant Allenton estime que ce n'est pas nécessaire.

«*Je ne peux pas imaginer qu'une femme se trouve un jour contrainte à tirer au pistolet*», avait-il dit. Et alors que les autres élèves gagnaient les cibles avec leurs Webley d'emprunt, elle était restée en retrait. Ils n'étaient plus que trois. Malgré ses pleurs et ses jurons, l'Anglais famélique avait été déclaré inapte. *Va t'enrôler comme soldat si tu veux te battre contre les Boches*, avait-elle pensé, non sans compassion.

—Je pense que vous devriez apprendre à tirer au pistolet, mademoiselle Gardiner.

—Est-ce que cela ne va pas à l'encontre des ordres du commandant ?

Dès le premier jour, l'antipathie entre les deux hommes ne lui avait pas échappé. Ignorant sa remarque, le capitaine répliqua :

— Venez avec moi.

Au lieu de l'emmener au champ de tir, il choisit une plage déserte, loin de l'animation des quais. Il prit la direction de la mer, sa besace en bandoulière cliquetant à chaque pas. Elle le suivit, ses bottes s'enfonçant dans le sable, le vent jouant dans ses cheveux sagement tirés en chignon. La matinée était chaude et elle regrettait de ne pouvoir retirer sa veste. Mais cette promenade à deux sur une plage isolée avec un homme qui n'était certainement pas son oncle était suffisamment inconvenante. *Mlle Gregson et les autres secrétaires seraient choquées par mon audace.* Repoussant cette pensée, elle se décida à la bannir de son esprit. Elle ne ferait pas une grande carrière d'espionne si elle attachait autant d'importance à la bienséance.

Le capitaine trouva une bûche de bois flotté, charriée par la mer, sur laquelle il aligna plusieurs bouteilles vides qu'il sortit de son sac.

— Ça ira. Reculez de dix pas.

— Ne devrais-je pas être capable de tirer de plus loin ? objecta-t-elle en lançant sa veste sur un banc de lichen.

— Si vous visez un homme, il y a de fortes chances que ce soit de près.

Venant se placer à sa hauteur, il tira une arme de sa besace.

— C'est un Luger neuf millimètres P08.

Elle fit une grimace de dégoût.

— Un p... pistolet allemand ?

— Ne soyez pas méprisante, mademoiselle Gardiner. Cette arme est bien plus précise et fiable que les nôtres.

Nos hommes sont équipés du Webley Mk IV. C'est avec ça que s'entraînent vos camarades. Ils perdent leur temps. Avec un Webley, il faut des semaines pour apprendre à atteindre sa cible. Ils sautent à chaque tir. Avec un Luger, il vous suffira de quelques heures d'entraînement pour y arriver.

Il démonta le pistolet, lui nomma les différentes pièces et les lui fit assembler à plusieurs reprises, jusqu'à ce qu'elle en maîtrise parfaitement les rouages. Lorsqu'elle comprit qu'elle avait pris le tour de main, elle se sentit submergée par la même excitation que celle qui, depuis quinze jours, la faisait vibrer quand elle réussissait à déchiffrer une carte ou à décrypter un message.

Encore ! Je veux apprendre encore plus.

Cameron lui fit charger et recharger le pistolet. Visiblement, il testait sa patience, attendant de voir si elle allait le supplier de la laisser tirer au lieu de jouer avec l'arme. Elle repoussa une mèche rebelle derrière une oreille et écouta, muette, ses instructions.

Je peux attendre toute la journée, capitaine.

— Bien ! déclara-t-il enfin en visant la première des bouteilles. Vous avez sept coups. Baissez le canon, comme ça. Même s'il ne saute pas comme un Webley, il y a quand même du recul.

D'un doigt, il lui tapota l'épaule, le menton, les phalanges, pour corriger sa posture. Pas une fois il n'essaya de profiter du moment pour créer la moindre intimité. Rien à voir avec les chasses aux canards, à Nancy, et les Français qui ne se gênaient pas pour l'enlacer en lui chuchotant : « *Laissez-moi vous montrer comment viser cette cible !* »

Le capitaine hocha la tête et recula d'un pas. La brise iodée qui ébouriffait ses cheveux courts agitait la surface bleue de la Manche derrière lui.

— Feu !

Elle tira les sept balles, les déflagrations résonnant sur la plage déserte, et n'atteignit pas une seule bouteille. S'exhortant à ne rien laisser paraître de sa cuisante déception, elle se contenta de recharger. D'un signe de tête, le capitaine lui indiqua de se remettre à tirer et lui demanda à brûle-pourpoint :

— Qu'est-ce qui vous pousse à faire tout cela, mademoiselle Gardiner ?

— Je veux faire ma part, répondit-elle sans la moindre trace de bégaiement. Qu'y a-t-il de si étrange ? L'été dernier, quand la guerre a éclaté, chaque jeune Anglais brûlait de se joindre au combat, de se rendre utile. Demande-t-on aux hommes quelles sont leurs motivations ?

Elle souleva le Luger, tira sept autres coups, minutieusement espacés. Cette fois, elle toucha l'une des bouteilles et fit voler un éclat de verre, sans la faire éclater. Et sentit de nouveau le dépit. Mais, un jour, elle serait la meilleure. Elle s'en faisait le serment. *Encore meilleure que votre recrue de prédilection à Lille, quelle qu'elle soit.*

La voix du capitaine reprit :

— Haïssez-vous les Fritz ?

Tout en rechargeant son arme, elle répondit :

— J'ai grandi à Nancy, pas loin d'eux. À l'époque, je ne les détestais pas. Mais ils ont envahi la France, l'ont réduite à néant, se sont approprié tout ce qu'il y avait de b… bon dans ce pays. De quel droit l'ont-ils fait ? finit-elle en introduisant la dernière balle.

— Aucun, répliqua-t-il en l'observant. Néanmoins, je pense qu'en ce qui vous concerne, il s'agit moins de patriotisme que de prouver de quoi vous êtes capable.

— C'est exact, admit-elle.

Son aveu la soulagea. C'était vrai, ce qu'elle voulait avant tout, c'était faire ses preuves. À tel point que c'en était douloureux.

Au troisième tir, une bouteille vola en éclats. Jubilant intérieurement, elle sourit. Le capitaine baissa les yeux vers elle.

— Ne prenez pas cela pour un jeu, lui recommanda-t-il. Je vois tant de jeunes hommes s'enflammer à l'idée de vaincre les Boches, ce qui part d'un sentiment très noble au moment de l'enrôlement. Mais, dès la première semaine dans les tranchées, ils perdent leurs illusions. Ce qui n'a de conséquences que sur leur innocence. Les espions, eux, ne peuvent pas s'enflammer en vain. Ceux qui voient leur mission comme un jeu finissent devant un peloton d'exécution. Et leurs compagnons de réseau aussi, probablement. Qu'importe ce que vous avez entendu sur leur stupidité, les Allemands sont aussi malins qu'impitoyables. Et dès l'instant où vous aurez posé un pied sur le sol français, ils seront déterminés à vous attraper. En tant que femme, vous ne serez peut-être pas fusillée contre un mur, comme un gamin de dix-neuf ans que j'ai envoyé à Roubaix le mois dernier. Mais vous pourriez être expédiée en Allemagne, pourrir dans une prison infestée de rats, y mourir lentement de faim, et personne ne pourrait vous aider. Pas même moi. Vous me comprenez, Evelyn Gardiner ?

Il la testait de nouveau. Son rythme cardiaque s'envolait. Si elle échouait, elle ne reverrait pas la France de sitôt. Si elle échouait, elle allait rentrer à Londres pour classer du courrier. *Jamais !* Mais quelle réponse attendait-il ?

Les yeux rivés sur elle, le capitaine Cameron l'observait.

— Je n'ai jamais pris cela pour un jeu, finit-elle par dire. Je ne joue pas à des j… jeux. Les jeux sont pour les enfants. Et je parais peut-être seize ans mais je n'ai jamais été une enfant.

Elle rechargea son pistolet et, d'un ton déterminé, poursuivit :

— Je ne peux pas vous promettre de ne pas échouer. Mais certainement pas parce que je prends ma mission à la légère.

Le cœur galopant toujours, elle soutint son regard sans ciller. Avait-elle donné la bonne réponse ? Elle n'en avait pas la moindre idée. Mais c'était la seule qui lui était venue à l'esprit.

Au bout d'un moment qui lui parut interminable, le capitaine Cameron déclara enfin :

— Lille est occupée par les Allemands. C'est là que vous allez être envoyée.

Son soulagement fut tel qu'elle sentit ses jambes se dérober.

— Mais, pour commencer, vous irez au Havre rencontrer votre contact. Vous vous appellerez Marguerite Le François. Vous devez apprendre à répondre à ce prénom comme si c'était le vôtre.

Marguerite Le François ! Elle esquissa un sourire entendu. Un prénom parfait pour une jeune fille à l'air innocent, une jeune fille qui devait passer totalement inaperçue, à qui l'on n'avait pas idée d'adresser la parole. Une pâquerette inoffensive, pleine de fraîcheur, cachée dans l'herbe.

Le capitaine lui sourit en retour.

— J'ai pensé que cela vous irait bien, reprit-il en lui montrant la rangée des six bouteilles restantes.

Il avait des mains fines et hâlées et elle vit l'éclat d'une alliance briller à son annulaire gauche.

—Allez ! Encore un essai !

—*Bien sûr, oncle Édouard**.

Quand arriva la fin de l'après-midi, toutes les bouteilles étaient en miettes. Avec quelques jours de plus sous sa tutelle, elle serait capable de briser sept bouteilles en sept tirs.

Un après-midi, alors qu'elle revenait de son entraînement, le commandant Allenton lui fit remarquer :

—Cameron vous consacre beaucoup de temps. Prenez garde, ma chère.

Depuis son arrivée, il n'avait jamais pris la peine de lui adresser la parole. Pourtant, il l'observait maintenant d'un œil spéculateur.

Arrivée la première dans la classe pour le cours sur le déchiffrage de messages codés, elle s'installa à son bureau et rétorqua :

—Je ne comprends pas ce que vous vou… voulez dire. Le capitaine est un parfait gentleman.

—Pas si parfait, ma chère. Il a trempé dans une sale affaire qui l'a expédié en prison pour trois ans.

Elle faillit tomber de son siège. Cameron, avec sa voix si distinguée et sa légère intonation écossaise, ses manières impeccables d'ancien pensionnaire d'école privée, son regard doux et sa longiligne silhouette dégingandée ? En « prison » ?

Le commandant jouait avec sa moustache cirée, s'attendant manifestement à ce qu'elle le presse de questions pour avoir des détails juteux. Mais, rajustant sa jupe, elle garda le silence.

Visiblement ravi de pouvoir dénigrer un subordonné, il finit par le rompre.

— Il a fait de la prison pour une affaire très louche, une affaire de fraude. Si vous êtes curieuse, sa femme a essayé de porter plainte pour le vol de ses perles, ce qui a été considéré comme une fraude par l'assurance. Il a porté le chapeau pour elle, même si personne ne sait ce qui s'est vraiment passé.

Devant son mouvement de surprise, l'air enchanté, il ajouta avec un clin d'œil éloquent :

— Je suppose qu'il ne vous a parlé ni de sa peine de prison ni de sa femme ?

— Ni l'une ni l'autre ne me regardent, rétorqua-t-elle, glaciale. Et, étant donné qu'il a été réhabilité dans l'armée de Sa Majesté à un poste de confiance, je ne suis pas en po… position de con… contester son autorité.

— Je n'appellerais pas cela un poste de confiance, ma chère. La guerre draine de drôles d'énergumènes. On a besoin que tout le monde se mobilise, même les escrocs. Cameron a été gracié et réintégré mais je ne tiens pas pour autant à voir une de mes filles se promener seule sur une plage avec lui. Une fois qu'un homme a été derrière les barreaux, eh bien…

Elle revit les longues mains du capitaine chargeant le Luger pour elle. Elle ne pouvait les imaginer dérober quoi que ce soit.

— Ce se… sera tout, mon commandant ?

Naturellement, elle brûlait d'en savoir plus. Mais plutôt être pendue qu'essayer d'arracher une nouvelle information à ce morse malveillant, avec sa moustache ridicule. Le commandant s'éloigna, visiblement déçu. Le lendemain, elle observa Cameron à son insu. Néanmoins, elle ne lui posa aucune question. Tout le monde à Folkestone avait ses secrets. Le sixième jour, il lui offrit le Luger, soigneusement empaqueté, qu'elle rangea avec ses effets, dans son sac en tapisserie.

— Vous partez pour la France demain matin ! lui annonça-t-il.

Partie II

5

Charlie

Mai 1947

Je ne sais pas combien de temps dura la traversée de la Manche. Le temps s'étire à l'infini quand on n'arrête pas de vomir.

Agrippée au bastingage, j'entendais l'accent écossais de Finn Kilgore.

— Ne fermez surtout pas les yeux. Le fait de ne pas voir la houle aggrave les nausées.

Je plissai les yeux et gémis :

— Je vous en prie, ne prononcez pas ce mot.

— Quel mot ?

— La « houle ».

— Contentez-vous de regarder l'horizon et…

— Trop tard.

Avec un hoquet, je me penchai. Je n'avais rien à vomir, mais mon estomac se retourna.

Du coin de l'œil, j'aperçus deux élégants Français qui faisaient une grimace de dégoût et s'éloignaient sur le pont que balaya une bourrasque glaciale. Mon chapeau rose à l'horrible voilette s'envola. Avec un grand geste, Finn essaya de le rattraper.

— Laissez-le ! Je déteste ce chapeau !

Avec un sourire, il s'empara de mes cheveux qui me fouettaient les joues et m'en dégagea le visage alors que j'avais un dernier haut-le-cœur. La première fois que j'avais vomi devant lui, j'avais cru mourir d'embarras. Mais cela remontait à des heures et j'étais maintenant trop malade pour me soucier de me sentir humiliée.

— Vous avez un estomac bien délicat pour une Amerloque, fit-il remarquer. Avec un régime à base de hot dogs et de café, j'avais l'impression que rien ne pouvait rendre malade un Américain.

Je me redressai. Je devais être aussi verte qu'un petit pois.

— Je vous en prie, ne dites pas « hot dog ».

Il relâcha mes cheveux.

— Comme vous voudrez.

Nous avions laissé Eve à l'autre extrémité du bateau. Elle s'était tellement amusée de mon infortune que, prise d'une pulsion meurtrière, j'avais battu en retraite. Finn avait fini par me rejoindre. Il avait dû se lasser de ses jurons et de la fumée de ses cigarettes. Même si j'avais peine à imaginer que cela puisse être pire que mes nausées sans fin.

Tournant le dos à la mer, il s'appuya des deux coudes au bastingage et, la tête penchée en arrière, regarda vers le pont supérieur du bateau.

— Où irons-nous une fois que nous serons arrivés au Havre, mademoiselle ?

— Eve dit que la femme qu'elle veut voir habite Roubaix. Autant y aller avant Limoges ? Mais je pensais…

Je m'interrompis.

— Vous pensiez quoi ?

— Que nous pourrions commencer par Rouen ?

Cela ressemblait trop à une question. Et je me rabrouai intérieurement. Je n'avais pas à demander la permission pour notre prochaine destination : il s'agissait de mon enquête, même si c'était un terme trop grandiloquent. Ma mission ? Mon obsession ? Quel que soit le nom qu'on pouvait lui donner, c'était mon argent qui finançait tout. C'était donc moi qui étais aux commandes. Finn et Eve semblaient tenir cela pour acquis, ce que je ne pouvais m'empêcher d'apprécier après tant de semaines passées à avoir l'impression d'être une feuille tourbillonnant dans le vent.

— Nous irons à Rouen, dis-je d'un ton ferme. C'est là qu'a déménagé ma tante après la guerre. La mère de Rose. Elle n'était pas très prolixe dans ses lettres mais je suis sûre que si j'arrive sur le seuil de sa porte, elle me parlera.

Je me remémorai ma tante française, ses sacs à main qui faisaient un bruit de ferraille à cause des innombrables boîtes à pilules destinées à soigner toutes les maladies qu'elle était persuadée d'avoir. J'agripperais ses bras maigres et la secouerais jusqu'à ce qu'elle crache les réponses que je voulais.

Pourquoi Rose était-elle partie de chez elle en 1943 ? Qu'était-il arrivé à sa fille ?

Je regardai de l'autre côté du pont et vis ma cousine à huit ans, ses cheveux frisés, son visage criblé de taches de rousseur, sautiller le long du bastingage. Quand elle me sourit, je me rendis compte que ce n'était pas elle. Cette fillette n'avait même pas les cheveux blonds. Je la regardai courir jusqu'à sa mère, à la proue, mon imagination persistant à vouloir me convaincre que c'étaient les nattes blondes de Rose qui bondissaient contre ce dos menu, et non celles, châtaines, d'une inconnue.

— Rouen, répétai-je. Nous passerons la nuit au Havre puis, demain matin, nous prendrons la route. Nous pourrions y arriver ce soir si nous prenions le train…

Eve avait catégoriquement refusé de voyager autrement qu'en voiture. J'avais donc dû allonger une somme généreuse pour faire lentement hisser la Lagonda de Finn par une grue, sur le bateau. Comme si nous étions des aristocrates anglais en route pour une promenade en automobile sur le continent, agrémentée d'un pique-nique au champagne. Pour le prix de la traversée du véhicule, j'aurais pu offrir l'aller-retour en ferry de l'Angleterre à la France à six passagers. Voilà pourquoi nous avions embarqué sur le bateau le plus lent, qui allait au Havre au lieu de Boulogne.

— Cette garce n'aurait-elle pas pu se secouer et supporter un voyage en train ? grommelai-je.

— Honnêtement, je ne sais pas si elle le pourrait, répliqua Finn.

Je jetai un coup d'œil à mon imprévisible alliée, à l'autre extrémité du pont. Pendant le trajet, elle s'était montrée tour à tour insultante ou silencieuse et, à notre arrivée à Folkestone, avait refusé de descendre de voiture. Finn avait été obligé de m'escorter pour aller acheter les billets pour le ferry. Quand nous étions revenus à la Lagonda, elle avait disparu et, après avoir roulé à travers les rues de la ville, nous l'avions trouvée devant une vieille maison délabrée qui portait la plaque « *The Parade*, n° 8 ». La mine sombre, elle semblait plongée dans ses pensées.

— Je me demande encore où est allé ce jeune Anglais si maigre, déclara-t-elle brusquement. Celui qui avait été ren…

renvoyé de la formation. Est-ce qu'il a rejoint les poilus dans les tranchées, est-ce qu'il a sauté ? Quelle chance, mon vieux !

— Quelle « formation » ? demandai-je, exaspérée.

Ce qui me valut pour toute réponse un rire qui ressemblait à un aboiement.

— N'avons-nous pas un bateau à prendre ?

Et, maintenant, elle était assise dans le coin le plus reculé du pont, dans un manteau usé, tête nue, fumant ses cigarettes à la chaîne et, contre toute attente, l'air vulnérable.

— Mon frère s'asseyait toujours ainsi, fis-je remarquer. Dans un coin, le dos calé contre un mur. Après son rapatriement de Tarawa, du moins. Un soir, il s'est soûlé et il m'a raconté qu'il ne se sentait à l'aise qu'à condition de pouvoir voir toutes les lignes de tir ennemies.

La gorge soudain nouée, je revis James, ses traits bouffis par l'alcool altérant la beauté de son visage à la mâchoire carrée, son sourire forcé pour compenser le vide indicible de son regard…

— Beaucoup de soldats ont ce réflexe, répondit Finn d'un ton neutre.

D'une voix étranglée, j'acquiesçai :

— Je sais. Ce n'était pas seulement mon frère. Tous les soldats qui fréquentaient le café où je travaillais avaient le même.

Je surpris son expression étonnée.

— Quoi ? Vous croyiez que l'Américaine, gosse de riches, n'avait jamais travaillé ?

Visiblement, je lisais dans ses pensées.

— Mon père estimait que ses enfants devaient avoir la notion de la valeur d'un dollar. Il m'a engagée dans son bureau quand j'avais quatorze ans.

Un cabinet juridique spécialisé dans le droit international, où les communications téléphoniques se faisaient indifféremment en français, en allemand et en anglais. J'avais d'abord eu pour mission d'arroser les plantes et de faire le café. Mais je n'avais pas tardé à classer des documents, à organiser les notes de mon père et, même, à tenir ses livres de comptes quand il était devenu évident que j'étais plus rapide et plus efficace que sa secrétaire.

— Ensuite, je suis allée à Bennington, poursuivis-je en souriant. Et ma mère n'étant pas là pour me l'interdire, j'ai été serveuse dans un café. C'est là que je voyais des soldats.

Finn avait l'air perplexe.

— Pourquoi travailler si vous n'y étiez pas obligée ?

— J'aime me rendre utile. J'étais prête à tout pour échapper aux gants blancs et aux cotillons. Dans un café, vous pouvez observer les gens, inventer des histoires à leur sujet. Celui-là est un espion nazi, celle-ci une actrice en route pour une audition à Broadway. En outre, je compte bien, je suis donc utile dans un commerce. Je calcule mentalement la monnaie, je tiens la caisse. J'ai étudié les maths à l'université.

Comme ma mère avait été contrariée quand elle avait su que je m'étais inscrite à Bennington pour des études de calcul et d'algèbre !

« *Je sais que tu aimes ce genre de chose,* ma chère*. *Et je ne sais pas comment je vais continuer à équilibrer mon compte bancaire une fois que tu seras dans le Vermont. Mais ne fais pas de zèle quand tu as un rendez-vous. Évite, selon ton habitude, de calculer mentalement l'addition plus vite que le serveur. Les garçons n'aiment pas les filles qui ont la bosse des maths.* »

Peut-être était-ce la raison pour laquelle, une fois à Bennington, j'avais accepté ce travail au café. C'était ma petite rébellion personnelle contre la litanie que j'avais entendue toute ma vie sur ce qui était convenable, bienséant, et ce qui plaisait aux garçons. Ma mère m'avait envoyée à l'université pour trouver un mari. Mais je cherchais autre chose. Un autre chemin plutôt que celui, tout tracé, qui avait été choisi pour moi. Je voulais voyager, travailler… que sais-je? Je n'avais pas encore décidé comment mais le Petit Problème était arrivé et avait fait voler en éclats tous nos projets, ceux de ma mère et les miens.

—Rendre la monnaie pour des tasses de café. C'est une drôle de manière de passer la guerre, fit remarquer Finn avec un sourire en coin.

—Je n'y peux rien si j'étais trop jeune pour être infirmière.

Après une hésitation, je me décidai à poser la question. J'avais toujours la nausée et la conversation m'aidait à oublier les contractions de mon estomac.

—Et votre guerre?

Tout le monde avait vécu une guerre différente. La mienne s'était résumée à faire des devoirs d'algèbre, à accepter de temps en temps un rendez-vous avec un garçon et à attendre tous les jours les lettres de Rose et de James. Celle de mes parents, à contribuer aux Jardins de la Victoire, à conduire une vieille guimbarde en guise de voiture et, pour ma mère, à se tracasser de devoir maquiller ses jambes pour remplacer ses bas de soie. Quant à la guerre de mon pauvre frère… Eh bien, j'aurais été incapable de dire à quoi elle avait ressemblé, mais elle l'avait poussé à en finir en s'enfonçant un fusil de chasse dans la bouche.

Clignant des yeux pour chasser l'image du visage de James avant de sentir de nouveau l'émotion m'étouffer, je pressai de nouveau le taciturne Écossais:

—À quoi a ressemblé votre guerre?

— Je n'ai pas été blessé. Ça a été une époque formidable. Absolument fabuleuse.

Le ton de Finn s'était fait sarcastique. Mais je savais que je n'étais pas la cible de son ironie. Je refoulai mon envie de lui poser d'autres questions. Son visage s'était fermé et je ne pouvais me résoudre à me montrer plus indiscrète. Après tout, je le connaissais à peine. Il était l'homme à tout faire d'Eve, celui qui lui préparait son petit déjeuner. Je ne savais pas si je lui étais sympathique ou s'il se montrait juste poli.

Je voulais lui être sympathique. Pas seulement à lui. À Eve aussi. Même si elle m'inspirait un mélange de perplexité et d'exaspération. Avec eux, je prenais un nouveau départ. Pour eux, j'étais une page blanche, j'étais Charlie St Clair, fer de lance de la quête la plus improbable du monde. Pas Charlie St Clair, la honte de sa famille et la parfaite traînée.

Il finit par s'éloigner et je sentis mon estomac se soulever de nouveau. Je passai le reste du voyage les yeux rivés sur l'horizon en déglutissant fortement. Enfin, le cri retentit : « Le Havre ! » Je fus la première sur le quai, ma petite valise à la main. J'étais si heureuse de me retrouver sur la terre ferme que j'aurais pu embrasser le sol. Il me fallut un moment pour comprendre le décor qui m'entourait.

La guerre semblait avoir laissé encore plus de traces au Havre qu'à Londres. Je me rappelai que le port avait été totalement détruit par les bombardements. « La tempête de fer et de feu », comme on les appelait. Toute la ville n'était que ruines et bâtiments rasés. À cela venait s'ajouter une impression de grisaille, de découragement, de lassitude, pesant sur la foule qui nous entourait. Des Londoniens que j'avais rencontrés semblaient émaner une sorte d'humour inébranlable, comme pour dire : « On ne peut toujours pas couvrir nos scones de crème, mais nous n'avons pas été envahis, pas vrai ? »

La France, en dépit de l'ivresse que j'avais vu décrite dans les journaux, du général de Gaulle triomphant, descendant les Champs-Élysées au milieu de la foule des Parisiens en délire, semblait exsangue.

Lorsque Finn et Eve me rejoignirent, je m'étais ressaisie et, repoussant ma mélancolie soudaine, je palpais la liasse de billets en francs que j'avais obtenue à Folkestone.

« *Ma chère, votre père se doute-t-il que vous avez changé une telle somme d'argent ?* » avait ironisé l'Anglaise.

Finn déposa Eve et ses bagages vétustes, puis se hâta le long du quai pour s'assurer que la grue qui devait la descendre ne rayerait pas sa précieuse Lagonda.

— Nous allons avoir besoin d'un hôtel, dis-je distraitement, recomptant mes francs tout en luttant contre une soudaine vague de fatigue. Connaissez-vous un endroit bon marché ?

— Les hôtels bon marché sont légion dans un port. Vous voulez dormir avec Finn ? ironisa-t-elle, une lueur taquine dans le regard. Deux chambres reviennent moins cher que trois.

— Non merci, répondis-je, glaciale.

Elle partit d'un éclat de rire.

— Que les Américaines sont donc prudes !

Repensant à la chemise défraîchie de l'Écossais, je changeai de sujet.

— Comment a-t-il pu s'acheter une telle voiture ?

— Il a sans doute commis quelque délit, répondit-elle sur un ton dégagé.

Incrédule, je clignai des yeux.

— Vous plaisantez ?

— Non. Vous pensez que ça l'amuse de travailler pour une enquiquineuse au caractère de cochon comme moi ? Personne ne l'aurait engagé. Je n'aurais sans doute pas dû non plus mais j'ai un faible pour les beaux gosses à l'accent écossais, qui ont purgé une peine de prison.

La surprise me fit vaciller sur mes talons hauts et je faillis tomber.

Feignant l'innocence, elle haussa les sourcils.

— Quoi ? Vous n'aviez pas compris ? Finn est un ancien repris de justice.

6

Eve

Juin 1915

Laissant la pluie derrière elle, Marguerite Le François entra dans un café du Havre et s'installa à une table isolée, dans un coin : une jeune fille respectable, portant chapeau et gants, qui demanda timidement au serveur, avec son accent du nord de la France, une limonade. Dans son portefeuille, ses papiers d'identité étaient impeccablement rangés. Née à Roubaix, elle avait dix-sept ans et son permis de travail. Ce que Marguerite était d'autre, Eve n'en était pas encore tout à fait sûre. Les autres caractéristiques de son personnage étaient floues, pas encore étoffées des détails qui allaient la rendre réelle. Lorsque le capitaine Cameron, « l'oncle Edward », l'avait accompagnée au bateau, à Folkestone, après lui avoir fourni un tailleur de voyage un peu fatigué mais respectable, il lui avait remis une vieille valise pleine de vêtements tout aussi élimés et convenables et une liasse de faux papiers immaculés.

Sur le quai, dans son costume de tweed anonyme qui avait remplacé son impeccable uniforme kaki, il avait souri, les pattes-d'oie se formant au coin de ses yeux, et, enfin, lui avait communiqué sa destination :

— Au Havre, vous rencontrerez votre contact. Elle vous expliquera tout ce que vous aurez besoin de savoir pour mener votre mission à bien.

— C'est votre prodige ? n'avait-elle pu s'empêcher de demander. Votre meilleur agent ?

— Oui. Je ne peux penser à personne de plus qualifié pour vous préparer.

Soutenant son regard avec intensité, Eve avait répondu :

— Je serai tout aussi performante. Vous serez fi… fier de moi.

— Je suis déjà fier de vous tous. Dès l'instant où une recrue accepte une mission, je suis fier d'elle. Parce que ce n'est pas seulement un travail dangereux, c'est un travail sale, répugnant. Il n'est pas très loyal, certes, d'écouter aux portes et d'ouvrir du courrier qui ne vous est pas destiné. Même si c'est celui de l'ennemi. Jamais un homme honorable ne devrait agir de la sorte, même en temps de guerre. À plus forte raison, une femme.

— Sornettes ! avait vivement répliqué Eve.

Cameron s'était mis à rire et avait renchéri :

— Oui, pures sornettes. Néanmoins, le genre de travail que nous faisons n'est pas très respecté, même parmi ceux qui comptent sur les rapports de nos espions. Il ne faut ni espérer se voir tresser des lauriers ni s'attendre à des éloges ou à une quelconque notoriété. La seule certitude, c'est le danger. Alors ne craignez jamais de n'avoir pas su me rendre fier, mademoiselle Gardiner, avait-il ajouté en rajustant le petit chapeau terne qui la coiffait, sur ses cheveux soigneusement tirés en chignon.

— Mademoiselle Le François, lui avait-elle rappelé.

— C'est exact.

Son sourire s'était évanoui.

— Soyez prudente.

— Vous pouvez compter sur moi. Comment s'appelle cette femme, au Havre ? Votre prodige, celle que je vais remplacer ?

— Alice, avait répondu le capitaine, amusé. Alice Dubois. Ce n'est pas son vrai nom, bien entendu. Et si vous pouvez la surpasser, dans six mois, vous aurez mis fin à la guerre.

Un long moment, il était resté sur le quai à regarder son bateau qui s'éloignait sur la mer houleuse. Et, jusqu'à ce que la silhouette vêtue de tweed eût disparu, elle ne l'avait pas quitté des yeux non plus. Elle avait senti un pincement de cœur. Le capitaine Cameron était la première personne qui lui témoignait de la confiance, qui croyait en elle. Et son dernier contact avec tout ce qu'elle laissait derrière elle. Mais son sentiment de solitude n'avait pas tardé à se dissiper pour laisser la place à l'excitation. Eve Gardiner avait quitté l'Angleterre. Marguerite Le François était arrivée au Havre. Et elle attendait, sirotant sa limonade tout en dissimulant la curiosité qui la dévorait à la perspective de rencontrer enfin la mystérieuse Alice.

Le café était animé. Des serveurs, aux visages maussades, chargés d'assiettes sales et de bouteilles de vin, des clients qui entraient, secouant leurs parapluies trempés. Elle examina chaque personne. Une matrone corpulente, aux manières sèches, avait l'apparence totalement anonyme et l'air compétent d'une vraie chef de réseau d'espionnage… Ou, peut-être, la jeune femme famélique qui appuya sa bicyclette contre le mur extérieur et dut s'arrêter sur le seuil pour nettoyer ses lunettes. Elles dissimulaient peut-être des yeux de faucon qui auraient lu des dizaines de plans allemands…

— Chère Marguerite ! s'exclama soudain une voix de femme.

Elle tourna vivement la tête en entendant le nom auquel, comme un chiot, elle s'était entraînée à répondre, et eut soudain l'impression d'être happée sous un chapeau. Pas n'importe quel chapeau, mais un chapeau de la taille d'une roue de charrette, couvert d'organza rose et de fleurs en soie. Sa propriétaire l'enveloppa dans un parfum de muguet et plaqua deux baisers sonores sur ses joues.

— Ma chérie, regardez-vous ! Comment va ce cher oncle Édouard ?

C'était bien la première phrase qu'elle devait entendre. Pourtant, muette de surprise, elle ne pouvait que dévisager la nouvelle venue. Ainsi, elle avait devant elle la chef du réseau de Lille ?

Petite et frêle, la Française, qui paraissait trente-cinq ans, lui arrivait à peine au menton. Elle portait un très élégant tailleur d'une couleur lilas foncé, que venait compléter le gigantesque chapeau rose. Tout en déposant une pile de sacs d'emplettes autour d'elle, elle s'installa à la table en babillant, passant d'un français rapide à un anglais tout aussi courant. Dans cette partie de la France, où passaient de nombreux soldats et infirmières en permission qui revenaient du front, il n'était pas rare d'entendre de l'anglais.

— Mon Dieu, cette pluie ! Mon chapeau va sûrement être perdu. Ce qui ne serait peut-être pas un mal. Je n'arrivais pas à décider s'il était vraiment horrible ou absolument féerique. Alors, bien entendu, je n'ai pu faire autrement que l'acheter.

Elle retira quelques épingles à cheveux en perle et le lança sur la chaise libre, révélant des cheveux blonds coiffés à la Pompadour.

—J'achète toujours un chapeau extravagant quand je passe dans cette ville. Je ne peux pas les emporter dans le nord, bien sûr. Dès que vous portez un joli chapeau, un soldat allemand vous le confisque pour la dernière de ses poules. Alors, dès que je rentre, j'abandonne tous mes atours à la dernière mode et, quand je suis à Lille, je me promène vêtue de la serge de l'année dernière et coiffée d'un lugubre petit canotier. J'ai dû semer des chapeaux insensés dans toute la France. Un cognac ! lança-t-elle au serveur qui surgissait à côté d'elle.

Puis, devant sa grimace, elle précisa avec un ravissant sourire :

—J'ai eu une journée vraiment éprouvante. Alors donnez-moi un double cognac, *monsieur**. Et épargnez-moi vos airs maussades. Bien..., poursuivit-elle en ramenant son attention sur Eve.

Écoutant son monologue d'introduction, cette dernière la dévisageait, immobile, les yeux écarquillés. Alice l'étudia de la tête aux pieds.

—*Zut**! Oncle Edward les prend au berceau maintenant ?

Eve se composa un masque glacial. Aucune Parisienne à froufrous qui mélangeait le rose et le mauve ne parviendrait à lui donner l'impression d'être une gamine.

—J'ai vingt-deux ans, répondit-elle avec froideur. Mademoiselle Dubois...

—N'allez pas plus loin...

Pétrifiée, Eve inspecta le café bruyant.

—Quelqu'un nous écoute ?

— Non, non, nous sommes en sûreté. Si quelqu'un comprenait l'anglais, ce dont je doute, nous sommes dans un coin de la salle et, dans un tel brouhaha, personne ne pourrait surprendre une parole à risque. Non. Je voulais dire, cessez de m'appeler de cet horrible nom. Alice Dubois, ajouta-t-elle avec un frisson exagéré. Quel péché ai-je commis pour mériter un nom pareil ? Je devrais poser la question à mon confesseur. Alice Dubois fait penser à une institutrice maigre comme un coucou au visage aussi avenant qu'un pot de chambre. Appelez-moi Lili ! Ce n'est pas mon vrai prénom non plus mais, au moins, il est un peu plus élégant. Pétillant. J'ai tanné l'oncle Edward pour qu'il m'appelle ainsi. Et Lili veut dire Lys. Ce qui, je pense, plaît à l'oncle Edward parce qu'il a baptisé toutes ses autres « nièces » de noms de fleurs. Comme Violette. Vous n'allez pas tarder à la rencontrer. Elle vous détestera, mais elle déteste tout le monde. Et maintenant vous, Marguerite ! La pâquerette. Nous sommes son jardin et il en prend soin comme une vieille fille avec son arrosoir.

La tête inclinée vers elle, Alice/Lili s'assurait de rendre leur conversation inaudible. Mais, lorsque le serveur revint avec son cognac, ignorant son air désapprobateur, elle lui lança, rayonnante :

— *Merci** !

C'était la première fois de sa vie qu'Eve voyait une femme bien élevée boire de l'alcool. À part, peut-être, pour une raison médicale. Sans relever, elle fit tourner son verre de limonade entre ses mains. Le capitaine Cameron l'avait mise en garde contre le fait de considérer son travail comme un jeu. Pourtant, sa précieuse agente semblait tourner tout en dérision. À moins que ? Sous son babillage enjoué, Lili faisait preuve d'une prudence instinctive : dès que quelqu'un passait à côté de leur table, elle se taisait. Même si elle parlait déjà très bas. Si bas que, pour que leur conversation reste confidentielle, elle devait se pencher pour saisir chacune de ses paroles. Elles avaient l'air de deux femmes se confiant des secrets. Ce qui, d'ailleurs, était le cas.

Sa curiosité ne semblait pas troubler Lili. Elle aussi la scrutait avec attention, de ses yeux limpides.

— « Vingt-deux ans », répéta-t-elle. Jamais je ne l'aurais cru.

— Voilà pourquoi, sur mes papiers, j'ai dix-sept ans.

Les yeux écarquillés, elle battit des cils d'un air doux et confus. Applaudissant, Lili partit d'un rire plein d'allégresse.

— Peut-être que notre oncle commun est finalement un génie. Vous êtes un sacré numéro, mon chou. À peine sortie de l'école et aussi sotte qu'une oie, j'en jurerais !

Eve baissait modestement la tête.

— Vous êtes tr… trop aimable.

— Ah oui, l'oncle Edward m'a signalé que vous aviez un défaut d'élocution, poursuivit-elle en toute franchise. J'imagine à quel point cela doit être pénible dans la vie quotidienne. Mais cela vous sera très utile dans cette situation. Les gens ne se méfient pas des femmes et parlent devant elles. Encore plus devant des jeunes filles. Ils vont bavarder comme des pies avec une fille qui semble à moitié demeurée. Je vous conseille de jouer la comédie autant que possible. Commandons des tartines ! Vous ne trouverez pas de bonnes baguettes à Lille. Les Boches réquisitionnent toute la bonne farine blanche. Alors, je profite de chacune de mes visites plus au sud pour me gaver de bon pain et me jeter sur les chapeaux à la mode ! J'adore cette ville.

Tout en la regardant finir son cognac et commander des tartines et de la confiture, Eve sourit enfin.

— Oncle Edward m'a dit que vous me donneriez des détails.

Elle avait plus faim d'informations que de pain.

— Vous n'êtes pas du genre à tourner autour du pot, je vois.

Lili se mit à picorer sa tartine par petites bouchées, comme un oiseau minutieux.

— À Lille, vous devrez vous rendre dans un restaurant très élégant. Le genre d'endroit où jamais on ne servirait un verre de cognac à une dame coiffée d'un chapeau comme le mien.

Elle secoua son verre vide.

— J'en prends un autre, *oui ou non**? *Oui**, bien sûr. Si l'on peut s'offrir le luxe de dormir en sécurité la nuit prochaine, on ne doit pas se priver de cognac.

D'un doigt, elle fit signe au serveur et lui montra son verre. Il prit l'air vraiment pincé.

— Le restaurant s'appelle *Le Léthé*, poursuivit-elle, baissant encore la voix. Le *Kommandant* allemand y prend ses repas deux fois par semaine, imité par la moitié des officiers de la région. En effet, le chef du *Léthé* s'approvisionne au marché noir de Lille qu'il dévalise littéralement. Un serveur qui y travaillait, un type intelligent, me faisait passer les informations. Tout ce qu'il entendait quand ces officiers sirotaient leur *schnaps*. Mais il s'est fait prendre. Je voulais quelqu'un pour le remplacer et voilà : oncle Edward me dit avoir cueilli la parfaite pâquerette pour moi.

— « Prendre » ? s'étonna-t-elle.

— À voler de la nourriture, expliqua Lili en secouant la tête d'un air résigné. Il avait de bonnes oreilles mais manquait de bon sens. Voler des poulets, du sucre, de la farine à ceux que vous espionnez. Faut-il être bête ! Naturellement, il a été emmené dans la ruelle sombre la plus proche et abattu.

Eve sentit son estomac se soulever et posa sa tartine. La réalité commençait à la rattraper. Dans ce café surchauffé, sa mission lui semblait soudain bien plus concrète que sur la plage ensoleillée de Folkestone.

Lili eut un sourire en coin.

— Vous avez la nausée, je sais. C'est tout à fait naturel. Je vais donc manger votre tartine. De toute façon, avant que nous vous laissions aller à votre entretien, vous devriez vraiment essayer de maigrir un peu. Vous êtes un peu trop éclatante de santé pour arriver de Roubaix. Tout le monde dans le nord est maigre comme un clou. Regardez-moi : un sac d'os avec une peau aussi grise que la cendre.

Eve hocha la tête. Les cernes trahissant son épuisement ne lui avaient pas échappé. Elle voyait maintenant qu'en dépit de ses sourires, elle avait le teint terne, les joues creuses. *Aurai-je cette apparence dans quelques mois ?* Elle posa sa tartine dans l'assiette de Lili.

— Un « entretien » ? la pressa-t-elle.

— Pour la place, au *Léthé*. Le propriétaire a laissé entendre qu'il comptait engager des serveuses plutôt que des serveurs. En temps normal, il ferait une syncope plutôt que d'autoriser une femme à servir dans son établissement. Mais les serveurs sont une denrée qu'il ne peut se procurer au marché noir. Avec la guerre, les hommes se font encore plus rares que la farine blanche, même pour un fichu profiteur comme René Bordelon. Qui, je dois vous avertir, est un monstre. Il dénoncerait sa propre mère aux Allemands pour de l'argent. S'il en avait une. Il doit être l'œuvre du diable, le fils de Judas.

Elle s'interrompit pour finir les dernières miettes de sa tartine, avant de poursuivre :

— Vous aurez besoin de convaincre M. Bordelon de vous engager. Il est malin, alors n'allez pas vous imaginer que ce sera facile.

Elle acquiesça d'un signe de tête. L'identité de Marguerite Le François commençait à se préciser. Une jeune paysanne, aux grands yeux écarquillés, un peu niaise, sans instruction, mais assez adroite, discrète et gracieuse pour servir un bœuf en daube et des coquilles Saint-Jacques sans attirer l'attention.

Lili sortit un étui à cigarettes en argent de son sac.

— Une fois que vous serez engagée, et vous allez l'être, vous me ferez passer toutes les informations que vous entendrez. Je m'assurerai de les transmettre à oncle Edward.

— Comment ? demanda Eve en essayant de ne pas la regarder fixement alors qu'elle grattait une allumette.

« *Seules les femmes vulgaires fument* », avait toujours décrété sa mère. Mais, en dépit de son chapeau d'un rose voyant et de son cognac, Lili ne pouvait être considérée comme vulgaire.

— C'est le travail du messager, répondit-elle d'un ton vague. Le mien. Je peux jouer n'importe quel rôle, aller n'importe où. Alors que si vous essayiez, avec votre défaut d'élocution, vous pourriez être reconnue. Nous allons donc jouer sur vos atouts.

Elle ne prit pas la peine de se sentir offensée. C'était la vérité, après tout. Elle imagina Lili franchir d'un pas nonchalant les postes de contrôle gardés par des soldats armés, bavardant comme une pie, et sourit.

— Je pense que votre travail est plus dangereux que le mien.

—Pfff! fit Lili, désinvolte. J'assume. En leur mettant un papier sous le nez, avec une bonne dose de toupet, on arrive à tout. Et surtout une femme. Quelquefois, j'arrive chargée de paquets et de sacs. Sans cesser de jacasser, je les laisse tous tomber pour essayer de trouver ma carte d'identité. Ils sont tellement agacés qu'ils me font signe de passer.

Elle exhala une longue bouffée de fumée.

—En toute franchise, c'est un travail en grande partie ennuyeux. Je pense que c'est la raison pour laquelle les femmes y excellent. Nous avons déjà des vies si peu palpitantes. Nous sautons sur la proposition d'oncle Edward parce que nous ne supportons plus la pensée de travailler dans un bureau, ou d'apprendre à lire à une classe pleine d'enfants au nez qui coule. Puis nous découvrons qu'en fin de compte, les missions qu'on nous confie ne sont pas tellement moins ternes. Mais, au moins, savoir que quelqu'un pourrait nous coller un Luger dans la nuque les pimente un peu. Cela vaut toujours mieux que nous tirer nous-même une balle dans la tête. Ce que nous ferions inévitablement si nous devions taper une autre lettre à la machine ou faire encore entrer un verbe latin dans un crâne d'enfant obtus.

Intriguée, Eve lui jeta un coup d'œil. Lili avait-elle été institutrice avant la guerre? Et comment le capitaine Cameron l'avait-il recrutée? Mais elle savait qu'elle ne lui dirait rien. Jamais de vrais noms, jamais d'évocation du passé, sauf en cas de stricte nécessité.

—Oncle Edward affirme que vous êtes son meilleur agent.

Lili eut un nouvel éclat de rire.

—Comme cet homme est romantique! Saint Georges en costume de tweed. Je l'adore! Il est bien trop honorable pour ce métier.

Eve approuvait tout à fait. Qu'importait qu'il ait fait de la prison. Un mystère sur lequel elle continuait à s'interroger dans ses moments d'oisiveté. Cameron, emprisonné pour fraude ? Mais cela ne changeait pas grand-chose. Quel que soit son passé, elle lui faisait confiance. Et, visiblement, Lili aussi.

— Et maintenant, venez, l'invita cette dernière en écrasant sa cigarette. Je dois vous présenter à Violette Lameron. Elle s'est instituée mon lieutenant mais elle passe son temps à me réprimander. Or, si nous avions de vrais grades, je serais sa supérieure et ce serait à moi de la rembarrer. Je pense que c'est parce qu'elle était infirmière. Ce que vous devez savoir, à propos, au cas où vous auriez une blessure à soigner. Même si elle a décidé qu'elle préférait risquer sa vie en faisant du renseignement plutôt que de poser des bandages pour la Croix-Rouge, elle sait encore soigner des fractures ou des blessures purulentes, et elle vous remettra d'aplomb, même si vous ne passez pas le moment le plus agréable de votre vie. Juste ciel ! C'est une vraie râleuse ! ajouta-t-elle d'un ton affectueux. Ce qui, je peux vous le garantir, est typique des infirmières.

Après avoir rajusté l'énorme chapeau rose sur sa chevelure blonde, Lili rassembla ses paquets. Puis elles sortirent dans les rues du Havre. Malgré la pluie, il faisait chaud. Des mères aux joues roses ramenaient leurs enfants à la maison, des fiacres roulaient dans les flaques en éclaboussant les passants. Personne ici n'avait la maigreur de la frêle Alice Dubois, ni son air épuisé et son teint blafard. Sans doute animée par la même pensée, elle ouvrit son parapluie d'un coup brusque et lança :

— Je déteste cette ville !

— Vous avez dit que vous l'a… l'adoriez ?

— Je l'adore et je la déteste. Le Havre, Paris. J'aime leurs baguettes de pain, leurs chapeaux. Mais, bon sang ! Les gens n'ont pas la moindre idée de ce qui se passe au nord. Pas la moindre !

Ce visage si mobile se figea l'espace d'un instant.

— Lille est dirigée par des monstres. Et si vous voulez un cognac et une cigarette pour vous aider à supporter une horrible journée, ils vous écrasent de leur mépris.

— Lili, avez-vous jamais peur ? demanda-t-elle impulsivement.

Elle la regarda, la pluie dégoulinant de son parapluie formant un rideau argenté entre elles.

— Oui, comme tout le monde. Mais uniquement une fois le danger passé. Avant, la peur est un luxe.

Glissant son bras sous le sien, elle ajouta :

— Bienvenue dans le Réseau Alice !

7

Charlie

Mai 1947

Été 1937. J'avais neuf ans et Rose onze quand nos parents organisèrent un voyage en Provence… et nous oublièrent dans un café au bord de la route pendant presque six heures.

Bien entendu, c'était un accident. Nous étions partis à deux voitures, l'une emmenant les adultes, l'autre se traînant derrière avec les enfants et la nurse. Nous avions fait étape dans un café surplombant des vignes qui croulaient sous les raisins mûrs. Laissant nos parents se rafraîchir et acheter des cartes postales, et nos frères chahuter, Rose et moi avions suivi l'odeur du pain frais jusqu'à la cuisine… et, inexplicablement, tout le monde était remonté dans son automobile respcctive, la nurse pensant que nous étions dans celle de nos parents alors qu'ils nous croyaient avec elle. Et ils avaient repris la route sans nous.

Ce fut la première fois que je vis Rose effrayée. Je ne comprenais pas la raison de sa peur. Nous n'étions pas en danger. En découvrant ce qui s'était passé, la cuisinière provençale, replète et maternelle, avait été aux petits soins pour nous.

— Ne vous inquiétez pas, mesdemoiselles ! Dans vingt minutes au plus, vos mères seront revenues.

Elle nous avait installées devant des verres de limonade fraîche et des gros sandwichs de fromage de chèvre et de jambon de campagne, seules à une table ombragée par un auvent rayé, avec, à perte de vue, des vignobles baignés de lumière dorée.

— Ils ne vont pas tarder à revenir, l'avais-je rassurée, la bouche pleine.

Je trouvais notre sort bien plus enviable que d'être entassées à l'arrière de la Renault, à nous faire réprimander par la nurse et pincer par nos frères.

Les yeux rivés sur la route, elle avait répondu, l'air grave :

— Peut-être ne reviendront-ils pas. Ma mère ne m'aime pas.

— Bien sûr que si, elle t'aime !

Elle avait baissé les yeux vers son buste qui s'arrondissait.

— Pas maintenant que je... tu sais... grandis. Ce n'est pas du goût de maman. Cela la vieillit.

— Parce que tu vas être encore plus jolie qu'elle. Moi, en revanche, je ne serai jamais assez jolie pour la mienne, avais-je ajouté avec un soupir accablé.

Mais ma mélancolie n'avait pas tardé à se dissiper. La journée était bien trop belle et la cuisinière toute souriante venait de nous apporter une assiette de madeleines encore chaudes.

— Pourquoi faut-il toujours être jolie ? s'était exclamée Rose, le regard perdu sur la campagne provençale.

Indifférente à la beauté des champs de vignes sous le ciel d'azur, elle affichait une expression irritée.

— Tu n'aimes pas être jolie ? Moi je regrette de ne pas l'être.

— Bien sûr que si, j'aime être jolie. Mais quand les gens rencontrent nos frères, ils ne se contentent pas de faire des commentaires sur leur apparence. Ils demandent : « Comment ça se passe à l'école ? » Ou bien : « Jouez-vous au football ? » Le genre de questions que l'on ne nous pose jamais.

— Les filles ne jouent pas au football.

— Tu comprends très bien ce que je veux dire, avait-elle lâché. Nos parents n'auraient jamais oublié les garçons. Les garçons passent toujours avant tout.

— Et alors ?

C'était comme ça, voilà tout ! Il n'y avait pas là matière à éprouver du ressentiment ni à se poser de questions. Mes parents riaient avec indulgence quand James me tirait les cheveux ou me plongeait la tête dans la rivière jusqu'à me faire pleurer. Les garçons avaient tous les droits et les filles devaient se contenter d'être belles et de se taire. Je n'étais pas très jolie mais cela n'empêchait pas mes parents de nourrir de grandes ambitions pour moi : des gants blancs, une école respectable qui façonnerait la « Ravissante Mariée » que je devrais être un jour. Maman m'avait déjà dit qu'avec un peu de chance, je serais fiancée avant mes vingt ans, tout comme elle.

Rose tortillait l'extrémité de sa natte blonde.

— Je ne veux pas être juste jolie quand je serai grande. Je veux faire quelque chose de marquant. Écrire un livre. Traverser la Manche à la nage. Partir en safari et tuer un lion…

— Ou bien rester ici pour toujours.

Les parfums de lavande sauvage et de romarin que transportait la brise tiède, la chaleur du soleil, le brouhaha joyeux des conversations en français aux autres tables, le fromage de chèvre et le pain croustillant dont je me régalais : dans ce petit café, j'étais au paradis.

— Nous n'allons pas rester ici pour toujours ! m'avait-elle rabrouée d'un air inquiet. Ne dis pas ça.

— Je plaisantais, c'est tout. Tu ne crois tout de même pas qu'ils nous oublieraient ici, j'espère ?

— Non.

Je voyais qu'elle essayait de se montrer rationnelle, de jouer son rôle de grande fille de onze ans qui semblait en savoir tellement plus que moi. Pourtant, elle avait chuchoté, comme si elle ne pouvait s'en empêcher :

— Et si c'était le cas ?

Je pense que c'est à cet instant que j'avais compris la profondeur de l'amitié qui me liait à Rose. Ayant deux ans de plus que moi, elle aurait pu me considérer comme une vraie casse-pieds. Pourtant, elle me laissait la suivre partout. Assise dans ce café divin, je m'étais rendue à l'évidence : ses frères avaient leurs propres jeux, sa mère nourrissait une certaine amertume à son égard, son père travaillait constamment. Hormis l'été, quand je venais en séjour et devenais son ombre loyale, elle était très seule.

Je n'avais que neuf ans. Je ne pouvais ressentir sa solitude comme je le fis plus tard, ni même l'exprimer par des mots. Mais je comprenais confusément son angoisse à la perspective que ses parents ne prennent pas la peine de revenir la chercher. Je lui avais pressé la main.

— Même s'ils ne revenaient pas, je suis là. Je ne te quitterai jamais, l'avais-je rassurée.

— Mademoiselle ?

Je clignai des yeux. J'avais été tellement absorbée par mes souvenirs que la vue des yeux sombres et des cheveux en bataille de Finn, au lieu de la natte blonde et des prunelles azur de Rose à onze ans, me provoqua un choc.

—Nous sommes arrivés, m'annonça-t-il. C'est l'adresse que vous m'avez donnée.

Je frissonnai. La voiture s'était arrêtée. Je regardai l'allée de gravier qui conduisait à la maison délabrée dans laquelle j'avais passé tous les étés jusqu'à l'invasion de la France par l'Allemagne : la maison de ma tante et de mon oncle, près de Rouen. Pourtant, inexplicablement, je voyais toujours ce café de Provence où deux fillettes étaient restées quasiment six heures. Trois heures après leur départ, nos parents s'étaient enfin rendu compte de notre absence et avaient refait le trajet en sens inverse. Six heures magiques : Rose et moi, gavées de fromage de chèvre et de madeleines, avions joué à chat perché dans les plants de vigne. Puis, des tabliers noués autour de la taille, nous avions aidé la joviale cuisinière à laver les tasses. Et quand elle nous avait autorisées à boire un petit verre de rosé largement coupé d'eau, nous avions eu l'impression d'être de vraies adultes. À l'arrivée de nos parents qui nous avaient étouffées de leurs baisers, de leurs excuses, j'avais pris congé avec une pointe de regret. Jamais ma cousine et moi n'avions vécu une plus belle journée. La plus belle journée de ma vie, en fait. Ce qui s'expliquait par l'addition la plus simple au monde : Rose plus moi égalait bonheur.

«*Je ne te quitterai jamais*», lui avais-je promis.

Hélas, je n'avais pas tenu ma promesse. Et, maintenant, elle avait disparu.

—Vous vous sentez bien ? me demanda Finn, plein de sollicitude.

Rien n'échappait à ses prunelles de jais.

— Très bien, répondis-je en descendant de voiture. Attendez-moi avec Eve.

L'Anglaise somnolait sur la banquette arrière, le bruit de ses ronflements se mêlant au chant estival des grillons. Après la nuit passée dans un hôtel bon marché du Havre, retardés par sa gueule de bois habituelle, nous avions effectué le long trajet dans l'après-midi. Des heures durant, nous nous étions fait cahoter sur des routes françaises pleines d'ornières, mes nausées nous obligeant à nous arrêter presque toutes les heures. Je trouvai des excuses en invoquant le fait que j'étais malade en voiture. Mais, en vérité, je savais pertinemment que c'était le Petit Problème qui me jouait des tours. Ou peut-être était-ce l'anxiété à la pensée de ce qui m'attendait qui provoquait ces malaises. Je regardai de nouveau la bâtisse. Les fenêtres aux volets clos ressemblaient à des yeux morts.

Finn sortit un numéro usé de *The Autocar* de dessous son siège et, un coude sur sa portière à la vitre baissée, commença à le feuilleter.

— Dans ce cas, allez-y, m'encouragea-t-il. Quand vous reviendrez, nous prendrons la route de Rouen et nous trouverons un hôtel.

— Merci.

Tournant le dos à la rutilante Lagonda bleue, je remontai l'allée jusqu'à la porte d'entrée et frappai. Personne ne répondit. Je frappai de nouveau. Un très long moment s'écoula, si long que j'étais sur le point de regarder par les fenêtres quand je perçus un bruit de pas feutrés, et la porte s'entrouvrit.

— Tante Jeanne.

Je m'interrompis, pétrifiée à sa vue. Ma tante française avait toujours été mince, aussi blonde que Rose, et avait toujours porté du parfum. Toujours souffrante, sa toux discrète et ses ravissants chemisiers en dentelle lui conféraient une élégance digne de Greta Garbo.

La femme debout devant moi, d'une maigreur effrayante, avait les cheveux gris. Elle portait un gilet taché et une jupe terne. J'aurais pu la croiser dans la rue sans la reconnaître. Et, à voir son expression ahurie, il en allait de même pour elle à mon égard.

Je déglutis.

— *Tante**. C'est Charlotte. Votre nièce. Je suis venue pour vous parler de Rose.

Elle me fit entrer au salon, s'enfonça dans le canapé et me regarda d'un air absent, sans m'offrir ni thé ni biscuits. Je me perchai sur le bord d'un fauteuil en lambeaux, en face d'elle. Devant ce visage prématurément vieilli, je songeai : *Elle a tout perdu. Elle est veuve... ses deux fils sont morts au front. Sa fille est partie.* Comment pouvait-elle encore tenir debout ? En dépit des fantasmes puérils de Rose, je savais que sa mère l'avait toujours aimée.

— Je suis tellement désolée, *tante**. Pour tout.

Elle passa un doigt sur la table basse, y traçant un chemin dans la poussière dont toute la pièce sombre était couverte.

— La guerre.

Deux mots, si courts, si désespérés, pour résumer de telles pertes. Je sentis les larmes me picoter les paupières et croisai mes mains gantées.

— *Tante**, il n'y a plus rien à faire pour *Oncle**, ni pour Jules ou Pierre... Mais il y a Rose. Je sais qu'il n'y a qu'une chance infime, mais elle est peut-être...

Vivante. Eve s'était moquée de mon espoir, mais je me devais d'espérer. Si je n'étais pas douée dans de nombreux domaines, je l'étais pour l'espoir.

—Crois-tu que j'en sache plus que toi ? La dernière fois que j'ai eu de ses nouvelles, elle était à Limoges, déclara-t-elle comme s'il n'y avait rien à attendre de plus. Elle a cessé d'écrire il y a au moins trois ans. Vers le milieu de l'année 1944, je crois.

—Pourquoi est-elle allée à Limoges ? demandai-je, priant pour voir une étincelle s'allumer dans son regard vide. Pourquoi ?

D'une voix sourde, ma tante me répondit non sans amertume :

—Parce que c'était une petite rebelle sans aucune moralité. Aucune.

L'estomac soudain noué, je bafouillai :

—Pa… pardon ?

Pour toute réponse, tante Jeanne haussa les épaules.

Je secouai la tête.

—Non, vous ne pouvez pas dire des choses pareilles sans vous expliquer.

—Cette fille a perdu la tête. Paris grouillait de nazis mais elle était incapable de garder un profil bas. Elle a commencé par sortir à mon insu pour aller écouter Dieu sait quels discours. Ces clubs où des imbéciles parlent de violence. Elle rentrait à des heures indues et avait de violentes disputes avec son père. Les Allemands exigeaient de lui des listes de tous les socialistes et de tous les juifs, employés dans sa société. Qu'était-il censé faire ? Refuser ? Les injures dont Rose l'accablait…

Les tempes bourdonnantes, je continuais à dévisager ma tante. Elle poursuivit sur un ton monocorde :

—Elle a commencé par déposer des tracts sur les voitures, puis elle a brisé des fenêtres. Elle aurait sans doute fini par poser des bombes et par se faire abattre, si elle n'avait pas connu ce garçon.

Je me rappelai la dernière lettre que m'avait écrite ma cousine. Elle était éprise d'un jeune homme qu'elle fréquentait en cachette...

— Quel garçon ?

— Étienne quelque chose. Il avait à peine dix-neuf ans, était vendeur dans une librairie, on ne sait où. Un jour, elle nous l'a amené pour nous le présenter. À la façon dont ils se regardaient, rayonnants, on voyait qu'ils étaient...

Elle eut un nouveau reniflement désapprobateur.

— Bref, cela a provoqué une nouvelle dispute.

Ahurie, je secouai la tête.

— Pourquoi ne pas nous avoir raconté tout cela quand mon père faisait ses recherches ?

— Je le lui ai raconté. Je suppose qu'il a estimé que la décence ne lui permettait pas de te le rapporter.

J'avalai la boule qui me nouait la gorge.

— Et après, que s'est-il passé ?

— Le petit ami de Rose est entré dans la Résistance. Ils l'ont expédié je ne sais où. La moitié de Paris pouvait disparaître en une nuit. Cela aurait sans doute été le cas pour Rose aussi. Elle avait déjà failli se faire arrêter pour avoir donné un coup de pied à un milicien rue de Rivoli. Nous l'avons donc ramenée à Rouen. Mais...

— Mais quoi ? Mais quoi ? répétai-je, hurlant presque.

— Que crois-tu ? me demanda ma tante en pinçant les lèvres en un rictus amer. Rose était enceinte.

J'ignorais comment j'étais arrivée jusqu'au hêtre, devant la maison. Je me retrouvai le dos contre la dureté du tronc, le souffle saccadé. Terrifiée à l'idée de lever les yeux vers la voûte des feuillages. Je craignais de voir deux fillettes côte à côte. Cet arbre avait été le nôtre, notre refuge pour échapper à nos tyrans de frères, avant que James devienne plus gentil en grandissant. Rose et moi, assises sur cette branche au-dessus de ma tête, balançant nos pieds, comme quand nous étions attablées dans ce café provençal. Jamais seules, tant que nous étions ensemble.

Rose. Oh, Rose…

« *Je veux faire quelque chose de marquant.* » Elle avait cela en elle. Bien sûr, elle avait arpenté les rues parisiennes, la nuit, brisé des fenêtres, donné des coups de pied à des miliciens. J'aurais dû me douter qu'elle entrerait dans la Résistance. Mais elle s'était fait prendre au plus vieux piège du monde. Exactement comme moi. Jamais elle n'écrirait un livre, jamais elle ne traverserait la Manche à la nage, jamais elle ne ferait rien d'exceptionnel. Parce que, une fois que vous êtes enceinte, vous êtes finie.

J'avais voulu sauver ma cousine. Mais personne ne pouvait la sauver de cette situation. J'étais prise au même piège. Démunie.

Je laissai échapper un sanglot violent, si sonore que j'eus un haut-le-cœur. Était-elle venue s'asseoir seule sur notre branche le soir où elle l'avait annoncé à ses parents ? Après que sa mère lui eut conseillé de prendre un bain chaud, un gin bien tassé, d'essayer de danser jusqu'à le perdre ? Après que son père l'eut accablée de ses hurlements, vociférant qu'elle avait couvert la famille de honte à jamais ? Muette, j'avais écouté le récit de tante Jeanne.

Contrairement à ma mère qui ne s'en était pas privée, mon père n'avait pas crié lorsque je lui avais annoncé ma nouvelle. Il s'était contenté de me dévisager, sans un mot.

Puis, lorsque j'étais sortie de la pièce, il avait juste lancé d'un ton méprisant : « Petite traînée ! »

J'avais oublié. Jusqu'à cette conversation avec ma tante.

Ses parents avaient-ils aussi traité Rose de « traînée » ?

Je frappai le hêtre. Combien j'aurais voulu pleurer ou me réfugier dans ma vieille carapace de torpeur. Mais j'en étais bien incapable. Je refoulais trop de larmes, la fureur et la douleur me lacéraient trop durement le cœur. Me retournant, je cognai l'arbre de mes poings jusqu'à les sentir douloureux à travers mes gants.

Les yeux brûlants, je finis par revenir sur mes pas. Ma tante me regardait de la porte arrière, frêle, voûtée.

— Racontez-moi la suite.

Elle s'exécuta, sa voix toujours aussi égale. Mon oncle avait envoyé Rose accoucher incognito dans une petite ville des environs de Limoges. À l'insu de tous ceux qu'elle connaissait. Elle n'écrivit pas pour leur annoncer la naissance, ne leur en souffla aucun mot et ils ne posèrent aucune question. Quatre mois plus tard, elle envoya une courte lettre pour leur annoncer qu'elle allait travailler à Limoges et qu'elle leur rembourserait l'argent dépensé pour son isolement. Par deux fois, elles avaient ensuite échangé des nouvelles, ma tante pour lui faire part de la mort de son père, puis de celles de ses frères, et Rose pour lui offrir de maladroites condoléances dans des réponses maculées de larmes. Puis, depuis 1944, plus rien.

— Je ne sais pas si elle est toujours à Limoges. Elle ne m'a plus écrit depuis.

Ma tante marqua une pause, avant de poursuivre :

— Je lui ai demandé de revenir, tu sais. De son vivant, son père ne voulait pas en entendre parler mais… après, je le lui ai demandé. Elle ne m'a jamais répondu.

Je tremblais si fort que je fus incapable de me faire préciser si son offre d'hospitalité incluait le bébé. D'une voix empreinte de tristesse, tante Jeanne poursuivit :

— Dormiras-tu ici cette nuit ? Je suis bien seule, dans cette maison.

« À qui la faute ? » avais-je envie de crier. « C'est vous qui avez jeté Rose dehors comme une malpropre. Vous auriez dû la laisser dans ce café en Provence. » Les mots me brûlaient les lèvres mais je me fis violence pour les refouler. Ma tante était si maigre qu'un souffle de vent aurait pu l'emporter. Elle avait finalement l'apparence de l'invalide qu'elle avait toujours affirmé être. La guerre lui avait fait perdre tellement : un mari et deux fils.

Sois gentille.

Même si je n'avais pas envie d'être gentille, je parvins à ne pas dévoiler mes pensées. Je répondis avec raideur :

— Non, *Tante**. Je ne peux pas rester. Je dois aller à Roubaix.

Avec un soupir résigné, elle acquiesça :

— Très bien, comme tu voudras.

La simple idée de l'embrasser m'était intolérable. Je parvins à murmurer un « au revoir » crispé et, un peu chancelante, traversai la pelouse envahie d'herbes folles en direction de la forme bleue de la Lagonda.

Finn leva les yeux des pages usées de *The Autocar*. J'ignore quelle expression affichait mon visage mais il bondit du véhicule.

— Mademoiselle ?

— Pourquoi êtes-vous allé en prison ? lui lançai-je à brûle-pourpoint.

— J'avais volé le bonnet en peau d'ours d'un garde de Buckingham Palace, me répondit-il sans ciller. Vous allez bien ?

— Vous mentez au sujet du bonnet.

— Oui. Montez en voiture.

Je m'avançai vers la décapotable mais trébuchai sur les graviers de l'allée. Il me rattrapa par la taille pour m'empêcher de tomber, me souleva dans ses bras et m'installa sur le siège du passager.

Maintenant réveillée, Eve m'observait de ses yeux de faucon sous ses paupières alourdies.

— Alors ?

Tandis que Finn se remettait au volant, je frottai ma joue brûlante de ma main fraîche.

— J'ai découvert pourquoi Rose est partie. Elle… elle était enceinte.

Elle regarda délibérément mon ventre et, sans vergogne, déclara :

— Eh bien, si je ne m'abuse, vous aussi.

8

Eve

Juin 1915

Ce ne furent pas les diverses horreurs dont elle fut témoin qui étonnèrent le plus Eve mais une affiche. Fixée sur la porte d'une église, elle volait au vent et annonçait en français et en allemand :

> Tout civil, y compris le personnel civil du gouvernement français, qui viendrait en aide à des troupes ennemies de l'Allemagne, ou qui commettrait des actes injurieux à l'encontre de l'Allemagne et de ses alliés, sera puni de mort.

— Oh ça ! lança Lili d'un ton dégagé. Elles ont été collées l'année dernière. Je crois que personne ne les a prises au sérieux, pour commencer. Puis, en janvier, une femme a été fusillée pour avoir recueilli deux soldats français. Ce qui a aimablement fait passer le message.

Elle se rappela l'affiche de recrutement devant laquelle elle s'était arrêtée à Londres, sous le regard attentif du capitaine Cameron. Les fidèles tommies, l'espace vide au milieu de la colonne. « *Il reste une place dans cette colonne ! LA COMBLEREZ-VOUS ?* »

Eh bien ! Elle l'avait remplie. Et maintenant qu'elle était devant une affiche qui la menaçait de mort, si elle se faisait prendre, tout cela était devenu très, très réel. Plus réel que la promesse du capitaine, sur une plage venteuse de Folkestone, lui disant que les Boches ne fusillaient pas les femmes.

Sans ciller, elle regarda Lili dont les yeux enfoncés souriaient.

—Nous sommes dans la gu… gueule du loup, maintenant, je suppose.

—En effet.

Passant un bras sous le sien, elle l'entraîna loin du poster qui battait au vent. Son apparence n'avait plus rien à voir avec celle du Havre : ni chapeau extravagant ni chignon Pompadour élaboré. Impeccable, elle portait un tailleur strict en serge, des gants raccommodés à maintes reprises. Sur ses papiers qui donnaient encore un faux nom, elle était censée être couturière. D'où les bobines de fil et les aiguilles qui remplissaient son sac. Mais les doublures de celui-ci contenaient aussi des cartes sur lesquelles étaient marquées des cibles. Heureusement, Eve l'ignorait lorsqu'elles avaient passé les postes de contrôle pour entrer dans Lille. Elle avait failli tourner de l'œil en entendant Lili déclarer en riant :

—Ils auraient été bien contents de trouver ça ! J'ai indiqué tous leurs nouveaux emplacements de batteries d'artillerie pour les faire bombarder.

—Vous bla… blaguiez avec les sentinelles allemandes pendant qu'elles ins… inspectaient vos papiers alors que vous aviez ces cartes dans votre sac ?

— *Oui**, avait-elle répondu, flegmatique.

Eve l'avait dévisagée avec un mélange d'admiration et d'horreur. À cette seconde précise, elle avait compris qu'en se flattant auprès du capitaine Cameron de surpasser un jour son agent de prédilection, elle s'était leurrée. Jamais personne ne pourrait égaler l'audace de Lili. Éperdue d'admiration, elle ne pouvait s'empêcher de penser que sa compagne avait dû perdre la tête.

Ce qui, manifestement, était aussi le cas de Violette Lameron qui les accueillit toutes les deux dans une lugubre petite chambre louée, non loin de la Grand-Place. Trapue, coiffée d'un chignon strict, Violette leur lança un regard sévère à travers ses lunettes rondes, banales. Visiblement soulagée, elle serra Lili dans ses bras et la rabroua :

— Vous auriez dû m'envoyer chercher la nouvelle. Vous vous déplacez trop souvent, vous allez finir par vous faire remarquer !

— *Taisez-vous**, vous vous inquiétez trop !

Elle passa alors à l'anglais, comme elle lui avait déjà recommandé de le faire quand elles étaient seules. Elle lui avait expliqué que, si on les écoutait, il était mille fois préférable d'inventer une raison pour laquelle elles parlaient anglais plutôt que risquer d'être comprises lorsqu'elles discutaient en français de messages secrets et de codes britanniques. Lili parlait un anglais impeccable qu'elle ponctuait régulièrement d'exclamations françaises.

— Et maintenant, nous devons mettre Marguerite au courant avant de franchir la frontière pour aller chercher les rapports. Notre nouvelle amie a le parfait visage d'une idiote. Elle va être formidable. Mais elle a besoin de travailler.

À Folkestone, la formation avait été formelle : les instructeurs, les rangées de bureaux, les uniformes, les drapeaux. À Lille, elle fut très différente. Elle se déroula dans cette petite pièce humide au plafond fissuré, équipée d'un lit étroit et d'un lavabo. La bruine incessante derrière les carreaux imprégnait les murs d'une odeur de moisi. La pièce n'avait pas été choisie pour son confort mais pour sa situation, garantissant qu'elles ne pouvaient être écoutées à leur insu : d'un côté, le bâtiment était isolé par le mur épais d'une chapelle, de l'autre par un appartement délabré, à l'abandon. En outre, il était surmonté par un grenier vide. Assises devant des tasses d'un breuvage insipide, à base de feuilles de noyer bouillies dans de la réglisse qui remplaçait le café confisqué par les Allemands, trois femmes discutaient de façon détachée de sujets confidentiels.

Une fois la porte et la fenêtre soigneusement calfeutrées, Violette commença :

— Un officier allemand s'avance vers vous dans la rue. Que faites-vous ?

Son air sombre contrastait avec la gaieté de Lili. Si sa supérieure refusait d'être sérieuse, il était manifeste qu'elle était maussade pour deux.

— Je le laisse passer, je ne le regarde pas…

— Faux ! Vous le saluez. Si vous ne le faites pas, vous risquez une amende de vingt marks et trois jours de prison. Ils ne leur apprennent rien à Folkestone ? maugréa-t-elle en regardant Lili d'un air incrédule.

— Au contraire, ils nous apprennent énormément ! s'offusqua Eve.

Rassurante, Lili s'empressa de s'exclamer :

— Nous allons la préparer. Un Allemand demande à voir vos papiers, puis commence à vous tripoter. Que faites-vous ?

—Rien ? avança-t-elle.

—Faux. Vous souriez parce que, si vous ne pouvez pas feindre un peu de bonne volonté, il est probable que vous serez giflée et probablement fouillée. Un Allemand vous demande pourquoi vous avez vos mains dans vos poches, que faites-vous ?

—Je les re… retire aussi vite que…

—Non. Vous ne devez jamais avoir vos mains dans vos poches. Parce que les Boches vont croire que vous cherchez un couteau et ils vous tueront à la baïonnette.

Mal à l'aise, elle esquissa un sourire.

—Sûrement pas…

La main de Violette résonna sur sa joue, avec un claquement digne d'un coup de fusil.

—Vous pensez que nous exagérons ? C'est arrivé à un garçon de quatorze ans, la semaine dernière.

Elle porta vivement sa main à son visage brûlant. Puis elle jeta un regard perplexe à Lili, assise, ses doigts fuselés enserrant sa tasse.

—Qu'y a-t-il ? lui lança-t-elle. Vous pensez que nous sommes ici pour être vos amies ? Nous sommes ici pour vous former, jeune Pâquerette.

Une vague de colère enfla en Eve. Elle se sentait trahie, soudain. Lili s'était montrée si chaleureuse, si accueillante au Havre. Maintenant, elle était complètement déstabilisée.

—J'ai déjà été formée.

Violette leva les yeux au ciel.

—Je suggère de la renvoyer. Elle ne sera bonne à rien.

Elle ouvrit la bouche, prête à protester. Mais Lili posa un doigt sur ses lèvres et, d'une voix neutre, déclara :

—Marguerite, vous n'avez pas la moindre idée de la situation ici. Pas plus que l'oncle Edward. Il vous a donné la formation pour vous envoyer en France, mais Violette et moi devons vous former pour que vous soyez utile sur le terrain. Et que vous restiez en vie. Nous n'avons que quelques jours pour y arriver. Si vous n'apprenez pas, vous ne serez qu'un boulet.

Elle la dévisageait, d'un regard ferme et sans concession. Elle aurait pu être un contremaître d'usine réprimandant sèchement un nouvel ouvrier. L'embarras lui brûlant le visage, Eve laissa échapper un long soupir, décrispa les mâchoires et parvint à hocher la tête.

— Saluer tous les officiers allemands. Ne pas objecter si l'on me tripote. Ne jamais me… mettre mes mains dans mes poches. Quoi d'autre ?

Elles la firent répéter encore et encore. L'exercice en cas de rencontres : « Que faites-vous si… ? » L'exercice pour dissimuler un document à la hâte : « S'ils vous tombent dessus avant que vous ayez pu cacher un rapport, que faites-vous pour les distraire et gagner du temps ? » Et elles lui donnèrent un cours sur les nouvelles règles de vie à Lille.

— Ne faites jamais confiance à aucun message publié dans un journal ou un bulletin. Tout ce qui est imprimé est mensonger, décréta Lili.

— Ayez toujours sur vous votre carte d'identité mais cachez votre pistolet, renchérit Violette. Les civils ne sont pas censés être en possession d'armes.

Violette possédait son propre Luger qu'elle maniait avec une autorité désinvolte.

Lili poursuivit :

— Gardez bien vos distances avec les officiers allemands. Ils pensent qu'ils peuvent avoir toutes les femmes qu'ils souhaitent, avec ou sans leur consentement.

— Et, une fois que c'est arrivé, la plupart des Lillois vous mépriseront pour collaboration et diront que vous avez couché avec l'ennemi uniquement pour obtenir des faveurs.

Lili fit un signe d'assentiment, avant de reprendre :

— Vous habiterez ici, dans cette chambre. Jusqu'ici, nous l'utilisions comme cachette, pour dépanner pour une nuit, mais c'est désormais votre résidence. Vous allez devoir mettre une étiquette avec votre nom et votre âge sur la porte, en cas de recensement.

— Pas plus de dix personnes en cas de réunion…

— Comment peut-on vivre ainsi ? interrogea enfin Eve, le second jour.

Elle avait reçu suffisamment d'approbations, même du bout des lèvres, pour oser enfin poser la question.

— Nous avons une vie extrêmement difficile, répondit Lili. Et ce sera sans nul doute ainsi jusqu'à ce que nous ayons jeté les Allemands dehors.

— Quand vous ferai-je mes rapports… si j'a… j'apprends quelque chose ?

— Je passerai régulièrement. Violette aussi, ajouta-t-elle avec un sourire à l'intention de cette dernière. Cette chambre restera notre cachette chaque fois que nous serons à Lille. Mais nous sommes si souvent en déplacement, avec toutes mes livraisons que, le plus souvent, vous serez seule.

Sans le moindre enthousiasme, Violette la regarda.

— J'espère que vous en êtes capable.

— Méchante ! lança Lili en tirant sur son chignon serré. Ne soyez pas si mauvaise !

Eve ne tarda pas à se rendre compte de l'horreur du quotidien des Lillois sous l'occupation allemande.

Avant la guerre, la ville avait dû être belle, lumineuse, animée. Des clochers montaient en flèche vers le ciel, des pigeons voletaient autour de la Grand-Place, des réverbères réchauffaient l'obscurité de leur chaude lumière jaune. Aujourd'hui, les rues étaient mornes, les habitants aux traits tirés par la faim affichaient des airs sombres. Ils n'étaient pas loin des tranchées pleines de soldats, de la réalité de la guerre. Au loin, le grondement des canons roulait comme un tonnerre sourd. Parfois, un biplan survolait la ville comme une guêpe prête à piquer. L'ennemi qui s'était arrogé les lieux l'automne précédent était bien établi : les boulevards étaient jalonnés de nouveaux panneaux avec des inscriptions en allemand, les envahisseurs martelaient les pavés de leurs bottes avec l'assurance du conquérant, chaque endroit public résonnant des intonations gutturales de leur langue parlée d'une voix forte. Les seuls visages roses et bien nourris étaient les leurs. Ce qui suffit à transformer son antipathie plutôt indifférente à leur égard en une pure haine brûlante.

— Faites en sorte que votre regard ne trahisse pas trop vos sentiments, conseilla Lili en l'aidant à s'habiller pour son entretien. Vous devez avoir l'air démoralisé et abattu, petite Pâquerette. C'est ce que les Allemands veulent voir. Un regard trop intense attirera l'attention.

Outre la robe et le chemisier ternes mais impeccables, Lili lui maquillait le visage de quelques touches stratégiques de craie et de suie afin d'atténuer l'éclat de ses joues qui respiraient la santé.

— « Dé… démoralisée », répéta-t-elle d'un air sombre.

— Oui.

Violette l'inspecta, à travers les verres de ses lunettes rondes.

— Ses cheveux brillent.

Elles les assombrirent d'un peu de poussière. Puis Eve se leva et remit ses gants raccommodés.

— Je suis une f... fille de la campagne récemment arrivée de Roubaix, récita-t-elle. Je cherche désespérément du travail, je n'ai quasiment pas d'instruction. Je suis ordonnée, adroite, un peu stu... stupide.

— Vous avez l'air stupide ! renchérit Violette d'un ton dégagé.

Eve la foudroya du regard. Elle n'aimait pas Violette. Mais il était indéniable qu'elle excellait dans son travail. Evelyn Gardiner n'existait plus. L'unique miroir un peu sale de la pièce lui renvoyait le reflet de Marguerite Le François. La peau terne, elle paraissait famélique.

Soudain prise d'un trac de comédienne s'apprêtant à entrer en scène, elle demanda à Lili :

— Et si... et si j'échoue ? Et si le propriétaire du *Léthé* ne m'engage pas ?

— Dans ce cas, nous vous renverrons chez vous, répliqua brusquement Lili. Parce que nous n'avons pas d'autre poste à vous attribuer, petite Pâquerette. Alors, mentez au mieux et essayez de vous faire engager sans vous faire fusiller.

Si René Bordelon était un monstre, il avait un antre très élégant, songea Eve. En compagnie de cinq autres candidates, elle attendait au *Léthé*, parmi les tables aux nappes de lin blanc de la salle de restaurant lambrissée de bois sombres. Deux autres filles, qui avaient admis parler allemand, avaient été immédiatement congédiées.

— Aucun de nos employés n'est censé parler couramment la langue de nos clients, qui ont besoin de la plus grande discrétion dans les endroits où ils conversent en toute liberté, lui avait-on déclaré à son arrivée.

Comment les Lillois allaient-ils pouvoir éviter d'apprendre l'allemand si l'occupation devait se prolonger ? Refrénant la question qui lui brûlait les lèvres, elle se contenta de mentir avec conviction en affirmant qu'elle ne comprenait pas un mot d'allemand, en dehors de *Nein* ou de *Ja*, et fut priée d'aller attendre sur une chaise.

Le Léthé était une oasis d'élégance dans la tristesse de Lille opprimée : les lustres de cristal diffusaient une lumière tamisée, l'épais tapis lie-de-vin étouffait les pas et les nappes immaculées qui couvraient les tables, bien espacées, étaient blanches comme neige. La devanture en forme de bow-window, ornée de volutes dorées, surplombait la Deûle. Elle comprenait aisément pourquoi les Allemands venaient dîner ici. Après une longue journée passée à asservir la population conquise, le raffinement des lieux appelait à la détente.

Même si, à cet instant précis, l'atmosphère n'était pas spécialement civilisée. Elle était tendue, féroce. Les six filles s'observaient, se demandant quelles seraient les deux élues et les quatre qui rentreraient chez elles. Être engagée comme serveuse signifiait enfin manger à sa faim. Et si Eve n'était à Lille que depuis quelques jours, elle avait déjà compris que l'on y vivait sur le fil du rasoir. Au bout d'un mois ici, elle serait aussi maigre et aurait le teint aussi blafard que Violette. En deux mois, ses pommettes seraient aussi saillantes que celles de Lili.

C'est bien, songea-t-elle. *Si tu as faim, tu seras constamment sur tes gardes.*

Une par une, elles furent conduites à l'étage. Elle attendit, serrant son sac, s'autorisant à paraître anxieuse mais se défendant de s'inquiéter. Elle serait engagée, un point c'est tout ! Elle n'allait pas être renvoyée chez elle pour avoir échoué avant même de s'être vu donner une chance de réussir.

— Mademoiselle Le François, monsieur va vous recevoir maintenant.

Elle fut menée à l'étage par l'escalier de chêne soigneusement ciré, recouvert d'un tapis. Manifestement, René Bordelon habitait dans un spacieux appartement au-dessus du restaurant. La porte s'ouvrit sur un bureau privé et elle réprima un sursaut.

Le seul mot qui lui vint à l'esprit pour qualifier les lieux fut « obscène ». Obscène mais splendide, avec sa cheminée en ébène sur laquelle trônait une pendule en or, son tapis d'Aubusson, ses fauteuils en cuir d'un acajou profond. Les étagères en noyer étaient tapissées de livres à riches reliures et de verres de chez *Tiffany*. Sans oublier un buste de marbre d'un homme à la tête penchée. Avec ses murs tendus de soie vert jade, la pièce respirait l'argent, le bon goût, le luxe et la complaisance. Comparée à l'effroyable spectacle qu'offrait la ville détruite derrière les rideaux de mousseline, une telle opulence était donc obscène.

Ce bureau la révulsait. Et, avant même d'entendre le son de sa voix, elle en détesta d'emblée le propriétaire.

— Mademoiselle Le François, je vous en prie, asseyez-vous, l'invita René Bordelon.

Il lui fit signe de prendre l'un des deux profonds fauteuils. Il inclina le sien avec une élégance nonchalante et elle nota le pli impeccable de son pantalon, sa chemise d'un blanc éclatant et son gilet ajusté avec une précision digne d'un tailleur parisien. La quarantaine, il était grand, mince, les tempes grisonnantes, ses cheveux dégageant un visage anguleux et indéchiffrable. Si le capitaine Cameron était le Britannique incarné, René Bordelon en était l'équivalent français.

Et, pourtant, tous les soirs, dans son restaurant, au rez-de-chaussée, il était censé jouer gracieusement l'hôte des Allemands.

—Vous semblez très jeune, déclara-t-il en l'observant, alors qu'elle se perchait sur le bord du fauteuil. Vous êtes de Roubaix ?

—Oui, monsieur.

Violette, qui avait grandi dans cette petite ville, l'avait armée de détails pertinents, par précaution.

—Pourquoi n'y êtes-vous pas restée ? Lille n'est pas un endroit pour une orpheline de...

Il s'interrompit pour jeter un coup d'œil à ses papiers.

—De dix-sept ans.

—Il n'y a pas de travail. J'ai pensé qu'il me serait plus facile de trouver un emploi à L... L... Lille.

Elle serra les genoux, agrippa son sac et se laissa submerger par tout ce luxe. Marguerite Le François n'aurait jamais vu une pendule dorée à la feuille ni une collection en dix volumes reliés de cuir des œuvres de Rousseau et de Diderot. Aussi, feignant l'étonnement, bouche bée, elle écarquillait les yeux.

—Vous pensez peut-être que travailler dans un restaurant est facile. Disposer l'argenterie, les couverts. Ce n'est pas le cas.

Il ne s'exprimait pas avec les intonations montantes et descendantes normales. Mais parlait d'une voix métallique, plutôt sinistre.

—J'exige la perfection, mademoiselle. Pour la nourriture qui vient de mes cuisines, pour les serveurs qui l'apportent sur la table, pour l'atmosphère dans laquelle elle est consommée. J'ai créé ici un havre de civilisation. La paix en temps de guerre. Un endroit où, l'espace d'un moment, on peut oublier la guerre. D'où le nom *Le Léthé*.

Elle prit son regard de biche naïve le plus convaincant.

—Monsieur, je ne sais pas ce que cela veut dire.

Elle s'attendait à un sourire, à un coup d'œil condescendant, mais il se contenta de l'observer.

—J'ai déjà travaillé dans un ca… café, monsieur, s'empressa-t-elle d'ajouter, feignant la nervosité. Je suis a… adroite et ra… rapide. J'apprends vite.

Elle trébuchait lourdement sur les mots. Ces dernières semaines, elle n'avait pas fait attention à son bégaiement, peut-être parce qu'elle avait essentiellement conversé avec le capitaine Cameron et avec Lili qui semblaient ne pas le remarquer non plus. Or, devant René Bordelon, certaines syllabes restaient bloquées, refusant de sortir. Il la regardait se débattre sans réagir. Et s'il ne s'empressait pas de finir sa phrase pour elle, elle doutait fort que ce fût par courtoisie, comme c'était le cas du capitaine Cameron.

Eve Gardiner aurait serré les poings et en aurait frappé sa propre cuisse de fureur jusqu'à ce que le mot sorte. Marguerite Le François se contenta de bégayer jusqu'à finir par se taire, rougissante, l'air si mortifié qu'elle aurait pu disparaître à travers le somptueux tapis qui recouvrait le sol.

—Vous bégayez, fit remarquer M. Bordelon. Mais je doute que vous soyez stupide, mademoiselle. Un bégaiement n'est pas forcément le signe d'un cerveau bégayant.

Sa vie aurait été beaucoup plus simple si tout le monde avait partagé cet avis mais le moment était plutôt mal choisi. *Il serait bien préférable qu'il me juge demeurée.* Pour la première fois, elle ressentit une certaine nervosité. Il aurait dû la trouver stupide. Elle avait forgé le personnage de Marguerite pour lui par touches précises. S'il ne croyait pas au camouflage facile que lui procurait son défaut d'élocution, elle allait avoir besoin d'un autre subterfuge. Les cils baissés, elle prit une expression aussi confuse que possible.

— Monsieur ?

— Regardez-moi.

Sentant sa gorge se dessécher, elle leva les yeux vers les siens. D'une couleur indéfinie, ils semblaient incapables de cligner.

— Vous me prenez pour un collaborateur ? Un profiteur ?

Oui !

— C'est la guerre, monsieur. Nous faisons tous au mieux.

— En effet. Ferez-vous de votre mieux pour servir les Allemands ? Nos envahisseurs ? Nos conquérants ?

Il lui tendait une perche et elle se figea. Comme l'avait dit Lili, si elle trahissait la moindre émotion, elle n'aurait plus une chance. Jamais il n'engagerait une fille qu'il soupçonnerait capable de cracher dans le bœuf bourguignon. Mais quelle était la bonne réponse ?

— Ne me mentez pas, dit-il. Je suis très doué pour flairer les mensonges, mademoiselle. Allez-vous trouver difficile de servir mes clients allemands et de les servir avec le sourire ?

Il aurait été trop absurde de lui mentir en niant. Pourtant, elle ne pouvait se permettre l'honnêteté de répondre « oui ».

— Je trouve di… di… difficile de ne pas manger, finit-elle par dire, exagérant un peu son bégaiement. Je n'ai pas le te… temps pour d'autres épreuves, monsieur. Juste celle-là. Parce que si vous ne m'engagez pas, je ne trouverai pas de tra… travail ailleurs. Personne n'engagera une fille qui bé… bégaie.

C'était la vérité. Elle repensa à quel point il lui avait été difficile de décrocher ce stupide travail de bureau à Londres tant les postes pour les bègues étaient rares. Se remémorant la frustration de sa recherche d'emploi, elle laissa transparaître son amertume pour M. Bordelon.

— Je ne peux pas répondre au téléphone, je ne peux pas donner de renseignements dans un magasin, pas avec une langue qui fou… fourche. Mais je peux porter des piles d'assiettes et disposer de l'argenterie en silence, monsieur. À la perfection.

Elle refit ses yeux de biche, de jeune fille désespérée, affamée, humiliée. Il observa ses doigts, d'une longueur extraordinaire. Il ne portait pas d'alliance. Puis il la regarda et, après un long silence, s'exclama :

— Je suis d'une négligence impardonnable. Si vous avez faim, je vais vous nourrir.

Il parlait d'un ton aussi dégagé que s'il avait déclaré qu'il allait donner du lait à un chat errant. Elle tressaillit. Il n'aurait certes pas offert des rafraîchissements à toutes les candidates. *Ce n'est pas bon s'il me sort du lot.* Mais, déjà, il avait sonné et murmurait quelques mots au serveur qui était monté du restaurant. Ce dernier repartit pour revenir avec une assiette de tartines de pain grillé, brûlant. Elle remarqua le pain blanc d'une qualité quasi introuvable à Lille en ces temps de disette, couvert d'une épaisse couche de beurre doux et de confiture de fraises. Si Eve n'était pas affamée au point d'être transfigurée par la vue d'une tartine grillée, Marguerite l'était. D'une main tremblante, elle porta le pain à ses lèvres. Il était assis, attendant de voir si elle allait l'engloutir en une bouchée ou le grignoter avec raffinement. En dépit de ses origines paysannes, Marguerite ne pouvait pas être totalement fruste. René Bordelon voulait plus de raffinement chez ses serveuses. Elle mâcha donc son toast, l'avala et prit une nouvelle bouchée. La confiture était faite avec du vrai sucre, bien loin du jus de betterave bouillie utilisé par Lili.

Au bout d'un moment, M. Bordelon reprit :

— Il y a des avantages à travailler pour moi. Les restes de la cuisine sont partagés tous les soirs entre les membres du personnel. Des laissez-passer après le couvre-feu sont délivrés à tous mes employés. Je n'ai jamais engagé de serveuses auparavant. Néanmoins, étant donné que la pénurie de personnel masculin m'y oblige désormais, je peux vous assurer que vous ne serez pas sollicitée pour… distraire la clientèle. Ce genre de chose rabaisse le standing d'un restaurant.

Le mépris dans sa voix était évident.

— Je suis un homme civilisé, mademoiselle Le François, et j'attends des officiers qui mangent sous mon toit qu'ils se comportent en hommes civilisés.

— Je comprends, murmura-t-elle.

— Néanmoins, si vous me volez de la nourriture, de l'argenterie, ne serait-ce qu'une gorgée de vin, je vous livrerai aux Allemands, précisa-t-il d'un ton détaché. Et vous pourrez constater qu'ils ne sont pas toujours civilisés.

— Je comprends, monsieur, répéta-t-elle.

— Bien. Vous commencerez demain. Vous devez être ici à 8 heures du matin. Vous serez formée par mon second.

Il n'aborda pas le sujet du salaire. Il savait que, comme toutes les autres, elle accepterait n'importe quelle somme. Sachant que personne dans cette ville n'aurait laissé un reste de pain beurré sur une assiette, elle avala délicatement la dernière bouchée, esquissa une révérence et se hâta hors du bureau.

Quand elle entra précipitamment dans la pièce à l'odeur de moisi, Violette était en train de rédiger un message sur une mince feuille de papier japon. Elle leva les yeux.

—Alors ?

Ne souhaitant pas ressembler à une gamine grisée, elle retint son cri de triomphe et hocha la tête.

—J'ai été engagée. Où est Lili ?

—Partie chercher le rapport de l'un de ses contacts des Chemins de fer. Ensuite, elle doit franchir la frontière. Comment parvient-elle à ne pas se faire fusiller, je n'en ai pas la moindre idée. Ces projecteurs pourraient repérer une puce recroquevillée sur du marbre noir. Pourtant, elle parvient toujours à passer au travers.

Jusqu'au jour où elle se fera prendre, ne put s'empêcher de songer Eve en retirant ses bottines.

Mais il était vain de s'appesantir sur la façon dont elles pourraient toutes se faire prendre. Aussi vain que contre-productif. Elle devait adopter la philosophie de Lili : Avoir peur, « *mais uniquement une fois le danger passé. Avant, la peur est un luxe.* »

Maintenant qu'elle était loin des yeux fixes de René Bordelon, de ses mains impeccablement manucurées, elle avait soudain la chair de poule. L'angoisse, insidieuse, l'avait rattrapée. Elle laissa échapper un long soupir.

—Vous avez déjà la trouille ? s'étonna Violette en haussant des sourcils interrogateurs. Attendez de devoir franchir un poste de contrôle où les soldats font du zèle ou de devoir convaincre une sentinelle de vous laisser passer.

Eve remarqua que ses verres ronds reflétaient la lumière. Ce genre de lunettes devait être utile. Il lui suffisait de pencher la tête en arrière pour dissimuler ses yeux.

Puis, s'allongeant sur le sommier dur, elle croisa les bras sous sa tête et demanda :

— René Bordelon ? Que savez-vous de lui ?

De nouveau concentrée sur son message codé, Violette répondit :

— C'est un sale collaborateur. Qu'y a-t-il d'autre à savoir ?

« *Ne me mentez pas*, chuchota la voix métallique. *Je suis très doué pour flairer le mensonge, mademoiselle.* »

Sentant son anxiété croître, Eve murmura lentement :

— Je pense qu'espionner à son nez et à sa barbe sera loin d'être facile.

9

Charlie

Mai 1947

— Non ! ragea Eve. Je déteste Lille et je n'y passerai pas une nuit, bon sang !

— Vous n'avez pas vraiment le choix, répliqua Finn, mielleux, en sortant la tête de sous le capot de la Lagonda. Quand j'aurai réussi à faire redémarrer son moteur, il sera temps de faire étape.

— Pas à Lille, bordel ! Nous pouvons continuer jusqu'à Roubaix dans la nuit.

Après vingt-quatre heures à supporter ses humeurs de vieille grincheuse, je n'en pouvais plus. Exaspérée, je lâchai :

— Nous nous arrêterons à Lille !

Avec un regard noir, elle persifla :

— Pourquoi ? Parce que votre polichinelle dans le tiroir fait encore des siennes ?

Sans ciller, je rétorquai, furieuse :

— Non, parce que c'est moi qui paie l'hôtel.

Elle me gratifia d'une injure encore pire que ses obscénités habituelles et se mit à faire les cent pas sur le bas-côté de la route. Finn continuait à bricoler patiemment la Lagonda. *Quelle journée*! Comme une suite logique à ma nuit épouvantable, presque blanche, dans un hôtel bon marché de Rouen. Une nuit peuplée de rêves tristes dans lesquels je voyais confusément Rose s'évanouir le long de couloirs interminables, poursuivie par la voix sifflante de sa mère qui lançait: « Traînée! » Sans parler du trajet aussi long que pénible de la matinée. Comme si les remarques caustiques d'Eve chaque fois que j'étais malade ne suffisaient pas, j'avais dû aussi endurer le silence dans lequel s'était muré Finn. Ce qui, inexplicablement, était encore pire.

« Traînée! » chuchotait ma tante dans mes cauchemars, me faisant tressaillir malgré moi. Je m'étais tellement réjouie du nouveau départ que m'offrait ce voyage, certaine que mes compagnons de route ignoraient tout de mon identité et de mon infortune. L'illusion avait été de courte durée: désormais, grâce à cette vieille chouette d'Eve, incapable de tenir sa langue, la réputation de traînée de Charlie St Clair était établie.

En arrivant à la périphérie de Lille, voyant de la fumée s'échapper de l'avant de l'automobile, Finn s'était arrêté pour prendre une boîte à outils. Après avoir inspecté le moteur, il avait annoncé qu'il était plein d'eau ou que les soupapes étaient encrassées. Il m'aurait dit « il y a des girafeaux dans la boîte de vitesses », cela m'aurait produit le même effet. Je n'avais pas la moindre notion de mécanique.

— Pouvez-vous la faire repartir et rouler? demandai-je alors.

— Assez longtemps pour nous amener jusqu'à Lille, me répondit-il en s'essuyant les mains à un chiffon noirci.

Eve continuait à faire les cent pas en bougonnant des jurons.

Je hochai la tête sans croiser le regard de Finn. Depuis que mon Petit Problème avait été dévoilé, je pouvais à peine le regarder dans les yeux. J'avais plus de toupet avec la vieille Anglaise. Dès qu'elle se montrait grossière, je pouvais me réfugier derrière mon habituelle carapace de cynisme et me montrer encore plus crue. Mais Finn ne prononçait pas un mot, et au jeu de « à celui qui restera muet le plus longtemps », je ne pouvais pas gagner. Ma seule option était de feindre l'indifférence.

Nous nous engouffrâmes de nouveau dans la Lagonda et reprîmes la route à une allure d'escargot. Avec ses maisons de pierres bien rangées et leurs touches de briques flamandes évoquant la proximité de la Belgique, la gracieuse perspective de sa Grand-Place, Lille était une bien jolie ville. Contrairement au Havre, elle était loin d'être un amas de ruines. Si elle avait été assiégée pendant la guerre, les bombardements l'avaient épargnée. L'atmosphère y était plus gaie, les nombreux passants se hâtaient d'un pas plus alerte, chargés de sacs de courses ou promenant leurs petits terriers. Pourtant, à mesure que nous nous enfoncions vers le centre, Eve se rembrunissait.

D'une voix solennelle, elle énonça alors ce qui, manifestement, était une citation :

— « Tout civil, y compris le personnel civil du gouvernement français, qui viendrait en aide à des troupes ennemies de l'Allemagne, ou qui commettrait des actes injurieux à l'encontre de l'Allemagne et de ses alliés, sera puni de mort. »

Je secouai la tête.

— Les nazis…

— Ce n'étaient pas les nazis.

L'air hostile, elle se tourna de nouveau vers la vitre. La Lagonda passa devant un café à l'auvent rayé. Soudain submergée par les souvenirs de l'après-midi enchanté que Rose et moi avions partagé dans le café de Provence, je regardai avec une pointe de mélancolie les tables qui, en terrasse, surplombaient la Deûle. Avais-je jamais été aussi heureuse ailleurs ? J'avisai une serveuse dans mes âges qui apportait des sandwichs de baguette et une carafe de vin à des clients. Je l'enviai. Avec son nez criblé de taches de rousseur et cette odeur de bon pain frais dans son sillage, elle n'avait pas à se soucier d'un Petit Problème.

La voix d'Eve, froide et farouche, interrompit le fil de mes pensées.

—Après son départ, ils auraient dû incendier le bâtiment pour n'en faire qu'un tas de cendres et couvrir le sol de sel. Puis l'inonder des eaux du vrai Léthé pour que tout le monde oublie.

Elle contemplait le même café, avec son bow-window caractéristique, aux volutes dorées.

—Gardiner ? lança Finn en jetant un coup inquiet d'œil à l'arrière.

En dépit de sa férocité, Eve semblait frêle, ratatinée. Elle avait entrelacé ses doigts déformés comme pour les empêcher de trembler. Trop déroutée pour me rappeler que j'avais décidé d'éviter son regard, j'échangeai un coup d'œil perplexe avec Finn.

—Il faut que nous trouvions un hôtel, murmura-t-il. Tout de suite.

Il s'arrêta devant le premier qui se présenta et je louai trois chambres. Le réceptionniste se trompa dans le total et, quand je lui fis remarquer son erreur, feignit de ne pas comprendre mon français d'Américaine. À ma grande surprise, Eve se pencha soudain sur le comptoir et l'invectiva dans un français courant, avec l'accent du nord. L'homme s'empressa de réajuster ses tarifs.

— Je ne savais pas que vous parliez si bien le français, m'étonnai-je.

Avec un haussement d'épaules blasé, elle nous donna à chacun une clé de chambre.

— Mieux que vous, Ricaine ! Bonne nuit.

Je regardai le ciel, derrière la porte. Le crépuscule tombait et nous n'avions rien mangé.

— Vous ne voulez pas dîner ?

Elle tapota sa besace et je perçus un bruit de liquide.

— J'ai un dîner liquide, ironisa-t-elle. Je vais être ronde comme une queue de pelle, mais ne vous attendez pas à me voir cuver mon alcool demain matin. Nom d'un chien ! Nous avons intérêt à démarrer aux aurores. Je veux quitter le trou qu'est cette ville maléfique, quitte à partir à pied s'il le faut !

Sur cette déclaration, arrivée à l'étage où nous l'avions suivie, elle disparut dans sa chambre et je m'empressai de l'imiter. Je n'avais nulle envie de m'attarder dans le couloir, en tête à tête avec Finn.

En guise de dîner, j'avalai un paquet de sandwichs bon marché, assise sur mon lit étroit. Je lavai mes sous-vêtements et mon chemisier dans le lavabo et remarquai que je n'allais pas tarder à avoir besoin d'une garde-robe neuve. Enfin, je m'exhortai à descendre pour demander à utiliser le téléphone de l'hôtel. Je ne comptais certes pas dévoiler à ma mère où j'étais, de peur qu'elle arrive, flanquée des gendarmes – j'étais toujours mineure – mais je voulais la rassurer en lui disant que j'étais en sécurité. Le réceptionniste du *Dolphin Hotel* m'annonça qu'elle avait quitté les lieux. Je décidai néanmoins de laisser un message et raccrochai, un peu mal à l'aise. Puis je remontai, luttant contre un épuisement soudain. J'avais beau avoir passé la journée assise dans une voiture, jamais je ne m'étais sentie aussi lasse de toute ma vie. Depuis quelques semaines, j'étais prise d'étranges accès de fatigue. Sans doute une autre manifestation du Petit Problème.

Une fois dans ma chambre, je me forçai à l'oublier. Demain, nous serions à Roubaix. Eve insistait sur le fait qu'elle y trouverait quelqu'un à qui elle devait absolument parler. Une femme qui, peut-être, aurait des informations. Or, une partie de moi rechignait à faire cette étape. Grâce à ma tante, j'en savais déjà assez. Je savais que Rose avait été envoyée à Limoges pour avoir son bébé, qu'elle avait ensuite quitté la petite ville pour trouver un travail dans cette région de la France. Qu'importait cet hypothétique contact d'Eve, c'était à Limoges que je voulais aller, pas à Roubaix.

Je m'assis sur le bord du lit, sentant l'espoir gonfler mon cœur. Si horrible qu'ait été cette heure passée en compagnie de tante Jeanne, elle avait fait renaître l'espoir en moi. Car si j'avais eu beau lutter pour me convaincre qu'il y avait une chance que ma cousine soit vivante, j'avais été incapable de faire taire la petite voix qui me soufflait que mes parents avaient raison, qu'elle devait être morte. Parce que celle que j'aimais comme une sœur, celle qui craignait tant la solitude, nous aurait déjà retrouvés.

Mais si toute sa famille l'avait rejetée, l'avait expédiée au loin pour mettre son bâtard au monde et s'en était lavé les mains… Je connaissais Rose. Sa fierté, son tempérament de feu. Après la façon dont elle avait été jetée dehors, jamais elle ne remettrait les pieds dans la maison de Rouen.

Je comprenais même pourquoi elle ne m'avait pas écrit au sujet de son dilemme. Pourquoi l'aurait-elle fait ? La dernière fois que nous nous étions vues, j'étais encore une enfant ; une fillette à protéger, pas à qui confier de sordides secrets. Or, on s'habituait vite à la honte. Même si j'avais eu une adresse, aurais-je eu le cran de lui écrire au sujet de mon Petit Problème ? Je n'en étais pas sûre. Face à face, je le lui aurais avoué en pleurant sur son épaule. Mais annoncer ce genre de nouvelle par lettre revenait à étaler son propre déshonneur noir sur blanc.

Si elle était vivante, elle habitait sans doute Limoges. Peut-être avec son enfant. Était-ce un garçon ou une fille ? À cette image, je partis d'un éclat de rire sonore. Rose avec un bébé ! Je baissai les yeux sur mon ventre, aussi plat qu'anodin, qui provoquait alternativement de la fatigue et des nausées, et sentis mon regard s'embuer de larmes.

— Oh, Rosie ! chuchotai-je. Comment avons-nous pu tout gâcher à ce point ?

En tout cas, moi, j'avais tout gâché. Rose avait trouvé l'amour en la personne d'un vendeur de librairie qui avait rejoint la Résistance. Ce qui correspondait au genre de garçon qui lui plairait. Étienne était-il brun ou blond ? Son bébé lui ressemblait-il ? Où l'avait-on emmené après son arrestation ? Était-il vivant ? Sans doute pas. Tellement de gens avaient disparu ou péri ! Nous commencions tout juste à mesurer l'ampleur des pertes. L'amoureux de Rose était sans doute mort. Si elle était vivante, elle était seule. Abandonnée, comme elle l'avait été dans ce café provençal.

Pas pour longtemps, Rose. Je viens te chercher, je le jure. Je n'avais pas pu sauver mon frère mais je pouvais encore la sauver.

— Et ensuite, je saurai peut-être quoi décider à ton sujet, dis-je à mon ventre.

Je ne l'avais pas désiré. Je ne savais pas quelle décision prendre. Mais les nausées de ces derniers jours m'avaient fait comprendre avec une lucidité douloureuse que je ne pouvais plus me contenter d'ignorer ce « Petit Problème ».

Derrière ma fenêtre, la nuit sur la France était chaude et douce. Je m'allongeai entre les draps frais, les paupières lourdes. Et fus réveillée en sursaut par un cri déchirant le silence nocturne. Je ne m'étais même pas rendu compte que je m'étais endormie.

Je me redressai d'un bond et sautai du lit. Le cœur battant la chamade, la bouche sèche, j'écoutai le hurlement atroce qui persistait. Un cri de femme, un cri de terreur et de souffrance. Je me ruai hors de ma chambre.

Finn fit irruption dans le couloir au même instant que moi. En maillot de corps, il était pieds nus.

— Que se passe-t-il ?

Bouche bée, je regardai les autres portes du palier qui commençaient à s'ouvrir. Sans répondre, il se contenta de s'avancer vers celle qui séparait les deux nôtres, sous laquelle filtrait un rai de lumière. La plainte venait de l'intérieur.

— Gardiner !

Il secoua la poignée. La clameur s'éleva de nouveau, stridente, glaçante. J'entendis le déclic caractéristique du Luger que l'on armait.

— Gardiner, j'entre !

Il cogna violemment la porte de son épaule. Le verrou bon marché sauta dans un crissement de vis et la lumière se répandit dans le couloir. Eve se dressait de toute sa taille, ses mèches grises en désordre, ses yeux comme deux trous vides, tourmentés. En nous voyant sur le seuil, elle leva son arme et tira.

Avec une exclamation d'effroi, je tombai sur le sol et me roulai en boule. Mais la gâchette résonna sur un chargeur vide. Finn lui arracha l'arme de la main et, l'invectivant d'une insulte abjecte, elle se jeta à son visage. Il lança le pistolet sur son lit puis agrippa ses poignets décharnés de ses mains. Quand il croisa mes yeux, je m'étonnai de voir son regard si placide. Tout en la tenant fermement, il m'enjoignit :

— Allez trouver le réceptionniste et dites-lui que tout va bien, avant que quelqu'un appelle les gendarmes. Je ne tiens pas à devoir trouver un nouvel hôtel au beau milieu de la nuit.

Eve lâchait des bordées d'injures en français et en allemand.

Je fis mine de protester :

— Mais…

Toujours stupéfaite, je ne pouvais détacher mes yeux du pistolet sur le lit. *Elle nous a pris pour cibles.* Je me rendis compte que, d'instinct, j'avais croisé les bras sur le Petit Problème.

— Dites-lui qu'elle a fait un cauchemar.

Les sourcils froncés, Finn la regarda. Le souffle court, le regard vide, elle fixait le mur. Elle avait cessé de jurer. Où qu'elle fût, elle était absente.

Une voix irritée s'éleva en français derrière moi. Je me retournai pour voir le propriétaire de l'hôtel qui, bien que somnolent, n'en était pas moins virulent. Je sortis sur le palier et m'empressai de fermer la porte derrière moi.

— *Pardonnez-nous. Ma grand-mère, elle fait des cauchemars**..., plaidai-je de ma voix la plus affable dans l'espoir d'atténuer mon accent américain.

Je finis de l'amadouer à l'aide d'une poignée de billets. Il regagna sa propre chambre et je passai de nouveau la tête par la porte entrebâillée.

Finn avait installé Eve, non pas dans son lit, mais dans le coin le plus reculé de la pièce, celui qui offrait la meilleure vue sur la porte et sur la fenêtre. Il avait tiré une chaise sur le côté afin qu'elle puisse se blottir contre le mur et avait recouvert ses épaules d'une couverture. Assis sur ses talons, sans cesser de lui parler avec douceur, il posa délicatement la gourde de whisky sur ses genoux.

Elle marmonna un nom qui ressemblait à « René ». J'en eus la chair de poule.

— René n'est pas là, la rassura-t-il d'une voix apaisante.

— Le monstre, c'est moi, chuchota-t-elle.

— Je sais.

Voyant qu'il lui tendait le Luger par la crosse, je chuchotai :

— Vous êtes fou ?

Mais, d'un geste discret dans son dos, il me fit signe de me taire. Pas une fois Eve ne leva les yeux. Maintenant silencieuse, ses yeux toujours éteints allaient de la fenêtre au seuil de la porte. Ses doigts déformés agrippaient le pistolet et Finn le lâcha.

Il se leva et s'avança vers moi. Je reculai dans le couloir et il me suivit, referma doucement la porte et laissa échapper un long soupir.

— Pourquoi lui avez-vous rendu ce pistolet ? chuchotai-je. S'il avait été chargé, l'un de nous deux serait peut-être mort !

Il baissa la tête vers moi.

— Qui, croyez-vous, a vidé le chargeur ? Je m'en assure, tous les soirs. Elle m'abreuve de jurons mais, étant donné qu'elle a failli m'arracher une oreille le jour où je suis arrivé pour travailler chez elle, elle n'a pas vraiment d'arguments pour me l'interdire.

— Elle a failli vous arracher une oreille ? répétai-je, atterrée.

Sans répondre, il se tourna vers la porte.

— Ça va aller, maintenant. Elle sera calme jusqu'au matin.

— Elle a souvent ce genre de crise ?

— De temps en temps. Quand il y a quelque chose qui les déclenche. Si elle est happée dans une foule et qu'elle panique, ou si elle entend un échafaudage s'effondrer et qu'elle croit que c'est une explosion. C'est imprévisible.

Je me rendis compte que j'avais toujours les bras croisés. J'avais beau ne considérer le Petit Problème que comme un simple… problème, dès que j'avais vu le pistolet d'Eve, d'instinct, ils avaient formé un bouclier pour le protéger. Tremblant comme une feuille, je laissai retomber mes mains. Il y avait longtemps, bien longtemps, que je ne m'étais pas sentie aussi vivante. Vivante dans chacun de mes muscles qui frissonnaient, chacune de mes terminaisons nerveuses qui me picotaient, chacun de mes cheveux dressés sur ma tête.

— J'ai besoin d'un verre, déclarai-je.

— Moi aussi.

Je le suivis dans sa chambre, ce qui était loin d'être convenable, étant donné que j'étais à moitié nue dans la combinaison de nylon que je portais en guise de chemise de nuit. Mais je fis taire la voix intérieure qui me soufflait sa réprobation et refermai la porte derrière nous. Finn alluma une lampe et fouilla dans sa sacoche. Il me tendit une gourde, bien plus petite que celle d'Eve.

— Désolé, je n'ai pas de verres.

Il avait manifestement laissé tomber le « mademoiselle ». Je haussai les épaules. Pourquoi aurais-je dû être surprise ? J'étais tout à fait consciente du scénario qui était en train de se jouer.

— Je n'ai pas besoin de verre.

J'avalai d'un trait une rasade de whisky, savourant la brûlure dans ma gorge, avant de poursuivre :

— Bon, je vous écoute. Qui est ce René ? Eve connaît ce nom. Est-ce le même que dans le rapport ? Quelqu'un pour qui Rose a travaillé…

— Je n'en ai pas la moindre idée. Tout ce que je sais, c'est qu'elle le prononce souvent quand elle a une crise.

— Pourquoi ne me l'avez-vous pas dit ?

Il but à même la flasque, avant de répliquer :

— Parce que je travaille pour elle. Pas pour vous.

— Vous faites vraiment la paire, tous les deux ! lançai-je d'un ton dédaigneux. Avec vos secrets aussi épineux que du barbelé.

— Nous avons de bonnes raisons.

Je me rappelai l'agitation d'Eve quand elle avait chuchoté cette citation sur le sort qui attendait les ennemis de l'Allemagne. J'étais prête à jurer qu'elle avait combattu. J'avais vu mon frère rentrer de la guerre et suivi ses métamorphoses avec un amour mêlé d'inquiétude. Et James n'était pas le seul ancien soldat que j'avais pu observer. J'avais dansé avec eux à des soirées, bavardé avec eux lors de réceptions, et j'avais pris l'habitude de les épier dans l'espoir de remarquer des réactions qui m'aideraient à soulager sa douleur. J'avais échoué. Je n'avais rien pu faire pour lui. Voilà pourquoi je continuais à me détester. Toutefois, je savais à quoi ressemblait un rescapé de la guerre. Eve en montrait tous les symptômes.

— Elle sera remise demain matin ?

Le lendemain de ce genre d'épisode, James ne pouvait même pas sortir de sa chambre.

— Sans doute, répondit-il en se penchant sur le rebord de la fenêtre ouverte. En général, le jour suivant, elle fait comme si rien ne s'était passé.

Pensif, il but une nouvelle lampée de whisky, le regard perdu sur la rangée de réverbères.

Je voulais continuer à l'interroger, mais la pénible question d'Eve et de ses secrets me donnait la migraine. Me décidant à ne pas insister pour le moment, j'allai le rejoindre à la fenêtre. C'était l'équation qui suivait inéluctablement : une fille plus un garçon, multiplié par le whisky. Ajoutez-y la proximité…

— Donc, si la voiture ne tombe pas de nouveau en panne, demain, nous serons à Roubaix.

Mon épaule frôla la sienne. Il me passa la gourde et expliqua :

— Je vais pouvoir la faire rouler au ralenti.

— Vous êtes plutôt doué avec cette boîte à outils. Où avez-vous appris tout ça ? En prison ?

Je brûlais de curiosité.

— J'étais gamin quand j'ai commencé à travailler dans des garages. Je jouais déjà avec des clés à molette dans mon berceau.

J'avalai une nouvelle gorgée de whisky.

— Pourrai-je conduire la Lagonda demain ou n'a-t-elle qu'un seul et unique chauffeur ?

Il me lança un regard aussi stupéfait que si je lui avais annoncé que je travaillais.

— Vous savez conduire ? Je pensais que votre famille avait un chauffeur.

— Nous ne sommes pas les Vanderbilt, Finn. Bien sûr que je conduis ! Mon frère m'a appris.

Je lui racontai comment James s'était échappé d'un barbecue familial pour m'entraîner dans sa Packard et me donner une leçon de conduite. Un souvenir aussi doux que douloureux.

— Je pense que, en vérité, il voulait fuir notre bruyante famille. Mais c'était un bon professeur.

Il m'avait ébouriffé les cheveux d'une main en me disant : « *Tu peux nous ramener à la maison, tu es l'experte maintenant.* » Et après que, pleine de fierté, je m'étais garée dans un crissement de pneus, nous nous étions un peu attardés avant de rejoindre le brouhaha familial. J'avais saisi l'occasion pour lui demander s'il accepterait d'être mon cavalier pour le prochain bal. « *Je ne trouverai pas de vrai cavalier, James. Nous pourrons rester assis sur le côté et nous moquer des autres étudiantes.* » Avec un sourire en coin, il m'avait répondu : « *Rien ne pourrait me faire plus plaisir, petite sœur.* » Je m'étais soudain senti pousser des ailes. J'avais l'impression que, pour une fois, je l'avais aidé à surmonter ses crises.

Trois semaines plus tard, il s'était suicidé. L'insoutenable souvenir me fit monter les larmes aux yeux et je battis furieusement des paupières pour les refouler.

Finn m'observait, les lumières de la rue allumant des reflets dans ses cheveux bruns.

— Je vous laisserai peut-être le volant, un jour. Il faut vous montrer patiente avec ma voiture. C'est une dame plutôt capricieuse. Un peu revêche. Il faut savoir la manier. Mais on finit toujours par y arriver.

Je pris une nouvelle gorgée et lui rendis la flasque, mes doigts frôlant les siens.

— De grâce, ne vous perdez pas en métaphores d'Écossais ! Il est plus de 2 heures du matin.

Il sourit et tourna de nouveau la tête vers les lumières nocturnes. J'attendis qu'il se rapproche. Mais il se contenta de finir son whisky et alla s'asseoir sur la banquette contre le mur.

Ma très sévère voix intérieure continuait à me sermonner. Avant qu'elle ne se fasse plus forte, j'allai jusqu'au bout de l'opération : un garçon plus une fille, multiplié par l'alcool et la proximité, égale… Lui retirant la gourde de la main, je me juchai sur ses genoux et l'embrassai. Ses lèvres douces avaient le goût du scotch, son menton pas rasé était rêche. Il se dégagea :

— Que faites-vous ?

— Qu'en pensez-vous ? répondis-je en nouant mes bras autour de son cou. Je m'offre à vous.

Il me dévisagea délibérément de ses yeux sombres. Je haussai une épaule nonchalante et fis glisser une bretelle de ma combinaison le long de mon bras. Ses mains caressèrent mes genoux nus, puis glissèrent sur l'ourlet en nylon sans s'aventurer dessous, avant de se poser sur ma taille qu'elles tinrent fermement alors que j'essayais de me pencher pour un autre baiser.

— Eh bien ! Cette soirée réserve décidément bien des surprises, chuchota-t-il.

À travers le nylon soyeux, je sentais ses larges paumes chaudes sur ma taille.

— Vraiment ? J'y ai pensé toute la journée, avouai-je.

Depuis que je l'avais vu relever ses manches pour réparer la Lagonda. Il avait des bras bien plus beaux que la plupart des étudiants, que je trouvais habituellement trop dégingandés ou trop flasques.

D'une voix un peu rauque mais égale, il demanda :

— Qu'est-ce qu'une fille bien, comme vous, irait faire au lit avec un ex-taulard ?

— Vous savez parfaitement que je ne suis pas une fille bien. Eve vous a mis au parfum sur ce point. En outre, ce n'est pas comme si vous m'emmeniez à un cotillon. Vous n'allez pas rencontrer mes parents. C'est juste une partie de jambes en l'air, ajoutai-je crûment.

Il haussa les sourcils, l'air ébahi.

— Même si je me demande ce que vous avez fait pour finir en prison, ajoutai-je en toute honnêteté, en caressant sa nuque d'un doigt.

— J'ai volé un cygne à Kew Gardens.

De ses mains fermes sur ma taille, il me tenait toujours à distance.

— Menteur !

— J'ai piqué une tiare en diamants appartenant aux joyaux de la Couronne, à la Tour de Londres.

— Vous mentez encore.

Dans l'obscurité, ses prunelles noires étaient insondables.

— Pourquoi me le demander, dans ce cas ?

— J'aime vous entendre mentir.

Je lui enlaçai de nouveau le cou et fis glisser mes doigts dans ses cheveux.

— Pourquoi sommes-nous encore en train de parler ?

À peine la lampe éteinte, la plupart des garçons couvraient le corps des filles de caresses audacieuses. Pourquoi pas Finn ? Dès qu'Eve avait dévoilé, sans prendre de gants, ma véritable nature, j'avais supposé qu'il abandonnerait ses airs respectueux et qu'il essaierait de m'attirer dans son lit. C'était ce à quoi j'étais habituée. Je pouvais soit le repousser, soit jouer le jeu. Et j'avais déjà décidé de jouer le jeu. Toutefois, je n'étais pas habituée à faire les avances. Je n'étais peut-être pas jolie mais j'étais disponible. Ce qui suffisait généralement à un homme pour me déshabiller sans mon aide.

Pourtant, il ne bougeait toujours pas. Il se contentait de me contempler. Ses yeux se posèrent sur ma taille et il me demanda :

— Vous n'avez pas d'amoureux ? De fiancé ?

— Vous voyez une bague ?

— Qui était-ce dans ce cas ?

— Harry Truman, raillai-je.

— Qui est la menteuse maintenant ?

La chaleur était lourde, oppressante. J'oscillai des hanches et sentis sa réaction. Je savais ce qu'il voulait. Pourquoi ne s'abandonnait-il pas ?

— Qu'est-ce que cela peut bien vous faire de savoir qui m'a mise enceinte ? chuchotai-je en accentuant le mouvement. Maintenant que c'est fait, vous ne pourrez pas en être responsable, c'est tout ce qui compte. Je suis sans risques.

— C'est moche.

— Mais c'est vrai.

Il m'attira plus près, son visage me frôlant presque, et je sentis ma peau palpiter.

— Pour quelle raison au juste avez-vous grimpé sur mes genoux ?

« *Traînée* ! » La voix de mon père ou, peut-être, de ma tante résonna dans ma tête. Je tressaillis et chassai ma gêne d'un haussement d'épaules désinvolte.

— Je suis une traînée. Tout le monde sait que les traînées sont loin d'être farouches. Et vous êtes plutôt pas mal. Alors pourquoi pas ?

Il sourit, d'un vrai sourire, au lieu de ce pli imperceptible qui tendait habituellement ses lèvres.

— Vous avez besoin d'une meilleure raison, murmura-t-il. Ma belle Charlie.

Le son de mon prénom dans sa bouche, prononcé avec ce doux accent écossais, me mit en liesse.

Il me souleva de ses genoux comme une poupée et me remit sur mes pieds. Puis, se levant, il se dirigea vers la porte qu'il ouvrit en grand et je sentis une lente rougeur envahir mes joues.

— Bonne nuit, mademoiselle. Dormez bien.

10

Eve

Juin 1915

Deux soirs plus tard, Eve fit ses débuts à la fois d'espionne et d'employée au *Léthé*. Des deux missions, la seconde était la plus épuisante : René Bordelon exigeait la perfection, ce qui n'était pas très facile à atteindre en deux jours de formation. Elle y parvint. Elle ne pouvait se permettre d'échouer. Juste avant le premier service de ses deux nouvelles serveuses, René Bordelon leur exposa, de sa voix métallique, les règles qu'elle s'empressa d'assimiler.

Une robe noire. Des cheveux impeccablement coiffés.

— Vous devez passer inaperçue. Être une ombre.

Une démarche légère, des petits pas.

— Je veux vous voir glisser dans tous vos mouvements. Mes clients ne doivent en aucun cas être dérangés dans leurs conversations.

Le silence en toute circonstance ; ni chuchotement ni échange de paroles avec les clients.

— Votre rôle n'est pas de mémoriser des listes de vins ni de prendre des commandes. Vous apportez les assiettes à table et vous les retirez.

Verser le vin en un geste gracieux.

— Tout est grâce au *Léthé*, même ce qui passe inaperçu.

Puis vint la dernière directive, la plus importante :

— Violez les règles et vous serez renvoyées. Lille regorge de filles qui ont faim et qui sont prêtes à prendre votre place.

Le soir venu, *Le Léthé* se réveillait, étrange parcelle de lumière et de chaleur dans une ville que le crépuscule plongeait dans l'obscurité. Debout dans le coin qui lui avait été attribué, vêtue de sa robe noire, elle repensa aux légendes des vampires. Malgré l'absence de couvre-feu, la pénurie de paraffine ou de charbon forçait les Lillois à se coucher avec le soleil. Ils ne pouvaient plus s'éclairer. Et comme les morts-vivants, seuls les Allemands sortaient la nuit pour célébrer leur incontestable domination. Leurs uniformes rutilants, leurs médailles étincelantes, ils entraient au *Léthé* en parlant fort. Comme Renfield, dans le roman de Bram Stoker, René Bordelon, avenant, les saluait dans son smoking superbement coupé : un humain devenu lâche et abject au service des ténèbres.

Ne laisse pas ton imagination s'emballer, se rabroua-t-elle. *Ouvre tes oreilles et ne pense à rien.*

Elle s'acquitta de son service du dîner comme un gracieux automate : débarrassant silencieusement les assiettes, brossant les miettes, remplissant les verres vides. Il était difficile de croire qu'on était en guerre : la réserve de bougies semblait inépuisable, les tables étaient garnies de corbeilles de pain blanc et de beurriers, les verres de cristal scintillaient. Les Allemands aimant manifestement la bonne chère, les cuisines du *Léthé* devaient récolter la moitié des produits du marché noir de Lille.

L'autre serveuse, une jeune veuve aux hanches larges qui avait deux enfants en bas âge, rapporta une assiette dans les cuisines et déglutit.

— Toute cette nourriture. C'est un véritable supplice à regarder ! murmura-t-elle.

Dans une ville où les Français grattaient leurs assiettes jusqu'à la dernière miette, celles des clients allemands représentaient une véritable tentation. Une flaque de béchamel, quelques morceaux de veau… Malgré les gargouillements de son propre estomac, Eve lança un regard de mise en garde à sa collègue.

— N'en prends même pas une bouchée.

Elle jeta un coup d'œil derrière elles. M. Bordelon tournoyait dans la salle comme un requin.

— Rien avant la fin du service, tu… tu le sais, répéta-t-elle.

À la fin de la soirée, tous les restes de la cuisine étaient mis en commun et divisés entre les membres du personnel. Avec la faim qui les tenaillait tous, personne n'aurait hésité à moucharder si l'un d'entre eux avait subtilisé de la nourriture avant le partage équitable. Non sans cynisme, Eve admirait ce système : M. Bordelon avait mis au point une récompense efficace qui, à la fois, forçait ses employés à être honnêtes et les encourageait à s'espionner mutuellement.

Toutefois, si le personnel était crispé et antipathique, les clients l'étaient encore plus. Comme il était facile de haïr les Allemands en voyant de près toute la nourriture qu'ils gâchaient ! Au cours de sa première semaine de travail, le *Kommandant* Hoffman et le *General* von Heinrich vinrent trois fois dîner. Hurlant de rire au milieu d'un groupe de subalternes, ils commandèrent du champagne pour célébrer les dernières victoires allemandes. M. Bordelon était invariablement invité à partager un cognac avec eux à la fin du dîner. Assis, les jambes nonchalamment croisées, il offrait à la ronde des cigares dans un étui d'argent à son monogramme. Eve profitait de remplir leurs verres d'eau pour tendre l'oreille. Mais elle ne pouvait s'attarder trop longtemps. En outre, ils ne parlaient ni de plans de bataille ni d'emplacements d'artillerie, mais des filles qu'ils avaient prises comme maîtresses, comparant leurs plus beaux attraits physiques et discutant pour savoir si celle du *General* était ou non une vraie blonde.

Quand, le quatrième soir, Hoffman commanda du cognac, elle revint avec la carafe.

— ... bombardé, l'entendit-elle dire en allemand à ses hommes. Mais la nouvelle batterie d'artillerie sera en place dans quatre jours. Quant à l'emplacement...

Jubilant, elle sentit les battements de son cœur ralentir. Elle ramassa le verre à cognac du *Kommandant* et le remplit aussi lentement qu'elle l'osa, laissant la liqueur couler lentement, sans rien perdre de ses paroles. Ses mains, remarqua-t-elle, ne tremblaient pas du tout. Puis elle le reposa, priant silencieusement que se présente une excuse pour rester. Et vit son souhait exaucé. Alors qu'il répondait à une question sur les capacités des nouveaux fusils, l'un des officiers lui fit signe d'un claquement de doigts de le servir à son tour. Quand elle se tourna pour prendre son verre, elle vit que, de la table voisine où il accueillait avec empressement un capitaine et deux lieutenants ennemis, M. Bordelon l'observait. Prise de panique, sa main se resserra sur le verre. Son visage aurait-il trahi qu'elle comprenait la conversation ? S'il soupçonnait Marguerite Le François de parler allemand...

Elle se rabroua. C'était impossible. Se composant une expression impassible, elle se souvint de courber gracieusement le bras pour servir. Bordelon lui adressa un signe de tête approbateur et le *Kommandant* la congédia d'un signe. Elle regagna son alcôve avec un visage parfaitement innocent et une information en or : les positions précises de la nouvelle artillerie allemande, autour de Lille.

Elle passa le reste de son service à s'en réciter fébrilement les détails, les nombres, les noms, les capacités, espérant ne rien oublier. Une fois rentrée dans sa petite chambre, ainsi qu'elle l'avait appris à Folkestone, elle les retranscrivit en lettres minuscules sur un morceau de fin papier japon qu'elle enroula autour d'une épingle à cheveux. Puis, avec un soupir de soulagement, elle la piqua dans son chignon. Lili arriva le lendemain soir pour son habituelle collecte d'informations lilloises. Dans un geste cérémonieux, Eve pencha la tête, retira son épingle et la tendit à la chef du Réseau Alice.

Quand cette dernière lut le message, elle exulta à voix haute. L'enlaçant d'un bras autour du cou, elle l'embrassa bruyamment sur les deux joues.

— *Mon Dieu** ! Je savais que vous seriez formidable !

Si la lugubre Violette avait été ici, avec ses lunettes rondes, son air maussade et désapprobateur, elle aurait essayé de dissimuler sa joie. Mais devant l'allégresse de sa chef, elle laissa libre cours au rire qu'elle réprimait depuis la veille.

Les yeux plissés, Lili observa alors le petit morceau de papier.

— Je vais m'abîmer la vue à retranscrire ces informations pour mon rapport général. La prochaine fois, codez-le rapidement pour moi.

Avec une pointe de déception, Eve répliqua :

— J'y ai passé qu… quatre heures.

— Les nouvelles recrues mettent toujours six fois plus de temps à transcrire le premier message, s'esclaffa-t-elle alors en lui tapotant la joue. N'ayez pas l'air si découragé, c'est du bon travail. Je vais le passer à l'oncle Edward et cette nouvelle batterie sera bombardée jeudi prochain.

— « Jeudi » ? Vous pouvez faire bom… bombarder un emplacement de batteries d'artillerie si rapidement ?

— *Bien sûr**. J'ai le réseau le plus rapide de France ! répliqua-t-elle en enroulant de nouveau le message autour de l'épingle, qu'elle glissa dans ses propres cheveux.

— Et vous allez m'être un atout précieux, ma Pâquerette. Je le sens.

Son visage exprimait une joie si éclatante qu'elle illuminait la sinistre chambre comme un projecteur à la frontière. Eve esquissa un sourire de satisfaction. Elle avait réussi. Elle avait mis sa formation en pratique. Elle était une espionne.

Lili parut deviner son sentiment de triomphe. Elle se laissa tomber dans le seul fauteuil de la pièce en riant et, le regard espiègle, comme si elle partageait un secret coquin, déclara :

— C'est incroyablement amusant, vous ne trouvez pas ? Je ne devrais peut-être pas dire ça. Servir la belle France contre ses ennemis est une affaire très sérieuse. N'empêche, c'est si amusant. Le travail d'espion est sans doute celui qui apporte la plus grande satisfaction au monde. Les mères vous diront que la vocation ultime est la maternité. Mais elles sont bien trop abruties par cette routine sans fin pour en avoir la moindre idée. Je préfère mille fois prendre le risque de recevoir une balle à la sécurité d'avoir à changer une couche sale.

Sur le même ton de confidence, Eve avoua :

— Vous savez ce qui m'a enchantée ? M'éloigner de la table de ces monstres en uniforme et les laisser à leur cognac et à leurs cigares sans qu'aucun d'entre eux se doute de rien…

Son bonheur était tel qu'elle ne bégayait plus du tout. Surprise, elle se tut pour y réfléchir.

— Que les Allemands aillent au diable ! s'exclama Lili.

Puis, déroulant un morceau de vieux jupon sur la table, elle poursuivit :

— Venez, je vais vous apprendre ma méthode pour transcrire des positions sur des cartes. C'est un simple quadrillage, beaucoup plus efficace pour communiquer des emplacements…

La lugubre chambre s'illumina soudain d'une clarté plus chaude encore que celle des centaines de bougies du *Léthé*. Après avoir fini la transcription de la carte, elles restèrent debout encore très tard, partageant une petite bouteille de cognac chapardée. Eve ne se lassait pas d'écouter les histoires de Lili.

— Un jour, j'ai fait passer un paquet de dépêches volées au nez et à la barbe d'un garde curieux en les mettant au fond d'une boîte contenant un gâteau. Vous auriez dû voir la tête d'oncle Edward quand je lui ai tendu un porte-documents couvert de glaçage !

— Faites l'éloge de mon travail quand vous lui donnerez mon rapport, plaida Eve. Je veux qu'il soit fier de moi.

Lili pencha la tête de côté, l'air malicieux.

— Pâquerette, seriez-vous amoureuse ?

— Un peu, admit-elle. Il a une très belle voix…

Et il avait su déceler son potentiel pour cette mission. Il lui aurait été bien difficile de ne pas avoir le béguin pour le capitaine Cameron.

— *Merde*!* s'esclaffa Lili. Moi aussi, je pourrais sans peine avoir le béguin pour lui. Ne craignez rien, je me répandrai en compliments sur vous. Vous le verrez peut-être un de ces jours, vous savez. Il se déplace quelquefois dans les territoires occupés par les Allemands, en mission secret défense. Si cela arrive, promettez-moi de faire votre possible pour lui arracher tout ce tweed.

Eve fut prise d'un fou rire incontrôlable. Elle n'arrivait pas à se rappeler la dernière fois qu'elle avait autant ri.

— Lili! Il est marié!

— Et pourquoi cela vous arrêterait-il? Sa femme est une garce qui n'est pas allée le voir une seule fois, en prison.

Elle s'étonna. Ainsi, Lili était au courant de l'emprisonnement du capitaine.

— Je pensais que nous étions censées garder secret notre passé, sauf en cas de stricte nécessité.

— Tout le monde connaît le passé de l'oncle Edward; c'était dans les journaux. Il est donc difficile d'en garder le secret. Il a assumé la peine de sa femme et, d'après ce que je sais, elle n'est jamais allée le voir.

Elle laissa échapper une exclamation indignée. Et Lili sourit.

— Je vous recommande de mettre le cap sur lui. Si votre conscience vous travaille au sujet de cette broutille qu'est l'adultère, allez passer dix minutes dans un confessionnal et récitez quelques *Notre Père*.

— Vous sa... savez, nous, les protestants, croyons au fait d'assumer notre culpabilité, de ne pas l'effacer avec quelques simples prières.

— C'est pourquoi les Anglais ne sont pas de bons amants, déclara Lili. Ils sont incapables de se débarrasser de leur sentiment de culpabilité. À part en temps de guerre, car même à eux, la guerre donne une excuse pour s'amuser. Quand vous savez que vous pouvez perdre la vie d'un instant à l'autre au bout d'une baïonnette allemande, vous ne laissez plus la moralité bourgeoise vous priver d'une bonne partie de jambes en l'air avec un ex-repris de justice, marié, en costume de tweed.

En riant, Eve se plaqua les mains sur les oreilles.

— Je ne veux pas entendre ça, plaisanta-t-elle.

Le reste de la nuit se passa à rire et à célébrer sa victoire. Elle se réveilla le lendemain matin, le sourire aux lèvres. Lili était déjà partie, emportant le rouleau de papier japon, et avait laissé le morceau de jupon avec un autre message griffonné : « Retournez travailler et, rappelez-vous, ne soyez jamais trop sûre de vous. Je reviens vous voir dans cinq jours. »

« *Cinq jours* », songea Eve en enfilant sa robe noire avant de prendre la direction du *Léthé*. *J'aurai plus d'informations pour elle*. Elle n'en doutait pas une seconde. Elle avait réussi une première fois, elle réussirait de nouveau.

L'esprit occupé par les compliments de Lili et le regard souriant d'un Anglais en costume de tweed, elle franchit la porte de service du *Léthé* avec, peut-être, un brin d'une assurance exagérée. La silhouette nonchalante de René Bordelon l'accueillit et le son de sa voix monocorde s'éleva :

— Dites-moi, mademoiselle Le François, d'où venez-vous vraiment ?

Elle resta pétrifiée. Sans rien montrer de son trouble, elle s'empressa de retirer son chapeau, de croiser ses mains gantées et d'afficher une expression surprise. D'instinct, elle déploya une réaction d'innocence naturelle. Pourtant, intérieurement, toute joie évanouie, elle sentit un étau glacé lui broyer le cœur.

— Monsieur ?

René Bordelon se tourna vers l'escalier qui menait à ses appartements privés.

— Suivez-moi, l'invita-t-il.

Revenue dans ce bureau obscène, aux rideaux tirés sur la morosité de la ville et aux lampes allumées en une extravagante débauche de paraffine en pleine journée, elle eut l'impression de recevoir une gifle. Debout devant le fauteuil de cuir dans lequel, une semaine auparavant, elle avait décroché ce poste, elle se figea comme un animal qui, tapi dans les fourrés, attend que le chasseur soit passé. Que savait-il ? Que pouvait-il bien savoir ?

Il ne sait rien, se martela-t-elle. *Car Marguerite Le François ne sait rien.*

Il s'assit, croisa ses interminables doigts et la dévisagea sans ciller. Elle soutint son regard, affichant son expression la plus candide. Au bout de quelques très longues minutes, comprenant qu'il attendait qu'elle brise le silence, elle demanda :

— Y a-t-il un problème avec mon travail, mon… monsieur ?

— Au contraire. Votre travail est excellent. On n'a pas à vous répéter deux fois les instructions et vous avez une certaine grâce naturelle. L'autre fille est lourdaude. J'ai décidé de la remplacer.

Elle s'étonna. Pourquoi, dans ce cas, avait-il décidé de la passer au crible ? Elle avait soudain le cœur gros pour la pauvre Amélie aux hanches de matrone, avec ses deux enfants à la maison.

— Vous m'avez donné toute satisfaction, hormis sur un point, poursuivit-il, toujours sans ciller. Je crois que vous m'avez menti sur votre origine.

Non. Il était impossible qu'il la soupçonne d'être à moitié anglaise. Son français était parfait.

— D'où m'avez-vous dit que vous veniez ? poursuivit-il.

— De Roubaix. J'ai mes… pa… papiers.

Elle lui tendit sa carte d'identité, soulagée de pouvoir détourner son attention de ce regard fixe.

— Je l'ai déjà vue, répliqua-t-il sans lui accorder un coup d'œil. Elle dit que vous êtes Marguerite Duval Le François, de Roubaix. Mais c'est faux.

Elle se composa un visage impassible.

— Si, je suis Marguerite Le François, de Roubaix, affirma-t-elle.

— Vous mentez.

Sa réponse la déstabilisa. Il y avait très longtemps qu'on ne l'avait pas accusée de mensonge. Elle eut beau faire son possible pour dissimuler sa surprise, peut-être la perçut-il car il lui adressa un sourire glacial.

— Je vous ai prévenue que j'avais un don pour flairer le mensonge, mademoiselle. Vous voulez savoir comment je vous ai démasquée ? Vous ne parlez pas avec l'accent de cette région. Vous parlez avec l'accent lorrain, si je ne m'abuse. J'y vais souvent acheter du vin pour les caves de mon restaurant et je connais l'accent local aussi bien que les vignobles de la région. Alors pourquoi vos papiers indiquent-ils Roubaix alors que vos voyelles trahissent une origine de… Tomblaine, peut-être ?

Elle en resta ébahie. Quelle excellente oreille il avait ! Tomblaine, sur la rive opposée du fleuve qui traversait Nancy, était la ville où elle avait grandi. Elle hésita. La voix calme et posée du capitaine Cameron résonna en elle, avec sa légère intonation écossaise. Un conseil lors de l'un de ces après-midi de formation au tir, sur la plage déserte, lui revint en mémoire. « *Quand on ne peut pas faire autrement que mentir, il est préférable de dévoiler autant de vérité que possible.* »

René Bordelon, assis, attendait la vérité.

— Nancy, chuchota-t-elle, c'est là qu... que je suis n... n...

— Née ?

— Oui, mon... mons...

D'un geste de la main, il l'interrompit :

— Alors pourquoi tout ce mystère ?

Elle allait donner une vraie réponse étayée par une fausse raison. En espérant se montrer convaincante. Rien d'autre ne lui venait à l'esprit.

— Nancy se situe à proximité de l'A... l'A... l'Allemagne, s'empressa-t-elle d'ajouter, comme si elle était embarrassée. Tout le monde en France pense que nous sommes des t... t... traîtres, que nous pactisons avec les Allemands. En venant à L... L... Lille, je savais que je serais détestée si... Je savais que je ne trouverais pas de tra... travail. Que je ne mangerais pas. Alors j'ai... j'ai... menti.

— Où vous êtes-vous procuré ces faux papiers ?

— Ce... ce ne sont pas des faux papiers. J'ai juste pay... payé le fonctionnaire pour qu'il y inscrive une autre ville natale. Il a eu pitié de moi.

Son employeur se carra confortablement dans son fauteuil et se mit à tapoter le bureau de ses doigts.

— Parlez-moi de Nancy.

Elle se félicita de ne pas lui avoir donné un autre nom de ville, ce qui l'aurait obligée à inventer de nouvelles histoires.

Elle connaissait Nancy comme sa poche, bien mieux que Roubaix. Elle lui énuméra les rues, les monuments, les églises, chaque endroit étant pour elle un souvenir d'enfance. Elle bégayait tellement que ses joues étaient écarlates. Mais elle continua d'une voix douce, de son air le plus candide.

Visiblement, elle parvint à le convaincre car il l'interrompit au beau milieu d'une phrase :

— Il est évident que vous connaissez bien Nancy.

Sans lui laisser le temps de pousser un soupir de soulagement, il pencha son visage anguleux de côté.

— Mais cette proximité de la frontière allemande entraîne une grande mixité de population. Dites-moi, mademoiselle, parlez-vous allemand ? Si vous me mentez encore une fois, je peux vous garantir que je vais vous renvoyer.

Elle sentit de nouveau son sang se glacer. Il avait refusé de même recevoir une fille qui parlait l'allemand. Pouvoir garantir à ses clients la plus totale discrétion dans son restaurant lui assurait sûrement la plus grosse partie de ses bénéfices. De ses yeux aussi perçants que des scalpels, il la transperçait. Rien de ses mouvements – un frisson de ses muscles, un changement d'expression – ne lui échappait.

Tu dois mentir à tout prix, s'intima-t-elle sévèrement. *Invente le meilleur mensonge de ta vie.*

Elle planta son regard dans le sien, et, de son air le plus ingénu, répondit sans l'ombre d'une hésitation :

— Non, monsieur. Mon père les haïssait. Il ne permettait pas que leur langue soit parlée à la maison.

Étouffant de culpabilité, elle ne cilla pas. Après un nouveau long moment de silence, il demanda :

— Vous haïssez les Allemands ?

N'osant proférer un nouveau mensonge, elle se déroba, baissa la tête vers ses genoux et, les lèvres tremblantes, avoua d'un ton las :

— Quand ils renvoient la moitié de leur b… b… bœuf en croûte sans l'avoir touché, oui. Je t… trouve difficile de ne pas les haïr. M… Mais je suis trop fatiguée pour tant de haine, monsieur. Je dois avancer dans ce monde, ou je ne viv… vivrai pas pour voir la fin de cette guerre.

Il laissa échapper un petit rire.

— Ce n'est pas une opinion très populaire, je suppose. Je vois les choses à peu près ainsi, mademoiselle. Simplement, mon aspiration n'est pas juste d'avancer. Je veux prospérer, ajouta-t-il en étalant ses mains élégantes sur le beau bureau.

Elle n'avait pas le moindre doute qu'il y parviendrait. Quand on faisait passer le profit avant toute autre chose, le pays, la famille, Dieu, rares étaient les obstacles qui pouvaient vous empêcher de prospérer.

— Dites-moi, Marguerite Le François, n'avez-vous pas envie de progresser ? Plutôt que de vous contenter de survivre ?

Son ton presque enjoué fut loin de faire disparaître sa tension, et elle murmura :

— Je ne suis qu'une fi… fille, monsieur. Mes ambitions sont très modestes.

Levant vers lui un regard plein de désespoir, elle ajouta :

— Je vous en prie… vous ne direz à personne que je suis de N… N… Nancy ? Si l'on découvre que je viens de cette région…

— Je peux l'imaginer. À Lille, les gens sont… d'un patriotisme fervent, ajouta-t-il en plissant les yeux d'un air entendu. Ils pourraient se montrer méchants. Vous pouvez être tranquille, je saurai garder votre secret.

Décidément, cet homme aimait les secrets. Tant que c'était lui qui les gardait.

— M… merci, monsieur. Merci.

La tête penchée de côté, elle se mordit l'intérieur de la joue jusqu'à ce que des larmes lui montent aux yeux, lui prit les mains et les pressa gauchement. Il appréciait la gratitude abjecte autant que les secrets.

Sans lui laisser le temps de s'exaspérer de l'audace d'une employée, elle le libéra. Puis, se relevant, elle lissa sa jupe. Soudain, la prenant au dépourvu, il lança en allemand :

— Combien vous êtes gracieuse, même quand vous avez peur.

De nouveau, elle se raidit et il scruta son expression, en quête du moindre signe de compréhension. Elle cligna lentement des yeux d'un air confus.

— Monsieur ?

Un lent sourire se dessinant sur ses lèvres, il répondit :

— Rien. Vous pouvez disposer.

Inexplicablement, elle eut l'impression d'un doigt qui relâchait une gâchette. Puis, ses ongles enfoncés dans ses paumes, elle redescendit dans la salle du restaurant où elle déplia lentement ses poings pour ne pas saigner. Parce que René Bordelon ne manquerait pas de le remarquer. Elle en était bien convaincue.

Tu as esquivé une balle, se dit-elle en prenant son service. Maintenant, le danger passé, elle avait l'impression qu'elle allait vomir. Mais elle se sentait toujours pétrifiée intérieurement. Parce qu'elle était loin d'être tirée d'affaire. Tant qu'elle devrait travailler et espionner sous le regard de cet employeur si attentif, elle serait en danger. Elle avait toujours su mentir à la perfection. Pourtant, pour la première fois de sa vie, elle se demanda si elle allait se montrer à la hauteur.

Ce n'est pas le moment d'avoir peur, se rabroua-t-elle. « *La peur est un luxe.* » *Tends l'oreille et cesse de gamberger.*

Et elle se mit au travail.

11

Charlie

Mai 1947

— Tiens, tiens, persifla Eve en haussant les sourcils. Vous ne voulez pas respirer le même air que le repris de justice, tout à coup ?

Au lieu de prendre la place du passager, je m'étais installée sur la banquette arrière, à côté d'elle.

—Je ne veux pas vous savoir assise derrière moi, rétorquai-je. Hier soir, vous avez essayé de me tirer dessus.

Elle plissa des yeux qui, dans la tendre lumière du petit matin, étaient injectés de sang.

—Visiblement, je vous ai ratée. Et maintenant, dépêchons-nous de quitter cette ville infernale et de continuer vers cette fichue Roubaix.

Finn ne s'était pas trompé : l'air hagard, le teint terne, elle monta dans la voiture avec des mouvements raides de femme âgée, sans évoquer l'épisode du Luger de la veille au soir. Penché sous le capot, il trafiquait le moteur, l'invectivant avec son accent écossais qui, à mesure que les entrailles de la Lagonda s'obstinaient, se faisait plus prononcé, plus chantant.

— Espèce de vieux tas de ferraille, arrête de renâcler !

Enfin, il se mit au volant, ajusta les divers boutons et réglages et démarra en faisant grincer les vitesses, laissant l'hôtel derrière nous.

— Nous allons être obligés de prendre notre temps, annonça-t-il.

« *Prendre notre temps.* » Ce n'était certes pas ma méthode. Je n'étais pas du genre à prendre mon temps, juste à boire une lampée de mon whisky, me jucher sur les genoux d'un Écossais de trente ans et lui demander de me sauter.

Je me fiche de ce qu'il pense de moi, me répétai-je. *Je m'en fiche.* Mais j'avais encore la gorge nouée par l'humiliation.

« *Traînée !* » me chuchotait ma vilaine voix intérieure. Et je tressaillis. Je n'avais pas absolument besoin d'Eve et de son chauffeur pour le reste du voyage. Mais elle connaissait quelqu'un à Roubaix qui pourrait peut-être nous indiquer l'adresse du restaurant où Rose avait travaillé à Limoges. Après cela, la vieille pocharde voudrait-elle même rester avec moi ? Manifestement, elle ne me portait pas dans son cœur. Je pourrais lui régler ce que je lui devais et la renvoyer chez elle, titubante, avec l'ancien repris de justice d'homme à tout faire. Puis, comme toute personne civilisée, je pourrais prendre un train pour Limoges où je chercherais Rose. En soustrayant un Écossais et une Anglaise armée et dangereuse de cette équation, je pourrais mettre ma propre folie au service de ma quête insensée, sans la voir entravée par deux compagnons de voyage manifestement encore plus déments que moi.

— Aujourd'hui, commençai-je à voix haute.

Finn me lança un regard surpris dans le rétroviseur.

— Il faut que nous arrivions à Roubaix aujourd'hui.

Le plus tôt serait le mieux.

Bien entendu, alors que je ne pouvais plus supporter cette voiture ni ses passagers, la journée, magnifique, se prêtait parfaitement à une promenade en automobile : le soleil du mois de mai brillait dans un ciel d'azur où filaient quelques nuages cotonneux. Personne ne fit d'objection quand Finn abaissa la capote. Même le Petit Problème semblait décidé à ne pas se laisser contrarier par les cahots. Aussi, pour une fois, je ne passais pas mon temps à vomir. Le menton posé sur mon bras, je regardais défiler les champs tout en me demandant pourquoi ce paysage m'était si familier. Il m'évoquait un autre trajet en voiture, avec la famille de Rose et la mienne, quelques années après l'épisode du café en Provence. Nous avions contourné Lille pour nous enfoncer dans la campagne et, après une journée passée en visites solennelles d'églises et de vieux monuments, Rose avait roulé le tapis de notre chambre d'hôtel et m'avait appris à danser le lindy hop.

« *Allez, Charlie ! Bouge tes pieds...* »

Elle dansait si vite que ses boucles bondissaient. À treize ans, elle était grande, avait déjà un peu de poitrine et m'avait avoué qu'elle avait eu son premier baiser.

« *Avec Georges, le fils du jardinier. C'*était horrible. Sa langue dans ma bouche ! »

Ce souvenir dut me faire sourire car Eve persifla :

— Je suis contente de voir que quelqu'un au moins apprécie la région.

— Pas vous ? demandai-je en offrant mon visage à la caresse du soleil. Qui ne préférerait pas être ici plutôt que de contempler les ruines de Londres ou du Havre ?

— « Vivant, j'aimerais mieux inviter les corbeaux, À saigner tous les bouts de ma carcasse immonde », déclama-t-elle alors.

Devant mon air perplexe, elle ajouta :

— C'est une citation, Ricaine inculte ! Baudelaire. Un poème qui s'appelle *Le Mo... Le Mort joyeux.*

— « *Le Mort joyeux* », répétai-je en faisant une grimace, dégoûtée. Pouah !

— Un peu sinistre, renchérit Finn de derrière son volant.

— Absolument sinistre ! répliqua Eve. Donc, bien entendu, c'était l'un de ses préférés.

— L'un des préférés de qui ?

Naturellement, elle ignora ma question. Était-elle obligée de se montrer si énigmatique quand elle nous épargnait sa grossièreté ? J'avais l'impression de voyager avec un Sphinx, amateur de whisky. Je levai les yeux au ciel. Finn, qui surprit mon manège, sourit dans le rétroviseur. Je regardai de nouveau par la vitre.

Roubaix se profilait à l'horizon. Avec sa belle mairie, la cité, plus petite que Lille, était plus poussiéreuse, plus calme. Alors que nous traversions péniblement la ville, je remarquai les flèches d'une église gothique. Eve passa une adresse gribouillée à Finn et nous finîmes par nous garer le long d'un trottoir pavé, étroit, devant ce qui semblait un magasin d'antiquités.

— La femme à qui vous avez besoin de parler est ici ? m'étonnai-je, de plus en plus déconcertée. Qui est-ce ?

Elle descendit de la voiture et, d'un geste adroit de ses doigts mutilés, lança sa cigarette dans le caniveau.

— Juste quelqu'un qui me déteste.

Malgré moi, je ripostai :

— Tout le monde vous déteste !

— Celle-là tout particulièrement. Ve... venez ou ne venez pas, comme vous préférez.

Elle s'engouffra dans la boutique sans un regard en arrière. Un coude sur la portière, sa vitre baissée, Finn se remit à feuilleter *The Autocar*. Le cœur battant, je suivis Eve dans la fraîcheur de la pièce obscure.

Avec ses hauts placards d'acajou qui tapissaient les murs, l'endroit était surchargé et douillet. Partout, des porcelaines luisaient doucement dans la lumière. Des vases en Meissen, des services à thé en Spode, des bergères en Sèvres, d'autres encore… Derrière le long comptoir qui, comme une barrière, séparait la première pièce de l'arrière-boutique, une femme en noir gommait des chiffres dans son registre. En nous entendant entrer, elle leva la tête.

Solidement charpentée, ses cheveux bruns tirés en un chignon impeccable, elle portait des lunettes rondes. Apparemment du même âge qu'Eve, tout comme elle, son visage était marqué des rides profondes de ceux qui ont eu la vie dure.

— Puis-je vous aider, *mesdames**?

Eve la toisa.

— Ça dépend. Vous avez bonne mine, Violette Lameron.

Surprise, je regardai la femme. C'était la première fois que j'entendais ce nom. Elle resta impassible. Lentement, elle pencha la tête en arrière, jusqu'à faire scintiller les verres de ses lunettes à la lumière.

Avec un rire grinçant, Eve lança alors :

— Vous faites toujours le même tour, cacher vos yeux ! Je l'avais oublié !

Celle qu'elle avait appelée Violette répondit d'une voix égale :

— Voilà bien longtemps que je n'ai pas entendu ce nom. Qui êtes-vous ?

— Je suis un débris grisonnant à qui le temps n'a pas fait de cadeaux. Mais cherchez dans vos souvenirs. La petite chose aux yeux de biche ? ajouta-t-elle en dessinant un cercle autour de son propre visage. Vous ne m'avez jamais aimée. D'un autre côté, vous n'avez jamais aimé personne, sauf elle.

— Qui ? chuchotai-je, de plus en plus perplexe.

Cette fois, je vis les traits de l'autre femme se crisper et, comme malgré elle, elle se pencha en avant. Elle transperçait Eve du regard, comme si les marques du temps n'étaient qu'un masque. Je vis le sang quitter son visage, la noirceur de son col montant faisant ressortir la pâleur de sa peau.

— Sortez ! fulmina-t-elle Sortez de ma boutique !

Seigneur ! Dans quel pétrin nous étions-nous fourrées maintenant ?

Pas troublée le moins du monde, Eve balaya les étagères du regard.

— Vous collectionnez les tasses à thé, Violette ? railla-t-elle. Ce passe-temps me paraît un peu insipide pour une femme de votre trempe. Je vous imaginerais plutôt collectionner les têtes de vos ennemis… mais, dans ce cas, vous seriez déjà venue me trouver.

Ses lèvres se mouvant à peine, la marchande de porcelaine rétorqua :

— Je sais que c'est le but de votre visite. Vous voulez que je vous tue. Espèce de sale garce ! Lâche !

J'eus un mouvement de recul, comme si j'avais reçu une gifle. Mais ces deux dragons s'affrontaient du regard, par-dessus le comptoir, comme si elles avaient été en train de discuter de cuillères en porcelaine. Deux femmes d'aspect si différent, l'une grande, décharnée, abîmée, l'autre trapue, impeccable, respectable. Elles se dévisageaient, aussi droites et aussi dures que des piliers de granit, bouillonnant d'une haine indicible qui me pétrifiait. La bouche desséchée, je regardais, impuissante.

Qui êtes-vous ? L'une et l'autre ?

— Une question.

Le cynisme amusé d'Eve s'était évanoui. Jamais je ne l'avais vue aussi grave.

— Une question et je pars. Je vous l'aurais posée au téléphone mais vous m'auriez raccroché au nez.

— Vous n'obtiendrez rien de moi, lâcha la femme d'une voix tranchante comme un éclat de verre. Parce que, contrairement à vous, je ne suis pas une putain, une couarde, incapable de tenir sa langue.

Je m'attendais à voir ma compagne de voyage se jeter sur elle. Après tout, n'avait-elle pas braqué son Luger sur moi, uniquement pour l'avoir traitée de vieille folle ? Mais bien campée sur ses deux pieds, le menton crispé, elle recevait les insultes comme si elle avait été une cible encaissant des balles.

— Une question.

Violette lui cracha au visage.

J'étouffai un cri d'effroi et fis un pas en avant. Les deux femmes ne m'accordaient aucune attention. J'aurais tout aussi bien pu ne pas être là. Un court moment, Eve resta sans réaction, la salive du crachat glissant sur sa joue. Puis, retirant son gant, elle s'essuya délibérément le visage. Violette la regarda, ses lunettes scintillant, et s'avança de nouveau. Jamais je n'avais vu des femmes se battre ainsi. Nous étions bien loin des coups de griffe, des règlements de comptes provoqués par des ragots dont j'avais été témoin dans un foyer d'étudiantes. Cette altercation évoquait plutôt le genre de conflit qui se termine en duel, à l'aube.

Prise de panique, je tressaillis. *Pourquoi rien ne peut être simple ?*

Eve fit tomber son gant à terre et frappa le comptoir de sa main nue dans un bruit de déflagration. Je vis les yeux de Violette se poser sur ses doigts brisés. Visiblement, leur vue réveilla un souvenir qui la mit mal à l'aise.

D'une voix sourde, Eve lui demanda alors :

— René Bordelon est-il mort en 1917 ? Oui ou non ? Quelle que soit la réponse, je pars.

Je grinçai des dents. « *René.* » Ce prénom revenait constamment. Dans le rapport sur Rose. Dans les cauchemars de la vieille Anglaise. Et maintenant, ici. *Qui est-il ?*

Violette fixait toujours la main mutilée.

— J'avais oublié vos doigts.

— À l'époque, vous m'avez dit que je l'avais mérité.

Un éclair d'une froide colère passa dans le regard de la femme. Elle répliqua :

— En tout cas, votre bégaiement va beaucoup mieux. C'est le whisky qui vous produit cet effet ? Vous avez une odeur de poivrote.

— Le whisky et la colère sont deux remèdes très efficaces contre le bégaiement. Et je suis ivre des deux, gronda-t-elle, féroce. René Bordelon, vieille acariâtre ! Que lui est-il arrivé ?

— Comment le saurais-je ? répondit Violette en haussant les épaules. Vous savez que j'ai quitté Lille en même temps que vous. Ses affaires étaient prospères à cette époque, il tenait toujours *Le Léthé.*

« *Le Léthé.* » J'étais de plus en plus perdue. N'était-ce pas le nom du restaurant où avait travaillé Rose ? Or, il se trouvait à Limoges, pas à Lille. Et je cherchais des informations sur 1944, pas sur la Première Guerre mondiale. J'ouvris la bouche pour le leur dire, puis la refermai. Je ne voulais pas m'interposer entre les deux rivales.

Pas une seconde, les yeux gris, perçants, d'Eve ne cillèrent.

—Après la guerre, vous êtes retournée à Lille pendant quelque temps. C'est Cameron qui me l'a dit…

Cameron, maintenant ? Combien de nouveaux acteurs venaient d'entrer en scène dans cette pièce ? J'avais envie de hurler. Pourtant, me contentant de garder les yeux fixés sur Eve, comme si je pouvais lui extirper des réponses, je gardai le silence. *Arrêtez de poser des questions et commencez à cracher des réponses, bon sang !*

—Et Cameron m'a également dit que René Bordelon était mort en 1917, fusillé par les Lillois pour avoir été un salaud de collaborateur.

Violette fit un signe d'assentiment.

—C'était un salaud de collaborateur ! Mais personne ne l'a fusillé. Je l'aurais su. Les gens auraient dansé de joie dans la rue s'il avait eu la mort qu'il méritait. Non, j'ai entendu dire que, dès la retraite allemande, l'ordure avait plié bagage et s'était enfui. Il savait que le mieux qu'il pouvait espérer c'était une balle dans le dos. Personne ne l'a jamais revu à Lille, c'est une certitude. Mais il était vivant en 1918. Cet homme aurait survécu à n'importe quoi. Donc, si Cameron vous a donné une autre version, il a menti. Et vous avez toujours été si fière de votre flair pour détecter les mensonges ! ajouta-t-elle avec un sourire cynique.

Je ne comprenais rien à cette conversation. Pourtant, je vis le dos fier et droit d'Eve s'avachir, ses mains ravagées agripper le bord du comptoir. Instinctivement, je passai un bras autour de sa taille, de peur de la voir tomber. Je m'attendais presque à l'entendre me rembarrer d'une remarque caustique, mais elle avait les yeux fermés.

Elle secoua la tête, son visage balayé par des mèches grisonnantes.

— Ce menteur ! chuchota-t-elle. Ce fichu menteur au cœur de tweed.

— Et, maintenant, sortez de ma boutique ! nous intima Violette en retirant ses lunettes pour les nettoyer.

— Donnez-lui un instant ! la tançai-je.

Même si parfois, Eve me rendait folle de colère, il n'était pas question que je laisse une commerçante myope l'anéantir. Elle semblait si lasse, si fragile.

Pour la première fois, la femme me regarda. Elle tendit une main sous le comptoir et en sortit un Luger qu'elle braqua sur nous.

— Je ne lui donne pas plus de trente secondes, encore moins un instant. Et je sais comment l'utiliser, gamine ! ajouta-t-elle, menaçante. Faites sortir cette garce d'ici quitte à la tirer par les pieds.

— Depuis quand toutes les vieilles chouettes sont-elles armées ? m'offusquai-je.

Mais Eve se redressa, les traits déformés par son expression meurtrie, et se dirigea vers la porte.

— Nous en avons fini ici, déclara-t-elle d'une voix placide.

Je ramassai son gant et lui emboîtais le pas, le cœur cognant dans ma poitrine, quand la voix de Violette s'éleva dans mon dos :

— Vous faites des rêves, Eve ?

Ses épaules raides, droites, elle s'arrêta sans se retourner.

— Toutes les nuits.

— J'espère qu'elle vous étrangle. Toutes les nuits, j'espère qu'elle vous étrangle.

Pourtant, c'était Violette qui parlait d'une voix étranglée. Et avant que je puisse demander qui pouvait bien être « elle », la porte se referma derrière nous, étouffant le bruit d'un sanglot.

— Je suis désolée, s'excusa Eve, à brûle-pourpoint.

J'étais si surprise que je faillis renverser mon café. D'une pâleur effrayante, elle était assise, les mains serrées autour de sa tasse comme des griffes. Une fois sortie du magasin, elle était montée dans la Lagonda, les yeux perdus dans le vague, et j'avais murmuré à Finn :

— Trouvez vite un hôtel.

Il nous avait arrêtées dans une auberge en face de la jolie mairie de Roubaix et était parti se garer. Eve et moi avions pris place à une table dans le patio. Dans son français parfait, elle avait commandé un café puis, ignorant le regard désapprobateur du serveur, avait vidé sa flasque d'argent dans sa tasse. Elle leva les yeux et je faillis avoir un haut-le-cœur devant son regard mort.

— Je n'aurais pas dû vous amener ici. Je vous fais pe… perdre votre argent. Je ne cherchais pas votre cousine, je cherchais quelqu'un d'autre.

— Cette femme ?

— Non, dit-elle en avalant une gorgée de son café alcoolisé. Un homme que je pensais décédé depuis trente ans… Cameron a dû me dire qu'il était mort juste pour m'apaiser. Le capitaine était bien trop noble pour comprendre la garce vicieuse que j'étais. Bon sang ! Ce qui m'aurait apaisée aurait été de voir la tête de René sur une pique.

Elle cracha les mots, ses yeux errant sur l'effervescence des employés de l'hôtel et des grooms qui s'affairaient autour des fougères en pots.

— René… Bordelon, avez-vous dit dans la boutique.

Maintenant, nous avions un nom pour le mystérieux M. René.

— C'était le propriétaire du *Léthé*. De celui de Lille, tout au moins.

— Comment le connaissiez-vous ?

— J'ai travaillé pour lui pendant la Première Guerre.

Une fraction de seconde, j'hésitai. Cette dernière guerre avait si totalement effacé la précédente que je ne savais pas grand-chose sur cette première occupation allemande. Puis, me décidant, je la pressai :

— C'était comment, Eve ? Terrible ?

— Oh, vous pouvez le deviner ! Les bottes allemandes écrasant ceux qui mouraient de faim, les gens fusillés dans les ruelles. Sale époque !

Ainsi, c'étaient les souvenirs qui alimentaient ses rêves ? Je regardai ses mains détruites et frissonnai.

— Y aurait-il eu deux *Léthé*, dans ce cas ?

— Tout semble l'indiquer. Puisque votre cousine a travaillé dans l'autre, à Limoges.

Je n'osais imaginer la suite logique des choses.

— Et un autre homme du nom de René ? Ou René Bordelon possédait-il aussi le restaurant de Limoges ?

Elle frappa de nouveau la table de sa main.

— Non, dit-elle. Non !

— Eve, je ne crois pas à une telle série de coïncidences. Et vous non plus. L'antiquaire a dit qu'il avait survécu à la Première Guerre mondiale en fuyant Lille. Il aurait très bien pu vivre jusqu'en 1944, l'année où Rose est arrivée à Limoges. Et pourrait tout à fait être encore vivant aujourd'hui.

Je sentis l'excitation me gagner, une fièvre mêlée de peur. L'employeur de Rose, un homme qui l'avait connue, même s'il était un monstre, avait un nom. Autrement dit, c'était quelqu'un que je pourrais pister.

Eve secoua la tête, obstinée.

— Il aurait plus de soixante-dix ans. Il…

Sa tête continuait à osciller d'avant en arrière en un mouvement machinal.

— Peut-être a-t-il survécu à la Première Guerre. Mais il ne peut pas être vivant aujourd'hui, pas un salaud comme lui, pas après trente ans. Quelqu'un aura mis une balle dans sa cervelle de pourri.

Refusant de céder à l'espoir, je baissai les yeux sur mon propre café qui était froid.

— D'une façon ou d'une autre, son restaurant à Limoges y est probablement toujours. C'est ma prochaine destination.

— Amusez-vous bien, Ricaine. C'est ici que nos chemins se séparent ! déclara-t-elle d'une voix implacable.

Surprise, je clignai des yeux.

— Il y a un instant, vous disiez regretter de ne pas voir sa tête sur une pique. Comment pouvez-vous ne pas brûler d'envie de retrouver ce vieil ennemi ?

— Qu'est-ce que ça p… peut bien vous faire ? N'êtes-vous pas pressée d'être débarrassée de moi ?

Je l'avais été. Mais c'était avant de comprendre que cette quête représentait un enjeu aussi grave pour elle que pour moi. Nous avions chacune quelqu'un à retrouver. Je ne pouvais écarter personne d'une mission aussi importante. Même si j'avais déjà ébauché le projet de continuer sans elle, je pensais que, impatiente d'aller au bout de ses recherches, elle ne serait pas d'accord. Et maintenant, elle voulait abandonner ?

— Faites comme vous voudrez. Je ne vais pas continuer à courir après du vent. René est mort. Et votre cousine aussi.

Son ton était sec, son regard obstinément inexpressif.

Cette fois, ce fut moi qui frappai la table de la paume de ma main.

— Non ! grondai-je, féroce. Je vous défends de dire cela. Vous pouvez faire l'autruche autant que vous voulez pour fuir vos propres démons, mais je pars à la recherche du mien.

— « L'autruche » ? La guerre est finie depuis deux ans et vous faites confiance à un conte de fées selon lequel votre cousine serait toujours vivante.

— Je suis tout à fait consciente qu'il y a peu de chances de la retrouver, rétorquai-je. Même si ce n'est qu'un filet d'espoir, je le préfère au désespoir.

— Vous n'en avez même pas un filet, rétorqua-t-elle en se penchant sur la table, ses prunelles grises scintillant. Les gens bien ne survivent jamais. Ils meurent dans des fossés, devant des pelotons d'exécution ou sur de sordides paillasses de prison, pour des péchés qu'ils n'ont jamais commis. Ils meurent toujours. Ce sont les méchants qui survivent allégrement.

Je crispai les mâchoires.

— Alors pourquoi êtes-vous convaincue que René Bordelon est mort ? Pourquoi est-il mort si ce sont toujours les méchants qui prospèrent ?

— Parce que s'il était toujours vivant, je le sentirais, murmura-t-elle. Tout comme vous le sentiriez si votre cousine était morte. Ce qui fait de nous deux folles, mais quoi qu'il en soit, nous n'avons plus rien à faire ensemble.

Je la dévisageai et, non sans prudence, lançai :

— Lâche !

Je m'attendais à ce qu'elle explose. Mais elle se contenta de rester assise, s'arc-boutant comme sur le point d'être frappée, et je vis s'allumer dans ses prunelles une lueur de pure panique. Elle refusait que son vieil ennemi soit vivant. Donc il était mort. C'était aussi simple que ça.

— Très bien. Faites comme vous l'entendez, ça m'est égal.

Sur ces mots, je pris mon portefeuille et comptai l'argent que je lui devais, soustrayant ce que je venais de payer pour sa chambre d'hôtel.

— Voici le solde de ce que je vous dois. Essayez de ne pas le boire en une seule fois.

Elle se leva, rassemblant les billets. Puis, sans un mot d'adieu, elle prit la clé de sa chambre et s'éloigna vers l'escalier d'un pas furieux.

Je ne sais pas à quoi je m'étais attendue. Peut-être à ce qu'elle m'en dise plus long sur Lille et sur la Grande Guerre. Qu'elle me dévoile la raison pour laquelle ses mains étaient aussi mutilées. Je n'en avais pas la moindre idée. Je regrettais maintenant de l'avoir enlacée par la taille dans le magasin de porcelaine pour la soutenir. Pourtant, malgré ma frustration, assise à la petite table comme une idiote, impuissante, je me sentais abandonnée. Elle avait beau avoir décelé la présence du Petit Problème et manqué de tact au point de la dévoiler, une partie de moi persistait à souhaiter son respect. Jamais je n'avais rencontré une femme comme elle. Elle me parlait comme à une adulte, pas comme à une enfant. Même si elle venait de me balancer comme un mégot de cigarette. « *Faites comme vous l'entendez, ça m'est égal !* » avais-je fanfaronné. Eh bien, cela ne m'était pas égal du tout. *Tu n'as pas besoin d'elle*, me rabrouai-je. *Tu n'as besoin de personne.*

Finn arrivait, portant ma valise sur l'une de ses épaules.

— Où est Gardiner ?

Je me levai.

— Elle m'a dit que nous n'avions plus rien à faire ensemble.

Son sourire s'évanouit.

— Vous allez partir, alors ?

— J'ai déjà réglé les chambres. Eve et vous pouvez donc rester cette nuit. Mais je ne serais pas surprise qu'elle veuille rentrer à Londres aussi vite que possible, dès demain.

— Où allez-vous ?

Évitant de croiser son regard, je lui décochai un grand sourire neutre.

— À Limoges. Ma cousine y est peut-être. Ou quelqu'un qui la connaissait.

— Maintenant ?

— Demain.

Je me sentais trop épuisée pour partir dès cet après-midi. En outre, j'avais payé pour ma chambre.

— Eh bien, dans ce cas…

Il repoussa une mèche de ses cheveux noirs de ses yeux et me tendit ma valise. Était-il attristé ou soulagé de mon départ ? J'aurais été curieuse de le savoir. Sans doute soulagé. *Je suis désolée*, voulais-je dire. *Désolée de vous avoir donné l'impression que j'étais une traînée. Désolée de ne pas avoir couché avec vous. Donc je suis vraiment une traînée. Et j'en suis désolée.* Mais, au lieu de cela, je posai précipitamment la seule question qui me retenait de m'installer à nouveau sur ses genoux et de l'embrasser :

— Comment avez-vous échoué en prison ?

— J'ai dérobé *La Joconde* au British Museum, me répondit-il sans ciller.

— *La Joconde* n'est pas au British Museum, fis-je remarquer.

— Non, plus maintenant.

Je ne pus m'empêcher de rire et je parvins même à croiser ses yeux l'espace d'une seconde.

— Bonne chance, monsieur Kilgore !

— Bonne chance, mademoiselle !

En entendant son « mademoiselle », je sentis mon cœur se gonfler de bonheur.

Mais, restée seule, submergée par une nouvelle vague de profonde fatigue, je fus incapable de me résoudre à monter. Me retrouver seule dans une chambre d'hôtel me semblait plus triste que d'être assise au milieu de l'animation de cette cour. Je commandai un autre café et me perdis dans la contemplation du breuvage noir.

Ce sera plus facile si tu es seule, me répétai-je, cherchant à m'en convaincre. *Plus de vieille folle braquant son pistolet sur toi. Plus d'insulte, plus d'Eve avec ses gueules de bois, plus de vieille guimbarde pour me ralentir, puisqu'elle ne peut voyager autrement. Plus de repris de justice écossais me poussant à me conduire comme le genre de fille qui se met dans le pétrin dans lequel je suis déjà. Plus de « Ricaine ! » Tu peux partir à la recherche de Rose seule, libre comme l'air.*

« *Seule* ». Cela n'aurait pas dû me sembler si étrange. J'avais l'habitude d'être seule. En réalité, j'étais seule depuis que je m'étais séparée de ma cousine, avant la guerre. Seule au milieu d'une famille trépidante qui remarquait à peine ma présence. Seule au milieu d'un foyer d'étudiantes qui gloussaient et qui ne me voyaient pas plus.

Ressaisis-toi ! me tançai-je, alors qu'un groom passait devant moi. *Ressaisis-toi ! Ne t'apitoie pas sur ton sort, Charlie St Clair, parce que rien n'est plus ennuyeux, bon Dieu !*

Eve avait déteint sur moi. Je jurais tout le temps, maintenant, exactement comme elle. Même si je ne jurais qu'intérieurement.

« *Tu as une mauvaise influence sur moi* », fit remarquer le Petit Problème.

Tais-toi ! répliquai-je à mon ventre. *Tu n'es pas réel. Je ne t'entends pas.*

« *En es-tu si sûre ?* »

De mieux en mieux ! Le Petit Problème parlait, maintenant. Après les hallucinations, voilà que j'entendais des voix.

Soudain, derrière moi, une femme s'exclama :

— Charlotte ! Oh, *ma petite fille** ! Comment as-tu pu ?

Je reconnus immédiatement le timbre mélodieux et, le front soudain moite, me retournai. Ma mère m'avait retrouvée.

12

Eve

Juillet 1915

Ce fut un cambriolage très organisé, rondement mené. Ils arrivèrent à midi : un officier allemand, un dossier sous le bras, flanqué de deux soldats. Un coup brutal résonna à la porte. D'un ton formel, l'officier lança :

— Inspection du cuivre !

Ce qui n'était manifestement qu'un prétexte. Il était évident que la pièce ne contenait ni plaque ni tuyaux de cuivre à réquisitionner pour la fabrication des moteurs allemands.

Eve, qui avait bien enregistré les instructions de Lili et de Violette, savait quelle attitude adopter. Après leur avoir tendu ses papiers, appuyée contre le mur, elle les regarda mettre la pièce à sac. Il n'y avait pas grand-chose à trouver. À l'exception, bien sûr, de son Luger dans le double fond de son sac en tapisserie avachi. Ainsi que son dernier rapport pour Lili, des statistiques sur les avions qui devaient venir prochainement garder l'espace aérien lillois et la date d'arrivée de leurs pilotes. Des informations qu'elle avait glanées à l'insu de deux capitaines allemands à qui elle apportait une *crème brûlée** et une tarte aux cerises. Et qu'elle avait, comme d'habitude, notées sur la bande de papier japon enroulée autour d'une épingle, dans ses cheveux.

Les trouver aurait comblé de joie l'officier et ses hommes.

Affichant son air le plus gêné, les yeux baissés vers le sol, elle les laissa fouiller ses vêtements et examiner son matelas. Le cœur soudain serré, elle les vit soulever et secouer son sac. Mais son angoisse fut de courte durée : son pistolet était bien emballé et il passa le contrôle.

L'un des soldats arracha la tringle à rideaux et l'inspecta.

— Inutilisable ! jugea-il en la balançant de côté.

Il tira alors les rideaux d'un coup sec et les fourra dans une besace. D'un coup d'œil en coin, il regarda si elle allait protester. Elle n'en fit rien. Refoulant sa rage, elle inspira profondément et expira. Même si elle prenait toute la mesure du danger constant, les détails insignifiants dont elle était témoin quotidiennement l'excédaient au plus haut point. Et elle était bien plus contrariée de les voir s'octroyer le droit d'entrer dans sa chambre et de voler ses rideaux que du fait qu'ils puissent la fusiller.

— Vous cachez quelque chose, Fraulein ? lui demanda le soldat en la prenant par la nuque. De la nourriture ? De la viande, peut-être ?

Il la caressait de ses doigts, à quelques centimètres seulement du message codé dans ses cheveux. Elle leva vers lui ses yeux les plus innocents.

— Non, *monsieur**.

Elle se fichait bien qu'il la tripote. L'essentiel était qu'il ne trouve pas le rouleau de papier.

Ils repartirent avec leur butin que l'officier avait consigné dans son dossier. Non sans lui avoir remis un bon pour les rideaux. Elle n'avait pas oublié de lui faire une révérence et de le remercier. Les bons n'avaient pas la moindre valeur mais il fallait respecter les formes. C'était la leçon que les envahisseurs avaient enseignée aux Français.

Depuis un mois maintenant, elle exerçait ses deux activités à Lille. Tous les matins, au saut du lit, elle entrait dans son personnage de Marguerite Le François, endossant sa nouvelle identité avec une telle facilité qu'elle oubliait parfois qu'elle n'était pas Marguerite. Marguerite ne sortait de sa chambre que pour aller acheter de la nourriture en se faisant aussi discrète que possible. Marguerite saluait la famille qui habitait de l'autre côté de la rue, une mère hagarde et plusieurs enfants maigres à faire peur, et elle adressait un sourire timide au boulanger lorsqu'il s'excusait de son pain dur comme de la pierre. Son silence ne la singularisait en rien. Abrutis par la faim, l'ennui, la routine, la peur, presque tous les Lillois montraient la même réserve.

Ainsi s'écoulaient ses journées. Mais ses soirées en compensaient la grisaille. Six fois par semaine, elle travaillait au *Léthé*. Et revenait avec au moins une information hebdomadaire à rapporter à Lili.

Par une longue soirée de juillet, elle avoua à la chef du Réseau Alice :

— J'aimerais savoir à quel point c'est u… utile. Comment savons-nous si cela en v… vaut la peine ?

Les visites de Lili lui faisaient l'effet de bulles de champagne dans sa vie insipide. Elle quittait alors le rôle de Marguerite comme elle se serait débarrassée d'une robe terne pour redevenir Eve.

—Nous n'en savons rien, répondit Lili en cachant son dernier rapport dans une fente de son sac. Nous communiquons ce que nous estimons intéressant et nous prions ensuite pour que ce soit le cas.

—Avez-vous jamais eu d'éch... d'échos d'un rapport qui aurait vraiment eu un impact ? insista-t-elle.

—Quelquefois. Et ça, c'est un sentiment sublime !

Elle ponctua sa phrase d'un baiser sur le bout de ses doigts.

—Mais ne vous inquiétez pas, oncle Edward m'a demandé de vous complimenter. Selon lui, vous faites « un travail de première classe ». Je me demande pourquoi les Anglais ont toujours besoin de tout compartimenter en classes. On a l'impression qu'ils n'arrivent pas à se débarrasser de leur éducation de pensionnaires d'écoles privées. Tiens, je vous ai fait rougir ! ajouta-t-elle en lui donnant un coup de coude taquin.

« *Un travail de première classe.* » Le soir, dans son lit, elle s'imprégna de ces mots. Le matelas était aussi mince que dur. Les nuits chaudes troublées par le grondement des tirs d'obus, au loin. Mais à Lille, en dépit du danger ambiant, elle dormait comme un loir. Pourtant, malgré la répartition quotidienne des restes du restaurant, elle ne mangeait jamais à sa faim. Rompue par ces longues heures de travail debout, elle côtoyait constamment le danger. Elle avait maigri, ses joues avaient perdu leur éclat et il lui arrivait de se sentir prête à tuer quelqu'un pour une bonne tasse de café. Mais elle s'endormait, un sourire aux lèvres, et se réveillait tous les matins avec la seule pensée qu'elle s'autorisait avant de redevenir Marguerite pour la journée.

Ma place est ici.

Elle n'était pas la seule à éprouver ce sentiment. Un soir, tout en brassant sa poignée de cartes d'identité pour décider si le lendemain, en partant, elle serait Marie la couturière ou Rosalie la lingère, Lili soupira :

— Bon sang ! Comment vais-je faire, une fois la guerre finie, pour redevenir tout simplement moi ? Vous imaginez l'ennui que ce sera ?

Allongée sur le dur matelas, Eve leva les yeux au plafond et sourit.

— Vous n'êtes pas ennu… ennuyeuse. C'est moi qui le suis. Je cla… classais des documents et j'habitais une pension de famille où je partageais les restes de mon dîner avec un chat.

Elle peinait à croire qu'elle avait réussi à se satisfaire de cette vie.

— Ça ne veut pas dire que vous êtes ennuyeuse, mon chou. Simplement, que vous vous ennuyiez. Ce qui, pour la plupart, est notre lot. La vie d'une femme est bien monotone. Nous nous marions le plus souvent par conformisme puis nous avons des enfants pour découvrir qu'il y a encore plus lassant que les autres femmes : nos bébés.

— Allons-nous mourir d'ennui quand cette guerre sera fi… finie et que nous perdrons notre travail ? s'interrogea-t-elle rêveusement.

La guerre planait, engloutissait tout, à tel point qu'on ne pouvait en imaginer la fin. En août dernier, tout le monde jurait que la paix serait revenue à Noël. Pourtant, à Lille, à quelques kilomètres des tranchées, le son des canons en bruit de fond et les pendules à l'heure allemande témoignaient d'une tout autre vérité.

Lili, qui tenait ses cartes d'identité en éventail, déclara :

— Nous aurons un travail très différent, après la guerre. J'aimerais faire quelque chose de splendide, pas vous ? Quelque chose d'extraordinaire.

Eve était toujours songeuse. Contrairement à elle, Lili était extraordinaire. Une évidence qu'elle constatait sans la moindre pointe d'envie. Le travail de sa chef de réseau consistait à endosser n'importe quelle identité, à changer son attitude ou son langage de façon à alterner les personnalités comme brodeuse, lavandière ou crémière. Et elle excellait dans ce changement de rôles. Elle, en revanche, ne devait être personne mais se faire aussi discrète que possible de façon à passer constamment inaperçue.

Au fil des semaines, l'inquiétude la gagna. En effet, une certaine personne l'avait remarquée.

Après le départ du dernier client, ce soir-là, René Bordelon s'attarda dans le restaurant comme il le faisait parfois. Il avait allumé un cigare et le fumait seul, tandis qu'autour de lui, son personnel rangeait en silence. S'il jouait l'hôte *bon vivant** avec les Allemands, il semblait apprécier la solitude. Il vivait seul. De temps en temps, il confiait le restaurant au chef de rang pour aller assister à une pièce de théâtre ou à un concert. Et, l'après-midi, il sortait se promener dans un impeccable manteau de cachemire, muni d'une canne à pommeau d'argent. En le voyant attendre la fermeture, souriant, le regard perdu sur les fenêtres sombres de son restaurant, elle se demandait quelles pensées pouvaient bien l'animer. Peut-être se réjouissait-il simplement de ses profits. Elle gardait soigneusement ses distances. Depuis qu'il avait deviné ses origines et son lieu de naissance à son accent, elle l'évitait.

Mais il ne lui en laissait pas toujours le loisir.

Alors qu'elle s'apprêtait à débarrasser, il lui lança :

— Rangez ce disque. Schubert finit par lasser.

Dans un coin, le gramophone jouait de la musique en un fond sonore discret pour le client allemand qui, nostalgique des mélodies de son pays, sifflotait en cadence.

Docile, elle obéit. Il était minuit passé. Dans le halo de la lumière d'un chandelier, son employeur était assis à une table en coin, devant un verre de cognac. Les autres tables étaient vides. Leurs nappes blanches, encore encombrées de quelques verres, étaient tachées de vin et couvertes de miettes de tarte. Le silence était à peine troublé par le remue-ménage des marmitons qui remettaient les cuisines en ordre.

— Voulez-vous écouter un autre disque, monsieur ? murmura-t-elle.

Elle ne souhaitait qu'une chose, finir son service, rentrer et noter le précieux renseignement qu'elle avait glané ce soir : les horaires des trains de blessés qui revenaient du front...

Il repoussa son cognac.

— Et si je me chargeais de la musique, plutôt ?

— Monsieur ? s'étonna-t-elle.

Un piano quart-de-queue trônait dans un angle de la pièce. Recouvert d'un châle aux somptueuses broderies et orné de bougies, il donnait l'impression d'appartenir non à un restaurant mais à une maison privée qui aurait employé le meilleur des chefs. René Bordelon s'en approcha d'un pas nonchalant, s'installa sur le tabouret et fit courir ses longs doigts sur les touches du clavier. Puis il se mit à jouer une mélodie délicate aux notes aussi cristallines que le bruit de la pluie.

—Satie, indiqua-t-il. L'une des *Gymnopédies*. Les connaissez-vous ?

Eve aurait acquiescé. Mais Marguerite ne le pouvait pas.

—Non, monsieur, mentit-elle en mettant prestement les serviettes et les fourchettes abandonnées sur son plateau. Je ne connais rien à la mu… musique.

Il continuait de jouer la mélodie douce et apaisante.

—Ferai-je votre éducation musicale? Satie est un impressionniste, mais il est moins complaisant que Debussy. J'ai toujours trouvé à sa musique une clarté, une élégance, qui ne peuvent être que françaises. Il évoque la mélancolie, sans envolées lyriques inutiles. Comme une belle femme dans une robe d'une simplicité parfaite qui sait qu'elle n'a pas besoin de l'enjoliver d'une multitude de châles.

Il lui lança un coup d'œil inquisiteur.

—Vous n'avez jamais porté de robe élégante, je suppose ?

—Non, monsieur.

Elle posa deux verres de vin sur son plateau. L'un était vide. Dans l'autre brillait un fond de vin doré. Ne voulant à aucun prix croiser le regard de son patron, elle gardait les yeux rivés sur le liquide qui reflétait la lueur des chandelles. Dans n'importe quel restaurant ordinaire, à peine aurait-elle rapporté le verre à la cuisine que les marmitons l'auraient vidé. Mais pas ici. Ils allaient remettre ces trois lampées de vin dans la bouteille car, dans un restaurant qui regorgeait de produits du marché noir, on ne gaspillait pas une goutte d'alcool. Contrairement aux restes de nourriture, les reliquats de vin n'étaient pas partagés entre les membres du personnel à la fin de la soirée. Chacun, du chef le plus bourru au serveur le plus arrogant, savait le patron parfaitement capable de le renvoyer pour trois gouttes de sancerre volées.

René Bordelon continuait à méditer à voix haute, tout en jouant. Elle ramena son attention sur lui.

— Si la métaphore d'une robe élégante sans fanfreluches ne vous évoque rien, nous pourrions peut-être comparer la musique de Satie à la perfection d'un vouvray sec. Élégant mais dépouillé. Goûtez-le et dites-moi si vous êtes d'accord, ajouta-t-il en montrant le verre sur son plateau d'un geste du menton.

Il esquissait un léger sourire ; peut-être cédait-il juste à un simple caprice ? Elle espérait que c'était le cas. Pourvu, surtout, qu'il n'ait pas d'intention cachée. Mais quelle que fût sa motivation, elle ne pouvait refuser. Docile, elle porta le verre à ses lèvres et but une gorgée timide. Un instant, elle envisagea de recracher le vin. Mais cela aurait paru exagéré. Aussi se contenta-t-elle de reposer le verre vide et, mal à l'aise, esquissa un sourire.

— Merci, monsieur.

Il opina du chef et, à son grand soulagement, n'ajouta pas un mot. Elle lança un coup d'œil discret à la silhouette solitaire au piano. « Ne me remarquez pas », avait-elle envie de supplier. « Je ne suis personne. » Mais elle n'était pas sûre de le convaincre. Le jour où il avait décidé que son accent ne correspondait pas à sa carte d'identité, il avait écarté son anonymat si soigneusement élaboré et ne semblait pas avoir renoncé à la surveiller. Il se demandait peut-être si Marguerite Le François avait d'autres secrets à dévoiler.

Deux jours plus tard, les clients partis, le propriétaire du *Léthé* se retira dans son bureau. Mais quand le chef de rang envoya Eve au premier avec les réservations de la soirée et qu'elle entra dans la pièce somptueuse, il abaissa le livre dans lequel il était plongé et la salua du même sourire énigmatique.

— Mademoiselle. La recette de ce soir ?

Elle acquiesça d'un signe de tête et, en silence, lui tendit le registre des comptes. Il le feuilleta, remarqua au passage une tache d'encre, une réservation inhabituelle, et nota une remarque. Puis, de but en blanc, il lança :

— Baudelaire.

— Pardon, monsieur ?

— Le buste en marbre que vous regardez. C'est la réplique d'un buste de Charles Baudelaire.

Elle n'était pas fascinée par l'objet mais aurait contemplé n'importe quoi dans la pièce, tant que cela pouvait lui éviter de croiser son regard. Clignant des yeux, elle approuva :

— Oui, monsieur.

— Connaissez-vous Baudelaire ?

Marguerite ne serait pas crédible en se faisant passer pour complètement inculte. Car, hélas, M. Bordelon avait déjà balayé l'idée qu'elle était stupide.

— J'ai en… entendu parler de lui.

— *Les Fleurs du mal* sont parmi les plus grands poèmes jamais écrits.

Il cocha quelque chose dans le registre, avant de poursuivre :

— La poésie est comparable à la passion. Elle ne doit pas être jolie. Elle doit vous bouleverser, vous meurtrir. Ce que Baudelaire comprenait. Il allie la douceur à l'obscénité, mais toujours avec élégance.

Avec un nouveau sourire, il ajouta :

— C'est très français d'allier l'obscénité à l'élégance. Les Allemands essaient mais ils sont simplement vulgaires.

Elle s'interrogea. Son obsession de l'élégance surpassait-elle sa préférence pour tout ce qui était français ?

— Oui, monsieur.

L'air amusé, il fit remarquer :

— Vous semblez désorientée, mademoiselle.

— Vraiment ?

— Par le fait que je serve les Allemands alors que je les trouve vulgaires. Ils sont vulgaires, ajouta-t-il avec un haussement d'épaules désabusé. Et il n'y a pas grand-chose à tirer des gens vulgaires, sauf l'argent que l'on peut gagner sur leur dos. Les gens devraient être plus nombreux à le comprendre. La plupart des Lillois préfèrent le mépris et la famine au pragmatisme et à l'argent. Ils adoptent la devise, pour citer Baudelaire : « Vivant, j'aimerais mieux inviter les corbeaux, À saigner tous les bouts de ma carcasse immonde », plutôt que servir un Allemand. Mais une telle fierté ne conduira pas à la victoire. Elle conduira à la carcasse dont dînent les corbeaux, finit-il en caressant la tranche du livre de son long doigt.

Ne sachant que faire, elle se contenta de hocher la tête.

— Mais ne vous méprenez pas, les Français peuvent faire preuve de sens pratique. Dans l'Histoire, la plupart du temps, le pragmatisme nous a mieux réussi que la fierté. Nous avons coupé la tête de notre roi par pragmatisme. Et notre fierté nous a valu Napoléon. Quelle était la meilleure solution, à long terme ?

Un instant, il l'observa.

— Je pense que vous êtes une pragmatique. Prendre le risque de mentir sur votre carte d'identité pour améliorer votre sort, c'est du pragmatisme renforcé par de l'audace.

Ne tenant pas à le voir s'appesantir sur ses talents de menteuse, elle tenta de faire diversion :

— Avez-vous fi… fini avec le registre, monsieur ?

Ignorant sa question, il poursuivit :

— Si je m'en souviens bien, votre premier nom est Duval. Baudelaire avait sa propre Mlle Duval, mais elle s'appelait Jeanne, pas Marguerite. Une jeune Créole qu'il avait sortie du caniveau et dont il avait fait une beauté. Il l'appelait sa Vénus Noire et elle lui a inspiré une bonne dose d'obscénités et de passion dans ces pages.

Tapotant le volume qu'il avait posé à côté de lui, à son arrivée, il poursuivit :

— Parfaire la beauté est peut-être plus intéressant que l'acquérir, déjà raffinée. « Maint joyau dort enseveli, Dans les ténèbres et l'oubli, Bien loin des pioches et des sondes… »

Il la dévisagea de nouveau sans ciller.

— Je me demande ce que les pioches et les sondes mettraient au jour chez vous.

Pétrifiée, Eve sentit la panique la gagner. *Il sait !*

Mais non, il ne sait rien.

Elle laissa échapper un long soupir. Baissa les cils.

— M. Baudelaire semble b… bien intéressant. Je vais essayer d'en li… lire un peu. Ce sera tout, m… m… m… m…

— Oui, acquiesça-t-il en lui tendant le registre.

Elle ferma la porte derrière elle et, dès qu'elle fut hors de sa vue, s'affaissa, en nage. Pour la première fois depuis son arrivée à Lille, elle cédait à la peur. Terrifiée, elle n'avait qu'une envie, battre en retraite et prendre ses jambes à son cou. Qu'importait, juste *fuir*.

Quand, enfin, elle regagna l'appartement, elle trouva Violette, confortablement installée, affairée à ranger son Luger avec le sien dans le double fond de son sac en tapisserie. Un seul regard à son visage livide lui suffit à comprendre.

— Les nerfs ? s'enquit-elle d'un ton résigné. Essayez de les contrôler sinon ils auront raison de vous.

— Ce n'est pas juste les ner… nerfs.

Après s'être acquittée du rituel de l'inspection de la fenêtre et de la porte pour se protéger des oreilles indiscrètes, même si les épais murs de pierre du bâtiment décrépit garantissaient l'isolement de la chambre, Eve expliqua à voix basse :

— Mon patron me soupçonne.

Violette leva vivement la tête.

— Il vous a posé des questions ?

— Non. Mais il me fait la conversation. À moi, quelqu'un qui est si en de… de… dessous de lui. Il fl… flaire quelque chose de louche.

— Ressaisissez-vous. Il n'a pas le don de lire dans les esprits.

Je crois que si. Elle avait beau mesurer le ridicule de cette idée, elle ne pouvait s'en défaire.

Violette s'installa dans sa paillasse de fortune, retira ses lunettes rondes et ajouta :

— Vous fournissez de bonnes informations à Lili. Ce n'est pas le moment de vous dégonfler.

Se mordant la lèvre inférieure, elle s'exhorta à ne pas la supplier de la faire affecter à n'importe quelle autre mission à Lille, dans un endroit où elle n'aurait pas à affronter les yeux scrutateurs de René Bordelon… Mais elle ne se sentait pas capable de faire face au mépris de sa collègue. En outre, elle ne pouvait pas laisser tomber Lili. Tout comme le capitaine Cameron, la chef du Réseau Alice avait besoin d'elle au *Léthé*.

« *Un travail de première classe.* »

Ressaisis-toi! se tança-t-elle. *Qu'est-il arrivé à: « Je suis Evelyn Gardiner et ma place est ici »? Tu as menti une fois à René Bordelon, tu peux continuer.*

La voix somnolente de Violette s'éleva dans l'obscurité:

— Peut-être son intérêt n'est-il pas dû au soupçon. Mais à la convoitise.

Elle se pencha pour déboutonner ses bottines et, dans un petit rire, répliqua:

— Non. Je ne suis p… p… pas assez élégante. Marguerite Le François est une fille de la c… campagne. Trop gauche pour lui.

En dépit du reniflement sceptique de Violette, elle en était intimement convaincue.

13

Charlie

Mai 1947

Elle était là. Ma mère, toujours aussi belle, embaumant la lavande… Mais derrière la voilette de son élégant chapeau bleu, ses yeux brillaient de larmes. Ce qui me laissa sans voix, alors qu'elle me serrait contre son cœur.

—*Ma chérie*!* Comment as-tu pu? Prendre ainsi la poudre d'escampette dans un pays étranger!

Elle me rabrouait. Pourtant, tout en m'étreignant, elle me frottait le dos de sa main gantée, comme si j'étais un bébé. Puis elle recula et me secoua par les épaules.

—Me causer une telle inquiétude. Et sans raison!

—Il y avait une raison, parvins-je à balbutier.

Pour la deuxième fois, elle m'avait prise dans ses bras. Ce qui, dans mon souvenir, n'était pas arrivé depuis longtemps. En tout cas, pas depuis l'apparition du Petit Problème. Et même avant. Malgré moi, j'enlaçai sa taille.

—Oh, *chérie*!*

Se tamponnant les yeux, elle recula et je retrouvai ma voix.

— Comment m'avez-vous retrouvée ?

— Quand tu m'as téléphoné de Londres, tu m'as dit que tu étais partie à la recherche de Rose. J'ai tout de suite deviné que tu avais filé chez ta tante Jeanne. J'ai pris le bateau et l'ai appelée en arrivant à Calais. Elle m'a parlé de ta visite et m'a indiqué que tu étais en route pour Roubaix.

— Comment le savait-elle… ?

Soudain, je me souvins ! Je le lui avais dit moi-même. « *Non, Tante. Je ne peux pas rester. Je dois aller à Roubaix.* » J'avais tellement pris sur moi pour ne pas lui hurler que jamais elle n'aurait dû jeter Rose dehors que je m'étais trahie.

— Roubaix n'est pas une grande ville, ajouta ma mère en englobant la cour de l'hôtel d'un geste circulaire. Ce n'est que le quatrième hôtel que je visite.

C'est bien ma chance !

Mais une petite voix me soufflait : *Elle m'a serrée dans ses bras.*

Comme elle l'avait fait au *Dolphin Hotel*, à Southampton, à peine une semaine auparavant, elle suggéra :

— Et si nous prenions le thé ?

Dire qu'en moins d'une semaine j'avais rencontré Eve et Finn, et que j'avais découvert tant de nouveautés sur Rose.

Ma mère passa la commande. Puis, l'air anxieux, elle me regarda en secouant la tête.

— Tu es dans un état pitoyable ! As-tu dormi à la belle étoile ? *Mon Dieu**…

— Non, j'ai de l'argent. J'ai mis en gage les perles de grand-mère.

Je me sentis soudain submergée de honte. C'était tout ce qui me restait de la mère de ma mère et je l'avais négocié pour poursuivre une quête qui pourrait se révéler futile.

— Je peux les récupérer, je le promets. J'ai le reçu du prêteur sur gages. Je le rembourserai avec mes économies.

Sans un regret pour les perles de sa mère, elle s'exclama :

— Tout ce qui compte, c'est de savoir que tu ne dormais pas dans un fossé.

Décidément, elle n'arrêtait pas de me surprendre. Ma mère indifférente aux perles dont elle avait toujours clamé qu'elles auraient dû être pour elle ?

— Traverser la Manche seule ! Mon chou, quelle imprudence !

*Je n'*étais pas seule, faillis-je protester. Mais elle n'aurait sans doute pas été rassurée en apprenant que j'avais voyagé avec un ancien repris de justice et une ivrogne trimballant un pistolet. J'éprouvai un instant d'ardente gratitude de savoir Eve et Finn déjà retirés dans leur chambre respective.

— Je suis désolée de vous avoir inquiétée. Je n'ai jamais eu l'intention de...

— Tes cheveux, poursuivit-elle en repoussant une mèche rebelle derrière l'une de mes oreilles.

Comment pouvais-je me sentir soudain aussi fragile, aussi démunie, alors que, depuis que je l'avais quittée, j'avais forcé la porte d'Eve, je m'étais fait braquer par un Luger, j'avais traversé la Manche... ?

Je me redressai sur ma chaise et fis le tri dans mes explications. Si je parlais comme une enfant et non comme une adulte, ma mère ne m'écouterait pas.

— Ma décision n'avait rien à voir avec le Rendez-vous. C'était...

— Je sais, m'interrompit ma mère en portant sa tasse de thé à ses lèvres. Nous t'avons brusquée, ton père et moi, et...

— Non, ce n'est pas ça. C'était au sujet de Rose.

— … au sujet de ce Rendez-vous en Suisse, poursuivit-elle sans m'écouter, mettant de nouveau l'emphase sur le mot. Quand nous avons débarqué, à Southampton, tu as paniqué.

Je haussai les épaules. C'était vrai, mais…

Elle me tapota la main et reprit :

— Ton père et moi n'agissions que dans ton intérêt. Comme tous les parents. Alors nous t'avons poussée sur ce bateau sans te laisser le temps de réagir.

— Ai-je tout gâché ? parvins-je à demander. Est-il trop tard pour…

J'ignorais tout des délais garantissant la sécurité de l'intervention. Je ne connaissais rien à la vie.

— Nous pourrons obtenir un nouveau rendez-vous, *ma chère**. Il n'est pas trop tard pour cela.

À la fois déçue et soulagée, je sentis mon cœur se serrer. Et bien que mes nausées aient totalement disparu, le Petit Problème sembla s'agiter en moi.

La main de ma mère, douce et chaude, se posa sur la mienne.

— C'est angoissant, je sais. Mais, dans ce genre de cas, plus on s'y prend tôt, plus c'est sûr. Une fois que ce sera fait, nous rentrerons à la maison et nous te laisserons tout le temps de te reposer, de réfléchir…

Malgré ma confusion d'esprit, un accès d'une colère familière me fit vivement lever la tête.

— Je ne veux pas me reposer ! rétorquai-je. Je ne veux pas rentrer à New York. Je veux essayer de trouver Rose, si elle est toujours en vie. Écoutez-moi !

Elle poussa un soupir de lassitude.

— J'espère que tu ne t'accroches pas encore à l'espoir de trouver ta cousine.

— Si ! affirmai-je. Jusqu'à ce que je sache si elle est morte. Parce que, après James, je ne peux pas tout simplement l'effacer de ma vie. Pas sans avoir tout essayé.

Comme chaque fois qu'elle entendait le nom de mon frère, une ombre de chagrin passa sur son visage.

Essayant de la convaincre, j'insistai avec ferveur :

— Il y a de l'espoir, maman. Pour James, il est trop tard. Mais nous pouvons peut-être encore sauver Rose. Elle est partie de chez elle et tante Jeanne m'a expliqué pourquoi.

La lueur dans son regard ne laissait aucun doute : elle savait. L'espace d'un instant, je lui en voulus de ne m'avoir rien dit. Mais je refoulai ma colère.

— Après une telle épreuve, Rose n'aurait pas souhaité revenir dans sa famille. Elle est peut-être encore à Limoges et, si c'est le cas, nous devons la retrouver.

Ma mère me regarda.

— Et toi ? Tu ne peux pas mettre ton avenir entre parenthèses pour elle. Charlotte St Clair compte tout autant que Rose Fournier. Rose elle-même serait la première à t'en dissuader.

Je regardai de l'autre côté de la cour de l'hôtel, curieuse de savoir si j'apercevrais la tête blonde de ma cousine, sa silhouette. En vain.

D'une voix douce, maman poursuivit :

— Allons à ce Rendez-vous. Laisse-moi t'emmener à la clinique, mon ange.

— Et si je ne veux pas de ce Rendez-vous ?

Les mots avaient surgi de nulle part. Ils me surprirent tout autant qu'elle.

Un moment, elle m'observa en silence, puis, avec un soupir résigné, déclara :

— Si tu avais une bague au doigt, ce serait une autre histoire. Nous avancerions le mariage, tu serais une ravissante mariée et, six mois plus tard, une ravissante maman. Ce sont des choses qui arrivent.

Certes ! C'était le genre de problème mathématique que toutes les femmes comprenaient : une bague plus un bébé prématuré égalaient la respectabilité.

— Mais ta situation est différente, Charlotte. Sans un fiancé…

Elle s'interrompit et je tressaillis. Je connaissais le sort des filles-mères. Personne n'en parlait, mais tout le monde savait. Aucun homme ne voulait épouser une femme de petite vertu, personne n'acceptait de les employer, et leurs amies ne leur parlaient plus. Leurs vies étaient fichues.

— Il n'y a pas d'autre solution, me pressa-t-elle. Faisons notre petite démarche et tu retrouveras ta vie d'avant.

Il aurait été malhonnête de ma part de ne pas reconnaître que j'aspirais à revenir à la normale. Sans répondre, je suivis d'un doigt le bord de ma tasse.

Abandonnant son thé qui refroidissait, elle prit mes mains dans les siennes.

— Je t'en prie, chérie. Nous allons tout mettre en œuvre pour retrouver Rose si c'est ce que tu veux vraiment. Mais si tu commençais par prendre la bonne décision pour ton avenir ?

D'une voix étranglée, je répondis :

— J'irai à la clinique. Ensuite, nous chercherons Rose. Promettez-le-moi, maman. S'il vous plaît.

Elle me pressa les mains.

— Je te le promets.

J'étais incapable de trouver le sommeil. Pourtant, le Petit Problème m'ayant submergée d'une nouvelle vague d'épuisement, j'aurais dû dormir d'un sommeil profond. Annulant ma chambre initiale, ma mère en avait réservé une plus luxueuse, voisine de la sienne, et un beau dîner apporté sur un plateau d'argent avait remplacé mes habituels sandwichs rassis. J'avais pu échanger ma combinaison maintes fois rincée pour une chemise de nuit que je lui avais empruntée. Et je n'avais plus à m'inquiéter des hurlements nocturnes d'Anglaises folles ni de ce qui arriverait lorsque j'aurais épuisé mes économies. Maman était ici, elle s'occupait de tout.

Après avoir déposé un baiser sur mon front, elle avait gagné sa chambre. Restée seule, je me tournais et me retournais entre les draps frais de l'hôtel. De guerre lasse, je me levai, enfilai un peignoir et des mules et, munie de mes cigarettes, je sortis en quête d'air frais.

Un balcon m'aurait suffi. Mais je trouvai les portes-fenêtres de l'extrémité du couloir fermées. Je descendis alors au rez-de-chaussée et sortis dans la rue, trop contrariée pour prêter attention au coup d'œil surpris du gardien de nuit.

La lumière d'un quartier de lune et des rares réverbères transperçait à peine la nuit épaisse. Passé 2 heures du matin, l'heure affichée à la pendule de la cour de l'hôtel, la petite ville endormie de Roubaix était comme rayée du monde. Je sortis une gauloise, tapotai mes poches en quête d'allumettes et surpris un éclat de métal bleu à une dizaine de mètres, le long du trottoir.

M'avançant pour caresser l'aile élégante de la Lagonda, je la saluai :

— Bonsoir. Tu sais, tu vas me manquer.

— Elle est flattée.

La voix à l'accent écossais traînant qui s'éleva de la banquette arrière me fit sursauter.

— Que faites-vous ici ?

J'espérais que l'obscurité cachait à Finn mon apparence échevelée. Pourquoi diable n'avais-je pas demandé à ma mère de nous prendre des chambres dans un autre hôtel ? Je trouvais gênant d'être restée dans celui de mes compagnons de voyage, comme si j'attendais encore quelque chose d'eux. Nous étions comme des acteurs qui avaient raté la réplique leur signalant la fin de leur scène. La vie devrait ressembler à une pièce de théâtre : ainsi, les rencontres et les adieux seraient bien plus tranchés.

Sa tête couronnée de sa tignasse d'un noir de jais surgit par la vitre baissée et je distinguai le bout incandescent de sa cigarette.

— Je ne pouvais pas dormir.

Renonçant à allumer ma propre cigarette, j'enfonçai les mains dans mes poches pour éviter de discipliner mes cheveux. Un peignoir et des mules ne sont-ils pas la tenue la moins glamour au monde ?

— Vous venez toujours vous réfugier dans votre voiture quand vous avez des insomnies ? parvins-je à lancer sur un ton acerbe.

Finn posa son coude nu sur le bord de la vitre baissée.

— Elle est apaisante. C'est un bon remède contre les cauchemars.

— Je croyais que c'était Eve qui faisait des cauchemars.

— J'en fais aussi.

J'aurais été curieuse d'en connaître le contenu. Mais, sans lui poser la question, je me contentai de tapoter de nouveau l'aile de l'automobile. Ne plus compter parmi ses passagers demain matin, parce que je serais dans un train pour Vevey, me laissait une impression étrange. Et une fois à la gare ? Comment les jeunes filles se rendaient-elles à leurs Rendez-vous, en Suisse ? Dans des taxis ornés de coucous ? Avec des chauffeurs en sabots de bois ? Malgré la douceur de la nuit d'été, un frisson me traversa.

Finn ouvrit la portière arrière et se glissa à l'autre extrémité de la banquette capitonnée de cuir.

— Montez si vous avez froid, m'invita-t-il.

Il ne pouvait pas se douter que mon frisson était dû à l'appréhension. Néanmoins, je le rejoignis.

— Puis-je avoir du feu ?

Il gratta une allumette. La flamme éclaira fugacement son profil avant de nous replonger dans l'obscurité, enveloppés par les ombres de la nuit. J'aspirai une bouffée de fumée et l'exhalai lentement.

— Comment êtes-vous entré en possession d'une telle voiture ? demandai-je, histoire de parler.

Si l'on n'était pas à l'arrière d'une voiture pour se bécoter, il semblait approprié d'entretenir une conversation polie.

— J'ai hérité un peu d'argent d'un oncle, m'avoua-t-il à ma grande surprise.

Il répondait rarement aux questions directes. Pas par la vérité, en tout cas.

— Il voulait que j'aille à l'école, que je fasse quelque chose de ma vie. Mais un garçon aux ongles noircis par l'huile des moteurs a d'autres idées en tête quand il se retrouve avec un peu d'argent.

— Vous voulez dire qu'il en dépense chaque centime pour la voiture de ses rêves ?

Je devinai son sourire à sa réponse.

— Oui. Je ne pouvais pas vraiment aller jusqu'à m'offrir une Bentley mais j'ai trouvé cette beauté qui avait été pratiquement usée jusqu'à la corde par un crétin. Je l'ai achetée, remise en état, et elle m'a adopté d'emblée, ajouta-t-il en tapotant la banquette avec tendresse. Pendant la guerre, la plupart des soldats que je connaissais avaient des photos de leur chérie. Ou de leur mère, s'ils sortaient tout juste de l'école. Comme je n'avais pas de chérie, j'avais une photo de ma voiture.

J'imaginai Finn en uniforme, coiffé d'un casque, regardant un cliché de la Lagonda sur le pont d'un bateau de transport. Cette image me fit sourire.

Il jeta son mégot et alluma une autre cigarette, la lueur de l'allumette trouant un instant l'obscurité.

— Ainsi, vous partez demain ?

Avec un signe d'assentiment, je répondis :

— Oui. Ma mère m'a retrouvée. Nous prenons le train pour Vevey demain matin.

— Pas pour Limoges ? J'avais compris que vous étiez prête à incendier Limoges pour retrouver votre cousine.

— Limoges, ce sera pour plus tard.

D'un geste qu'il ne pouvait sans doute pas voir, je montrai le Petit Problème.

— Selon ma mère, cela ne peut pas attendre beaucoup plus longtemps. Je ne connais rien à rien. Je suis juste celle qui s'attire des ennuis.

— Et Vevey est l'endroit où aller pour… se débarrasser des ennuis ?

— Vous n'avez jamais entendu parler des vacances en Suisses ? plaisantai-je. C'est là que vont les filles comme moi quand elles sont dans le pétrin.

—Je pensais qu'elles montaient jusqu'à l'autel en robe blanche.

—Oui, si elles ont réussi à mettre le grappin sur un garçon.

D'une voix teintée de cet humour écossais un peu mélancolique, il répliqua :

—À moins d'être la Vierge Marie, vous avez mis le grappin sur un garçon.

Avec un petit rire cynique, j'ironisai :

—Finn, j'ai mis le grappin sur quasiment la moitié du quota masculin de mon université. Je ne peux pas tous les épouser.

J'étais curieuse de voir s'il allait désapprouver. S'il allait me laisser. Mais, sans bouger du bout de la banquette, il se contenta de me dévisager dans la pénombre.

—Que s'est-il passé ?

Si nous avions été en plein jour, je n'aurais jamais pu le lui avouer. Toute cette histoire était tellement minable, banale, *stupide*. Mais, protégée par l'obscurité, je tournai la tête afin qu'il ne puisse voir que mon profil et l'extrémité rougeoyante de ma cigarette. D'une voix uniforme, pragmatique, je me lançai :

—Si vous êtes une fille, votre corps est divisé en trois fractions distinctes.

Les trois fractions du rendez-vous amoureux. Et même les plus idiotes de mon association d'étudiantes savaient exactement les calculer.

—Il y a les parties que les garçons peuvent toucher, poursuivis-je. Les parties qu'ils peuvent toucher si vous êtes fiancés ou, tout au moins, officiellement ensemble. Et les parties qu'ils ne peuvent pas toucher avant le mariage.

Tout le monde connaît le schéma. Mais le garçon tente toujours sa chance parce que c'est un garçon et la fille lui dit non. Le garçon essaie, la fille le repousse. C'est le jeu. Et de bonne guerre.

Je m'interrompis et tapotai ma cigarette sur la carrosserie, par la vitre ouverte. L'air s'était rafraîchi, annonçant une ondée d'été. Finn était toujours silencieux. Je poursuivis alors :

— Mon frère était l'un de ces soldats qui ne se sont jamais réadaptés après leur retour. Autrement dit, il s'est suicidé d'un coup de fusil dans la bouche.

« *Tout était éclaboussé de cervelle et de sang* », avait raconté un voisin inconsidérément, sans se rendre compte que j'étais assez près pour surprendre les horribles détails dont mes parents m'avaient protégée. Cette image insoutenable s'imprégnant dans mon esprit, je m'étais précipitée à l'intérieur pour vomir.

— Mes parents étaient… Pendant des semaines, j'ai fait mon possible pour eux.

J'apportais des fleurs à ma mère, je nouais la cravate de mon père, je cuisinais des pains de viande brûlés car personne n'avait plus la force de préparer le déjeuner du dimanche. J'essayais tout ce qui était en mon pouvoir pour leur mettre un peu de baume au cœur. Ils étaient totalement anéantis.

— Puis il a bien fallu que je retourne à l'université. Mais lorsque je n'ai plus eu à m'occuper de personne, je me suis juste… arrêtée. Comme une pendule cassée. Je ne ressentais plus rien. À l'intérieur, j'étais morte. Je ne pouvais même plus me lever le matin. Je restais allongée, à penser à James, à Rose, à mes parents, et de nouveau à James. J'étais incapable de m'arrêter de pleurer.

C'est à cette période que j'ai commencé à apercevoir Rose à tous les coins de rue. Les fillettes aux boucles virevoltantes devenaient Rose, enfant, les étudiantes de mon université qui partaient en cours d'un pas dansant, Rose, plus âgée. Je voyais son visage partout, sur celui de toutes ces inconnues. À tel point que je commençais à craindre d'être devenue folle… ou à penser que, peut-être, par miracle, elle n'était pas morte.

D'une voix rauque, je poursuivis :

— J'ai perdu mon frère. Je l'ai laissé tomber. Si je lui avais tendu la main alors qu'il était en train de perdre pied, peut-être ne serait-il pas mort ainsi. J'ai donc décidé que, s'il y avait une chance pour que ma cousine soit toujours vivante, il n'était pas question de la perdre aussi. Je manquais déjà tous mes cours. Si je ne pouvais pas m'extraire de mon lit pour l'algèbre, pour Rose, je pouvais y arriver. J'ai écrit des lettres, donné des coups de téléphone, parlé à des bureaux de réfugiés. J'avais si souvent travaillé l'été au cabinet juridique de mon père que je savais qui appeler à l'étranger, quel type de papiers demander. Et j'ai trouvé ce qu'il y avait à trouver.

Une employée anglaise m'avait indiqué, sur un ton excédé, que le dernier rapport sur Rose Fournier avait été géré par une certaine Evelyn Gardiner dont l'adresse actuelle était le n° 10 Hampson Street. Puis j'avais dégotté le tuyau sur *Le Léthé*.

Finn était toujours muré dans son mutisme. Ma cigarette presque finie, j'en tirai une dernière longue bouffée et jetai le mégot par la vitre.

— On pourrait croire que l'université aurait averti mes parents de mes absences en cours, mais cela ne semblait préoccuper personne. Tout le monde sait bien que les filles ne vont pas à l'université pour faire des études sérieuses, que nous ne sommes là que pour fréquenter les garçons de l'*Ivy League* et trouver un mari. Mes prétendants ne se bousculaient pas au portillon. J'étais surtout celle que l'on invitait pour faire la paire avec le colocataire du petit ami d'une autre étudiante. Mais, un jour, on m'a arrangé un rendez-vous avec un certain Carl. Un dîner et un film dans un cinéma en plein air. Nous étions dans sa voiture. À peine le film avait-il démarré qu'il avait ses mains sous mon pull. Je connais la chanson : on s'embrasse mais si le soupirant devient trop entreprenant, on le repousse. Si ce n'était que, cette fois, je ne voyais pas l'intérêt de dire non. J'étais trop amorphe pour toute cette comédie, et curieuse de voir ce qui se passerait si je me laissais faire. Il ne me plaisait pas plus que ça mais je pensais que, peut-être, il… réveillerait quelque émotion en moi.

Une émotion autre que la culpabilité ou la douleur. Hélas, l'expérience n'avait pas eu le résultat escompté. Bien au contraire, cela n'avait servi qu'à amplifier mon hébétude, mon vide intérieur.

—Après, Carl me lançait des regards surpris. Il n'arrivait pas à croire que je m'étais laissé faire. Les filles bien ne se comportaient pas ainsi et j'avais une réputation de fille bien.

Finn persistait dans son silence. Peut-être l'avais-je dégoûté.

—La semaine suivante, il m'a invitée à sortir. J'ai dit oui. Notre aventure ne m'avait pas semblé exceptionnelle la première fois, mais tout le monde sait bien que toutes les premières fois sont terribles. J'espérais mieux la deuxième fois.

Je jetai à Finn un coup d'œil en coin. Toujours aucune réaction.

— Il avait dû en parler à d'autres étudiants car, tout à coup, je suis devenue très populaire. C'est comme ça que j'ai commencé à coucher à droite et à gauche. Je me sentais minable mais je continuais parce que…

Je m'interrompis, refoulai ma honte et ajoutai :

— Parce que je me sentais seule.

Prenant une profonde inspiration, j'ajoutai :

— Et je l'étais. Je n'en pouvais plus d'être amorphe, aux prises avec ma solitude, et j'aimais encore mieux m'envoyer en l'air sur la banquette arrière d'une voiture avec Pierre, Paul ou Jacques que de rester dans ma chambre à pleurer en me disant que j'aurais pu empêcher mon frère de se suicider.

Je poussai un nouveau soupir.

— Au bout d'un moment, les Pierre, Paul et Jacques se sont multipliés. Ils s'étaient tous donné le mot : Charlie St Clair était une fille facile. Vous n'aviez pas besoin de lui offrir un milk-shake ou une place de cinéma. Il suffisait d'arriver au volant d'une voiture.

Des sanglots silencieux me nouaient la gorge. Je sortis ma main par la vitre ouverte et offris mes doigts à la caresse du vent, évitant toujours les yeux de Finn.

— Je passais donc le plus clair de mon temps, soit pelotonnée dans mon lit à appeler des bureaux de réfugiés, soit à coucher avec des garçons qui ne me plaisaient même pas vraiment. Au printemps, il a fallu que je rentre annoncer à mes parents que j'étais enceinte, sans fiancé, et que j'allais sans doute être virée de Bennington. Ma mère a poussé des hurlements. Mais mon père ne m'a posé qu'une question : qui était le père de mon enfant. Je n'ai eu d'autre choix que de lui répondre : « Il y a six ou sept possibilités. » Depuis, il ne m'a quasiment plus adressé la parole.

Peut-être à tort, je supposais qu'il recommencerait à me parler quand je rentrerais débarrassée du Petit Problème.

Finn toussota légèrement. Fragilisée par ma détresse, j'attendais son verdict, ou du moins un cri du cœur involontaire : « Heureusement que je ne vous ai pas touchée ! »

— Est-ce vous qui voulez aller à Vevey ? Ou est-ce le souhait de vos parents ?

Au comble de la surprise, pour la première fois, je tournai la tête vers lui pour le regarder.

— Est-ce que je vous donne l'impression d'être en état de devenir mère ?

— Je ne juge pas de cela. Je vous demande simplement si cet arrangement découle de votre volonté ou de la leur ?

Je ne sais pas ce que je veux. Personne ne me l'avait vraiment demandé. J'étais mineure. Mes parents avaient décidé pour moi et avaient pris ma docilité pour un acquiescement. Avec cette méchante petite voix qui me martelait sans cesse que j'avais tout raté, que j'avais échoué avec James et Rose, que je n'avais pas su les aider, je n'avais même pas essayé de savoir si je voulais prendre une autre voie. Qu'importait ce que je voulais. De toute façon, si j'essayais, j'échouerais aussi. Je voulais retrouver ma cousine, je voulais reprendre le contrôle de mon avenir. Pour une fois, je voulais sauver un être aimé, au lieu de le voir englouti par le chagrin de la guerre, par la mort. Et je ne savais pas comment y arriver.

Soudain je m'effondrai. Embrasant la colère en moi, les paroles pleines de douceur de Finn avaient transpercé ma fragile carapace. Je pouvais encaisser toutes les insultes, « traînée », « putain », « dépravée ». J'avais tout entendu et, pour éviter aux autres de se fatiguer à m'accabler, je me fustigeais moi-même. Toutefois, je passais mes journées à feindre l'indifférence car, si je me laissais atteindre par ces injures, je devenais vulnérable, elles me détruisaient.

— Pourquoi êtes-vous si gentil, Finn ? N'est-il pas criminel de vouloir me débarrasser de ce bébé ? Ne me considérez-vous pas comme une meurtrière ?

— Je suis un ancien repris de justice. Ce qui me prive du droit de mettre une étiquette sur qui que ce soit, fit-il remarquer sans se départir de son calme.

— Vous êtes tellement étrange, murmurai-je, au bord des larmes.

Il m'attira contre lui et je nichai ma tête au creux de son cou, mes yeux qui me brûlaient dans sa chemise, le souffle saccadé. Avant le Petit Problème, je pleurais sans cesse. Depuis le jour où je l'avais annoncé à mes parents, je n'avais pas versé une larme. Je ne pouvais pas recommencer, au risque de ne plus jamais m'arrêter. Finn avait une odeur de tabac, d'huile de moteur, d'air frais. Ma joue contre son torse, mes épaules se soulevant, je le vis fumer sa cigarette jusqu'au filtre.

Au loin, des cloches sonnèrent 3 heures du matin. Il jeta son mégot par la vitre et je me relevai, pressant mes paumes sur mon visage. Je n'avais pas fondu en larmes mais j'en avais été bien près.

Il souleva son bras et je me glissai sur la banquette, vers la portière.

— Charlie.

Au son de sa voix rauque aux intonations caressantes, je m'arrêtai et tournai la tête vers lui. Il me regardait fixement et, malgré l'obscurité, je distinguais parfaitement l'éclat noir de ses prunelles sous ses sourcils d'un noir de jais.

— Vous devez décider seule, déclara-t-il avec son accent écossais. Vous êtes seule maîtresse de votre destin, Vous êtes peut-être mineure mais il s'agit de votre vie. Pas de celle de vos parents.

— Ils sont pleins de bonnes intentions. Même quand je leur en veux terriblement, je sais qu'ils sont pleins de bonnes intentions.

Pourquoi me confiais-je avec une telle franchise? Je n'avais parlé du Petit Problème à personne, jamais de cette façon.

— Finn…

J'étais sur le point de lui dire au revoir, mais nous avions déjà pris congé dans le patio. Cet interlude nocturne n'avait pas vraiment eu lieu.

Il attendait.

— Merci, murmurai-je enfin d'une voix rauque.

Je descendis de la voiture et regagnai l'hôtel. Je ne pouvais plus l'entendre, pourtant la voix de Finn me poursuivait :

« *Vous devez décider seule.* »

14

Eve

Juillet 1915

Le plus énorme, le plus précieux des secrets arriva par hasard à l'oreille d'Eve. Le *Kommandant* Hoffman et le *General* von Heinrich étaient à leur table habituelle. D'un pas souple, elle s'affairait à débarrasser les restes de mousse au chocolat quand elle surprit :

— … inspection privée sur le front, disait le *General* d'une voix anxieuse. Le *Kaiser* fera halte à Lille dans deux semaines.

Placide, elle continua à débarrasser les assiettes à dessert.

— Même s'il s'agit d'une inspection secrète, un accueil adéquat s'impose. Il faut qu'il constate que nous lui accordons l'attention due à son rang. Une petite délégation devra attendre son train. Sur quelle ligne va-t-il voyager ?

Je vous en prie, le train et la date ! supplia-t-elle silencieusement.

Le *General* énonça les deux informations puis les vérifia minutieusement dans son carnet pour s'assurer qu'il ne se trompait pas, avec une attention pour le détail typiquement germanique. Elle s'en félicita. Et se retira pour ne pas leur donner l'impression qu'elle s'attardait, ses pieds touchant à peine le sol. Elle connaissait la date choisie par le *Kaiser* pour visiter ses troupes. Le *Kaiser*! Lili allait poussait des cris de joie. «*Bravo, Pâquerette. Bravo! Nous allons anéantir cette ordure et mettre un terme à cette guerre!*»

—Pourquoi souris-tu? lui chuchota l'autre serveuse. Quelle raison avons-nous de sourire?

Une blonde un peu demeurée avait depuis longtemps remplacé Amélie la balourde.

—Aucune, mentit-elle en reprenant sa place contre le mur.

Malgré son masque impassible, son cœur battait aussi fort que si elle venait de vivre un coup de foudre. Cette information pourrait sonner le glas de cette guerre. Fini les hommes mourant dans la boue des tranchées; la famine et l'humiliation de Lille, ville martyre; le ronronnement des avions et les explosions étouffées de l'artillerie à l'horizon. Elle s'imagina arrachant la plaque de sa rue en allemand pour lui rendre son nom français et la piétiner au son des cloches de la Victoire. Jamais les heures ne lui avaient paru tourner si lentement. Quand elles eurent fini de débarrasser les dernières tables, elle supplia sa collègue:

—Peux-tu monter les registres des comptes à M. René? Je dois rentrer.

Avec un frisson, Christine avoua d'une voix craintive:

—Il me terrifie.

—Contente-toi de regarder le s... sol et de répondre «oui» et «non» jusqu'à ce qu'il te congédie.

—Je ne peux pas. Il me fait vraiment trop peur.

Eve réprima son envie de lever les yeux au ciel. Qu'importait la peur quand on avait un devoir à remplir?

Pourquoi tant de femmes étaient-elles de telles mauviettes timorées ? Elle pensa à la démarche de lionne de la fière Lili, à l'endurance de la sombre et féroce Violette. Elles, c'étaient des femmes ! Après avoir confié le registre au chef de rang, elle sortit prestement de la salle du restaurant. Il était plus de minuit. La lune brillait dans le ciel, haute et presque pleine. Ce ne serait pas la nuit idéale pour passer la frontière en douce. Lili ne devrait pas tarder à revenir à Lille…

— *Fraulein* ! aboya une voix allemande. Le couvre-feu est passé.

— J'ai un laissez-passer, s'empressa-t-elle de répondre en fouillant dans son sac pour en sortir ses papiers. Je travaille au *Léthé*, je viens de finir mon service.

L'Allemand était jeune, zélé, le visage marqué par l'acné.

— Montrez-le-moi, *Fraulein*.

Étouffant un juron, elle commença à fouiller dans son sac. En vain. La veille au soir, elle avait dû le vider de tout son contenu sur son lit avant de défaire la doublure pour pouvoir passer clandestinement ses messages codés. Son laissez-passer devait être resté sur son couvre-lit.

— Je suis désolée, je ne l'ai pas. Le restaurant est juste à côté, ils peuvent con… confirmer que je…

— Connaissez-vous la sanction en cas de non-respect du couvre-feu ? lança l'Allemand d'un ton brusque, visiblement ravi d'avoir quelqu'un sur qui faire un rapport.

Soudain, une voix métallique, s'éleva, suave, dans l'obscurité, derrière elle.

— Je peux vous assurer que mademoiselle travaille pour moi. Ses papiers sont en règle.

René Bordelon arrivait à leur hauteur, le pommeau d'argent de sa canne scintillant sous l'éclat de la lune.

D'un geste aussi courtois que désinvolte, il porta sa main à son chapeau.

—*Herr* Bordelon, le salua le soldat.

Avec un sourire de mépris poli pour l'Allemand, il prit le bras d'Eve.

—Vous pouvez informer le *Kommandant* Hoffman, si vous le souhaitez. Bonne nuit.

Sur ses mots, il l'entraîna. Retrouvant enfin son souffle, elle exhala un long soupir de soulagement.

—Merci, monsieur.

—Je vous en prie.

Elle se dégagea de sa main.

—Je ne vou… voudrais pas vous retarder davantage, monsieur.

—Mais pas du tout, répliqua-t-il en reprenant son coude. Vous n'avez pas vos papiers. Je vais vous raccompagner jusqu'à votre porte.

Il faisait preuve de la plus grande courtoisie. Pourtant, il n'était pas un homme courtois. Alors que voulait-il ? Le sang lui battant aux tempes, elle se fit violence. Même si elle souhaitait ardemment éviter son patron, elle savait qu'elle ne pouvait pas refuser. Elle lui emboîta le pas, se préparant à accentuer son bégaiement. S'il voulait lui poser plus de questions, ils allaient avoir la conversation la plus lente de l'Histoire.

—Vous avez eu des étoiles dans les yeux toute la soirée, fit-il remarquer. Seriez-vous amoureuse, mademoiselle Le François ?

—Non, monsieur. Je n'ai pas de t… temps pour ce genre de choses.

J'ai un empereur à tuer.

— Néanmoins, quelque chose vous illuminait le regard.

La perspective d'un régicide. Non, tu ne dois pas avoir de telles pensées, se rabroua-t-elle.

— Je suis re… reconnaissante pour tout ce que j'ai, monsieur.

Ils tournèrent le dos au fleuve. Plus que quelques rues et elle serait arrivée.

— Vous êtes bien silencieuse. J'ai rencontré peu de femmes silencieuses. Cela me pousse à me demander quelles pensées vous animent. Ce qui ne me ressemble pas. Généralement, je ne me soucie guère de ce qui se passe dans la tête d'une femme. Êtes-vous banale, mademoiselle ?

— Je suis très ordinaire, monsieur.

Elle allait se forcer à babiller de façon irréfléchie, comme cette stupide Christine. L'ennuyer avec des idioties. Cela lui éviterait ce genre de question.

— Pourquoi avez-vous appelé votre restaurant *Le L… L… Léthé*, monsieur ?

C'était la première chose qui lui était passée par la tête.

— Toujours Baudelaire. « Rien ne me vaut l'abîme de ta couche ; L'oubli puissant habite sur ta bouche, Et le Léthé coule dans tes baisers. »

La sensualité des vers la mit mal à l'aise. Elle n'avait pas prévu que leur conversation prenne cette tournure.

— C'est joli, murmura-t-elle en pressant le pas.

Encore quelques rues.

— « Joli » ? Non. Mais puissant.

Sa main la retenait par le coude, l'empêchant de se hâter, ses longs doigts encerclant totalement son bras.

— Le Léthé est le fleuve de l'oubli qui coule dans les Enfers. Et rien n'est plus puissant que l'oubli. C'est ce qu'un restaurant comme le mien procure en temps de guerre. Une oasis de civilisation où, l'espace de quelques heures, on peut aisément oublier les horreurs du monde extérieur. N'importe quelle horreur peut être oubliée, mademoiselle. Il suffit pour cela de griser ses sens avec la drogue adéquate. La bonne chère en est une. La boisson une autre. La douceur entre les cuisses d'une femme une troisième.

Il avait parlé d'un ton si détaché, exprimé une telle vulgarité d'une voix si monocorde, qu'Eve se sentit devenir cramoisie. *Bien*, songea-t-elle. Marguerite aurait rougi. *Mon Dieu, faites que j'arrive bientôt*! Penchant la tête de côté, les filets argentés à ses tempes luisant dans la lumière de la lune, il l'observa.

—Vous rougissez? Je me demandais si je parviendrais à vous faire rougir. Vos yeux ne trahissent rien. Les fenêtres de l'âme? Ils ne le sont pas vraiment, en ce qui vous concerne. «Mon enfant a des yeux obscurs, profonds et vastes, Leurs feux sont ces pensées d'Amour, mêlées de Foi, Qui pétillent au fond, voluptueux ou chastes», récita-t-il, la dévisageant sans ciller.

—Je me suis interrogé sur cette dernière partie, mademoiselle Le François. Voluptueuse ou chaste?

Du bout d'un doigt, il frôla sa joue brûlante.

—À voir la couleur de vos joues, je pencherais pour le deuxième adjectif.

—Une dame n'a… n'a… n'aborde pas ce genre de sujet, parvint-elle à répondre.

—Ne soyez pas si bourgeoise. Cela ne vous va pas.

Heureusement, ils étaient arrivés à hauteur de sa porte. Elle s'avança sur le grand perron et fouilla dans son sac à la recherche de ses clés, sentant sous sa robe un filet de transpiration glisser le long de son dos.

—Bo… Bonne nuit, monsieur, le salua-t-elle d'un ton faussement enjoué.

Mais il s'avança dans l'ombre du porche avec elle, la poussant sans hâte contre le battant. Elle ne pouvait distinguer son visage mais quand il l'inclina vers elle, elle fut enveloppée par l'odeur de sa luxueuse eau de Cologne. Sa bouche aux lèvres minces frôla la cavité au bas de son cou et elle sentit la fraîcheur de sa langue sur sa peau.

Trop abasourdie pour bouger, elle restait plaquée contre le bois, sous cette caresse aussi légère que celle d'une plume.

—Je me demandais quel goût vous aviez, finit-il par dire en reculant. Un goût sucré, sous votre savon bon marché. Un savon au muguet vous irait mieux. Quelque chose de léger, de sucré, de parfumé, de jeune.

Rien dans sa formation à Folkestone, dans les innombrables conseils de Lili, dans ses anciennes vies à Londres ou à Nancy, ne l'avait préparée à gérer pareille situation. Aussi, sans prononcer une parole, elle resta immobile, comme un animal pris dans un faisceau de lumière.

Il va partir. Il va partir et tu pourras t'asseoir sur le lit et préparer ton rapport pour Lili. Le Kaiser *vient à Lille.*

Mais, à cet instant précis, cette précieuse information semblait avoir perdu son importance. Sous le regard perçant de René Bordelon, à un souffle de son visage, elle n'osait même pas y penser.

Passant sa canne sous son bras, il porta de nouveau sa main à son chapeau. Un salut de parfait homme du monde.

—Je vous désire. J'aimerais coucher avec vous, annonça-t-il d'un ton dégagé. Ce qui, de ma part, est un choix étrange. Je ne prise guère habituellement les vierges inexpérimentées ni le savon bon marché. Mais vous avez une certaine élégance, un peu rustique. Réfléchissez-y.

Juste ciel !

Toujours pétrifiée, elle le regarda remettre son chapeau et rebrousser chemin le long de la rue, de sa démarche élégante.

Deux maisons plus loin, elle entendit le grincement d'une fenêtre qui s'ouvrait.

L'un des voisins devait être réveillé. Elle se félicita de la profondeur du porche. Personne n'avait pu la voir en train de se faire lécher le cou par un homme qui était connu pour boire du cognac avec le *Kommandant*. Sentant une boule se former dans sa gorge, elle frotta la tache humide sur sa clavicule.

Bien cachée dans la pénombre, elle entendit son voisin lancer à la silhouette de René Bordelon qui se fondait dans la nuit.

— Collaborateur !

Un crachat vint s'écraser sur le trottoir.

Bordelon se retourna et leva son chapeau pour l'assaillant invisible.

— Bonsoir, dit-il avec une courbette.

Eve entendit son rire discret.

— Magnifique, Pâquerette, bravo ! jubila Lili souriante, devant son rapport. Encore deux semaines et un raid aérien chanceux, et cette guerre sera finie.

Eve sourit à son tour. Mais, ce soir, son sentiment de triomphe était tempéré.

— Jamais les conseillers du *Kaiser*, ses industriels et tous ceux à qui profite cette guerre, ne voudront y mettre un terme.

Elle savait qu'une guerre était une lourde machine, de grande envergure, qu'il n'était pas facile d'arrêter une fois qu'elle était en marche.

— Si le salaud meurt, c'est le début de la fin. Je pars dès le lever du couvre-feu, demain matin. Je ne le fais pas passer par un messager. Je le délivrerai en personne à Folkestone. Peut-être profiterai-je d'être dans un pays où je peux le porter pour m'acheter encore un chapeau d'une extravagance immorale. Bien qu'on puisse se demander si vous, les Anglais, êtes capables de quoi que ce soit d'immoral. Même d'un chapeau…

Lili fourra le message dans la doublure de sa trousse de couture et entreprit de déboutonner ses bottines. Ce soir, elle était Marie la couturière, avec ses papiers, ses accessoires et ses manies.

— Vous pou… pouvez passer en Angleterre ? s'étonna Eve.

Elle s'étonnait déjà des fréquents allers et retours de Lili entre la France occupée et la Belgique. La distance était peut-être minime mais le danger était partout. Pourtant, Lili semblait franchir les frontières avec une stupéfiante facilité, comme si elle avait été un fantôme. Pouvait-elle traverser la Manche aussi facilement ?

— *Bien sûr**. J'y suis allée trois ou quatre fois, cette année, répondit-elle en se changeant avec des gestes aussi rapides que précis.

Sa voix lui parvint, étouffée par l'épais tissu de sa chemise de nuit. Eve réprima une soudaine bouffée de nostalgie. Folkestone, ses plages de sable et ses jetées en bois, le capitaine Cameron, ses costumes de tweed et son regard chaleureux, tout cela lui manquait. Des yeux qui clignaient à l'occasion, qui ne lui donnaient pas la chair de poule comme ce regard perçant de certains yeux français… Elle secoua la tête et refoula sa pointe de jalousie : elle enrageait de savoir que Lili avait vu Cameron plus récemment qu'elle.

— Si vous partez pour l'Angleterre demain, je vous laisse le lit.

Les soirs où sa chef avait besoin de dormir à Lille, elles avaient désormais une routine bien huilée : elle était son amie, une couturière en visite qui restait pour la nuit afin d'obéir au couvre-feu. Grâce à leur petite comédie, elles avaient déjoué trois inspections allemandes. Voir Lili se métamorphoser en Marie, qui était encore plus idiote que la blonde Christine, était vraiment fascinant.

— Je ne protesterai pas, répondit-elle en posant sa blouse et sa jupe pliées avec soin.

Puis, s'affalant sur le matelas, elle lui raconta la façon, dont le matin même elle avait traversé la frontière pour arriver à Lille.

— J'avais un rapport d'une source à Lens, glissé entre les pages d'un magazine. Vous n'allez pas y croire mais je l'ai laissé tomber en descendant du train.

Avec un rire espiègle, elle ajouta :

— Un soldat allemand me l'a ramassé. Qu'il soit béni.

Souriante, Eve s'installa une paillasse de couvertures à côté du lit étroit, mais même le simple fait de sourire lui coûtait. Elle était d'humeur plutôt grave depuis la veille. Lili, qui semblait l'avoir remarqué, s'interrompit au milieu de son histoire suivante.

— Bon, qu'est-ce qui ne va pas ?

Elle la regarda. Dans sa vieille chemise de nuit, avec ses cheveux blonds en broussaille qui lui donnaient une apparence de fillette ayant joué au grand air toute la journée, elle paraissait bien plus jeune que ses trente-cinq ans. Mais son visage à la peau d'une finesse de parchemin qu'accentuaient ses pommettes saillantes était éclairé par un regard empreint de maturité et de sagesse. *Ne l'accable pas de tes inquiétudes*, se tança-t-elle, le cœur serré. Elle comprenait maintenant pourquoi Violette se montrait si férocement protectrice. Tout à coup, elle ressentait le même besoin de protéger Lili : elle avait tellement de responsabilités. Et, pourtant, elle donnait l'impression que son fardeau était léger. Mais elle était d'une maigreur effrayante.

—Allez ! Racontez-moi tout ! s'exclama-t-elle, exaspérée.

—Ce n'est pas bien important.

—C'est à moi seule d'en juger. Vous ne me servirez plus à rien si vous craquez.

Eve se laissa tomber sur la paillasse de fortune à côté du lit, la tête baissée sur ses mains croisées.

—René B… Bordelon veut me séduire, murmura-t-elle du bout des lèvres, l'aveu lui pesant.

Visiblement surprise, Lili pencha la tête de côté.

—En êtes-vous sûre ? Si vous voulez bien me pardonner, vous ne me semblez pas comme une grande experte dans le domaine de la séduction.

—Il m'a léché le cou. Puis il a dit qu'il voulait faire de moi sa maîtresse. Oui, j'en suis certaine.

—Quel monstre !

Elle sortit son étui à cigarettes en argent et en alluma deux.

—En général, nous discutons des sales types devant un verre d'alcool fort, mais il faudra nous contenter d'une cigarette. Prenez-la. Le tabac éclaircit les idées et atténue la faim.

L'imitant, Eve prit sa cigarette entre deux doigts. Puis, hésitante, elle cita sa mère :

— « Le tabac est un vice d'ho… homme. Pas de dame. »

— Taisez-vous ! Nous sommes des soldats en jupe, pas des dames. Et nous avons bien besoin de tabac.

Docile, Eve la porta à ses lèvres, aspira et se mit à tousser. Bizarrement, le goût lui plut d'emblée. Amer, comme l'amertume dans sa bouche depuis l'instant où, la veille au soir, René l'avait effleurée de sa langue.

— Bien, reprit Lili d'un ton détaché, Bordelon veut coucher avec vous. La question est de savoir ce qui va se passer quand il insistera. Quelle serait l'ampleur des conséquences si vous refusiez ? Vous dénoncerait-il aux Allemands ?

Elle attendait manifestement son appréciation. Hésitante, Eve aspira une nouvelle bouffée de tabac qui, cette fois, la fit moins tousser. Elle se sentait un peu nauséeuse. Plus à la pensée de Bordelon que parce qu'elle fumait.

— Il ne dé… dérangera pas les Allemands pour un grief personnel ; il garde les faveurs qu'ils pourraient lui accorder pour des besoins importants. Mais il est probable qu'il me renverra. Il n'a pas l'habitude de se voir refuser quoi que ce soit.

— Nous pourrions vous trouver une nouvelle place.

Eve secoua vivement la tête.

— Y a-t-il un autre endroit comme *Le Léthé* ? Où je pourrais obtenir des informations utiles deux fois par semaine ? Où j'apprendrais la venue du *K… K… K… Kaiser* et par quel train ? finit-elle en se frappant le genou de son poing. Non !

Elle aspira profondément une nouvelle bouffée, déclenchant cette fois une quinte de toux si violente que ses yeux se remplirent de larmes.

— Donc, vous a… a… avez besoin de quelqu'un au *Léthé*.

— Oui, acquiesça Lili. Et vous pensez qu'il vous congédierait si vous le repoussiez ?

— Je suppose que oui.

Renversant la tête en arrière, sa chef fit un rond de fumée.

— Dans ce cas, je ne vois qu'une option. Seriez-vous prête à coucher avec René Bordelon ?

Les yeux rivés sur le bout incandescent de sa cigarette, Eve admit :

— Si j'y suis vraiment obligée.

Le fait de prononcer ces paroles la soulagea presque. Depuis la veille au soir, elle étudiait la situation sous tous les angles. Certes, cette perspective la rendait malade, la terrifiait. Et alors ? Qu'importait la peur quand on n'avait pas le choix ?

— Un homme de cet âge qui choisit une fille qui, dans son esprit, a dix-sept ans, supposera qu'elle est vierge, poursuivit Lili, pragmatique. L'êtes-vous ?

Malgré son envie de faire preuve de la même nonchalance, Eve en était bien incapable. Les yeux toujours rivés au sol, elle se contenta de hocher la tête.

Lili écrasa sa cigarette.

— Bon sang ! Si vous devez vraiment y passer, vous allez devoir lui plaire au lit. Ainsi, vous pourrez continuer à lui soutirer plus d'informations. Sinon, vous allez payer un prix très élevé pour un simple sursis avant d'être renvoyée.

Elle tressaillit. Elle n'avait pas la moindre idée de la façon de se comporter pour satisfaire un homme au lit. Pour être honnête, son imagination se bloquait dès l'instant où elle imaginait René Bordelon déboutonnant sa chemise impeccable. Elle se sentit blêmir. Sa pâleur n'échappa pas à Lili.

— Allez-vous vraiment coucher avec lui ?

Elle fit un nouveau signe d'assentiment.

— Peu… Peu… Peu…

Elle eut beau frapper le sol, elle était incapable de prononcer « peut-être ». Elle finit par un sifflement avant de pousser un juron. C'était la toute première fois de sa vie qu'elle jurait et elle sentit le nœud qui lui nouait la gorge disparaître.

À son tour, Lili hocha la tête.

— Prenez une autre cigarette et parlons des détails pratiques. Un homme qui prend une vierge pour maîtresse souhaitera soit la former pour qu'elle réponde à ses attentes, soit la garder passive et innocente sous ses étreintes. Vous allez devoir être très attentive et vous laisser guider. Mais on peut faire certaines choses pour procurer du plaisir à un homme.

Elle en détailla quelques-unes qu'Eve, les joues en feu, enregistra.

Devrai-je vraiment passer par là ?

Pour garder son travail au *Léthé*, oui. Elle était prête à tout. Consciente de son malaise, Lili lui tapota la main en un geste réconfortant.

— Contentez-vous de remarquer ce qu'il aime et donnez-lui du plaisir. C'est vraiment le secret. Et, maintenant, savez-vous comment éviter de tomber enceinte ?

— Oui.

Un souvenir de ses douze ans restait gravé dans sa mémoire. Tard, un soir, elle avait surpris sa mère dans la salle de bains se rinçant entre les jambes. Un tube et un sac en caoutchouc gisaient sur le sol. « *Je ne veux plus d'enfant de ce salaud !* », avait-elle grondé en lui montrant du menton la chambre où son père ronflait. Et elle était restée fille unique. La technique maternelle avait dû fonctionner.

Comme si elle lisait dans ses pensées, Lili ajouta :

— Aucune méthode n'est fiable à cent pour cent. Alors, soyez prudente. Personne ne veut d'une espionne enceinte. Cela vous renverrait chez vous, en Angleterre, et rondement, vu que porter l'enfant d'un collaborateur vous vaudrait le mépris général des Lillois.

Un nouveau frisson d'appréhension la traversa. Ces pensées étaient loin d'être réjouissantes ! Les repoussant, elle posa à son tour une question pragmatique.

— Avez-vous jamais été obligée de… de faire ça ?

— Je suis tombée sur une ou deux sentinelles allemandes qui ont voulu me voir à genoux avant de me laisser franchir leur poste de contrôle.

Dix minutes auparavant, elle n'aurait pas été sûre de comprendre. Maintenant, grâce au cours de Lili qui n'avait pas tourné autour du pot, l'image était limpide. Elle la regarda, incapable de l'imaginer s'agenouillant, déboutonnant le pantalon d'un homme.

— Comment… était-ce ?

— Salé.

Devant son expression ahurie, Lili sourit.

— Qu'importe, chérie !

Son sourire s'évanouit et elles se dévisagèrent d'un air sombre.

Tout en tirant une nouvelle longue bouffée de sa cigarette, Eve leva les yeux au plafond. Elle venait de décider que fumer lui plaisait. Si elle tombait un jour sur une autre logeuse aux lèvres pincées qui interdisait le tabac dans sa pension de famille, elle l'enverrait promener.

—Lili, pourquoi ne nous préviennent-ils pas que cela pourrait pr… prendre cette tournure ? Pas une fois, pendant toute la période de formation à Folkestone, on ne vous laisse entendre que vous aurez à affronter ce type de situation.

—Parce qu'ils n'en ont pas la moindre idée. Et, si vous êtes maligne, vous ne le leur en direz rien, ajouta Lili d'un air grave. Faites ce que vous devez faire, mais n'en racontez rien au capitaine Cameron et au commandant Allenton, ni à aucun de ceux à qui nous faisons nos rapports.

La simple pensée d'annoncer au capitaine qu'elle avait couché avec un collaborateur lui donnait envie de rentrer sous terre.

—Jamais je ne pourrais leur en parler ! s'exclama-t-elle.

—Bien. Parce que vous perdriez leur confiance s'ils le découvraient.

De tous les sujets abordés ce soir, ce fut ce qui la surprit le plus.

—P… pourquoi ?

—Les hommes sont d'étranges créatures, répondit Lili avec un sourire amer. Si une femme cède sa vertu à l'ennemi, ils sont convaincus qu'elle ne tardera pas à renier son pays. Ils ne peuvent pas croire qu'une femme puisse ne pas tomber amoureuse d'un homme avec qui elle couche. En outre, coucher n'a rien de respectable. Or, le métier d'espionne est déjà bien assez peu honorable. Nous ne pouvons pas jeter l'opprobre sur nos pays en ternissant nos réputations. Si nous devons embrasser l'espionnage, nous devons rester des dames.

—Balivernes ! riposta-t-elle, catégorique.

Un nouveau sourire flottant sur ses lèvres, Lili acquiesça :

— Oh oui, Pâquerette. Ce sont des balivernes. Mais avez-vous envie d'être arrachée à Lille parce qu'ils pensent qu'un beau collaborateur vous a fait tourner la tête ?

Prise d'une nouvelle nausée, elle secoua la cendre de sa cigarette.

— Le capitaine Cameron penserait-il vraiment cela de moi ?

— Peut-être pas, c'est un « *decent chap* », comme vous autres, Anglais, aimez le dire. Mais j'ai déjà entendu d'autres officiers anglais parler ainsi de femmes comme nous.

Eve étouffa un nouveau juron. Jurer, comme fumer, devenait plus facile. Sa chef de réseau la dévisageait d'un regard énigmatique. Exprimait-il du pragmatisme ? Du chagrin ? De la fierté ? Elle aurait été incapable de le dire.

— C'est ainsi, reprit-elle, non sans tristesse. C'est vraiment un sale métier, ne trouvez-vous pas ?

Elle était d'accord. Pourtant, elle l'aimait, ce métier. Jamais elle ne s'était sentie aussi vivante. Refoulant sa peur, elle répondit donc avec un haussement d'épaules plein d'audace.

— Il faut que quelqu'un le fasse. Nous, nous sommes douées pour ce travail. Alors p… pourquoi pas nous ?

Se penchant vers elle, Lili déposa un baiser sur son front. Quand Eve posa la tête sur ses genoux, Lili, lui caressant les cheveux d'une main, lui recommanda d'une voix douce :

— Ne vous précipitez pas dans le lit de ce profiteur. Je sais que vous vous dites que le mieux est de serrer les dents et de vous en débarrasser. Mais faites-le languir un peu, si vous le pouvez. Parce que si nous pouvons faire sauter le *Kaiser* dans quinze jours, le destin du monde en sera bouleversé.

Vous pourrez peut-être rentrer chez vous sans avoir eu à supporter de voir Bordelon tout nu.

Sentant sa paume lui effleurer la tête, comme sa mère ne l'avait jamais fait, Eve pria pour que ces deux souhaits se réalisent. Jamais elle n'avait prié aussi fort de sa vie.

Si, dans la sécurité de cette petite chambre, elle pouvait faire preuve de courage, quand elle fermait les yeux et se rappelait la bouche de Bordelon sur sa peau, elle n'avait plus qu'une envie : vomir.

15

Charlie

Mai 1947

Ma mère marchait sur des œufs avec moi, comme si j'étais un chat au poil hérissé, prêt à s'enfuir si on l'effarouchait. Elle me frôlait constamment la main ou l'épaule, visiblement inquiète de voir si j'étais toujours là. Le matin venu, tandis que nous grignotions le pain grillé et buvions le café qu'elle avait commandés dans sa chambre, avant de faire ma valise, elle bavardait avec enjouement.

— Après le Rendez-vous, nous t'achèterons des vêtements neufs à Paris. Ce tailleur rose ne sera plus jamais le même…

Exaspérée, je mâchouillais mon toast. Je n'aimais pas parler le matin, particulièrement au réveil, et j'avais perdu l'habitude de papoter de banalités pendant le petit déjeuner. Avec ses gueules de bois, Eve se contentait de lancer des regards noirs et n'ouvrait généralement pas la bouche avant midi. Quant à Finn, quelle que soit l'heure de la journée, il était muet comme une carpe. À part, semblait-il, à 3 heures du matin.

« *Ma belle Charlie…* »

— Tiens-toi droite, *ma chérie**.

Je me redressai. Avec un sourire distrait, elle appliqua une nouvelle couche de rouge à lèvres. Hier, avec ses yeux scintillant de larmes et ses étreintes impulsives, elle m'avait paru plus douce que la mère à laquelle j'étais accoutumée. Ce matin, sous l'effet du soulagement, elle semblait avec chaque nouvelle retouche de maquillage se réapproprier son habituelle élégance luxueuse. J'effleurai sa main alors qu'elle rangeait son poudrier.

— Pouvons-nous rester un peu plus longtemps ? Commander un autre petit déjeuner ?

Pour une fois, au lieu des nausées matinales, le Petit Problème me donnait une faim de loup. Et je n'avais nulle envie de pain grillé mais du petit déjeuner complet de Finn : du pain, du bacon, des œufs bien baveux. *Du bacon…*

Avec un sourire désabusé, elle se tapota la taille.

— Ne devons-nous pas surveiller notre ligne ? Rappelle-toi, il faut souffrir pour être belle.

— Je ne veux pas être belle comme vous l'entendez. Alors je veux un foutu croissant. Je l'exige !

L'air sincèrement choqué, ma mère me dévisagea.

— Où as-tu appris à t'exprimer ainsi ?

Avec un vieux chameau d'Anglaise, complètement timbrée, qui a essayé de me tirer dessus.

Étrangement, Eve me manquait.

— Nous commanderons des croissants dans le train, ajouta-t-elle en fermant sa valise. Il ne faut pas être en retard.

Elle avait déjà appelé un groom qui attendait devant la porte. J'avalai mon dernier morceau de croissant et me levai. D'un geste preste, elle essuya une miette au coin de ma bouche et redressa mon col. Pourquoi avais-je toujours l'impression d'être une petite fille en sa présence ?

« *Tu es une petite fille, C'est pourquoi tu n'es pas prête à avoir un enfant. Tu ne sais rien* », me chuchota ma vilaine voix intérieure.

« *Qui peut l'affirmer* ? » rétorqua le Petit Problème.

Arrête de me parler ! ordonnai-je à mon ventre. *Arrête de me faire culpabiliser. Je ne peux rien faire pour toi. Je ne suis pas prête à t'avoir. Tout le monde est d'accord sur ce point.*

« *Et toi, qu'en penses-tu ?* » insista le Petit Problème.

Je n'avais pas de réponse, juste la gorge atrocement nouée.

— Charlotte ?

— J'arrive.

Je lui emboîtai le pas dans le couloir et la suivis vers l'ascenseur.

— Ne devrions-nous pas appeler papa avant de prendre le train ? parvins-je à demander.

Pour toute réponse, ma mère se contenta de hausser les épaules.

— Ne se fait-il pas de souci ?

J'étais curieuse de savoir s'il me reparlerait un jour, même après mon retour. Et s'il persisterait à me détester après mon Rendez-vous. S'il me considérerait toujours comme une traînée. Ma gorge se noua encore.

— Si tu veux savoir, je ne lui ai pas dit que tu t'étais enfuie à Londres comme une sauvageonne.

Elle surprit mon regard incrédule et s'empressa de se justifier :

— Pourquoi l'aurais-je fait ? Je ne voulais pas l'alarmer.

Nous entrâmes dans l'ascenseur.

— Eh bien, je suppose que vous l'avez mis au courant, maintenant ? Nous avons une semaine de retard sur notre programme. Nous ne serons pas à New York à la date à laquelle il attend notre retour.

Une fois que le groom nous eut rejointes avec nos bagages, ma mère pressa le bouton.

— Il nous suffira de passer une semaine de moins quc prévu à Paris. Nous serons rentrées dans les temps et ton père n'aura à se soucier de rien.

— Nous allons rentrer plus tôt? Vous m'avez promis qu'après Vevey, nous parlerions de Rose. Que nous irions à Limoges.

L'ascenseur commença sa descente. Un sourire aux lèvres, elle répondit :

— Nous en reparlerons une fois à New York. Le moment venu.

Je la dévisageai, abasourdie.

— « Le moment venu » ? Mais c'est maintenant, le moment idéal. Nous sommes déjà sur place.

— *Ma chère**…

Elle jeta un coup d'œil au groom qui, curieux, écoutait notre conversation sans comprendre un mot d'anglais. L'ignorant, j'insistai :

— Nous ne pouvons pas rentrer comme si de rien n'était, pas après tout ce que j'ai découvert.

— Ce n'est pas à nous de la retrouver, Charlotte. C'est une mission que nous devons laisser à ton père.

— Pourquoi ? J'ai plutôt fait du bon travail, seule. Meilleur que…

— Ce n'est pas convenable ! me rabroua ma mère, soudain brusque. Tu dois rentrer à New York. Ne pas repartir dans une quête futile. Ton père prendra le relais. Je l'en chargerai. Plus tard. Une fois que nous serons à la maison.

Plus tard. Toujours plus tard! Je refoulai ma fureur.

—Vous aviez promis!

—Je le sais.

—Maman, c'est vraiment important pour moi, plaidai-je en lui effleurant le bras dans l'espoir de la faire fléchir. De ne pas renoncer jusqu'à...

—Je ne renonce pas, chérie.

—Pourtant, ça en a tout l'air. Une fois que nous serons de l'autre côté de l'Atlantique, quelle sera l'urgence pour vous? m'emportai-je. Ce n'est qu'une promesse que vous m'avez faite sans intention de la tenir, juste pour me convaincre de vous suivre en Suisse! N'ai-je pas raison?

La sonnette de l'ascenseur tinta et les portes s'ouvrirent en glissant. Maman foudroya du regard le groom trop curieux. Il s'empressa de ramasser nos valises et fila en direction de la réception.

—Alors? la provoquai-je.

—Ce n'est pas l'endroit pour une telle discussion. Allons, viens! Et cesse de faire des histoires, je te prie.

—«Des histoires»? Parce que, pour vous, ce sont des histoires?

Je la suivis d'un pas rageur.

Elle se retourna et m'adressa un sourire crispé.

—Je t'en prie, Charlotte! Tu as déjà suffisamment d'ennuis avec ton père. Si nous prenons encore du retard sur notre programme, je vais en avoir aussi. Alors, s'il te plaît, arrête tes caprices et viens.

Sans répondre, je la regardai fixement. Ma mère si belle, pleine d'assurance, mordillant ses lèvres parfaitement maquillées, appréhendait de s'attirer le courroux de mon père. Elle n'avait pas osé lui dire que je m'étais enfuie en France.

Pas osé lui dire que nous aurions une petite semaine de retard. Elle avait raconté n'importe quoi pour me faire monter dans ce train pour Vevey, comme une petite fille qui ment pour éviter une fessée. Si elle ne me ramenait pas à la maison à temps, le ventre plat, c'était elle qui aurait des ennuis.

Avec maman, je m'étais toujours sentie comme une enfant. Pourtant, à cet instant précis, je la dévisageai avec l'impression d'être l'adulte.

— Vous n'avez nulle intention de chercher Rose, si je comprends bien.

Ce n'était pas une question.

— Rose est morte. Tu le sais parfaitement, Charlotte ! me jeta-t-elle à la figure, cassante.

— Peut-être. Probablement, même, admis-je, essayant de rester objective, malgré ma colère. Mais ce n'est pas une raison. Et vous m'avez promis que je pourrais aller au bout de mon enquête. Pour ma tranquillité d'esprit, tout au moins.

Après un court silence, je poursuivis :

— Si papa ne reprend pas les recherches, pouvez-vous m'assurer en toute franchise que vous le pousserez à le faire pour moi ?

Elle poussa un soupir à fendre l'âme.

— Je vais régler les chambres. Fais en sorte de te calmer.

Elle s'éloigna à petits pas furieux, le bruit de ses talons résonnant sur le sol. Je restai avec les bagages. Je me sentais bizarre, aussi fragile que du cristal. En regardant de l'autre côté de la cour de l'hôtel, j'aperçus Rose. Même si, bien entendu, ce n'était pas elle. C'était juste une fille au visage grêlé de boutons qui, adossée contre le grand bow-window, l'air boudeur, attendait que ses parents aient fini de s'enregistrer. Mais le soleil de France qui nimbait sa chevelure blonde d'un halo ombrait ses traits et, l'espace d'un moment, je me laissai aller à croire que c'était ma cousine. Rose qui me regardait en secouant légèrement la tête.

Je l'imaginais me disant : « Tu n'es pas une enfant, Charlie. Pas une lâche non plus. »

Elle avait toujours été courageuse. Même quand elle avait peur d'être seule, abandonnée, comme pendant l'épisode du café de Provence, elle gardait la tête froide.

Elle avait dû être terrifiée de se retrouver dans le pétrin dans lequel j'étais actuellement.

Pourtant, elle n'avait pas cédé quand ses parents avaient voulu « résoudre le problème » pour elle. Elle avait eu son bébé. Et, malgré l'angoisse dans laquelle cela avait dû la plonger, elle était partie pour s'en occuper seule.

La voix de Finn résonna en moi, répétant la question qu'il m'avait posée la veille au soir : « *Et vous, que voulez-vous ?* »

Je veux être courageuse.

« *Tu comprends ce que ça veut dire ?* questionna le Petit Problème. *Décompose ton idée en opération. Calcule-la pour obtenir X. X = Courageuse.* »

Je regardai ma mère refermer son portefeuille et s'avancer vers moi. Je me sentais mal. Je ne connaissais strictement rien aux bébés. Ils étaient minuscules, démunis, affamés, fragiles, et ils me terrifiaient. Celui-ci me terrifiait. Je n'étais pas prête pour lui.

Absolument pas prête.

Alors qu'elle arrivait à ma hauteur, je pris une profonde inspiration et annonçai :

— Je ne vais pas à Vevey.

— Comment ?

Elle haussa ses sourcils épilés. Derrière elle, la fille boutonneuse que j'avais, l'espace d'un instant, prise pour Rose s'éloigna dans le sillage de ses parents, mettant fin à l'illusion.

— Je n'irai pas au Rendez-vous, ajoutai-je.

— Charlotte, pas de discussion ! C'est une affaire réglée. Tu as accepté de venir…

— Non. Je ne m'en débarrasserai pas. Je veux le garder.

J'avais l'impression que ces mots sortaient de la bouche d'une autre.

Une décision aussi capitale aurait dû être accompagnée d'un sentiment de soulagement, de catharsis. Loin de là. J'étais mal, anxieuse. Et puis, j'avais faim. J'étais même affamée. Et j'annonçai au Petit Problème, à titre expérimental : *Je vais te nourrir.*

L'idée parut lui plaire. « *Bacon* », suggéra-t-il.

Je devais peut-être commencer à réfléchir à un autre nom que « Petit Problème ».

— Charlotte, nous savons toutes les deux que c'est la seule solution, alors…

Pour la première fois de ma vie, je lui coupai la parole :

— Non ! Ce n'est pas la seule. C'est celle qui représente le moins de problèmes pour vous. On règle mon tracas. Ce qui vous évite à tous les deux d'avoir à annoncer une nouvelle embarrassante, papa à ses associés et vous à vos relations du club de bridge. Je sais que l'intention est bonne mais ce n'est pas la seule solution. Et je ne suis pas obligée de m'y plier.

La fureur crispant ses traits, elle glapit en un chuchotement venimeux :

— Et comment vas-tu vivre, petite traînée ingrate ? Aucun homme respectable n'épousera une fille mère. Comment penses-tu te débrouiller ?

— J'ai de l'argent, maman. De l'argent que j'ai gagné. Pas seulement ma rente. Je peux travailler. Je peux m'assumer. Je ne suis pas incapable.

Je répétai ces mots obstinément parce que c'était la vérité, bon sang ! Qu'importait cette voix insidieuse qui me martelait : « Ratée ! » J'étais plus douée pour gérer un budget que ma mère. Plus efficace pour orchestrer les recherches et retrouver Rose que mon père. Peut-être avais-je échoué avec James, mais cela ne voulait pas dire que j'échouerais en tout.

— Je ne suis pas incapable.

— Si, tu l'es ! Comment penses-tu t'occuper d'un bébé ?

— Je suppose que j'apprendrai.

Certes, la liste de tout ce que j'allais devoir assimiler ne cessait d'augmenter. Mais pourquoi n'y arriverais-je pas ?

— Je ne connais pas grand-chose aux bébés mais j'ai six mois pour combler mes lacunes, poursuivis-je. Et il y a une autre chose que je sais sans l'ombre d'un doute : je vais continuer à chercher Rose.

Je pris ma valise. Ma mère m'attrapa le poignet.

— Si tu pars maintenant, n'envisage jamais de revenir à la maison.

Sa menace me fit l'effet d'un coup de poing en plein cœur. Pourtant, la défiant du menton, je rétorquai :

— Vous n'avez jamais remarqué ma présence, de toute façon. J'imagine que cela ne changera pas grand-chose pour vous.

J'essayai de me dégager de son emprise mais ses doigts se resserrèrent.

— Tu n'iras nulle part, Charlotte St Clair ! À part à la gare. Tu es mineure et je peux t'y obliger.

Elle criait maintenant. Ma mère, si convenable, si soucieuse du qu'en-dira-t-on, était en train de me houspiller comme une poissonnière. Dans la cour de l'hôtel, tous les regards des clients étaient braqués sur elle. Je tirai d'un coup sec pour me dégager mais sa poigne était ferme.

— Ne prenez pas ce ton avec moi !

Une voix douce mais furieuse s'éleva derrière moi. Je reconnus les intonations écossaises.

— Vous avez des problèmes, mademoiselle ?

— Pas du tout, Finn.

Après une nouvelle tentative, je me libérai et le regardai. La besace d'Eve en bandoulière, il avait les clés de sa décapotable à la main. Le duo improbable devait être en train de quitter l'hôtel.

— Avez-vous une place pour moi dans la Lagonda ?

Son visage se fendant d'un large sourire, il prit ma valise. Ma mère le fixa du regard, remarquant la chemise froissée et les manches roulées, les joues ombrées d'une barbe sombre.

— Qui..., commença-t-elle.

Elle fut interrompue par Eve qui arrivait au pas de charge.

— Juste ciel, Finn ! lança-t-elle de sa voix rauque et hargneuse du matin. Je vois que vous avez retrouvé la Ricaine.

— Si elle ne vient pas, vous non plus, la menaça-t-il.

— Vous travaillez pour moi !

— Mais je vous rappelle que c'est ma voiture.

Je sentis comme une chaude vibration au creux de mon ventre. J'avais envisagé d'aller à Limoges par le train mais l'idée de remonter dans cette merveilleuse automobile me grisait de bonheur ! J'adorais cette voiture. Elle m'apportait plus de réconfort que la maison dont je venais d'être chassée. Je levai les yeux vers Finn et, d'une voix étranglée, murmurai :

— Merci.

— De toute façon, je me doutais bien que nous étions loin d'être débarrassés de vous, persifla alors Eve. Les Américains sont de vraies sangsues.

En dépit de son sarcasme, je m'étonnai de la pointe d'approbation dans sa voix.

— Qui est cette personne ?

Cette fois, ma mère était parvenue à finir sa question. Eve se tourna alors vers elle. Quelle paire elles formaient : la Française à taille de guêpe, si élégante dans son tailleur, avec son ravissant chapeau et ses gants impeccables. La vieille Anglaise aux mains en forme de pinces d'écrevisse, vêtue de sa robe défraîchie. Elle toisa maman de son regard impérieux jusqu'à lui faire baisser les yeux.

— Vous devez être sa mère, finit-elle par dire. Je ne vois pas la moindre ressemblance.

— Comment osez-vous ?

— Eve, intervins-je, je vais partir à la recherche de ma cousine. Quelque part dans tout ce chaos, il y a un homme que vous avez peur de retrouver. Je pense que vous devriez savoir s'il est toujours vivant. En avoir le cœur net. Vous devriez venir avec moi.

J'ignore ce qui m'avait poussée à parler ainsi. Avec ses humeurs et son pistolet, Eve compliquait tout. Elle me ralentissait dans ma quête. Mais, aujourd'hui, refoulant ma terreur, je m'étais armée de courage, d'un courage que je voulais lui communiquer. Je voulais retrouver la femme inflexible, qui jurait ; qui avait menti sans vergogne à un prêteur sur gages afin que je puisse mettre mes perles au clou ; qui avait exigé des réponses d'une propriétaire de boutique de porcelaine qui la détestait. Je ne voulais pas qu'elle file se réfugier en Angleterre, au n° 10 Hampson Street.

Inexplicablement, ce choix ne me paraissait pas à sa hauteur.

Mais j'attendais autre chose. Je voulais savoir ce qui lui était arrivé pendant l'occupation de Lille. Ce qui lui avait meurtri non seulement les mains mais aussi l'âme.

J'essayai de trouver des paroles éloquentes pour formuler toutes ces pensées, en vain. Tout ce que je trouvai à dire fut :

—Je veux connaître la suite de votre histoire.

—Ce n'est pas une belle histoire. Et il lui manque une fin.

Les mains sur les hanches, je la mis au défi.

—Dans ce cas, écrivez la fin maintenant ! Vous avez un penchant pour la bouteille, mais vous n'êtes pas une lâche. Qu'en dites-vous ? Vous venez ou pas ?

—Qui sont ces gens ? *Charlotte !*

J'ignorai ma mère. Elle qui avait toujours régenté ma vie n'en faisait plus partie. Mais Eve la gratifia d'un regard dédaigneux.

—Je ne viens pas si votre maman vient. Au bout de trente secondes en sa compagnie, je me rends compte qu'elle est deux fois plus casse-pieds que vous. Une journée sur la route avec elle et je finirais probablement par lui tirer dessus.

—Elle n'est pas du voyage.

Je regardai ma mère et sentis une dernière pointe de colère mêlée d'amour. Un dernier besoin d'accepter tous ses ordres. Immédiatement, ce sentiment s'évanouit et je me contentai de la saluer :

—Au revoir.

J'aurais peut-être dû me montrer plus loquace. Mais qu'y avait-il à ajouter ? Frénétiques, ses yeux allaient de Finn à Eve.

— Tu ne peux pas juste partir dans la voiture de… de…

Contre toute attente, Finn répondit, une main tendue :

— Finn Kilgore. Récemment libéré de la prison de Sa Majesté à Pentonville.

Bouche bée, elle laissa retomber sa main comme si elle la brûlait.

— Et avant que vous me posiez la question, ajouta-t-il. Pour agression. Pour avoir balancé des Américains exaspérants dans la Tamise. Au revoir, madame.

Calant ma valise sur son épaule, il se dirigea vers la double porte. Eve alluma une cigarette, lui emboîta le pas et me jeta un coup d'œil.

— Alors, Ricaine ? Vous voulez entendre mon histoire ou pas ?

Je lançai un dernier regard à ma mère. Elle me dévisageait comme si j'étais soudain une inconnue.

— Je vous aime, lui dis-je.

Sur ces mots, je franchis la porte de l'hôtel et sortis dans la rue animée de Roubaix. J'avais le vertige. Je me sentais nauséeuse. Aux anges. Bouleversée. J'avais les paumes moites, l'esprit en ébullition. Mais j'avais d'abord une envie incontrôlable.

Quand Finn gara la Lagonda, décapotée, je m'installai sur le siège du passager et donnai une petite tape au tableau de bord.

— Petit déjeuner ! déclarai-je. Avant de nous mettre en route pour Limoges, allons prendre le plus gros petit déjeuner que nous pourrons trouver à Roubaix. Ce bébé me dit qu'elle a faim.

— C'est une fille ? demanda Eve.

— C'est ce qu'elle me dit.

Que de découvertes je faisais aujourd'hui ! Et il m'en restait encore tant à faire…

16

Eve

Juillet 1915

Dans dix jours, le *Kaiser* serait mort, se martelait Eve comme une incantation magique.

— Dépêchez-vous ! Vous êtes une vraie tortue ! la pressa Lili en s'élançant à l'assaut de la colline.

Ses cheveux lui collaient à la nuque. Lili, en revanche, semblait insensible à la chaleur estivale. Sa jupe relevée, son chapeau dans le dos, retenu par une bride, elle avançait à grands pas. Serrant sous son bras la couverture roulée en boule, Eve allongea le sien. Lili connaissait la campagne autour de Lille comme sa poche.

— *Mon Dieu**! Quel plaisir d'arpenter ces collines au grand jour, pour une fois ! Et non pas dans l'obscurité, en esquivant la clarté de la lune, et sans avoir de patrouilles zélées aux trousses. Allez ! Encore un effort !

Elle se mit soudain à courir jusqu'en haut de la pente. Trempée de sueur, Eve la foudroya du regard. Deux mois de rationnement sévère avaient diminué son énergie.

Mais, en arrivant au sommet, elle sentit son enthousiasme revenir. Dans un ciel sans nuages, le soleil faisait scintiller les vallons vert émeraude. Elles n'étaient qu'à quelques kilomètres de la ville et pourtant, elle avait la sensation d'être sortie d'un nuage noir, oppressant, d'avoir échappé aux panneaux et aux soldats allemands. Non que tout soit rose dans les campagnes. Les œufs et les cochons étaient réquisitionnés par des compagnies ennemies. Chacune des fermes qu'elles longeaient était, elle aussi, soumise à la faim et au désespoir. Mais, au sommet de la petite colline, l'espace d'un moment, il était possible d'imaginer le monde sans ces envahisseurs qui rôdaient partout.

Peut-être bientôt ne seraient-ils plus qu'un mauvais souvenir. Pour peu que le *Royal Flying Corps* remplisse sa mission. Les bras croisés, elles contemplaient de leur promontoire la voie ferrée qui se dirigeait vers l'Allemagne. Dans dix jours, elle accueillerait le train du *Kaiser*. Dans dix jours, le monde en serait bouleversé.

— Là-bas, déclara Lili avec un geste du bras en direction des rails. Violette, Antoine et moi avons fait des repérages. Nous sommes tous d'accord sur le fait que ce tronçon est le meilleur endroit pour l'attaque. Pourvu que la hiérarchie accepte la suggestion.

Eve acquiesça d'un signe de tête. Antoine était un libraire de Lille d'apparence inoffensive qui, en fait, fabriquait clandestinement de faux papiers pour Lili. Et, à l'exception de Violette, le seul membre du Réseau Alice qui lui avait été présenté. Une rencontre nécessaire pour le cas où elle aurait eu besoin d'une fausse carte d'identité en urgence.

Voyant sa chef soulever sa jupe pour dénouer son jupon, elle lui rappela :

— Déployons le p… plaid. N'oubliez pas que nous sommes censées pique-niquer.

Le pique-nique était leur couverture, si des éclaireurs allemands les surprenaient : Marguerite Le François et son amie couturière avaient décidé d'aller manger leur maigre sandwich au grand air pour profiter du beau temps. Après qu'Eve eut étalé la couverture usée, ignorant les sandwichs, Lili prit un morceau de charbon et dessina promptement la carte des lieux sur son jupon étendu à même le sol.

En dépit de son intense concentration, elle lança, avec une pointe d'espièglerie :

— Il devient plus difficile de faire passer des documents écrits. Mais les gardes n'imaginent pas la quantité d'informations que l'on peut consigner sur un jupon de femme.

— Pourquoi m'avez-vous amenée avec vous ? Violette connaît bien mieux la région. Ne devrait-elle pas aider à ré… rédiger le rapport ?

Ses mains couraient à vive allure, notant tous les détails du terrain, les irrégularités, la voie ferrée, les arbres.

— Elle l'a déjà fait. Mais c'est vous qui, la première, avez entendu parler de la visite du *Kaiser*, Pâquerette. Vous méritez d'être tenue au courant. Et quand j'ai livré mon rapport à l'oncle Edward, il m'a demandé de vous amener, lors de notre prochaine rencontre.

— M… Moi ?

— Il veut vous interroger, voir s'il peut obtenir plus d'informations en vous aidant à creuser dans vos souvenirs. Pour une opération d'une telle envergure, ils ne veulent prendre aucun risque. Nous partirons dans deux jours.

Eve sentit soudain son pouls s'affoler. Dans deux jours, elle allait retrouver le capitaine Cameron ! Cette pensée aurait dû lui mettre du baume au cœur. Pourtant, elle était envahie d'une impression étrange. Le capitaine lui semblait si loin qu'il aurait pu tout aussi bien être dans un autre monde. Et, bien plus que la perspective de revoir son regard empreint de chaleur, c'était la logistique de cette visite qui lui nouait soudain le ventre.

—Je ne p... peux absolument pas aller à Folkestone. Je n'ose pas m'absenter du restaurant.

Sans se départir de son calme, Lili finit de prendre ses notes.

—Nous ne sommes pas obligées de faire le voyage jusqu'à Folkestone. Oncle Edward a accepté de nous retrouver de l'autre côté de la frontière, à Bruxelles. Nous serons rentrées le lendemain.

—Vous oubliez mon défaut d'é... d'élocution. Il m'est impossible de passer inaperçue à un poste de contrôle. Je vais nous faire arrêter.

Si son bégaiement devait être la cause de l'arrestation de la chef du Réseau Alice, elle se couperait la langue avec un rasoir rouillé.

Lui ébouriffant affectueusement les cheveux, Lili répliqua :

—Aucune importance ! Vous me laisserez parler ! J'ai l'habitude d'amadouer les gardes pour entrer et sortir des gares. Il vous suffira de les dévisager avec vos grands yeux pleins de candeur. Tout ira comme sur des roulettes. Amusante, non, cette expression ? « Comme sur des roulettes... », finit-elle en renfilant son jupon couvert de charbon.

Eve étouffa un soupir résigné. Il était évident que ce babillage plein de légèreté était délibéré. Que Lili cherchait à dédramatiser.

Elle réunit les restes du pique-nique et lui conseilla :

— Vous devriez être plus prudente. Ne pas prendre tout cela à la légère. Vous rirez moins si vous vous retrouvez devant un peloton d'exécution.

Lili agita une main désinvolte.

— Bah ! Je sais bien que je me ferai prendre un jour ou l'autre. Mais qu'importe ? Au moins, j'aurai servi. Alors dépêchons-nous d'accomplir de grandes choses pendant qu'il est encore temps.

— Mais le temps nous est compté, grommela-t-elle en lui emboîtant le pas pour redescendre la colline. Dans deux j… jours, nous partons pour Bruxelles. Comment puis-je prendre une journée de congé ?

Dévalant la pente, elles reprirent la direction de la ville.

— Voyez quelle excuse vous pouvez trouver pour *Le Léthé*. À propos, comment va votre monstrueux soupirant ? ajouta Lili en lui coulant un regard en coin.

Elle ne voulait pas penser à René Bordelon. Depuis le soir où il l'avait raccompagnée, elle avait essayé de l'éviter. Au *Léthé*, elle débarrassait vivement les assiettes, servait des *schnaps* et écoutait. Elle était même parvenue à rédiger un rapport sur l'as de l'aviation allemand, Max von Immelmann, tout en essayant d'échapper à l'œil inquisiteur de son patron. Mais il lui faisait comprendre qu'il continuait à l'observer, qu'il attendait toujours une réponse. Parfois, c'était d'un regard muet sur son cou, où elle sentait encore sa langue sur sa peau. Parfois, à l'heure de la fermeture, c'était la gorgée de vin qu'il lui offrait d'un verre sur lequel s'étalait la marque de ses lèvres. Quel était donc ce monde dans lequel un inconnu faisait la cour à une fille censée être à moitié affamée et désespérée, en lui offrant de boire du vin à même son verre ?

— Il est opiniâtre, finit-elle par répondre.

D'un geste empreint de douceur, Lili lui repoussa une mèche de cheveux derrière l'oreille.

— Avez-vous pu le repousser ?

— Pour le mo… moment, oui.

Et franchement, dans la vie qu'elle menait, y avait-il autre chose que le moment présent? La perspective de revoir le capitaine Cameron dans deux jours, l'arrivée du *Kaiser* dans dix jours, appartenaient encore à un futur très flou. Il y avait le passé et le présent. Rien d'autre n'était certain. Rien d'autre n'était réel.

Ce soir-là, au *Léthé*, les conversations semblaient plus gaies que d'habitude, le brouhaha des officiers plus bruyant, les rires des femmes pendues à leurs bras plus avinés.

— Des putains ! lui chuchota Christine.

Appuyées ensemble contre le mur, elles attendaient d'être appelées d'un doigt levé.

— Celle qui se colle contre ce capitaine en exhibant sa robe neuve en soie, c'est Françoise Ponceau. Tu sais que le boulanger fait un pain spécial pour ce genre de putes ? Et il urine dans la pâte avant de la rouler.

— Elles le mé… méritent, acquiesça Eve.

Pourtant, elle avait le cœur serré. Malgré ses sourires, la jeune femme avait un regard empreint d'anxiété. Et, depuis le début de la soirée, dès que le capitaine avait le dos tourné, elle subtilisait des petits pains qu'elle glissait dans ses poches. Elle nourrissait quelqu'un chez elle. Plus probablement plusieurs personnes. Ce qui, en retour, lui valait du pain trempé d'urine et des injures. Mais il était plus sûr d'acquiescer à l'opinion chuchotée par sa collègue. Elle savait bien que presque toute la ville de Lille la partageait.

René leva alors la tête vers elle, les flammes des bougies se reflétant dans ses prunelles. *Regardez donc Christine,* supplia-t-elle silencieusement. *Jolie, blonde et bête comme une oie. Pourquoi ne regardez-vous pas Christine?* Mais il lui fit un signe et elle s'approcha pour servir les digestifs. Avec un sourire approbateur, il l'observa qui s'activait sans hâte et en silence, admirant l'arc parfait de son bras.

Le service terminé, elle demanda à la ronde:

—Quelqu'un pourrait-il monter les registres de comptes?

Les autres serveurs se contentèrent de rire.

—Mais c'est ton devoir, Marguerite! Il est toujours de meilleure humeur si tu les lui apportes. Et nous aimons voir monsieur de bonne humeur.

À leurs ricanements, elle comprit que l'attention que lui montrait René ne leur avait pas échappé.

—Vous êtes tous des porcs, grogna-t-elle en montant l'escalier de service d'un pas rageur.

Une fois devant lui, elle esquissa une révérence et lui tendit le livre. Ses doigts se resserrèrent imperceptiblement sur les siens.

—Vous êtes pressée, mademoiselle Le François?

—Non, monsieur.

Assis derrière son bureau, il feuilleta le registre aux lignes soignées, prenant son temps, faisant bruisser les pages. La nuit d'été était chaude. Il avait retiré sa veste. Sa chemise était d'un blanc immaculé, et ses cheveux gominés étaient aussi lisses que le cuir de ses chaussures.

—Un verre Art nouveau, déclara-t-il en suivant la direction de son regard.

Remarquait-il vraiment tout?

— Dans le style de Klimt. Avez-vous entendu parler de Klimt ? J'ai eu la chance d'admirer certaines de ses œuvres à Vienne, avant la guerre. Un travail extraordinaire. L'une d'entre elles s'appelle *Danaé*, la femme qui, raconte la légende, reçoit la visite de Zeus sous la forme d'une pluie d'or… Klimt montre qu'elle est excitée par l'or qui coule entre ses jambes.

Elle n'avait pas le moindre désir de discuter d'excitation dans cette pièce, qu'elle soit représentée de façon artistique ou pas.

— Non, je n'en ai jamais entendu parler.

— La femme s'abandonne.

Il défit ses boutons de manchettes et les déposa au creux de l'une de ses paumes pour qu'elle les examine. Puis, remontant ses manches, il dévoila ses avant-bras minces, à la peau pâle et lisse. Elle prit les objets en verre moulé, les offrit à la lumière et, feignant d'être fascinée par leur chatoiement, évita de le regarder.

— La femme s'abandonne en se laissant couvrir d'or. Les gens ont trouvé ce tableau obscène. Et alors ? Ils trouvaient aussi Baudelaire obscène.

Elle posa délicatement les boutons de manchettes à côté du buste du poète et étudia le profil de marbre. Elle aurait été curieuse de savoir si la maîtresse de Baudelaire le détestait autant qu'elle détestait René.

— Puis-je vous demander une faveur, mon… monsieur ?

— « Une faveur » ? Vous m'intriguez.

— Pourriez-vous m'accorder un congé pour un soir, dans deux jours ? J'ai promis à une amie de l'accompagner. Elle doit rendre visite à son oncle et il n'habite pas tout près.

C'était la stricte vérité. Avec René, elle faisait son possible pour ne pas formuler ses mensonges.

L'air entendu, il fit remarquer :

— Vous voulez manquer le travail. J'en connais beaucoup qui seraient prêtes à vous remplacer, vous savez. Et en promettant d'être présentes tous les soirs.

— J'en suis bien consciente, monsieur, acquiesça-t-elle en lui faisant ses yeux de biche implorants. J'espérais que vous étiez assez sa… satisfait de mon service pour…

Posant le registre à côté de lui, il la fit languir un moment.

— Très bien, concéda-t-il enfin. Vous pouvez prendre votre journée.

Défaillant presque de soulagement, elle murmura :

— Merci.

Il l'interrompit.

— Il est très tard. Avez-vous oublié votre dispense de couvre-feu ou vais-je devoir vous raccompagner de nouveau chez vous ? Ce que je vais peut-être faire de toute façon, ajouta-t-il. J'aimerais que nous fassions plus ample connaissance, Marguerite.

Abandonnant, non sans désinvolture, le « mademoiselle », il s'était approprié son prénom. Du moins, ce qu'il pensait être son prénom. Mais en le voyant dénouer et retirer sa cravate, elle comprit qu'il n'avait nulle intention de sortir ce soir. S'ils devaient faire plus ample connaissance, ce serait ici même.

Parce que j'ai demandé une faveur.

Elle ravala ostensiblement la boule qui lui nouait la gorge. Il devait remarquer sa nervosité. En tirer satisfaction.

Puis, laissant tomber sa cravate sur le bras de son fauteuil de cuir, il demanda :

— Avez-vous réfléchi à ma proposition de l'autre soir ?

Elle feignit l'incompréhension.

— Votre pro… proposition m'a surprise, monsieur.

— Vraiment ?

— Je ne suis pas la com… compagne appropriée pour un homme de goût. Je suis une serveuse. Je n'ai ni beauté, ni b… bonnes manières, aucune connaissance du monde. Alors oui, votre proposition m'a grandement surprise.

Sans se presser, il se leva de son profond fauteuil et s'avança vers la petite table couverte de carafes en cristal. Il en déboucha une et versa dans un gobelet deux doigts d'un breuvage pâle, qui accrochait la lumière. Il le lui tendit, scintillant comme un diamant.

— Goûtez.

N'ayant pas le choix, elle s'exécuta. La liqueur lui brûla la gorge : épicée et sucrée, avec une pointe fleurie, très forte.

— Liqueur de fleur de sureau, annonça-t-il en posant nonchalamment un coude sur le manteau de la cheminée en marbre. Je la fais venir secrètement d'un producteur de Grasse. Une région magnifique, où l'air est parfumé comme cette liqueur, fleuri, capiteux. Ce goût est unique. Je ne la sers donc pas au restaurant. Les Allemands ont droit à du cognac, du *schnaps*, du champagne. Je réserve cet élixir unique à mon usage personnel. Vous appréciez, je pense ?

Sachant qu'il était inutile de lui mentir si elle n'y était pas obligée, elle acquiesça :

— En effet. Pou… pourquoi le partager avec moi si vous le ré… réservez à votre usage personnel ?

— Parce que vous aussi êtes unique. Votre bon goût est inné, Marguerite. Un très bon goût, je devine, qui n'est absolument pas éduqué. Comme Ève au jardin d'Éden.

Comment parvint-elle à ne pas sursauter en entendant son vrai prénom ? Elle aurait été incapable de le dire.

Pourtant, elle réussit à garder son sang-froid et but une nouvelle gorgée de la liqueur de sureau qui lui brûlait la gorge.

— J'ai toujours apprécié le bon goût et l'élégance chez mes compagnes, poursuivit-il. Jusqu'à maintenant, j'ai toujours préféré un produit fini à du matériau brut. Mais le choix en femmes élégantes est plutôt limité à Lille, en ce moment. La faim et le patriotisme ont transformé toutes celles que je connais en mégères. Si je souhaite trouver une compagne adéquate, j'ai compris que j'allais devoir, comme dans la légende de la mythologie grecque, jouer au Pygmalion et en façonner une à mon goût.

D'un doigt, il fit glisser une mèche de cheveux derrière l'une de ses oreilles.

— Je n'avais pas vraiment envisagé d'en apprécier le processus. Donc, vous voyez, vous aussi avez réussi à me surprendre.

Aucune réponse ne lui venait à l'esprit. Mais il ne semblait pas en attendre une.

Avec un geste en direction de son verre, il se contenta de demander :

— Encore ?

Il lui versa une nouvelle dose généreuse. *Il essaie de me soûler*, songea-t-elle. La jeune Marguerite de dix-sept ans serait vite enivrée par un alcool puissant. Quelques verres et elle deviendrait docile et consentante, au creux de ses bras.

Elle regarda au fond de son verre et y vit la voie ferrée qu'emprunterait le train du *Kaiser* pour venir à Lille. Les silhouettes flegmatiques du *Kommandant* et de ses officiers réunis autour de leur *schnaps*, laissant nonchalamment échapper des secrets. Le visage rayonnant de Lili la première fois que, ses efforts couronnés de succès, elle était revenue avec une information. Elle entendit même sa voix : « *C'est vraiment un sale métier !* »

Peut-être, répondit-elle intérieurement, comme elle l'avait fait alors. *Mais il faut bien que quelqu'un le fasse. Je suis douée. Alors pourquoi pas moi ?*

S'armant de courage, elle but d'une traite. René n'était plus qu'à un souffle de son visage et elle sentait son parfum d'eau de Cologne de Paris, aussi subtil qu'élégant. Était-ce le moment qu'il attendait pour l'embrasser ? Une image fugitive du capitaine Cameron en train de lui apprendre à charger un pistolet sur la plage lui traversa l'esprit. Son patron inclina la tête vers elle.

Ne te dérobe pas.

Il s'approcha encore, enfouit son nez dans son cou, puis il se redressa avec une moue.

— Peut-être devriez-vous prendre un bain. Vous pouvez profiter de ma salle de bains.

Ses lèvres la picotèrent, sans qu'il les ait effleurées et, l'espace d'un instant, elle resta perplexe. Puis elle baissa les yeux sur ses mains. En dépit de toutes les précautions qu'elle prenait pendant son service, ses manchettes étaient couvertes d'éclaboussures de beurre blanc et de vin rouge. Et elle sentait une fine couche de transpiration séchée sous sa robe, conséquence du rythme rapide de sa promenade matinale dans la campagne, avec Lili. *Je ne sens pas bon*, comprit-elle, tellement humiliée qu'elle fut prise d'une soudaine envie de pleurer. *Je sens la transpiration, le savon bon marché, et, avant de perdre ma virginité, je dois faire une grande toilette.*

Se détournant, René tira sur son col d'un coup sec, pratique.

— Vous trouverez un savon, déclara-t-il en désignant la porte, derrière lui. Je l'ai choisi pour vous.

Il s'attendait à sa gratitude.

— Merci, parvint-elle à dire.

La salle de bains était d'un luxe tout aussi indécent que son bureau : un carrelage noir et blanc, une grande baignoire en marbre, un miroir au cadre doré. Elle aperçut la barre de savon au muguet, intacte ; sans nul doute réquisitionnée dans une salle de bains de femme, lors d'une descente. N'avait-il pas dit que ce parfum lui irait bien ? Elle se rappelait ses paroles : « *léger, sucré, parfumé, jeune.* »

Chaque conseil de Lili sur les pratiques à adopter pour satisfaire un homme lui revint à l'esprit et elle crut un instant qu'elle allait vomir. Mais elle refoula son dégoût. « *Remarquez ce qu'il aime* », lui avait-elle conseillé. En contemplant le savon, elle le sut. « *Légère, sucrée, parfumée, jeune.* » Il ne faisait pas simplement référence au parfum. Mais à ce qu'il attendait d'elle. Il lui avait fourni le scénario.

Elle remplit la baignoire, gaspillant l'eau chaude en éclaboussant partout à coups de grands gestes vengeurs, et s'y enfonça avec un frisson de plaisir. Depuis plus de deux mois, elle se voyait contrainte de se laver dans un lavabo, avec une serviette usée. Elle aurait pu se prélasser dans l'eau chaude et parfumée indéfiniment. Mais elle avait une mission à remplir. Autant s'en débarrasser le plus vite possible.

Laissant ses sous-vêtements et sa robe sur le sol, plutôt que de les remettre, elle s'enveloppa dans des serviettes d'un blanc neigeux. Quand elle se regarda dans le miroir, elle ne se reconnut pas. Les maigres rations de ces derniers mois lui avaient creusé les joues. Et si elle avait maintenant les pommettes saillantes, au-delà de l'apparence physique, Evelyn Gardiner et son doux visage n'avaient jamais paru aussi durs. Mais Marguerite Le François ne l'était pas. Elle s'exerça donc devant la glace, lèvres entrouvertes, sourcils tremblants, jusqu'à atteindre la perfection.

Quand elle émergea de la salle de bains, René la salua d'un sourire. Puis, son regard la balayant de ses pieds nus à ses cheveux châtains dénoués, il déclara d'un ton approbateur :

— C'est beaucoup mieux.

— Merci. L'eau chaude. Je n'avais pas pris un… b… bain depuis des mois.

Elle savait qu'elle devait lui montrer sa reconnaissance, qu'il l'attendait.

Il s'empara d'une poignée de ses cheveux humides dans laquelle il plongea le nez.

— Délicieux.

Plutôt séduisant, mince et élégant, il avait troqué son costume pour une robe de chambre en soie bleu nuit. Sa main glissa le long de sa chevelure pour s'enrouler autour de sa gorge. Ses doigts frais étaient si longs qu'ils l'encerclaient presque entièrement.

Puis il l'embrassa d'un lent baiser langoureux, sans la quitter des yeux une seconde.

— Vous allez passer la nuit ici, murmura-t-il en caressant la courbe de ses hanches à travers la serviette. J'ai un rendez-vous très matinal avec le *Kommandant* Hoffman demain. Il souhaite m'entretenir d'une réception au restaurant en l'honneur de leur as de l'aviation, Max Immelmann, qui est désormais seul responsable de la défense aérienne de Lille. Mais me rendre chez le *Kommandant* un peu fatigué ne me dérangera guère.

Un peu rassérénée, elle comprit alors la raison de sa présence ici. René avait suffisamment baissé sa garde pour lui communiquer ce renseignement qui allait sûrement intéresser le *Royal Flying Corp*. Envahie par un grand calme mêlé à la fois de terreur et de détermination, elle sentit les battements affolés de son cœur s'apaiser.

Avec un sourire, René baissa sa serviette, dévoilant ses seins.

— Bien, dit-il. Laissez-moi voir.

Autant s'en débarrasser le plus vite possible, s'exhorta-t-elle farouchement. *Parce que ça pourra te servir. Énormément !*

Lui offrant ses lèvres pour un nouveau baiser, elle laissa choir la serviette.

Qu'importait la peur quand vous aviez une mission à remplir ?

Partie III

17

Charlie

Mai 1947

Nous étions à mi-chemin de Paris et je m'étonnais que nous n'ayons pas encore atterri dans un fossé. En ce mois de mai, la campagne française était en pleine floraison.

Pourtant, ni Finn ni moi ne prêtions attention à sa beauté. Fascinés, nous écoutions Eve qui, assise sur la banquette arrière, nous racontait sa vie d'espionne.

Une espionne! Eve, une espionne? À moitié retournée sur mon siège, j'étais bouche bée. Même Finn ne pouvait s'empêcher de jeter des coups d'œil derrière lui.

— Vous allez avoir un accident avec cette fichue voiture! lui lança-t-elle aigrement. Et vous, la Ricaine, vous allez gober une mouche.

La Lagonda avalait des kilomètres de routes françaises en lacets.

— Continuez, la pressai-je.

Je ne connaissais que les espions de cinéma et j'avais toujours cru que leurs aventures étaient de la pure fiction. Mais si la vieille Anglaise ne correspondait pas vraiment au profil de l'espionne hollywoodienne, quelque chose dans l'intonation neutre de sa voix rauque qui nous décrivait Folkestone, le chiffrage, oncle Edward, me poussait à croire chacune de ses paroles. Un restaurant qui s'appelait *Le Léthé*. Son élégant propriétaire. Des vers et des vers de Baudelaire. Une collègue espionne avec ses lunettes rondes qui avait pour nom de code, Violette.

—La femme du magasin de porcelaine! m'exclamai-je.

Ce qui me valut un regard ulcéré.

—Personne ne peut vous duper, je vois?

Je souris, insensible à son sarcasme. Toujours grisée, je n'arrivais pas à croire que j'avais faussé compagnie à ma mère dans cet hôtel et que j'avais, par la même occasion, échappé au Rendez-vous et à une vie planifiée de A à Z. Je venais de prendre un petit déjeuner gargantuesque et, maintenant repue, mes appréhensions avaient laissé place à un sentiment grisant. J'étais dans une voiture, en compagnie d'un ancien repris de justice et d'une ancienne espionne, roulant vers un futur inconnu. Moi qui avais rêvé d'aventures, j'étais servie. Je ne me souvenais pas de m'être jamais sentie aussi vivante.

Eve parlait par intermittence. Lille pendant la guerre, les pénuries, les réquisitions. Le nom de René Bordelon revenait régulièrement. Il avait été son employeur. Mais, à la haine que je percevais dans sa voix, je savais qu'il avait été bien plus encore.

Un bras paresseusement allongé sur mon dossier, Finn lui jeta un coup d'œil.

—Croyez-vous que ce René soit toujours vivant?

Sans répondre, elle se contenta de pousser un grognement et prit quelques gorgées de sa flasque. Il lui demanda alors pour qui elle travaillait, si son réseau comptait d'autres membres qu'elle et Violette. Au bout de quelques minutes de silence, elle répondit :

— Un ou deux.

Je voulais en savoir plus. Je brûlais d'en savoir plus. Mais je croisai les yeux de l'Écossais et, d'un commun accord, nous nous tûmes. Le lien qui unissait notre trio fraîchement créé était encore fragile. Eve n'était plus ici parce que je la payais mais de son propre chef. Je n'avais plus le droit de la bombarder de questions indiscrètes. En outre, maintenant que je connaissais des bribes de sa véritable histoire, mon respect pour elle me poussait à refréner mes questions. Elle but une nouvelle gorgée de scotch. Ses mains en forme de pinces d'écrevisse manipulaient si gauchement sa gourde que je me sentis soudain dégrisée. Quelle que soit la raison expliquant cet état, c'était arrivé alors qu'elle espionnait pour la patrie, une blessure de guerre au même titre que la jambe boiteuse que mon frère avait ramenée de Tarawa. Et pour laquelle il avait été décoré de la médaille *Purple Heart* qui se trouvait dans un écrin, à côté de lui, quand il s'était fait sauter la cervelle. De quel genre de blessures intérieures l'âme d'Eve était-elle meurtrie ?

Engourdie par le soleil de l'après-midi, elle s'assoupissait et se réveillait. Et se mit même à ronfler au beau milieu d'une phrase.

— Laissez-la dormir, me conseilla Finn. J'ai besoin de m'arrêter pour prendre de l'essence, de toute façon.

— Sommes-nous loin de Paris ?

Nous étions tous trois tombés d'accord pour y faire une étape d'une nuit avant de poursuivre en direction de Limoges.

— À quelques heures.

— Nous roulons déjà depuis des heures. Ce n'est pas si loin.

Avec un sourire, il répondit :

— Je me suis trompé de direction en l'écoutant décrire comment déchiffrer des messages codés et nous sommes allés presque jusqu'à Reims.

Dans la lumière rose et nacrée du crépuscule, nous fîmes halte dans un hôtel morne de la banlieue. Mes économies qui diminuaient ne nous permettaient pas de nous offrir le luxe des grands boulevards. Je laissai mes compagnons de voyage à la réception du hall où planait une odeur de vieille soupe de poisson. En dépit de mon modeste budget, j'avais une course à faire. Après avoir longé quelques magasins, j'entrai chez un prêteur sur gages où j'eus tôt fait de trouver mon bonheur. En regagnant l'hôtel, je passai devant une vitrine de dépôt-vente et m'y arrêtai. J'étais lasse d'alterner les deux mêmes chemisiers et de dormir en combinaison.

Derrière sa caisse, une vendeuse me regarda. C'était l'une de ces Françaises menues aux lèvres pincées, aux ourlets impeccables, comme une guenon chic.

— Mademoiselle…

Je posai mon portefeuille devant elle, exhibant l'alliance à ma main gauche.

— Madame, la repris-je. J'ai besoin de quelques vêtements.

Je lui indiquai mon budget et elle évalua ma taille d'un coup d'œil. J'essayai de ne pas faire tourner l'alliance en or que j'avais achetée au prêteur sur gages. Elle était un peu grande, comme le titre « Madame » était démesuré. Deux ans après la fin de la guerre, les jeunes veuves n'étaient pas rares. J'avais peut-être décidé de garder le Petit Problème mais je n'avais nulle intention de me voir accablée des insultes réservées aux filles-mères. Je connaissais la stratégie : vous vous procuriez une alliance, vous inventiez une histoire de mari mort au front (après la guerre, dans mon cas), vous l'enjoliviez de quelques détails convaincants. Et même si votre auditoire paraissait sceptique, il se taisait car vous aviez les accessoires adéquats : une alliance d'occasion et un mari mort.

Je décidai d'appeler feu mon mari Donald. Donald… McGowan. Mi-écossais, mi-américain, il était brun et avait servi dans une division blindée, sous les ordres de Patton. Le grand amour de ma vie, Donald, avait récemment perdu la vie dans un accident de voiture. Il roulait toujours trop vite ! Je l'avais pourtant mis en garde. Et si c'était un garçon, je l'appellerais comme son père.

J'imaginais Rose me regardant en faisant une grimace :

« *Tu t'imagines avec un fils qui s'appellera Donald, Charlie ? Franchement !* »

Tu as raison, aurais-je acquiescé. *Mais je pense que c'est une fille, de toute façon. Donc Donald fonctionnera très bien.*

« *Il a l'air bien insipide.* »

Ne critique pas mon Donald !

— Madame ?

La vendeuse me dévisageait d'un air dubitatif. Je contins mon rire et essayai tour à tour divers ensembles de seconde main. Malgré les élucubrations farfelues de mon imagination, j'échafaudais des projets, même s'ils étaient très vagues. Je me disais que si je retrouvais Rose, nous découvririons peut-être un endroit où habiter ensemble. Pourquoi pas ici, en France ? J'avais de l'argent. Des économies. Pourquoi ne pourrions-nous pas nous offrir un nouveau départ, grâce auquel deux fausses « Madame », avec deux fausses alliances, pourraient mener une vie honnête ? Je revis ce café provençal où j'avais passé le jour le plus heureux de ma vie, en compagnie de ma cousine. Ce genre de paradis existait-il quelque part, pour nous, maintenant que nous avions grandi ?

Un café. Hormis le merveilleux souvenir que je gardais de celui de Provence, j'en avais un tout aussi bon de mon bref passage dans celui de Bennington. Servir les clients, se griser des délicieuses odeurs, du plaisir de pouvoir si aisément calculer mentalement la monnaie à rendre. Un café, ici, en France ? J'imaginai un endroit avec un tourniquet de cartes postales à vendre, des sandwichs de fromage de chèvre fondant et de jambon tendre. Où, le soir venu, on pousserait les tables pour danser sur les chansons d'Édith Piaf. Où deux jeunes veuves tiendraient la caisse et flirteraient avec les Français, non sans lancer de temps en temps des regards éplorés aux photos de leurs maris. J'allais devoir trouver de fausses photos.

En me voyant sortir de la cabine dans un pantalon cigarette noir et un pull à rayures à col haut mais qui dévoilait presque mon nombril, la vendeuse me déclara d'un ton brusque :

— Bien. Le *New Look* n'est pas pour vous.

Elle commença à sortir de la pile des vêtements à ma taille les jupes les plus étroites, les pulls les plus moulants, les pantalons les plus serrés.

— Vous vous habillez en style Dior mais vous êtes faite pour du Chanel. Je la connais. Elle aussi est petite, brune et quelconque.

— Eh bien, je vous remercie ! Mais ça m'étonnerait que vous connaissiez Coco Chanel, ajoutai-je, irritée, en survolant sa petite boutique sombre du regard.

— Avant la guerre, j'ai été première main dans son atelier. Si elle revient à Paris, j'ai l'intention de retravailler pour elle. En attendant, je me débrouille. Nous nous débrouillons toutes, mais ce n'est pas pour autant que nous portons des oripeaux !

Elle me foudroya du regard et agita un doigt à l'ongle vernis dans ma direction.

— Plus jamais de froufrous ! Quand vous achetez des vêtements, vous devez vous concentrer sur des modèles ajustés, des rayures, des ballerines. Et arrêtez de torturer vos cheveux au fer à friser, portez-les raides, au carré, à hauteur du menton.

Je me regardai dans le miroir. Le pantalon et le tricot étaient peut-être d'occasion, mais j'étais plutôt élégante. Un peu masculine. Et, surtout, je me sentais à l'aise. Plus de corset, plus de superposition de jupons. La vendeuse me posa un petit canotier de travers et je souris. C'était la première fois de ma vie que je choisissais mes propres tenues. Maman me les dictait toujours. Mais j'étais une « dame » désormais, une adulte, pas une jeune fille démunie. Il était grand temps d'en avoir l'apparence.

— Combien ?

Nous négociâmes. La somme en francs dont je disposais était limitée. Néanmoins, même si elle dédaignait le *New Look*, les regards de convoitise qu'avait jetés la vendeuse à mon tailleur ne m'avaient pas échappé.

— Il est de la dernière collection. Et j'en ai un autre à l'hôtel. Si vous me donnez les pantalons, les deux jupes, les tricots et cette robe noire, je vous les dépose demain.

— Je ne vous laisse la petite robe noire que si vous me promettez de la porter avec des perles et un rouge à lèvres carmin.

— Je n'ai pas de perles en ce moment mais je peux porter du rouge à lèvres.

— Marché conclu.

La démarche chaloupée, je regagnai l'hôtel, chargée de mon sac de vêtements. Pour mon plus grand plaisir, quand je rejoignis mes compagnons au bar où ils buvaient un verre, je vis Finn hausser des sourcils étonnés.

Je lui tendis la main à laquelle brillait la nouvelle alliance.

— Enchantée de vous rencontrer, plaisantai-je. Je suis madame Donald McGowan.

— Bon sang ! s'exclama Eve.

Elle avala une gorgée d'un Martini qui ressemblait plutôt à du gin pur.

— Il m'a paru pratique de m'inventer une identité de couverture, ajoutai-je en tapotant le Petit Problème.

— Donald McGowan ? répéta Finn. Qui est-ce ?

— Brun, le menton carré, diplômé en droit de l'université de Yale, a servi dans une division blindée. L'amour de ma vie, ajoutai-je en feignant de me tamponner les yeux d'un mouchoir.

— Pas mal, le début, approuva Eve. Il préfère ses chaussettes pliées ou roulées ?

— Hum. Pliées.

— Pas de « hum ». Café noir ou au lait ? Avait-il des frères et des sœurs ? Jouait-il au football à l'université ? Les détails, Ricaine ! dit-elle en pointant un doigt sévère sur moi. Ce sont les petits détails qui rendent une mise en scène convaincante. Inventez une biographie de votre Donald et étudiez-la jusqu'à ce que vous puissiez la débiter sans faire de gaffe. Et ne quittez jamais votre alliance jusqu'à ce que votre annulaire montre cette petite rainure des f… femmes mariées depuis longtemps. Les gens la cherchent sur les jeunes femmes qui poussent des landaus et se font appeler « Madame ».

Avec un sourire, je lançai :

— Bien, madame ! Si nous allions dîner ?

— Oui, et cette fois, c'est moi qui in... invite. Jusqu'ici, vous avez tout payé.

C'était sa façon de me faire comprendre qu'elle n'était plus là pour mon argent. Et je savais qu'il était préférable de ne pas refuser. Touchée malgré moi, je répliquai :

— Tant que vous me laissez vérifier la note. On ne sait jamais, s'ils cherchaient à vous rouler.

Elle me tendit l'addition de leurs apéritifs.

— Comme vous voudrez. C'est vous, la banquière.

— En effet.

Inexplicablement, au cours de cette semaine, bien que je sois la plus jeune de notre étrange trio, les affaires d'argent étaient tout naturellement devenues mon domaine. D'instinct, Finn et Eve se tournaient vers moi pour marchander le prix des chambres avec les réceptionnistes d'hôtel. S'empressaient de me passer les additions pour les recalculer au juste prix. J'étais chargée d'organiser la monnaie pour leur éviter de l'égarer dans le désordre de leurs poches pleines de pièces et de bouts de crayon.

Tout en signant la note de leurs boissons, je les rabrouai :

— Franchement, vous deux ! Une espionne de choc et un mécanicien hors pair ! Dire qu'il vous faut dix minutes et un bloc-notes pour calculer un pourboire.

— C'est plus facile de vous laisser faire, avoua Finn. Une vraie petite machine à calculer, voilà ce que vous êtes !

Je souris de nouveau, me rappelant ce banquier, à Londres, qui me trouvait trop jeune et stupide pour retirer mon propre argent. Ici, je gérais le budget de trois personnes.

Ce qui me poussait à m'interroger : que pourrais-je gérer d'autre ?

Rêveuse, je fis tourner l'alliance autour de mon doigt, m'imaginant derrière un comptoir bien garni, un torchon enfoncé à la taille de mon pantalon cigarette, mes cheveux coupés en un élégant carré. Je vis Rose avec ses boucles blondes, dans une robe noire très chic, présidant avec moi, au son du jazz français et du roucoulement de deux bébés. Qui n'étaient plus des « Petits Problèmes » mais des « Problèmes Grandissants » aux petits pieds dodus, qui babillaient dans un mélange de français et d'anglais…

J'imaginai Mme Donald McGowan et Mme Étienne Fournier se débrouillant toutes les deux admirablement !

18

Eve

Juillet 1915

Eve n'avait jamais vu Lili si exaspérée.

— Concentrez-vous, Pâquerette ! Vous rêvez.

— Je vais me concentrer, promit-elle.

Mais la seule pensée qui lui venait à l'esprit était : « *J'ai mal.* »

Ce n'était pas insoutenable. René Bordelon avait pris soin de ne pas la faire souffrir. Sans pour autant faire preuve d'une grande prévenance. Rien ne devait interférer avec son propre plaisir. Pourtant, il avait fait attention. Elle avait un peu saigné mais la douleur avait été supportable. Et quand il l'avait autorisée à se rhabiller et à rentrer chez elle, elle s'était dit : « Ce sera tout. » Encore une soirée de travail puis, en compagnie de Lili, elle prendrait le train du matin qui l'emmènerait à Bruxelles retrouver le capitaine Cameron pour lui faire son rapport sur la visite du *Kaiser*, à Lille.

Après cela, elle pourrait définitivement chasser René de ses pensées.

Mais, le lendemain soir, à la fin de son service, il l'avait gardée.

—Je devrais vous donner plus de temps pour vous remettre, avait-il dit avec un sourire en coin. Mais vous êtes si tentante. Vous n'êtes pas contrariée ?

—Non.

Qu'aurait-elle pu répondre d'autre ? Il y avait donc eu une deuxième fois. Puis, assis dans le lit, il l'avait regardée se rhabiller, ses doigts jouant avec le drap remonté sur ses genoux.

—J'ai hâte de vous voir revenir.

Sans quitter des yeux la pendule qui indiquait 4 heures du matin, elle avait menti :

—Moi au... aussi. Mais je crains de de... devoir partir. Merci de m'avoir accordé une journée de con... congé, monsieur.

Ne jamais oublier la gratitude.

Il avait beau s'être approprié son prénom, elle n'avait pas été priée de l'appeler René. Un sourire énigmatique aux lèvres, il l'avait regardée enfiler son manteau.

—Vous êtes si peu loquace, Marguerite. La plupart des femmes sont de vraies pipelettes. « Ô grande taciturne, Et je t'aime d'autant plus, belle, que tu me fuis. »

Elle n'avait pas eu besoin de lui demander qui était l'auteur de ces vers.

Baudelaire, songea-t-elle. *Toujours ce sacré Baudelaire!* Et moins de quatre heures plus tard, encore imprégnée de l'odeur de René Bordelon, elle avait retrouvé sa chef.

Manquant de sommeil, loin de se sentir concentrée sur la tâche qui l'attendait, elle était distraite, agitée.

Et endolorie.

Quand elles se hâtèrent vers la gare, elle prit garde à ne rien laisser paraître de son corps endolori dans sa démarche. Elle allait finir par être obligée de se confier. Mais pas maintenant. Rien ne devait détourner l'attention de Lili qui devait trouver la meilleure façon de leur faire traverser la frontière. Et le capitaine Cameron ne devait rien en savoir.

Eve Gardiner n'avait pas négocié sa virginité pour risquer un retour en Angleterre, loin du combat. Elle retournerait dans le lit de Bordelon. Après deux nuits seulement, elle savait déjà qu'il appréciait les conversations sur l'oreiller. Il avait laissé échapper l'information sur l'aviateur allemand, Max von Immelmann ; puis quelques détails supplémentaires sur la visite imminente du *Kaiser*. Oh oui, René parlait au lit, et elle avait bien l'intention de l'écouter. Et pour le reste… eh bien, elle s'habituerait, voilà tout.

— Ça ne va pas ? s'irrita Lili.

Son esprit s'était remis à vagabonder. *Concentre-toi*, se rabroua-t-elle. Elle comprit soudain ce qui inquiétait sa chef. Le quai de la gare grouillait d'Allemands : des officiers, des soldats, des personnalités officielles. Sous ses gants, elle avait soudain les paumes moites.

— Quelqu'un a été arrêté ? murmura-t-elle d'une voix presque inaudible.

Dans le Réseau Alice, la crainte principale était que l'une des sources soit arrêtée et finisse par dévoiler les informations. D'une prudence extrême, tous faisaient très attention à en savoir aussi peu que possible, mais…

Lili se fraya discrètement un chemin à travers la foule des uniformes et chuchota :

— Non. C'est l'un de ces empaillés de généraux que l'on accueille en grande pompe. C'est bien le jour…

Jouant des coudes, elles s'avancèrent vers la sentinelle qui vérifiait les billets et les cartes d'identité. Mais la foule était compacte et le train, déjà en gare, piaffait comme un cheval impatient. La présence de toutes ces personnalités sur le quai décuplait le zèle des contrôleurs qui se montraient particulièrement méticuleux.

— Je me charge de leur parler, déclara Lili.

Aujourd'hui, elle était Vivienne, la crémière. Coiffée d'un canotier, elle portait un chemisier à col montant en dentelle usée et avait préparé son histoire : elle s'adresserait aux gardes tandis qu'Eve, les bras chargés des paquets, se tiendrait prête à les faire valser et tomber par terre. Impatientés, les contrôleurs leur feraient signe de passer. Mais ils s'acharnaient à dévisager tous les civils et la file avançait à une allure d'escargot. *Nous ne pouvons pas rater ce train*, songea-t-elle en se mordillant nerveusement la lèvre inférieure. Enfin, Lili atteignit le haut de la file. Elle était en train de sortir sa carte d'identité quand une voix au fort accent allemand la héla :

— Mademoiselle de Bettignies ! Est-ce possible ?

Eve fut la première à apercevoir l'Allemand. Arborant une moustache, il semblait avoir quarante-cinq ans, des cheveux taillés en pointe sur son front. L'or qui scintillait sur lui prouvait l'importance de son rang : de lourdes épaulettes, une double rangée de médailles. Elle reconnut immédiatement le prince héritier de Bavière, Rupprecht, le général commandant la 6ᵉ armée et l'un des meilleurs généraux du *Kaiser*. En visite à Lille en juin, elle le revit avec une clarté terrifiante lors d'un dîner au *Léthé*. Il avait complimenté René Bordelon pour sa flammekueche et s'était félicité de savoir l'aviation de guerre allemande désormais équipée du *Fokker Eindecker*, le nouvel avion monoplan. Tout en lui servant son cognac, elle avait enregistré les informations sur le *Fokker.* Et, maintenant, il était devant elles, les dominant de toute sa taille, entouré d'une flopée d'aides de camp. Posant une main sur l'épaule de Lili, il s'exclama :

— Louise de Bettignies ! C'est bien vous !

Tenant sa carte d'identité de Vivienne, la crémière, à moitié sortie de son sac, Lili ne se retourna pas tout de suite. Une fraction de seconde, Eve vit son regard se voiler. Puis elle s'empressa de ranger sa carte dans son sac, comme un joueur subtilise une main perdante. Se redressant, bien droite, elle le regarda, un sourire éclatant à la place de celui, forcé, qu'elle affichait généralement par obligation, et elle plongea dans une révérence. Qu'Eve s'empressa d'imiter.

— Monseigneur ! Je suis extrêmement flattée que Votre Altesse m'ait reconnue à la simple vue de ma nuque, et sous un chapeau particulièrement peu séduisant !

Le général baisa la main de Lili, ses étoiles et ses médailles étincelant sous le soleil.

— Vous n'avez pas besoin d'une garniture de roses en soie pour éblouir, mademoiselle.

Lili (*Louise ?*) continuait à lui sourire, des fossettes creusant ses joues. Et, malgré sa surprise, Eve s'émerveilla de la métamorphose de la chef du Réseau Alice. Pleine d'assurance, elle levait crânement le menton. D'une pichenette, elle fit élégamment tomber son canotier sur un œil, comme s'il s'agissait de l'une de ces gigantesques coiffes de tulle qu'elle avait laissées dans des compartiments de train partout en France. Sa voix avait pris les intonations d'une véritable aristocrate française, aristocrate pour qui, certes, la chance avait tourné. Mais le raffinement de sa diction prouvait indéniablement le sang bleu qui coulait dans ses veines.

—Quelle infortune! Je rencontre le prince héritier de Bavière le jour où je porte ma blouse en dentelle de l'année dernière! s'exclama-t-elle en la montrant d'un geste. La princesse Elvira ne me le pardonnerait pas.

—Ma cousine a toujours eu beaucoup d'affection pour vous. Vous rappelez-vous la partie d'échecs dans son salon de Holeschau, le soir du…

—Oh oui! Et vous aviez gagné. Vous aviez encerclé mes cavaliers par-derrière et arraché mon roi de son château. Je ne devrais pas être surprise de voir aujourd'hui Votre Altesse à la tête de la 6e armée.

Ils continuèrent à bavarder. Coiffée de son modeste chapeau, Eve, ébahie, se tenait en retrait, serrant les paquets contre elle, comme la domestique dont elle avait indubitablement l'apparence. Personne ne lui avait accordé un regard. Ni le général, ni les aides de camp, ni Lili. Avec un frisson d'appréhension, elle s'aperçut que le train démarrait. Sans y prêter garde, le général continuait la conversation, ignorant l'impatience de ses subalternes.

—Que faites-vous à Lille, mademoiselle? demanda-t-il comme un oncle affable, des petites pattes-d'oie se creusant au coin de ses yeux. C'est un endroit tellement lugubre!

S'il n'avait pas été l'un des meilleurs chefs à la disposition du *Kaiser*, Eve l'aurait probablement trouvé sympathique.

C'est vous qui l'avez rendu lugubre, songea-t-elle, sentant fondre le peu de sympathie qu'elle aurait pu éprouver.

—Je suis en route pour la Belgique où je vais voir mon frère. Seigneur! Je ne peux même plus traverser la frontière. Le train est parti…

Feignant le désespoir le plus comique, elle affichait le visage d'une tragique Colombine. Immédiatement, le général ordonna à l'un de ses aides de camp :

— Une voiture pour mademoiselle de Bettignies et sa domestique ! C'est mon propre chauffeur qui vous fera traverser la frontière.

— Si mademoiselle a ses papiers d'identité, précisa ce dernier.

Eve se figea. Les seuls papiers que possédait Lili étaient ceux d'une crémière imaginaire du nom de Vivienne. Qu'arriverait-il s'ils étaient vérifiés alors qu'elle affirmait être une autre ?

Mais, parfaitement à l'aise, Lili se mit à fouiller dans son sac à main en riant.

— Je les ai quelque part.

Elle sortit un mouchoir, quelques clés, une poignée d'épingles à cheveux.

— Marguerite, avez-vous mes papiers ?

Elle savait ce qui lui restait à faire : ouvrir laborieusement chacun des paquets qu'elle tenait dans ses bras tout en secouant la tête comme une paysanne nigaude.

Ignorant toujours ses aides de camp qui se dandinaient d'un pied sur l'autre, le général l'observait d'un air amusé.

— Monseigneur, le *Kommandant* attend Votre Altesse, murmura l'un d'entre eux.

— Nul besoin de papiers. Je connais parfaitement mademoiselle de Bettignies.

Une soudaine tristesse se peignant sur son visage, il lui baisa de nouveau la main.

— J'espère vous revoir en des temps plus paisibles.

— Des temps plus heureux, acquiesça-t-elle.

Quand la voiture s'arrêta devant la gare, le général l'y installa lui-même. Ne sachant plus quoi penser, Eve grimpa à sa suite, jonglant toujours avec les bagages. Les sièges étaient moelleux à souhait ; une odeur de cuir de qualité recouvrait celle de l'huile de moteur. Une fois les portières refermées, Lili agita son mouchoir par la vitre pour saluer le prince héritier. Et l'automobile démarra pour un voyage bien plus confortable que dans un compartiment de train bondé.

Au bout de quelques instants de silence, avec un coup d'œil au chauffeur, Lili fit une ou deux remarques agacées sur la chaleur, comme n'importe quelle grande dame voyageant l'été. Refoulant les questions qui la taraudaient, Eve, les yeux baissés sur ses genoux, jouait parfaitement son rôle de domestique. La voiture au moteur silencieux traversa la frontière belge, sans se faire arrêter à aucun poste de contrôle. C'était l'avantage de rouler dans le véhicule de fonction d'un général, de surcroît prince héritier. Avec un charmant sourire, Lili refusa l'offre du chauffeur qui voulait les déposer à leur destination et le pria de les laisser à la gare la plus proche. Qui, en comparaison de celle de Lille, était minuscule : un simple quai et quelques bancs.

Elle suivit des yeux l'automobile rutilante qui disparaissait au bout de la route et s'exclama :

—Mon Dieu ! J'aurais apprécié qu'il nous conduise jusqu'au bout. Je n'en peux plus des trains ! Mais je suppose qu'amener un chauffeur du général jusqu'au seuil de l'oncle Edward ne serait pas très bien vu.

L'air était lourd, poussiéreux.

Eve garda le silence. Elle ne savait même pas par quelle question commencer. À l'exception d'une femme âgée assoupie sur le quai opposé, elles étaient seules, à l'abri des oreilles indiscrètes. Lili se laissa tomber sur le banc le plus proche, posa sa valise à côté d'elle et, d'un ton désinvolte, demanda :

— Alors, Pâquerette ? Allez-vous m'accuser d'être une espionne à la solde des Allemands simplement parce que le général commandant la 6e armée me connaît ?

— Non, bien sûr !

Elle avait honte d'admettre que cette pensée lui avait traversé l'esprit quand, pour la première fois, le général avait souri. Mais elle secoua vigoureusement la tête. Si elle n'en savait pas plus, elle avait la certitude que Lili n'était pas un agent double.

Affable, cette dernière retira ses gants.

— Eh bien, maintenant, vous connaissez mon vrai nom. Ce qui n'est le cas que de très peu de membres du réseau. Juste Violette et l'oncle Edward.

Violette, en fidèle lieutenant qu'elle était, la ferait mourir à petit feu si elle mettait un jour la vie de leur chef en danger en révélant sa véritable identité. Eve accepta le secret et demanda :

— Bien. Qui est Louise de Bettignies ?

Tout en tamponnant son front moite d'un mouchoir, Lili commença :

— La fille d'un hobereau de la noblesse française. À vrai dire, elle aurait dû embrasser une carrière d'actrice, étant donné sa prédilection pour les changements d'identité. Mais les filles de la petite noblesse française ne deviennent pas actrices, ma chère.

— Que fo… font-elles alors ?

— Quand elles sont issues de familles sans fortune ? Elles se font engager comme gouvernantes chez des princes italiens lubriques, des comtes polonais, des princesses autrichiennes. Je peux vous assurer que le risque de recevoir une balle est bien préférable au fait d'essayer de faire entrer des conjugaisons françaises dans le crâne de ces petits héritiers prétentieux, dans leurs châteaux croulants, avec leurs blasons abolis, ajouta-t-elle avec un haussement d'épaules.

Dévorée de curiosité, Eve restait toutefois prudente. Elle tâta le terrain.

—Et comment Louise de Bettignies a-t-elle fait la connaissance du prince héritier de Bavière ? Comme gouvernante à son service ?

—À celui de l'une de ses cousines, la princesse Elvira. Une garce. Un visage comme une pomme de terre et un caractère de gardienne de prison. Ses enfants, avec leurs mentons en galoches, étaient d'une bêtise consternante et se prenaient pour le sel de la terre. Mais cette expérience s'est révélée utile. Une gouvernante est à bonne école pour rôder et écouter aux portes. Néanmoins…

Elle poussa un profond soupir.

—C'était d'un ennui mortel. J'avais beau me répéter que je ne ramassais pas du charbon dans une mine, que je ne passais pas dix-huit heures par jour dans une blanchisserie à me faire écraser les doigts par une essoreuse, je n'en pouvais plus. J'avais donc deux options : soit, comme Anna Karénine, me jeter sous un train, soit prendre le voile. J'ai envisagé assez sérieusement d'entrer au couvent. Mais je suis vraiment trop frivole.

Dans la chaleur matinale, le bourdonnement des insectes se mêlait aux ronflements de la femme sur le banc, de l'autre côté de la voie.

—Bref, voilà qui est Louise de Bettignies. Mais ce n'est plus vraiment moi. Je suis devenue Lili et je la préfère mille fois.

—Je comprends pourquoi.

Louise de Bettignies semblait assez pompeuse et un peu bête. Une femme au col de dentelle, sans aucune compétence, à part une belle calligraphie. Une image qui ne correspondait en rien à la frêle petite Lili, avec son regard vif et son sac à double fond dissimulant la moitié des secrets de l'armée allemande.

Elle lui sourit de nouveau.

—Je vous fais confiance, Pâquerette.

Eve lui rendit son sourire. Cette confiance lui gonflait le cœur d'allégresse.

—Zut ! Ce fichu train va-t-il finir par arriver ? ragea-t-elle alors.

Et plus une seule fois elles n'évoquèrent Louise de Bettignies.

Le voyage en train avait été court mais lugubre. L'excitation de leur rencontre avec le général s'estompait peu à peu et Eve avait ruminé de sombres pensées sur René et sur la nuit passée. Elle ne connaissait même pas le nom de la ville où elles étaient arrivées. Ne sachant pas lire le flamand, elle n'avait pas non plus demandé l'adresse de la maison à la porte d'un bleu défraîchi dans laquelle elles avaient été rapidement introduites. Elle n'avait aucun désir de pouvoir la reconnaître.

Eve attendait dans le salon, sous la surveillance d'un jeune lieutenant fluet. Lili, qui avait été appelée dans le bureau de l'oncle Edward la première, finit par en ressortir. Avec un clin d'œil, elle lui lança :

—À votre tour. Je vais à la chasse au cognac.

Puis, se penchant vers elle, elle lui chuchota à l'oreille, à l'insu de l'officier de garde :

— Notre cher oncle semble très impatient de vous voir. Nous pourrons toujours prendre le train de demain matin, si vous décidez de passer la nuit ici.

— Lili ! s'exclama-t-elle, choquée, en regardant le lieutenant.

Toujours aussi espiègle, sa compagne lui chuchota :

— Si vous surprenez le bon capitaine sans ses vêtements, sa garde baissée, profitez-en pour lui demander pourquoi il a fait cette peine de prison à la place de sa femme si fade. Je rêve de le savoir.

Elle entra alors dans le bureau pour son interrogatoire, les oreilles brûlantes.

— Mademoiselle Gardiner !

Le capitaine Cameron se leva et elle se figea. Elle aurait été incapable de dire si c'était en réaction au son de son propre nom, qu'elle n'avait pas entendu depuis trois mois, ou à sa vue. *J'avais oublié à quoi vous ressembliez.* Elle pensait pourtant se rappeler très nettement l'anguleux visage anglais, les cheveux d'un blond de sable, les mains fines. Mais elle avait négligé certains détails. La manière dont il croisait les jambes quand il s'asseyait, celle dont il joignait ses doigts effilés et souriait du coin de l'œil.

— Asseyez-vous, je vous en prie, l'invita-t-il.

Rajustant sa jupe, elle prit place dans le fauteuil à dossier raide en face de lui.

— Je suis content de vous voir, mademoiselle Gardiner.

Il lui sourit de nouveau et le souvenir de leur première conversation dans le salon de la pension de famille lui revint en mémoire. Dire qu'elle ne remontait qu'à deux mois.

Tant de choses pouvaient arriver en deux mois. Comme, la veille au soir, les mains fraîches d'un Français explorant ses hanches, le doux creux de ses coudes et de ses poignets, l'intérieur de ses cuisses… Non. Elle refusait d'y penser. Pas ici.

Cameron la regardait et une ligne soucieuse se creusa entre ses sourcils.

— Vous allez bien ? Vous semblez…

— Amaigrie ? Nous ne mangeons pas beaucoup à Lille.

— Ce n'est pas que ça. Tenez-vous le coup, mademoiselle Gardiner ?

Des doigts comme des pattes d'araignée suivant la ligne du lobe de son oreille.

— Très bien.

— En êtes-vous sûre ?

Des lèvres minces effleurant son nombril, l'espace entre ses doigts.

— Je fais ce… ce… ce qui est nécessaire.

— Mon rôle ne consiste pas simplement à recueillir les informations. L'évaluation de nos agents en fait aussi partie. Vous avez fait un travail remarquable. Alice Dubois…

Il s'interrompit, car la ligne entre ses yeux s'était accentuée.

— Quoi ?

— Rien, capitaine. Simplement, je ne l'appelle pas Alice mais Lili. Le jour où nous nous sommes ren… rencontrées, elle a déclaré qu'Alice Dubois était un nom d'institutrice maigre comme un coucou au visage aussi avenant qu'un pot de ch… chambre.

Il se mit à rire.

— Ça ne m'étonne pas d'elle. En tout cas, elle vous a couverte d'éloges, à l'instant. Vous avez fait un travail exceptionnel, mais… je sais que le tribut à payer peut être lourd.

— Pas pour moi.

Des lèvres sur les siennes, des yeux ouverts, la regardant fixement. Fixement.

Elle ne cilla pas, faisant en sorte de ne pas crisper les mains sur ses genoux, et ajouta :

— J'étais faite pour ça.

Le capitaine continuait à l'observer, scrutant chaque détail de son visage. Au lieu de son uniforme, il portait un vieux costume. La veste jetée sur le dossier de sa chaise, il avait remonté les manches de sa chemise, découvrant ses poignets minces. Malgré son apparence de professeur d'université, il aurait été dangereux d'oublier qu'il était l'interrogateur. Et qu'il pouvait vous soutirer des informations sans même que vous vous en rendiez compte. Aussi sourit-elle d'un sourire plein de gaieté, comme une chic fille qui garde son sang-froid en toute circonstance.

— Je pensais que nous étions ici pour discuter du *K… K… K…*

Elle frappa son genou de son poing et le mot sortit enfin :

— *Kaiser* et de sa visite, capitaine.

— Vous avez été la première à en avoir eu vent. Alors racontez-moi tout, depuis le début.

Elle lui en rapporta de nouveau tous les détails, clairs et concis. Il l'écouta tout en prenant des notes. De temps en temps, il clignait des yeux. Quel plaisir d'être face à un homme qui n'avait pas les paupières fixes.

Puis, se carrant dans son fauteuil, il demanda :

— Autre chose ?

— L'heure d'arrivée du *Kaiser* vient de changer. Elle est prévue une heure plus tard que l'indiquait notre information initiale.

— C'est nouveau. D'où tenez-vous ce renseignement ?

— Je l'ai surpris en ser… servant à table, mentit-elle.

Je le tiens de René. Il aime parler après m'avoir possédée. Rester en moi jusqu'à ce que sa fièvre retombe. Puis il se met à bavarder.

Le capitaine Cameron dut surprendre une lueur dans ses prunelles.

— Qu'y a-t-il, mademoiselle Gardiner ?

Comme elle aimait entendre de nouveau son nom. Surtout sur ses lèvres. À tel point qu'elle savait que c'était dangereux.

— Vous feriez mieux de m'appeler Marguerite Le François. C'est plus sûr.

— Très bien.

Il continua à la questionner sur la visite du *Kaiser*, l'examinant sous tous les angles, analysant chaque détail qu'elle pouvait lui fournir. Il en sélectionna quelques-uns auxquels elle n'avait pas accordé une importance particulière et parut satisfait.

— Je pense que ça ira. Vous avez été d'une aide précieuse.

— Merci, dit-elle en se levant. Dites bien au *Royal Flying Corps* de ne pas les rater. Dites-leur de b… bombarder ce train pour le réduire en miettes, plaida-t-elle avec ferveur.

Le brasier dans le regard de Cameron fit écho à son intensité.

— Vous pouvez compter sur moi.

Alors qu'elle se tournait vers la porte, elle entendit de nouveau sa voix au léger accent écossais.

— Soyez prudente.

— Je suis prudente, assura-t-elle en posant une main sur la poignée.

— Vraiment ? Lili s'inquiète. Elle est un peu mère poule. Elle s'inquiète pour toutes ses sources. Mais elle dit que vous marchez sur une corde raide.

Le corps mince de René s'allongeant sur le sien dans l'obscurité.

— Comme vous dites, c'est une mère poule.

Sa voix se rapprocha.

— Eve.

Ne m'appelez pas comme ça.

Elle fit volte-face et s'avança jusqu'à lui frôler le visage.

— Ce n'est plus mon nom. Je suis Marguerite Le François. C'est vous qui avez créé Marguerite Le François. Jusqu'à la fin de cette guerre, je ne serai plus jamais Eve. Ou jusqu'à ma mort. Vous m'entendez ?

— Personne n'a besoin de mourir. Faites attention à vous.

— Assez !

Elle brûlait d'envie de poser sa bouche sur la sienne. Cela le ferait taire et elle savait que ses lèvres seraient chaudes. *Tu ne peux pas. Il te plaît trop.* Comme il lui plaisait trop d'entendre son prénom murmuré par sa voix douce. Ce n'était pas bon pour Marguerite, ce n'était pas bon pour son travail.

Elle fit mine de reculer mais la main du capitaine se posa sur sa taille. Il murmura :

— Notre tâche est très difficile. Il est normal de connaître des moments de doute. Si vous voulez me parler…

— Je ne veux pas parler ! lâcha-t-elle d'une voix rauque.

— Cela pourrait vous faire du bien, Eve.

Elle ne pouvait supporter de l'entendre prononcer encore son nom. C'était au-dessus de ses forces. Bien sûr, c'était exactement ce qu'il cherchait. Elle avait laissé entrevoir une faiblesse et il l'exploitait pour essayer de savoir si sa recrue était sur le point de craquer. Cela faisait partie de son travail : l'évaluer.

Décidant soudain de le déstabiliser, elle le défia du menton.

— Ou vous me laissez sortir de cette pièce, Cameron, ou vous m'em… m'emmenez quelque part où nous n'aurons plus besoin de parler.

Elle aurait été incapable de dire ce qui l'avait poussée à prononcer ces mots.

Idiote, Idiote! se martela-t-elle. La surprise du capitaine était manifeste. Mais elle sentait toujours la chaleur de sa main sur sa taille. Elle savait qu'elle aurait dû reculer. Pourtant, l'avidité qui la consumait la poussa à se rapprocher. Et tant pis pour les conséquences !

Elle voulait se blottir entre les bras de cet homme. Un homme dont elle n'aurait pas à soupeser, à passer au crible chaque parole, chaque réaction. Soudain, semblant se raviser, Cameron recula et, sans un mot, ajusta l'alliance à son annulaire gauche.

— D'après ce que je sais, votre femme vous a fait en… envoyer en prison, déclara-t-elle alors, sans ambages.

Une remarque délibérée, sous-entendant : « Que devez-vous à une telle épouse ? »

Il eut un mouvement de recul.

— Qui vous l'a dit ?

— Le commandant Allenton, à Folkestone. Pourquoi avoir a… a… avoué alors que c'était votre femme qui s'était rendue coupable de fraude ?

Pour une fois, elle avait poussé l'impassible capitaine dans ses retranchements et elle persistait.

Il se détourna et posa ses mains sur le dossier d'une chaise.

— J'ai voulu lui épargner la prison. Ma femme a toujours été malheureuse. Elle voulait désespérément un enfant mais ne pouvait en avoir. Chaque mois, elle pensait le moment venu. Et la déception récurrente la poussait à des comportements étranges. Elle volait des objets nous appartenant puis faisait toute une histoire parce qu'ils avaient disparu. Elle renvoyait des domestiques pour avoir écouté aux portes alors qu'elles se trouvaient à l'autre bout de la maison. C'est son obsession pour l'argent qui l'a poussée à déclarer le vol de ses perles pour toucher l'indemnité de l'assurance. Sans même être mère, elle voulait assurer l'avenir de son enfant.

Il s'interrompit et se passa une main sur le front.

— Quand le délit a été découvert, elle m'a supplié de me laisser condamner à sa place. Elle était terrifiée par la prison. Et l'un de nous deux devait payer. Je voulais la protéger. Elle est si fragile.

C'est une menteuse qui était bien contente de vous laisser punir pour son délit. Quitte à détruire votre carrière et votre vie.

Mais elle garda pour elle son jugement dur, implacable.

Cameron se retourna et poursuivit :

— Elle attend un bébé pour le printemps. Et, maintenant qu'elle est enfin enceinte, elle est bien plus tranquille. Elle est… plus heureuse.

— Mais vous ne l'êtes pas.

Il hocha la tête sans conviction. Elle lisait en lui comme dans un livre. Il était las, démoralisé. Ils l'étaient tous les deux. Et ils pourraient bientôt être morts dans l'enfer de boue et de sang qu'était cette guerre. Consciente des risques, elle fit un pas vers lui.

Certes, c'était une très mauvaise idée, mais elle était incapable de s'arrêter. Elle avait un besoin si impérieux de bannir le souvenir des mains-araignées de René, de sa voix qui lui glaçait les sangs. *Je suis ici. Prenez-moi.*

Pour toute réponse, Cameron se contenta de porter ses doigts à ses lèvres : le geste empreint de tristesse d'un chevalier errant, d'un homme qui jamais ne profiterait d'une femme. L'envie de lui avouer qu'elle n'était plus innocente, que René Bordelon lui avait déjà pris sa virginité, la démangeait. Mais elle devait se faire violence. Il lui ferait quitter Lille. Ce qu'il allait peut-être décider, de toute façon, si elle s'offrait à lui.

Marguerite lui siffla aux oreilles :

« *Imbécile ! Lili ne t'a-t-elle pas mise en garde ? Ils pensent tous que l'on ne peut pas faire confiance à une fille qui couche et tu es en train de te jeter à sa tête comme une putain ?* »

Il ne pensera pas ça de moi. Il n'est pas aussi borné.

« *Ne prends pas le risque !* »

Marguerite était plus prudente qu'elle.

Eve recula. Aucune parole n'avait été prononcée. Elle pouvait nier ses intentions, même si ni l'un ni l'autre n'était dupe.

— Pardonnez-moi, oncle Edward. Avons-nous fi… fini ?

— Tout à fait, mademoiselle. Prenez soin de vous, à Lille.

— Lili prend soin de moi. Violette aussi.

— Marguerite, Lili et Violette. Mes fleurs.

L'inquiétude dans son regard était une vraie souffrance.

— Les Fleurs du Mal, s'entendit-elle répondre avec un frisson.

— Pardon ?

— Baudelaire. Nous ne sommes pas des fleurs à cueillir et à protéger, capitaine. Nous sommes des fleurs qui éclosent sur le mal.

19

CHARLIE

Mai 1947

Après le dîner, Eve but encore quatre Martini-gins, et monta directement se coucher. Je me sentais toujours agitée. Trop lasse pour une promenade. Le Petit Problème buvait toute mon énergie comme du chocolat chaud ; j'espérais que cet aspect de la grossesse ne tarderait pas à disparaître. Mais, fatiguée ou pas, je n'étais pas prête à me retirer dans ma chambre. Finn recula sa chaise et mit dans sa poche le chargeur du Luger que l'Anglaise lui avait donné.

—J'ai du travail sur le moteur. Vous venez me tenir la lampe électrique ?

La nuit chaude était imprégnée d'une odeur de pluie. Pendant que nous dînions, il y avait eu une averse. Le trottoir luisait à la lumière des réverbères et les voitures passaient dans un chuintement de pneus mouillés. Il farfouilla dans le coffre de la voiture et en sortit une boîte à outils et une torche électrique qu'il me tendit.

—Tenez-la bien droite, me recommanda-t-il en me la tendant.

Il souleva le capot.

—Quel est le problème de cette brave fille maintenant? demandai-je.

Il se plongea dans les entrailles de la Lagonda.

—Une fuite, quelque part. Je resserre quelques boulons tous les jours, pour parer au plus pressé.

Hissée sur la pointe des pieds, je braquais la torche sur le moteur. Un groupe de jeunes Françaises qui gloussaient passa devant nous.

—Ne serait-il pas plus facile de trouver la fuite et de la réparer?

—Vous voulez que je prenne le temps de démonter ce sacré moteur pour le remonter?

—Pas vraiment.

Si plaisante qu'ait été la journée – le trajet, la chaleur du soleil et cette nouvelle camaraderie qui se tissait entre nous trois –, je brûlais d'impatience d'arriver à Limoges. *Rose.* Plus je me rapprochais du dernier endroit où elle avait été vue, plus l'espoir de la retrouver en vie, m'attendant, me consumait. Une fois que nous serions à nouveau réunies, bras dessus, bras dessous, le monde s'offrirait à nous et tout deviendrait possible.

—Allez! maugréa Finn à un écrou ou une tête de vis entêtée. Espèce de vieille guimbarde pourrie!

Comme toujours quand il essayait de persuader la voiture de se montrer coopérative, son accent écossais devint plus prononcé.

Il maniait sa clé à molette d'avant en arrière.

—Levez un peu la lampe, mademoiselle...

—Finn, si vous continuez à m'appeler mademoiselle, vous allez griller ma couverture, comme diraient les espions du genre d'Eve. Rappelez-vous que je suis madame Donald McGowan, ajoutai-je en tapotant mon alliance.

Il desserra ou resserra le boulon.

— Excellente idée, cette alliance.

Réfléchissant, je déclarai soudain :

— J'ai besoin d'une photo de mon Donald. Quelque chose que je pourrai contempler d'un regard éploré quand je dirai qu'il a emporté mon cœur dans sa tombe avec lui.

— Donald voudrait vous voir passer à autre chose. Vous êtes jeune. Il vous conseillerait de vous remarier.

— Je ne veux pas me marier. Je veux trouver Rose et, peut-être, tenir un café.

De l'intérieur du capot, Finn leva sur moi ses yeux barrés d'une mèche de cheveux.

— « Un café » ? Pourquoi ?

— C'est dans un café français, avec Rose, que j'ai connu la journée la plus heureuse de ma vie. Alors j'ai pensé que, peut-être, si je la retrouvais… C'est juste une idée puisqu'il faudra bien que je fasse quelque chose de mon avenir.

Maintenant qu'il me fallait prendre en considération le Petit Problème, j'avais besoin d'un autre projet que celui de ma mère qui, selon ses propres termes, ne me demandait que de « décrocher des notes correctes à Bennington » jusqu'à ce que j'aie « harponné un jeune et sympathique avocat ». Étrangement, mon avenir avait beau être flou, je ne le voyais pas aussi effrayant qu'il aurait dû me paraître. Désormais, j'allais pouvoir choisir une voie qui me plairait. Trouver un travail. Que faisaient les premières en maths dans la vie ? Je ne voulais être ni professeure ni comptable, mais…

— Je pourrais tenir une petite affaire comme un café, suggérai-je, un peu circonspecte, en imaginant une rangée bien ordonnée de livres de comptes, remplis de mes colonnes de chiffres précis.

Avec un léger sourire, Finn s'empara de la clé à molette.

—Ça ne plairait pas à Donald. Sa veuve, servant des clients et tenant une caisse?

—Oui, Donald pouvait se montrer assez bégueule, avouai-je.

—Paix à son âme, railla-t-il, impassible.

Quelle différence en quelques jours! Dire qu'au début, il fallait quasiment arracher les mots de la bouche de ce taciturne Écossais. Et maintenant, il plaisantait naturellement.

—Et vous, que voulez-vous faire?

—Que voulez-vous dire par là, madame McGowan?

—J'imagine que vous n'allez pas passer le reste de votre vie à travailler pour Eve, à lui préparer des petits déjeuners complets pour soigner ses gueules de bois et à la désarmer tous les soirs avant qu'elle aille se coucher.

Je humai la brise nocturne chargée d'humidité. Un parfum de pluie annonçait une nouvelle ondée. Sur le trottoir d'en face, deux hommes âgés, coiffés de casquettes fripées, se hâtaient de rentrer chez eux.

—Que feriez-vous si vous pouviez choisir un métier?

—Avant la guerre, je travaillais dans un garage. Et j'avais toujours pensé ouvrir le mien un jour. Réparer les automobiles des autres, retaper des voitures d'occasion.

Il s'interrompit, se redressa et baissa lentement le capot.

—Mais maintenant, cela n'arrivera plus.

—Pourquoi pas?

—Je ne serais pas très doué pour gérer l'aspect financier. Et puis, les anciens soldats qui cherchent du travail sont nombreux, sans parler de tous ceux qui essaient d'obtenir des prêts bancaires. Qui va proposer un bon poste de mécanicien ou un prêt de démarrage à un ex-soldat avec un casier judiciaire indiquant qu'il a été emprisonné à Pentonville ? demanda-t-il, pragmatique.

— C'est la raison pour laquelle vous êtes en train de filer vers Limoges avec Eve et moi ? Je connais la motivation d'Eve, je connais la mienne. Mais vous ?

J'éteignis la lampe électrique et la lui tendis. Sans le faisceau brillant, la nuit semblait soudain dense dans la pâle lumière voilée diffusée par le réverbère au-dessus de nous.

— Je n'ai pas vraiment d'autres projets, murmura-t-il, espiègle. En outre, vous m'êtes toutes les deux sympathiques.

Après une hésitation, je repris :

— Pourquoi êtes-vous allé en prison ? Et ne me racontez pas que c'est parce que vous avez volé un cygne à Kew Gardens ou piqué une tiare en diamants dans les joyaux de la Couronne, m'empressai-je d'ajouter en faisant tourner mon alliance. Franchement… qu'est-il arrivé ?

Il essuyait ses mains tachées d'huile à l'aide d'un chiffon. J'insistai :

— Eve nous a dit qu'elle était espionne pendant la Grande Guerre. Je vous ai raconté que j'avais couché avec la moitié d'une confrérie d'étudiants. Vous connaissez nos secrets.

Il remit la boîte à outils dans le coffre et, avec un chiffon propre, se mit à effacer les traces de pluie sur l'aile de la Lagonda.

De derrière la grande fenêtre de l'hôtel, le portier nous observait passivement.

— J'ai vu des choses terribles pendant la dernière année de la guerre, finit-il par dire.

Il garda si longtemps le silence que j'eus l'impression qu'il n'allait rien ajouter. Mais il avoua :

— J'ai un sale caractère.

Avec un sourire, je répliquai :

— Non. Vous êtes l'homme au caractère le plus égal que je connaisse...

Il frappa soudain le capot de la main. Je sursautai et m'interrompis.

— J'ai un sale caractère, répéta-t-il d'une voix paisible. Après avoir quitté mon régiment, j'ai traversé une sale période. Je sortais, m'enivrais, provoquais des bagarres. J'ai fini par me faire arrêter à cause d'une rixe. Cela m'a valu une peine à Pentonville pour agression.

« *Agression.* » C'était un mot bien laid. Je le regardai sans pouvoir l'en imaginer capable.

Avec douceur, je demandai :

— Contre qui vous êtes-vous battu ?

— Je ne sais pas. Je n'avais jamais vu mon adversaire.

— Et pourquoi vous êtes-vous battu ?

Croisant les bras, il s'appuya contre la Lagonda.

— Je ne m'en souviens pas. J'étais furieux. J'étais tout le temps en colère, à cette époque, ajouta-t-il. Il a dû dire quelque chose qui m'a déplu et je l'ai frappé. Sans m'arrêter. Et, quand j'ai commencé à lui cogner la tête contre un chambranle de porte, ils ont dû se mettre à six pour me faire lâcher prise. Heureusement, ils y sont arrivés avant que je lui éclate le crâne.

Je restai muette. Une fine bruine s'était mise à tomber.

— Il a fini par se rétablir. Et moi, je suis allé à Pentonville.

— Avez-vous frappé quelqu'un depuis ? demandai-je, histoire de meubler le silence.

Regardant droit devant lui, dans le vide, il répondit :

— Non.

— Votre mauvais caractère n'est peut-être pas le problème.

Il eut un petit rire amer.

— J'ai battu un homme presque à mort. Je lui ai brisé le nez, la mâchoire, l'arcade sourcilière et quatre doigts. Et mon problème n'est pas mon mauvais caractère ?

— Aviez-vous jamais été impliqué dans ce genre de bagarre avant ?

— Non.

— Eh bien, ce mauvais caractère n'est peut-être pas vraiment un reflet de votre personnalité. Mais une conséquence de la guerre.

J'aurais été curieuse de savoir si j'avais raison. Mais je ne posai pas la question.

— C'est une excuse nulle, Charlie. Sinon, chaque soldat de retour du front finirait sous les verrous.

— Certains vont en prison. D'autres reprennent leur travail. D'autres se suicident. Ils sont tous différents.

Une sourde douleur me serrant le cœur, je pensai à mon frère.

— Vous devriez rentrer, déclara-t-il d'un ton abrupt. Avant de vous faire saucer.

— « *Saucer* » ? Vous oubliez que je suis américaine. Je ne comprends pas.

— Avant de vous faire tremper. Ce n'est pas bon pour le bébé, madame McGowan.

Ignorant sa remarque, je m'appuyai à mon tour contre la voiture.

— Eve est-elle au courant ?

— Oui.

— Qu'a-t-elle dit ?

— « J'ai un faible pour les beaux gosses à l'accent écossais, avec un casier judiciaire. Alors je vais vous donner une chance. » Et elle n'y a plus jamais fait allusion.

Il secoua la tête, ses cheveux balayant de nouveau ses yeux.

— Elle n'est pas du genre à juger.

— Moi non plus.

— Néanmoins, vous ne devriez pas traîner avec quelqu'un comme moi. Je suis de la mauvaise graine.

— Finn, j'étais une fille bien. Maintenant, je suis une future fille mère. Eve est une ancienne espionne devenue alcoolique. Vous êtes un ancien repris de justice devenu mécanicien, chauffeur et cuisinier d'*english breakfasts*. Vous savez pourquoi aucun d'entre nous ne juge ?

Je lui donnai des coups d'épaule jusqu'à ce que, enfin, il baisse les yeux sur moi.

— Parce que aucun de nous trois n'a le droit de juger qui que ce soit pour ses péchés.

Il continua à me dévisager, un sourire invisible plissant le coin de ses yeux. Sans me retourner, je pris appui sur mes mains et me hissai sur le long capot de l'automobile. J'étais maintenant presque à sa hauteur et il se tourna vers moi. Me penchant, j'effleurai précautionneusement sa bouche de la mienne. La douceur de ses lèvres contrastait avec la rugosité de son menton, exactement comme la première fois que j'avais essayé de l'embrasser. Et, comme il l'avait fait alors, ses mains se posèrent sur ma taille. Mais, cette fois, je m'arrachai à son baiser avant qu'il puisse reculer. Je n'aurais pas pu supporter qu'il me repousse encore une fois.

Pourtant, il n'en fit rien. Il inclina sa tête vers la mienne, s'empara de mes lèvres et s'attarda. Toujours assise sur le capot de la Lagonda, je sentais ses grandes paumes chaudes sur mes hanches m'attirer plus près de lui. Comme j'en rêvais depuis longtemps, je fis courir mes doigts dans ses cheveux ébouriffés et ses mains glissèrent sous le bas de mon pull à rayures. Sans remonter, il caressa avec une infinie lenteur la peau nue de ma taille, tout en continuant à m'embrasser. Quand notre baiser prit fin, je tremblais de tous mes membres.

— Je t'ai mis de l'huile de moteur sur la peau, fit-il remarquer en regardant ses doigts maculés. Je suis désolé.

— Ça se lave, parvins-je à répondre.

Pourtant, je ne voulais me laver ni de son odeur ni de son goût. Ni de son huile de moteur. Je voulais continuer à l'embrasser. Mais nous étions en pleine rue et le crachin n'allait pas tarder à se transformer en pluie. À regret, je glissai de la voiture sur le trottoir et nous nous dirigeâmes vers l'hôtel. Je brûlais d'envie de lui dire : « Viens dans ma chambre, monte avec moi. »

Le portier de nuit nous regardait avec cette expression si française : le visage impassible, une lueur entendue dansait dans ses yeux.

— Bonsoir monsieur Kilgore, le salua-t-il en jetant un coup d'œil au registre. Bonsoir madame McGowan.

Une fois à l'étage, j'entrai dans la solitude de ma chambre d'un pas rageur.

— De mieux en mieux ! Non contente de ruiner la réputation de mademoiselle Charlie St Clair, je viens officiellement de ruiner celle de madame Donald McGowan.

Mon Donald aurait été choqué.

20

Eve

Juillet 1915

Au retour de son voyage, un cadeau de René attendait Eve : une robe d'une soie très fine, d'un rose tirant sur le framboise. Mais elle n'était pas neuve. Elle sentait vaguement un parfum de femme, d'une femme à qui elle avait été sans nul doute volée au cours d'une réquisition.

Se laissant aller à imaginer le train du *Kaiser* explosé, atomisé, elle s'autorisa à montrer un certain plaisir en se caressant la joue du soyeux tissu.

— Elle vous va bien.

Manifestement satisfait de la voir habillée d'une tenue en harmonie avec le décor de ses appartements privés, il se redressa. Elle le regarda avec un amusement teinté d'amertume. Ils se tenaient dans son bureau et, comme il en avait pris l'habitude en attendant qu'elle sorte du bain, il avait revêtu l'une de ses somptueuses robes de chambre. Maintenant qu'elle arrivait vêtue de soie plutôt qu'enroulée dans un drap de tissu-éponge, elle n'offensait plus ses yeux.

Il déboucha la carafe de liqueur et lui versa une généreuse rasade destinée à lui tourner la tête, réservant la petite dose habituelle à son propre verre.

— J'ai l'intention de vous emmener quelque part. Je déteste les rendez-vous expédiés à la hâte. J'ai donc projeté un petit voyage à Limoges, peut-être un jour et une nuit. Vous pourriez m'accompagner.

Sirotant sa liqueur, elle s'étonna :

— Pourquoi Limoges ?

— Lille est sinistre. Il sera bien agréable de marcher dans des rues qui n'ont pas de noms allemands. De plus, j'envisage d'ouvrir un deuxième restaurant. Et Limoges peut se révéler la ville adéquate. Je veux prendre un week-end pour repérer les lieux.

Un week-end avec René Bordelon… Ce n'étaient pas les nuits qui la faisaient trembler mais les journées. Les dîners prolongés, les goûters dans les salons de thé, les promenades à son bras, l'obligation de contrôler chaque mot, chaque réaction. Elle serait épuisée longtemps avant de se retrouver entre les draps et de subir la suite nocturne du programme.

Plus tard, après une partie d'échecs inachevée et deux verres de la liqueur de feu, ils passèrent dans la chambre. Une fois son devoir accompli, Eve renfila sa tenue de travail et se prépara à rentrer chez elle. René la regardait s'habiller. Avec un petit sifflement, il fit remarquer :

— Partir aussi vite, alors que les draps ne sont même pas refroidis, ce n'est pas très poli.

— C'est que je veux éviter les cancans au restaurant, monsieur.

Elle ne tenait pas non plus à s'assoupir à côté de lui. Que se passerait-il si elle venait à murmurer des mots anglais ou allemands ? Elle n'osait pas y penser. *Si tu passes un week-end avec lui à Limoges, il faudra bien que tu l'envisages.* Tout en enfilant ses bas, elle ajouta :

— Si je ne rentre pas pour la nuit, il y aura des commentaires en ville. Le boulanger urine déjà dans la pâte du pain qu'il fait pour les femmes qui… vont avec les Allemands.

René eut l'air amusé.

— Mais, ma chère, je ne suis pas un Allemand.

Vous êtes pire. Un Judas français qui trahit les siens par pure cupidité. Si, à Lille, les Allemands étaient haïs, les gens comme René Bordelon l'étaient encore plus. *Quand les Allemands auront perdu cette guerre, vous serez un des premiers pendus à un réverbère.*

— Je risque d'être méprisée, menacée, ajouta-t-elle.

Avec un haussement d'épaules, il répliqua :

— Si cela vous arrive, vous n'aurez qu'à me donner les noms de ceux qui vous menacent. Ils seront transmis aux Allemands et ils seront condamnés à une amende qui les ruinera, ou à de la prison, ou peut-être pire. Le *Kommandant* me rendra ce service par souci de maintenir la tranquillité dans la ville.

Que, sur une parole de lui, quelqu'un puisse être jeté dans un cachot ou bien ruiné au point de mourir de faim ne le troublait pas le moins du monde. Eve l'avait entendu plusieurs fois glisser des noms à des officiers allemands au moment du cognac : des gens qui l'avaient contrarié, qui avaient essayé de garder des biens réquisitionnés, qui avaient critiqué l'envahisseur. Mais l'entendre émettre cette suggestion aussi froidement… Elle l'étudiait, perplexe. Et force lui fut de se rendre à l'évidence : cela ne lui posait aucun cas de conscience.

—Êtes-vous vraiment aussi timide, ma belle ? Trop timide pour que les gens sachent que vous êtes mienne, désormais ?

Quelle situation atroce ! Au comble de l'embarras, elle murmura :

—Je ne veux pas qu'on me vende du pain imbibé d'urine.

René semblait hésitant. Devait-il rire, se fâcher ou rire de son honnêteté ? À son grand soulagement, il opta pour le rire.

—Vous verrez, Marguerite, je vous apprendrai à vous moquer de ce que pensent les gens. C'est une grande liberté de ne tenir compte d'aucune opinion à part la sienne. Donc, Limoges le week-end prochain. Je vous emmène. Pour l'équipe, vous pourrez toujours inventer une histoire de tante malade, si vous voulez. Je me montrerai même furieux contre vous.

—Merci, monsieur.

Elle n'avait pas la moindre intention d'aller avec lui à Limoges. Dans deux jours, si tout se passait bien, le *Kaiser* ne serait plus et le monde basculerait.

Ce ne sera pas facile. Les guerres étaient de lourdes machines. Elles ne s'arrêtaient pas instantanément parce qu'un homme était mort. Même si cet homme était un roi. Pourtant, même s'il n'y mettait pas un terme, l'attentat changerait la donne du conflit. Et, dans ce monde nouveau, René Bordelon s'empresserait de compter ses amis et ses ennemis et oublierait vite le plaisir d'un séjour à Limoges.

Si les jours avant l'arrivée du *Kaiser* passèrent comme un éclair, ses nuits dans le lit de René lui semblaient interminables. Elle lui soutira néanmoins des renseignements intéressants sur le terrain d'aviation local, des informations qui feraient le bonheur d'oncle Edward. Enfin, le jour J se leva sur une aube chaude et humide. Quand elle retrouva Lili, aux aguets, et Violette, méfiante, en dépit de leur silence, elle lut dans leurs yeux le même espoir que celui qui l'animait. Un espoir si violent qu'elles devaient le contenir. Elles sortirent à la hâte de la ville pour prendre le chemin de la colline.

—Nous ne devrions pas aller surveiller ce train, fit remarquer Violette.

—Tais-toi ! lui intima Lili. Je deviendrais folle si je devais rester assise à écouter les avions passer au-dessus de nous. Et puis, si je ne vois pas le résultat de mes propres yeux, comment pourrai-je faire un rapport à oncle Edward ? M'acquitter de ma tournée habituelle serait une perte de temps.

—C'est une mauvaise idée, insista Violette.

Pourtant, elles ne firent pas marche arrière. Après avoir longé plusieurs fermes détruites, elles prirent le guet sur la longue colline qui surplombait la lointaine ligne de chemin de fer, la même que celle où elles avaient fait leur repérage. Tendue, Violette mâchouillait un brin herbe, en silence. Eve pliait et dépliait nerveusement ses doigts. Quant à Lili, elle bavardait comme dans une soirée mondaine.

—La dernière fois que je suis allée à Tournai, j'ai acheté le chapeau le plus fantastique qu'on puisse imaginer. Du satin bleu et une voilette assortie. Je l'ai laissé dans le train où il est sans doute encore. Pas un clochard ne volerait ce tas de satin bleu…

—Lili, taisez-vous ! lança Eve.

—Merci, Eve ! approuva Violette.

C'était sa première parole depuis deux heures. Leurs regards étaient braqués sur la voie de chemin de fer. Le soleil montait dans le ciel.

Lili, qui avait les yeux les plus perçants, s'exclama soudain :

— Serait-ce… ?

Un petit panache de fumée. Le train !

Il haletait doucement, encore trop loin pour qu'on entende le cliquetis des roues ou les jets de vapeur. Trop loin pour en voir les détails… Mais, selon les informations d'Eve, c'était bien lui. Le train qui amenait le *Kaiser* Wilhelm, incognito, jusqu'au front.

Elle leva les yeux vers le ciel bleu, qui restait désespérément vide, et sentit la petite main de Lili agripper la sienne. Elle aussi avait la tête levée.

— Qu'ils aillent au diable ! explosa-t-elle. Ces minables du *Royal Flying Corps* !

Le train avançait tranquillement. La main de Lili serrait la sienne comme un étau. Eve prit alors celle de Violette qui lui rendit sa pression.

Quand Eve entendit les moteurs, elle crut que son cœur allait s'arrêter de battre. Ce fut d'abord un bourdonnement, comme un essaim d'abeilles, puis trois appareils en formation apparurent, comme un triangle d'aigles. Elle laissa échapper un cri d'admiration. Elle ne connaissait rien aux avions, mais ceux-ci étaient magnifiques. Violette toujours impassible écoutait Lili débiter sa litanie d'injures.

Un peu anxieuse, Eve fit remarquer :

— Je ne sais pas comment les aviateurs bombardent leurs cibles. Laissent-ils tomber leurs bombes des deux côtés des wagons ?

— Taisez-vous ! lui lança Lili.

Le train s'étirait. Les avions fendaient le ciel bleu. *Oh! Par pitié! Allez-y! Frappez!* Qu'on en finisse, en ce jour d'été, dans le parfum de l'herbe et le chant des oiseaux.

Trop loin pour voir où atterriraient les explosifs, elles ne distingueraient que des flammes et de la fumée. Les avions survolèrent lentement le train. *Maintenant*, pria Eve.

Mais il n'y eut pas d'explosion. Pas de fumée. Pas de feu. Pas de déraillement. Et le *Kaiser* continua de rouler tranquillement vers Lille.

Ahurie, elle lâcha :

— Ils l'ont raté.

Violette suggéra, avec une rage froide :

— Ou les explosifs n'étaient pas bons.

Recommencez, supplia Eve intérieurement. *Essayez encore!* Mais les avions avaient disparu. Loin d'être des aigles majestueux, ils avaient fui comme une nuée de moineaux. *Pourquoi?*

La raison n'avait pas d'importance. Le *Kaiser* était toujours vivant. Il allait inspecter le front et ses soldats dans les tranchées ; peut-être traverser Lille et constater avec satisfaction que les pendules étaient à l'heure de Berlin, les boulevards renommés et les pancartes en allemand. À moins qu'il ne vienne dîner au *Léthé* et ne lui donne ainsi l'occasion de lui enfoncer un couteau dans la nuque ou de mettre de la mort-aux-rats dans sa mousse au chocolat, il rentrerait en Allemagne bien vivant et continuerait à faire tourner la machine de guerre, tout comme le chauffeur conduisait la locomotive intacte de son train.

Se levant, Violette déclara d'une voix rauque :

— Après tout, c'est aussi bien comme ça. Si le *Kaiser* était mort à Lille, les Allemands auraient concentré toute leur attention sur la ville. Nous aurions probablement été tous arrêtés.

Eve ajouta sombrement :

— Et la guerre n… n'aurait pas été finie pour autant. Cela n'aurait pas changé grand-ch… ch…

Se fichant bien de ne pas pouvoir prononcer le mot, sans insister, elle se releva en brossant sa jupe d'un geste machinal.

Lili n'avait pas bougé. Le visage soudain vieilli, elle continuait à regarder fixement la ligne de chemin de fer.

— Debout, Lili, lui ordonna gentiment Violette.

Elle secoua la tête.

— Ces crétins de… Ces bons à rien !

Violette insista :

— S'il vous plaît. Levez-vous.

Elle finit par obéir. L'espace de quelques instants, elle fixa le sol en donnant des coups de pied dans l'herbe. Quand elle releva la tête, elle souriait. Un petit sourire plein d'amertume.

— Je ne sais pas ce que vous en pensez, mes anges, mais moi, ce soir, j'ai bien envie de me soûler.

Eve réprima un soupir. Elle ne partagerait ni le cognac ni le whisky sur lesquels Lili réussirait à mettre la main. *Je dois voir René, ce soir. Et encore demain soir. Et pendant tout le week-end, deux jours et deux nuits*, pensa-t-elle.

Pour Eve, toutes les nuits suivaient le même programme. D'abord le bain. Puis une dizaine de minutes pour siroter un grand verre de la divine liqueur, la soie de la robe caressant son corps encore humide. Pendant ce temps, René mettait un disque et parfois, lui commentait le morceau de Debussy qu'ils écoutaient, lui expliquait en quoi il était un compositeur « impressionniste » et lui citait les autres impressionnistes dans l'art, la littérature et la musique. C'était la partie facile. Elle n'avait rien d'autre à faire qu'à l'écouter avec admiration.

Puis arrivait l'instant où il lui enlevait son verre et l'entraînait vers la chambre. Là commençaient les difficultés.

Il commençait par l'embrasser, longtemps, langoureusement, avec, toujours, les yeux ouverts. Sans jamais ciller de la soirée, il épiait le moindre de ses soupirs, le moindre de ses gestes de recul. Puis il la débarrassait lentement de sa robe de soie framboise qu'il déposait sans hâte sur les draps parfaitement lisses, enlevait sa robe de chambre, s'étendait sur elle et prenait tout son temps.

Elle aurait mille fois préféré qu'il expédie l'affaire et la libère.

La première fois, il avait fait remarquer :

— Je n'ai jamais connu de vierge jusqu'ici. D'habitude, j'aime mieux l'expérience que l'innocence. Nous allons voir si vous apprenez vite. Je ne m'attends pas à ce que vous preniez du plaisir les premières fois. Ce n'est pas le cas pour les femmes et je trouve cela très injuste.

De sa langue, il explorait chaque parcelle, chaque recoin de son corps, s'attardant derrière ses oreilles, ses genoux. Puis, prenant sa main, il la faisait voguer sur sa propre peau blanche et intacte. Sans jamais cesser de l'observer et d'enregistrer ses réactions, il lui faisait prendre des positions variées. Un soir, il observa :

— Vos prunelles s'élargissent chaque fois que vous êtes surprise. Comme une biche. Ça me plaît.

Il lui mordit alors le sein et se mit à lui caresser les cils d'un pouce.

Elle n'avait jamais envisagé que l'intimité physique de deux corps nus puisse ainsi dévoiler en partie votre âme à votre partenaire. *Je ne veux pas qu'il me connaisse*, songeait-elle avec désespoir. Il était capital que rien ne puisse éveiller les soupçons de René. Son travail en dépendait. Et, pourtant, chaque nuit il en apprenait un peu plus sur elle.

« *Le plus difficile, c'est de mentir à ceux qui nous connaissent le mieux* », leur avait dit le capitaine Cameron, à Folkestone. Elle repoussa son image. Elle ne voulait pas penser à Cameron quand elle était dans le lit de René. Mais sa peur persistait. S'il arrivait à bien la cerner, pourrait-elle encore le duper longtemps ?

Oui, se dit-elle farouchement. *Il faudra le satisfaire toujours plus, mais tu le peux. En même temps, tu en apprends autant sur lui.*

Nuit après nuit, elle guettait chez lui le moindre jeu de muscles, le moindre éclair dans son regard. Débarrassé de l'armure de ses magnifiques costumes, il était plus facile à déchiffrer dans sa nudité.

Quand il s'était assez amusé d'elle, l'accouplement était bref. Il préférait la prendre par-derrière, ou allongé sur elle, et, les mains enfoncées dans ses cheveux, son visage en coupe dans ses paumes, il étudiait la moindre nuance de son visage. Il voulait que, soumise à ses assauts, elle le regarde.

— Ouvre les yeux, mon chou, lui ordonnait-il souvent.

Enfin, quand son propre orgasme l'emportait, il s'affaissait sur elle, leurs peaux moites, et reprenait la conversation qu'ils avaient eue dans son bureau, sur Debussy ou Klimt, ou les vins de Provence.

Cette nuit, le sujet était le *Kaiser*.

— J'ai entendu dire qu'il avait été satisfait de sa visite. Il a approuvé le terrain d'aviation. Toutefois, on ne sait pas ce qu'il pense des tranchées. On dit qu'elles sont épouvantables.

Ses doigts entrelacés aux siens, elle avait les jambes enroulées autour de ses cuisses minces. C'était le moment, après l'amour, où il laissait tomber toutes ses défenses.

— L'avez-vous ren… rencontré ? J'espérais qu'il viendrait au *Léthé*…

Elle avait beau afficher son expression la plus innocente, René perçut la pointe d'émotion dans sa voix.

— Pour que vous puissiez cracher dans sa soupe vichyssoise ?

Elle décida d'opter pour la légèreté et de ne pas mentir. Quand ils étaient enlacés ainsi, nus, elle faisait son possible pour l'éviter. Leur intimité semblait aiguiser son sens de la repartie. Aussi répondit-elle en toute franchise :

— Non, je ne cracherais pas dans sa soupe. Mais ce n'est pas l'envie qui m'en man… manquerait…

René partit d'un éclat de rire. Quand il se dégagea de son corps, elle réprima l'habituel frisson. Il poursuivit :

— On dit que *Kaiser* ou pas, il est plutôt vulgaire. Pourtant, j'espérais qu'il viendrait au restaurant. Quelle publicité ! Recevoir un empereur.

Remontant les draps jusqu'au menton, elle demanda de son ton le plus neutre :

— A-t-il changé ses ordres après sa visite à Lille ?

— Oui. De façon assez intéressante.

Et René lui détailla la dernière stratégie des Allemands.

— Quels formidables renseignements vous obtenez ! s'exclama Lili, lors de sa visite suivante, une semaine après celle du *Kaiser*.

Elle était arrivée au moment où Eve se préparait pour le service de la soirée, et, pendant qu'elle se brossait les cheveux, elle transcrivait le dernier rapport. Le papier japon dans une main, elle secouait la tête, l'air à la fois méprisant et amusé.

— Le *Kommandant* allemand dévoile-t-il vraiment les nouveaux emplacements de son artillerie au-dessus d'un verre de cognac ?

Les yeux rivés sur son reflet dans la glace de la coiffeuse, Eve répondit :

— Non. C'est René Bordelon qui le fait, en privé, sur un oreiller.

Elle sentit les yeux de sa chef lui brûler la nuque.

D'une voix aussi détachée que possible, elle avoua, ne pouvant contenir son bégaiement :

— Juste avant notre rencontre avec oncle Edward, je s… suis dev… venue sa…

Quoi ? *Maîtresse ?* Il l'utilisait mais il ne l'entretenait pas. *Putain ?* Il ne lui donnait aucun bonus en plus de son salaire, hormis la liqueur de sureau et une robe qu'il ne lui permettait pas de porter en dehors de son bureau. *Amoureuse ?* Il n'y avait pas trace d'amour entre eux.

Mais elle n'eut pas besoin de finir sa phrase. Lili comprenait. Elle vint se placer derrière elle et, lui prenant la brosse, dit, pleine de compassion :

— Mon pauvre ange. Je suis navrée. Vous fait-il du mal ?

Serrant les paupières de toutes ses forces, elle répondit :

— Non. C'est bien pire.

— Comment cela ?

— Je… Lili, j'ai t… tellement honte, répondit-elle d'une voix étranglée.

— Je sais qu'on ne vous tourne pas facilement la tête. C'est pourquoi j'ai pensé que vous pouviez sauter le pas sans vous impliquer ni vous compromettre. Mais ce genre d'aventure peut devenir plus compliqué qu'on ne l'avait prévu. Commencez-vous à ressentir quelque chose pour lui ?

Pleine d'amertume, Eve secoua la tête.

— Non. Jamais de la vie !

Tout en continuant de passer la brosse dans sa chevelure, Lili déclara d'une voix égale :

— Bien. Si je vous croyais tiraillée, je serais obligée de faire un rapport. Et je le ferais. Je vous aime énormément, mais le travail est trop important pour prendre des risques. Donc, si vous n'avez pas de sentiments pour lui, de quoi avez-vous tellement honte ?

Se forçant à rouvrir les yeux, elle croisa son regard dans le miroir.

— Les premières fois que j'ai couché avec lui, il n'était pas question de plaisir. Mais maintenant…

Maintenant, elle avait eu le temps de s'habituer à ces ébats dans le lit aux draps lisses, immaculés. Comme en toute chose, René Bordelon, mettait la barre très haut avec ses partenaires. Le plaisir faisait partie de son jeu. Un plaisir à partager.

Si pour elle, tout cela n'était que comédie, jamais elle n'aurait pu en imaginer les conséquences.

— Racontez-moi. Il n'y a pas grand-chose qui puisse me choquer, vous savez.

Elle referma les yeux et avoua :

— Je commence à y prendre du plaisir.

Lili continua à la coiffer.

— Je n'ai que mépris pour lui. Alors, comment puis-je éprouver du plaisir de ce qu'il m… me f… f…

Sa voix mourut, sa phrase inachevée.

—Ce doit être un fameux amant, se contenta de faire remarquer sa chef.

Eve était secouée de tremblements. De colère, de honte, de dégoût : elle ne savait plus.

—C'est l'*ennemi*. Dans cette ville, il y a des collaborateurs dont on peut avoir pitié, des femmes qui couchent avec des officiers pour nourrir leurs familles, des hommes qui travaillent pour les Allemands afin que leurs enfants aient chaud. Mais René Bordelon n'est rien d'autre qu'un profiteur de la pire espèce. Il est presque aussi abject que les Huns.

—Peut-être. Mais faire l'amour est un talent comme un autre, vous savez. Un mauvais homme peut être un bon charpentier, ou un bon chapelier, ou un bon amant. Le talent n'a rien à voir avec l'âme.

—Oh ! Lili ! Vous parlez vraiment comme une Française.

—Oui. Et une Française est exactement ce qu'il vous faut pour aborder ce sujet. Donc, M. le Profiteur est doué pour ce qui se fait entre les draps et vous vous sentez coupable parce que vous aimez cela.

Une image de René ouvrant une bonne bouteille de vin et en humant le parfum, avalant très lentement une huître, lui passa devant les yeux.

—C'est un gourmet. Qu'il déguste un verre de bordeaux ou un fin cigare ou… ou moi, il prend tout son t… temps, savoure chaque instant.

Choisissant visiblement ses mots avec soin, Lili la rassura :

—Ce n'est pas parce que vous répondez physiquement à ce genre de talent que votre tête et votre cœur sont en péril.

— Une réponse physique indépendante de la tête et du cœur, c'est ce qui caractérise une prostituée, l'interrompit-elle.

— Allons ! On croirait entendre une vieille tante de province. N'écoutez jamais ce genre de personnes, ma Pâquerette. Non seulement elles sont tristes comme un bonnet de nuit, mais elles portent du chintz et proclament que le travail domestique est une vertu.

— J'ai le sentiment d'être une prostituée, chuchota-t-elle, accablée.

Cessant de manier la brosse, Lili posa son menton sur son crâne et la regarda dans le miroir.

— Je suppose que c'est ce que vous a dit votre mère. Qu'une femme qui a du plaisir avec un homme qui n'est pas son mari est une traînée.

Elle fit un signe d'assentiment. Comment aurait-elle pu ne pas être d'accord ?

— Plus ou moins. Pour une femme ordinaire, ce n'est pas naturel.

Elle détestait René. Alors pourquoi ces mains fraîches, imaginatives, patientes, pouvaient-elles lui procurer des sensations si plaisantes ?

D'une paume levée, Lili la fit taire.

— Si nous étions *ordinaires*, nous serions chez nous à utiliser plusieurs fois les feuilles de thé, à rouler des bandes pour participer à l'effort de guerre. Nous ne porterions pas un Luger et nous ne cacherions pas des messages codés dans nos épingles à cheveux.

La défiant du menton, elle poursuivit :

— Écoutez-moi bien, Eve. Je suis plus âgée que vous et beaucoup plus avisée. Croyez-moi quand je vous dis qu'il est parfaitement possible de prendre du plaisir au lit avec un homme qu'on méprise. Quelquefois, c'est même mieux. Le dégoût ajoute un certain piment. Les spasmes d'amour ou les spasmes de haine, c'est la même chose. Puccini, dans *Tosca*, l'avait sûrement compris.

Contrairement à Marguerite Le François qui n'aurait pas su à quoi Lili faisait référence, Eve connaissait l'opéra. Elle répliqua :

— Tosca tue l'homme avant qu'il la force à être à lui.

— Peut-être un jour tuerez-vous Bordelon, vous aussi. Pensez-y quand il est sur vous. Cela vous procurera un spasme de plaisir.

Les larmes aux yeux, Eve laissa échapper un rire étranglé. Malgré la désinvolture qu'elle affichait, Lili semblait la protéger de sa chaude et solide présence, comme un bouclier. Elle remplit deux tasses de l'affreux breuvage qui tenait lieu de thé.

— Bien. Donc, vous êtes entrée dans le lit de M. le Profiteur avec l'intention de lui plaire, dans le but de l'espionner.

— Exactement.

— Vous obtenez de lui de bien meilleures informations que celles glanées autour des tables en faisant le service. Et vous avez découvert qu'une partie de ce qui plaît à votre profiteur vous plaît aussi. Il faut que vous l'acceptiez si vous voulez continuer à recueillir ces précieux renseignements.

— Je préférerais simuler le plaisir…

Quelle drôle de conversation elles avaient dans cette petite pièce vide, en buvant cet horrible breuvage dans des tasses de porcelaine fine, comme deux Anglaises bien élevées discutant de problèmes de paroisse.

— Mais je ne suis pas une m… menteuse assez crédible, Lili. Je peux être une excellente menteuse. Mais là, je ne peux pas réprimer mon plaisir pour simuler. Il a appris à trop bien d... décrypter mes réactions.

—Est-ce que vos réactions lui plaisent ?

—Oui. Je crois. Il doit m'emmener à Limoges, ce w... week-end.

Soudain féroce, Lili l'exhorta :

—Alors, allez-y ! Et tirez profit de tout ce qu'il peut donner. Chaque verre de vin avant le lit, chaque étreinte, chaque bribe d'information qu'il laisse filtrer après. Ce travail procure bien peu de plaisirs. Une nourriture immangeable, presque pas d'alcool, de rares cigarettes et d'affreux vêtements. Des cauchemars, un teint cendreux et, sans cesse, la peur au ventre d'être arrêtées. Aussi, n'éprouvez aucune culpabilité des petits plaisirs, d'où qu'ils viennent. *Prenez-les !*

—Vous n'appelez pas cela un péché ?

En dépit de son apparente frivolité, Lili était dévote à sa manière. Elle avait toujours son chapelet sur elle quand elle passait la frontière et parlait avec affection de son confesseur et des religieuses d'Anderlecht.

—Nous sommes des êtres humains. Nous péchons. C'est notre lot dans la vie. Le Seigneur nous pardonne. C'est son rôle.

—Et vous, Lili, quel est le vôtre ? Nous remonter le moral quand nous nous embourbons dans notre déprime ?

Violette elle-même, la forte, la solide Violette, avait ses moments de vague à l'âme. Elle l'avait vue un soir, abattue, bouleversée d'avoir perdu un pilote à un contrôle, à mi-chemin de la frontière. Et, tout comme elle, Lili l'avait réconfortée.

—Vous arrive-t-il d'avoir peur, de perdre courage ? insista-t-elle alors.

Avec un haussement d'épaules, Lili répondit non sans désinvolture :

— Le danger ne me fait pas peur. Mais je n'aime pas me trouver en face de lui. Bien ! N'avez-vous pas un travail à faire ? En tout cas, moi si !

Dix minutes plus tard, elle était partie, le rapport sur papier japon roulé dans le manche de son parapluie. Eve prit l'autre direction pour gagner *Le Léthé*. En entrant dans la salle à manger, elle croisa Christine, qui s'écarta vivement en plaquant sa jupe contre elle et lui jeta, d'une voix à peine audible :

— Putain !

Eve se figea et jeta un coup d'œil derrière elle. Puis, de son air le plus innocent, rétorqua :

— Je ne vois pas ce que tu veux dire.

Pleine de morgue, sans quitter des yeux les bougies qu'elle allumait, sa collègue lâcha :

— Je t'ai vue monter chez M. Bordelon après le service. C'est un affreux profiteur et toi, tu n'es qu'une…

— Encore un mot et je te fais chasser, la menaça-t-elle en l'agrippant par le poignet. Un mot à qui que ce soit et tu te retrouveras sur le pavé. Plus de restes de tartiflette ou de bisque à la fermeture. Tu m'as bien comprise ?

Enfonçant ses ongles dans sa chair, elle l'entraîna à l'abri des oreilles des serveurs chargés de plateaux de cristal. Sans bégayer, elle poursuivit :

— Je peux te faire renvoyer. Te faire mettre sur la liste noire pour que tu ne retrouves jamais d'emploi dans cette ville. Tu crèverais de faim.

Christine se dégagea brusquement de son emprise et s'éloigna.

— Putain ! marmonna-t-elle.

Eve l'ignora. Si, ces derniers temps, elle s'était souvent considérée comme telle, elle découvrait qu'elle ne voulait pas s'entendre traiter de « putain » par d'autres, et encore moins par cette niaise.

21

CHARLIE

Mai 1947

— Je me souviens de ça, déclara Eve.

Un pont de pierre en forme d'arche enjambait le paisible fleuve qui traversait Limoges. Un pont romain, croulant, romantique. Les petites voitures françaises qui roulaient à vive allure en klaxonnant offraient une vision d'une modernité incongrue.

— C'était le crépuscule, pas l'après-midi, poursuivit-elle. René Bordelon s'est arrêté juste à côté du fleuve et il a déclaré qu'il avait toujours trouvé qu'une terrasse extérieure était une abomination pour un restaurant digne de ce nom car un restaurant n'était pas un lieu ordinaire comme un café. Mais que, s'il pouvait avoir cette vue, peut-être l'envisagerait-il.

Elle se détourna, les mains enfoncées dans les poches de son pull qui s'effilochait. Puis elle survola du regard la pente herbeuse de la berge, les arbres et les bâtiments qui s'allongeaient le long de la rive.

Elle s'engagea à grandes enjambées dans la rue pavée. Je jetai un coup d'œil à Finn et, avec un haussement d'épaules résigné, nous lui emboîtâmes le pas. Elle s'était réveillée tôt, nous permettant de parcourir le trajet entre Paris et Limoges sans trop traîner. Comme la veille, sa langue s'était déliée et, au fil des kilomètres, elle nous avait raconté de nouvelles histoires de la guerre. Certaines si invraisemblables que j'avais du mal à les croire (une attaque ratée contre le *Kaiser* ?). Elle nous avait montré le chemin jusqu'à un hôtel près de la cathédrale médiévale de Limoges et avait envoyé Finn garer la Lagonda pendant qu'elle entrait interroger le concierge dans un français rapide, en lui agitant sous les yeux l'adresse gribouillée que je lui avais remise. L'adresse du deuxième *Le Léthé*, où avait travaillé Rose. Dès le retour de l'Écossais, elle s'était élancée dans la ville à pied, nous guidant à travers les rues sinueuses. Avec ses berges couvertes de saules pleureurs qui effleuraient la surface du fleuve, ses clochers d'églises gothiques montant en flèches vers le ciel, ses balcons fleuris de géraniums en pots, Limoges était une jolie ville. Elle n'offrait pas l'apparence de ces cités à moitié en ruine du nord de la France qui avaient subi l'occupation allemande pendant bien plus longtemps.

—C'est plus paisible que Paris, fit remarquer Finn, faisant écho à mes pensées.

Il avançait d'un pas rapide, en bras de chemise, s'attirant des regards désapprobateurs des Français dans leurs impeccables costumes d'été. Mais à en juger par les coups d'œil qu'il provoquait, ses cheveux ébouriffés et ses vêtements fripés ne semblaient pas déplaire aux femmes. Il regardait tous les visages que nous croisions. Les jeunes mères de famille affairées, coiffées de leurs chapeaux de paille, les hommes aux expressions renfrognées qui lisaient leurs journaux aux tables des cafés.

— Les joues sont roses. Les mines bien moins mornes et pincées que celles des gens que nous avons vus dans le nord.

Maintenant que j'avais troqué mes talons hauts pour des sandales plates et un pantalon, je pouvais enfin marcher au même rythme que lui.

— Jusqu'en novembre 1942, ils étaient en zone libre, expliquai-je. Le gouvernement de Vichy n'avait rien de glorieux mais ici, malgré tout, les gens étaient mieux lotis que dans le nord.

Eve, qui nous précédait toujours, grogna.

— N'en soyez pas si sûre. Ils avaient la Milice et les Miliciens étaient de sales fumiers.

— « La Milice » ? s'étonna Finn.

— La Milice était recrutée pour faire le sale travail des Allemands. J'ai toujours détesté ces salauds.

Curieuse, je fis remarquer :

— Mais la Milice n'existait pas pendant votre guerre et vous n'avez pas fait la dernière guerre.

— C'est vous qui le dites, Ricaine.

— Attendez ! Vous avez été espionne pendant les deux guerres ? Qu'avez-vous… ?

— Ce n'est pas le moment.

Elle s'arrêta brusquement et leva la tête. Le tintement des cloches résonnait dans l'air serein de l'été.

— Ces cloches. Je me souviens de ces clo… cloches.

Le dos droit, elle reprit sa route vers la rive du fleuve et je la suivis en secouant la tête.

— Quand êtes-vous venue à Limoges pour la dernière fois, Gardiner ? demanda Finn.

— En août 1915, répondit-elle sans se retourner. René Bordelon m'y a emmenée pour un week-end.

Il suffit de ces quelques mots pour confirmer le soupçon que je nourrissais sur l'élégant propriétaire du *Léthé*. J'avais compris à la haine qu'exprimait la voix d'Eve quand elle parlait de lui qu'il avait eu de l'importance dans sa vie. Seul un lien très personnel avait pu conduire à une telle animosité. Maintenant, je le savais. Il avait été son amant. Elle avait couché avec l'ennemi pour pouvoir l'espionner.

Je la regardai, avec son visage fier et ravagé, foulant les pavés d'un pas militaire. Elle ne devait pas être tellement plus âgée que moi, à l'époque. *Pourrais-tu coucher avec un Boche juste pour l'espionner, Charlie*? Feindre qu'il me plaisait, sourire à ses blagues, le laisser déboutonner mon corsage, uniquement dans le but de fouiller son bureau et d'épier sa conversation pour obtenir des informations utiles ? Tout en sachant que je pourrais être fusillée du jour au lendemain si j'étais démasquée ?

Je regardai Eve avec une admiration sans bornes. Je ne voulais pas simplement qu'elle ait une bonne opinion de moi, je voulais lui ressembler. Je voulais lui présenter Rose.

« *Je te présente la vieille folle qui m'a aidée à te retrouver quand tout le monde avait renoncé.* »

Je pouvais l'imaginer toisant ma cousine qui, à son tour, la mesurerait du regard. Je pouvais nous imaginer toutes les trois vidant des verres tout en discutant. Le trio d'amies le plus improbable.

Eve avait-elle jamais eu une amie qui comptât autant pour elle que Rose pour moi ? Dans toutes ses histoires, la seule femme à laquelle elle avait fait référence était Violette. Violette qui, à Roubaix, lui avait craché au visage.

Finn baissa les yeux vers moi.

— Tu as l'air bien grave, soudain.

— Je réfléchissais, c'est tout. Chaque pas me rapproche de Rose.

Je n'arrivais pas à être triste. Le soleil qui brillait au-dessus de moi était chaud et tous les deux pas, mon bras frôlait celui de l'Écossais, ce qui faisait naître en moi un ridicule frisson d'excitation.

Haussant un sourcil, il demanda :

— Qu'est-ce qui te rend si sûre qu'elle attend d'être retrouvée ?

— Je ne sais pas, répondis-je, essayant de formuler ma pensée. Plus nous nous rapprochons, plus l'espoir grandit.

— Même si elle ne t'a pas écrit depuis… Combien de temps ? Trois, quatre ans ?

— Peut-être m'a-t-elle écrit. Les lettres se perdaient constamment pendant la guerre. Et puis, j'avais seulement onze ans quand elle m'a vue pour la dernière fois. Elle a peut-être estimé que j'étais encore trop jeune pour m'apprendre quelque chose d'aussi honteux que…

Je tapotai mon ventre sans finir ma phrase.

— Je sens de plus en plus sa présence. Eve se moque de moi quand je dis que je la sens mais…

Eve s'arrêta si brusquement que je faillis me cogner sur elle.

— *Le Léthé*, annonça-t-elle d'une voix étouffée.

Nous étions devant un bâtiment aux belles lignes, avec de vieilles poutres, des colombages et une terrasse offrant une vue imprenable fermée par une barrière basse en fer forgé. Qui, quelques années auparavant, avait dû être un ravissant restaurant. Mais l'inscription *Le Léthé* en lettres dorées sur le panneau avait été grossièrement éclaboussée de peinture rouge et des planches fermaient les fenêtres de la façade.

Il y avait bien longtemps que les serveurs ne servaient plus les soupes et les mille-feuilles qui avaient été au menu.

— Que s'est-il passé ? demandai-je.

Mais déjà Eve se dirigeait vers la porte médiévale, cadenassée et sécurisée par une barre de fer. D'un geste, elle me montra les lettres gravées dans le bois, à moitié obscurcies par les taches de peinture.

« COLLABORATEUR »

— « Collaborateur », murmura-t-elle. Vous aviez repris vos vieilles habitudes, René ? Vous auriez dû tirer une leçon de la première fois. Les Allemands perdent toujours, pauvre imbécile !

— C'est facile à dire avec le recul, fit remarquer Finn avec douceur. Ce n'était pas si clair, sur le terrain.

Mais déjà Eve tambourinait à la porte suivante. Personne ne répondit et nous passâmes à la maison suivante. Après quatre tentatives, et la réponse négative d'une femme au foyer qui ne savait rien du vieux restaurant, nous finîmes par trouver une dame âgée, une cigarette entre le pouce et l'index, et des yeux d'une indicible amertume.

— *Le Léthé* ? répondit-elle à Eve. Il a fermé à la fin de 1944 et bon débarras !

— Pourquoi, « bon débarras » ?

La femme esquissa un sourire.

— C'était un repaire d'Allemands. Tous les officiers SS venaient y passer leurs soirées de congé, leur poule française au bras.

— Le propriétaire le permettait ?

Eve avait changé d'attitude. Les épaules courbées, elle s'était adoucie et avait pris une voix affable. Elle s'était métamorphosée, était redevenue celle que j'avais vue chez le prêteur sur gages de Londres. Restée en retrait avec Finn, je la regardai opérer sa magie.

— Comment s'appelait le propriétaire ?

— René du Malassis. Un profiteur, ajouta la vieille Française en crachant. Certains racontent qu'il était à la botte de la Milice, ce qui ne me surprendrait pas.

« *Du Malassis.* » Je retins le nom.

— Qu'est-il arrivé à M. du Malassis ? poursuivit Eve.

— Il a disparu dans la nuit de Noël 1944. Il savait dans quelle direction soufflait le vent. Qui sait où il est allé. Il n'a plus jamais réapparu depuis.

La vieille femme esquissa un sourire cruel.

— S'il n'a pas fini la corde au cou, à un réverbère.

— Pour collaboration ?

— Il y a des collaborateurs, madame, et il y a des hommes comme lui. Savez-vous ce qu'a fait du Malassis en 1943 ? Un soir, il a fait sortir un jeune sous-chef par ces portes, à la fin de son service, en déclarant que le garçon était un voleur. Et il l'a fouillé ici même, en pleine rue, sous les yeux de tout le personnel du restaurant, des passants, des voisins, comme moi, qui sommes sortis en courant, attirés par le bruit.

Je pouvais aisément imaginer la scène. La brume nocturne montant du fleuve, les badauds aux yeux écarquillés, un garçon dans son tablier de sous-chef, tremblant. Eve garda le silence. Elle écoutait si attentivement qu'elle donnait l'impression de s'être transformée en statue. La femme poursuivit :

— Du Malassis a sorti une poignée d'argenterie de la poche du gamin et l'a menacé d'appeler la police. Il lui a promis qu'il serait arrêté et envoyé à l'Est. Qui sait s'il serait passé à l'acte. Mais tout le monde savait que du Malassis ne reculait devant rien pour se faire bien voir des nazis. Le garçon s'est mis à courir pour s'enfuir. Du Malassis a sorti une arme de son élégante veste et il n'avait même pas fait dix pas qu'il lui a tiré dans le dos.

— Vraiment…, chuchota Eve.

Un frisson me traversa.

— Oui, répondit la vieille femme d'un ton brusque. Et du Malassis s'est contenté de rester là, à s'essuyer les mains avec un mouchoir, en faisant une grimace à cause de la fumée de son pistolet. Il a dit à son maître d'hôtel de téléphoner aux autorités pour faire nettoyer les dégâts. Puis il a tourné le dos au cadavre du garçon et il est rentré, comme si de rien n'était. Voilà le genre d'homme qu'il était. Un tueur élégant.

Finn demanda alors :

— Les nazis ont-ils protesté ?

— Je ne l'ai jamais entendu dire. Il a dû faire jouer ses relations pour éviter d'être arrêté ou censuré car son restaurant a continué à prospérer. Oh ! Nombreux étaient ceux, à Limoges, qui auraient été heureux de lui passer la corde au cou. Et il le savait. Voilà pourquoi il a pris la fuite une fois que la défaite allemande n'a plus fait de doute.

Elle tira une bouffée de sa cigarette et nous observa de ses yeux perçants.

— Pourquoi êtes-vous si curieux ? Êtes-vous apparentés à du Malassis ?

— Au diable, vous voulez dire, murmura Eve d'une voix venimeuse.

Les deux femmes échangèrent des sourires crispés mais tacites.

—Merci de nous avoir consacré du temps, poursuivit-elle en se détournant.

Mais je m'avançai et m'adressai à la femme dans mon français à l'accent américain.

—Pardonnez-moi, madame, mais je cherche une parente. Quelqu'un qui aurait pu travailler au *Léthé.*

Voyant qu'elle fronçait les sourcils, je m'empressai d'ajouter :

—Qui n'était pas collabo. Vous l'avez peut-être remarquée. Elle ne passait pas inaperçue. Elle était jeune, blonde, elle avait un rire contagieux.

—En effet, acquiesça-t-elle. Une jolie fille. De l'autre extrémité de la terrasse, je voyais ces salauds de SS lui pincer les hanches quand elle leur apportait leurs boissons et elle ne battait pas des cils comme ces roulures qu'engageait du Malassis. Elle trouvait le moyen de renverser un verre sur eux et se répandait en plates excuses.

J'étais bouleversée. Un nouveau souvenir de Rose qui ne faisait pas partie des miens. Je l'imaginai renversant de la bière sur des soldats allemands et sentis les yeux me picoter. Cela lui ressemblait tellement !

—Quand l'avez-vous vue pour la dernière fois ? demandai-je d'une voix rauque.

Pour la première fois, je me rendis compte que Finn m'avait pris la main et la serrait fort.

—Avant la fermeture du restaurant. Elle a dû cesser d'y travailler. Ce n'était pas un endroit pour une fille bien, ajouta la femme en ponctuant sa phrase d'un nouveau crachat.

Je sentis mon cœur se serrer. J'espérais tellement la retrouver vivante, habitant Limoges. Me forçant à sourire, je repris :

— Merci de votre aide, madame.

J'avais encore beaucoup d'idées pour continuer mon enquête.

Eve eut une nouvelle attaque pendant la nuit. Mais, cette fois, elle ne se mit pas à crier. Elle se contenta de me réveiller avec une série de coups de poing sourds sur le mur entre nos deux chambres. Je passai la tête dans le couloir, sans voir Finn. J'étais seule.

J'enfilai un vieux pull sur ma combinaison, avançai à pas feutrés vers sa porte et pressai l'oreille contre le panneau. J'entendais toujours ce claquement sourd, comme si elle cognait un objet contre le mur. *Pourvu que ce ne soit pas sa tête.* Je grattai doucement le bois.

— Eve ?

Le claquement continuait.

— Ne braquez pas ce pistolet sur moi. J'entre.

Assise dans un coin reculé, elle n'avait pas son habituel regard embrumé, ne marmonnait pas comme se réveillant d'un cauchemar. Les yeux fixés vers le plafond, les mains agrippées au canon de son Luger, elle tapait méthodiquement la crosse contre le mur. « Clac, clac, clac. »

Les mains sur les hanches, je la foudroyai du regard.

— Vous êtes obligée de faire un tel raffut ?

— Ça m'aide à réfléchir.

« Clac, clac. »

— Il est minuit. Vous ne pourriez pas plutôt dormir ?

— Je n'ai même pas essayé. Les cauchemars me guettent. Je vais attendre l'aube.

« Clac. Clac. »

— Eh bien, essayez de faire moins de bruit.

Avec un bâillement, je tournai les talons. Elle me rappela :

— Restez. Vos mains pourraient m'être utiles.

Surprise, je jetai un coup d'œil en arrière.

— À quoi ?

— Pouvez-vous démonter un Luger ?

— Non, ce n'était pas dans mon cursus à Bennington, raillai-je.

— Moi qui croyais tous les Américains fous d'armes. Laissez-moi vous montrer.

Je me retrouvai assise en tailleur en face d'elle. Elle me désignait les diverses parties de l'arme que je démontais maladroitement.

— Le canon… la plaque latérale, le percuteur.

— Quel est le but de cette leçon ? m'étonnai-je.

Un coup sur les phalanges m'arracha un cri de douleur. Elle venait de me frapper parce que j'avais poussé le récepteur dans le mauvais sens.

— Démonter un Luger m'aidait à vraiment réfléchir. Mes mains étant désormais trop abîmées pour le faire correctement, j'emprunte les vôtres. Prenez l'huile dans ma besace.

Je commençai à étaler les parties du pistolet sur le plancher et demandai :

— À quoi réfléchissez-vous ?

Je voyais à ses pieds l'éternelle flasque à moitié remplie du breuvage ambré. Pourtant, la lueur spéculatrice qui dansait dans son regard n'était pas due au whisky.

— René du Malassis, dit-elle. Ou, plutôt, René Bordelon. À l'endroit où il est allé.

— Vous supposez donc qu'il est toujours vivant ?

Elle avait nié cette possibilité avec une telle véhémence à Roubaix.

— Il aurait soixante-douze ans, maintenant, murmura-t-elle. Mais oui, je parie qu'il est toujours vivant.

À l'expression de haine qui, soudain, lui déformait le visage, se mêlait le dégoût que, visiblement, il lui inspirait encore aujourd'hui. Qu'il était rare de déceler en elle une émotion qu'elle ne pouvait masquer ! La voyant presque vulnérable, je sentis un étrange sentiment protecteur m'envahir. D'une voix douce, je lui demandai :

— Qu'est-ce qui vous fait penser que Malassis puisse être votre Bordelon ?

Avec un sourire en coin, elle expliqua :

— Malassis est le nom de l'éditeur qui a publié *Les Fleurs du mal* de Baudelaire.

— Je commence vraiment à détester Baudelaire. Et je ne l'ai même pas lu.

À ce stade, ce n'était même plus nécessaire.

— Vous avez de la chance, ironisa-t-elle. J'ai été obligée d'écouter René citer entièrement sa fichue œuvre du début à la fin.

Je marquai un silence, le canon du Luger dans une main, le chiffon huilé dans l'autre.

— Ainsi, vous et lui étiez…

Elle haussa les sourcils.

— Ça vous choque ?

— Non. Je ne suis pas une sainte.

Je tapotai le Petit Problème qui semblait plus heureux depuis quelques jours. Si je sentais toujours la fatigue, les nausées matinales s'étaient estompées et je n'avais plus d'étranges envies.

— René m'a emmenée dans cet hôtel, ajouta-t-elle en balayant la pièce d'un regard vide. Il n'aurait pas accepté une chambre si petite. Il avait pris la plus belle : au quatrième étage, avec de grandes fenêtres aux lourdes tentures de velours bleu. Un immense lit…

Je ne demandai pas ce qui s'était passé dans ce lit. Il y avait une raison pour laquelle elle avait décidé de rester debout toute la nuit plutôt que de prendre le risque de rêver.

— Comment ça marche ? murmurai-je en lui tendant les diverses parties du pistolet.

Elle me montra comment les frotter tour à tour avec le chiffon imbibé d'huile.

— Ainsi, quand René Bordelon a eu besoin de fuir Lille, il est devenu René du Malassis ? finis-je par demander. Et quand il a eu besoin de fuir Limoges, il a disparu de nouveau ? Comment a-t-il pu le faire avec une telle facilité alors que tant de collaborateurs se sont fait attraper ?

Je repensais aux photos de ces femmes et de ces hommes que j'avais vues dans les journaux, humiliés, ou pire encore. La vieille Française n'avait-elle pas évoqué avec indifférence une pendaison à un réverbère ?

D'un geste maladroit, Eve rangea l'huile à pistolet.

— René n'était pas un imbécile. Il servait ceux qui tenaient le pouvoir mais il a toujours su qu'ils pourraient perdre. Et quand il a compris que la défaite était imminente, il avait déjà un plan et un endroit où filer avec son argent, sous une nouvelle identité, pour prendre un nouveau départ. Après Lille et Limoges.

Elle s'interrompit, songeuse.

— Je pense qu'il était en train de planifier la première de ces fuites quand il m'a emmenée ici, en 1915. À l'époque, je n'y ai vu que du feu. Il m'a raconté qu'il venait faire des repérages pour ouvrir un deuxième restaurant. J'ai supposé qu'il envisageait d'étendre son affaire. Peut-être ne pensait-il même pas à l'étendre. Peut-être cherchait-il un endroit pour démarrer une nouvelle vie, le cas échéant. Ce qu'il a fait.

—Hum!

J'étalai les parties du pistolet, soigneusement huilées. Mes mains étaient toute poisseuses mais le processus m'avait intéressée. Si l'on m'avait appris à démonter un pistolet plutôt qu'à faire des scones pendant le cours d'arts ménagers, j'aurais été plus attentive.

—Vous savez, en ce qui concerne René Bordelon et René du Malassis, il y a une autre différence.

—Mais encore, Ricaine?

—L'empressement à presser une gâchette.

Je baissai les yeux vers celle du Luger, posée innocemment au milieu des autres pièces détachées.

—Selon la description que vous m'avez faite de lui pendant la Première Guerre, il était trop délicat pour faire le sale travail lui-même. Quand il a attrapé un voleur dans son restaurant, votre prédécesseur, il a chargé les Allemands de lui régler son compte. Ce sont eux qui l'ont abattu. Mais, d'après ce que cette vieille femme nous a raconté, cette deuxième fois, il n'a pas hésité à presser lui-même la gâchette.

—Ce n'est pas une li… ligne anodine à franchir, acquiesça Eve.

Manifestement, elle aussi y avait longuement réfléchi.

—Alors qu'est-ce qui a provoqué ce changement? m'étonnai-je. À la fin de la Première Guerre, qu'est-ce qui l'a transformé d'esthète profiteur en… tueur élégant, comme l'a appelé la Française?

Elle eut un nouveau sourire énigmatique.

—J'imagine que c'est moi.

C'était un élément de l'équation que je n'avais pas encore. Mais, sans me laisser le temps d'en apprendre plus, les lèvres scellées, elle me fit signe de réassembler le Luger. Je changeai de tactique.

Docile, je glissai le chargeur dans le canon.

— Comment allons-nous le retrouver, maintenant ? Il ne se fera plus appeler du Malassis. Il aura de nouveau un autre nom. Ou bien, aura-t-il quitté Limoges ?

Je sentis un frisson glacé. Quelle angoisse de savoir que nous ne pistions plus un vieux profiteur, un vieil ennemi… mais un assassin.

M'autorisant ce changement de sujet, Eve répondit :

— Je connais un officier anglais que je peux contacter. L'une de mes vieilles connaissances. Il gérait des réseaux d'espions comme moi et il a continué pendant la guerre suivante. Il se trouve actuellement en garnison à Bordeaux. Je lui ai téléphoné de Londres mais il était parti chasser le canard. Je pense qu'il sera rentré maintenant. Personne mieux que lui ne pourra dénicher des renseignements sur un vieux collaborateur.

Je m'interrogeai. Faisait-elle référence à ce capitaine Cameron dont elle m'avait parlé ? Il avait l'air intéressant, d'après le portrait qu'elle en avait fait. J'étais curieuse de le rencontrer, de voir si le personnage correspondrait à l'image que je m'en faisais. Mais j'avais ma propre piste à suivre.

— Je vous laisse entrer en contact avec votre ami à Bordeaux. Je vous emprunte Finn et la voiture pour aller chercher ma cousine.

Tout en me montrant comment appuyer sur le canon du Luger pour relâcher la pression sur la gâchette, elle me pressa, visiblement surprise :

— Aller chercher votre cousine à quel endroit ? Si elle est vivante, elle pourrait être n'importe où.

— D'après ma tante, elle aurait été envoyée accoucher dans un village des environs de Limoges. Le genre d'endroit totalement reculé où l'on envoie les filles perdues.

Je commençais à maîtriser l'arme. Les diverses parties glissaient aisément à travers mes doigts huileux.

— C'est là qu'elle a eu son bébé. Puis, quatre mois plus tard, elle est revenue travailler à Limoges. Mais peut-être a-t-elle confié l'enfant à une famille de villageois ? Peut-être y est-elle retournée quand elle a quitté son poste au *Léthé*. Qui sait ? Mais c'est une petite ville et tout le monde connaît tout le monde dans les petites villes. Quelqu'un reconnaîtra sa photo. C'est un début, de toute façon.

— C'est un bon pl... plan.

Son approbation me fit rougir de fierté.

— Mais je vais vous demander de démonter encore une fois ce pistolet.

Je m'exécutai tout en l'écoutant me raconter une nouvelle histoire. Le week-end qu'elle avait passé en ces lieux avec René Bordelon en août 1915.

— Nous sommes arrivés par le train. Puis il m'a emmenée acheter une robe neuve. Je pouvais monter dans son appartement avec ma robe de travail mais il ne voulait pas être vu sur la promenade ou au théâtre en ma compagnie dans une vieille robe. C'était une Poiret, en bourrette de soie vert amande, doublée de velours noir. Quarante-trois boutons recouverts de velours noir la fermaient dans le dos. Il les a comptés en les défaisant...

Je rajustai le bloc-culasse, pensive. J'aurais été curieuse de connaître les intentions d'Eve une fois qu'elle aurait retrouvé son vieil ennemi. Allait-elle le faire arrêter ? Tout le monde savait le traitement sévère que les Français réservaient aux collaborateurs. Ou allait-elle se contenter de le supprimer à l'aide de son Luger ? Elle en était bien capable, je n'en doutais pas un instant.

Que vous a-t-il fait, Eve ? Et que lui avez-vous fait ?

Elle était en train de me décrire le fleuve qui, lors de son premier séjour à Limoges, loin d'être de ce bleu estival, était sombre et gris. Les feuilles qui craquaient sous ses chaussures en cuir neuves, qu'il lui avait offertes avec la robe.

Je lui tendis le pistolet nettoyé et huilé.

— Vous vous souvenez de tout avec une telle clarté.

— Et pour cause ! répliqua-t-elle en finissant la flasque de whisky. C'est le week-end où j'ai compris que j'étais sans doute enceinte de René Bordelon.

22

Eve

Septembre 1915

L'automne avait à peine commencé et, déjà, la température était glaciale. À Lille, deux mondes vivaient séparés par la barrière du froid. D'un côté, les Allemands qui s'appropriaient tout le charbon, les bougies et le café dont ils avaient besoin. De l'autre, les Français qui subsistaient dans le dénuement le plus total. Avant, on appelait ces deux mondes « Français » et « Allemands » ou encore « vaincus » et « conquérants ». Mais on parlait désormais de « ceux qui avaient froid » et « ceux qui avaient chaud ».

Eve n'y prêtait pas attention. Elle craignait d'être enceinte, ce qui parasitait toutes ses pensées.

Les signes ne trompaient pas. Elle avait raté deux cycles. Certaines femmes chuchotaient qu'elles avaient le même problème à cause de la faim. Mais elle ne pensait pas avoir cette chance. Malgré sa maigreur, elle pouvait grappiller suffisamment de restes du marché noir au *Léthé* pour ne pas mourir de faim. En outre, il y avait d'autres signes. Ses seins étaient devenus sensibles et elle devait réprimer des nausées devant un rôti saignant sortant des cuisines ou quand elle devait apporter un morceau de morbier odorant à une table.

Elle en était sûre. René Bordelon l'avait mise enceinte.

Elle aurait dû s'en désespérer mais elle n'en avait pas le temps. Le Réseau Alice avait du travail. En Champagne, les troupes françaises repoussaient des assauts continus. En buvant leur café, le *Kommandant* allemand et ses généraux les avaient évoqués en phrases laconiques qu'elle avait fidèlement rapportées. Elle ne comptait pas ses heures de service, aussi bien dans le lit de René que dans la salle à manger. Il lui arrivait d'en passer dix-neuf par jour au *Léthé*. Elle transmettait des renseignements sur l'emplacement des batteries d'artillerie, sur le nombre de blessés, sur les horaires des trains et les dépôts de matériel. Elle était tellement habituée à jouer avec le feu que c'était devenu la norme. Elle arborait constamment un masque lisse et fermé, à tel point qu'elle se demandait parfois si un jour elle retrouverait une expression spontanée. Elle ne pouvait pas se laisser aller à la panique et au désespoir parce que son corps l'avait trahie. Elle ne *pouvait pas* se le permettre.

Ce samedi-là, en ouvrant la porte à Violette qui venait faire sa visite de routine à Lille, elle faillit fondre en larmes tant elle était soulagée de sa présence. Toute la semaine, dans ses cauchemars, elle l'avait vue arrêtée. Et ce n'était vraiment pas le moment. Si elle ne l'aimait pas beaucoup, elle avait besoin d'elle.

L'autre espionne avait dû remarquer ce soulagement car un éclair de surprise passa dans son regard. Elle enleva ses bottes mais le froid la poussa à garder son manteau. Les sourcils froncés, elle demanda :

— Y a-t-il du nouveau ?

— Non. Mais j'ai besoin d'aide et vous êtes la seule à qui je peux la demander.

Elle enleva ses gants et se frotta les mains.

— Pourquoi moi ?

Prenant une profonde inspiration, Eve commença :

— Lili m'a dit que vous étiez infirmière…

— Oui. À la Croix-Rouge. Pas longtemps car la guerre venait de commencer.

Elle fit taire son inquiétude. Elle n'avait pas le choix. La regardant droit dans les yeux, sans ambages, elle déclara :

— Je suis enceinte. Pouvez-vous m'aider à régler le problème ?

Violette la fixa un moment puis poussa un juron.

— *Merde* !* Êtes-vous donc assez bête pour mélanger les affaires de cœur et le travail ? Ne me dites pas que vous êtes tombée amoureuse d'Antoine ou…

Offusquée, elle rétorqua violemment :

— Je ne suis pas une stupide collégienne. J'ai été obligée de coucher avec mon patron pour obtenir des renseignements. Lili ne vous l'a-t-elle pas dit ?

— Non, bien sûr. Vous n'avez pas pris de précautions ?

— Si. J'ai essayé, mais ça n'a pas marché.

Bien que se lever sur la pointe des pieds pour aller se laver dans la somptueuse salle de bains lui ait paru plus sordide encore que ce qui se passait dans le lit, elle n'avait jamais oublié de le faire. Elle poursuivit :

— Et avant que vous le demandiez, sachez que rien d'autre n'a marché non plus. Ni sauter les marches d'escalier, ni les bains très chauds, ni les grosses d… doses de cognac. Rien !

Un peu calmée, Violette soupira de nouveau puis, perchée sur le bout du lit, demanda :

— Cela fait combien de temps ?

— Près de deux mois, je pense.

D'après ses calculs, cela avait dû arriver très tôt. Peut-être lors de sa première ou deuxième soirée avec René.

— Bon. C'est encore tôt.

Le cœur lourd, elle murmura d'une voix rauque :

— Pouvez-vous m'aider, oui ou non ?

Les bras croisés, la jeune femme répliqua :

— Vous savez, j'ai soigné plus de blessures de guerre que de femmes enceintes. Pourquoi ne le dites-vous pas à Bordelon ? Un homme aussi riche que lui paierait un vrai médecin.

Elle l'avait déjà envisagé. Mais s'il allait décréter qu'elle devait garder l'enfant ? Certes, René ne semblait pas intéressé par la vie de famille. Mais pour peu qu'il ait des velléités de patriarche… Que se passerait-il s'il estimait qu'Eve pourrait avoir un garçon, et trouvait l'idée d'un héritier intéressante ?

Violette suggéra alors :

— Si c'était le cas, vous pourriez toujours régler le problème en cachette. Lui dire que vous avez fait une fausse couche.

Eve secoua la tête. Elle connaissait René et savait qu'il détestait tout désordre et toute charge. Pour lui, une maîtresse se devait d'être jolie et de ne jamais causer de remous. Qu'elle fasse une fausse couche ou bien qu'il ait à payer pour elle, dans les deux cas, cela représentait un souci et elle perdrait son emploi au *Léthé*. Non, pour pouvoir assurer sa mission auprès de Lili, elle devait continuer sur sa lancée.

Ne proposant pas d'en parler au capitaine Cameron ou aux autres officiers qui supervisaient le Réseau Alice, Violette déclara alors, songeuse :

— Hum ! Je l'ai vu faire mais c'est dangereux. Vous êtes certaine de le vouloir ?

Elle hocha la tête avec vigueur.

— Oui.

— Vous pouvez faire une hémorragie et en mourir…

— *Faites-le !* gémit-elle, désespérée.

Seule comptait sa détermination à rester, à continuer le travail. Sous son calme apparent, elle luttait contre une panique confinant à la folie. Elle avait tout abandonné en venant à Lille : maison, sécurité, virginité, même son nom. Elle l'avait fait avec enthousiasme, transportée par l'espoir d'un monde de lumière, au-delà de la guerre et des envahisseurs. Et voilà que l'envahisseur était en elle, exigeant tout d'elle comme les Allemands exigeaient tout de la France, la privant d'avenir. Elle n'était soudain plus l'espionne, le soldat, la femme qui combattait l'ennemi et sauvait des vies, mais une femme enceinte banale, juste bonne à être renvoyée chez elle et méprisée comme une prostituée. Elle savait très bien ce qui l'attendait dans sept mois si elle n'agissait pas : pas mariée, indésirable, sans travail, sans argent, méprisée, enchaînée à vie à un intrus qu'un ennemi avait planté en elle au cours d'un hiver glacé, dans l'enfer d'une guerre où l'on mourait de faim. Son corps l'avait trahie sur tous les plans : en lui faisant éprouver du plaisir dans les bras d'un abject profiteur, puis en gardant une semence de cet homme malgré son application à laver chaque nuit toute trace de lui. Elle ne se laisserait pas faire.

Elle avait passé des nuits entières recroquevillée dans son lit froid à combattre sa terreur et elle était prête à risquer sa vie pour que cet envahisseur lui rende son avenir.

La voix de Violette s'éleva, laconique :

— Nous avons un chirurgien dans le réseau. Mais il va à la messe tous les jours. Jamais il n'accepterait de pratiquer une telle intervention. Je vais trouver un prétexte pour lui emprunter des instruments.

La bouche sèche, elle acquiesça :

— Alors, demain. C'est entendu.

L'ironie voulut que l'intervention pour laquelle la plupart des hommes l'auraient traitée de tous les noms ait lieu un dimanche, le jour du Seigneur. C'était le seul créneau possible car c'était le jour de fermeture du *Léthé*. Ce qui signifiait qu'elle aurait toute la journée pour mourir d'une hémorragie ou récupérer.

Quand Violette arriva, lestée d'un sac d'instruments, Eve lui demanda :

— Qu'est-ce qui se passera si je meurs ?

— Je vous laisserai ici et ne reviendrai jamais. J'y serai obligée. Si j'essaie de vous faire inhumer, on m'arrêtera. Un de vos voisins vous découvrira sans doute dans un jour ou deux, et vous aurez un enterrement de pauvre. Puis Lili en informera oncle Edward.

Cette sordide réalité lui fit l'effet d'un coup de poignard. *Il faut que j'essaie de ne pas mourir.*

— Bon. Allons-y alors !

— Restez tranquille.

Ces mots, elle allait les entendre à de nombreuses reprises au cours de l'après-midi. Sans comprendre pourquoi car elle était aussi immobile qu'une statue de marbre sur un tombeau. Peut-être était-ce pour la rassurer.

Violette, qui avait garni le lit de draps propres, portait un tablier marqué de la Croix-Rouge et parlait de la voix précise et neutre d'une infirmière. Évitant de regarder les instruments qui brillaient sur une serviette, elle enleva ses jupons, ses bas et sa culotte et, frissonnant, s'allongea. Il faisait un froid glacial ! Sa respiration formait un petit nuage de vapeur blanc.

Débouchant un petit flacon, Violette lui indiqua :

— Laudanum. Ouvrez la bouche.

Docile, Eve avala les gouttes.

— Vous allez avoir mal, je vous préviens.

En entendant sa voix brusque et professionnelle, elle repensa aux paroles de Lili : « *Même si elle a décidé qu'elle préférait risquer sa vie en faisant du renseignement plutôt que de poser des bandages pour la Croix-Rouge… c'est une vraie râleuse ! Ce qui, je peux vous le garantir, est typique des infirmières.* »

À cet instant précis, elle trouvait cela plutôt réconfortant.

Violette passa les instruments et ses doigts au désinfectant. Puis, réchauffant le métal entre ses mains, elle déclara :

— Les médecins ne chauffent jamais leurs instruments. Ils ne se rendent pas compte de combien le froid est désagréable sur les muqueuses des femmes.

Le laudanum faisait déjà son effet. Elle voyait la pièce trouble, sentait son corps las et lourd.

— Vous avez déjà fait ça ? s'entendit-elle demander, sa voix lui parvenant comme de très loin.

— Une fois, répondit brusquement Violette. Plus tôt dans l'année. Pour la petite sœur d'Antoine, Aurélie. Elle travaille pour nous, elle escorte les passeurs afin de ne pas éveiller les soupçons des habitants de la région.

Un soir, elle s'est fait arrêter par des soldats allemands qui voulaient s'amuser. À dix-neuf ans, la pauvre petite. Quand sa famille a découvert qu'elle était enceinte, ils sont venus me trouver.

Eve regarda les instruments qu'elle tenait dans ses mains.

—A-t-elle survécu à… ça?

—Oui. Et elle a immédiatement repris ses missions pour le réseau. C'est une brave fille, au cœur vaillant.

Si elle a pu le faire, je le peux aussi, pensa Eve. Mais elle ne put s'empêcher de tressaillir lorsque l'infirmière lui écarta les genoux et lui enjoignit:

—Armez-vous de courage.

Malgré le soin que Violette avait mis aux préparatifs, Eve eut l'impression d'être transpercée par une aiguille de glace, puis par une douleur fulgurante. Dans un état semi-inconscient, elle sentit Violette s'affairer. La douleur surgissait puis s'évanouissait, revenait et disparaissait. Elle avait tellement froid. Souhaitant en finir le plus vite possible, elle ferma les yeux. Qu'elle puisse enfin se reposer.

Les instruments disparurent. Violette avait mené l'intervention à bien mais ce n'était pas terminé pour autant. Elle perçut sa voix lui disant:

—… allez saigner maintenant. Vous n'avez pas peur du sang?

—Je n'ai peur de rien, répondit-elle, ses lèvres engourdies.

—Je sais, acquiesça Violette en souriant. Je vous reconnais bien là. Pourtant, la première fois que je vous ai vue j'ai pensé que vous rentreriez en pleurant chez votre maman en moins d'une semaine.

Eve s'entendit gémir:

—J'ai mal. J'ai mal.

—Je sais.

Violette lui administra de nouveau du laudanum. C'était amer. Pourquoi tout dans cette ville, à l'exception de ce qui venait de René – la bonne nourriture, les vins délicieux ou le chocolat chaud –, avait un goût amer ? Tout ce qu'elle partageait avec Lili et Violette n'était que laideur et amertume.

Puis, retirant les linges rougis de sang, elle les remplaça par des garnitures propres.

— Tout va bien. Restez tranquille.

Les cloches d'une église sonnèrent, annonçant la messe du soir. Des gens y allaient-ils ? Qui dans cette ville croyait encore en la prière ? Lille ! S'entendant citer Baudelaire, Eve récita :

— « Ses noirs enchantements, Son cortège infernal d'alarmes, Ses fioles de poison, ses larmes, Ses bruits de chaîne et d'ossements… »

— Vous divaguez. Essayez de rester calme.

Sa réplique fusa :

— Je sais que je divague et je *suis* calme, espèce de dragon autoritaire !

Sans se froisser, Violette empila d'autres couvertures sur le lit.

— C'est bien là votre façon de me remercier.

— J'ai tellement froid.

— Je sais.

Soudain elle fondit en larmes, tout son corps secoué de spasmes. Non de douleur, non de chagrin. Mais de soulagement. René Bordelon n'avait plus de prise sur son futur. Ce sentiment de délivrance la bouleversait.

Au matin, c'était fini. Violette lui donna le flacon de laudanum assorti d'une liste d'instructions.

— Vous allez peut-être saigner encore. Gardez des linges à portée de main. Des linges propres. Et prenez du laudanum si vous souffrez. Je voudrais bien rester pour veiller sur vous mais il est prévu que je retourne à Roubaix aujourd'hui. Il faut faire passer la frontière à un rapport urgent.

Bien sûr. Elles avaient une mission à remplir. Elle lui recommanda :

— Soyez prudente, Violette. Vous m'avez dit que les Fritz vous avaient contrôlée de trop près, la dernière fois.

— Je passerai par une autre route s'il le faut.

Si elle avait peur – aucun membre du réseau ne pouvait s'empêcher d'avoir peur ces jours-ci : les Allemands connaissaient l'existence d'espions dans la région et les points de passage étaient devenus terrifiants –, Violette ne le montrait jamais. Elles avaient cela en commun. Elle poursuivit :

— Pour guérir, il faudrait que vous trouviez un moyen d'éviter le lit de ce profiteur pendant quelque temps.

— Je vais lui dire que mes règles sont abondantes. Ça lui répugne. Cela me laissera au moins une semaine de répit.

Son infirmière esquissa une moue.

— Que ferez-vous pour éviter de recommencer ?

Eve frissonna. Elle se sentait incapable de renouveler l'épreuve. Jamais !

— Je ne sais pas. Il est évident que ce que j'ai essayé ne marche pas.

— Il y a des moyens, mais ils sont prescrits par les médecins, qui ne le font jamais pour une femme célibataire. Vous pouvez toujours prendre et introduire une éponge imbibée de vinaigre bien au fond de votre vagin. Ce n'est pas infaillible mais c'est mieux que rien.

— Merci, Violette.

D'un geste, elle balaya ses remerciements et déclara :

— Nous ne parlerons plus de ce qui s'est passé aujourd'hui, plus jamais. Vous savez ce que les hommes font subir aux femmes qui avortent. Et à celles qui les aident.

— Pas un mot.

Elles se regardèrent un moment et échangèrent un signe de tête. S'emmitouflant dans son cache-nez, Violette sortit, la laissant songeuse. Si elles avaient été amies, elles se seraient embrassées. Peut-être l'étaient-elles, après tout, à la manière bourrue des hommes, sans démonstrations, se comprenant à demi-mot.

Elle suivit des yeux sa silhouette qui s'éloignait péniblement.

— Bonne chance à Roubaix !

Sans se détourner, Violette agita une main. Plus tard, Eve regretterait de ne l'avoir pas serrée dans ses bras. Elle le regretterait amèrement.

Le simple fait de s'être levée pour l'accompagner à la porte l'avait épuisée. Prise de vertige, elle se glissa dans son lit, tira ses minces couvertures jusqu'au menton et ne bougea plus. Des crampes lui labouraient le ventre de douleur. Il n'y avait rien d'autre à faire qu'endurer et parfois pleurer, laissant les larmes ruisseler sur ses joues par intermittence.

À la tombée de la nuit, elle ne saignait plus mais était d'une faiblesse extrême. Elle envoya un message au *Léthé* prétextant un mauvais rhume. René serait fâché mais elle n'avait pas d'autre solution. Elle était incapable de tenir debout toute la soirée à porter des assiettes de la cuisine aux tables. Elle resta donc dans son lit à transpirer et, quand elle put se redresser pour s'asseoir, à démonter et remonter son Luger. L'odeur d'huile et le froid du canon sur ses mains la tranquillisaient. Elle visa une cible invisible et imagina atteindre René entre les deux yeux. Au bout de trois jours, le Luger était le pistolet le plus propre de France et sa propriétaire presque persuadée qu'elle ne mourrait pas. Elle retourna au travail, évitant Christine qui triomphait, sûre qu'elle allait être renvoyée pour avoir manqué trois soirées de service. Elle ne le fut pas. En privé, elle présenta des excuses timides à René. Encore amaigrie, avec son air souffrant, l'histoire du rhume et de ses règles douloureuses était parfaitement crédible. Aussi ne l'invita-t-il pas chez lui ce soir-là. Un petit sursis, pensait-elle en rentrant chez elle, chancelant de fatigue. Elle ne rêvait que de sa chambre et de son lit vides, même sans les moelleux oreillers de René. Mais quelqu'un l'y attendait.

Prostrée, Lili lui adressa un signe de la main.

— Ne faites pas attention à moi. Je veux juste rester assise à grelotter.

Eve ferma la porte.

— Je croyais que vous deviez passer en Belgique pour emmener ce pilote qui est tombé.

Assise par terre dans le coin le plus reculé de la pièce, les genoux ramenés sur la poitrine, elle serrait entre ses doigts les grains d'ivoire usés de son chapelet.

— En effet. Mais il a sauté sur une mine. Alors je suis revenue.

La chambre était glacée. Dans sa blouse blanche et sa jupe grise, elle tremblait comme une feuille. Prenant une couverture sur le lit, Eve lui en couvrit les épaules.

— Votre ourlet est éclaboussé de sang séché.

— Ce doit être celui du pilote. Ou bien de la femme qui marchait devant lui. Ou de son mari… Ils ont été tués tous les trois.

Ses yeux ressemblaient à du verre opaque, comme si elle était sous l'effet du laudanum. Eve s'assit à côté d'elle et attira sa tête blonde sur son épaule. Apparemment, il y avait pires nuits que celles remplies d'instruments glacés, de douleurs au ventre intolérables et de cauchemars. En parlant, Lili caressait les grains du chapelet de son pouce.

— La frontière est éclairée comme en plein jour. Une fois qu'on a dépassé la ligne et les tireurs, on se trouve dans une zone boisée. Les Allemands l'ont minée. Mon pilote n'a pas voulu rester derrière moi. Il a couru vers un couple qui marchait en avant. Je crois qu'il avait trouvé la femme jolie… L'un des trois a dû mettre le pied sur une mine enterrée car ils ont tous explosé ensemble, à moins de cinq mètres de moi.

Eve ferma les yeux. Elle voyait l'explosion, les lumières crues. Ses frêles épaules tellement tremblantes qu'elle les sentait tressauter sous son bras, Lili poursuivit d'une voix neutre :

— Je suis allée chercher mes nouveaux papiers chez Antoine. Il m'a dit…

Le menton enfoui dans sa chevelure blonde, Eve lui chuchota d'une voix apaisante :

— Chut ! Ne parlez pas. Fermez les yeux.

Soudain, Lili se redressa, regardant droit devant elle, de grosses larmes roulant sur ses joues.

— Je ne peux pas. Je la vois…

— Qui ? La femme qui a sauté sur la mine ?

—Non. Violette.

Elle nicha son visage dans ses bras repliés et se mit à sangloter.

—Antoine me l'a annoncé. Pâquerette, Violette a été arrêtée. Les Allemands l'ont eue.

23

Charlie

Mai 1947

— Vous n'êtes pas invités, avait déclaré Eve à Finn. Ni l'un ni l'autre.

Le coup de téléphone qu'elle avait passé à son officier anglais avait fini par porter ses fruits. Il arrivait de Bordeaux le soir même et devait la retrouver pour dîner à la brasserie de l'hôtel. Dès que son rendez-vous avait été confirmé, Eve avait repris son masque féroce. Mais je n'étais pas dupe. Depuis qu'elle m'avait confié que Bordelon l'avait mise enceinte à Limoges, je l'avais observée non sans curiosité. *Enceinte.* À l'époque, elle avait presque mon âge et s'était retrouvée dans la même situation embarrassante. À la différence qu'elle était presque affamée, dans une ville grouillant d'ennemis qui, s'ils avaient compris pour qui elle travaillait vraiment, l'auraient entraînée devant le peloton d'exécution. Soudain, mon Petit Problème me semblait bien anodin, en comparaison. Je savais que, selon les principes dans lesquels j'avais été élevée, elle s'était rendue coupable d'un délit, mais je ne pouvais pas la condamner. Elle avait été happée par une guerre. Elle n'avait fait que son devoir. En toute franchise, je l'admirais d'avoir continué après une telle épreuve.

Sachant néanmoins qu'elle balaierait mon admiration d'un geste impatient, je m'étais contentée de sourire.

— Alors, dites-moi. C'est le capitaine Cameron que vous allez retrouver ce soir ?

Elle avait haussé les épaules, aussi énigmatique que toujours.

— N'étiez-vous pas sur le point de vous mettre en route pour ce village où s'est réfugiée votre cousine ?

— Si.

Cela faisait déjà trois jours que nous étions à Limoges. J'aurais déjà dû être partie pour le village de Rose. Mais Finn, qui ne faisait pas assez confiance à la Lagonda pour la lancer sur les routes de campagne, avait dû patiemment bricoler le moteur. Ayant décidé aujourd'hui que nous étions prêts, nous avions laissé Eve attendre son mystérieux compagnon.

— Qu'en penses-tu ? lui demandai-je en m'installant sur le siège avant. Tu crois que c'est avec le capitaine Cameron qu'elle a rendez-vous ?

— Je n'en serais pas surpris.

— Tu crois que nous serons rentrés à temps pour le voir ?

Il ajusta le régulateur de mélange air-carburant, avança la courroie de distribution et démarra.

— Ça dépendra, je suppose. Si nous retrouvons ta cousine ou pas.

Un frisson dû à un mélange d'impatience et de crainte me traversa.

— Aujourd'hui sera peut-être le grand jour.

Sans répondre, il se contenta de sourire et, tenant son volant d'une main, sortit de Limoges à petite vitesse.

Il portait son habituelle chemise aux manches remontées. Mais il s'était rasé et, pour une fois, son menton n'était pas rugueux. Je rêvais de caresser sa joue lisse. J'en avais une envie si impérieuse que je dus garder mes mains gentiment croisées sur mes genoux. Sa proximité me procurait une impression étrange, comme si l'habitacle était soudain plus exigu qu'en présence d'Eve. Comment était-ce possible ?

Cherchant à dissiper ma gêne, je déclarai :

— Nous ne devrions pas tarder à arriver.

D'après la carte froissée de Finn, notre destination ne se trouvait qu'à vingt-cinq kilomètres, à l'ouest de la ville.

— Je suppose.

Il fit tourner la voiture le long d'un pré entouré de barrières où paissaient des vaches. Une ferme aux murs de pierre grise se profilait au loin. La périphérie de Limoges avait vite fait place à de paisibles routes de campagne et à des chemins pleins d'ornières. Le dos bien droit, je regardai le paysage que je n'aurais pu rêver plus pittoresque. Je ne savais pas pourquoi je me sentais si nerveuse. Mais je l'étais. Si, quand je l'avais embrassé, l'autre soir, Finn avait répondu à mon baiser, il n'y avait plus jamais fait allusion depuis. Or, je voulais aller plus loin mais j'ignorais comment. J'étais peut-être un génie en ce qui concernait les chiffres. Mais je n'étais vraiment pas douée pour charmer un homme.

Interrompant le fil de mes pensées embarrassantes, il demanda :

— Quel est le nom de ce village, déjà ?

— Oradour-sur-Glane.

Sur la vieille carte, l'endroit semblait minuscule. Il était difficile d'imaginer Rose dans un hameau français. Elle qui avait toujours rêvé des boulevards parisiens, des lumières de Hollywood. « *New York à la rigueur*, avait-elle coutume de dire. *New York est assez chic pour moi.* » Et, au lieu de cela, elle était venue à Oradour-sur-Glane, un hameau perdu au fin fond de la France.

La Lagonda prit un virage, suivit un muret de pierres brutes croulant sous les clématites. Pieds nus, les bras écartés, une fillette française marchait en équilibre sur la crête. Malgré ses cheveux bruns, je vis Rose, ses boucles blondes dansant sur une robe d'été bleue, comme l'une de celles de ma cousine, autrefois. Les souvenirs me submergèrent avec une telle force que j'eus soudain une certitude. *Tu es à Oradour-sur-Glane, Rosie. Je sais que tu es là. Montre-moi le chemin et je te trouverai.*

— Nous n'irons pas plus vite parce que tu pousses avec ton pied, fit remarquer Finn.

En baissant les yeux, je m'aperçus que je pressais ma sandale à semelle de liège sur le sol comme sur un accélérateur.

— Pourquoi es-tu assise comme si tu étais à l'église ? reprit-il.

— Que veux-tu dire ?

La Lagonda arriva devant un pont de pierre. Une bicyclette filait dans la direction opposée. Finn s'arrêta pour la laisser passer. Puis, se penchant, il s'empara de mes mollets et les croisa sur mon siège.

— En général, tu t'assieds en tailleur.

Il redémarra et je me sentis rougir. De ses doigts, il pouvait encercler presque toute ma cheville. Je portais une jupe droite rouge que j'avais achetée à Paris et une chemise blanche ample, boutonnée, masculine, dont j'avais roulé les manches et noué les pans à ma taille. Je savais que cette tenue m'allait bien et, pourtant, je regrettais la maigreur de mes jambes. Même à treize ans, celles de Rose étaient déjà jolies. La première chose que je ferais en la retrouvant serait de la serrer dans mes bras à l'étouffer et de lui dire combien je les admirais.

—Nous nous sommes trompés de direction quelque part, fit remarquer Finn, quelques minutes plus tard. Nous roulons vers le sud, pas vers l'ouest. Toutes ces routes sans panneaux… Attends un instant.

Il s'arrêta le long d'une boutique sur le bas-côté avec un étalage de cartes postales et un chat assoupi sur les marches. Tandis que, sans couper le moteur, Finn descendait pour s'adresser au propriétaire dans son français au fort accent écossais, l'animal bâilla. Je le regardai remuer la queue. Rose et moi pourrions en avoir un, imaginai-je. Maintenant que feu mon cher Donald, paix à son âme, n'était plus. Il n'aurait jamais accepté que j'en aie un car ils lui donnaient des allergies.

«*J'ai décidé que je détestais Donald. Tu n'aurais pas pu au moins choisir un mari sympa?*» me répliqua la voix de Rose.

—Tu souris, dit l'Écossais en se réinstallant au volant.

—Je me demandais simplement ce que tu penserais de ma cousine si tu la rencontrais. À dire vrai, je ne me le demandais pas vraiment. Tout le monde aime Rose.

—Elle te ressemble beaucoup?

—Pas du tout. Elle est plus drôle. Plus courageuse. Jolie.

Il était sur le point de faire demi-tour dans la rue. Il s'interrompit et, un long moment, m'enveloppa de son regard brun. Enfin, il coupa le contact et m'attira contre lui. Passant sa main dans mes cheveux, il pressa sa bouche contre mon oreille.

—Charlie, ma belle.

Son souffle chaud sur ma peau, il embrassa le petit creux où mon pouls palpitait, sous mon oreille, et un frisson électrique me parcourut.

— Courageuse, murmura-t-il en effleurant mes lèvres des siennes. Sans parler de jolie. Belle comme une journée de printemps, voilà ce que tu es.

— Tu sais ce qu'on raconte à propos des Écossais, parvins-je à dire. Que ce sont tous des menteurs.

— Ce sont les Irlandais. Un Écossais ne raconte pas de craques.

Sa bouche trouva de nouveau la mienne et il m'embrassa longuement. J'entendis vaguement la sonnette d'une bicyclette qui passait. Mais j'avais les bras autour du cou de Finn et mon cœur battait contre son torse dur.

Il finit par se dégager, tout en continuant à me serrer étroitement.

— Je pourrais rester ici tout l'après-midi. Mais si nous allions chercher ta cousine ?

— D'accord, me contentai-je d'acquiescer.

Il y avait longtemps que je n'avais pas été aussi heureuse.

— Tu veux prendre le volant ?

Je le dévisageai, incrédule. Puis, lui souriant, je demandai :

— Tu me fais assez confiance pour me confier cette brave fille ?

— Viens ici.

Nous échangeâmes nos places. Toujours souriante, j'allongeai mes pieds vers les pédales. Il m'apprit à démarrer.

— Si le moteur était froid, tu devrais régler le mélangeur carburant-air.

Enfin, je fis tourner la Lagonda vers l'ouest. Elle ronronnait dans mes mains.

— C'est drôle, fit-il remarquer. Le vieil homme dans le magasin qui m'a indiqué la direction m'a regardé d'un air bizarre quand j'ai dit que je cherchais Oradour-sur-Glane.

— Comment ça, « bizarre » ?

— Juste bizarre.

— Hum.

Je fis glisser ma main sur le volant de la décapotable, sentant le tissu soyeux de la manche de Finn pressé contre mon bras. Tout en roulant sur la route défoncée, je me mis à fredonner *La Vie en rose*. Je ne voulais plus jamais descendre de cette voiture.

— Regarde, me dit Finn, un doigt tendu. Ça doit être là.

J'avais déjà aperçu le clocher qui se profilait à l'horizon.

Le sang me battait aux tempes. À mesure que nous approchions d'Oradour-sur-Glane, ma nervosité allant croissant, j'étais incapable de me concentrer sur les panneaux routiers. Nous avions repris nos places initiales. La route sinueuse menait à l'entrée sud du village, enjambant la rivière Glane. J'apercevais le clocher qui se dressait au milieu de bâtisses basses et carrées, des poteaux téléphoniques. Je m'étonnai. Les toits étaient bizarrement inclinés.

Nous atteignîmes la périphérie du village.

— Quel silence, s'étonna Finn.

Pas d'aboiements de chiens, de grondements de roues de tramways, de sonnettes de bicyclettes. Finn fit ralentir la Lagonda mais les rues étaient vides d'enfants qui jouaient. J'étais surtout perplexe. C'est alors que je remarquai que les murs de la maison la plus proche étaient couverts de traces noires de fumée, que la toiture était écroulée.

— Il a dû y avoir un incendie, fis-je remarquer.

Mais les marques semblaient anciennes, délavées par la pluie.

Finn se mit à rouler au pas. Le moteur de la voiture gémit, comme si elle était mal à l'aise. Je regardai des deux côtés de la rue. Toujours personne. Mais je vis d'autres marques de fumée, de feu. Une pendule gisait sur un trottoir comme si elle avait été posée là et abandonnée. Le cadran était à moitié fondu mais les aiguilles étaient arrêtées sur 16 heures.

— Aucune de ces maisons n'a de toit.

Finn tendit de nouveau le doigt et je vis d'autres poutres noircies, d'autres bardeaux détruits. Je n'étais plus surprise que, de loin, les formes m'aient paru bizarres. Un incendie avait dû faire rage. Mais il s'agissait d'édifices en pierre, massifs et espacés. Comment le feu avait-il pu se propager entre ce type de bâtiments ?

Je sentis mon sang se glacer.

L'église se dressait sur notre gauche, massive, construite en lourde pierre locale. Elle n'avait plus de toit non plus.

— Pourquoi est-ce que personne n'a reconstruit ? chuchotai-je. Même s'il y a eu un incendie, pourquoi est-ce que personne n'est revenu ?

La pensée me traversa comme un train hurlant : *Peut-être n'y a-t-il aucun survivant.*

— Non, répondis-je à voix haute, comme si je voulais m'en convaincre. Une ville entière ne périt pas dans le feu.

Les gens auraient fui. De toute évidence, des travaux avaient été faits à Oradour-sur-Glane après l'incendie, quelle que soit l'époque où il s'était produit. Il n'y avait ni décombres, ni gravats. Des gens avaient dû venir nettoyer les bâtiments et les rues.

Alors pourquoi ne sont-ils pas restés ? Pourquoi n'ont-ils pas reconstruit ?

La Lagonda roula au ralenti jusqu'au centre du village, longeant une poste abandonnée, une station de tramway. Les rails semblaient presque neufs, comme si un tramway allait déboucher en grondant d'une seconde à l'autre. Mais un silence profond régnait, que rien ne venait troubler. Pas un bruit de pas, pas un miaulement de chat. Et pourquoi n'entendait-on aucun oiseau chanter ?

Mon sentiment de malaise devint de plus en plus violent.

— Arrête-toi ! m'exclamai-je. J'ai besoin de descendre… j'ai besoin de…

Finn gara la Lagonda au beau milieu de la rue pavée. Qui aurait actionné un klaxon pour lui demander d'avancer ? Il n'y avait aucune circulation. J'en descendis péniblement, faillis tomber, et il me stabilisa d'une main sur mon bras.

— Pas étonnant que l'homme de la boutique m'ait regardé d'un air bizarre, fit-il remarquer.

— Que s'est-il passé ici ?

J'avais l'impression d'être sur un vaisseau fantôme abandonné en pleine mer, un repas servi sur la table. C'était comme un village de poupées sans poupées. *Rose, où es-tu ?*

Nous refîmes en sens inverse le chemin par lequel nous étions arrivés. Je regardai par la fenêtre d'un hôtel incendié et distinguai des meubles à l'intérieur. Des petites tables couvertes d'une épaisse couche de poussière, des chaises qui attendaient les clients, un comptoir abandonné derrière lequel des réceptionnistes avaient dû présider. Si je franchissais la porte, j'y trouverais sans doute la sonnette à moitié fondue, attendant d'appeler les grooms disparus depuis longtemps.

— Tu veux entrer ? me demanda Finn.

Je secouai vivement la tête.

Sur notre gauche s'étendait une place de marché ou un champ de foire, vide. Une voiture aux portières ouvertes y était garée. Finn passa une main sur le garde-boue qui s'écaillait.

— Une Peugeot 202 qui a dû faire la joie et la fierté de son propriétaire.

— Alors pourquoi l'aurait-il abandonnée ici ?

Ni lui ni moi n'avions la réponse. Mais la peur en moi croissait à chaque écho de nos pas sur le pavé.

En haut d'une abrupte pente herbeuse, l'église se dressait derrière le mur de pierre qui la séparait de la route. Un trio de fenêtres en ogive creuses semblaient nous regarder. Finn passa une main sur le muret le plus bas et se figea.

— Charlie. Des traces de balles.

— Comment ça ?

Il effleura les creux de ses doigts.

— Et ce ne sont pas des tirs de fusils de chasse. Regarde la régularité avec laquelle ces marques sont espacées. Ce sont des soldats qui ont tiré.

— Mais c'est un village perdu dans la campagne. Qui aurait...

Il se retourna, soudain blême.

— Partons d'ici. Nous nous renseignerons au prochain village. Quelqu'un pourra nous dire ce qui est arrivé.

Je perçus soudain un mouvement du coin de l'œil et laissai échapper en un cri :

— Rose !

Sans voir son visage, je savais qu'il s'agissait indéniablement d'une silhouette féminine. Recroquevillée dans l'herbe, contre le mur de l'église, les épaules voûtées, elle était enveloppée dans un vieux manteau en dépit de la chaleur. Je m'élançai derrière le mur inférieur en courant, escaladai la pente, contournai un autre muret, sans jamais quitter la forme des yeux.

— Rose ! hurlai-je de nouveau.

J'entendais les pas de Finn qui s'était précipité à ma suite. Mais la femme, appuyée au mur de l'église, ne bougeait pas.

— Rose, criai-je une troisième fois comme une incantation, une prière.

D'un geste désespéré, je posai une main sur son épaule.

Enfin, elle se retourna.

Ce n'était pas Rose.

— Eve ? faillis-je demander.

Pourtant, la femme ne ressemblait en rien à l'Anglaise. Replète, ses cheveux grisonnant tirés en chignon, elle avait l'air d'une grand-mère. Alors pourquoi me rappelait-elle l'espionne et son grand corps efflanqué ? C'est quand elle posa sur moi ses yeux noirs, vides, que je vis la ressemblance. Elle avait ce même regard hagard, celui d'une femme qui a été ébranlée et meurtrie jusqu'à l'âme. Comme Eve, elle avait un âge indéfinissable, entre cinquante et soixante-dix ans. Pour elle, cela ne faisait aucune différence. Comme la pendule fondue, elle s'était arrêtée à 16 heures pour l'éternité. Quand cette ville était-elle morte… ? Comment était-elle morte ?

— Qui êtes-vous ? chuchotai-je. Que s'est-il passé ici ?

D'une voix claire, qui n'avait rien d'un marmonnement de femme âgée, elle répondit :

— Je suis madame Rouffanche. Et ils sont tous morts. Je suis la seule rescapée.

Nous étions installés sous les fenêtres creuses de l'église à moitié incendiée. Je sentais la caresse tiède du soleil sur mes cheveux, j'entendais l'herbe bruisser en un doux murmure : ces détails du quotidien en toile de fond contrastaient avec l'horreur que nous contait avec détachement Mme Rouffanche.

Elle ne semblait pas du tout curieuse de notre présence. Pas étonnée non plus. Elle était comme le chœur dans une pièce de Shakespeare : le rideau se levait sur un décor si surprenant, si effroyable, que le public était incapable de le comprendre avant qu'il sorte pour décrire la scène d'une voix neutre. Ce qui s'était passé. Quand cela s'était passé. Comment cela s'était passé.

Pas *pourquoi.*

Elle ne savait pas pourquoi. Je suppose que personne ne le savait.

— C'était en 1944, commença-t-elle. Le 10 juin. C'est le jour où ils sont arrivés.

— Qui ? chuchotai-je.

— Les Allemands. Depuis février, une division de SS Panzer était stationnée au nord de Toulouse. Après le débarquement allié du 6 juin, la division avait pris la direction du nord. Le 10 juin, elle est arrivée ici.

Elle s'interrompit avant de reprendre :

— Plus tard, nous avons appris que quelqu'un avait rapporté qu'Oradour-sur-Glane abritait des résistants… Ou que c'était Oradour-sur-Vayres. Je ne sais pas. Cette information n'a jamais été éclaircie.

Finn me prit la main. Il avait les doigts glacés.

— Continuez, parvins-je à murmurer à travers mes lèvres serrées.

Mme Rouffanche n'avait pas besoin d'encouragement. Elle avait commencé son histoire. Elle la raconterait jusqu'à la fin, puis elle quitterait la scène. Le regard perdu au loin, elle était revenue au 10 juin 1944.

— Il était environ 14 heures. Des soldats allemands ont fait irruption chez nous et nous ont ordonné, à mon mari, mon fils, mes deux filles et ma petite-fille, de sortir sur le champ de foire.

Elle montra d'un doigt la place où nous avions vu la Peugeot abandonnée.

— Un certain nombre d'habitants du village y étaient déjà rassemblés. Les gens arrivaient de toutes les directions. Toutes les femmes et tous les enfants ont été rassemblés dans l'église.

D'une main, elle effleura la pierre criblée de trous, noircie par la fumée, comme si elle caressait un visage.

— Les mères portaient leurs bébés dans leurs bras ou les poussaient dans des landaus. Nous étions plusieurs centaines.

Pas Rose, songeai-je, soudain nauséeuse. Rose ne pouvait pas en faire partie. Elle n'était pas une femme du village. Elle habitait et travaillait à Limoges. J'avais été tellement sûre de la trouver ici. Mais pas dans ces conditions. Il était impossible qu'elle ait été ici le 10 juin 1944.

— Nous avons attendu pendant des heures, poursuivit Mme Rouffanche, sans se départir de son calme. Spéculant, chuchotant, de plus en plus inquiètes. Vers 16 heures…

Seize heures. Je repensai à la pendule fondue.

— Quelques soldats sont entrés. C'étaient des garçons, très jeunes, en fait. Ils portaient une boîte dont émergeaient des ficelles qui traînaient à terre. Ils l'ont posée dans la nef, près du chœur, et ont mis le feu aux ficelles. Puis ils ont battu en retraite et la boîte a explosé. Une épaisse fumée noire a envahi l'église. Les femmes et les enfants couraient en tous sens, se bousculant, hurlant, toussant à s'étrangler.

Je voulais plaquer mes mains sur mes oreilles pour ne plus entendre sa voix uniforme mais, pétrifiée par l'horreur, j'étais incapable de faire un mouvement. À côté de moi, Finn ne respirait même plus.

— Nous avons enfoncé la porte de la sacristie où nous nous sommes rués. Je me suis assise sur une marche. J'essayais d'être le plus près possible du sol pour pouvoir respirer de l'air frais. Ma fille s'est élancée vers moi. À cet instant précis, les Allemands ont ouvert le feu par les portes et les fenêtres. Andrée a été tuée sous mes yeux.

Elle marqua une pause. Cligna des yeux.

— Elle avait dix-huit ans.

Un nouveau silence, un nouveau battement des paupières.

— Elle s'est écroulée sur moi et j'ai fermé les yeux et feint d'être morte.

— Seigneur ! murmura Finn.

— Il y a eu d'autres coups de feu. Puis les Allemands ont jeté des brassées de paille, du bois, des chaises brisées en tas, sur les corps gisant sur les dalles. La fumée ne s'était pas dissipée. J'ai rampé sous ma fille et me suis cachée derrière l'autel. Le mur, derrière moi, était percé de fenêtres en hauteur. J'ai atteint celle du milieu, la plus grande, et j'ai tiré le tabouret que le curé utilisait pour allumer les cierges. Je me suis hissée tant bien que mal.

Cette femme voûtée, qui ressemblait à une grand-mère, avait escaladé un mur de pierre abrupt, à la force de ses mains, au-dessus d'un sol couvert de cadavres, de balles, dans des émanations de fumée. Mme Rouffanche dut deviner mon effarement à mon visage. Avec un haussement d'épaules, elle expliqua :

—Je ne sais pas. Mes forces étaient décuplées.

—Cela peut arriver, murmura Finn d'une voix presque inaudible.

Elle leva la tête vers le trou noir et béant dans le mur de l'église.

—Le vitrail avait déjà éclaté. Je l'ai escaladé et me suis jetée dans le vide. J'ai fait une chute d'environ quatre mètres. Je suis tombée là, ajouta-t-elle.

J'étranglai un cri. Trois ans auparavant, cette femme s'était jetée par la fenêtre du milieu du mur de l'église, sur cette pelouse où nous nous tenions dans l'air parfumé de l'été. *Ici même.*

—Une femme a essayé de me suivre. Dès qu'ils nous ont vues, les Allemands ont ouvert le feu.

Elle se mit soudain à marcher lentement, d'un pas mal assuré.

—J'ai été touchée à cinq reprises. J'ai rampé par là.

Nous la suivîmes en silence. Elle contourna le mur de l'église.

—J'ai réussi à atteindre le jardin de la sacristie. Ces plantes que vous voyez mortes étaient luxuriantes, à l'époque.

Debout au milieu du jardin nu, nous regardâmes les racines aplaties.

—Je me suis cachée au milieu de rangées de plants de petits pois. Il y a eu de nouveaux coups de feu, d'autres hurlements, d'autres cris... Ceux des hommes et des garçons qu'ils fusillaient. Puis le feu s'est propagé et tous les toits se sont enflammés. La nuit est tombée et j'ai entendu des bouchons de champagne sauter… Les Allemands ont passé la nuit au village et ils ont bu du champagne.

J'entrouvris les lèvres mais fus incapable de proférer une parole. Existait-il des mots pour exprimer mon horreur ? J'en doutais. Finn tourna brusquement le dos, sans me lâcher la main. Il la serrait si fort que j'eus l'impression que mes doigts allaient se briser. J'agrippai les siens en retour. Le visage serein, Mme Rouffanche regardait au loin, ses doigts s'agitant comme si elle égrenait des perles d'un chapelet inexistant.

— Les Allemands sont restés quelques jours… Ils ont fait des tentatives pour creuser la terre et y cacher les cadavres. Je n'ai jamais compris pourquoi. Personne ne pouvait effacer ce qu'ils avaient fait. La chair brûlée dégageait une véritable puanteur. Des chiens paniqués couraient partout, cherchant leurs maîtres. Les Allemands qui avaient décimé presque tout le village avaient un faible pour les chiens. Ils n'en ont pas abattu un seul. Ils ont voulu enterrer d'autres morts ici, dans le jardin du presbytère. Mais ils ont creusé un trou si peu profond que, même une fois comblé, une main d'homme en émergeait.

Je regardai Finn. Le dos toujours tourné, ses épaules étaient secouées de spasmes. J'étais incapable de dire pourquoi je n'arrivais pas à bouger. Ne pouvais émettre un son. J'étais comme paralysée.

— Quand les Allemands ont fini de nettoyer leur carnage et qu'ils ont battu en retraite, j'ai été sauvée. Par deux hommes qui étaient revenus en catimini au village pour voir si leurs fils avaient survécu… Je les ai suppliés de m'emmener à la rivière et de m'y noyer mais ils m'ont conduite chez un médecin. J'ai passé un an à l'hôpital. Quand j'en suis sortie, la guerre était finie, les Allemands partis. Mais le village était toujours…

Un silence. Un battement de paupières.

— Comme vous le voyez.

Un silence. Un battement de paupières.

— J'ai survécu, poursuivit-elle, pragmatique. D'autres aussi. Des hommes, rescapés des fusillades, qui se sont enfuis en rampant de granges en feu. Des hommes qui étaient aux champs ou dans des villes voisines pour la journée. Quelques enfants qui se sont cachés dans les ruines ou qui ont échappé aux mitraillettes.

Une lueur semblait lutter pour se rallumer dans ses yeux. Comme si, lentement, elle revenait au présent, quittant la bulle de temps qu'était le 10 juin 1944. Pour la première fois, elle me regarda comme si elle me voyait vraiment. Comme si elle voyait vraiment Charlie St Clair dans sa jupe rouge et ses sandales à talon de liège, debout sur les décombres de tous les fantômes.

Finn se retourna et, d'un geste, balaya les bâtiments couverts de suie qui nous entouraient.

— Pourquoi venez-vous ici ? Pourquoi restez-vous ?

— C'est chez moi, répondit Mme Rouffanche. C'est toujours mon village et je suis son témoin vivant. Vous n'êtes pas les premiers à venir ici, en quête d'un survivant… M'y trouver, plutôt que le néant, adoucit un peu l'horreur. Alors dites-moi qui vous cherchez. Et je vous dirai s'ils ont survécu. Ou s'ils sont morts.

Son regard s'était empreint de compassion.

Un long moment, personne ne brisa le silence. Nous étions comme une trinité dans cet endroit marqué par la tragédie. La brise agitait les cheveux de Finn, plissait l'ourlet du manteau de Mme Rouffanche. Je sortis alors la photo usée de Rose de mon portefeuille et la posai dans l'une des mains parcheminées.

Et je me mis à prier. De toutes mes forces.

Elle regarda fixement le cliché, le rapprocha de ses vieux yeux.

—Ah! murmura-t-elle, une lueur de reconnaissance dans le regard. Hélène.

—« Hélène » ? répéta vivement Finn, me devançant.

—Elle s'est présentée sous le nom d'Hélène Joubert quand elle est venue ici pour avoir son bébé. Une veuve, très jeune. Je pense que nous avions tous deviné mais…

Elle haussa les épaules.

—Une fille charmante. Tout le monde se fichait bien qu'elle ait eu un mari ou pas. Elle confiait son bébé aux Hyvernaud pour aller travailler à Limoges. Et, tous les week-ends, elle revenait en tramway, disait Mme Hyvernaud.

Elle sourit.

—Hélène. C'était un joli prénom mais nous ne l'appelions jamais comme ça. Elle nous avait raconté que quand elle était enfant, on l'appelait Rose à cause de ses joues roses. *La belle Rose.*

Je sentis un hurlement naître du fond de mon être.

—Je vous en prie, dites-moi qu'elle n'était pas ici, plaidai-je, la voix brisée. Dites-moi qu'elle était à Limoges. Dites-moi qu'elle n'était pas ici !

Mme Rouffanche regarda de nouveau la photo. Le silence revint, interminable. Devant le visage souriant de Rose, je la vis replonger dans le passé. 10 juin. 10 juin. 10 juin…

—À l'intérieur de l'église, le mur était percé de trois fenêtres en hauteur. Je suis allée à celle du milieu, la plus haute, et j'ai tiré le tabouret qu'utilisait le curé pour allumer les cierges. Je me suis hissée et j'ai sauté. D'une hauteur de quatre mètres environ.

Hébétée par l'horreur, je me rendis compte qu'elle répétait quasiment mot pour mot l'histoire qu'elle venait de nous raconter. Combien de fois l'avait-elle narrée à des gens comme moi, des gens recherchant des êtres aimés, pour que son récit soit ainsi figé comme sur un disque ? Les mots dans le même ordre ? Était-ce sa façon de rester saine d'esprit tandis qu'elle fouillait chaque jour dans sa mémoire pour nous ?

—Madame, je vous en prie.

Elle marchait de nouveau, repartant en sens inverse, chancelante et absente. Je courus pour la rattraper.

—Une femme a essayé de me suivre par la fenêtre.

Une pause. Un battement de cils.

Puis, alors que nous revenions au vitrail brisé d'où elle avait sauté trois ans auparavant, l'histoire changea. Elle regarda le trou sombre. Je l'imitai. Et je vis ce qu'elle décrivait. Je vis ce qu'elle avait vu.

—Quand j'ai levé les yeux, j'avais été suivie par une femme qui me tendait son bébé par la fenêtre.

Je vis une tête blonde, des bras pâles tendus par la fenêtre. *Ici même.*

—J'ai pris l'enfant. Il hurlait.

Je vis le petit paquet hurlant, les poings s'agitant.

—Elle a sauté, est tombée à côté de moi. Elle m'a arraché le bébé et s'est mise à courir.

Je vis sauter la svelte silhouette, qui, malgré sa terreur, n'avait rien perdu de sa grâce. Je vis le blanc de sa robe se détacher sur le vert de la pelouse alors qu'elle se relevait, couverte de taches d'herbe et de sang, arrachant le paquet hurlant et se précipitant à l'abri des tirs, vers la sécurité.

— Mais les Allemands ont ouvert le feu sur nous. À plusieurs reprises. Nous sommes tombées.

Je vis la fusillade, les nuages de la fumée des fusils. Les éclats de pierres des murs de l'église. Le sang maculant les cheveux blonds. Mme Rouffanche reposa délicatement la photo dans ma main tremblante.

— Votre amie, la belle Rose et le bébé, Charlotte, ont péri sous les balles.

Je perçus un bruissement et fermai les yeux. C'était le bruissement d'une robe d'été soulevée par une brise chaude. Rose était juste derrière moi. Si je me tournais, je la verrais. Je verrais sa robe blanche tachée de rouge. Les balles qui avaient traversé sa gorge délicate. Ses yeux étincelants. Je la verrais gisant, recroquevillée, ses jambes tressautant alors qu'elle essayait toujours de fuir, de tout son cœur de brave. Je verrais son bébé dans ses bras. Le bébé que je ne rencontrerais jamais, le bébé qui jamais ne grandirait pour devenir la grande sœur du mien. Le bébé qu'elle avait appelé *Charlotte*.

Rose était derrière moi, je l'entendais respirer. À cela près qu'elle ne respirait plus. Elle était morte depuis trois ans. Elle était partie et tous mes espoirs n'avaient été qu'illusions.

24

Eve

Octobre 1915

Elle avait succombé à une rafale de balles. Sa mort, qui fut relatée dans des journaux passés sous le manteau, laissèrent les lecteurs à la fois fascinés et écœurés. Elle était tombée en Belgique, devant un peloton d'exécution : une infirmière de la Croix-Rouge, espionne anglaise, devenue instantanément célèbre, considérée par tous comme une héroïne et une martyre. Son nom était sur toutes les lèvres.

Edith Cavell.

Et non Violette Lameron. Edith Cavell était morte. Mais d'après les informations qui circulaient dans le Réseau Alice, Violette était toujours vivante. Plongée dans l'un de ces journaux interdits, Eve fit remarquer :

— Cavell ressemble à Violette. Elles ont les mêmes yeux.

La plupart des portraits d'Edith Cavell étaient idéalisés. Sur certains, elle défaillait devant la rangée de fusils. D'autres avaient été retouchés pour renforcer sa vulnérabilité et sa féminité. Mais on voyait à son regard qu'elle n'avait rien de fragile. Edith Cavell avait fait passer clandestinement la frontière à des centaines de soldats, ce qui était loin d'être une mission pour une femme fragile. Elle avait ce même regard implacable, déterminé, qui rappelait celui de Violette, de Lili. *Le même que le mien*, songea Eve. *C'était une autre Fleur du Mal.*

Deux semaines s'étaient écoulées. Ce jour-là, Lili faisait les cent pas dans la chambre comme une tigresse en cage, son petit visage tendu. Depuis l'arrestation de Violette, elle avait fait la morte, se terrant dans le petit appartement. Ce qui ne l'enchantait guère. Soudain, elle déclara :

— C'est une bonne chose. Je ne veux pas être brutale, mais la mort de Cavell est une bonne chose pour Violette. Le monde entier condamne les Allemands pour l'avoir fusillée. Ils n'oseront pas mener une autre femme devant un peloton d'exécution.

Que lui feront-ils, à la place ?

La question remplissait Eve d'effroi. Les Allemands ne soumettaient pas leurs prisonniers à la torture, pas même les espions. Ils avaient recours aux interrogatoires, aux coups, aux passages à tabac, à l'emprisonnement, sans oublier, bien sûr, la menace de l'exécution. On pouvait être fusillé mais on ne vous arrachait pas les ongles. Ce que, dans le réseau, tout le monde savait.

Et s'ils faisaient une exception pour Violette ?

Sachant la violence de l'angoisse qui animait Lili, elle se garda bien d'exprimer cette pensée à voix haute. Elle aussi s'alarmait. Elle revoyait sa douceur quand elle avait pris soin d'elle, la revoyait essayant de réchauffer les instruments. Sans elle, elle porterait maintenant l'enfant de René. Ou bien elle serait morte. Car, sans son expertise, elle aurait commis la folie d'avaler n'importe quelle potion, n'importe quel poison susceptible de la débarrasser du problème. Sa dette envers elle était immense.

Les épaules affaissées, Lili continuait son va-et-vient. Elle reprit :

— Ils vont l'interroger. Antoine affirme qu'ils n'ont rien de probant. Elle n'a pas été prise avec des papiers. Ils ont obtenu son nom par un garçon du réseau qu'ils ont arrêté à Bruxelles. Et ils n'ont aucun autre indice. Alors, quand ils vont la questionner, ils vont se casser les dents. Violette est un roc.

Eve l'imaginait assise devant une table boiteuse, face à l'inquisiteur allemand, tournant la tête vers la lumière pour faire de ses lunettes deux hublots opaques et impénétrables. Certes, elle allait leur donner du fil à retordre. *Tant qu'ils ne la torturent pas.*

Lili fulminait. D'une voix d'une dureté impitoyable, elle ajouta :

— Si seulement je pouvais agir. Sortir et glaner un nouveau renseignement. Sans oublier que je vais avoir des rapports à récolter. Mais je jure de ne plus laisser personne aux mains des Boches. Je préférerais me retrouver moi-même contre un mur et fusillée que de perdre encore quelqu'un.

— Ne soyez pas stupide !

Violette n'étant plus là pour contrôler leur chef, Eve s'aperçut qu'elle avait adopté le ton autoritaire de leur lieutenant à lunettes.

— Je vais voir ce que je peux dégotter au *Léthé*, ajouta-t-elle.

Tu pourrais bien ne plus y être pour longtemps. Avec cette faille dans le réseau, il était possible que Lili et elle soient exfiltrées de Lille. Ce qui serait logique. Mais le moment était mal choisi pour se laisser aller à rêver de ne plus jamais revoir Bordelon. *Pour le moment tu es ici, alors continue à tendre l'oreille.*

Mais Violette ne semblait faire l'objet d'aucune conversation. Cette semaine-là, les officiers allemands, les uns avec une mine sombre, les autres fulminant au-dessus de leurs verres de *schnaps*, ne parlaient que de l'exécution de Cavell. L'un d'entre eux explosa :

— Bon Dieu ! Cette femme était une *espionne* ! Allons-nous tremper nos mouchoirs de larmes pour une saleté d'espionne, sous prétexte que c'était une femme ?

Un colonel répliqua :

— Avec des espions en jupes, la guerre n'est plus ce qu'elle était…

— Mettre une femme face à un peloton d'exécution, c'est une honte pour la patrie. Ce n'est pas ainsi que nous menons la guerre…

— Espionner, c'est un travail de lâche. Il y a des espions à Lille. La région en est truffée. On en a découvert une à Bruxelles, quelques semaines avant l'exécution de Cavell, encore une femme…

Eve essayait de ne pas perdre une miette des conversations. Mais il n'y eut rien de plus sur Violette. *Par pitié, que Violette ne finisse pas ainsi.*

Plus tard dans la soirée, René en rit de bon cœur. Debout à côté de la desserte, devant une liqueur d'une belle couleur vert péridot, il était nu. Il avait depuis peu commencé à l'éduquer à l'absinthe.

— Comme ces Allemands sont romantiques ! Comme s'il existait un moyen honorable de mener une guerre !

La guerre arrive ! C'est tout. La seule chose qui compte, à la fin, c'est d'en sortir vivant… ou mort.

Jambes croisées sur le lit, un drap jusqu'aux épaules, Eve insinua :

— Il n'y a pas que cela. Ce qui compte aussi, c'est d'en sortir pauvre ou riche. Je ne vois pas ce qu'il y a de si méprisable à vouloir ga… gagner de l'argent en temps de guerre. Qui a env… vie d'avoir faim ou de s'habiller de guenilles ?

Comme elle l'avait escompté, sa remarque lui valut un sourire approbateur. Elle avait dû faire évoluer son personnage de jeune campagnarde aux yeux écarquillés qui avait plu à son patron. Elle avait acquis une certaine sophistication : elle ne s'étouffait plus en buvant du champagne ; montrait qu'elle appréciait les plaisirs de la vie que son amant se flattait de lui faire connaître et qu'elle lui en était reconnaissante. Elle s'appliquait à se montrer consentante et empressée au lit. Elle avait adopté quelques-unes des remarques cyniques de René et il s'amusait de l'entendre les répéter comme un perroquet. Peu à peu, Eve avait minutieusement opéré la transformation de Marguerite et Bordelon semblait satisfait du résultat de ce qu'il prenait pour sa création.

Sur chacun des verres, il posa en équilibre une cuillère à absinthe en argent contenant un morceau de sucre.

— Vous êtes dégourdie, Marguerite. Si les Allemands pensent que les femmes sont trop sottes ou trop candides pour espionner, ils se trompent lourdement.

Esquivant le sujet de son intelligence, elle avança :

— On dit que les Anglais sont f… furieux de l'exécution de Cavell.

Tout en versant goutte à goutte de l'eau glacée sur l'absinthe pour, lentement, dissoudre le sucre, il répondit :

— Furieux, peut-être. Mais plus reconnaissants encore, j'imagine.

— Pourquoi ?

Eve prit son verre. Si, comme elle l'avait craint, *la fée verte** ne la grisait pas et ne la faisait pas bavarder à tort et à travers – ce qui, selon René, n'était qu'un mensonge de vignerons inquiets de perdre leur clientèle –, elle prenait bien garde à ne pas en boire trop.

— Vous n'avez pas vu les listes de pertes des Anglais, ma belle. Tous ces hommes qui meurent dans les tranchées chaque mois... Ils sont dans la deuxième année de leur splendide petite guerre et le peuple n'en peut plus de tout ce sang. Aussi, quand les Huns fusillent une femme de bonne naissance, à la réputation sans tache – et rien n'est plus respectable qu'une infirmière –, le choc galvanise l'arrière du front.

Il se glissa sous les draps, son verre à la main. Prenant son courage à deux mains, elle demanda à brûle-pourpoint :

— Vont-ils fusiller l'autre femme, celle q... qui a été ar... rêtée à Bruxelles ?

— Non, s'ils ont pour deux sous de bon sens. Ils ne veulent pas alimenter la presse qui est contre eux. Je me demande si elle est jolie. Si elle l'est, les Anglais vont espérer que les Boches la tueront. Ce qui ferait encore plus d'effet qu'une martyre dans la cinquantaine comme Cavell, ce serait une jolie martyre. Il n'y a rien de mieux pour enflammer la colère des gens qu'une fille jeune, mignonne et morte. Buvez votre verre, Marguerite, et venez ici... Vous n'avez jamais essayé l'opium, n'est-ce pas ? Il faudra que nous essayions un jour. S'accoupler dans la fumée de l'opium pourrait être une révélation…

Mais les deux jeunes femmes n'en avaient pas fini avec le fantôme d'Edith Cavell. Quand Eve revint dans sa chambre cette nuit-là, elle trouva Lili assise à la table branlante, avec de grandes ombres violettes sous les yeux.

—J'ai des nouvelles intéressantes d'oncle Edward, Pâquerette, lança-t-elle.

—Est-ce qu'on nous rappelle ? Est-ce qu'on nous fait quitter Lille ?

L'absinthe lui embrumait un peu l'esprit. Mais, heureusement, elle avait réussi à esquiver l'opium. Elle était fermement décidée à ne prendre *aucun* produit risquant de lui délier la langue devant René.

Son cœur se serrant, elle perçut l'hésitation de Lili.

—Non… quoique, peut-être…

Exaspérée, elle déboutonna son manteau.

—Soyez plus claire !

—Antoine avait rapporté le message directement d'oncle Edward. On avait envisagé de nous rappeler. Mais son supérieur, le type à la moustache, a opté pour nous laisser continuer.

Elle faisait sûrement référence au commandant Allenton, ce fat, friand de ragots, qu'elle avait rencontré lors de son passage à Folkestone.

—Même en sachant que les Boches peuvent détruire le réseau, maintenant qu'ils ont mis la main sur l'une d'entre nous ?

Lili sortit un morceau de cigarette d'un mouchoir et chercha une allumette :

—Oui. Même maintenant. Moustache est persuadé que notre excellente position vaut la peine de prendre ce risque.

Nous avons donc pour ordres de garder un profil bas et de continuer notre travail.

— C'est sacrément risqué !

C'était plus que risqué, c'était téméraire ! Mais c'était en prenant des risques que l'on gagnait les guerres et c'était le rôle des soldats d'affronter le danger. En signant pour ce rôle, Eve avait donné sa vie à la Couronne. Et même si l'envie la tenaillait de laisser derrière elle Lille et René, il était bien trop tard pour se lamenter. Elle se laissa tomber sur le bord du lit et, se frottant les yeux, admit, non sans amertume :

— Donc, nous continuons…

Lili alluma son mégot.

— Peut-être pas…

— Allons, Lili ! C'est évident !

— Oncle Edward ne contredirait jamais un supérieur ouvertement mais il a des moyens de faire connaître son désaccord. Il est sûr qu'il a combattu cet ordre de nous laisser ici. Âprement. Sans l'exprimer clairement, il est évident qu'il estime que nous courons désormais un grand danger. Il craint que Violette soit fusillée comme Cavell et que nous soyons prises et subissions le même sort.

Eve vivait avec cette peur depuis si longtemps qu'elle lui semblait normale.

— C'est bien possible, acquiesça-t-elle. Les Fritz sont en train de craquer. Ils ont compris que, sur des dizaines de kilomètres de front, leur artillerie sera battue en brèche en une quinzaine de jours.

Lili exhala une longue bouffée de fumée.

— Oncle Edward tient Moustache pour un sombre idiot, mais il ne peut pas contrecarrer ses ordres directement. Cependant, il a trouvé un biais. Si nous *demandions* à être retirées de Lille, en plaidant l'épuisement nerveux, il pourrait arranger notre retour.

— Comme si les soldats pouvaient annuler les ordres…

— Les soldats ordinaires, non, bien sûr. Mais, dans notre domaine, c'est différent. On ne peut plus compter sur un agent du renseignement au bord de la dépression nerveuse. Il serait plus néfaste que productif… Donc…

— Donc…

L'espace d'un instant, Eve se laissa envahir par l'agréable vision d'un monde sans faim, sans horloges allemandes, sans mains froides sur son corps. Plus de bruits de balles. Plus de danger. Mais chaque médaille avait son revers.

— Si nous demandons notre retour, serons-nous envoyées sur une autre mission, en Belgique par exemple ?

— Sans doute pas. Nous serons celles qui ont craqué sous la pression. On ne remet pas sur la table une tasse fêlée qui risque de s'effriter.

Eve sentit son cœur se serrer. Ainsi, si elle rentrait en Angleterre maintenant, elle ne ferait plus partie du combat. Quelle que soit la durée de la guerre, la sienne serait terminée.

D'une voix pragmatique, dénuée de toute passion, Lili reprit :

— Nous devrions le faire. Demander notre retour. Je fais bien plus confiance à l'instinct d'oncle Edward qu'à Moustache. S'il pense que le danger est trop grand, il a sûrement raison.

— Je sais. Mais nous avons l'ordre de rester, malgré tout. L'*ordre.* Et c'est une affaire de quelques semaines. Si nous faisons profil bas, quand nous serons relevées de nos fonctions, nous serons envoyées ailleurs.

Lili haussa ses minces épaules.

— Jusqu'ici, nous avons eu de la chance. Et pas seulement de la chance ! Nous avons mené nos missions à bien avec brio.

Avec un soupir résigné, Eve repoussa l'image du retour.

— Donc, nous continuons. Tout au moins pour quelque t… temps.

— C'est ce que j'avais déjà décidé pour moi. Mais je ne voulais pas vous influencer. Êtes-vous bien sûre de vous ?

— Oui.

— Dans ce cas, l'affaire est réglée.

Elle regarda son mégot et, soudain sarcastique, s'exclama :

— Bon sang ! Ça fait au moins quinze jours que je le garde et tout ce que j'en ai tiré, c'est deux bouffées. Vous n'imaginez pas à quel point j'aime cette vie primitive !

Agrippant sa main libre, Eve la serra.

— Promettez-moi de faire plus attention. Je m'inquiète pour vous.

Lili esquissa une grimace.

— À quoi bon s'alarmer ? Je vais vous faire un aveu. En septembre dernier, je me suis laissé submerger par l'angoisse. J'étais en proie à d'affreuses prémonitions, à tel point que je suis allée trouver ma famille, convaincue que c'était la dernière fois que je les verrais… Je leur ai dit au revoir en pensant : « C'en est fait de moi, maintenant. Je vais être prise et fusillée. » Et, vous voyez, il n'est rien arrivé ! Je suis toujours là ! S'inquiéter, c'est une perte de temps, ma Pâquerette.

Circonspecte, Eve avança :

— Qu'arrivera-t-il s'ils arrivent à arracher votre nom à Violette ?

— Même s'ils la forcent à le faire, ils ne pourront pas me trouver. Je suis comme le savon, je glisse entre leurs doigts.

Je vous promets de changer ma routine, mes itinéraires, ajouta-t-elle avec un sourire.

Redevenue grave, elle poursuivit :

— Moustache a cependant raison sur un point. Cette guerre ne peut plus durer longtemps, j'en suis sûre. Il y a eu une grande percée en Champagne. Les Alliés ont la certitude de percer avant le début de l'année prochaine. Il faut juste que nous tenions encore un peu. Et alors, Violette sera libérée. S'ils l'ont condamnée seulement à la prison, elle survivra.

Eve réprima un soupir. Les quelques mois qu'elle avait passés à Lille lui semblaient déjà une éternité.

— Mais si cette guerre se prolongeait ? s'enquit-elle. Si elle durait encore des années ?

— Eh bien ! Ce sera des années. Qu'y pouvons-nous ?

Qu'y pouvaient-elles, en effet ? Elles abandonnèrent toutes les deux l'idée de plaider pour un retour en Angleterre.

Eve surprit la nouvelle lors d'une conversation entre le *Kommandant* Hoffmann et deux colonels savourant leurs cognacs. Si ce n'était pas une pépite comme la visite du *Kaiser*, elle lui parut assez importante pour qu'elle la retienne.

— Vous en êtes sûre ?

Craignant que ses anciens noms d'emprunt puissent être divulgués, Lili était de retour avec de nouvelles cartes d'identité. Perchée sur le coin de la table bancale, Eve affirma :

— Les Allemands projettent une attaque massive l'année prochaine, en janvier ou février. C'est confirmé.

— Où ?

— À Verdun.

Un frisson la traversa. Le nom de cette ville qu'elle n'avait jamais vue avait une connotation morbide. Quelque chose d'irrévocable. *Comme si elle était vouée à être le théâtre d'un massacre.* Ce qui pourrait être évité si les généraux étaient prévenus. Verdun marquerait peut-être même la fin de la tuerie.

Lili objecta :

— Vous courez un gros risque si je fais passer cette information.

Les renseignements transmis par Eve ne pouvaient pas toujours être exploités. La priorité étant d'éviter qu'elle soit démasquée comme taupe du *Léthé.*

— Celle-là est très importante. C'est pour des révélations de ce calibre que nous n'avons pas demandé à rentrer en Angleterre.

Lili réfléchit, pesant le pour et le contre. Elle finit par céder.

— Il était déjà prévu que je rencontre oncle Edward à Tournai dans deux jours. Il faut que vous veniez avec moi. Pour une information de cette ampleur, ils voudront nous interroger toutes les deux, comme ils l'ont fait pour la visite du *Kaiser.*

Eve acquiesça. Ce serait un dimanche et elle ne manquerait pas son travail.

— Pouvez-vous m'obtenir un sauf-conduit en si peu de temps ?

— Mon contact ne m'a jamais fait faux bond, béni soit-il.

Eve rongeait l'ongle de son pouce, presque jusqu'au sang. Que ce soit à cause de l'arrestation de Violette ou du froid glacial d'octobre, elle avait lutté toute la semaine contre un mauvais pressentiment. Au travail, Christine ne lui avait-elle pas adressé un regard suspicieux au lieu de son regard méprisant habituel ? Et pourquoi ce lieutenant allemand s'était-il soudain tu quand elle lui avait apporté son café ? S'était-il rendu compte qu'elle écoutait ? Sans parler de la sollicitude accrue de René. Et s'il avait décelé ses mensonges et décidé d'endormir sa méfiance avant de lui donner le coup de grâce ?

Allons ! Ressaisis-toi ! se tança-t-elle.

Ce jour-là, leur soirée semblait s'éterniser. Il avait fait un feu dans sa chambre pour lutter contre le froid, il lui lisait À rebours à haute voix, posant de temps en temps le livre pour bien marquer les passages les plus dépravés de Huysmans. Si Eve était plus agacée qu'excitée par cette littérature, Marguerite ouvrait de grands yeux, ce qui semblait le satisfaire.

— Vous êtes attentive, ma belle, murmura-t-il en effleurant le lobe de son oreille d'un doigt. Nous devrions peut-être nous retirer à la campagne pour un temps, comme le héros de Huysmans. Qu'en dites-vous ? Dans un endroit plus chaud que Limoges, où nous pourrions profiter l'un de l'autre, loin de toute cette grisaille germanique. À Grasse, par exemple. C'est une ville charmante à cette saison. L'air embaume du parfum des fleurs transporté par la brise. J'ai toujours rêvé de me retirer à Grasse quand j'en aurai fini avec le restaurant. J'y possède déjà une petite propriété qui ne demande qu'à être transformée en jolie villa. Aimeriez-vous venir à Grasse, Marguerite ?

Frissonnant, elle répondit :

— N'importe où, p… p… pourvu qu'il y fasse chaud.

Sa main voguant sur sa peau, il s'étonna :

— Vous avez toujours froid, ces temps-ci. Vous ne seriez pas enceinte, par hasard ?

Sa question faillit lui faire perdre le contrôle. Elle eut de la peine à se retenir de tressaillir de dégoût. Mais, feignant un petit rire, elle répondit :

— Non !

Il plaqua sa paume sur son ventre, ses longs doigts en éventail d'une hanche à l'autre, et poursuivit :

— Humm. Si vous l'étiez, ce ne serait pas une tragédie, ma belle. Je ne me suis jamais imaginé père. Mais un homme finit toujours par atteindre un âge où il pense à sa succession. Ou peut-être est-ce cet affreux climat qui me rend romantique. Allongez-vous sur le dos, s'il vous plaît !

J'ai bien fait de ne rien lui dire, se félicita-t-elle, en se soumettant à ses caresses. Il l'aurait envoyée dans un endroit où elle aurait été dorlotée comme une poulinière. Et où serait-elle maintenant ?

Quand elle quitta le restaurant en catimini, l'aube pointait. Elle n'aurait pas le temps de dormir. Elle emballa quelques vêtements à la hâte pour se donner une contenance au point de contrôle et s'élança vers la gare. Lili était en retard. Peinant à dominer sa panique, elle vit enfin la silhouette familière descendre d'une voiture. Par ce matin froid et brumeux, son chapeau et son manteau couleur de fumée étaient couverts de gouttelettes d'humidité. Sa silhouette menue qui fendait le brouillard paraissait minuscule. Baissant la voix en un murmure inaudible, elle l'informa :

— Nous avons un problème. Je n'ai pu avoir qu'un sauf-conduit. Il permet d'aller à Tournai pour la communion d'une nièce. Mais il est pour une seule personne.

— Prenez-le, Lili. Je n'ai pas besoin d'y aller.

— Si. Votre présence est essentielle pour un rapport de cette ampleur. Ils voudront vous poser des questions.

— Alors, j'irai de mon côté…

— Vous n'avez encore jamais passé un contrôle toute seule. Les gardes sont très nerveux en ce moment et ils n'ont pas l'habitude de vous voir aller et venir comme moi. Votre bégaiement ne manquera pas de vous faire repérer. Au cas où vous rencontreriez des difficultés, je veux être avec vous. Par ailleurs, pour quelque chose d'aussi important, nous ne pouvons pas attendre mon prochain passage qui n'est prévu que dans plusieurs semaines. Si nous arrivons à les bluffer avec un seul laissez-passer, il sera facile d'en obtenir un deuxième à Tournai, pour le retour.

Elle observa les soldats allemands en faction devant la gare, de l'autre côté de la rue. Dans leurs uniformes trempés, ils avaient l'air renfrognés. Ils étaient peut-être d'humeur maussade mais assez frigorifiés pour baisser leur garde.

— Je suis prête à tenter le coup, décida-t-elle.

— Moi aussi. Prenez le sauf-conduit, Pâquerette. Mettez-vous dans la file, trois rangs devant moi, et ne tournez pas la tête.

Munie de quelques instructions rapides, Eve traversa la rue et passa au milieu d'un groupe de garçons qui, insouciants du froid, jouaient à chat perché. Son baluchon à bout de bras, elle vit du coin de l'œil Lili en attraper un qui passait en courant à côté d'elle par son écharpe verte. Elle lui murmura quelques mots à l'oreille, lui glissa discrètement une pièce dans la main et le gamin s'élança de nouveau. Elle la vit alors rejoindre la file d'attente. Refoulant la peur qui la faisait chanceler, elle s'exhorta à se ressaisir.

Le garde, manifestement très enrhumé, se moucha bruyamment. Se composant une expression pleine de respect, Eve lui tendit son sauf-conduit sans un mot. Il le parcourut et lui fit signe de passer. Le sang lui battant aux tempes, elle lui tourna le dos et fit mine de ranger le papier dans son portefeuille. Mais le garda bien serré dans ses doigts gantés. Un instant plus tard, le garçonnet à l'écharpe verte fonça au milieu des soldats qui ne lui prêtèrent aucune attention, courut droit vers elle et tomba.

— Relève-toi. Et fais attention ! le rabroua-t-elle, avec l'impression de manquer totalement de naturel.

Elle le remit sur ses pieds et, feignant de brosser la boue sur sa manche, y glissa le laissez-passer. Le gamin reprit sa course et, suivant les instructions de Lili qui avait dû lui recommander de ne pas la rejoindre immédiatement, contourna la place en un large cercle. Revenu à la hauteur de la chef de réseau, il la bouscula. Le prenant par le poignet, elle l'admonesta vertement. Eve qui, l'air détaché, les observait de loin, ne le vit pas passer le précieux papier. Pourtant, cinq minutes plus tard, Lili arrivait en tête de la file.

Le cœur battant à tout rompre, elle vit le soldat examiner le sauf-conduit. Sans photo d'identité pour marquer la différence, il ne devrait pas remarquer qu'il s'agissait du même… Submergée par le soulagement, elle le vit se moucher de nouveau et faire signe à Lili de passer.

Quand elle la rejoignit, cette dernière lui murmura, sa voix couverte par le sifflement du train :

— Vous avez vu ? Ils sont trop bêtes. Vous leur mettez n'importe quel bout de papier sous le nez et vous réussissez toujours à passer.

Sa tension se relâchant, un peu étourdie, Eve se mit à rire.

— Trouvez-vous matière à plaisanter absolument de tout ?

— Jusqu'ici, répondit-elle, désinvolte. Croyez-vous que nous trouverons le temps d'acheter des chapeaux ridicules à Tournai ? J'ai une envie de satin rose…

Eve riait encore quand une voix gutturale s'éleva. Plus tard, elle se demanderait si c'était son rire qui avait attiré leur attention, si elle avait paru trop légère, trop libre. Elle s'interrogerait : « Qu'aurais-je pu faire ? » Plus tard, elle penserait : « Si seulement… »

Coupant court à son hilarité, la voix demanda, en allemand :

— Vos papiers, *Fräuleins.*

Lili se retourna, ses sourcils blonds haussés exprimant sa surprise. Ce n'était plus le garde enrhumé, mais un jeune capitaine dans un uniforme impeccable. La pluie tombait du bord de sa casquette qui coiffait un visage aux traits durs, soupçonneux. Une balafre au menton, il avait les cils presque blancs. La langue d'Eve se fit pâteuse. Si elle essayait de parler, elle allait se mettre à bégayer comme une de ces mitrailleuses Chauchat qui massacraient les soldats dans les tranchées…

Sans se départir de son aisance habituelle, Lili s'impatienta :

— Nos « papiers » ? Nous les avons déjà présentés.

Elle fit un geste en direction du garde.

— Je veux les voir quand même, insista le capitaine, une main tendue.

Se hérissant, elle se drapa dans sa dignité de mère de famille française offensée.

— Qui êtes-vous…

Il la foudroya du regard.

— Si vous avez des sauf-conduits, j'exige que vous me les montriez.

Ça y est, pensa Eve, terrifiée. Une terreur telle qu'un grand calme l'envahit. Il lui serait impossible de prétendre qu'elle avait un laissez-passer. *Ils vont m'arrêter. Ils vont m'arrêter.*

Elle regarda Lili qui tendait son sauf-conduit au capitaine. Pendant qu'il l'examinait, tête baissée, leurs yeux se croisèrent et, muettement, Eve lui dit :

— *Quand ils m'emmèneront, fuyez. Fuyez !*

Alors Lili sourit, avant de lancer à l'officier allemand :

— C'est le sauf-conduit de mon amie. Je le lui ai emprunté illégalement, stupide Boche !

25

Charlie

Mai 1947

Elle était morte.

Ma meilleure amie était morte.

Comme s'il ne suffisait pas que cette guerre vorace m'ait arraché mon frère de ses doigts avides. Le même monstre avait aussi englouti Rose, m'avait pris celle que j'aimais comme une sœur et l'avait criblée de balles.

J'aurais pu rester immobile pour toujours, hébétée par l'horreur, sur cette herbe ternie par le sang, entre le mur couvert de traces de balles et la silhouette de Mme Rouffanche. Elle aurait pu tout aussi bien être une statue de sel, tout comme la femme de Loth, transformée par ce qu'elle n'aurait jamais dû voir. Je sentis un cri me déchirer la gorge comme une lame rouillée. Mais, sans me laisser le temps de le laisser s'échapper, Finn me prit la main. Je le regardai, ahurie. Je voyais ses lèvres me dire : « Charlie, Charlie ma belle », mais je ne l'entendais pas. J'avais l'impression d'avoir des bouchons dans les oreilles. Seul me parvenait un monstrueux bourdonnement.

Mme Rouffanche continuait à me dévisager d'un air placide. Elle méritait mes remerciements pour son témoignage. Elle méritait des paroles de consolation pour apaiser sa douleur et des médailles pour son courage. Mais j'étais incapable de la regarder. Elle avait été avec Rose lors de ses dernières minutes. Elle l'avait vue tomber. Pourquoi elle et pas moi ? Pourquoi n'avais-je pas été ici, affrontant les nazis avec ma cousine ? Pourquoi n'avais-je pas su être au côté de James, à l'écouter enrager, à lui dire que je l'aimais, à effacer la terrible cacophonie de ses souvenirs ? Je les aimais tous les deux, d'un amour si fort. Et je les avais complètement abandonnés. J'avais laissé mon frère partir seul par une chaude nuit d'été en marmonnant qu'il allait boire une bière. Or, c'était avec une balle qu'il avait eu rendez-vous. Je pensais pouvoir me racheter en trouvant Rose quand tous les autres avaient perdu espoir. En vain ! Dans un café provençal, je lui avais promis de ne jamais la quitter. Pourtant, je n'avais pas tenu ma promesse. J'avais laissé un océan et une guerre s'interposer entre nous et, maintenant, elle aussi était morte. Je les avais perdus tous les deux.

Tu as échoué, me martelait la voix dure dans ma tête. *Tu as échoué*. La litanie était devenue mon quotidien.

Je posai les mains sur le bras de Mme Rouffanche et le pressai silencieusement. C'était le seul remerciement dont j'étais capable. Puis, me détachant d'elle, je me mis à courir vers la rue, trébuchant. Je tombai sur un pot de fleur abandonné, une jardinière en terre cuite qui avait dû être remplie de géraniums sur le seuil d'une ménagère française fusillée en ce 10 juin. Malgré mes mains égratignées, je me relevai et continuai à tituber. Je discernai la forme d'une voiture à travers le brouillard de mes larmes et me dirigeais vers elle quand je m'aperçus qu'il ne s'agissait pas de la Lagonda mais de la Peugeot qui rouillait depuis que son propriétaire avait été arrêté dans un champ et fusillé. Je reculai, chancelante, m'éloignant de cette horrible voiture innocente, et regardai frénétiquement autour de moi en quête de la Lagonda. Finn, qui m'avait rattrapée, m'attira dans ses bras. J'enfouis mon visage dans sa chemise rêche et fermai les yeux.

— Emmène-moi loin d'ici, plaidai-je d'une voix hachée.

Je ne pouvais que baragouiner des sons entrecoupés de violents sanglots qui ne ressemblaient en rien à des mots. Pourtant, il parut comprendre. Me soulevant dans ses bras, il me porta jusqu'à la Lagonda et, sans ouvrir la portière, me déposa sur le siège du passager. Puis il s'installa prestement au volant. Me recroquevillant contre mon dossier, je fermai les yeux et humai les odeurs réconfortantes du cuir et de l'huile de moteur, alors qu'il démarrait brutalement. Il fonçait comme si nous étions poursuivis par une horde de fantômes. Et, Seigneur, nous l'étions ! Dans mon imagination délirante, je voyais une fillette qui commençait tout juste à marcher. Elle levait les bras vers moi, *tante Charlotte**, mais son crâne était arraché. Rose lui avait donné mon prénom et maintenant elle était morte.

Morte depuis presque trois ans. J'émis un nouveau son inarticulé, alors que la voiture avançait en cahotant vers la rivière. Tout ce qui m'avait conduite ici n'avait été que mensonge.

Une fois qu'Oradour-sur-Glane fut loin derrière nous, Finn se gara au bord de la route, devant l'auberge la plus proche. Peut-être l'aubergiste remarqua-t-il l'alliance à ma main. Ou peut-être s'en fichait-il. Mme Donald McGowan.

Je sentis ma gorge se nouer. Jamais Rose ne se moquerait de mon Donald. J'entrai d'un pas chancelant dans la chambre nue et je cessai de tituber. La vue du lit me fit de nouveau monter les larmes aux yeux.

Finn arrivait derrière moi.

— Je vais rêver, lui chuchotai-je. Dès que je vais m'endormir, je vais me mettre à rêver. Rêver à la façon dont…

Je m'interrompis, fermai les yeux, me raccrochant à ma chère hébétude, si réconfortante. Mais elle m'avait abandonnée. Dans un spasme, je me pliai en deux de douleur, sanglotant. Je suffoquais. Je ne voyais plus rien.

— Ne me laisse pas rêver, hoquetai-je, suppliante.

Il prit mon visage entre ses larges mains et je remarquai son regard humide.

— Tu ne rêveras pas ce soir. Je te le promets.

Il ressortit et parvint à dénicher une bouteille de whisky qu'il remonta à notre chambre. Ne prenant pas la peine de dîner, nous retirâmes nos chaussures et, installés sur le lit, dos au mur, commençâmes à boire. Tour à tour, je pleurais ou me perdais dans la contemplation du ciel, derrière la fenêtre. Le jour fit place à un crépuscule bleuté, puis à une nuit veloutée, constellée d'étoiles. De temps à autre, je parlais, égrenant les souvenirs de Rose comme les perles d'un chapelet. Puis ceux de James. Et je me remettais à pleurer ma cousine et mon frère. Finn m'écoutait tout en laissant libre cours à mes sanglots. Mon corps inerte avait glissé et j'avais la tête posée sur ses genoux. Vers minuit, je levai les yeux vers son visage. Des larmes silencieuses roulaient sur ses joues.

— Cet endroit, murmura-t-il. Seigneur ! Cet endroit !

Je caressai sa joue humide.

— As-tu jamais vu pire ?

Il garda si longtemps le silence que je crus qu'il n'allait pas répondre. D'un geste brusque, il finit son scotch et répondit :

— Oui.

Un frisson glacé me traversa. Y avait-il pire qu'Oradour-sur-Glane ? Je n'étais pas convaincue de vouloir le savoir. Mais il se lançait déjà dans son récit.

Sa grande main glissant dans mes cheveux, il poursuivit :

— Le régiment royal d'artillerie, 63e régiment antichar. Avril 1945. Nous étions dans le nord de l'Allemagne, près de Celle. Tu as entendu parler des camps de la mort ?

— Oui.

— Nous en avons libéré un. Belsen.

Je me relevai et repliai mes genoux contre ma poitrine. Il s'interrompit. Cligna des yeux.

— Nous étions les premiers militaires à franchir les barrières après les médecins. Nous sommes entrés dans une ville fantôme, comme aujourd'hui. Mais, à Belsen, les fantômes étaient vivants.

Il parlait de la même voix monocorde que Mme Rouffanche quelques heures auparavant. Avec cette cadence répétitive de l'horreur gravée au fond de l'âme.

— Des milliers de gens, des squelettes animés en uniforme rayé, errant parmi des amoncellements de cadavres. Partout des corps empilés, comme des tas de haillons et d'os. Même ceux qui marchaient encore ne semblaient pas vivants. Ils se contentaient de… flotter. Le silence était oppressant.

Un nouveau silence. Un nouveau battement de cils.

— Le soleil brillait. Comme aujourd'hui…

Mes larmes jaillirent de nouveau. Des larmes vaines. Quel bien font nos pleurs à tous ces morts ? Ceux d'Oradour, ceux de Belsen, James, Rose. Fichue guerre !

— J'ai vu une gitane gisant sur le sol. Je n'ai su qu'après qu'il s'agissait d'une gitane parce que quelqu'un m'a expliqué à quoi correspondait son badge de prisonnière. Pour les gitanes, c'était un triangle avec un Z pour *Zigeuner*… Ce n'était même pas une femme, juste une jeune fille. Elle devait avoir quinze ans. Mais elle en paraissait cent. Un sac d'os, un crâne chauve, d'immenses yeux hagards. Elle me dévisageait, ses prunelles comme deux pierres au fond d'un puits. Et sa main posée sur ma botte comme une araignée blanche. Et elle est morte, là, sous mes yeux. Nous nous regardions quand elle a poussé son dernier soupir. J'étais là pour la sauver, avec mon régiment, et elle a succombé devant moi. Elle qui avait surmonté tant d'épreuves avait choisi cet instant pour partir.

Je devinais que cet instant resterait gravé en lui pour toujours. Chaque fois qu'il repensait à ces yeux vides, à cette main qui ressemblait à une araignée blanche, il la revoyait mourir. Et mourir encore.

Sa voix se fit plus âpre, son accent écossais plus prononcé.

— J'ai refoulé beaucoup de ces souvenirs. Sans même essayer. Les détails se sont juste brouillés. Des images de nous creusant des tombes, transportant des cadavres des baraques. Épouillant des gens et essayant de les nourrir. Mais la jeune gitane… Je suis incapable de l'effacer de mon esprit. Elle m'a marqué.

Je ne trouvais pas les mots pour l'apaiser. Peut-être n'y en avait-il pas. Peut-être que le seul réconfort était de le toucher, de lui faire sentir la chaleur de ma présence. Je lui pris la main, la serrai fort dans la mienne.

— L'odeur.

Un frisson secoua son corps longiligne.

— Le typhus, la mort, la pourriture et, partout, les flaques d'excréments liquides.

Il baissa vers moi un regard sombre, insondable.

— Sois heureuse d'être venue à Oradour trois ans plus tard, ma belle Charlie. Tu as vu le soleil, le silence, les fantômes. Mais l'odeur t'a été épargnée.

Il semblait ne plus avoir rien à ajouter. Je remplis de nouveau nos verres. Nous les vidâmes, cherchant à sombrer dans l'oubli aussi vite que possible. « *Santé* ! » me lança Rose. Mais elle ne parlait pas, elle était morte, tout comme l'était la gitane de Finn. Les murs de la chambre se mirent à tournoyer et je posai ma tête sur ses genoux. Il recommença à me caresser les cheveux.

La lune montait derrière la fenêtre, sa clarté de plus en plus éclatante. Je m'aperçus soudain que c'était le soleil, déjà haut dans le ciel, ses rayons étincelants transperçant les carreaux et m'aveuglant.

Je clignai des yeux, essayant de me ressaisir. J'étais cramponnée à Finn, sur le lit que nous n'avions pas défait. Nous étions tous les deux habillés, son bras nonchalamment posé sur ma taille, mon visage contre ses côtes qui se soulevaient au rythme de sa respiration. Il s'était assoupi. Sentant une nausée me retourner l'estomac, je me dégageai, descendis du lit et atteignis tout juste le lavabo dans le coin opposé.

Je vomis pendant un long moment, m'étranglant sur le goût âcre du whisky à moitié digéré. Maintenant assis sur le matelas, Finn fit remarquer :

— Tu as l'air vraiment malade.

Entre deux haut-le-cœur, je parvins à le foudroyer du regard.

Il se leva à son tour et, pieds nus, s'approcha, sa chemise à moitié boutonnée. Je me penchai de nouveau sur le lavabo et il rassembla mes cheveux dans sa main.

— Tu as rêvé ? murmura-t-il.

— Non.

Je me redressai, m'essuyai la bouche et, évitant ses yeux, je pris le verre d'eau.

— Et toi ?

Il secoua la tête.

Nous fîmes notre toilette, incapables de nous regarder. Nous étions comme deux moignons ouverts, essayant de ne pas nous cogner l'un à l'autre, à vif, souffrant. Une atroce migraine me vrillait le crâne. *Rose*, songeai-je, avec une nouvelle décharge de cette sourde douleur. J'étais profondément choquée. Ce n'était pas un cauchemar. J'avais dormi, je m'étais réveillée et tout était réel. Ce n'était pas un mauvais rêve. L'horreur était tangible. Mes yeux me brûlaient mais mes larmes s'étaient taries.

Seule restait, menaçante, la vaste incertitude du futur.

Une fois que nous fûmes lavés et habillés, Finn alla chercher deux tasses de café noir qu'il obtint en flattant l'aubergiste. Mon estomac capricieux rechigna à accepter le breuvage. Peu après, nous reprîmes la voiture. Enfermé dans son mutisme, il s'engagea sur la route de Limoges. Dans mes vêtements froissés, frottant mes tempes douloureuses, je réfléchissais à la question que je ne pouvais plus esquiver.

Et maintenant, Charlie St Clair ?

Et maintenant ?

Le trajet du retour se fit en silence. La beauté de la ville en été me fit l'effet d'un décor de théâtre : les saules pleureurs sur les berges du fleuve, les maisons à colombages, le magnifique pont romain que Rose avait dû voir en servant les boissons au *Léthé*. Plus rien ne me retenait dans cette ville. Mais je n'avais aucune destination pour me décider à la quitter.

— Je me demande si Gardiner est revenue, s'interrogea Finn.

C'étaient ses premières paroles depuis qu'il m'avait demandé si j'avais rêvé.

Je le regardai, ahurie.

— Revenue d'où ?

— De son rendez-vous avec cet officier anglais de Bordeaux. Tu t'en souviens ?

J'avais oublié.

— N'était-ce pas hier ?

— Peut-être.

Nous n'avions pas vraiment décidé de passer la nuit dans la campagne.

Et maintenant, quoi ? La question continuait à me tarauder. *Et maintenant, quoi ?*

Finn gara la Lagonda et nous entrâmes dans l'auberge d'un pas lourd. Le vestibule venait d'être nettoyé. Le parfum de la cire se mêlait à celui des fleurs sur le comptoir. Des roses roses, de la couleur des joues de Rose. Assis derrière son comptoir, un réceptionniste irascible était aux prises avec le genre d'Anglais qui croyait qu'en haussant la voix, les étrangers le comprenaient.

— EVELYN GARDINER ? Est-elle *ICI* ? *Ici, comprenez** ? GARDINER.

— *Oui, monsieur*, répondit son interlocuteur avec l'air exaspéré de celui qui se répétait. *Elle est ici mais elle ne veut pas vous voir**.

— Anglais ? Quelqu'un parle anglais ?

Le Britannique regarda à la ronde. De haute taille, avec une moustache grisonnante et une bedaine proéminente comme un signe honorifique, il pouvait avoir cinquante-cinq ans. S'il portait un costume civil, il avait une allure clairement militaire.

J'échangeai un regard avec Finn.

— Je suis le chauffeur de Mlle Gardiner, se présenta-t-il en s'avançant.

— Très bien.

Visiblement sceptique devant son apparence négligée, l'homme le balaya d'un regard désapprobateur. D'un ton néanmoins affable, il poursuivit :

— Pourriez-vous dire à Mlle Gardiner que je suis ici, s'il vous plaît ? Elle me verra.

— Je ne crois pas !

L'homme le dévisagea, sa moustache se hérissant.

— Bien sûr que si ! Nous avons dîné ensemble hier soir, bon sang ! Nous avons été tout ce qu'il y a de plus cordiaux…

Avec un haussement d'épaules dégagé, Finn répliqua :

— Manifestement, elle ne veut pas vous voir.

— Écoutez…

— C'est elle qui paie mon salaire. Pas vous.

Derrière le dos de l'Anglais, le Français leva les yeux au ciel. Je fis un pas en avant, la curiosité ayant raison de l'hébétement causé par mon chagrin.

— Monsieur, ne seriez-vous pas le capitaine Cameron, par hasard ?

Il ne correspondait pas à l'image que je m'étais faite de Cameron. Mais quel autre officier anglais se précipiterait, venant de Bordeaux, à l'appel d'Eve ?

Avec un reniflement de dédain, l'homme répéta :

— Cameron ? Ce vieil imposteur ? Je suis le commandant George Allenton. Et je suis en train de perdre un temps précieux. Alors, jeune demoiselle, filez à l'étage prévenir Mlle Gardiner que je l'attends à l'accueil.

— Non.

Mon refus catégorique pouvait paraître insolent. Mais j'étais tout simplement épuisée. Et, en toute franchise, je ne voyais pas pourquoi j'aurais dû lever le petit doigt pour un homme aussi grossier. Je me félicitais qu'il ne s'agisse pas du capitaine Cameron. J'aimais le portrait que m'en avait fait Eve.

Le commandant me regarda, son visage s'empourprant. Il ouvrait la bouche comme pour protester quand, soudain, il parut baisser les bras.

— Très bien, concéda-t-il en fourrageant d'une main dans sa poche. Vous direz à ce sac d'os qu'est cette vieille fille aigrie que le ministère de la Guerre ne lui doit plus aucune faveur, en dépit de tout ce qu'elle a fait pour nous dans le passé.

Il posa un écrin plat et noir dans ma main.

— Et elle peut jeter ça dans les toilettes si ça lui fait plaisir mais je ne les lui garderai pas un jour de plus.

Il souleva son chapeau.

— Quand l'avez-vous connue ? demanda alors Finn.

— Elle a travaillé pour moi pendant les deux guerres. Et je regrette qu'elle ait été recrutée dès la première. Cette bègue est aussi garce que fourbe.

Finn et moi échangeâmes un regard. Le commandant sortit d'un pas furieux. Je me décidai à ouvrir l'écrin sans avoir la moindre idée de ce que j'y trouverais. Des bijoux ?

Des documents ? Une bombe à retardement ? Avec Eve, on pouvait s'attendre à tout. Mais il contenait des médailles. Quatre, épinglées avec précision sur un carton.

Finn émit un sifflement admiratif.

— La croix de guerre avec palme, la croix de la Légion d'honneur, la Médaille de Guerre… Et l'ordre de l'Empire britannique.

Je laissai échapper un lent soupir. Eve n'était pas juste une ancienne espionne. C'était une héroïne, couverte de décorations, une légende du passé pour qui des officiers de l'armée accouraient toujours, en dépit de l'antipathie qu'elle leur inspirait. Je frôlai l'ordre de l'Empire britannique du bout d'un doigt.

— Si elle a été décorée de toutes ces médailles il y a si longtemps, pourquoi ne les a-t-elle pas acceptées ?

— Je n'en ai pas la moindre idée !

26

Eve

Octobre 1915

Tandis qu'on les emmenait de force vers la gare, Lili s'arrangea pour murmurer une instruction à Eve. Au milieu des hurlements des Allemands et du tumulte assourdissant des sirènes, elle profita du chaos pour lui glisser :

— Affirmez que vous ne me connaissez pas.

Sans la regarder, elle acquiesça d'un imperceptible mouvement de la tête. Elles étaient flanquées de deux malabars, l'un portant à moitié sa chef, l'autre lui serrant tellement le bras qu'elle ne sentait plus sa main. La terreur ne l'ayant pas encore tétanisée, elle avait l'esprit en ébullition. Une décision s'imposa à elle : elle ne s'échapperait pas en laissant Lili aux mains des Allemands. *Jamais* !

Mais alors que les vociférations redoublaient de violence, cette dernière mima de ses lèvres : « Verdun. »

Eve se figea. L'attaque massive programmée contre Verdun au printemps prochain ; le capitaine Cameron qui attendait le rapport à Tournai ; le papier contenant les détails, enroulé dans l'anneau de la bague qui parait la main droite de Lili. *Seigneur*! Si les Allemands le découvraient...

Mais elles n'eurent ni le temps de réfléchir ni celui d'échanger ne serait-ce qu'un regard désespéré. Poussées à l'intérieur de la gare, elles passèrent devant un groupe de soldats ennemis et le capitaine aboya des ordres.

— Séparez-les! Je vais lancer une alerte.

Eve se retrouva dans une étroite pièce donnant sur la rue. Leurs tuniques déboutonnées, une demi-douzaine de soldats l'occupaient déjà, bâillant à la perspective de la routine habituelle. L'un d'entre eux, jeune, blond, en sous-vêtements, resta bouche bée en la voyant. Un autre se rasait au-dessus d'un seau d'eau. Elle survola la pièce du regard, cherchant une issue. En vain. Si elle faisait le moindre mouvement vers la fenêtre, ils bondiraient sur elle comme une meute de loups. À sa gauche, une porte vitrée donnait sur une pièce plus exiguë encore. La gorge nouée, elle vit Lili y être poussée sans ménagement. Elle avait perdu son chapeau et, avec ses cheveux emmêlés, ressemblait à une fillette déguisée dans la jupe et le corsage de sa mère. Elle la vit prendre appui contre le mur, le regard brillant, un sourire aux lèvres. Elle commença à retirer ses gants comme si elle s'apprêtait à prendre le thé.

Ses yeux lançant des éclairs, Eve cria soudain:

— Personne ne me t... t... touche!

Trop surpris pour réagir, les soldats la dévisagèrent d'un air incrédule. Elle voulait faire diversion et son stratagème fonctionnait. D'un geste preste, Lili arracha promptement la bague de sa main droite pour en extraire le papier enroulé dans l'anneau. Eve hurla de nouveau:

— Ne me t... touchez pas!

Le plus jeune des soldats fit un pas en avant comme pour la rassurer. L'ignorant, elle ne quittait pas des yeux sa chef qui, sans se départir de son sourire en coin, avala le papier.

Son soulagement fut de courte durée. Déjà le capitaine allemand se précipitait en criant. *Il l'a vue, il l'a vue…* Attrapant brusquement Lili par le cou, il essaya d'introduire de force ses doigts dans sa bouche. Elle serra les dents, le mordant comme une louve, et il recula. Un bruit de bottes qui couraient dans le couloir s'éleva et, s'écroulant sur le sol, Eve se mit à sangloter. Pas seulement parce que sa chef venait d'être prise sur le fait. Mais parce que Marguerite aurait pleuré. Innocente et terrifiée, Marguerite aurait tout ignoré des activités de Lili. Elle devait oublier son envie de se jeter sur ces sales Allemands pour les égorger. Seule comptait sa mission à remplir.

Verdun.

Recroquevillée à même le sol, elle continua à sangloter, indifférente au tapage des bottes allemandes, ignorant les commentaires des soldats. À l'exception peut-être de «*Ja*» et «*Nein*», Marguerite ne comprenait pas l'allemand. Sa tension au paroxysme, elle guettait les bruits dans la pièce voisine, maintenant silencieuse.

Elle essaya de se rassurer.

Jamais ils ne sauront que Lili est la chef du Réseau Alice. Ils ne savent pas quelle prise ils ont faite avec elle.

Mais une image ne la quittait pas : celle, cauchemardesque, de son amie dos contre un mur, comme Edith Cavell, les yeux bandés, les mains liées, le X sur sa poitrine marquant la cible pour les fusils. Elle s'effondrerait à terre, souriant sans doute encore.

Non! hurla-t-elle intérieurement. Pourtant, ce terrifiant scénario qui la faisait redoubler de larmes avait son utilité. Son abjecte faiblesse serait plus efficace qu'une démonstration de courage. Une pauvre pleurnicharde n'éveillerait aucune crainte.

Un instant plus tard, un policier arriva, escorté d'une femme au visage impitoyable, en uniforme vert, qu'elle reconnut pour l'avoir vue prêter la main aux Allemands aux postes de contrôle. Une garce sans pitié que Lili avait surnommée « la Grenouille » en raison de la couleur de sa tenue et de ses doigts boudinés et indiscrets lorsqu'elle inspectait les possessions des gens. La toisant d'un regard féroce, elle aboya en français :

— Déshabillez-vous !

— I… i… ici ?

Les yeux gonflés, les bras croisés, elle se leva, s'écartant le plus possible des hommes intrigués par la scène.

— Déshabillez-vous ! beugla de nouveau la Grenouille.

Le policier, l'air vaguement honteux, ordonna aux soldats de sortir. Eve resta seule avec la femme, qui commença à déboutonner son manteau en déclarant d'une voix sans pitié :

— Si vous portez des messages comme l'autre chienne, je les trouverai, je vous le garantis, et ce sera le peloton d'exécution.

Elle lui arracha son corsage, dévoilant une chemise usée. Les mains tremblantes, Eve retira sa jupe. *Ce n'est pas possible. Je dois faire un mauvais rêve.* Quelques heures plus tôt, elle l'avait enfilée devant le feu mourant de la chambre de René qui, faisant une grimace devant ses sous-vêtements, lui avait déclaré : « *Vous avez l'air d'une pauvresse sortie d'une école de charité, ma belle. Je vous donnerai un vrai jupon, festonné de dentelles de Valenciennes...* » Soudain prise de vertige, elle se laissa tomber à terre, feignant de se trouver mal. Se roulant en boule, elle gémit doucement tandis que la Grenouille finissait de la dévêtir et soumettait son corps à une fouille humiliante. *Verdun*, se martela-t-elle, les yeux fermés, pendant que les doigts durs trituraient tous les plis de sa peau. *Verdun*, se répéta-t-elle quand, une à une, elle lui enleva ses épingles à cheveux. Heureusement qu'aujourd'hui, elles ne dissimulaient aucun papier secret...

En dix minutes, la Grenouille l'avait inspectée sous toutes les coutures, sans oublier l'ourlet de sa jupe, les talons de ses chaussures. Elle termina sa fouille en la giflant violemment sur une joue. Quand Eve souleva ses paupières collées par les larmes, elle lut la déception sur le visage de sa tortionnaire.

— Rhabillez-vous ! lui intima-t-elle.

Eve se rassit, cachant gauchement sa nudité.

— P... p... puis-je avoir un v... v... verre d'eau ?

Imitant son bégaiement, la Grenouille se moqua :

— Un v... v... verre de quoi, ma f... f... fille ?

— D'eau, répéta-t-elle en pleurnichant.

Elle aurait embrassé la garce pour l'avoir ridiculisée. *Il faut qu'ils pensent que je suis idiote. Une fille assez bête pour avoir laissé une inconnue lui emprunter son sauf-conduit.*

La Grenouille lui montra du doigt la bassine pleine d'un liquide écumeux dans laquelle les soldats avaient nettoyé leurs brosses à dents.

— Vous voulez de l'eau ? Servez-vous !

Et elle sortit, riant de sa blague.

Eve s'habilla péniblement, tous ses muscles ankylosés. En apparence, Marguerite Le François tremblait de tous ses membres, à peine consciente. Mais, à l'intérieur, le cerveau d'Evelyn Gardiner tournait à cent à l'heure. Quand un coup d'œil dans l'autre pièce lui indiqua que la Grenouille s'approchait de Lili, elle sentit son sang se glacer.

À son tour, la chef du Réseau Alice reçut l'ordre de se déshabiller.

Résistez! plaida-t-elle silencieusement.

Lili, d'une immobilité de statue, refusait de bouger. La Grenouille, qui la dépassait de deux bonnes têtes, l'attrapa et tira sur sa jupe.

Continuez à résister!

Lili s'obstinait. Mais c'était sans compter sur la force de son adversaire. Un à un, elle lui ôta ses vêtements. Renonçant à lutter, contrairement à elle, Lili ne se recroquevilla pas dans sa nudité. Bien au contraire, droite et stoïque, elle se laissa palper par les mains brusques. Elle était si petite, si frêle, d'une maigreur telle que ses côtes et les os de son sternum saillaient. Sans se départir de son sourire méprisant, la Grenouille la poussa rudement, la faisant chanceler. Elle entreprit alors de fouiller sa sacoche, qu'elle tira de sous la pile de ses vêtements.

Pourvu qu'elle ne trouve rien! pria Eve. Hélas! Elle déchira la doublure et, avec un cri de triomphe, en tira les cartes d'identité que Lili gardait toujours sur elle pour faciliter ses passages des postes de contrôle. Hurlant, la Grenouille les agita devant le visage impassible de sa prisonnière qui restait de marbre.

Enfin, Lili fut autorisée à se rhabiller. Au moment où elle finissait de boutonner son manteau, un homme entra, une tasse à la main. Toujours sanglotant, Eve observait la scène à travers le rideau de ses cheveux lâchés. Elle reconnut immédiatement *Herr* Rotselaer, le chef de la police de Tournai. Elle ne l'avait jamais vu que de loin à Lille mais avait réuni un dossier sur lui à partir des commentaires lâchés par les autres officiers. Un petit homme brun, soigneusement vêtu d'une tenue bien coupée, qui observait Lili d'un regard perçant. Lui tendant la tasse, il lui demanda en français :

— Mademoiselle. Avez-vous soif ?

Malgré la distance, Eve remarqua la curieuse teinte jaunâtre du liquide. Il était visiblement destiné à lui faire vomir le message qu'elle avait avalé. Sans se démonter, Lili répondit poliment :

— Merci, monsieur. Je n'ai pas soif, tout au moins pas de lait. Auriez-vous du cognac ? J'ai eu une journée vraiment éprouvante.

Elle répétait mot pour mot ce qu'elle lui avait dit lors de leur rencontre au Havre. Elle la revoyait face à elle, dans la foule de ce café, la pluie tombant à seaux au-dehors, coiffée de son ahurissant chapeau en roue de charrette. Le souvenir la frappa comme un coup de poignard en plein cœur. « *Bienvenue dans le Réseau Alice !* »

Faussement jovial, *Herr* Rotselaer brandit la tasse sous son nez.

— Allons ! Pas d'histoires ! Buvez ! Ou dites-moi pourquoi vous n'en voulez pas.

La Grenouille la bouscula mais, toujours souriante, elle secoua résolument la tête.

Se jetant alors sur elle, *Herr* Rotselaer essaya de la faire boire de force, tandis que sa subalterne lui immobilisait la nuque. Serrant les dents, elle repoussa la tasse d'un coup de menton. Le lait jaunâtre éclaboussa le parquet. Ce qui lui valut une gifle de la mégère. *Herr* Rotselaer leva la main.

— Nous allons l'emmener à l'interrogatoire. L'autre aussi.

Le cœur d'Eve fit un bond dans sa poitrine. Avec un reniflement de dédain, Lili déclara :

— Elle ? Mais c'est juste une petite vendeuse. Elle n'a rien d'une espionne. Je lui ai fait du baratin parce qu'elle était la seule dans la file qui m'ait paru assez stupide pour accepter de partager son sauf-conduit !

À travers la vitre, *Herr* Rotselaer lui jeta un coup d'œil. Ramassée sur elle-même, elle pleurait toujours.

— Amenez-la ici !

La Grenouille s'empressa de franchir la porte de communication et, l'agrippant par le coude, la précipita dans la cellule de Lili. Elle tomba à genoux devant le chef de la police, toujours secouée de violents sanglots. Il était vraiment facile de mimer l'hystérie. Pourtant, la frayeur lui glaçait les sangs. À travers ses paupières gonflées, elle voyait les pieds nus de Lili, à vingt centimètres d'elle. *Herr* Rotselaer essayait de capter son regard, mais elle gardait la tête baissée.

— Mademoiselle Le François, si c'est votre vrai nom…

Une autre voix allemande s'éleva. Le jeune capitaine qui les avait arrêtées venait d'entrer. Était-ce parce qu'il l'avait reconnue du *Léthé* qu'il avait examiné leurs papiers avec une telle minutie ? *Tout est ma faute ! Ma faute !* se reprocha-t-elle amèrement.

— Je la reconnais, monsieur. Elle habite rue Saint-Cloud. J'ai inspecté son logement. C'est une personne respectable.

Tout en effleurant sa carte d'identité du doigt, il montra Lili du menton et lui demanda :

— Marguerite Le François, connaissez-vous cette femme ?

— N… n… non. N… Non.

Sa réponse lui fit l'effet d'une trahison, du baiser de Judas.

Exaspérée, Lili intervint :

— Bien sûr, elle ne me connaît pas. Je ne l'ai jamais vue avant aujourd'hui. Vous croyez vraiment que j'aurais essayé de passer un contrôle avec une idiote pareille ?

Herr Rotselaer regardait attentivement Eve, ses cheveux collés sur ses joues mouillées de larmes, son corps secoué de violents tremblements.

— Où alliez-vous ?

— À… à… à…

— Ne pourriez-vous pas parler clairement ? *Où alliez-vous* ?

Pourtant, elle ne jouait pas la comédie. Mais elle semblait incapable de contrôler son bégaiement.

— À… à… à… la c… c… communion de ma n… n… nièce. Tour… Tour…

— Tournai ?

— Oui, m… m… monsieur.

— Vous avez de la famille, là-bas ?

Il lui fallut plusieurs minutes pour trouver une réponse. *Herr* Rotselaer se dandinait d'un pied sur l'autre. En dépit de la placidité apparente de Lili, elle la sentait tendue comme une corde. Eve n'était qu'à un mètre d'elle et lisait en elle comme dans un livre ouvert.

« *Continue de pleurnicher, Pâquerette. Contente-toi de pleurnicher.* »

Aussi, quand *Herr* Rotselaer essaya de l'interroger encore, elle s'effondra de nouveau sur le sol, pleurant à chaudes larmes. Une odeur d'antiseptique se dégageait du plancher. Elle gémissait comme un chiot battu. Son pouls battait au ralenti et elle avait froid. Dégoûté, le chef de la police ordonna au jeune capitaine :

— Faites-lui un sauf-conduit pour Tournai et relâchez-la !

Puis il se tourna vers Lili, ses yeux lançant des éclairs.

— Quant à vous, mademoiselle l'Espionne, vous allez devoir répondre à quelques questions. Nous détenons certaines de vos amies qui risquent d'avoir de gros ennuis si vous refusez de parler.

Violette, pensa immédiatement Eve. Le capitaine allemand l'aidait à se relever. Loin de se laisser intimider, Lili regarda longuement le chef de la police et lança froidement :

— Vous mentez. Vous mentez parce que vous avez peur. Vous perdez votre temps, *Herr* Rotselaer. Je ne dirai rien de plus.

Après avoir lancé à Eve un coup d'œil d'adieu, elle se mit à contempler le mur et s'enferma dans le silence. *Herr* Rotselaer l'attrapa par les bras et la secoua avec brutalité.

— Vous êtes une espionne, une saleté d'espionne, et vous allez *parler* !

Mais elle persistait dans son mutisme. Eve fut emmenée, sanglotant si fort qu'elle était incapable de prononcer une parole. Cette fois, elle n'avait même plus besoin de feindre.

La tenant par le bras, le capitaine la sermonna avec sévérité sur les dangers de partager un document officiel. Puis, malgré son exaspération, voyant que ses pleurs ne tarissaient pas, pris de pitié, il sembla s'adoucir un peu. D'un claquement de doigts, il fit signe au secrétaire de lui délivrer un nouveau sauf-conduit.

— Cet endroit n'est pas un endroit pour une jeune fille. Vous avez été très imprudente, mademoiselle. Mais je regrette tous les désagréments que vous avez eus.

Son visage entre ses mains, elle pleurait toujours. *Lili,* pensait-elle misérablement, *oh Lili!* Elle aurait voulu se dégager de l'emprise du capitaine qui s'agitait, faire demi-tour et se précipiter dans cette pièce où Rotselaer continuait à fulminer. Elle aurait voulu l'égorger de ses dents. Visiblement impatient de se débarrasser d'elle, l'officier pressa le document dans sa paume et lui ordonna :

— Rentrez chez vous. Rentrez à Tournai, chez vos parents. *Rentrez chez vous!*

Munie de son nouveau laissez-passer, Eve abandonna son amie et, effondrée par sa trahison, sortit libre de la captivité allemande.

À Tournai, la maison du rendez-vous se révéla petite, minable, impossible à distinguer des autres bâtisses qui bordaient les deux côtés de la rue. Eve monta les marches avec lassitude et frappa les coups convenus à la porte. Le battant s'ouvrit aussitôt. L'espace d'une seconde, comme en état de choc, le capitaine Cameron la dévisagea. Puis, l'attirant vivement à l'intérieur, il la serra dans ses bras en murmurant :

— Dieu merci ! Vous avez eu le bon sens de venir. Après l'arrestation de Violette, connaissant votre entêtement, je savais que vous n'abandonneriez pas.

Elle s'enivra de son odeur de tweed, de fumée de pipe, de thé : il sentait tellement l'*Angleterre.* Elle était habituée à l'étreinte d'un homme qui sentait l'eau de Cologne de Paris, les gauloises, l'absinthe.

Se ressaisissant, Cameron recula. Son col de chemise défait, il ne portait pas de cravate et ses yeux cernés trahissaient son épuisement.

— Vous avez fait un voyage sans histoires ? Pas de problème au contrôle ?

D'une voix étranglée, elle murmura :

— Cameron, c'est Lili…

— Où est-elle ? Elle a été retardée en essayant d'avoir des nouvelles de Violette ? Elle prend trop de risques…

— Lili a été arrêtée. Elle ne viendra pas. Elle est entre les mains des Allemands, hurla-t-elle presque.

L'angoisse la terrassa de nouveau, intolérable.

— Oh ! Seigneur !

Son visage semblait soudain avoir vieilli de plusieurs années. Coupant court à ses explications, il déclara :

— Pas ici. Il faut que ce soit officiel.

Naturellement. Tout devait toujours être officiel, même la pire des calamités. Hébétée, elle le suivit dans un salon minuscule où des petites tables avaient été poussées contre les murs pour faire place à des classeurs débordant de papiers. Deux hommes travaillaient sur des dossiers : un subalterne gringalet en bras de chemise et un autre du genre militaire presque agressif, à la moustache cirée, qui la toisa de la tête aux pieds. Le commandant George Allenton, alias Moustache. L'homme qui lui avait parlé de la peine de prison de Cameron. Se croyant galant, il remarqua lourdement :

— Ce n'est sûrement pas la célèbre Louise de B. Bien trop jeune et jolie…

Visiblement, le commandant n'avait aucun souvenir de son passage à Folkestone.

— Ce n'est pas le moment, George ! le rabroua Cameron. Le Réseau Alice est en danger.

Après lui avoir proposé une chaise, il congédia le subalterne. Puis, comme un vieillard, il prit place à côté du commandant, en face d'elle, de l'autre côté de la table.

— Racontez-moi.

D'une voix monocorde, Eve s'exécuta et lui fit un récit laconique des événements. Quand elle eut fini, Cameron était blême. Foudroyant le commandant du regard, il déclara :

— J'avais pourtant dit qu'il était trop risqué de laisser les femmes à ce poste.

Avec un haussement d'épaules, Allenton rétorqua :

— Il faut savoir prendre des risques en temps de guerre.

Elle dut se faire violence pour ne pas le gifler. Visiblement, Cameron se retenait de lui dire ses quatre vérités. Ne se rendant compte de rien, Allenton prit un papier.

Se frottant le visage de ses mains, le capitaine secoua la tête et expliqua, comme pour lui-même :

— Lili… Je ne sais pas pourquoi je suis si surpris. Elle prenait toujours trop de risques, mais elle s'en est sortie tant de fois… Je la croyais sans doute indestructible.

Prenant soudain conscience de son épuisement, Eve avait l'impression de ne plus jamais pouvoir se lever de sa chaise.

— Cette fois, elle ne s'en est pas sortie, fit-elle remarquer avec lassitude. Ils les tiennent maintenant, Violette et elle. J'espère seulement que les Fritz les enfermeront ensemble. Ensemble, elles peuvent supporter le pire.

Allenton intervint d'un air dubitatif.

— Ces Allemands… Dire qu'ils vous ont laissée partir…

— Ils m'ont prise pour une s… s… simple d'esprit.

Elle se rappela ses sanglots dramatiques. Malgré la douleur qui lui lacérait le cœur, ses yeux semblaient secs. Elle n'avait plus qu'une envie, se rouler en boule comme un chien malade. Pourtant, elle avait un travail à finir. Elle fit donc son rapport complet sur Verdun. Le regard alerte, Cameron avait perdu son expression abattue. Refoulant visiblement sa peine, il prenait des notes. Irritée, elle répondit de mauvaise grâce aux questions d'Allenton. Si le capitaine la laissait toujours aller au bout de ses rapports en un long monologue, avant de revenir sur certains points pour les éclaircir, le commandant l'interrompait sans arrêt.

— *Verdun* ?

— Verdun. Je confirme, acquiesça-t-elle.

Combien elle aurait aimé lui arracher sa moustache cirée.

Avec un coup d'œil entendu à son subalterne, Allenton déclara :

— C'est pour ce *résultat* que j'ai décidé de la laisser dans la place.

— Admettons. Je pense toutefois que, maintenant, vous serez d'accord pour que mademoiselle Gardiner retourne à Folkestone. Nous n'avons d'autre choix que de dissoudre le Réseau Alice.

La regardant, le commandant rétorqua :

— Pourquoi donc ? Au contraire, il faut la renvoyer à Lille.

Malgré la terreur qui lui glaçait le cœur, accablée, Eve hocha la tête. Cameron regarda son supérieur d'un air abasourdi.

— Vous ne parlez pas sérieusement, George !

Voyant que ni l'un ni l'autre ne lui demandait son avis, elle intervint :

— J'irai où l'on m'en donne l'ordre. J'ai une mission à accomplir.

— Votre mission est finie, lui assena le capitaine. Vous nous avez fourni des renseignements de premier ordre, mais la région de Lille est désormais bien trop dangereuse pour y laisser des agents. Sans Lili, tout le réseau va se décomposer.

Ignorant son intervention, Allenton insista :

— Il faut que quelqu'un continue. Cette mademoiselle Gardiner est extrêmement maligne.

D'une voix parfaitement neutre, Cameron répliqua :

— Permettez-moi d'exprimer mon opposition de la façon la plus absolue, mon commandant.

— Ce ne sera pas pour longtemps. Juste l'affaire de quelques semaines.

Eve fit taire son appréhension. Elle avait beau en avoir une furieuse envie, elle n'allait pas reculer alors qu'il y avait tant de vies en jeu.

— Je resterai aussi longtemps qu'il le faudra. Je reprendrai le train ce soir.

Le capitaine se leva, les mâchoires crispées par la colère. Sans aucun ménagement, il la tira par le bras.

— Mon commandant, j'aimerais m'entretenir avec mademoiselle Gardiner en privé. Nous allons discuter au premier, si vous n'y voyez pas d'inconvénient.

Accompagnée par le rire moqueur d'Allenton, Eve se laissa entraîner à l'étage, jusqu'à une chambre de fortune, meublée d'un étroit lit de fer sur lequel étaient empilées des couvertures. Cameron l'y poussa et claqua la porte derrière lui.

— Vous en… en… entrez dans la ch… ch… chambre d'une dame sans y être invité ? ironisa-t-elle. Il faut que vous soyez bien en colère.

D'une voix à peine audible, vibrante de tension, il rétorqua :

— « En colère » ? Oui, je suis en colère. Vous vous obligez à obéir à un ordre qui est une pure folie. J'en conclus que vous voulez vraiment vous faire fusiller.

— Je suis une espionne. Certains diraient qu'être f… f… fusillée fait partie de ma mission. En tout cas, c'est mon travail d'obéir aux ordres.

— Je vous répète que cet ordre est une folie. Vous croyez qu'il n'y a pas d'imbéciles dans le Renseignement ? Que tous vos supérieurs sont des êtres brillants qui connaissent tout ? Ce service est truffé d'idiots. Ils jouent avec les vies et, en plus, ils jouent mal. Quand leurs élucubrations se soldent par la mort d'un agent comme vous, tout ce qu'ils savent faire, c'est hausser les épaules et dire : « Il faut savoir prendre des risques en temps de guerre. » Vous voulez vous retrouver devant un peloton d'exécution pour ce genre de crétin ?

Elle posa une main apaisante sur son bras.

— Je veux m'en sortir, croyez-moi. Mais je ne vais pas me déclarer fichue quand je ne le suis pas. Si on me retire de Lille pour épuisement ou dépression, on ne me donnera plus aucune mission de guerre. Et puis, il s'agit seulement de quelques semaines. Je survivrai, et alors…

Cameron montra la porte d'un geste furieux et dit en baissant la voix :

— Savez-vous ce qu'Allenton a sorti quand Edith Cavell a été fusillée ? Que c'était la meilleure chose qui pouvait arriver car sa mort tombait à pic pour faire monter la colère à l'arrière. Je n'aime pas médire sur un camarade mais il faut que vous compreniez bien cela : il se fiche complètement que vous soyez prise comme Violette et Lili. Pour lui, la mort d'une espionne signifie une flambée dans la vente des journaux et un soutien renforcé pour les soldats dans les tranchées. Moi, en revanche, je n'ai pas l'habitude de risquer la vie de mes agents inutilement.

— Ce que je fais n'est pas inutile…

— Vous voulez venger Violette et Lili parce que vous les aimez. Vous voulez les venger et, si vous n'y arrivez pas, vous êtes prête à mourir. Croyez-moi, je connais ce sentiment.

Croisant les bras, elle répliqua :

— Si j'étais un homme, vous diriez que je suis un bon patriote pour vouloir continuer de travailler pour mon pays. Mais, comme je suis une femme, ma décision est suicidaire.

— Un agent ébranlé émotionnellement n'est plus un bon agent pour son pays. Et en dépit des apparences, vous contrôlez difficilement vos émotions. Je vous connais.

— Dans ce cas, vous savez aussi que je sais les refouler quand le devoir m'appelle, exactement comme n'importe quel soldat qui a une mission à remplir. Comme n'importe quel homme qui a prêté serment.

— Eve, non ! Je vous l'interdis.

Il l'avait appelée *Eve*. Cela lui avait échappé. Elle sourit intérieurement. Il aurait dû faire attention à ne pas se trahir de la sorte. D'un ton sec, il poursuivit :

— Vous allez convaincre Allenton que vous n'êtes pas en état de retourner à Lille et je vous renverrai à Folkestone. Je n'aime pas contrecarrer un supérieur, mais je ne vois pas d'autre solution. Le sujet est clos.

Sur ces mots, il fit volte-face vers la porte. Comprenant qu'il allait descendre annoncer à Allenton qu'elle plaidait la dépression nerveuse, elle tressaillit. Elle s'y refusait absolument. L'attrapant par la manche, elle implora :

— Restez avec moi.

Pivotant sur ses talons, sa colère disparue, son visage fermé affichait une expression accablée.

— Mademoiselle Gardiner…

Comblant l'espace entre eux, elle glissa ses mains sous son col et pressa ses lèvres dans le creux de son cou. Il sentait le savon frais.

— *Eve*. Il ne faut pas, mademoiselle Gardiner.

Il posa ses mains sur les siennes. Elle se haussa sur la pointe des pieds et lui murmura, enjôleuse :

— Ne me laissez pas seule, je vous en prie.

C'était un coup bas, elle en avait conscience. Cameron ne bougea pas, ses mains chaudes couvrant toujours les siennes. Elle se pressa contre lui et trouva les paroles justes.

— Ce matin, j'ai assisté à l'arrestation de Lili par les Allemands. Aussi je… Par pitié, ne me laissez pas seule. Je ne peux pas le s… s… supporter.

Elle sentit la honte l'étouffer. Comment pouvait-elle avoir recours à un stratagème aussi vil ? Mais le capitaine était un gentleman, un homme qui ne supportait pas de voir une femme en détresse. Avec René, elle n'aurait eu aucune chance de réussir. D'une voix sourde, il murmura :

— J'ai moi-même perdu des amis, Eve. Je sais ce que vous ressentez.

Comme elle en rêvait depuis si longtemps, elle glissa ses mains dans ses cheveux.

— Je veux avoir chaud. Je veux m'allonger et *oublier*.

— Eve. Je ne peux pas.

Il essaya de s'écarter. Elle sentait la fraîcheur de son alliance sur son cou. Le chagrin la faisait défaillir. Même pour quelques minutes, elle voulait faire le vide dans son esprit.

— Je vous en prie.

Elle se pencha et l'embrassa. Derrière elle, le lit s'offrait à eux.

— Je ne veux pas profiter de votre faiblesse, chuchota-t-il contre ses lèvres.

Elle supplia :

— Faites-moi oublier. Faites-moi tout oublier, Cameron.

Enfin, il céda. Il céda comme un mur s'écroule et, avec un gémissement étouffé, la serra contre lui. Ils s'embrassèrent passionnément. Sans lui laisser le temps de se raviser, elle l'attira sur le lit et déboutonna sa chemise. Certes, la passion n'était pas sa motivation première et elle s'en voulait de sa perfidie. Mais il fallait à tout prix qu'il la laisse retourner à Lille. Pourtant, elle se laissa gagner par le désir. La vérité est le terreau des meilleurs mensonges et elle désirait Cameron depuis très longtemps, depuis le jour où il avait deviné une espionne derrière une petite secrétaire bègue.

Il lui retira son corsage et sa chemise et découvrit les hématomes laissés par les mains des gardes allemands sur ses bras nus.

— Bonté divine, Eve ! Les ignobles brutes, dit-il en les embrassant un à un.

Puis, de ses mains, il effleura ses côtes.

— Vous êtes trop maigre. Ma pauvre petite, si courageuse.

Eve se serra contre lui, nouant ses jambes autour des siennes. Elle aurait probablement pu simuler la timidité, la maladresse, lui faire croire qu'il était le premier. Ce qui aurait peut-être été plus sage. Mais elle ne pouvait plus supporter de mentir, surtout en ces instants. Elle ne jouait pas la comédie quand le lourd corps froid de René pesait sur elle. Il n'était donc pas question qu'elle feigne avec l'homme long et maigre qu'elle tenait dans ses bras. Cet homme aux épaules criblées de taches de rousseur et au doux accent écossais qui l'embrassait en fermant les yeux. Paupières closes, elle s'offrit à lui et s'abandonna. Puis, lovée contre lui, elle se rendit compte qu'elle pleurait des larmes silencieuses. Ses doigts jouant dans ses cheveux, il lui murmura avec douceur :

—Je sais. Croyez-moi, Eve, je sais. Moi aussi j'ai vu des gens qui comptaient pour moi être capturés.

D'une voix entrecoupée de larmes, elle demanda :

—Qui ?

—Un garçon qui s'appelait Léon Trulin, une de mes recrues. Il n'avait même pas dix-neuf ans… Arrêté il y a quelques semaines. Il y en a eu d'autres. Je ne peux pas m'y habituer. C'est vraiment un sale travail.

Oui, c'était un sale travail et elle allait s'y replonger. Mais, avant, l'espace de quelques heures, elle espérait l'oublier avec Cameron. Elle se retourna dans ses bras, si près de lui qu'elle frôla sa joue de ses cils mouillés.

—Auriez-vous du vrai thé ? Depuis des mois, je dois me contenter d'une décoction de feuilles de noyer.

Son visage s'éclaira d'un sourire qui le rajeunit instantanément. Bientôt, sa conscience le torturerait. Il s'en voudrait d'avoir profité de l'innocence de sa subordonnée, se maudirait d'avoir été infidèle à sa femme. Mais, pour l'instant, il était heureux.

—Oui. Du vrai thé et du vrai sucre.

Avec un petit grognement d'aise, elle le poussa presque hors du lit.

—Alors, allez en faire…

Il se rhabilla et se glissa hors de la pièce, ses pieds nus résonnant sur les lames du parquet. Tout était tellement différent des habitudes de René : les cigarettes, la robe de chambre de brocart, la conversation sur l'oreiller qu'elle s'appliquait à alimenter et à décrypter… Mais ici, elle voulait effacer Bordelon de son esprit. Quand le capitaine revint, elle prit la tasse de thé qu'il lui offrait et but lentement.

— J'aimerais m… m… mourir ici et maintenant.

Quelque chose en elle en rêvait. Mourir maintenant, assise sur ce lit, appuyée contre le torse de l'officier anglais. Elle n'aurait plus à s'inquiéter de Lille ni de la mission qui l'attendait encore, inexorablement. Elle repoussa ce fantasme. D'un geste tendre, Cameron replaça une mèche derrière son oreille et demanda :

— À quoi pensez-vous ?

— À rien, mentit-elle entre deux gorgées de thé.

Hésitant, une main sur son cou, il avança :

— Eve… Qui est-ce ?

Elle ne fit pas mine de ne pas comprendre. Celle qui se blottissait si désespérément contre lui sous ces draps n'était plus la jeune innocente qu'il avait envoyée à Lille. D'une voix neutre, elle répondit :

— Personne. Juste un type qui lâche des informations utiles sur l'o… o… oreiller.

— Bordelon ?

Cameron avait prononcé le nom d'une voix presque inaudible. Elle fit un signe d'assentiment. Sentant son cœur se gonfler de tristesse, elle n'osait pas le regarder. Il avait lu les rapports sur René, il n'ignorait rien du personnage ni de ses activités. Peut-être allait-elle lui inspirer du dégoût… Qu'importait ! Elle avait une mission à remplir.

Posant sa tasse, il la serra étroitement dans ses bras.

— Vous n'aurez plus à aller chez lui. Je vous emmène à Folkestone demain matin. Vous ne le verrez plus jamais.

Il supposait manifestement que, puisqu'elle ne discutait plus, elle était d'accord pour renoncer à son ordre de retourner à Lille. L'espace d'un instant, elle céda à la tentation de rentrer en Angleterre, de retrouver la sécurité, le vrai thé.

Avec un soupir résigné, elle repoussa cette perspective et, posant sa tasse à côté d'elle, se nicha au creux de son épaule. Quand il suggéra de se lever, elle l'entraîna de nouveau sous les draps. Ils firent l'amour encore une fois, avec douceur, tendresse, ses soupirs se perdant dans son cou. Puis il sombra dans un lourd sommeil. Dès qu'elle entendit sa respiration se faire régulière, elle se glissa sans bruit hors du lit et se rhabilla. Un long moment, elle resta à le regarder. Lui pardonnerait-il jamais? *Peut-être que non… Mais il ne peut pas se permettre de m'aimer.* Même si, pour sa part, elle ne doutait pas de ses sentiments pour lui. Éperdue de tendresse, elle repoussa une mèche des cheveux de son front. Les rides profondes qui le creusaient semblaient indiquer qu'il s'angoissait, même dans ses rêves. Puis, d'un pas décidé, elle descendit au rez-de-chaussée.

Dans le bureau improvisé, le commandant Allenton l'accueillit avec un sourire narquois. Il n'avait visiblement aucun doute sur ce qui venait de se passer. Elle s'en moquait. Traînée ou pas, il avait déjà pris la décision de la renvoyer à Lille. Sans préambule, elle déclara:

—Il me faut un sauf-conduit. Je prendrai le train ce soir pour Lille.

Il parut surpris.

—Je croyais que Cameron essaierait de vous convaincre de refuser cet ordre. Il peut se montrer rusé, à sa manière. Cela arrive, vous savez, quand des militaires trempent trop longtemps dans un sale boulot comme l'espionnage. Ils deviennent sournois.

Son visage trahissait à quel point il détestait le capitaine. Après avoir décrypté les changements d'expression presque invisibles de René, deviner les pensées d'Allenton se révélait d'une facilité confondante. Baissant les yeux en bonne subordonnée, elle rétorqua :

— Vous êtes le supérieur du capitaine Cameron, mon commandant. Il va de soi que c'est à vos ordres que j'obéis. Vous voulez que je retourne à Lille. J'y v... v... vais.

Flatté, Allenton prit une plume. Le subalterne gringalet qui était présent à son arrivée était parti. Il faisait presque nuit et la lumière blafarde des lampes accentuait la couleur défraîchie du papier peint.

— Vous êtes vraiment très douée, la complimenta-t-il. Je comprends pourquoi Cameron est... éprouve des sentiments pour vous. Le gel du réseau l'avait mis dans tous ses états. En réalité, vous étiez le seul sujet de son inquiétude.

Elle sentit une douce allégresse l'inonder. Mais ses remords la rattrapèrent aussitôt. Le capitaine allait redoubler d'inquiétude pour elle. Le temps pressant, elle insista :

— Mon sauf-conduit, s'il vous plaît, mon commandant ?

Cameron avait peut-être le sommeil léger. S'il se réveillait maintenant et descendait au salon, il faudrait encore argumenter. Il était préférable qu'elle s'en aille sans plus attendre. Tout en rédigeant son laissez-passer, Allenton demanda :

— Je parie que Cameron ne vous a jamais donné son nom de code ?

Devant son air de conspirateur, elle se retint de lever les yeux au ciel. *Quel homme stupide !* Heureusement qu'il n'était pas sur le terrain. Lui soutirer des informations serait plus facile qu'obtenir un bonbon d'un enfant ! Refoulant son envie de le traiter d'idiot, elle répondit :

— Non. Quel est-il ?

Avec un sourire empreint d'ironie, le commandant lui tendit le document.

— Evelyn.

27

Charlie

Mai 1947

Une nouvelle nuit tombait. La deuxième depuis que j'avais découvert la mort de Rose. Je craignais toujours de la voir visiter mes rêves. Mais je ne voulais pas recommencer à noyer mes souvenirs dans l'alcool. Ma tête venait tout juste de cesser de me lancer.

J'aurais déjà dû être au rez-de-chaussée, où je devais retrouver Eve et Finn pour le dîner. J'étais en train de fouiller dans mes affaires en quête d'un vêtement propre. Je n'avais rien lavé depuis Oradour-sur-Glane. Il ne me restait plus que la petite robe noire que j'avais marchandée chez la vendeuse parisienne. Droite, sa coupe stricte en biais, à col haut, elle était fendue très bas dans le dos. Au lieu d'essayer de déguiser ma silhouette anguleuse, elle en épousait les lignes.

« *Très chic.* »

J'entendis le rire de Rose et je fermai les yeux. Elle m'avait dit la même chose, à sept ans, un jour que nous étions entrées dans le dressing de sa mère pour essayer les robes de soirée. Ma cousine, vêtue d'une robe Schiaparelli à longue traîne en taffetas noir et au corsage scintillant de sequins, me regardait me pavaner dans des escarpins du soir en satin, bien trop grands pour moi. « *Très chic !* » s'était-elle esclaffée.

Je clignai des yeux pour chasser le souvenir et regardai mon reflet tremblotant dans le miroir de la chambre d'hôtel. Rose aurait aimé la robe noire. Puis je descendis.

Eve, Finn et moi prenions nos repas au petit bistro voisin : typiquement français avec son auvent rouge et ses nappes à carreaux sur les tables, l'endroit était chaleureux. Quelqu'un alluma la radio dont, bien entendu, s'échappa la voix d'Édith Piaf qui chantait *Les Trois Cloches.* Les cloches avaient-elles sonné sur Oradour-sur-Glane quand les femmes avaient été rassemblées à l'intérieur de l'église ?

J'aperçus la main difforme d'Eve qui me faisait signe de la table la plus éloignée et me faufilai parmi les nombreux serveurs chargés de plateaux.

— Bonsoir, Ricaine, me salua-t-elle. Finn me dit que vous avez rencontré le commandant Allenton. N'est-ce pas une perle rare ?

— Sa moustache est ridicule.

En secouant la tête, elle fit tourner entre ses doigts un morceau de baguette.

— J'ai bien failli la lui arracher un jour. Je regrette de ne pas l'avoir fait.

Assis en face d'elle, les deux coudes sur le dossier de sa chaise, Finn garda le silence. Mais je vis qu'il remarquait ma robe noire. Je me rappelai ses cheveux embroussaillés, son haleine empestant le whisky quand il s'était réveillé ce matin, et j'essayai de croiser son regard. Il détourna la tête.

Plantant ses yeux dans les miens, Eve lança :

— Finn m'a raconté pour Oradour-sur-Glane. Et votre cousine…

La voix d'Édith Piaf s'élevait derrière moi. « *Village au fond de la vallée, comme égaré…* » J'attendais qu'elle ajoute : « Je vous avais prévenue », qu'elle me déclare qu'elle avait toujours su que je chassais un rêve.

Mais elle murmura :

— Pour ce que ça vaut, je suis désolée. Ce qui ne sert à rien quand on a per… perdu un ami. À rien ! Mais je le suis quand même.

Du bout des lèvres, je balbutiai, la gorge nouée :

— Rose est mo… morte. Je ne… je ne…

Je m'interrompis avant de reprendre :

— Et maintenant ?

— Eh bien, je cherche toujours René Bordelon.

— Je vous souhaite bonne chance !

Je rompis un bout de baguette. Sans prononcer une parole, Finn fit tourner son verre d'eau entre ses longs doigts.

— Je croyais que vous aussi vouliez le retrouver, s'étonna Eve en haussant les sourcils.

— Uniquement parce que je pensais qu'il pourrait me conduire à Rose.

Elle laissa échapper un long soupir. L'air pensif, elle but une gorgée de son scotch et fit remarquer :

— Vous pourriez néanmoins être toujours intéressée par la chasse. Allenton a beau être un crétin, il m'a raconté quelques histoires du plus grand intérêt.

— Pourquoi voulez-vous retrouver René ? Vous nous avez dit que c'était un profiteur, que vous l'aviez espionné.

Qu'elle avait même couché avec lui. Qu'elle avait été enceinte de lui et qu'elle avait dû se faire avorter. Mais je n'allais pas aborder ce sujet à une table de café, avec des serveurs grouillant autour.

— Quelle autre raison vous pousse à pister comme un chien un homme de soixante-treize ans ? insistai-je.

L'air soudain furieux, elle rétorqua :

— Faut-il une autre raison ?

Soutenant son regard, j'acquiesçai :

— Oui. Est-ce que cela a un rapport avec toutes vos médailles ? Ces croix de guerre et cet ordre de l'Empire britannique ? Il est temps de tout nous raconter, Eve. Arrêtez de faire des allusions et lâchez le morceau.

Finn se leva brusquement et, se frayant un passage dans la foule à coups d'épaule, se dirigea vers la voiture. Eve le suivit des yeux.

— Il est de mauvaise humeur, me dit-elle. Sa visite à Oradour-sur-Glane a dû remuer des souvenirs.

Puis, se tournant vers moi, elle me jaugea.

— Vous avez du cran, Ricaine ?

— Pardon ?

— J'ai besoin de savoir. Votre cou… cousine est morte. Allez-vous rentrer chez vous et tricoter des chaussons de bébé ? Ou êtes-vous prête pour un vrai défi ?

Elle semblait avoir deviné la question que je ruminais : « Et maintenant, quoi, Charlie St Clair ? »

— Comment puis-je savoir à quoi je suis prête si vous ne me dites pas de quoi il s'agit ?

— C'est au sujet d'une amie, se contenta-t-elle de répondre. Une blonde avec un rire vibrant de soleil et un courage à embraser le monde.

Rose ?

Avec un sourire, Eve ajouta :

— Lili. Louise de Bettignies, Alice Dubois. Qui sait combien d'autres noms elle avait. Pour moi, elle était toujours Lili. La meilleure des amies que l'on puisse rêver.

Lili. Ainsi, Eve avait Lili et j'avais Rose.

— Toutes ces fleurs…, murmurai-je.

— Il y a deux catégories de fleurs chez les femmes. Le genre qui s'épanouit dans la sécurité d'un vase. Et le genre qui survit quelles que soient les conditions… Même dans le Mal. Lili appartenait à la deuxième catégorie. Et vous ?

J'aimais penser que, moi aussi, j'appartenais à la seconde catégorie. Mais, contrairement à Eve, à Rose ou à Lili l'inconnue, le Mal – même si le mot avait une consonance mélodramatique – ne m'avait jamais mise à l'épreuve. Il n'avait jamais croisé mon chemin. Je n'avais connu que la tristesse, l'échec et les mauvais choix. Après avoir marmonné une réponse à ce sujet, je m'empressai de poser ma propre question à Eve.

— Vous n'avez jamais évoqué une amie de ces années de guerre. Pas une seule fois. Alors, si Lili était la meilleure amie que vous ayez jamais eue, qu'était-elle d'autre ? Pourquoi compte-t-elle autant ?

J'écoutai Eve me raconter sa rencontre avec Lili au Havre. Le sourire en coin avec lequel elle lui avait lancé son chaleureux : « Bienvenue dans le Réseau Alice. » Leurs deux mains crispées l'une dans l'autre alors que, pleines d'espoir, elles regardaient l'attaque ratée contre le *Kaiser*. Les larmes versées, les conseils murmurés calmement, l'arrestation. Pour un peu, je voyais l'amie d'Eve devant moi tant sa description la rendait vivante. Si Rose avait vécu jusqu'à trente-cinq ans, elle lui aurait ressemblé.

— Votre amie était une personne exceptionnelle, fit remarquer Finn, assis devant sa bière qu'il n'avait pas touchée. Elle a l'air d'avoir été un sacré soldat.

Il nous avait rejointes peu après qu'Eve eut commencé son récit. À la surprise qu'affichait son visage, je compris que lui aussi découvrait ces histoires.

Eve vida son verre en une longue gorgée.

— Oh oui. Plus tard, les gens l'ont appelée la reine des espionnes. Il y avait d'autres réseaux d'espionnage pendant la Grande Guerre. Je n'ai entendu parler des femmes qui en faisaient partie qu'après. Mais aucune n'était aussi rapide ni aussi précise que Lili. Elle chapeautait une bonne centaine de sources, couvrant mille deux cents kilomètres de front. À elle seule. Tous les hauts responsables l'ont pleurée quand elle s'est fait arrêter. Ils savaient qu'une fois qu'elle serait entre les mains des Allemands, plus jamais ils n'obtiendraient la même qualité d'informations.

Un sourire sombre se dessina sur ses lèvres.

— Et ils ne se trompaient pas.

Rose et moi, Finn et sa gitane, Eve et Lili. Chassions-nous tous les trois des fantômes du passé, des femmes perdues dans la tourmente de la guerre ? J'avais perdu Rose à Oradour, Finn avait perdu sa gitane à Belsen. Mais Lili était peut-être toujours vivante, en pleine santé ? Le fait de la revoir pourrait-il guérir Eve de son mal ? De sa culpabilité ? De son chagrin ? J'allais lui poser la question mais, les yeux fixés sur moi, elle s'était remise à parler.

— Il m'a fallu plus de tr… tr… trente-cinq ans pour essayer de me remettre après ce qui s'était passé à Lille.

C'est la raison pour laquelle vous ne devriez pas passer trop de temps à pleurer votre cousine, Ricaine. Parce que vous seriez surprise de voir que les semaines deviennent des années. Faites votre deuil, saccagez une pièce, buvez une pinte, couchez avec un marin. Qu'importe ce que vous avez besoin de faire, mais tournez la page. Que cela vous plaise ou non, elle est morte et vous êtes vivante.

Eve se leva.

— Tenez-moi au courant si vous décidez finalement que vous êtes une Fleur du Mal. Et je vous dirai pourquoi vous devriez venir avec moi retrouver René Bordelon.

— Êtes-vous vraiment obligée de vous montrer toujours aussi énigmatique ? sifflai-je entre mes dents.

Mais Eve s'était déjà éloignée à grands pas, laissant derrière elle son verre vide. Je la suivis des yeux, me sentant bouillonner d'un mélange de frustration et de chagrin. *Et maintenant, Charlie St Clair ?*

Avec un froncement de sourcils, Finn déclara :

— Louise de Bettignies. Reine des espionnes... J'ai entendu parler d'elle, maintenant que j'y pense. Sans doute un gros titre quelconque sur les héroïnes de guerre...

En silence, il fit tourner son verre entre ses mains. Je sentais revenue chez lui la tension nerveuse dont les histoires d'Eve l'avaient distrait. À son habituelle nonchalance s'était substituée une raideur évidente.

— Qu'est-ce qui ne va pas, Finn ?

— Rien, répondit-il sans m'accorder un regard. Pour moi, c'est un état normal.

Son attention était fixée sur l'intérieur du café où les tables avaient été tirées pour danser. Des couples oscillaient déjà au rythme de la musique.

— Non, ce ne l'est pas.

— Quand je suis revenu du 63e régiment, j'étais tout le temps comme ça.

Chaque fois qu'on lui demandait de raconter son expérience à Tarawa, mon frère se crispait, s'exaspérait. Il avait cette même expression fermée, comme si, si l'on insistait trop, il allait exploser, abreuver son auditoire d'injures et quitter la pièce en trombe. J'étais toujours trop impressionnée pour le suivre. Je craignais qu'il s'en prenne aussi à moi. Mais je regrettais maintenant de ne pas l'avoir fait, de ne pas lui avoir tendu la main une seule fois. De ne pas lui avoir fait sentir par ce simple geste que j'étais là, que je l'aimais, que je comprenais sa douleur. Hélas, je n'avais pris toute la mesure de sa souffrance qu'après sa mort. Quand il était trop tard.

Devant le visage fermé de Finn, j'eus envie de lui dire : « Il n'est pas trop tard pour toi. » Je savais toutefois que, pas plus que James, mes mots ne l'atteindraient. Je me contentai donc de frôler sa main.

Il me repoussa.

— Je surmonterai tout ça.

Y parviendrons-nous un jour ? Je regardai la chaise vide d'Eve. Nous chassions tous les trois des souvenirs douloureux parmi les décombres de deux guerres. Et aucun de nous ne semblait les avoir surmontés. Je repensai aux paroles de la vieille Anglaise. Peut-être ne s'agissait-il pas de *surmonter* mais plutôt *d'essayer de surmonter.* Ou bien les semaines se transformaient en mois et, quand vous regardiez en arrière, comme elle l'avait fait, vous vous rendiez compte que vous aviez perdu trente ans.

La radio diffusait une nouvelle chanson d'Édith Piaf. Je me levai.

— Tu veux danser, Finn ?

— Non.

Je n'en avais nulle envie non plus. Mes pieds étaient lourds comme du plomb. Mais Rose adorait danser. Tout comme James. Je me revis danser un boogie woogie avec lui avant son départ chez les marines. Ma cousine et mon frère seraient déjà sur la piste de danse. Je pouvais y traîner mes pieds pesants.

Je m'avançai vers la foule des danseurs et, riant, un Français m'attira à lui. Je suivis la cadence, son bras enlaçant ma taille, puis pris la main de son ami pour la chanson suivante. Sans écouter les flatteries chuchotées en français, je me contentai de fermer les yeux et d'esquisser des pas pour essayer… non pas d'oublier le chagrin qui m'habitait mais, tout au moins, d'y échapper le temps d'une danse. Si mes pieds me paraissaient lourds aujourd'hui, peut-être, un jour, pourrais-je retrouver ma légèreté et tourner la page sur ma tristesse.

Je continuai donc à me mouvoir en rythme, chanson après chanson. Tout en sirotant sa bière, Finn me regardait. La soirée se serait sans doute bien terminée mais c'était sans compter la gitane.

J'étais sortie de la piste pour rattacher la bride de ma sandale. Finn se leva pour vider sa chope à moitié pleine. Nous aperçûmes alors la vieille femme derrière un chariot, enroulée dans des châles de couleurs fanées. Malgré son visage à la peau mate et ses jupons bariolés, ce n'était peut-être pas une gitane. Mais avais-je la moindre idée de ce à quoi elles ressemblaient vraiment ? Elle marmonna quelque chose et le propriétaire du café sortit en trombe. L'air suppliant, elle tendit une paume ouverte et il agita les mains comme si un rat avait traversé ses cuisines en courant.

— Pas de mendiant ici ! Dégagez ! ajouta-t-il en la poussant sans ménagement.

Visiblement habituée à se voir rejetée, elle s'éloigna péniblement. Frottant ses mains sur son tablier, le patron se détourna et maugréa :

— Sale gitane ! Dommage qu'ils n'aient pas tous été déportés et enfermés.

Je vis le visage de Finn blêmir sous l'effet d'une colère froide.

Je fis un pas vers lui mais il avait déjà laissé échapper sa bouteille, qui alla se fracasser à terre. En trois pas, il avait traversé la salle du café. Il attrapa le patron par le col de sa chemise. Sans lui laisser le temps de se remettre de sa surprise, il le tira brutalement vers lui et lui décocha un uppercut.

— Finn !

Mon hurlement se perdit dans un fracas de vaisselle brisée alors que le propriétaire chutait, entraînant une table avec lui. D'un coup de botte, Finn le fit se retourner sur le dos. Son regard étincelait de fureur. Enfonçant un genou dans la poitrine de l'homme, il lui lança en détachant bien sa phrase, ponctuant chaque parole d'un coup de poing :

— Espèce… de… pourriture… de… merde…

Les coups résonnaient comme ceux d'un maillet de boucher.

— Finn !

Le cœur battant, je me frayai un chemin dans la foule affolée des clients qui se levaient, leurs serviettes autour du cou. Agités, stupéfaits, ils regardaient la scène. Un serveur se précipita pour l'attraper par le bras. Finn lui donna un coup de poing dans le nez et je vis le sang gicler sur une nappe tombée au sol. Le serveur battit en retraite et Finn se remit à frapper le patron qui, hurlant, essayait de se protéger le visage.

Je me souvins du jour où il m'avait raconté la rixe qui l'avait conduit en prison. « *Et quand j'ai commencé à lui cogner la tête contre un chambranle de porte, ils ont dû se mettre à six pour me faire lâcher prise. Heureusement, ils y sont arrivés avant que je lui éclate le crâne.* »

Ce soir, ils n'étaient pas six. Il n'y avait que moi. Mais personne n'allait éclater le crâne de personne. J'agrippai ses épaules dures comme de la pierre et le tirai de toutes mes forces.

— Finn, arrête !

Il se retourna vivement, visant quiconque essaierait de l'arrêter. Quand il me reconnut, le regard flamboyant de honte, il essaya de retenir son bras. Mais il était trop tard. Ses jointures frappèrent le coin de ma bouche assez violemment pour me faire mal. Je reculai d'un pas, ma main sur les lèvres.

Son poing retombant de côté, il devint livide.

— Mon Dieu !

Ignorant l'homme qui, le nez ensanglanté, gémissait sur le sol, il se leva.

— Mon Dieu, Charlie !

Encore sous le choc, je touchai mes lèvres.

— Ça va.

Pour être honnête, j'étais surtout soulagée de voir qu'il avait lâché le patron du café et que sa rage semblait être retombée. Je sentais les battements précipités de mon cœur, comme si je venais de courir un cent mètres. Je m'avançai vers lui, une main tendue.

— Tout va bien.

Il tressaillit, l'air horrifié.

— Mon Dieu, répéta-t-il encore.

Et, soudain, il partit en courant, me laissant seule dans le café, au beau milieu de la foule en émoi.

L'air à la fois étourdi et furibond, le propriétaire était en train de se relever, aidé par plusieurs de ses serveurs. Mais je ne lui accordai pas un regard. Prenant mes jambes à mon cou, je m'élançai aussi vite que possible dans la même direction que Finn. Il avait déjà dépassé l'auberge, se faufilant entre les maisons, et je le vis disparaître dans le garage. Je le suivis, longeai les rangées de Peugeot et de Citroën, jusqu'à la forme longiligne de la Lagonda. Tout comme à Roubaix, la nuit où nous avions discuté jusqu'à 3 heures du matin, je le trouvai sur la banquette arrière. Tête baissée, les épaules secouées de soubresauts, il ne me vit que lorsque, après avoir ouvert la portière, je me glissai à côté de lui.

D'une voix étouffée, il me lança :

— Va-t'en !

Je lui pris la main.

— Tu es blessé.

Il avait les doigts tuméfiés, les phalanges égratignées. N'ayant pas de mouchoir, je me contentai de frôler sa peau abîmée avec délicatesse.

Il se dégagea brusquement et passa sa main dans ses cheveux.

— Je regrette de ne pas avoir réduit le crâne de cette ordure en bouillie.

— Si c'était le cas, tu aurais été renvoyé en prison.

— C'est là qu'est ma place. Je t'ai frappée, Charlie.

Les épaules toujours voûtées, il agrippait ses cheveux de ses poings.

Je frôlai ma propre lèvre, sentis la peau intacte.

— Tu ne savais pas que c'était moi, Finn. Dès que tu t'en es rendu compte, tu t'es retenu de…

— Je t'ai quand même frappée.

Il me regarda enfin, les yeux empreints d'un mélange de culpabilité et de colère.

— Tu essayais simplement de m'empêcher de le tuer et je t'ai frappée, poursuivit-il. Que fais-tu ici, Charlie ? Assise dans le noir avec un homme comme moi ?

— Tu n'es pas mauvais, Finn. Tu es vraiment une loque, mais tu n'es pas mauvais.

— Qu'en sais-tu ?

— Je sais que mon frère n'était pas mauvais quand il frappait les murs de son poing, hurlait des injures et paniquait au milieu de la foule. Il n'était pas mauvais, il était brisé. Tout comme toi. Tout comme Eve. Tout comme je l'étais quand je me débattais à l'université, soit en pleurant dans mon lit, soit en couchant avec des types qui ne me plaisaient pas.

Je le dévisageai, essayant de lui faire comprendre.

— Ce qui est brisé peut être réparé.

Je voulais tellement l'aider. Le prendre par la main et combler ses fêlures. Comme je n'avais pas su le faire pour James. Ni pour mes parents qui l'avaient tant pleuré.

— Ce n'est pas un endroit pour toi, lâcha-t-il brusquement, d'une voix hachée. Tu devrais rentrer chez toi, avoir ton enfant. Reprendre ta vie. Rien de bon ne peut découler de la compagnie de deux âmes meurtries comme Gardiner et moi.

Je sentais sa colère lui raidir de nouveau les épaules.

— Je n'irai nulle part.

Je fis un geste vers lui. Il se dégagea vivement.

— Non.

— Pourquoi ?

Nous étions restés assis épaule contre épaule le soir où nous avions bu du whisky. J'avais posé ma tête sur ses genoux et il m'avait caressé les cheveux. Et nous n'avions ressenti aucune gêne. Mais, maintenant, Finn était comme un buisson de ronces, la tension entre nous palpable.

— Descends de cette voiture, Charlie !

— Pourquoi ? le défiai-je à nouveau.

Il n'était pas question que je recule maintenant.

Fixant quelque chose droit devant lui, les yeux plongés dans l'obscurité, il déclara d'une voix égale, ses paroles pleines d'une fureur sourde :

— Parce que quand je suis de cette humeur, je bois, je me bats, je baise. Et tout ce que je veux à cet instant précis, c'est t'arracher ta robe noire.

Il m'enveloppa d'un regard brûlant.

— Tu devrais vraiment descendre de cette voiture.

Si je le quittais maintenant, il allait rester ici toute la nuit, avec sa culpabilité, sa colère, ruminant le souvenir de sa gitane morte.

— Que ça te plaise ou non, elle est morte et tu es vivant, dis-je en reprenant les mots d'Eve. Nous sommes tous les deux vivants.

J'enfouis mes mains dans ses cheveux et attirai sa tête à moi.

Nos bouches s'écrasèrent l'une sur l'autre, sans se détacher alors qu'il me soulevait pour me jucher sur ses genoux. Nos joues étaient humides. Il fit glisser d'un geste brusque les bretelles de ma robe tandis que j'arrachais les boutons de sa chemise. Nous repoussâmes toutes les couches de tissu et nous retrouvâmes peau contre peau, nous fichant bien d'être surpris par un passant à travers la vitre de la Lagonda. Sur la route d'Oradour, il m'avait embrassée avec une exquise tendresse. Mais, ce soir, il dévorait la peau entre mes seins de ses lèvres impérieuses, ses sourcils caressant mes clavicules. Je pressai ma joue contre ses cheveux, mes mains glissant le long de son torse mince, jusqu'à sa ceinture. L'espace d'un instant, il s'arrêta, le souffle haletant, ses larges mains étalées sur mon dos nu.

— Charlie, Charlie, murmura-t-il d'une voix indistincte. Ce n'était pas ainsi que j'espérais…

Ce n'était peut-être pas aussi romantique qu'un dîner aux chandelles, au milieu des roses. Mais ce qui était en train de se passer entre nous était ce dont nous avions tous les deux besoin. La veille au soir, hébétés, anéantis par la douleur, nous cherchions l'oubli. Je ne pouvais pas rester ainsi, au risque de sombrer. Et il n'était pas question que je laisse Finn sombrer. Je ne le laisserais pas partir, comme ceux que j'avais laissés tomber et perdus.

— Reste avec moi, murmurai-je contre ses lèvres, mon souffle aussi haletant que le sien. Reste avec moi.

Ma robe me dénudant à moitié, sa chemise et sa ceinture sur le sol, nous étions enlacés, allongés sur la banquette.

C'était généralement le moment où mon esprit se détachait de ce qui était en train de se passer. C'était le moment où j'essayais de devenir hermétique à toute sensation, où je me sentais devenir distante, déçue, et où je faisais le vide dans mon esprit. C'était l'équation la plus facile du monde. Un homme et une femme égalaient toujours zéro. Pas cette fois. Nos membres entremêlés sur le siège, le crissement du cuir, ressemblaient à toutes les autres fois. Mais je ne me sentais pas partir. Je fondais, je brûlais, je frissonnais de désir. Arc-bouté au-dessus de mon corps, Finn aussi était secoué de tremblements, une ombre dans les ombres, ses mains agrippant si violemment mes cheveux que mon crâne en était douloureux. De sa bouche, il dévorait la peau de ma gorge, de mes oreilles, de mes seins. Je l'enlaçais de mes bras, le ceinturais de mes cuisses et m'accrochais à lui comme si ma vie en dépendait, mes ongles s'enfonçant dans son dos. Nos peaux luisantes de sueur, nous luttions. Je l'entraînais en moi, toujours plus profondément, mes gémissements de plaisir me parvenant comme étouffés alors que nous tanguions en un tempo désespéré, furieux. Rapide, violent, désordonné… Mais c'était tellement bon. Je me sentais tellement vivante. Son visage durci contre le mien, je sentis mon orgasme rejaillir en lui et une larme roula entre nos joues soudées.

Je ne savais pas qui de nous deux l'avait versée. Mais cela n'avait pas d'importance. Ce n'était pas une larme de chagrin et c'était tout ce qui comptait.

28

Eve

Octobre 1915

S'il y avait bien un jour de la semaine pour être arrêté, c'était le dimanche. Le seul soir sur les sept où Eve ne travaillait pas. En effet, le jour du Seigneur, même un endroit aussi décadent que *Le Léthé* fermait. Elle était rentrée à Lille tard dans la soirée et n'aurait pas à manquer son service.

— Petit privilège, dit-elle à voix haute.

Son haleine formait des nuages de vapeur. La pièce était glaciale et, même si rien n'avait changé – le lit étroit, le sac à double fond dans lequel était dissimulé son Luger, posé dans un coin –, elle lui semblait désertée. Violette n'allait pas entrer au pas de charge, chaussée de ses lourdes bottines, pestant après les pilotes anglais trop imprudents pour se cacher efficacement. Lili n'arriverait pas de sa démarche dansante pour raconter la façon dont elle avait acheté les gardes d'un poste de contrôle grâce à une saucisse du marché noir. Elle promena son regard sur la petite pièce lugubre. Elle se rappelait leurs soirées passées à fumer et à rire. Une vague de désespoir la submergea, d'une telle violence qu'elle se sentit suffoquer. Elle avait une mission à remplir et elle allait s'en acquitter. Mais il n'y aurait plus de moments joyeux pour l'alléger. Elle passerait ses journées au *Léthé* et ses nuits dans le lit de René, voilà tout. Et elle serait désormais la seule à faire usage de cette pièce.

À l'exception d'Antoine, songea-t-elle. *Nous pouvons mettre en place une nouvelle routine.* Le solide et taciturne Antoine connaissait presque toutes les sources de Lili. Il leur avait fabriqué leurs faux papiers dans sa librairie. Peut-être pourrait-il trouver quelqu'un pour reprendre ses tournées. Qu'importait le moyen, il fallait que ce soit fait. Elle s'abandonna à l'épuisement et s'allongea sans même retirer son manteau. Elle aurait dû avoir faim mais, inexplicablement, elle se sentait imprégnée du parfum de la très luxueuse eau de Cologne de René. Sans doute parce qu'elle redoutait de le retrouver le lendemain. Même irréelle, cette odeur lui donnait la nausée. Elle enfonça son nez dans le mince oreiller et s'appliqua à imaginer plutôt l'odeur du thé et du tweed anglais.

— Cameron, chuchota-t-elle, réveillant le souvenir de la sensation de ses cheveux sous sa main, de ses lèvres s'attardant derrière le lobe de son oreille.

Regrettait-il le moment qu'ils avaient partagé cet après-midi ? La détestait-il de l'avoir convaincu de dormir dans ses bras pour ensuite filer en douce ?

Le sommeil l'engloutit soudain, la plongeant dans le néant de l'oubli. La terreur de l'arrestation, sa douleur, l'amour avec Cameron, avaient eu raison d'elle.

Le lendemain, la journée était froide. Un soleil éclatant allumait des paillettes dorées dans la neige. Emmitouflée jusqu'au menton, elle prit le chemin du *Léthé* d'un pas lourd.

D'habitude, en fin d'après-midi, elle trouvait le restaurant en pleine effervescence. Les serveurs disposaient l'argenterie sur les nappes de lin pour les premiers clients, les marmitons poussaient des jurons en cuisine. Mais, aujourd'hui, *Le Léthé* était plongé dans l'obscurité, les cuisines fermées. Surprise, elle marqua une pause et déboutonna son manteau. Aucune pancarte sur la porte ou sur le bar n'indiquait la fermeture pour la soirée. En outre, à moins d'y être contraint et forcé, René était bien trop cupide pour perdre une journée de bénéfices.

Sa voix lui parvint de ses appartements.

— Marguerite, c'est vous ?

Tous ses sens en alerte, elle hésita. Elle avait un mauvais pressentiment. L'espace d'un instant, elle fut tentée de feindre de ne pas l'avoir entendu et de s'éclipser pour rebrousser chemin dans le froid. Elle se raisonna. La fuite n'était pas une solution. Elle ne servirait qu'à éveiller ses soupçons.

— Oui, c'est moi, répondit-elle.

— Montez !

Malgré les volets tirés, une vive clarté inondait le bureau. La cheminée, remplie de charbon, propageait sa chaleur sur le tapis d'Aubusson aux arabesques colorées. Les abat-jour multicolores des lampes Tiffany dessinaient des ombres de couleur saphir et améthyste sur le mur. Assis dans son fauteuil habituel, René lisait, un verre de bordeaux à la main.

— Ah, vous voilà, mon chou ! la salua-t-il.

Elle se composa un air surpris.

— Le restaurant n'est pas ouvert ?

— Pas aujourd'hui.

Il plaça un marque-page en soie dans son livre, qu'il posa. Il avait beau sourire avec affabilité, elle sentit un frisson d'angoisse la parcourir.

— C'est pour une surprise.

Ignorant la petite voix qui lui soufflait : « *Prends la fuite !* », elle répéta :

— « Une surprise » ? Un autre long week-end ? Vous avez émis le souhait d'aller à Gr… Grasse.

— Non, un autre genre de surprise, répondit-il d'un ton nonchalant en buvant son bordeaux à petites gorgées. Une surprise que vous allez me faire.

Elle croisa les mains derrière son dos et, silencieusement, crispa ses doigts sur la poignée de la porte. Une simple poussée et elle serait dehors.

— Vraiment ?

— Oui.

Glissant une main sous le coussin de son fauteuil, il en sortit un pistolet qu'il braqua sur elle. C'était un Luger neuf millimètres P08, exactement comme le sien. À cette distance, elle savait qu'il l'atteindrait entre les yeux bien avant qu'elle ait eu le temps d'ouvrir la porte.

— Asseyez-vous, mon chou.

D'un geste, il lui montra la chaise en face de lui et elle s'exécuta. Elle remarqua alors la rayure sur le canon. Elle connaissait cette rayure. Elle la polissait chaque fois qu'elle démontait son arme. Ce Luger dans la main de René n'était pas n'importe quel Luger. C'était le sien. Soudain, pétrifiée, elle se rappela la légère odeur d'eau de Cologne qu'elle avait sentie dans sa chambre, la veille.

René Bordelon avait fouillé sa chambre. Il avait emporté son pistolet. Qu'avait-il pu découvrir d'autre ?

— Marguerite Le François, commença-t-il comme s'il était sur le point de se lancer dans l'un de ses chers discours sur les arts. Dites-moi qui vous êtes vraiment.

— Pourquoi est-ce si difficile à c… croire ? C'est le pistolet de mon p… père. Je l'ai gardé parce que j'avais peur. La fa… façon dont les officiers allemands se pavanent en reluquant les fi… filles de la ville…

Elle exagérait son bégaiement, agitant ses mains tremblantes, jouant au mieux l'innocence et la confusion.

La transperçant d'un regard soupçonneux, René déclara :

— Vous avez été arrêtée en compagnie d'une femme qui détenait six cartes d'identité différentes. Une espionne, indubitablement. Alors, que faisiez-vous avec elle ?

— Je… je ne la c… connaissais pas ! Nous avons commencé à bavarder à la gare et elle avait oublié son sauf-con… conduit. Je lui ai proposé de passer avec le mien.

Ses pensées se précipitaient, plus rapides que ses paroles. Elle s'inventait une défense, n'importe quelle excuse, qu'elle puisse lui faire gober. Jamais elle n'aurait cru qu'il aurait eu vent de son arrestation. C'était un pur hasard. L'un de ses amis allemands avait dû se féliciter de la capture de Lili et avait mentionné en passant qu'une bègue avait été arrêtée avec elle. Une certaine Marguerite Quelque Chose qui avait été relâchée car son innocence ne faisait aucun doute.

Si seulement ils n'avaient pas cité son prénom. René n'en aurait jamais rien su. Mais ils l'avaient fait. Et ce que cela pouvait impliquer l'avait ébranlé au point qu'il s'était rendu immédiatement dans sa chambre. Il n'y avait trouvé que le Luger. Elle n'y gardait aucun message, ni crypté ni codé. Pourtant, cela avait suffisamment éveillé ses soupçons pour que, assis face à elle, il la soumette à ce qui ressemblait à un interrogatoire.

— Vous ne seriez pas assez stupide pour laisser une inconnue utiliser votre sauf-conduit personnel, mon chou ?

— Je n'y ai vu aucun mal !

En dépit de tous ses efforts, ses yeux restaient secs. La veille au matin, pour *Herr* Rotselaer, elle avait pleuré comme une hystérique. Puis elle avait pleuré pour Lili. Et maintenant qu'un regard humide, pitoyable, lui aurait été si utile, ses larmes semblaient s'être taries. Elle baissa les paupières. *Tu peux te sortir de ce pétrin*, s'enjoignit-elle. *Tu le peux.*

Mais René, qui n'avait pas baissé son Luger, la scrutait toujours avec la même attention.

— Où étiez-vous hier ? Pourquoi preniez-vous le train ?

— C'était la co... co... communion de ma nièce, à Tournai.

— Vous n'avez jamais fait référence à votre famille de Tournai.

— Vous ne m'avez jamais posé la qu... question.

— Votre bégaiement est-il même réel ? Ou le feignez-vous pour vous faire passer pour une simple d'esprit ? Ce serait très habile de votre part.

— Bien sûr... bien sûr... c'est réel ! Vous croyez que ce handicap me plaît ? s'offusqua-t-elle. Je ne... ne suis pas une espionne ! Avez-vous trouvé le moindre indice suspect dans ma chambre ?

— J'ai trouvé ça, rétorqua-t-il en tapant le canon du Luger contre le bras sculpté de son fauteuil. Pourquoi n'avez-vous pas remis ce pistolet aux Allemands ? Ignorez-vous leur interdiction aux civils de détenir des armes ?

—Je ne pou… pouvais pas m'en séparer, il était à mon p… p… p…

—Arrêtez de bégayer! rugit-il si brusquement qu'elle n'eut pas besoin de feindre son soubresaut. Me prenez-vous pour un idiot?

Soudain, elle comprit sa véritable inquiétude. Plus que tout, il craignait de passer pour un imbécile. Se rappelait-il les confidences échangées sur l'oreiller, les potins qu'il lui avait chuchotés à l'oreille? Se demandait-il ce qui allait advenir de son statut de favorisé si les Allemands découvraient que sa maîtresse avait communiqué des secrets aux Anglais?

La première explication lui semblait la plus plausible. Ce n'était pas la confiance et les faveurs des Allemands qu'il craignait de perdre, mais sa superbe. Il voulait garder la face, envers et contre tout. Quoi qu'il arrive, René Bordelon devait toujours être l'homme le plus intelligent de l'assemblée. Et la pensée qu'une ignorante qui avait la moitié de son âge ait pu le doubler lui était intolérable.

Elle regrettait qu'à cet instant précis, sa propre intelligence lui fasse défaut. Tétanisée par la terreur, elle semblait incapable de même penser.

Tu peux te sortir de ce pétrin. Imaginer le contraire lui était insupportable. Mais comment? Même si elle parvenait à convaincre René de son innocence, elle pouvait tirer un trait sur son travail au *Léthé.* Elle n'aurait plus rien à faire à Lille, qu'importaient les ordres d'Allenton. Et cet échec lui lacérait le cœur. D'un autre côté, si elle parvenait à s'enfuir, peut-être pourrait-elle être postée ailleurs?

Une autre pensée, bien plus agréable, lui traversa alors l'esprit. *Je n'aurai plus jamais à partager le lit de René Bordelon.*

Ses yeux devaient scintiller car il se redressa vivement dans son fauteuil.

— À quoi pensez-vous ? Pourquoi avez-vous ce regard si…

Il s'était rapproché. Elle n'en avait pas eu l'intention, mais, n'écoutant que son instinct, elle donna un coup de pied dans le canon du pistolet. L'arme échappa à la main de René pour glisser vers la cheminée. Elle n'avait pas le temps de l'attraper. Elle se rua dans l'autre direction, vers la porte. Si elle pouvait la franchir pendant qu'il la ramassait, elle avait une chance de s'échapper par les rues de Lille. Elle ne prendrait pas le risque de monter dans un train. Elle traverserait la frontière et passerait en Belgique. L'esprit en ébullition, elle s'élança sur le somptueux tapis.

Je peux y arriver.

Mais sans chercher à ramasser le pistolet, René se précipita à ses trousses et, au moment où sa paume se refermait sur la poignée argentée qui étincelait, il la frappa brutalement. Le buste miniature de Baudelaire vint s'écraser sur sa main.

Sous le choc, elle sentit une atroce douleur se propager dans son bras droit et perçut distinctement le bruit de ses phalanges qui craquaient quand ses deux premiers doigts se brisèrent, écrasés entre le buste et la poignée. Le souffle court, elle tomba à genoux devant la porte, alors que d'intolérables lancements la submergeaient par vagues. Elle vit les chaussures cirées venir se placer entre elle et la porte. Haletant, il balançait nonchalamment le buste de marbre dans sa main.

Elle referma sa main tremblante et, les dents serrées, laissa échapper :

— *Godammit !*

Sans réfléchir, elle avait juré en anglais. René étouffa un cri de surprise. Il s'agenouilla à côté d'elle, au même niveau, le regard embrasé d'un mélange de peur, d'incertitude. Mais, surtout, de fureur.

— Maintenant, je n'ai plus le moindre doute. Vous êtes une espionne, chuchota-t-il.

Voilà. Elle s'était trahie. Après l'avoir redouté pendant si longtemps, le moment lui paraissait curieusement dérisoire. Peut-être parce qu'elle savait que, quoi qu'elle dise, elle ne parviendrait plus à le convaincre de son innocence. Alors pourquoi ne pas admettre sa culpabilité ?

Sans lâcher le buste, il enroula sa main libre autour de sa gorge, ses doigts d'une longueur extraordinaire pressant presque sa nuque. Il aurait pu aisément lui fracasser le crâne.

— Qui êtes-vous ?

Il lui faisait tellement mal qu'elle en suffoquait. Se mordant les lèvres pour réprimer son hurlement, elle parvint à esquisser un sourire en coin et, sans chercher à se dégager de son emprise, elle se contenta de planter ses yeux dans les siens. Cette fois, oubliant son rôle de maîtresse timorée, elle le foudroya d'un regard implacable.

Sa dernière heure avait peut-être sonné, dans cette pièce chaude, au luxe opulent. Pourtant, juste une fois, elle voulait vider son cœur. Lui assener à quel point il avait été dupé. Et tout en maudissant cet orgueil qui la poussait, au détriment de toute prudence, à se montrer si impulsive, elle n'avait aucun pouvoir d'y résister.

De sa voix la plus suave, elle murmura :

— Je m'appelle Eve. Je ne suis pas cette foutue Marguerite. Mais *Eve*. Et oui, je suis une espionne. Et je parle parfaitement allemand, sale couard, profiteur ! poursuivit-elle en allemand. Et j'espionne vos précieux clients depuis des mois.

Il la dévisageait, pétrifié. Un mélange d'horreur, d'incrédulité, de rage voilait son regard. Elle parvint à esquisser un nouveau sourire et ajouta en français, pour faire bonne mesure :

— Vous ne m'arracherez pas un mot sur mon travail, mes amis, la femme avec qui j'ai été arrêtée. Mais je vais vous dire une chose, René Bordelon. Vous êtes aussi naïf qu'idiot. Vous êtes un mauvais amant. Et je déteste Baudelaire !

29

Charlie

Mai 1947

— Rentre à l'hôtel, Charlie. Va dormir un peu.

Finn s'était rassis, à moitié caché dans la pénombre de la voiture. Évitant mon regard, il boutonnait sa chemise. Tout mon corps vibrait encore de ce qui venait de se passer. Un moment, j'essayai de trouver les mots pour lui dire à quel point c'était différent de tout ce que j'avais déjà connu. Mais quand il se tourna vers moi, je vis qu'il s'était de nouveau muré dans sa carapace, qu'il était redevenu inaccessible.

— Va te coucher, ma belle.

— Je ne te laisserai pas ici, à ruminer, murmurai-je.

Plus jamais je ne laisserais quelqu'un lutter seul contre ses démons.

— Je ne rumine pas. Je vais retourner au café. J'ai des excuses à présenter.

C'était un début, une démarche qui allait l'aider à redevenir lui-même. Je hochai la tête. Nous sortîmes de la voiture par nos portières respectives et, l'espace d'un instant, nous observâmes par-dessus le toit de la Lagonda.

Un instant, je crus qu'il allait dire quelque chose, puis ses yeux se posèrent sur ma bouche meurtrie et il tressaillit.

— Bonne nuit.

— Bonne nuit.

Et maintenant, seule dans ma chambre d'hôtel vide, allongée sur le lit, j'étais incapable de trouver le sommeil. La lumière jaune des réverbères filtrait à travers les persiennes. Le bruit étouffé de la circulation nocturne montait de la rue. De l'extrémité de mes doigts, je caressai mon ventre. Depuis que j'avais décidé de ne pas aller à Vevey, le Petit Problème se tenait tranquille. Elle avait sans doute compris qu'elle pouvait désormais prendre ses aises et continuer à grandir jusqu'à sa naissance. Ce ne serait qu'à ce moment-là qu'elle comprendrait la froideur du monde. Qu'elle verrait que sa mère n'avait toujours pas la moindre idée de la façon dont elle pourrait lui assurer une belle vie. Même si c'était déjà le cas avant la visite à Oradour. Je savais maintenant que j'avais laissé mon imagination s'emballer. Que j'avais voulu me convaincre que l'équation Charlie plus Rose garantirait automatiquement un avenir heureux.

Ce mince filet d'espoir désormais évanoui, j'étais accablée de tristesse.

— Désolée, dis-je à mon ventre que je sentais toujours plat sous mes doigts curieux. Ta maman est tout aussi démunie que toi, mon bébé.

J'aurais été bien incapable d'expliquer pourquoi, mais je savais que j'attendais une fille. *Bébé Rose*, murmurai-je intérieurement. Et, tout à coup, elle eut un prénom. Bien sûr, elle avait un prénom ! Ma fille était une autre Rose. Ma propre Rose.

La cloche d'une église sonna minuit. Mon estomac se mit à gargouiller. Le Petit Problème, récemment baptisé Rose, se plaignait de ne pas avoir dîné. Comme il était étrange de voir que, faisant fi du chagrin, de la culpabilité, des chocs, le corps humain continuait à fonctionner.

M'adressant de nouveau au petit être qui poussait en moi, je repris :

— Il y a une chose que je remarque chez toi, Bouton de Rose. Même si ta présence ne se détecte pas encore, j'ai déjà besoin d'aller aux toilettes deux fois plus que d'habitude.

Je me levai et enfilai un gilet. Après avoir trouvé les toilettes, je m'avançai à pas feutrés dans le couloir. La chambre de Finn semblait plongée dans l'obscurité. J'espérais qu'il était parvenu à présenter ses excuses au café voisin et qu'il dormait maintenant d'un sommeil sans rêves. Regrettait-il nos étreintes sur la banquette arrière ? Pas moi. Après avoir hésité devant sa porte, je passai devant celle d'Eve sur la pointe des pieds. Un filet lumineux indiquait qu'elle était réveillée. Sans frapper, je l'ouvris brusquement et entrai.

Assise devant sa fenêtre, elle regardait la rue sombre. La lumière tamisée dissimulait son visage ravagé. Grande, mince, avec son profil acéré et ses longs pieds nus repliés sous elle, elle aurait pu avoir n'importe quel âge. Si l'on faisait abstraction de ces mains difformes posées sur ses genoux, elle aurait presque pu être la jeune fille qui était partie pour Lille en 1915… Tout était lié à ces mains. Tout avait commencé à cause de ces mains. Je me rappelai la nausée qui m'était montée à la gorge quand, le soir de notre rencontre, à Londres, je les avais vues pour la première fois.

— On ne vous apprend pas à frapper, à vous, les Amerloques ?

Le bout incandescent de sa cigarette brillait dans l'obscurité. Elle en tira une longue bouffée.

Je croisai les bras.

—En fait, je n'ai pas la moindre idée de ce que me réserve le futur, commençai-je comme si nous reprenions une discussion que nous avions déjà entamée.

Elle finit par me regarder, haussant les sourcils d'un air perplexe.

—J'avais un plan. Il était décomposé comme un problème de géométrie. Trouver Rose si elle était toujours en vie, avoir mon bébé, apprendre à gérer ma nouvelle vie. Et, maintenant, il est tombé à l'eau. Mais je ne suis pas prête à rentrer chez moi. Je ne suis pas prête à aller retrouver ma mère, à recommencer à me disputer au sujet de mon avenir. Je ne suis pas prête à rester assise sur un canapé à tricoter des chaussons.

Et, surtout, je n'étais pas prête à perdre ce trio qu'Eve, Finn et moi formions, dans une voiture à la carrosserie bleu nuit. J'étais déchirée entre deux désirs contradictoires. D'une part, ayant assez souffert pour toute une vie, je voulais plier bagage et rentrer en courant à New York plutôt que prendre le risque de me voir rejetée par Finn le lendemain matin. Mais une autre partie de moi – infime, mais de plus en plus exigeante, comme le Bouton de Rose – voulait aller jusqu'au bout de cette aventure, quelle qu'en soit l'issue. Je ne savais pas vraiment ce qui nous avait réunis, tous les trois, ni pourquoi nous chassions maintenant tous une même obsession, sous différentes formes: comme des testaments laissés par nos mortes des deux guerres. Je n'avais plus de destination, plus de but au bout du chemin, mais nous étions en route et je n'étais pas prête à abandonner le voyage.

— Je sais ce que je veux, Eve. Je veux du temps pour trouver ce que je ferai ensuite.

Je tâtonnai. Immobile, l'Anglaise me dévisageait sans donner le moindre signe de m'avoir entendue. Je regardai ses mains et, prenant une profonde inspiration, je continuai :

— Et je veux entendre le reste de votre histoire.

Elle laissa échapper un long nuage de fumée. J'entendis un automobiliste nocturne actionner son klaxon. Les battements de mon cœur résonnant dans ma poitrine, je déclarai :

— Ce soir, au café, vous m'avez demandé si j'avais du cran. Je ne sais pas si c'est le cas. Quand vous aviez mon âge, vous collectionniez les médailles sur une zone de guerre. Je n'ai rien fait qui puisse se comparer à votre héroïsme. Mais j'ai le courage de ne pas rentrer chez moi. J'ai le courage d'entendre ce qui vous est arrivé, aussi dur que ce soit.

Je m'assis, face à ce regard attentif qu'agitaient la douleur et un violent dégoût d'elle-même.

— Finissez votre histoire. Donnez-moi une raison de rester.

Elle me passa ses cigarettes.

— Vous voulez une raison ? La vengeance.

Le paquet était glissant entre mes mains.

— Vous venger de qui ou de quoi ?

Dans l'obscurité, sa voix rocailleuse s'éleva, sourde et féroce :

— Pour l'arrestation de Lili. Et pour ce qui m'est arrivé le soir où j'ai été attrapée.

Et, alors que la nuit laissait place à l'aurore, Eve me raconta le reste de l'histoire.

30

Eve

Octobre 1915

Ce qu'elle disait ou pas n'avait pas d'importance. Qu'elle insultât René, lui parlât poliment ou refusât de répondre, il frappait avec le buste de Baudelaire en un geste sec, précis, chaque nouveau coup brisant une articulation d'un de ses doigts. Et, malgré les affres de l'insoutenable douleur, elle regardait ses phalanges martyrisées et comptait.

Elle avait vingt-huit phalanges.

René n'en était qu'à la neuvième.

— Je vais vous remettre aux Allemands. Mais, avant, vous allez tout me raconter, me dire tout ce que je veux savoir.

Il avait beau s'exprimer d'une voix posée, métallique, elle percevait la profondeur de son anxiété.

Assis face à elle, il tapotait d'un doigt la tête de Baudelaire. Le blanc immaculé était maintenant éclaboussé de taches de sang. Il avait commencé par frapper à l'aveuglette, tressaillant au craquement de chaque os. Mais, bien que ses narines frémissantes trahissent son dégoût de l'odeur du sang, il devenait plus précis.

Vous êtes aussi novice dans le métier de tortionnaire que je le suis dans celui de torturée, pensa Eve. Elle n'avait pas idée du temps passé. Les minutes devenaient élastiques, s'adaptant aux pulsations de sa douleur. Assis chacun d'un côté de la table, dans ses fauteuils de cuir, devant le feu qui crépitait dans l'âtre, ils semblaient disputer une partie d'échecs avant d'aller au lit. À la différence près que sa main, ligotée par une ceinture de soie d'une robe de chambre, reposait à plat sur la table. Il l'avait serrée si fort que c'en était douloureux. Si fort qu'elle n'avait aucune chance de s'en libérer.

Elle n'essayait même pas. Il n'était plus possible de lui échapper. Elle n'avait plus d'autre choix que garder le silence sans rien laisser deviner de sa peur. Malgré son envie de recourber ses doigts et de hurler, elle s'obligeait à se tenir bien droite et à sourire crânement à son bourreau. Jamais il ne saurait combien lui coûtait ce sourire.

— Ne préféreriez-vous pas faire une partie d'échecs ? lui suggéra-t-elle. Marguerite étant trop simple pour connaître ce jeu, je vous laissais m'apprendre. Mais je suis plutôt douée. Je serais contente de vous défier en une vraie partie au lieu de toujours perdre pour vous faire croire à votre supériorité.

Ses traits se figèrent de rage. Elle eut à peine le temps de se préparer. Déjà, le buste s'abattait sur l'un de ses doigts avec le bruit, maintenant familier, d'os brisé.

Un cri lui échappa à travers ses dents serrées. Elle s'était pourtant juré de ne pas broncher. Mais, au cinquième coup, elle avait craqué. C'était le dixième. Elle ne pouvait plus feindre de ne rien sentir. Pas plus qu'elle ne pouvait observer sa main du coin de l'œil. Ses doigts désarticulés couverts d'hématomes noirs, elle n'était plus qu'un affreux amas de sang. Jusqu'ici, il avait épargné la gauche. Intacte, elle était fermée en un poing serré.

D'une voix implacable, il la pressa :

— Qui est la femme avec laquelle vous avez été arrêtée ? Elle ne peut pas être le chef du réseau local mais elle le connaît sûrement.

Elle sourit intérieurement. René et les Allemands persistaient à sous-estimer Lili. Comme ils sous-estimaient toutes les femmes.

— Elle s'appelle Alice Dubois. Elle n'a aucune importance.

— Je ne vous crois pas.

Jusqu'à maintenant, il n'avait pas cru un mot de ses aveux. Après l'explosion dans un jet de sang de la troisième phalange, elle avait déployé des trésors d'imagination pour lui fournir de fausses informations, dans l'espoir qu'il mettrait fin à son supplice. Hélas, même quand elle cédait et acceptait de parler, il continuait. Il avait beau être un tortionnaire néophyte, il y prenait goût.

— Quel est le vrai nom de cette femme ? Donnez-le-moi.

— Pourquoi ? Vous ne croyez rien de ce que je vous dis. Livrez-moi aux A… Allemands et laissez-les m'interroger, lâcha-t-elle.

À cet instant précis, elle ne souhaitait rien d'autre qu'une cellule allemande. Ils la questionneraient, la jetteraient à terre, la roueraient de coups de pied. Mais, contrairement à René, leur brutalité ne serait pas motivée par une haine personnelle. Se jouant de sa confiance, elle l'avait trahi et il le lui faisait payer. *Par pitié, livrez-moi aux Allemands.*

Comme s'il avait lu dans ses pensées, il déclara :

— Je ne vous livrerai pas aux Allemands avant d'avoir extirpé de vous tout ce que vous savez. Si je dois affronter leur méfiance quand ils sauront que j'avais pour maîtresse une espionne, je dois leur communiquer des informations de valeur. Sinon, autant m'épargner leurs soupçons et vous tuer, tout simplement. Personne ne mènera d'enquête sur la disparition d'une serveuse de restaurant.

Elle savait qu'il disait vrai. Qu'il pouvait très bien la faire disparaître sans être jamais inquiété. Et s'en tirer impunément. Mais elle devait instiller le doute dans son esprit.

— Vous ne pouvez pas me tuer. Vous ne vous en sortiriez jamais. Vous imaginez me faire sortir de ce bureau sur mes deux pieds, me conduire dans un endroit isolé où vous me supprimeriez et me jetteriez dans un fourré ? Je hurlerais et me débattrais tout le long du chemin. Quelqu'un nous verrait.

— Je pourrais vous tuer ici-même, dans cette pièce.

— Et après, faire disparaître mon cadavre seul ? Vos amis allemands vous doivent peut-être des faveurs mais ils ne vous en débarrasseront pas pour vous faire plaisir. Vous imaginez pouvoir sortir un corps du restaurant et l'escamoter à l'insu de tous ? Nous sommes dans une ville d'espions, René. Des espions allemands, français, anglais. Tout le monde espionne tout le monde. Je le répète, vous ne vous en sortirez jamais…

Elle savait bien pourtant qu'il s'en sortirait ! Avec de l'argent, de la chance et un bon plan, un meurtre était toujours possible. Elle continua cependant à énumérer des objections et vit le doute voiler son regard. Malgré son air résolu, il s'enlisait. *Vous êtes très fort pour échafauder des stratagèmes, mais, contrairement à moi, vous ne maîtrisez en rien l'art d'improviser.* René était si rarement pris au dépourvu que, lorsqu'il se voyait déstabilisé, il était totalement démuni.

Elle prit soin d'enregistrer cette faiblesse qui le caractérisait. Qui sait ? Peut-être pourrait-elle l'utiliser un jour contre lui.

Il finit par dire :

— Je pourrais vous tuer mais je préfère vous faire parler. Si je peux donner aux Allemands les agents du réseau qui a déjà provoqué tant de dégâts dans cette région, ils m'en voueront une reconnaissance éternelle. Car, pour le moment, ils n'ont aucune preuve pour condamner à mort les deux femmes qu'ils détiennent.

Elle nota également cette information.

Tapotant toujours la tête de marbre de Baudelaire, il esquissa un sourire cruel. À l'exception de sa main détruite qui était en feu, elle sentit tout son corps se glacer.

— Alors ? Qui est cette femme, Eve ?

— Personne.

— Menteuse !

— Oui, je mens et vous le savez ! Vous ne croyez rien de ce que je dis. Vous ne savez même pas conduire cet interrogatoire. Qui n'est pas du tout destiné à obtenir des renseignements. Vous vous vengez car je vous ai dupé. Et vous voulez me détruire parce que j'ai joué à plus fin que vous.

Il la fixa, les lèvres serrées en une ligne dure, ses joues se colorant de deux taches rouges.

— Vous n'êtes qu'une salope de menteuse !

Penchée au-dessus de sa main détruite, Eve émit un sifflement méprisant.

— Ça, en revanche, vous pouvez le croire : tous les gémissements que j'ai poussés dans votre lit étaient feints.

Le buste tomba. Quand son pouce gauche éclata, elle ne put réprimer un hurlement. Elle aurait été curieuse de savoir si, derrière les fenêtres, les lourds rideaux de brocart, les murs épais, les voisins entendaient ses cris. *Même si c'est le cas, personne ne te viendra en aide.* La ville plongée dans la nuit aurait pu tout aussi bien se trouver à l'autre bout du pays. *Si je pouvais m'*évanouir, si seulement je pouvais m'évanouir. Mais René lui lança un verre d'eau au visage et elle retrouva soudain ses esprits. D'un ton neutre, il demanda :

— Votre plan était-il depuis le début de me séduire ?

— Non. C'est vous qui êtes entré de vous-même dans le piège, espèce de sale lâ… lâche de tapette française ! Ce dont je me suis félicitée, d'ailleurs. Tout ce que vous débitiez sur l'oreiller valait bien tous les halètements et les gémissements…

En une rafale de coups assenés avec l'adresse de l'expert qu'il était devenu, René brisa ses trois jointures intactes à la main droite, lui arrachant un nouveau cri strident. Une odeur nauséabonde s'éleva soudain dans le somptueux bureau. Hébétée de douleur, elle comprit vaguement qu'elle avait fait sous elle, tachant le beau fauteuil couvert de cuir crème et le tapis d'Aubusson. À sa souffrance physique vint s'ajouter une honte cuisante. La voix glaçante s'éleva de nouveau.

— Décidément, non seulement vous êtes une putain, mais vous êtes répugnante. Je ne m'étonne pas d'avoir dû vous obliger à prendre un bain avant de vous inviter dans mon lit.

Sa frayeur prit le pas sur sa honte. Jamais elle n'aurait cru une telle terreur possible. Son cerveau lui martelait : *Prise au piège. Prise au piège.* Personne ne viendrait à son secours. Elle allait vraisemblablement mourir ici. Quand il serait fatigué de la faire souffrir, il déciderait qu'il était préférable d'en finir avec elle. La peur lui desséchait la bouche.

Il posa le buste sur la table et déclara de son ton le plus naturel :

— Voilà pour une main.

Ses yeux brillaient. D'excitation ? De la honte d'avoir été dupé ? Elle aurait été bien incapable de le dire. Mais il ne tressaillait plus de dégoût devant le désordre de la scène, le sang, les bruits et les odeurs de la torture. Il reprit :

— Reste votre main gauche. Elle suffit pour continuer. Si vous parlez, j'épargnerai vos autres doigts. Alors, dites-moi qui est la femme arrêtée à la gare. Dites-moi qui dirige le réseau. Dites-moi pourquoi vous êtes revenue à Lille alors que vous vous étiez échappée à Tournai.

Verdun. Le nom perça son cerveau embrumé par la douleur. Au moins, le message avait été passé. Il fallait espérer qu'il valait tous ces tourments. Que le fait que Lili et elle soient maintenant prisonnières sauverait des vies.

— Si vous me livrez ces renseignements, je vous banderai la main, je vous donnerai du laudanum pour calmer la douleur et je vous emmènerai chez les Allemands pour demander à un chirurgien de réparer vos doigts.

D'une main, il lui caressa la joue. Submergée par une violente vague de répulsion, une autre sorte de souffrance, elle eut un soubresaut.

— Dites-moi tout.

— Vous ne me croirez pas, même si…

— Si. Je vous croirai. Je pense que je vous ai domptée. Que vous êtes maintenant prête à dire la vérité.

Elle voyait trouble. Le pire étant qu'elle se sentait sur le point d'avouer. Les mots étaient sur ses lèvres : « Je travaillais pour Louise de Bettignies. Son nom de code est Alice Dubois et elle dirige tout le réseau. » Jamais elle n'aurait connu le vrai nom de Lili si elles n'étaient pas tombées sur ce général allemand, à la gare. Si seulement ce n'était pas arrivé !

Je travaillais pour Louise de Bettignies et c'est elle qui dirige le réseau – une petite femme d'un mètre cinquante, plus brave qu'une lionne. Si elle était à ma place, vous pourriez lui briser les dix doigts de la main, vous ne lui arracheriez pas une parole.

À moins que ? Comment savoir quelle serait la réaction d'une personne soumise à l'écrasement systématique de quatorze de ses phalanges ?

Mais ce n'était pas Lili qui était dans ce fauteuil, les mains attachées devant elle. C'était elle. Si elle ne pouvait deviner comment sa chef aurait résisté, elle connaissait avec certitude la réaction d'Eve Gardiner.

—Qui est cette femme ? chuchota René. Qui est-ce ?

Elle aurait aimé pouvoir lui répondre d'un sourire moqueur. Mais elle n'avait plus la force de sourire. Elle aurait aimé lui sortir une phrase cinglante. Mais elle avait épuisé ses insultes. Elle se contenta donc de cracher du sang sur sa joue soigneusement rasée et de crier :

—Allez au diable, espèce d'ordure ! De minable collaborateur !

Le regard étincelant de fureur, il murmura :

—Merci, mon chou !

D'un geste mesuré, il lui prit la main gauche. Elle tenta de résister en recroquevillant ses doigts dans sa paume. Mais, les tirant violemment, il les aplatit sur la table, les maintint d'une poigne de fer et reprit le petit buste en marbre. *Salaud de Baudelaire* ! Tétanisée par la terreur, elle serra les dents à s'en faire saigner les gencives.

—Qui est la femme ?

Savourant ostensiblement la vue de sa peur, il plaça le buste au-dessus de son petit doigt.

— Même si vous deviez me croire, je ne vous le dirais pas.

— Vous avez encore quatorze chances de changer d'avis.

Sur ces mots, il la frappa du marbre.

À partir de cet instant, le temps se fragmenta entre les moments d'intolérable supplice et les trous noirs de l'inconscience, entrecoupés par la voix métallique de René. Quand un verre d'eau jeté à son visage ne parvenait plus à la réveiller, il appuyait un pouce sur une de ses jointures martyrisées, jusqu'à ce qu'elle revienne à elle en hurlant. Puis, prenant son temps, il essuyait ses doigts avec un mouchoir propre et reprenait son interrogatoire, ponctué du bruit des os brisés.

La douleur montait et descendait par vagues mais la terreur ne la quittait pas. Tantôt elle s'écroulait, les larmes ruisselant sur ses joues. Tantôt elle avait la force de se redresser bien droite dans son fauteuil souillé et de le défier du regard. Dans les deux cas, elle avait cessé de répondre à ses questions. Son calvaire la privait de l'usage de la parole, de la capacité de sourire.

Quand la dernière articulation de ses doigts fut brisée, elle ressentit comme un soulagement. Devant le carnage de ses mains massacrées, elle eut l'impression d'avoir franchi une ligne d'arrivée. Murée dans sa carapace de douleur, elle envisagea une suite.

Il va peut-être s'attaquer à mes orteils, maintenant, ou à mes genoux…

Toutefois, son tourment était tel que même cette perspective n'avait plus le pouvoir de lui faire peur. Elle avait atteint le point de non-retour et elle continuerait à garder le silence.

René ne la garderait pas éternellement à saigner sur son tapis d'Aubusson. Son restaurant fermé, ses bénéfices fondraient et les voisins commenceraient à se poser des questions sur le bruit filtrant de ses appartements. Il finirait bien par devoir mettre un terme à son manège. Soit il la livrerait enfin aux Allemands soit il la tuerait. Les deux éventualités lui étaient indifférentes. Toutes les deux signifiaient la fin de sa douleur.

« *Tenez bon* », lui murmura la voix de Lili. Lili ne l'abandonnerait jamais. « *Tenez bon, Pâquerette.* » Tenir bon devant les Allemands serait une autre affaire. À l'inverse de René, ils avaient des éléments pour recouper ses mensonges, vérifier ses aveux. Elle n'avait plus la force de s'inquiéter des supplices à venir, seulement du supplice du moment.

« *Tenez bon.* » C'était tellement simple. Plus besoin de feindre, de porter un masque, de vivre dangereusement. Elle ne défiait plus le danger, elle était dans la gueule du loup, maintenant. Au moins, elle n'avait plus besoin de mentir. Juste de tenir bon.

Ce qu'elle fit.

Quand elle reprit conscience de l'un de ses évanouissements, qui devenaient de plus en plus fréquents, la gorge en feu, elle ne pouvait plus crier. Debout derrière elle, René maintenait sa tête renversée et pressait un verre de cognac contre sa bouche. Le liquide la fit tousser. Elle essaya de serrer les lèvres. Mais il frotta le verre contre ses dents.

— Bois ou je t'arrache les yeux avec une cuillère à absinthe !

Elle avait cru être allée au bout de la terreur. Mais elle se trompait. La peur pouvait toujours atteindre de nouveaux sommets. Cédant, elle entrouvrit la bouche et avala la généreuse rasade de cognac qui lui souleva l'estomac. La scrutant du regard, René vint se rasseoir en face d'elle.

— « Eve », dit-il avec délectation. La bien nommée. Quelle tentation tu as été. Tu n'as même pas eu besoin de m'offrir une pomme. Je t'ai prise les mains vides et j'ai fait de toi ma muse. Regarde-toi maintenant. « Et je vois tour à tour réfléchis sur ton teint, La folie et l'horreur, froides et taciturnes. »

— Encore ce foutu Baudelaire, parvint-elle à marmonner.

— Oui, *La Muse malade*. Un poème tout à fait de circonstance, railla-t-il.

Ils restèrent assis en silence. Elle attendait qu'il lui pose d'autres questions, mais il semblait se satisfaire de la regarder. Elle sombra de nouveau dans le néant. Cette fois, quand, lentement, elle reprit connaissance, étrangement, sa douleur s'était dissipée. La chaise de René était vide. Balayant la pièce du regard, elle le chercha des yeux. Les murs, tendus de soie jade, mobile, se brouillèrent, s'étirant et se contractant comme l'œil d'un kaléidoscope. Elle cligna des yeux et se concentra sur l'abat-jour de la lampe Tiffany. Le paon qui l'ornait faisait la roue, son plumage formant un éventail de verre, ses tons verts et bleus déclinés à l'infini. Avec un cri d'effroi, elle le vit tourner la tête vers elle et la regarder de ses prunelles scintillantes. Chaque œil de ses plumes semblait fixé sur elle. Ne les appelait-on pas « les yeux du diable » ? Il les déploya et émergea de l'abat-jour dans un cliquetis de verre.

Ton imagination te joue des tours, songea-t-elle, l'esprit embrumé. Mais quand elle regarda de nouveau, le paon était toujours là, perché sur la lampe, arborant sa roue comme un éventail venimeux, ses yeux accusateurs rivés sur elle. Elle était soudain en nage.

D'une voix aussi cassante que le verre dont il était fait, il demanda :

— Qui était la femme avec qui tu as été arrêtée ?

Elle poussa un nouveau hurlement. Elle perdait la tête. Devenait complètement folle. *Ou bien René a mis quelque chose dans le cognac qu'il m'a fait boire.* Mais, sans lui laisser le temps de l'analyser, cette pensée se volatilisa.

Le paon répéta :

— Qui est cette femme, Eve ?

— Je… Je ne sais pas.

Elle ne savait plus rien. Elle avait été happée dans un monde de cauchemars et n'avait plus la moindre certitude. Le buste de Baudelaire était sur la table, ses yeux de marbre ouverts, injectés de sang. Des gouttes rouges glissaient sur ses joues de marbre.

— Qui est la femme ? demanda-t-il à son tour, d'une voix âpre. Tu le sais.

Sur la cheminée, un long vase étroit débordait de lys gracieux. Les lys aux yeux diaboliques, les fleurs du mal, prisonniers à jamais du verre. Devant l'eau fraîche dans lesquelles baignaient leurs longues tiges, elle sentit sa bouche s'embraser. Elle n'était plus qu'une pierre aride.

— Soif, murmura-t-elle.

— Tu auras de l'eau quand tu m'auras dit qui est la femme.

Elle continua à regarder les lys qui la contemplaient de leurs prunelles ensanglantées et semblaient déclamer :

— « L'horrible soif qui me déchire, Aurait besoin pour s'assouvir, D'autant de vin qu'en peut tenir, Son tombeau… »

La tombe de Lili. La tombe de Lili. Un long cri naquit de nouveau dans sa gorge. Le gouffre était en train de s'ouvrir sous ses pieds, au milieu du tapis d'Aubusson, un grand trou noir, béant.

—*Le Vin de l'assassin*, reprit la statue de marbre, nommant le poème. *Le Vin de l'assassin.* Bien, Eve. Qui est la femme ?

Le rire cynique ressemblait à celui de René. Pourtant, il n'était nulle part. Il avait disparu. Elle ne voyait que les murs verts qui ondulaient en cadence avec les battements furieux de son pouls, le paon et sa roue de verre, et le buste au visage ensanglanté. Le gouffre s'ouvrait à ses pieds. Quelque chose la guettait du fond, une énorme bête affamée. Elle tira sur les cordes qui lui enserraient les poignets, ravivant la douleur dans ses mains. La bête au fond du trou s'en repaissait, remontant vers ses bras. Si elle ouvrait les yeux, elle verrait ses dents étincelantes dévorant ses doigts cassés. Tirant frénétiquement sur les liens, elle poussa un nouveau cri et se sentit défaillir sous la violence de la douleur. Elle allait en mourir, dévorée vivante, et consciente jusqu'au bout. Sa tête ballottant machinalement d'avant en arrière, elle laissa libre cours à ses larmes, alors qu'un monstre brutal mâchonnait paresseusement son corps meurtri.

—Qui est la femme, Eve ?

Lili, la bête t'a-t-elle déjà tuée ? Elle n'en savait rien. Elle était incapable de se souvenir. Des gouttes de transpiration de ses cheveux trempés coulaient dans son cou.

—Qui est la femme ?

Elle s'exhorta à ouvrir les yeux. Elle allait regarder la bête qui était en train de la faire mourir à petit feu bien en face. Elle baissa la tête vers ses mains, s'attendant à les voir prises au piège d'une gueule baveuse. Et hurla de nouveau. Ses mains n'avaient pas disparu. Inexplicablement, elles avaient changé, les doigts éclatés essayant de repousser. Leur nombre avait doublé, chacun peint de sang, chaque ongle remplacé par un œil. Tous les yeux clignaient à l'unisson, aveugles et accusateurs.

La bête, c'est moi, songea-t-elle, au paroxysme de l'effroi. *La bête, c'est moi. Est-ce que j'ai tué Lili ? Est-ce que je l'ai tuée ?*

— Qui est la femme, Eve ?

Est-ce que je l'ai tuée ?

Ses lèvres s'entrouvrirent d'elles-mêmes et ce monde de démence fut englouti dans un océan de noirceur dont la surface ondulait de vagues de douleur et de terreur.

— Il est temps de se réveiller, mon chou.

Aveuglée, Eve souleva ses paupières à grand-peine. La voix acerbe de René lui fit l'effet d'un coup de poignard. Assise bien droite, ses mains la faisaient souffrir. Toujours ligotée à la chaise, la bouche sèche, comme pleine de sable, une migraine lui vrillait le crâne. Appuyé à la fenêtre qui surplombait la rue, il souriait. Une tasse de thé à la main, ses cheveux gominés plaqués en arrière, il portait un costume gris. Une lumière vive entrait à flots par les carreaux. C'était le matin. Même si elle aurait été bien incapable de dire quel matin, si une nuit ou deux ou trente avaient passé dans cette tempête de souffrance et...

Les dents. Les murs qui ondulaient, les yeux du diable, les dents. Elle balaya frénétiquement le bureau des yeux. Mais il n'avait pas changé. Les murs de soie verte ne respiraient pas, le paon de la lampe Tiffany était toujours prisonnier de l'abat-jour en verre, les lys dans leur long vase étaient toujours des fleurs.

Les lys. *La fleur de Lili.* Son cœur fit un bond dans sa poitrine et son regard se posa de nouveau sur René. Souriant, il but une gorgée de son breuvage brûlant.

—Je pense que vous allez mieux.

Pour la première fois, elle baissa la tête sur ses mains. Elles avaient été bandées de tissu propre, d'épaisses moufles impersonnelles qui en dissimulaient l'horreur. Elle portait toujours ses vêtements tachés, mais son visage et ses cheveux avaient été lavés. René avait fait un effort pour la rendre présentable.

Il jeta un coup d'œil dans la rue.

—*Herr* Rotselaer doit venir avec ses hommes pour vous arrêter, expliqua-t-il. Ils devraient arriver d'ici une demi-heure. J'ai pensé que vous devriez avoir une apparence suffisamment correcte pour vos détenteurs. Certains de ces jeunes officiers sont encore un peu sensibles quand il s'agit de faire souffrir une femme. Même une espionne anglaise.

Elle sentit le soulagement la submerger. *Les Fritz viennent me chercher.* Elle n'allait pas mourir dans cette pièce. Elle allait être envoyée dans une prison allemande. Peut-être n'en sortirait-elle que pour faire face au peloton d'exécution. Mais, pour le moment, il lui suffisait de savoir que René n'y serait pas présent. Il avait renoncé à la tourmenter. À la torturer. Renoncé!

J'ai tenu bon, songea-t-elle, abasourdie. *J'ai tout enduré.*

Elle sourit intérieurement. Qui sait? Peut-être allait-elle retrouver Lili. Et Violette. Si elles pouvaient se serrer les coudes, elles pourraient affronter n'importe quel futur. Même une rangée de fusils.

Comme s'il lisait en elle, René déclara alors:

—Si vous voyez votre amie dans la cellule voisine, saluez-la bien de ma part. Votre Louise de Bettignies me semble être une femme extraordinaire. Je regrette de ne l'avoir jamais rencontrée.

Debout dans le soleil, il sirotait son thé. Elle le regarda fixement, notant les traces de peigne dans ses cheveux, son visage aux joues rasées de près.

— Si vous vous posez la question, vous me l'avez dit, poursuivit-il.

— Je ne vous ai r… r… ! marmonna-t-elle à travers ses lèvres engourdies. R… r… !

Un mot si court. Pourtant, elle semblait incapable de le prononcer. Sa langue était comme paralysée.

— Louise de Bettignies, alias Alice Dubois, alias une dizaine d'autres noms. Vous les avez tous énumérés. Le *Kommandant* allemand sera ravi d'apprendre l'identité de celle que *Herr* Rotselaer détient provisoirement. Le chef du réseau local, rien que ça ! Et une femme, de surcroît ! Incroyable !

Elle se contenta de répéter :

— Je ne vous ai ri… ri…

Sa langue défaillante la trahissait sur le mot le plus important qu'elle ait jamais eu à prononcer. *Je ne vous ai rien dit*, se martela-t-elle, avec une vague de panique tellement différente de sa terreur passée qu'elle la sentit à peine. Comme si sa réaction était trop violente pour son corps. Menaçante, elle la guettait, comme un raz-de-marée prêt à l'engloutir. *Je ne lui ai rien dit.*

Elle repensa alors aux rêves fébriles, inexplicables, au buste de Baudelaire qui s'était animé…

René hocha la tête. Manifestement, aucune nuance des expressions qui défilaient sur ses traits ne lui échappait. Voilà si longtemps qu'elle lui offrait un visage fermé comme un mur. Maintenant qu'il y avait ouvert une brèche, il lisait en elle comme dans un livre ouvert, enregistrant chacune de ses émotions, de ses pensées.

—Vous aviez raison au sujet d'un point hier : il m'était impossible de distinguer la vérité du mensonge dans ce que vous m'avez dit. Mais l'opium, administré en quantité suffisante, provoque d'étranges visions, poursuivit-il en faisant tourner le liquide dans sa tasse. Il contribue aussi à affaiblir la résistance. Vous avez assurément vu des choses bizarres la nuit dernière… Ce qui a fini par vous rendre bien malléable.

Impuissante, elle ne put que répéter, comme un disque rayé :

—Je ne vous ai ri… ri…

—R… r… r… mon chou. Vous avez bavardé comme une pie. Vous m'avez donné votre amie Louise, ce pour quoi je vous suis très reconnaissant. Tout comme le sont les Allemands, ajouta-t-il en levant sa tasse en un petit salut moqueur.

Je l'ai trahie, hurla-t-elle mentalement. *Trahie.* Non, jamais elle n'aurait trahi Lili.

Il connaît son nom. De qui aurait-il pu l'apprendre, sinon de toi ?

Non.

Traîtresse.

Non…

—Vraiment, continua René d'un ton nonchalant, comme ignorant son silence. Si j'avais su que l'opium était le moyen de vous rendre si accommodante, vos mains seraient peut-être toujours entières et mon bureau n'empesterait pas l'urine. Je ne sais pas comment je vais pouvoir nettoyer les taches sur mon tapis d'Aubusson.

Son sourire s'agrandit. Sarcastique, comme galvanisé, il poursuivit :

— Mais un tapis détruit en valait peut-être la peine. J'ai pris du plaisir à vous écraser les doigts, Marguerite, Eve. Vous savez, je pense qu'aucun de ces deux noms ne vous va.

Lili, dos à un mur, les yeux bandés, alors que les fusils se levaient…

Traîtresse. Traîtresse. Evelyn Gardiner, idiote, faible, lâche !

— J'ai un nom plus approprié pour vous.

René posa sa tasse et s'approcha. Quand il se pencha pour presser sa joue contre la sienne, elle sentit le parfum de son eau de Cologne s'infiltrer dans ses narines.

— Mon cher petit Judas.

Elle tourna brusquement la tête. Elle était ligotée à la chaise, ses mains enfoncées dans des moufles. Pourtant, elle attrapa la lèvre inférieure de René et le mordit profondément. Le goût aigre de son sang avait l'amertume de son propre échec. Ignorant ses cris, alors qu'agrippant ses cheveux il les tirait avec violence, elle enfonça ses dents dans sa chair, toujours plus profond. C'était le dernier baiser féroce entre la prisonnière et le ravisseur, le collaborateur et la traîtresse, leurs bouches liées par la morsure sanglante. Il dut s'arracher à elle pour se libérer. Sa chaise s'écrasa à terre et sa tête frappa le sol avec une violence qui l'assomma presque.

— Sale garce vicieuse ! rugit-il.

Son col souillé de rouge, ses yeux assombris de rage, sa voix monocorde avait perdu son calme suffisant.

— Sale pute d'espionne anglaise, salope de voleuse, bouseuse, bâtarde ! continua-t-il, l'abreuvant des insultes les plus grossières de la langue française.

Sa bouche dégoulinait de son propre sang, comme s'il avait dévoré des âmes. Ce qu'il avait fait. Voilà des mois qu'il dévorait des âmes, des cœurs, des vies, par pure cupidité. Mais s'il ressemblait enfin au monstre vorace qu'il était, elle ne ressentait aucun triomphe de l'avoir brisé. Elle aussi s'était brisée. Et la fracture de son être avait été bien plus audible et irrévocable que ses phalanges détruites. Ligotée à sa chaise tombée, elle était allongée sur le sol, sanglotant. Hélas, toutes les larmes de l'univers ne suffiraient pas à la laver de sa honte et de son horreur. Elle était Judas. Elle avait donné sa meilleure amie à son pire ennemi.

Je veux mourir.

René se ressaisit, se tamponnant furieusement la bouche d'un linge en boule, et battit en retraite vers la fenêtre.

Je veux mourir, se répétait-elle encore en pleurant quand les Allemands arrivèrent. La libérant de ses liens, ils l'emmenèrent.

31

Charlie

Mai 1947

— Bon Dieu ! murmura Finn.

J'étais tellement pétrifiée par le récit d'Eve que je ne m'étais pas rendu compte qu'il nous avait rejointes.

— Non, répliqua-t-elle de sa voix rocailleuse. Le bon Dieu n'était pas dans ce bureau aux murs verts. Seul Judas était présent.

Elle prit son paquet de cigarettes qui était vide depuis longtemps.

— C'est ce bu… bureau qui hante mes rêves. Pas le visage de René ni le bruit de mes doigts qui se brisent. Mais le bureau. Ces murs tendus de soie verte, ces lampes de Tiffany, et ce buste de B… Baudelaire…

Elle s'interrompit, l'air farouche. Quelque part, au loin, j'entendis une cloche tinter. En silence, nous écoutâmes le son mélancolique. Finn, une épaule contre le mur, les bras croisés, moi recroquevillée sur la banquette de la fenêtre, face à Eve qui, les mains croisées sur ses genoux, était aussi immobile qu'une statue.

Ces mains. Depuis notre première rencontre, je voulais connaître la raison de leur état. Et maintenant, je savais. C'était le prix qu'elle avait payé pour servir son pays. La blessure de guerre qui lui rappelait tous les jours comment elle avait craqué. Et si elle était loin d'être blâmable pour avoir succombé, un cœur aussi intransigeant que le sien ne pouvait l'accepter. Elle ne voyait que sa lâcheté, une lâcheté qui la remplissait d'une telle honte qu'elle refusait d'accepter les médailles qu'elle méritait. Je regardai mes propres mains, intactes, imaginant un buste de marbre les écrasant jusqu'à ce que mes doigts ressemblent à ceux d'Eve. Un frisson glacé me traversa.

— Eve, jamais je n'ai rencontré une âme plus courageuse que vous, déclarai-je d'une voix tremblante.

Elle repoussa mon compliment avec un geste d'humeur.

— J'ai craqué. Un peu d'opium dans mon verre de cognac et j'ai tout balancé.

Quelque chose me dérangeait. Certains éléments de son histoire ne concordaient pas. Je m'apprêtais à lui demander pourquoi quand Finn me coupa la parole. Avec autant de douceur que possible, il la rabroua :

— Ne soyez pas stupide, Gardiner ! Tout le monde craque. Trouvez le talon d'Achille de quelqu'un, ce qui compte le plus pour lui. Et n'importe qui finit par lâcher prise. Il n'y a pas de honte à avoir.

— Si, espèce de crétin d'Écossais ! Ma trahison a valu à Lili d'être jugée et condamnée. Tout comme Violette et moi.

— Dans ce cas, blâmez René Bordelon pour vous avoir torturée. Blâmez les Allemands pour avoir rendu le verdict…

Sans nous regarder, elle lança, impitoyable :

— Ne vous inquiétez pas, mon cœur flétri fait porter le blâme à tout le monde. René et les Allemands ont joué leur rôle. Mais moi aussi. Violette ne me l'a jamais pardonné et je ne le lui reproche pas.

— Qu'est-il arrivé à Lili ? demandai-je. Est-elle passée devant le peloton d'exécution, finalement ?

Je l'imaginais dos à un mur, frêle et petite silhouette vaillante, un bandeau sur les yeux, et je sentis ma gorge se nouer. Eve l'avait rendue tellement réelle qu'elle m'était devenue aussi précieuse que Rose.

— Non, répondit-elle. C'était trop tôt après l'exécution de Cavell. Une exécution qui avait provoqué un tel tollé contre les Allemands qu'ils n'ont pas osé tirer de nouveau sur une femme à b… bout portant. Un autre destin nous était réservé, à nous trois.

Eve frissonna de tous ses membres.

— Mais vous avez survécu. Violette a survécu. Et Lili ? la pressai-je, sentant ma gorge se dessécher.

— Assez sur le procès et tout le reste ! Ce n'est pas une histoire pour une nuit sans lune. Et, de toute façon, ce n'est pas ce qui importe pour le moment.

Balayant la suite de son récit, elle planta ses yeux dans les miens.

— Ce qui compte, désormais, c'est René Bordelon. Vous savez maintenant ce qu'il m'a fait subir. Le genre d'homme qu'il était. À la fin de la guerre, quand je suis rentrée chez moi, j'avais la ferme intention de retourner à Lille et de lui faire sauter sa sale cervelle. J'en ai rêvé pendant des années. Le capitaine Cameron a torpillé mon projet. Le jour de mon retour en Angleterre, il m'a menti sans vergogne en m'annonçant la mort de Bordelon. Cameron pensait sans doute m'aider de cette façon à trouver la paix. Cet homme était bien trop noble pour comprendre la vengeance.

Comment elle vous tient éveillé nuit après nuit, tremblant de haine, rêvant que si vous aviez le goût du sang dans la bouche, vous dormiriez d'un sommeil sans r… rêves.

Sa voix, rauque d'émotion alors qu'elle nous narrait sa torture, avait retrouvé sa vivacité habituelle.

Finn hocha violemment la tête. Il comprenait. Moi aussi. Je pensais aux soldats allemands qui avaient tiré sur Rose et sur sa fille et je me sentis vibrer d'une haine féroce.

— Même s'il y a presque trente ans ?

— Eh bien, j'ai peut-être p… presque trente ans de r… re… re…

Elle frappa son poing difforme sur son genou et finit par cracher le mot :

— … retard, mais je vais régler mes comptes. René a une dette envers moi. Envers vous aussi, ajouta-t-elle sans me quitter du regard.

Je clignai des yeux, surprise.

— « Envers moi » ?

— Vous avez dit vouloir une raison de continuer cette recherche, Ricaine. Je vais vous en donner une. Mais je dois d'abord vous demander quelque chose. Êtes-vous sûre de vouloir l'entendre ?

Pour toute réponse, je clignai de nouveau des yeux. Nous avions tous été si absorbés par le passé d'Eve que j'avais l'impression d'être une actrice traînée sur scène dans une pièce qui n'était pas la sienne.

— Oui, je veux l'entendre. Mais je ne comprends pas. Je n'ai jamais rencontré René Bordelon.

— Il a néanmoins une dette envers vous. Il a fait bien plus que simplement employer votre cousine.

Eve était maintenant aussi concise que si elle était dans l'action.

— Il fallait que je sache ce que René avait manigancé depuis qu'il était arrivé à Limoges sous l'identité de René du Malassis. J'ai donc demandé au commandant Allenton. Comme tous les imbéciles, il a été promu au fil des années et s'est vu confier quelques missions pendant la Seconde Guerre mondiale. Comme j'ai été impliquée dans certaines, j'avais un prétexte pour aborder le sujet de René du Malassis. J'ai profité de notre dîner bien arrosé pour, à grand renfort de flatteries, lui soutirer un tas d'informations. Certaines officielles, d'autres « secret défense ». Heureusement que certains idiots sont incapables de tenir leur langue. Allenton a travaillé en liaison avec un certain nombre de réseaux de la Résistance, organisant les livraisons d'armes, collectant des renseignements. M. du Malassis était un collaborateur. Ce qui, à Limoges, était de notoriété publique. En échange de faveurs politiques, il transmettait des informations aux nazis et à la Milice à la solde de la vermine de Vichy.

Eve attrapa sa besace et en sortit une photo qu'elle brandit du bout de deux de ses doigts difformes.

— Voici René en 1944. C'était un homme digne d'intérêt. Allenton avait donc une photo de lui.

Le cliché ressemblait à un document officiel, pris pendant un dîner de gala avec des huiles locales et des gradés nazis, alignés devant le photographe. Je m'approchai pour mieux distinguer le visage de l'homme, à l'extrême gauche, entouré d'un cercle. Enfin je pouvais mettre un visage sur l'ennemi juré d'Eve. Pourtant, ce n'était pas le prédateur élégant que j'avais imaginé dans ses histoires. Mais un homme âgé, au visage anguleux, ridé, aux cheveux argentés dégageant un large front, vêtu d'un costume noir. S'il avait perdu en corpulence au fil des années, il n'était pas frêle. Sa canne à pommeau d'argent pendue à son bras se balançait comme un accessoire. J'examinai le sourire en coin, la façon dont il tenait le pied de son verre de vin entre deux doigts. Son regard qui me parut glacial me fit froid dans le dos. Ou bien était-ce une réaction à ce que je savais de lui ?

Finn se pencha sur mon épaule et lâcha un juron étouffé. Je devinais ses pensées. Dans son élégant bureau aux murs tendus de soie verte, cet homme avait détruit Eve. Elle était devenue une vieille femme amère, une épave portée sur le whisky, aux nuits peuplées de cauchemars. Et, pendant ce temps, il avait continué à gagner de l'argent, avait noué des amitiés avec d'autres Allemands, avait détruit d'autres vies. Il avait abattu un jeune sous-chef dans le dos pour l'avoir volé. Il avait participé à des banquets autour de tables scintillantes de cristal, sous la croix gammée, avait souri au photographe.

Je continuai à observer ces traits empreints de cruauté. Je le haïssais.

— Il était donc très connu pour être un collaborateur, un profiteur du marché noir, poursuivit Eve d'une voix égale. Ce que tous ignorent, en revanche, c'est sa responsabilité partielle dans un ma… ma… massacre. Le commandant Allenton a appris, par des sources dans la Milice, qu'un informateur civil de Limoges aurait passé des informations sur des activités de la Résistance dans une petite ville voisine. Il aurait spécifiquement communiqué le nom d'une jeune femme et affirmé que, avec la complicité d'autres résistants, elle avait contribué à l'enlèvement et à l'assassinat d'un officier allemand. L'officier était un ami proche du SS *Sturmbahnfuhrer* Diekmann du *Fuhrer Regiment*, la *Division*

Das Reich. Lorsque la Milice a transmis ce renseignement aux occupants et qu'ils ont eu la confirmation que l'officier kidnappé avait été supprimé, tout le monde s'attendait à voir Diekmann arrêter et faire pendre la résistante. Mais il a décidé de faire un exemple en punissant tous les habitants de la ville.

Sans me quitter des yeux, elle ajouta :

— Cette jeune femme était connue sous le nom d'Hélène Joubert. Elle habitait Oradour-sur-Glane. René est l'informateur qui l'a dénoncée et qui leur a communiqué le nom de sa ville.

Je sentis l'angoisse m'étreindre le cœur. Je me rappelai la voix de Mme Rouffanche disant : « *Elle s'est présentée sous le nom d'Hélène Joubert… on l'appelait Rose.* »

— Nous ne sommes pas certains que votre cousine ait été dans la Résistance, reprit Eve. Mais si le père de son enfant en était membre, elle y avait sûrement des liens. Elle n'était portée comme active dans aucun des réseaux que connaissait Allenton. Mais cela ne prouve rien. Peut-être a-t-elle voulu couper les ponts après la naissance de son bébé. Ou alors, elle a continué à faire passer des informations glanées au restaurant, à Limoges. Qui sait ? Qu'elle ait espionné les nazis qui venaient au *Léthé* ou pas, je pense que René avait décidé que votre Rose était suspecte. À ce stade, il avait appris à se méfier des serveuses aux oreilles indiscrètes.

Elle esquissa un sourire amer, avant de poursuivre :

— Mais même si elle avait fait partie de la Résistance, jamais votre cousine n'aurait été impliquée dans l'enlèvement et l'assassinat d'un officier allemand. Ce type de mission était réservé à des combattants plus expérimentés. Mais René voulait se débarrasser d'elle, donc…

— Donc, il a fait en sorte que son nom soit rapporté aux Allemands ? chuchotai-je. Pourquoi ne s'est-il pas contenté de la renvoyer s'il ne voulait plus d'elle au restaurant ?

— Il a sans doute considéré plus sûr de se débarrasser d'elle pour de bon. Il aurait pu l'abattre en personne. À l'époque, il n'avait certainement plus aucun scrupule à presser une gâchette. Mais, après l'incident public du sous-chef, il a peut-être senti qu'il ne pouvait pas recommencer. Cela aurait pu lui coûter trop de faveurs des nazis. Il s'est donc contenté de donner le nom de Rose et d'Oradour-sur-Glane où il savait qu'elle allait passer ses jours de congé. C'est comme ça qu'il a réglé l'affaire.

L'air soudain songeur, elle pencha la tête de côté.

— Pour être juste, il ne pouvait pas deviner que toute la ville serait massacrée. Toutefois, même si les Allemands avaient épargné la population d'Oradour, votre cousine aurait sans nul doute été ramassée et exécutée par les SS. À cause de René Bordelon.

J'avais la chair de poule. La photo que je tenais me brûlait les doigts. Je regardai de nouveau ce vieux visage à l'expression suffisante.

— On ne peut pas se venger des Allemands qui ont pris la vie de votre cousine, poursuivit Eve. Le *Sturmbahnfuhrer* Diekmann, l'homme qui a ordonné le massacre, est mort quelques semaines après l'assaut des Alliés. C'est une information d'origine militaire, confirmée par Allenton. Les soldats qui ont exécuté ses ordres sont soit morts avec lui, soit toujours prisonniers de guerre dans des camps, soit rentrés chez eux, en Allemagne, à la fin du conflit. Aucun n'a été nommé ni jugé pour le drame d'Oradour-sur-Glane. Ni à Nuremberg ni après. Et, sans un autre procès collectif, il est peu probable que vous découvriez un jour l'identité de l'assassin de votre cousine. Ces hommes sont probablement hors d'atteinte. Ce qui n'est pas le cas de René. Certes, il n'a pas pressé la gâchette. Mais il est évident qu'il a fait son possible pour orchestrer la mort de votre cousine.

J'étais comme paralysée. Muette. Je n'arrivais même plus à respirer. Je m'assis, continuant à fixer ce visage satisfait. *Oh, Rose…*

Tout en dépliant ses mains déformées, Eve déclara :

— Je vais pister René Bordelon, Charlie St Clair. Et je vais lui faire payer son ignominie. Êtes-vous prête à me suivre ?

Partie IV

32

Eve

Bruxelles, mars 1916

Le procès ne dura qu'une journée.

Eve garderait de ces heures dans la salle imposante un souvenir embrumé. Elles furent toutes les trois escortées par des gardes. Violette regardait droit devant elle. Lili promenait ses yeux partout, sur la haute verrière du plafond, les chaises curules et les orgueilleux lions belges. Mais elle se concentrait sur ses mains jointes, aux doigts marbrés, à moitié cicatrisés. En dépit des mois écoulés, ils étaient toujours atrocement douloureux. Une douleur qui l'atteignait beaucoup plus que le bourdonnement des voix allemandes au-dessus d'elles.

Les officiels allemands s'avancèrent cérémonieusement en file indienne. Elle observa chaque visage tour à tour. Des soldats allemands, des officiels allemands, des fonctionnaires allemands… Mais pas un Français. Pas un civil autorisé à assister au spectacle. René Bordelon n'était pas là pour contempler les mains qu'il avait détruites. Elle s'en félicitait. Elle redoutait encore plus de voir son visage que d'entendre prononcer sa peine. S'il avait été présent, elle savait qu'elle se serait écroulée sur l'épais tapis.

Jamais je n'ai été aussi vulnérable et timorée, songea-t-elle alors que l'un des juges les haranguait. Depuis des mois maintenant, brisée, elle était allongée dans sa cellule, tremblant et pleurant à la moindre provocation. Un changement de personnalité auquel elle ne s'était toujours pas habituée. La seule rage qui l'animait désormais était le dégoût qu'elle s'inspirait.

Traîtresse, lui soufflait la voix de sa conscience. *Traîtresse.*

Ce chuchotement était imprégné en elle, désormais. Pernicieux, il vibrait à chaque battement de cœur.

Lili n'ignorait rien de sa trahison. Au cours de ces derniers mois, dans leurs cellules séparées de la prison de Saint-Gilles, elles n'avaient été autorisées qu'à échanger à peine quelques paroles. Mais, incapable de supporter le poids du mensonge, Eve avait soudoyé l'un des gardes pour qu'il raconte sa trahison à sa chef. Le cœur battant, se forçant à ignorer le profil impassible de Violette, elle la regarda de l'autre côté de la salle. *Crachez-moi dessus!* supplia-t-elle silencieusement. *Je l'ai mérité.*

Mais Lili se contentait de sourire. Ignorant les gardes hostiles qui l'encadraient, elle afficha une expression malicieuse, comme si elle était toujours une femme libre. Puis, portant deux doigts à ses lèvres, elle lui envoya un baiser.

Eve tressaillit, comme sous l'effet d'une gifle.

Elles furent interrogées tour à tour, sans être autorisées à entendre leurs témoignages respectifs. Violette fut la première appelée. Et Eve entendit son vrai nom, Marie-Léonie Vanhoutte. Mais, pour elle, l'infirmière serait toujours « Violette ». Lorsque, son tour arrivé, elle passa devant elle, escortée d'un garde, elle lui lança un regard de haine. Elle, au moins, la considérait comme une traîtresse. Et à juste titre !

Eve ne se fatigua pas à se défendre. *Tout le monde ici sait quelle sera l'issue de ce procès.* En silence, elle écouta la harangue allemande. Ses mains la lançaient. Une odeur de gomina et de bottes cirées flottait dans l'air. Elle ne tarda pas à être emmenée. C'était Lili que les Allemands voulaient avant tout. Elle sentit le frisson d'une impatience presque féroce secouer l'assistance. Était-ce ce même frisson qui se propageait dans le public du Colisée avant que les lions soient lâchés ? Si les lions de cette salle étaient des statues dorées, ils pouvaient néanmoins infliger la mort.

Les juges disparurent. Pendant une demi-heure, les aiguilles d'une pendule égrenèrent inexorablement les minutes. Puis ce fut fini. Dans un silence de plomb, elles furent alignées devant le tribunal en compagnie d'autres inculpés, moins importants. Secouée de tremblements, Eve sentit sa bouche se dessécher. Lili était d'une immobilité de statue. Du coin de l'œil, elle nota que les doigts de Violette s'agitaient comme si elle avait voulu prendre la main de son amie.

Les mots résonnèrent dans un allemand guttural.

— Pour Louise de Bettignies, la mort.

— Pour Marie-Léonie Vanhoutte, la mort.

— Pour Evelyn Gardiner, la mort.

Une onde traversa la salle et Eve eut l'impression d'avoir reçu un coup de poing en plein cœur. Mais, loin d'éprouver de la peur, elle était soulagée.

Son regard se brouilla, elle baissa les yeux sur ses mains mutilées et pensa, comme lorsqu'elle gisait sur le sol du bureau aux murs tendus de soie verte de René: *Je veux mourir.*

Fini les mois de cellule, fini la monotonie, la douleur, la morphine, la culpabilité. Maintenant, elle allait faire face aux canons des fusils alignés devant elle. L'image était si belle. Une rafale de balles puis… plus rien.

Mais sans lui laisser le temps de savourer son soulagement, Lili fit un pas en avant et, pour la première fois depuis le début du procès, s'exprima dans la langue de l'ennemi. D'une voix douce, elle commença dans un allemand parfait:

— Messieurs, je vous implore de ne pas tuer mes amies. Elles sont jeunes. J'implore votre pitié. Pour ma part, je veux mourir dignement, ajouta-t-elle en levant la tête.

L'interrompant, Violette déclara d'une voix pleine de mépris:

— J'accepte ma condamnation. Vous pouvez me tuer. Mais, avant de mourir, je vous le demande et vous ne pouvez pas le refuser: ne me séparez pas de Lil… de Louise de Bettignies.

— Moi non plus, s'entendit ajouter Eve.

Elle vit la perplexité la plus totale se peindre sur la rangée des visages allemands qui leur faisaient face. La même expression qu'elle avait vue chez leurs gardes, à Saint-Gilles: la stupéfaction devant Lili, si menue, Eve la bègue et Violette et ses lunettes d'institutrice. Comment ces trois femmes pouvaient-elles être des espionnes?

Les Boches nous détiennent depuis des mois et ils ne savent toujours pas que faire des «Fleurs du Mal», songea-t-elle. À cette pensée, elle sentit une bouffée d'une immense fierté. Elle redressa les épaules, avant de les voûter de nouveau sous le poids de la culpabilité.

Toutes trois furent autorisées à rester debout tandis que les officiels allemands chuchotaient entre eux. Une nouvelle heure passa, interminable. Ses mains étaient de plus en plus douloureuses. Le nouveau verdict tomba. Cette fois, son cœur ne bondit pas de soulagement. Mais de désespoir.

Le procès était fini.

— Donc, ils ne vont pas nous exécuter, déclara Lili.

Encadrées par leurs gardes, elles attendaient dans la cour. Hébétée, Eve était droite comme un I. Encore sous le choc, bouleversée par le nouveau verdict, Violette tremblait de tous ses membres. Elle avait été prête à mourir sous les balles dans la salle d'audience.

— Ils vont nous envoyer en Allemagne, marmonna-t-elle.

Leur sentence avait été aménagée en une peine de quinze ans de bagne dans la prison de Siegburg.

— « Quinze ans » ? répéta Lili d'un air dubitatif. Non. Nous y resterons jusqu'à la victoire de la France, voilà tout.

Eve s'entendit répondre :

— Je re… re… regrette de ne pas passer devant le peloton d'exécution.

Violette planta ses yeux rougis dans les siens. D'une voix pleine d'amertume, elle lui lança d'un ton accusateur :

— Vous méritez le peloton d'exécution, Judas !

Elle ponctua son insulte en lui crachant au visage.

Les gardes s'interposèrent et l'entraînèrent à quelques mètres. Sans bouger, Eve laissa la salive chaude glisser le long de sa joue. Ses propres gardes s'éloignèrent un peu pour laisser Lili approcher. Ce semblant d'intimité n'était guère plus que ce que pouvait espérer une prisonnière.

— Je suis désolée, ma Pâquerette. Violette accuse très mal le coup.

De sa manchette usée, elle effleura son visage, nettoyant le crachat. Le geste la fit tressaillir. Cela faisait si longtemps qu'elle était privée de tendresse.

— Elle me hait parce que je vous ai tra… trahie, fit-elle remarquer.

Comment aurait-elle pu lui en tenir rigueur ?

— Allons ! Qui sait comment les Boches ont obtenu mon nom et appris que je dirigeais le réseau ? Vous ne vous rappelez pas l'avoir livré, opium ou pas. J'ai été identifiée, ajouta-t-elle avec un haussement d'épaules blasé. Qu'importe la façon dont c'est arrivé.

— Si, cela importe, protesta-t-elle.

Avec un sourire, Lili répondit :

— Pas pour moi.

Elle faillit fondre en larmes. *Ne me pardonnez pas !* voulait-elle crier. *Je vous en prie, ne me pardonnez pas !*

Violette fut alors autorisée à les rejoindre. Malgré son regard flamboyant de colère, elle se tint coite. Eve lui fut reconnaissante de son mépris silencieux. Sans un mot, elles attendirent la voiture qui devait les ramener à leurs cellules. De là, leur transfert à la prison de Siegburg ne devrait être qu'une question de jours.

Siegburg. Les pires bruits couraient sur l'endroit. Elle se tourna vers l'est, vers l'Allemagne. Ses compagnes regardaient dans la même direction, comme si les murs humides de la prison étaient déjà en vue.

Venant se placer entre elles deux, Lili les enlaça chacune d'un bras et les serra fort.

— N'y pensez pas, mes anges. Profitez de l'instant présent. Vous êtes toutes les deux ici et je suis près de vous.

Eve posa sa tête sur son épaule et, dans la pâle lumière de ce mois de mars, elles attendirent d'être emmenées.

33

Charlie

Juin 1947

Je passai le reste de la nuit à regarder la photo d'un monstre tout en essayant d'assimiler son crime. *Vous avez fait tuer Rose*, ne cessais-je de me répéter. *Vous avez fait tuer Rose.* Un officier SS avait donné l'ordre de tirer et un soldat allemand avait appuyé sur la gâchette. Mais, sans cet homme en costume élégant, à la canne au pommeau d'argent, ma cousine n'aurait jamais été visée.

Je n'avais pas pu répondre à la question d'Eve. Trop choquée, titubant, j'avais regagné ma chambre en silence, emportant le cliché. Allongée sur mon lit, amorphe, j'avais l'impression d'être écrasée sous un rocher.

René Bordelon. Le nom résonnait dans ma tête. *Vous avez fait tuer Rose.*

Il avait toujours été le lien entre Eve et moi. Tout comme elle, Rose avait travaillé pour lui. Deux femmes parmi, sans doute, des centaines qui, au fil des décennies, avaient été à son service. Et ce fait banal, le nom de cette ordure, griffonné sur une feuille, m'avait conduite à Eve, puis jusqu'ici. Jamais je n'aurais imaginé que le lien puisse aller au-delà de ce bout de papier.

À l'aube, j'étais habillée, ma valise bouclée. Je gagnai le perron de l'auberge et ne fus pas surprise de trouver Eve, déjà prête, sa besace à ses pieds. Le dos raide, elle fumait sa première cigarette de la journée avec une expression féroce. Quand elle se tourna vers moi, je vis qu'elle aussi avait les yeux rouges, injectés de sang.

— C'est d'accord, déclarai-je. Je vais vous aider à le trouver.

— Très bien, dit-elle d'un ton neutre, comme si je venais d'accepter d'aller lui acheter un café. Finn est parti chercher la voiture.

Alors que nous attendions dans la lumière rosée du petit matin, je ne pus retenir la question qui me brûlait les lèvres :

— Pourquoi voulez-vous mon aide ? Voilà plus de trente ans que vous voulez faire juger cet homme. Ne serait-il pas plus simple de ne pas vous encombrer d'une fille enceinte ? Vous n'avez pas besoin de moi.

Même si je souhaitais ardemment le contraire. Je voulais prendre soin d'elle, panser ses vieilles blessures, si je le pouvais. Même si elle était aussi susceptible qu'un porc-épic.

— Non, je n'ai pas besoin de vous, répliqua-t-elle d'un ton vif. Mais le salaud nous a fait du mal à toutes les deux. Pas seulement à moi. Et cela signifie que vous avez droit à une réparation, si vous la souhaitez. Je crois au châtiment.

Elle m'enveloppa d'un regard impénétrable avant de poursuivre :

— J'ai appris à ne plus faire confiance à grand-chose, au fil des années. Mais je crois toujours à la vengeance.

En la voyant si grande, si glaciale, je ne pus m'empêcher de me demander quelle forme prendrait sa vengeance. Soudain mal à l'aise, je m'apprêtais à lui poser la question quand la Lagonda tourna au coin de la rue.

— En outre, ajouta-t-elle à voix basse tandis que Finn chargeait les sacs dans le coffre, je n'ai peut-être pas besoin de vous mais j'ai vraiment besoin de lui. Et je suis prête à parier qu'il vous suivra partout.

Je clignai des yeux.

— Qu'est-ce qui vous fait penser ça ?

Elle effleura une marque rouge sur ma gorge. Une marque laissée par la bouche de Finn, la nuit précédente. Je l'avais remarquée dans ma glace le matin même et j'avais essayé de la dissimuler en gardant mes cheveux lâchés.

— Je connais la différence entre une piqûre de moustique et une morsure d'amour, Ricaine.

— Vous avez fini de papoter, mesdames ? C'est une très belle matinée pour une promenade en voiture.

— Oui, marmonnai-je, sentant mes oreilles s'enflammer.

Avec un sourire réjoui, Eve s'installa sur la banquette arrière. Finn n'avait rien entendu de notre conversation. Mais mon visage empourpré ne lui échappa pas. Il s'installa au volant et me murmura :

— Tout va bien, ma belle ?

Je ne trouvai pas de mot pour exprimer ma confusion après la journée et la nuit d'hier : j'étais malheureuse, pleine d'espoir, aussi choquée que furieuse. Une rage qui s'amplifiait chaque fois que je contemplais la photo de ce vieil homme que nous avions décidé d'un commun accord de retrouver.

Et si je regardais Finn, je sentais des picotements me parcourir la peau au souvenir de ce qui s'était passé entre nous moins de douze heures auparavant.

— Tout va bien, répondis-je enfin.

Il hocha la tête et je fus incapable de deviner son état d'esprit. Regrettait-il ce qui s'était passé entre nous ? Le laissant démarrer, je me tournai vers Eve.

— Un détail que vous avez omis : comment allons-nous trouver René Bordelon ? Il a changé d'identité. Il ne se fait plus appeler René du Malassis non plus. Et nous ne savons pas où il est allé quand il a quitté Limoges. Alors comment retrouverons-nous sa trace à partir d'ici ?

Eve tira une dernière bouffée de sa cigarette et jeta le mégot dans la rue.

— J'ai une idée à ce su… sujet. Il m'a dit plus d'une fois qu'il avait l'intention de prendre sa retraite à Grasse. Qu'il y possédait même un bien, une vieille villa décrépite qu'il comptait restaurer un jour. Il a soixante-treize ans, maintenant. Il ne va pas ouvrir un autre restaurant. Je devine qu'il a pris sa retraite. Et je suis prête à parier qu'il est parti reconstruire sa villa, lire ses livres, écouter sa musique et profiter du soleil de Provence. Je pense donc que nous devons prendre la direction de Gr… Grasse.

Je persiflai :

— Et une fois là-bas ? Nous roulerons au hasard en regardant par la vitre ?

— Faites-moi un peu confiance, Ricaine. René ne m'a jamais indiqué où était sa propriété, à Grasse. Mais j'ai ma petite idée sur le moyen de la trouver.

— Mais s'il n'est pas du tout là ? suggéra Finn d'un ton dubitatif. Nous n'avons en tout et pour tout que quelques remarques fortuites remontant à plus de trente ans.

— L'un d'entre vous a-t-il une meilleure i… idée ?

Certes, je n'en avais aucune. Je haussai les épaules. Finn ramassa les cartes froissées à mes pieds.

— En roulant à vitesse normale, nous devrions atteindre Grasse dans deux jours. En faisant étape à Grenoble ce soir…

— Entendu pour Grenoble, acquiesça Eve.

Elle pencha la tête en arrière et ferma les yeux.

— Appuyez sur le champignon, l'Écossais !

Son moteur ronronnant, la Lagonda roulait en direction du sud-est. Silencieux, nous étions tous les trois absorbés dans nos pensées. Je me surpris à regarder de nouveau la photo de René. À quoi pouvait bien avoir ressemblé l'officier SS qui avait ordonné le massacre de tout un village ? Celui qui pouvait voir une jeune femme essayant de s'échapper d'une église en flammes, un bébé dans les bras, et être prêt à presser sa gâchette ? Je sentis la colère me consumer et repensai aux paroles d'Eve me disant que je ne découvrirais probablement jamais qui étaient les soldats qui avaient tué Rose.

Mais peut-être se trompait-elle. Il devait y avoir des noms, des archives. Les soldats allemands survivants pourraient peut-être être jugés, pas simplement pour Rose, mais pour Mme Rouffanche et son village martyrisé. Oradour-sur-Glane méritait la justice pour ses morts au même titre que toutes les atrocités ayant fait l'objet d'une enquête à Nuremberg.

J'étouffai un soupir. C'était un problème qui attendrait. Pour l'instant, notre but était Grasse. Et les nazis qui avaient participé à la mort de Rose étaient hors d'atteinte. Ce qui n'était peut-être pas le cas pour René Bordelon.

Alors que la voiture traversait des pâturages à flanc de colline auxquels succédaient des vallons baignés de lacs, je posai une nouvelle équation : Rose plus Lili divisé par Eve plus moi égalait René Bordelon. Quatre femmes liées par un seul homme. Je contemplai son visage sur la photo un peu floue, cherchant à y distinguer le remords, la culpabilité, la cruauté. Mais un cliché ne trahissait rien de tout cela. Celui qui me faisait face était juste un vieil homme à un dîner de gala.

J'essayai alors de la glisser dans la sacoche d'Eve. Ses mains noueuses se refermèrent sur les miennes comme des lanières de fouet.

— Gardez-la !

Docile, je la rangeai dans mon portefeuille et sentis les yeux vides me transpercer à travers le cuir. Je me tournai vers elle. Visiblement apaisée, elle ne ressemblait plus en rien à la silhouette voûtée, rongée de culpabilité qui, assise sur le bord de la fenêtre la veille au soir, nous avait raconté son histoire de torture et le dégoût qu'elle s'inspirait. D'un geste plein d'affection, je lui effleurai la main et dis :

— Vous ne nous avez pas parlé de votre procès, hier soir. Ni de ce qui vous est arrivé après, à Lili, Violette et vous.

— Ce n'est pas une histoire pour les nuits sans lune, répéta-t-elle.

J'offris mon visage au soleil qui brillait haut dans le ciel.

— Mais il fait grand jour.

Elle laissa échapper un long soupir résigné.

— Dans ce cas, soit.

Elle nous raconta alors le procès : les lions belges, les questions dont elles avaient été bombardées en allemand, les peines réduites. Violette qui lui avait craché au visage. Je me rappelai la scène à Roubaix, quand la Violette d'aujourd'hui avait recommencé. Un frisson me traversa.

Violette… Une pensée me titillait, une idée fixe qui ne me quittait pas depuis la nuit précédente. Une équation impossible à équilibrer. Mais je remis son étude à plus tard.

— Finalement, nous sommes arrivées à Siegburg, raconta Eve.

34

Eve

Mars 1916

À la fin de la guerre, Eve s'étonna de constater le peu d'empreinte dans sa mémoire qu'avaient laissé les interminables journées passées à Siegburg. Elle n'avait été espionne à Lille que pendant six mois et, pourtant, elle se rappelait clairement les moindres détails. En revanche, ses deux années et demie d'emprisonnement étaient passées comme un mauvais rêve, chaque journée semblable à la précédente.

— Conduisez-la à sa cellule !

Ce fut sur cet ordre brusque qu'elle fut accueillie à Siegburg au printemps 1916. Une main dans son dos l'avait poussée le long d'un couloir sombre, à la suite de Lili et de Violette. Aucune d'entre elles n'avait pu apercevoir l'extérieur de la prison. Quand la fourgonnette bringuebalante s'était arrêtée dans la cour, il faisait bien trop sombre.

— Ça ne fait rien, avait chuchoté Lili. Le jour de notre libération, nous nous retournerons pour bien la regarder.

Mais il n'était pas facile d'imaginer leur libération dans un corridor qui sentait l'urine, la transpiration, le désespoir. Serrant les dents pour les empêcher de claquer, Eve ne pouvait s'empêcher de trembler. Elle entendit le grincement d'une clé que l'on tournait, les gonds qui gémissaient, puis une porte massive qui s'ouvrait en un bâillement.

— Gardiner ! aboya le garde, et la même main brusque la poussa en avant.

— Attendez.

Éperdue, elle se retourna pour apercevoir Lili et Violette. Mais déjà la porte avait claqué. L'obscurité était totale. Un gouffre noir, suffoquant, glaçant.

La première nuit, elles craquaient toutes. C'était ce qu'elle apprendrait plus tard des autres prisonnières. Mais elle était arrivée à Siegburg déjà brisée. La pénombre qui l'enveloppait était bien moins terrible que la noirceur de son propre esprit. Elle se contenta donc de contrôler le claquement de ses dents et d'explorer à tâtons la cellule de ses doigts déformés. Les murs de pierre étaient moins épais que ceux de Saint-Gilles. Le lit ignoble, dur comme du bois, sentait la transpiration, le vomi, la terreur. Elle s'interrogea : combien de femmes y avaient dormi, pleuré, refoulé leurs gémissements ? À travers la porte lui parvinrent des cris étouffés, un éclat de rire strident. Aucun garde ne répondit à ces appels. Comme elle l'apprit bien assez vite, à Siegburg, une fois que les cellules étaient bouclées pour la nuit, elles ne rouvraient pas avant le matin. Une femme pouvait mourir à petit feu d'une fièvre ou d'une septicémie, hurler de la douleur d'une fracture, se tordre dans les souffrances de l'enfantement, la porte ne s'ouvrait pas avant l'aube. Elles étaient nombreuses à mourir ici. Et comme elle le supposait, c'était le but.

S'allonger sur cette horrible couche était au-dessus de ses forces. Elle se recroquevilla dans un coin, à même les pierres du sol et, tremblant de froid, attendit le matin. À l'aube, un garde au visage dur entra avec un paquet de vêtements. Des bas épais bleus, une robe d'un blanc sale marquée d'une grande croix de prisonnière sur la poitrine. Et l'interminable chapelet des journées de captivité commença.

La faim. Le froid. La vermine. Les claques des gardes. Le travail quotidien : couture grossière en se piquant les doigts, nettoyage des verrous avec des produits abrasifs, assemblage de petites capsules de métal. Des conversations chuchotées avec les autres femmes : était-il vrai qu'il y avait eu une bataille à Mont Sorel ? Dans la Somme ? Était-il vrai que les Anglais avaient pris La Boisselle ? Contalmaison ? Les prisonnières étaient encore plus affamées de nouvelles que de nourriture. Et leurs gardes ne parlaient que de la victoire allemande.

— Menteurs ! lançait Lili avec dédain. Ce sont de tels menteurs ! Ils sont en train de perdre et ils le savent. Tout ce que nous avons à faire, c'est tenir bon.

« *Tenir bon* », songeait Eve. Une année passa. Une année de journées mornes, lugubres, de claques, de mensonges, de cris nocturnes. Sans que jamais la confiance sereine de Lili, qui n'avait plus que la peau sur les os, faiblisse. Une année de nuits sans rêves sur cette paillasse à l'odeur infecte. Une année à voir des femmes à la peau blafarde, brûlant de fièvres mortelles, broyées par le froid et la faim. À les voir tituber en direction de l'infirmerie, l'immense pièce aux affreux rideaux verts qui empestait les excréments et le sang. Baptisée par certaine le lazaret, par d'autres, l'enfer. Vous n'alliez pas à l'infirmerie pour être soignée. Mais pour y mourir. Les Allemands n'avaient pas besoin de gaspiller leurs balles pour se débarrasser de leurs prisonnières. Le manque de soins et la maladie s'en chargeaient pour eux. C'était une tragédie parfaitement orchestrée. Des femmes qui mouraient dans des lits d'hôpital causaient bien moins de tollé que si elles étaient exécutées.

Et quelles femmes ! Des squelettes identiques arborant le même X des prisonnières, les cheveux sales, le regard vide : chacune d'entre elles était une *Fleur du Mal*. La fougueuse Louise Thuliez qui avait fait clandestinement traverser des frontières à des soldats pour Edith Cavell. La Belge, Mme Ramet de Verviers, dont le fils était tombé sous les balles et qui avait été emprisonnée avec ses deux filles. La stoïque princesse de Croÿ qui avait monté un réseau d'espionnage en Belgique… Avant Siegburg, Eve n'avait jamais pris la mesure du nombre de femmes qui avaient tout risqué dans cette guerre. Et encore aujourd'hui, à leur manière, elles continuaient à lutter.

— Mme Blankaert m'a dit que ces petites capsules de métal qu'on nous demande d'assembler sont des têtes de grenade, chuchota un jour Lili. Si nous faisions quelque chose à ce sujet ?

— Lili, ne les provoquez pas, la raisonna Violette d'un ton las.

— De grâce ! Il est inconcevable que nous devions fabriquer des munitions destinées à être utilisées contre nos compatriotes.

Le jour suivant, elle fit passer le message :

Au nom de l'Angleterre, de la France, de la Belgique, et de tous les pays alliés, j'implore mes compagnes de refuser catégoriquement de travailler sur des munitions. L'Allemagne n'a pas le droit d'exiger de nous d'œuvrer à la mort de ressortissants de nos patries, de nous forcer à fabriquer des engins qui, pendant les batailles, frapperont nos pères, nos frères, nos maris, nos fils. Nous sommes toutes ici pour continuer à nous battre et à souffrir courageusement pour nos drapeaux, pour nos patries, pour le roi de Belgique.

Et partout dans Siegburg, les visages cendreux des prisonnières squelettiques rayonnèrent soudain. Les gardes eurent beau les pousser, les gifler, hurler, elles criaient comme des Walkyries. Eve s'égosilla à s'en casser la voix, ne se laissant même pas décourager par un coup de poing sur la joue, d'une violence à lui dévisser le cou. Pendant un temps, l'accablante grisaille de leur monde s'évanouit, laissant place à des couleurs vibrantes de vie. Elle ne cessa de crier qu'une fois ramenée de force dans sa cellule. Et Lili continua à rire, même quand, en représailles pour avoir été à l'initiative de la grève, les gardes l'entraînèrent en compagnie de Mme Blankaert dans un cachot isolé.

—Cela en a vraiment valu la peine, déclara-t-elle, lorsqu'elle fut relâchée un mois plus tard.

Eve était loin d'être convaincue. Lili n'était plus qu'un sac d'os, l'ombre d'elle-même. Elle enroula sa propre couverture autour de ses épaules squelettiques. *Tiens bon*. Tout ce qu'elles devaient faire, c'était tenir bon.

Une autre interminable année s'écoula. Le printemps de 1918 pointa, glacial, apportant avec lui un espoir prudent qui se propageait parmi les prisonnières comme une traînée de poudre.

« Les Allemands sont en train de perdre. Ils sont battus, ils tombent partout sur le front. »

Ce n'était pas juste les rumeurs chuchotées qui s'infiltraient à l'intérieur des murs de la prison, les rumeurs des victoires anglaises et des avancées françaises sur le territoire allemand. Elles planaient dans l'air. Cette guerre aussi pénible que sanglante touchait peut-être à sa fin.

Plus tard, au cours des longues nuits passées à contempler l'intérieur du canon de son Luger, Eve ne cesserait de se répéter : *Si seulement elle avait fini plus tôt. Si seulement elle avait fini cinq mois plus tôt.*

— Merci d'être venue, ma Pâquerette.

Lili était alitée à l'infirmerie, son corps à peine visible sous les couvertures crasseuses. En dépit de la chaleur du mois de juillet, à l'extérieur, la chambre était froide. Eve, assise sur le bord du lit, frissonnait dans sa blouse de prisonnière. Elle aurait dû être en train de travailler avec ses compagnes d'infortune. Mais une épidémie de typhus avait sévi peu de temps auparavant et, quand elle avait déclaré se sentir fiévreuse et souffrir de maux de tête, elle avait été immédiatement mise en quarantaine. De là, s'éclipser de son propre lit pour aller rejoindre Lili avait été un jeu d'enfant.

— Comment vous sentez-vous ? parvint-elle à demander.

— Pas trop vaillante, répondit Lili en tapotant son flanc.

Quelques semaines auparavant, elle s'était plainte d'un abcès pleural qui s'était développé entre deux de ses côtes. Elle en avait plaisanté : « Le chirurgien va le percer et ce sera une affaire réglée. »

L'intervention était prévue pour 16 heures, ce même jour. L'heure approchait.

— Ils font venir un chirurgien de Bonn ? s'enquit Eve, essayant de refouler son appréhension.

Percer un abcès devait être une opération bénigne. Mais, dans cet antre du diable, en sous-effectif, sur une femme à moitié affamée…

Elle se rabroua. *Lili n'est pas alarmée. Tu ne devrais pas l'être non plus.*

Mais, ses yeux vifs enfoncés dans un visage qui ne ressemblait plus guère qu'à un crâne, son amie la dévisageait d'un regard étrangement grave. Peut-être avait-elle peur, après tout ?

— Prenez soin de Violette pour moi, si cela…

Elle finit sa phrase par un haussement d'épaules éloquent.

— Vous allez guérir, affirma Eve. Vous devez guérir.

C'était l'espoir auquel elle se raccrochait depuis plus de deux ans. Evelyn Gardiner avait trahi ses amies. Parce qu'elle avait craqué, elle les avait fait enfermer dans cette abominable prison. Si elle pouvait les en faire sortir indemnes, une partie de cette trahison pourrait être oubliée, même si elle ne serait jamais pardonnée. C'était la pensée qui, chaque jour, l'animait, quand elle pressait la moitié de sa ration de pain dans les mains de Lili, quand elle essayait de donner ses couvertures à Violette, ignorant le regard glacial dont cette dernière persistait à l'envelopper. *Fais-les sortir saines et sauves et tu seras peut-être pardonnée.*

Et elle y était presque arrivée. La guerre ne devrait plus durer bien longtemps. *Nous touchons presque au but. D'ici peu, nous serons chez nous.*

Son regard devait trahir son désespoir car Lili lui prit la main, ses doigts émaciés se posant sur les siens, difformes.

— Prenez soin de vous, ma Pâquerette. Si je ne suis pas là pour vous tirer du pétrin…

La panique l'étranglant, Eve lui agrippa la main. Elle ne perdrait pas Lili, pas à cause d'un abcès. Pas maintenant, pas après deux années d'emprisonnement, pas si près de la fin.

— Ne dites pas ça. L'opération ne consistera qu'à percer et à vider l'abcès. Bien sûr que vous allez survivre !

D'une voix calme, Lili répondit :

— Mais les Allemands n'ont aucun intérêt à me voir vivre.

Elle sentit ses yeux se gonfler de larmes. Elle ne pouvait le nier. Les officiels de Siegburg détestaient Lili, qu'ils tenaient pour une perturbatrice, et ne s'en cachaient pas.

— Vous n'auriez pas dû mener cette grève, ni…

Ni quoi ? Provoquer des conflits dès qu'elle avait franchi la porte de Siegburg ? Programmer des évasions ? Empêcher ses compagnes de sombrer dans la dépression à grand renfort d'anecdotes et de plaisanteries ? Si Lili avait été du genre à courber la tête, elle n'aurait pas dirigé le réseau d'espionnage le plus efficace de France.

— Tout ira bien, répéta obstinément Eve.

Elle s'apprêtait à lui prodiguer de nouvelles paroles de réconfort quand deux gardes entrèrent.

— Debout, Bettignies ! Le chirurgien est arrivé.

Eve glissa un bras autour de ses épaules et l'aida à se lever, car ses jambes étaient flageolantes. Sa robe informe de la couleur terne d'un torchon à vaisselle lui tira une grimace.

— Quelle horreur ! s'exclama Lili. Que ne donnerais-je pas pour une moire de soie rose.

— Et un chapeau extravagant ?

— Je me contenterais raisonnablement d'un savon. J'ai les cheveux dégoûtants.

Sentant sa gorge se nouer, Eve murmura :

— Lili.

Avec un petit geste du menton en direction de la porte, Lili lui dit :

— Priez pour moi quand je serai dans la salle d'opération. J'ai besoin qu'on prie pour moi. J'ai écrit une lettre à ma vieille mère supérieure, à Anderlecht, mais vos prières seront plus qu'appréciées, Evelyn Gardiner.

C'était la première fois qu'elle l'appelait par son vrai nom. Même après le procès, elles avaient continué à utiliser leurs noms de code. Ceux qui leur semblaient réels.

— Je ne peux pas prier pour vous. Je ne crois plus en Dieu.

— Moi si, répliqua Lili en effleurant de ses lèvres le chapelet enroulé autour de ses doigts, alors qu'elle était entraînée, soutenue par les coudes.

Eve fit un signe d'assentiment.

— Dans ce cas, je prierai. Et je vous dis « à dans quelques heures ». Je sais que je vais vous retrouver.

Elle la suivit dans le couloir, en direction de la salle d'opération. Quand une infirmière en sortit, elle aperçut à l'intérieur le chirurgien venu de Bonn qui fumait une cigarette. Mais ne vit aucun signe d'effervescence. Personne ne stérilisait les instruments, ne préparait l'éther ou le chloroforme pour endormir la patiente.

Une vague d'angoisse la submergea. *Lili ! Lili, n'entrez pas dans cette pièce.*

Sa voix lui parvenait, limpide, récitant son chapelet : « Priez pour nous, pauvres pécheurs, maintenant et à l'heure de notre mort… »

Le long des murs du couloir, plusieurs femmes formaient une haie d'honneur : Louise Thuliez, la princesse de Croÿ, Violette… Toutes les Fleurs du Mal qui avaient pu s'échapper de leur poste de travail. Les yeux pleins d'anxiété, elles murmuraient des prières pour la reine des espionnes. Ses escortes accélérèrent, forçant Lili à presser le pas, et la calme litanie de sa voix faiblit. L'espace d'un instant, Eve eut l'impression que leur héroïne allait finalement craquer. Qu'elle allait s'effondrer, en larmes, pour être portée, prostrée, jusqu'à la table d'opération.

Jamais ! Elle se redressa et leva le menton avec son habituel air espiègle, promenant son regard sur ses amies alignées. Elle semblait comme auréolée par le halo de lumière pâle de la couronne de ses nattes blondes.

En passant devant Violette, elle lui pressa son chapelet dans les mains et chuchota :

— *Mes amies, je vous aime**.

Puis, toujours encadrée par ses deux gardes, elle s'éloigna d'un pas léger, sa silhouette aérienne volant presque. Eve sentit son cœur tambouriner dans sa poitrine, comme un présage funeste. *Lili...*

Juste avant d'entrer dans la salle d'opération, elle tourna une dernière fois la tête et, le regard malicieux, leur lança un baiser. Qui lui fit l'effet d'un coup en pleine poitrine. Puis elle disparut, sa voix flottant derrière elle, joyeuse et sereine.

— Vous devez être le chirurgien. Je me demandais si je pourrais avoir un peu de chloroforme ? En effet, j'ai eu une journée très éprouvante.

Eve sentit ses jambes se dérober. Elle avait compris.

— Tout ira bien, la rassura Louise Thuliez. Il faut plus qu'un abcès au poumon pour abattre notre Lili...

— Ce n'est rien du tout...

D'autres murmures rassurants s'élevèrent malgré les regards empreints d'inquiétude. Violette, qui serrait le chapelet avec une telle force que les perles lui coupèrent les doigts, déclara :

— D'ici une semaine, elle sera rétablie. Moins d'une semaine.

Mais la fidèle lieutenante ne passa pas les quatre heures suivantes près de la salle d'opération. Les gardes l'en avaient chassée, avec les autres prisonnières. Contrairement à Eve qui resta à l'infirmerie, en observation pour symptômes de typhus. Seuls un couloir et une porte fermée la séparaient des gémissements, des plaintes, des cris étranglés. Les bruits d'une femme que l'on opérait sans éther, sans chloroforme, sans morphine. Recroquevillée sur son lit de camp, elle attendit, sentant peu à peu fondre tout espoir. Si la violence de ses sanglots couvrait presque les bruits de l'agonie de Lili, elle n'en perdit néanmoins pas une seconde. Et, quand l'aube se leva, elle avait tellement pleuré qu'elle n'avait plus de voix.

Lili aussi s'était tue. À jamais.

Antoine Redier dans sa biographie sur Louise de Bettignies, *La Guerre des femmes*, cite son épouse, Léonie Vanhoutte, nom de code Violette Lameron :

« Elle mourut comme elle avait vécu, en soldat. »

35

Charlie

Juin 1947

J'avais une migraine épouvantable.

J'avais espéré que la reine des espionnes serait toujours vivante, que, peut-être, tout comme Violette, nous la rencontrerions lors de ce périple. Une petite femme qui, aujourd'hui, aurait les cheveux blancs mais qui n'aurait rien perdu de son courage ni de sa gaieté. Quelqu'un que j'avais rêvé de connaître. Quelqu'un qui avait été privé de sa chance de vieillir.

Les épaules voûtées, le visage entre ses mains noueuses, Eve était assise sur la banquette arrière. Je brûlais de lui dire : « Eve, je suis tellement désolée. » Hélas, ces mots étaient vains, parfaitement superflus après une telle histoire. Finn avait garé la Lagonda sur le bas-côté et, après vingt minutes passées à écouter son récit, ni lui ni moi ne cherchions à briser le silence de la journée d'été.

Quand elle découvrit son visage, je fis mine de lui prendre une main. Mais, blême, le soleil implacable accentuant son expression ravagée, elle se remit à parler.

— Voilà. Vous savez tout. Lili est morte de la façon la plus atroce pour une femme de sa trempe. Tout cela par ma seule faute. Elle a été incarcérée à cause de moi et je n'ai pas réussi à la faire sortir de cette prison.

Je rejetai furieusement ces paroles. *Non, non, vous n'étiez pas responsable. Vous ne pouvez pas ruminer de telles pensées.* Pourtant, elle en était convaincue et, j'aurais beau m'y efforcer, rien ne pourrait atténuer le dégoût qu'elle s'inspirait.

Elle effleura ses lèvres tremblotantes de ses doigts mal assurés et lança d'une voix rauque :

— Démarrez cette voiture, l'Écossais ! Ce n'est pas en restant sur le bas-côté que nous allons arriver à Grenoble.

Finn reprit la route et nous finîmes le long trajet en silence, anéantis par la chute aussi triste que brutale de l'histoire d'Eve. Les paupières closes, elle était assise à l'arrière. Regardant droit devant lui, n'ouvrant la bouche que pour demander les directions, Finn conduisait comme un chauffeur privé. Tandis qu'une idée germait dans ma tête.

Adossée à la chaîne des Alpes dont les sommets se perdaient dans les nuages, Grenoble était une ville charmante. Ses maisons compactes et ses jolies églises jalonnaient les berges des deux paisibles fleuves aux eaux bleues, le Drac et l'Isère. Arrivés dans un nouvel hôtel, nous prîmes trois chambres et Finn aida Eve à monter avec les bagages. Se retournant dans l'escalier, il me jeta un coup d'œil interrogateur.

— Je dois passer un coup de téléphone, annonçai-je, toujours à la réception.

Il dut penser que c'était à ma famille. Il se trompait. Après de longues palabres avec l'opératrice, je parvins à obtenir ma communication, non aux États-Unis, mais dans un magasin de porcelaine de Roubaix dont je n'avais pas oublié le nom.

— Allô ?

Je ne l'avais rencontrée qu'une fois mais je reconnus immédiatement sa voix. Je l'imaginai tournant la tête, la lumière se reflétant dans ses lunettes.

— Violette Lameron ?

Après un long silence, elle demanda :

— Qui êtes-vous ?

— Charlotte St Clair, madame. Nous nous sommes rencontrées il n'y a pas si longtemps. Je suis venue dans votre boutique avec Eve Gardiner. Que vous connaissiez sous le nom de Marguerite Le François. Je vous en prie, ne raccrochez pas.

Je devinais à sa respiration saccadée à l'autre bout du fil qu'elle était sur le point de le faire.

— Que me voulez-vous ? demanda-t-elle d'une voix soudain glaciale. Même si elle était prisonnière dans une maison en feu, je n'aiderais pas cette sale traîtresse. Alors si vous venez me demander un service pour elle…

Je refoulai une bouffée de colère, le besoin de lui rétorquer qu'Eve n'était pas blâmable. Celui de lui demander comment elle aurait tenu sous l'effet d'un verre d'opium et de la douleur de dix doigts brisés. Tout comme son ancienne compagne d'armes, elle était persuadée de sa culpabilité. Et toutes les deux resteraient obstinément campées sur leur position. Seuls des faits concrets pourraient les faire changer d'avis. Et, pour cela, j'avais besoin de Violette.

— Quelqu'un doit consulter les archives de votre procès.

Baissant la voix, je tournai le dos au réceptionniste un peu trop curieux et chuchotai :

— Je crois qu'un mensonge s'est glissé quelque part.

En entendant les informations qui avaient fait condamner Lili, j'avais tout de suite remarqué qu'un détail ne collait pas.

D'une voix pleine de morgue, Violette persifla :

— Vous n'êtes qu'une petite Américaine. Que pourriez-vous savoir des archives d'un procès qui s'est déroulé il y a plus de trente ans ?

Elle aurait été surprise si je lui avais dit qu'au cours de tous ces étés passés à travailler dans le cabinet d'avocats international de mon père, je l'avais entendu comparer les lois européennes et américaines, j'avais catalogué et annoté des livres juridiques français et allemands, j'avais classé des notes de procès.

— Le procès de trois espionnes en pleine guerre a dû être attesté par de nombreuses sources, répondis-je. Vous étiez célèbres, des héroïnes décorées. Tout le monde a dû s'intéresser à ce jour : les officiers allemands, les journaux français, les fonctionnaires belges, les diplomates anglais. Tout ce qui s'y rapportait a dû être archivé, pour le cas où des preuves justifiant la sentence seraient réclamées plus tard. Or, si le verdict a été influencé par un mensonge, on peut le retrouver. Il suffit juste de consulter les archives. Accepteriez-vous de le faire ?

— Quel « mensonge » ?

J'entendis à sa voix que j'avais éveillé sa curiosité. Je la tenais ! Je lui dévoilai alors mon idée.

Au bout d'un silence encore plus long, elle s'étonna :

— Pourquoi moi ? Vous ne me connaissez pas, mademoiselle.

— Eve m'a parlé de vous. Je sais que vous en êtes capable. Vous ne renoncerez pas avant de connaître la vérité. Je ne sais pas si les archives sont accessibles au public ou toujours sous scellés mais, si c'est le cas, je suppose que vous pourrez y accéder bien plus facilement que moi. Étant donné que vous étiez jugée ce jour-là, vous pouvez faire valoir votre droit à connaître tous les détails de votre procès. Que ni vous ni Eve ne connaissez car vous n'avez pas entendu les délibérations. Vous êtes une héroïne, Violette, ajoutai-je, sachant que la flatterie ne pouvait nuire. Je suis sûre que vous êtes respectée par des gens puissants qui vous doivent des services et qui feront jouer leurs relations pour vous. Vous trouverez un moyen d'obtenir l'information si elle existe.

— Et si c'est le cas ?

— Dites-le-moi. Je vous en prie, dites-moi que j'ai raison.

Cette fois, elle resta muette si longtemps que je crus la communication interrompue. Sentant ma bouche se dessécher, j'attendis. *Je vous en prie*, suppliai-je silencieusement.

Enfin, elle me répondit. Elle semblait déroutée. Mais intriguée aussi, comme si l'espionne qui se cachait derrière la respectable boutiquière se réveillait pour la première fois depuis des années. Une facette de leur personnalité qui ne mourait jamais, pas chez les femmes comme Eve et Violette.

— Où dois-je vous contacter, mademoiselle St Clair, si je découvre quelque chose ?

Après lui avoir promis de lui téléphoner le lendemain de Grasse pour lui communiquer le nom de notre hôtel, je raccrochai, tremblante. J'avais lancé une bouteille à la mer. Il ne me restait plus qu'à attendre et voir si mon initiative serait concluante. Tout en montant l'escalier, je m'interrogeai : devrais-je en parler à Eve ? Je décidais que non. Elle avait eu l'air si vulnérable dans la voiture, si frêle, que le moindre coup pourrait la briser. Il n'était pas question de lui donner le moindre espoir avant d'avoir une preuve tangible.

En entrant dans ma jolie petite chambre, j'ouvris les volets et regardai le crépuscule qui tombait. Bras dessus, bras dessous, des couples flânaient sous ma fenêtre. Je me revis avec Rose, riant à l'idée qu'un jour nous aurions l'âge d'aller nous promener ensemble avec nos amoureux. J'aperçus une grande fille blonde, main dans la main avec un garçon qui riait. Mais, cette fois, ma mémoire ne chercha pas obstinément à me faire croire que c'était ma cousine. Depuis Oradour-sur-Glane, je n'étais plus victime d'hallucinations. *Reviens*, plaidai-je, le regard perdu sur la foule. *Reviens, Rosie.*

Bien sûr, elle ne reviendrait pas. Comme mon frère, elle était morte.

On frappa à ma porte. Croyant que c'était Eve venant m'annoncer son plan d'action pour notre arrivée à Grasse, j'eus la surprise de trouver Finn sur le seuil. Il paraissait différent. Il me fallut un moment pour comprendre en quoi. Il s'était rasé, avait mis une veste usée aux coudes mais d'un beau bleu foncé, et ses chaussures cirées brillaient.

— Viens dîner avec moi, déclara-t-il sens préambule.

— Je ne pensais pas qu'Eve redescendrait. Elle avait l'air d'avoir envie de dîner au whisky, fis-je remarquer.

N'importe quel moyen pour trouver l'oubli au plus vite. Maintenant que je connaissais les circonstances de la mort de Lili et à quel point ce souvenir la hantait, je le comprenais mieux.

— Nous ne reverrons pas Gardiner ce soir, déclara-t-il en tapotant sa poche dans laquelle tintait le chargeur du Luger. Ce sera juste nous deux. Viens dîner avec moi, Charlie.

Quelque chose dans l'intonation de sa voix m'interpella. À voir comment il s'était habillé, je ne pensais pas qu'il faisait référence à l'un de nos repas sur le pouce, au café le plus proche.

— C'est… c'est un rendez-vous ? demandai-je en me retenant de discipliner mes cheveux ébouriffés d'une main.

— Oui, répondit-il sans ciller. C'est ce que fait un homme quand une femme lui plaît. Il enfile une veste. Il cire ses chaussures. Il l'invite à dîner.

— Je ne connais aucun homme dans ce genre. Pas après avoir déjà…

J'eus une vision de ce que nous avions fait dans la voiture, la veille, les vitres couvertes de buée, nos souffles saccadés, mêlés.

— Ton problème, c'est que ton expérience se limite à des gamins. Tu n'as jamais eu affaire à un homme.

Je levai les yeux au ciel.

— C'est la voix du vieux sage, chez un homme qui n'a même pas trente ans ?

— Ce que je veux dire, c'est que ce n'est pas une question d'âge. Des quinquagénaires se comportent en gamins, des adolescents de quinze ans se comportent en hommes. Tout dépend de leurs actes, pas de leur âge.

Il marqua une pause.

— Un gamin profite d'une fille et il s'éclipse sans rien prévoir. Un homme fait une erreur avec une fille, il la répare. Il lui présente des excuses.

— Alors c'est que tu es désolé de ce qui s'est passé ?

Je le revis la veille, ses mains couvrant mon dos nu alors qu'il marmonnait : « *Je ne voulais pas que ça se passe comme ça.* » Mon cœur se serra. Je ne regrettais rien.

— Pas le moins du monde, déclara-t-il d'une voix égale. Je suis juste désolé d'avoir précipité les choses. Que nous ne l'ayons pas fait après un rendez-vous, une invitation à dîner, mais à la suite d'une rixe et d'une lèvre fendue. C'est comme ça que tu commences une histoire avec une fille qui te plaît, Charlie. Tu es la femme la plus intelligente que je connaisse, une petite machine à calculer en robe noire, et ça me plaît. Tu as la langue bien pendue, et ça me plaît aussi. Tu essaies de sauver tous ceux que tu rencontres, ta cousine, ton frère, et même les causes désespérées comme Gardiner ou moi, et c'est ce que j'aime le plus chez toi. Je suis donc venu te présenter mes excuses. T'inviter à dîner. J'ai mis une veste.

Il s'interrompit.

— Je déteste les vestes.

J'essayai de retenir un sourire. En vain. Il me sourit à son tour, des plis se creusant au coin de ses yeux. Les jambes soudain en coton, je m'éclaircis la voix et tirai sur mon pull à rayures.

— Donne-moi dix minutes pour me changer.

— Entendu !

Il referma la porte. Un instant plus tard, sa voix me parvint :

— Tu peux remettre cette petite robe noire ?

— Je n'ai pas dit que ce serait un dîner grandiose, plaisanta-t-il. Je suis un peu fauché.

La rumeur de la ville au loin, nous étions appuyés contre la balustrade de pierre d'un vieux pont qui enjambait l'Isère, un paquet de sandwichs entre nous. Finn les avait achetés dans un café près de la place Saint-André et nous les mangions sans même les avoir déballés de leur papier.

— Nous n'aurions pas de plus belle vue dans un restaurant chic.

Sous un ciel constellé d'étoiles, le clair de lune allumait mille paillettes dorées sur la surface du fleuve.

— Quel est ton plat préféré ? me demanda-t-il à brûle-pourpoint.

Je me mis à rire.

— Pourquoi ?

— C'est quelque chose que j'ignore à ton sujet. Il y a beaucoup de choses que j'ignore encore à votre sujet, mademoiselle St Clair.

D'un geste, il essuya une miette sur ma lèvre et ajouta :

— C'est à cela que sert un premier rendez-vous. Ton plat préféré ?

— Avant, c'était le hamburger. Des oignons, de la salade, un soupçon de moutarde, pas de fromage. Mais depuis Bouton de Rose, ajoutai-je en me tapotant l'estomac, c'est le bacon. Craquant, juste un peu brûlé. J'en fais une telle consommation qu'à la naissance du bébé, il n'y aura plus un cochon en France. Et vous, monsieur Kilgore, quel est votre plat favori ?

— *Fish and chips*, chez un vrai marchand de frites. Avec beaucoup de vinaigre de malt. Ta couleur préférée ?

Je regardai sa veste qui rehaussait le noir de jais de ses cheveux, la largeur de sa carrure.

— Bleu.

— Moi aussi. Le dernier livre que tu as lu ?

Nous échangeâmes nos informations, nous amusant beaucoup de la frivolité de notre dialogue. Il me posa des questions sur l'université et je lui racontai Bennington et les cours d'algèbre. Je lui demandai comment il était devenu si compétent en mécanique et il parla du garage de son oncle où il avait commencé à travailler à onze ans. Tous ces détails, ces petites choses grâce auxquelles on apprend à connaître quelqu'un. En général, c'étaient des conversations qui avaient lieu avant l'étape suivante, avant de se retrouver nus sur une banquette arrière de voiture décapotable. Mais nous avions tout fait à l'envers.

— La première chose que tu achèterais si tu avais dix mille livres sterling ?

— Je rachèterais les perles de ma grand-mère. J'adore ces perles. Et toi ?

— Une Bentley 46 Mark IV, s'empressa-t-il de répondre. La première voiture fabriquée par Bentley et Rolls. C'est une beauté. Mais si j'avais dix mille livres sterling, je pourrais peut-être aller jusqu'à la Ferrari 125. Elle vient d'être lancée, elle a gagné six des treize courses automobiles sur le circuit de Piacenza...

Il entreprit de me décrire le moteur et la suspension arrière inspirés de la De Dion. Et, sous le charme, je l'écoutais. Même si j'étais incapable de dire pourquoi il me captivait. Ne m'étais-je pas ennuyée ferme, le jour où, après le cours de littérature anglaise, Trevor Preston-Greene m'avait décrit d'un ton monocorde l'affaire qu'il avait faite en achetant sa Chevrolet Stylemaster ? À tel point que j'avais eu envie de lui renverser mon milk-shake à la fraise sur la tête.

— Regarde-moi débiter mes connaissances, finit-il par dire en me voyant sourire.

— C'est vrai. Je m'ennuie à mourir, plaisantai-je. Raconte-moi encore l'embrayage à cinq vitesses.

— Il fait filer la voiture comme le vent, dit-il, imperturbable. À ton tour de déblatérer sur un sujet ennuyeux.

— Le théorème de Pythagore, dis-je, choisissant un sujet facile. « Dans un triangle rectangle, le carré de la longueur de l'hypoténuse est égal à la somme des carrés des longueurs des deux autres côtés. »

Finn fit mine de s'agripper les cheveux.

— Allons ! Franchement c'est de la simple géométrie euclidienne. Cela ne doit pas te désespérer.

Nous partîmes d'un éclat de rire. Puis, après avoir lancé les miettes de pain aux cygnes qui piaillaient bruyamment sur l'eau, accoudés à la rambarde, absorbés dans la contemplation du fleuve, nous laissâmes un silence complice s'installer. Je n'étais pas habituée au silence pendant mes rendez-vous. Les filles n'étaient pas censées rester coites. Il fallait entretenir la conversation de peur de passer pour une rabat-joie. « *Sois intéressante* ! Pétillante ! *Sinon, il ne te réinvitera pas* ! » Mais nous nous sentions aussi bien en nous taisant qu'en bavardant.

Finn fut le premier à parler. D'un air pensif, il demanda :

— Selon toi, Gardiner a raison de croire que Bordelon est à Grasse, retraité et attendant d'être retrouvé ? Ou bien est-elle un peu fêlée ?

J'hésitai à dissiper la sérénité du moment en revenant à la réalité.

— Les chances sont minces. Mais, jusqu'ici, elle a plus souvent vu juste que fait fausse route.

À mon tour, je laissai échapper une question :

— Si elle peut prouver qu'il est René du Malassis, de Limoges, qui a collaboré avec les nazis, fait passer des renseignements à la Milice et qui a abattu l'un de ses employés dans le dos pour un simple larcin, elle peut le dénoncer aux autorités. De Gaulle ne montre aucune indulgence aux profiteurs et aux assassins, même vieillissants. Bordelon risque la prison, surtout s'il peut être prouvé qu'en tant que collaborateur, il est responsable du drame d'Oradour-sur-Glane. Il perdra sa réputation, sa liberté…

— Est-ce que ce sera suffisant pour Eve ?

Nous échangeâmes un regard entendu.

— Non.

Nous avions parlé en chœur. D'un geste vif, il me couvrit la main.

— Il faut que nous l'empêchions de commettre un acte irréparable. Je refuse de la laisser gâcher le reste de sa vie uniquement pour avoir supprimé ce vieux salaud.

La vraie vie n'était pas un film. Dans le monde réel, la vengeance avait des conséquences. Des conséquences comme la prison. Et si Eve avait supporté son incarcération à Siegburg quand elle était jeune, je doutais fort qu'elle y survive aujourd'hui si elle était jugée pour agression, ou quel que soit le terme utilisé en France.

Ses doigts se glissèrent sous les miens, nos mains s'entrelaçant lentement.

— Mais c'est sa vie, ne crois-tu pas ? demanda-t-il. Je suis avec Gardiner depuis quelque temps maintenant. Je peux comprendre qu'elle soit prête à risquer le tout pour le tout pour réparer une injustice.

— Tuer un vieil homme réparerait une injustice ? Je ne peux pas cautionner cela, même si Bordelon est un assassin qui descend les gens dans le dos.

Le frisson qui me parcourut était dû à la fois à cette horrible image et au pouce de Finn qui me caressait la main, faisant naître des picotements sur ma peau. M'appliquant à ne pas trahir mon trouble, je poursuivis :

— Nous devons nous assurer qu'elle ne déraille pas.

Ce qui n'allait pas être une mince affaire.

— C'est notre mission pour demain, acquiesça Finn en m'entraînant loin de la balustrade. Promets-moi une chose, Charlie.

— Quoi ?

— Ne regarde plus cette photo. Contente-toi de profiter du paysage.

Main dans la main, nous déambulâmes par les rues de la ville pour regagner l'hôtel, échangeant à peine quelques paroles. Une fois arrivés, Finn ouvrit la porte et s'effaça pour me laisser passer, ses doigts se posant sur la peau nue de mon dos dévoilée par le décolleté en V de la robe et je tressaillis. Il me raccompagna le long du couloir jusqu'à ma chambre, aussi cérémonieusement que si j'avais un père qui, m'ayant imposé un couvre-feu, surveillait la pendule.

— J'ai passé une excellente soirée, déclara-t-il d'un ton solennel. Je t'appelle demain.

— Les garçons ne téléphonent jamais.

— Les hommes si.

Nous nous attardâmes un moment dans cette fragile bulle du bonheur qui parvient à effacer les peines. Je ne voulais pas qu'elle éclate.

— Je ne suis pas douée pour ça, Finn, parvins-je enfin à dire. Que va-t-il se passer maintenant ?

L'équation d'une Américaine enceinte, en robe noire, et d'un Écossais vêtu d'une veste bleu, multipliée par une nuit d'été et un paquet de sandwichs, divisée par un silence embarrassé : j'en ignorais le résultat.

D'une voix rauque, il répondit :

— Ce qui va se passer dépend entièrement de toi.

— Oh.

Je restai un moment à le dévisager puis me haussai sur la pointe des pieds. Nos lèvres se frôlèrent, aussi douces que des plumes. Il m'enlaça la taille et je me fondis au creux de ses bras. Notre baiser fut lent, interminable. Pressée entre le battant dur du bois de la porte et son torse vigoureux, d'une main derrière mon dos, je cherchai à tâtons la poignée. La porte s'ouvrit d'un coup et, sans cesser de nous embrasser, nous titubâmes à l'intérieur de la pièce. Mes chaussures ne tardèrent pas à se retrouver sur sa veste, jetée à même le sol. Relâchant mes cheveux, il referma le battant du talon. Puis il me souleva, m'embrassa de nouveau et, me tirant un cri, me laissa tomber sur le lit et j'eus la sensation d'une très longue chute. Toujours debout, il me regarda. J'étais si nerveuse que j'avais peine à y croire. Nous avions déjà fait l'amour, mais pas dans un lit, pas avec les lumières allumées…

Avec un grognement, il s'allongea sur moi, s'étendant de tout son long. Tout en couvrant mon cou d'une pluie de baisers, il murmura, son accent écossais se faisant plus prononcé :

—Les lits représentent un sacré progrès par rapport aux banquettes arrière.

—Je suis très à l'aise sur les deux, répondis-je en tirant sur sa chemise.

—Parce que tu es une naine, plaisanta-t-il.

Docile, il me laissa lui retirer sa chemise par la tête, puis me repoussa en souriant.

—Doucement. Ce n'est pas un sprint.

—Je croyais que tu aimais la rapidité, parvins-je à répondre. Avec tes embrayages à cinq vitesses…

À la lumière, mince, hâlé, il était très beau.

— Les voitures doivent être rapides. Mais, au lit, il faut prendre son temps.

Je plongeai mes mains dans ses mèches brunes et cambrai le dos alors qu'avec une infinie lenteur il faisait glisser la fermeture Éclair de ma robe.

— Aller très… très… doucement, murmura-t-il contre mes lèvres. Notre voyage va durer toute la nuit.

— Toute la nuit ?

Je le ceinturai de mes jambes et noyai mes yeux dans son regard noir, nos visages si proches que nos cils se frôlèrent. *Je suis en train de tomber amoureuse*, songeai-je, ne sachant pas trop ce qui m'arrivait. *Vraiment amoureuse.*

Mais je me contentai de chuchoter :

— Tu dois conduire jusqu'à Grasse demain. Ne devrais-tu pas dormir ?

— « Dormir » ? rugit-il à mon oreille en m'agrippant par les cheveux avec une telle force qu'il me fit mal. Arrête de parler !

36

Eve

Folkestone, mars 1919

Folkestone. Pour la première fois depuis le début de sa carrière d'espionne, Eve foulait de nouveau le sol anglais. Folkestone où, sur le quai, Cameron lui avait dit au revoir le jour de son départ pour Le Havre. Ce même quai où il l'attendait, les pans de son manteau flottant sur ses genoux.

— Mademoiselle Gardiner, la salua-t-il lorsqu'elle descendit du ferry.

Elle avait été libérée plus de deux mois auparavant. Deux mois qu'elle avait quasiment passés dans une baignoire, la propreté étant devenue une obsession. Pendant ce temps, les dispositions avaient été prises pour la ramener de son logement temporaire de Louvain jusqu'en Angleterre.

— Capitaine Cameron. Non, c'est commandant Cameron, maintenant, je crois ? ajouta-t-elle en regardant ses nouveaux galons.

À sa promotion venait s'ajouter le ruban bleu et rouge du *DSO*, l'Ordre du service distingué, sur l'épaule gauche de son manteau d'uniforme.

— En mon absence, j'ai manqué cer… certains événements.

— J'espérais pouvoir vous rapatrier en Angleterre plus vite.

Elle se contenta de hausser les épaules. Les prisonnières de Siegburg avaient été libérées avant même la signature de l'armistice, leurs cellules ouvertes par des gardes aux visages de vaincus, et leur foule joyeuse s'était éparpillée jusqu'aux trains qui devaient les ramener chez elles. Elle aussi aurait pleuré de joie si elle était montée dans ce wagon, bras dessus bras dessous avec Lili. Maintenant que cette dernière était morte, sa libération lui était devenue parfaitement indifférente.

Cameron l'observait, remarquant ses changements physiques. Elle savait qu'elle était toujours aussi maigre, que ses cheveux, taillés court, étaient secs comme de la paille à cause des traitements antipoux. Refusant de lui montrer ses phalanges déformées, elle gardait ses mains enfoncées dans ses poches. Mais il lui était impossible de cacher ses yeux sans cesse en mouvement. Constamment sur ses gardes, elle jetait des coups d'œil de tous côtés. Même ici, sur la jetée, elle appuya son dos contre le pilier le plus proche, cherchant à se protéger. Le regard impassible de Cameron trahissait sa surprise. Il comprenait à quel point ces dernières années l'avaient marquée.

Elles n'avaient pas été tendres avec lui non plus. Les commissures de sa bouche étaient creusées de rides profondes, des vaisseaux avaient éclaté sur son front et ses tempes grisonnaient. *Je vous aimais*, songea-t-elle. Mais c'était une pensée creuse, presque insignifiante. Depuis la mort de Lili, elle semblait être devenue hermétique à toute émotion.

Les seules qui la dévoraient aujourd'hui étaient le chagrin, la colère, la culpabilité. Et la voix de sa conscience qui ne cessait de lui marteler : « *traîtresse* ».

Elle était presque seule à débarquer. Maintenant que la guerre était finie, Folkestone avait repris son apparence endormie. D'un mouvement du menton, elle montra le quai vide et dit :

— Je m'attendais à un comité de réception. Le commandant Allenton m'avait parlé d'une cérémonie de bienvenue.

Apparemment, Evelyn Gardiner était maintenant une héroïne. Comme les autres prisonnières. Elle avait entendu dire qu'à son retour à Roubaix, Violette avait reçu un accueil magnifique. Elle aussi aurait été fêtée, si elle l'avait accepté. Mais elle ne l'avait pas voulu.

— J'ai dissuadé Allenton de vous faire un accueil public. Il voulait faire venir plusieurs généraux, des journalistes, un orchestre militaire.

— Heureusement que vous l'avez convaincu du contraire. Pourtant, j'aurais bien aimé lui assener quelques coups de tuba entre les oreilles.

Elle lança sa besace sur une épaule et commença à descendre la jetée. Cameron lui emboîta le pas et poursuivit :

— Je pensais vous voir en France, aux funérailles de Louise de Bettignies.

— J'avais l'intention d'y aller.

Eve était arrivée jusqu'à Cologne où la tombe de Lili devait être ouverte afin de faire rapatrier son corps en France. Au lieu de cela, elle s'était enivrée, manquant même de tuer la femme de chambre qui lui apportait son dîner. La fille au corps massif avait le visage carré et, l'espace de quelques horribles minutes, elle l'avait prise pour la Grenouille, la femme monstrueuse qui, lors de leur arrestation, à Lille, les avait forcées à se déshabiller et les avait fouillées, Lili et elle. Le souvenir de ces moments la fit chanceler et elle inspira profondément l'air iodé de la mer.

À voix basse, Cameron demanda :

— Pourquoi n'êtes-vous pas venue ?

— Je n'ai p… p… pas pu.

Elle avait dit adieu à Lili dans le couloir qui empestait le sang et le typhus. Elle n'avait pas besoin d'une tombe avec des discours et des généraux français. Ne souhaitant pas dévoiler ses émotions, elle se contenta d'accélérer le pas, prise d'un soudain désir de prendre ses distances.

Avec ses longues jambes, Cameron ne tarda pas à la rattraper.

— Est-ce que quelqu'un vient vous chercher ? Avez-vous un endroit où aller ?

— Je trouverai bien quelque chose.

Il la retint par le coude.

— Eve, arrêtez. De grâce, laissez-moi vous aider.

Elle se libéra. Il ne lui faisait aucun mal mais elle ne supportait plus qu'on la touche. Elle découvrait qu'il y avait de nombreuses choses qu'elle ne supportait plus depuis qu'elle était sortie de prison. Les fenêtres ouvertes. Les foules. Les grands espaces sans coins où se réfugier. Le sommeil…

— Oubliez mademoiselle Gardiner, Cameron. Ce sera bien mieux ainsi.

Le regard perdu sur l'océan, elle faisait son possible pour ne pas croiser ses yeux. Il avait beau la dévisager avec une expression empreinte de tendresse, elle n'avait plus une once de douceur en elle. Enfonçant son chapeau sur ses cheveux pour empêcher la brise froide de l'emporter, elle demanda :

— Dites-moi quelque chose. En p… prison, nous n'avions pas b… b… beaucoup de nouvelles de la guerre et, maintenant, personne ne veut plus parler des batailles passées. Le dernier message de Lili, celui au sujet de l'assaut sur Verdun ? Que s'est-il passé ?

Jour après jour, elle s'était demandé comment s'était déroulé ce combat.

— Le commandement français a reçu votre renseignement.

Il semblait ne pas vouloir en dire plus long. Mais sous son regard perçant, il poursuivit, à contrecœur :

— Les Français ont bien reçu votre rapport mais ils n'y ont pas cru. Les pertes ont été considérables. Un grand gâchis.

Elle ferma les yeux et serra les paupières. Elle aurait été bien incapable de dire si la boule qui se formait dans sa gorge était un rire ou un sanglot.

— Tout cela n'a donc servi à rien.

Elle avait sacrifié sa liberté pour transmettre ce rapport. Elle avait quitté les bras de Cameron endormi pour retourner vers un danger mortel parce qu'un pareil renseignement méritait qu'on risque sa vie. Et tout cela avait été comme balayé par un seul geste. En dépit de tous leurs efforts, Lili, Violette et elle n'avaient pas pu empêcher le bain de sang.

— Rien de ce que j'ai fait en France n'a servi à quoi que ce soit.

Elle savait que Cameron avait envie de la prendre par les épaules. Mais il dut sentir sa répugnance. Il se contenta donc de rétorquer d'une voix ferme :

— Non. Ne croyez pas cela. Le Réseau Alice a sauvé des centaines de gens, Eve. Peut-être des milliers. Votre réseau a été le meilleur de la guerre. Aucun autre, ni en France ni en Belgique, ne l'a égalé.

Elle esquissa un sourire sans joie.

Qui se souciait de fierté quand les victoires se soldaient par tant d'échecs ? Cette chance miraculeuse, en 1915, de tuer le *Kaiser* : un échec. Arrêter l'assaut sur Verdun : un échec. Maintenir le Réseau à flot après l'arrestation de Lili : un échec.

Cameron poursuivait :

— Je ne sais pas si vous avez lu les messages que vous a envoyés le commandant Allenton. Il dit que vous n'avez jamais répondu. Mais vous avez été décorée. Il avait prévu de vous remettre vos décorations aux funérailles de Louise. Elle a reçu les mêmes, à titre posthume.

Elle refusa de prendre l'écrin qu'il lui tendait. Après un moment d'hésitation, il l'ouvrit pour elle et quatre médailles brillèrent devant les yeux d'Eve. Cameron les détailla.

— La Médaille de Guerre. La croix de guerre avec palme. La croix de la Légion d'honneur. La croix de l'ordre de l'Empire britannique. Elles vous ont été décernées pour vos actions pendant la guerre.

Des jouets en fer-blanc. Sortant enfin une main tremblante de sa poche, elle les jeta par terre.

— Je ne veux pas de médailles.

— Dans ce cas, le commandant Allenton les gardera pour vous.

— Il peut les bouffer et s'étouffer avec !

Cameron ramassa les croix et les remit dans leur écrin.

— Je ne voulais pas les miennes non plus, croyez-moi.

Elle laissa échapper un rire rauque, comme un aboiement.

— Mais vous ne pouviez pas faire autrement que les accepter car vous êtes toujours dans l'armée. Tandis que moi, c'est l'armée qui ne veut plus de moi. J'ai joué mon rôle. Et maintenant que la guerre est finie, on accroche quelques morceaux de métal sur ma poitrine et on me renvoie à mon bureau et à mes dossiers. Eh bien, ils peuvent garder leurs fichus bouts de ferraille !

Tressaillant sous le flot de ses paroles, il baissa les yeux. Elle s'aperçut alors qu'elle n'avait pas remis sa main dans sa poche. Le regard de son ancien capitaine alla de ses doigts à son visage, avant de se baisser de nouveau. Comme s'il revoyait la discrète jeune femme, à la voix douce, qu'il avait envoyée en France avec sa valise, ses jolies mains et son innocence. Une jeune femme dont il ne restait plus rien. La guerre, la torture, la prison et René Bordelon étaient passés par là. Il avait devant lui une malheureuse épave au langage grossier, aux mains détruites, privée à jamais de son innocence. Devant la douleur mêlée de culpabilité qu'exprimait son regard, elle avait envie de le rassurer : « Vous n'y êtes pour rien. » Avec un soupir résigné, elle étira ses doigts massacrés.

— Vous deviez savoir au sujet de mes mains. Il y a eu un rapport.

— Oui. Mais il y a une différence entre savoir et voir.

Il fit mine de vouloir les toucher mais, soulagée, elle le vit se figer. Elle ne voulait pas qu'il s'effondre. Il ne l'avait pas mérité. Il poussa un profond soupir et proposa :

— Allons boire un verre.

Ils trouvèrent un affreux bistro sur les docks, le genre d'endroit où des femmes à la voix éraillée versaient du gin dans des verres douteux à des hommes déjà ivres à 10 heures du matin. Mais c'était exactement ce dont elle avait besoin : une pièce anonyme, bas de gamme, sans fenêtre, où personne ne risquait de se faufiler derrière elle. Deux mesures de gin suivies d'une chope de bière calmèrent son pouls trop rapide. Si elle avait été fière de ce pouls dont les lentes pulsations lui permettaient de traverser le danger avec flegme, il y avait longtemps qu'il n'était plus aussi calme. Peut-être plus depuis ses visites au bureau aux murs verts de René Bordelon.

— Que s'est-il passé ?

René. Elle prit une autre gorgée de bière dont le goût se mélangea à celui de sa haine. À Siegburg, la haine était amère. Aujourd'hui, elle avait une saveur plus douce. Parce que, maintenant, elle allait pouvoir agir. La besace, à ses pieds, cachait un Luger. Même si ce n'était pas son vieux Luger avec la marque sur le canon, celui que René lui avait pris, celui-ci ferait l'affaire.

En dépit de son élégance naturelle, Cameron vida son gin aussi vite qu'elle, après avoir porté un toast à « Gabrielle ». Devant son coup d'œil intrigué, il expliqua :

— Une autre de mes recrues. Fusillée en avril 1916. Je porte un toast tour à tour à tous ceux que j'ai perdus. À Léon ! ajouta-t-il en portant sa pinte de bière à ses lèvres.

— Moi aussi, je faisais partie de vos hommages ?

— Non. Je ne trinque que pour ceux dont la mort est confirmée.

Ses yeux s'imprégnèrent de nouveau d'une infinie tendresse.

— Chaque semaine, après votre jugement, je m'attendais à apprendre votre décès à Siegburg.

— Après la mort de Lili, j'ai bien failli y passer.

Ils échangèrent un long regard, commandèrent d'autres gins et, faisant tinter leurs verres, lancèrent :

— À Lili !

Au bout d'un long moment de silence, Cameron fit soudain référence à une pension qui devait lui être versée.

— Vous trouverez cela bien plus utile que les médailles. Je sais que vous n'avez pas de famille, aussi ai-je insisté pour que vous obteniez une pension du ministère de la Guerre. Ce n'est pas grand-chose mais cela devrait vous maintenir à flot. Peut-être même vous aider à acheter une maison à Londres.

— Merci beaucoup.

Elle ne voulait pas des médailles mais elle accepterait la pension. Elle avait besoin d'argent pour vivre et, avec ses mains, elle ne risquait pas de se retrouver devant une machine à écrire.

L'observant, il ajouta à brûle-pourpoint :

— Vous bégayez beaucoup moins.

— Faites un séjour en prison et vous découvrirez qu'il y a des choses bien pires qu'un défaut d'élocution. Cela aide à relativiser.

Il posa son verre.

— Eve, si je peux…

Sans lui laisser le temps de prononcer des paroles qu'il regretterait, elle l'interrompit :

— Quels sont vos projets, maintenant ?

— On m'a envoyé en Russie quelque temps, pendant les troubles. En Sibérie. J'ai vu des choses…

Son visage se ferma et elle se demanda quelles images il revoyait à travers le rideau des neiges russes. Voyant qu'elle ne posait pas de questions, il reprit :

— Ma prochaine affectation, c'est l'Irlande. Une école.

— Quel genre d'école ?

— Une école pour les gens comme vous.

— Q… q… qui a encore besoin de gens comme moi ? La guerre est finie.

Avec un rire plein d'amertume, il répliqua :

— Il y a toujours une guerre quelque part, Eve.

Un frisson d'angoisse la parcourut. Elle se refusait à envisager une nouvelle guerre, une nouvelle génération de jeunes espions qui seraient engloutis dans ce tourbillon infernal. Au moins, ils auraient un bon professeur.

— Quand partez-vous ?

— Bientôt.

— Votre femme vous accompagne-t-elle ?

— Oui. Notre enfant aussi.

— Je suis heureuse que vous ayez un enfant. Je sais que votre femme en d… d… désirait un. Comment l'avez-vous appelé ?

Comme ces mondanités étaient épuisantes ! Elle avait l'impression de se débattre dans les platitudes.

D'une voix à peine audible, il répondit :

— Evelyn.

Les yeux rivés à la table poisseuse, elle s'étonna :

— Pourquoi pas Lili ? Pourquoi pas Gabrielle ou une autre d'entre nous ? Pourquoi moi, Cameron ?

— Si vous pouviez vous voir, vous comprendriez.

— Je me vois. Je ne suis qu'une épave.

— Rien ne peut vous faire sombrer, Eve. Votre cœur est en acier trempé.

Elle eut un soupir.

— Je suis tellement désolée de vous avoir trahi. De m'être enfuie pendant que vous dormiez et d'être retournée à Lille contre votre volonté. Tellement désolée.

— Je sais.

Elle regarda la main de Cameron posée à côté de la sienne, invalide. Elle s'avança imperceptiblement et, du pouce, il effleura l'un de ses doigts.

— Je voudrais…, commença-t-elle.

Elle s'arrêta. Que voudrait-elle ? Qu'il ne soit pas marié ? Même s'il avait été libre, elle n'était plus capable d'être à ses côtés. Qu'ils trouvent un lit ? Elle ne supportait plus de partager une chambre avec quiconque ; ses cauchemars étaient bien trop atroces. Qu'ils remontent le temps pour revenir quelques années en arrière ? Avant quoi ? Siegburg ? Lili ? La guerre ?

— Je vous souhaite d'être heureux, finit-elle par dire.

Ignorant la coutume, il ne porta pas sa main à sa bouche pour l'effleurer de ses lèvres. Mais, se baissant jusqu'à la table, il les appuya légèrement sur ses doigts martyrisés. Et murmura :

— Je suis un officier brisé, Eve, avec une foule de recrues mortes sur les mains. Plus jamais je ne connaîtrai le bonheur.

— Vous pourriez quitter l'armée.

— Je ne peux pas. Vraiment, je ne peux pas. Malgré les nombreux morts que je laisse derrière moi, d'autres volontaires m'attendent en Irlande pour que je les forme… Et je sais que je serai plus compétent dans ce rôle qu'un sombre crétin comme Allenton.

Elle lui lança un coup d'œil surpris. Il devait être ivre. Jamais auparavant, il n'avait traité un supérieur de crétin à voix haute. D'une voix lente, il expliqua :

— J'irai en Irlande et je formerai la prochaine génération de chair à canon. C'est ce que je vais faire. Je travaillerai jusqu'à ce que je n'en puisse plus. Ensuite, je suppose que je mourrai.

— Ou bien vous prendrez votre retraite.

— Pour des gens comme nous, Eve, la retraite est synonyme de mort. C'est elle qui nous est fatale si une balle ne nous tue pas avant. Une balle, l'ennui ou le cognac, ajouta-t-il avec un sourire amer. Voilà comment nous partons. Dieu, lui, sait que nous ne sommes pas faits pour la paix.

— Non. Nous ne sommes pas faits pour la paix, répéta-t-elle.

Se penchant à son tour, elle pressa ses propres lèvres sur la main de Cameron. Ils continuèrent à boire jusqu'à l'heure du train. En bon Anglais, il tenait l'alcool. Malgré ses yeux vitreux, il était encore droit comme un piquet quand ils se dirigèrent vers la jetée.

D'une voix d'outre-tombe, comme s'il annonçait son départ pour l'enfer, il déclara alors :

— Je pars pour l'Irlande dans une semaine. Et vous, où comptez-vous aller ?

— Je vais retourner en France. Dès que possible.

— Qu'est-ce qui vous attire en France ?

Elle écarta ses cheveux secs de ses yeux, sentit le poids du pistolet dans sa besace et, levant la tête, répondit :

— Un ennemi. René Bordelon, Cameron. Je veux le tuer. Même si c'est la dernière chose que je fais dans cette vie.

Maintenant que la guerre était finie, c'est à cela qu'elle emploierait toutes ses forces.

Elle remarqua que son regard se voilait soudain d'un mélange de douleur et d'incertitude. Plus tard, elle repenserait à cet instant, l'analyserait avec soin, et comprendrait à quel point il l'avait dupée. Enfin, il déclara.

— Eve. Vous ne le saviez pas ? René Bordelon est mort.

37

Charlie

Juin 1947

Le lendemain, je me préparai à essuyer les sarcasmes d'Eve. Personne ne pourrait nous voir, Finn et moi, sans comprendre immédiatement ce qui s'était passé. Nous avions tous les deux les yeux cernés par le manque de sommeil, j'étais incapable de cesser de sourire et Finn me lançait si souvent des coups d'œil en coin que je ne sais comment nous sortîmes de Grenoble sans accident.

Pourtant, depuis l'instant où elle était montée dans la Lagonda, elle gardait le silence. En me retournant, je vis qu'elle avait le regard perdu sur les collines. Ce que, somme toute, je préférais plutôt que de devoir lui expliquer pourquoi son chauffeur et moi nous tenions les mains sur le siège avant. J'essayai de lui demander :

— Que ferons-nous à Grasse ?

Ce qui me valut pour toute réponse un sourire énigmatique.

— Vous savez que vous êtes exaspérante ? grommelai-je.

Mais, les doigts de Finn, durs et chauds, entrelacés aux miens, j'étais trop heureuse pour que dure ma colère. Il y avait si longtemps que je vivais dans cet état d'hébétement perpétuel. Dont seuls le chagrin, la culpabilité et la rage avaient réussi à me sortir. Et même si ces émotions sommeillaient toujours en moi, elles étaient maintenant étouffées par cette douce sensation de plénitude. Ce n'était pas simplement notre nuit blanche, mais la façon dont Finn était descendu me chercher du café pendant que je me coiffais et était remonté avec une assiette de bacon obtenue de la cuisinière en lui faisant du charme, parce qu'il savait que j'en mourais d'envie. C'était aussi le reflet que me renvoyait le miroir. Au lieu de la fille furieuse qui, menton levé, défiait le monde entier de son indifférence, je voyais une jeune femme heureuse, la peau hâlée d'un bronzage bien français et couverte de taches de rousseur. J'avais le visage d'une personne pour qui quelqu'un comptait enfin. Et qui comptait pour quelqu'un.

Je secouai la tête pour chasser ces idées. Je ne voulais pas analyser mon bonheur de peur de le voir voler en éclats. Il me suffisait de le savourer sans lâcher la main de Finn. Mais, alors que nous approchions de Grasse, je me retournai sur mon siège et fis une nouvelle tentative.

— Parlons franchement. Comment allons-nous trouver Bordelon ?

— J'étudie attentivement les points faibles de mon plan, Ricaine. Je sais très bien que je ne suis pas encore au point en ce qui le concerne…

Finn marmonna :

— Que vous n'avez pas vraiment toute votre tête, pour être précis.

Sans se départir de son calme, Eve dit :

— Je vous entends, l'Écossais. Comme nous le savons tous, je ne suis pas totalement saine d'esprit, c'est pourquoi j'essaie d'éviter les failles dans mon plan. Car je n'ai aucune intention de le voir tomber à l'eau.

Je m'apprêtais à lui proposer mon aide quand il laissa tomber ma main et maugréa quelque chose entre ses dents.

— Que se passe-t-il ? m'inquiétai-je.

— C'est la fuite d'huile. Il faut que je resserre quelques trucs dans le moteur…

Je tapotai le tableau de bord.

— Nous ne sommes qu'à une heure de Grasse. Cette vieille guimbarde…

— Surveille tes paroles, me rabroua-t-il. C'est une vieille dame et elle mérite un peu de repos si elle le demande.

— Je te rappelle que ta voiture n'est pas un être vivant, Finn.

— Que tu dis, ma belle !

Il se dirigea vers le bas-côté et nous continuâmes à nous chamailler. Qui croirait que se chamailler soit si amusant ? Une odeur entêtante qui m'était inconnue flottait dans cette campagne vallonnée. *Au sud, non loin d'ici, il y a la mer*, pensai-je. Déjà, la nonchalance de la Méditerranée se faisait sentir.

Quand la Lagonda acheva sa course sur le bord de la route, je poussai un cri d'émerveillement. Devant nous, à l'infini, s'étalait un éblouissant tapis de hampes mauves, leur parfum sucré, grisant, porté par la brise. Des jacinthes. Des milliers et des milliers de jacinthes.

Inspirant profondément, je me penchai par la portière et faillis tomber.

— Nous devons être sur les terres d'une exploitation de fleurs.

Si je savais que Grasse était la capitale des fabricants de parfums, jamais je n'avais vu les champs qui alimentaient leur commerce. Je descendis de voiture et, m'allongeant, j'enfouis mon nez dans les jacinthes les plus proches. Leur arôme me grisa. Plus loin s'étalait un océan de roses. Des bouffées du capiteux parfum du jasmin se mêlaient à ce feu d'artifice de senteurs. Je me retournai. Immobile, Eve inspirait. Et Finn, un sourire aux lèvres, sortit sa boîte à outils du coffre. Incapable de résister, je plongeai au milieu des fleurs, les effleurant des doigts. J'avais l'impression de voguer dans un lac de saphirs odorants.

Quand je revins en courant pour déposer un gros bouquet de jacinthes sur les genoux d'Eve, Finn refermait le capot.

— Eve, c'est pour vous.

Elle regarda les fleurs, caressant les doux pétales de ses mains torturées. Je sentis les larmes me monter aux yeux. *Sacrée vieille tête de mule grincheuse, si vous saviez comme je vous aime.*

Elle leva la tête et esquissa un sourire timide. L'espace d'un instant, je me demandai si elle allait enfin prononcer quelques paroles affectueuses. Mon espoir fut vite déçu. Imperturbable, elle déclara :

— Voici mon plan une fois que nous serons à Grasse.

Je ne pus m'empêcher de rire. J'aurais bien dû me douter qu'elle ne se laisserait pas aller à une seconde d'attendrissement. Finn me rejoignit et elle déclara :

— Vous aurez besoin d'un beau costume, l'Écossais, et de plusieurs cartes de visite. Vous, la Ricaine, vous serez ma petite-fille dévouée. Il faudra nous armer de patience car cela risque d'être long.

En quelques phrases concises, elle nous exposa le reste de ses instructions. Finn approuva :

— Ça peut marcher. À condition que Bordelon soit à Grasse.

J'ajoutai :

— Et que nous le trouvions.

Un lent sourire se dessinant sur ses lèvres, Eve s'étonna :

— Pourquoi vous posez-vous la question ?

Je me remémorai la conversation sur le pont la nuit précédente, ma crainte qu'elle veuille du sang. Je ne voulais pas tremper dans un meurtre. Je m'enquis :

— Faites-moi plaisir : que comptez-vous faire quand vous le trouverez ?

En français, elle cita :

— « Je reviendrai dans ton alcôve, Et vers toi glisserai sans bruit, Avec les ombres de la nuit, Et je te donnerai, ma brune, Des baisers froids comme la lune, Et des caresses de serpent, Autour d'une fosse rampant. »

— Laissez-moi deviner, grommelai-je. Baudelaire ?

— Mon poème f… f… favori, *Le Revenant*. Excellent titre. Dans « Revenant » il y a le mot « revenir ». Il était sûr que je ne reviendrais jamais. Il va voir à quel point il s'est trompé.

Finn et moi échangeâmes un coup d'œil inquiet. Reprenant son ton brusque, elle lança :

— En voiture, les enfants ! Nous ne pouvons pas rester plus longtemps à bayer aux corneilles.

Nous arrivâmes à Grasse au crépuscule : une petite ville de tours carrées, de rues étroites et sinueuses, de toits couleur abricot, vibrante de nuances méditerranéennes, embaumant les parfums venus des champs de fleurs. Devançant Eve, je m'avançai vers le réceptionniste de l'hôtel et, ma main posée sur le bras de Finn de façon à mettre mon alliance bien en évidence, je débitai avec le plus grand naturel :

— Deux chambres, s'il vous plaît. Une pour ma grand-mère et une pour nous, n'est-ce pas, chéri ?

Comme avait dit Eve un jour, pour vendre un mensonge, il fallait réciter son histoire sans la moindre hésitation. D'une voix un peu rauque, Finn répéta :

— Oui, deux chambres.

Le réceptionniste ne sourcilla pas. Plus tard dans la soirée, j'appelai Violette à Roubaix. Je lui annonçai que nous étions à Grasse et que la chasse était lancée.

Sur les luxueuses cartes de visite de Finn s'étalait en lettres gravées, dans une calligraphie recherchée : « Donald McGowan, avocat. »

— Il faut que vous les donniez avec un air condescendant. Si vous pouviez cesser de ricaner, tous les deux !

Mais nous étions incapables de faire taire notre fou rire.

— Mon Donald ! m'exclamai-je, hilare. Quand je pense que ma mère a toujours voulu que je mette le grappin sur un avocat.

Eve me corrigea :

— Un « avoué ». Chez les Rosbeefs, ce sont des avoués, aussi hautains que dédaigneux. Il vous faudra froncer les sourcils et prendre un air supérieur.

Il appliqua bien la consigne lorsque, quatre jours plus tard, il tendit sa carte au maître d'hôtel du restaurant *Les Trois Cloches*, en murmurant :

— Je suis chargé par une dame de mener une enquête. Vous comprendrez que la plus grande discrétion s'impose.

En un coup d'œil, le maître d'hôtel jaugea et apprécia le nouveau venu. Avec sa chemise fripée et ses cheveux en bataille, il n'aurait eu aucune chance de passer le seuil de ce restaurant, l'un des plus élégants de la ville. Mais, dans son costume trois-pièces, avec sa cravate de soie rayée, Donald McGowan ne manquait pas de prestance.

— En quoi puis-je vous aider, monsieur ? demanda alors l'homme avec la même courtoisie.

À l'heure creuse, entre le déjeuner et le dîner, le restaurant était quasiment vide. Eve s'arrangeait toujours pour que nous arrivions quand les serveurs avaient le temps de bavarder ou de répondre à des questions.

Sa silhouette frêle dans une robe de soie noire, elle était coiffée d'un chapeau à large bord et portait des gants de velours. Tapotant ses yeux d'un mouchoir bordé de noir, elle s'appuyait sur mon bras. Finn jeta un coup d'œil vers elle et expliqua :

— Madame Knight, ma cliente, a émigré à New York il y a de nombreuses années, mais la plupart des membres de sa famille sont restés en France. Et avec cette guerre qui a coûté tant de vies…

Le maître d'hôtel se signa.

— Tant de vies, je sais.

— J'ai trouvé les actes de décès de son père, de sa tante et de deux oncles. Mais il nous faut encore retrouver un cousin.

Au bord du champ de jacinthes, Eve leur avait dévoilé comment elle avait eu l'idée de cette recherche. « Charlie, si vous pouvez écumer toute la France pour retrouver votre cousine perdue, je peux en faire autant. Qui, en Europe, n'est pas à la recherche d'un cousin ou deux, par les temps qui courent ? »

Finn reprit à mi-voix :

— Nous avons appris qu'il avait quitté Limoges pour Grasse en 1944, juste avant le départ de la Gestapo.

Il enjoliva son récit de vagues faits de résistance qui lui avaient valu des ennemis à Vichy. Il dépeignit le compagnon d'enfance d'Eve comme un valeureux patriote qui avait échappé de peu à une arrestation. Sa cousine désirait aujourd'hui ardemment le retrouver car il était le seul survivant de sa famille.

Lorsqu'elle nous avait exposé son plan, j'avais demandé, sceptique : « *Croyez-vous que les gens vont gober ça ? C'est du pur Hollywood !* »

« *Oui*, avait répondu Eve. *Ils n'y verront que du feu justement parce que c'est du pur Hollywood. Après une telle guerre, tout le monde ne rêve que d'histoires qui fi… finissent bien, même si ce n'est pas la leur.* »

Le maître d'hôtel hocha plusieurs fois la tête avec compassion.

— Il s'appelle René du Malassis, ajouta alors Finn. Il se peut toutefois que, se sachant recherché par la Milice, il ait pris une autre identité. C'est ce qui rend l'enquête de Mme Knight plus difficile. Mais nous avons une photo de lui…

Il montra discrètement à son interlocuteur l'image de René, pliée de façon à dissimuler ses compagnons de dîner arborant la croix gammée. Le maître d'hôtel l'étudia. Eve feignit un frisson. Me composant un air anxieux, je lui tapotai le dos.

— Ne vous inquiétez pas, grand-mère.

Mon rôle était de susciter la plus grande empathie possible. Le cœur battant, je caressai la main gantée, pendant que l'homme hésitait. Il finit par déclarer :

— Non. Non, j'ai bien peur de ne pas reconnaître ce monsieur.

Je barrai mentalement *Les Trois Cloches* de la liste. Finn lui glissa discrètement un gros billet et ajouta :

— Si vous voyez ce monsieur, veuillez me contacter…

Il ne restait jamais qu'une centaine d'endroits à visiter ! Une fois dans la rue, Eve lança :

— Ne vous découragez pas ! Je vous avais bien dit que cette mission demanderait de nombreuses démarches et une sacrée dose de chance. Et là, ce n'est plus du tout Hollywood. Quand on cherche un homme comme Bordelon, il ne faut pas s'attendre à le voir surgir comme un lapin du chapeau d'un magicien.

Finn, qui ne se promenait plus tête nue, remit son feutre. L'avoué Donald McGowan devait avoir l'allure d'un homme d'affaires.

— Vous êtes bien sûre que c'est la meilleure méthode pour le trouver ? demanda-t-il.

Avec une tape à son sac qui contenait sa liste froissée, elle répliqua :

— Quelqu'un le reconnaîtra obligatoirement dans l'un de ces établissements.

Son argument était simple : René Bordelon aimait le luxe et le raffinement. Si tout avait changé chez lui, il aurait conservé ce trait de caractère. Il fréquenterait toujours les clubs les plus élégants, les meilleurs cafés, les meilleurs théâtres. En outre, c'était le genre d'habitué que le personnel remarquait car il s'habillait avec élégance, laissait de gros pourboires et pouvait aussi bien discuter de vin avec le sommelier que de Klimt avec le guide d'un musée. Eve soutenait que si nous ratissions les endroits les plus chic en montrant sa photo, relativement récente, quelqu'un le reconnaîtrait. Nous aurions alors son nom.

Le jour de notre arrivée à Grasse, au bord du champ de fleurs, par cette belle journée ensoleillée, j'avais demandé :

« *Nous en avons pour combien de temps ?* »

« *Si nous étions à Paris, cela pourrait durer indéfiniment. Mais Grasse n'est pas une si grande ville* », avait répondu Eve.

Finn s'était inquiété d'une question plus grave.

« *Que se passera-t-il s'il découvre qu'une femme le recherche ? Une femme aux mains mutilées, à peu près de l'âge qu'aurait la petite Marguerite aujourd'hui ?* »

Eve avait rougi de colère.

« *Je suis une professionnelle, Finn ! Ne l'oubliez pas. Vous croyez que je vais arpenter Grasse en annonçant ma présence à son de trompe ?* »

Voilà pourquoi ils étaient devenus Mme Knight et M. McGowan. Et pourquoi des gants cachaient ses mains. Finn avait alors déclaré :

« À une condition, Gardiner. Vous laissez votre Luger dans votre chambre. »

« *Parce que vous imaginez que si je vois René Bordelon dans une rue, je vais lui foncer dessus et lui tirer une balle dans le crâne ?* »

« *Je ne suis pas assez stupide pour courir ce risque.* »

À peine avions-nous défait nos bagages qu'elle avait commencé à réunir les informations et à dresser des listes. Puis elle s'était procuré une paire de gants et un chapeau de douairière qui lui couvrait suffisamment le visage sans qu'elle ait l'air de le cacher. Et, une fois Finn en possession de ses cartes de visite et de son costume, nous avions démarré nos investigations.

Lors de notre première visite dans un élégant café, l'angoisse m'avait coupé la parole. Et aujourd'hui, au bout de quatre jours, après six restaurants, trois musées, un théâtre et cinq clubs, l'ennui commençait à se faire sentir. Seul le moment où nous retenions notre souffle pendant qu'un concierge ou un serveur examinait la photo de René était excitant. Je pensais alors : *Cette fois, peut-être…*

— Bienvenue dans le véritable monde de l'espionnage. La plupart du temps c'est fastidieux, parfois exaltant.

À peine sortie des *Trois Cloches*, elle s'était redressée, abandonnant son allure de vieille femme claudiquant. Le regard étincelant, elle n'avait plus rien en commun avec l'âme torturée, l'Anglaise décharnée, au teint blafard, que j'avais rencontrée à Londres. Et à qui j'aurais donné soixante ou soixante-dix ans. Son chagrin évanoui, son inactivité oubliée, elle était métamorphosée. Un changement qui me laissait interdite. Et si les coins de ses yeux et les commissures de ses lèvres étaient toujours marqués de lignes dures, son visage affichait une mine éclatante, ses cheveux brillaient. Au lieu d'être sur la défensive, elle se montrait rapide et efficace. Elle paraissait à nouveau son âge, cinquante-cinq ans, et semblait pleine de vigueur.

Une semaine, puis dix jours passèrent encore. Ce soir-là, après le dîner, je la regardai monter l'escalier et fis remarquer à Finn :

— Elle n'a pas eu un seul de ses horribles cauchemars depuis que nous sommes ici. Et elle boit moins.

— Cette enquête lui fait du bien. Elle a un vrai tempérament de chasseresse. Ces trente dernières années, elle a été condamnée à l'immobilité. Sans objectifs à atteindre, elle mourait à petit feu. Pour elle, c'est peut-être une bonne chose que cette chasse à l'homme se prolonge.

— Pour moi aussi, je peux te l'assurer.

Il eut ce sourire en coin qui me faisait fondre.

— Ce soir, je suis épuisé d'avoir arpenté la ville. Pas toi ?

— Exténuée. Nous devrions nous coucher tôt.

Mais nous ne dormions pas beaucoup dans la petite chambre aux volets bleus et au large lit moelleux. Aussi, nous n'avions aucune objection à voir notre enquête se prolonger.

Au matin, nous nous retrouvions tous les trois devant des croissants et des tasses d'un café noir comme de l'encre, autour d'une table si petite que nos genoux se frôlaient. Puis nous reprenions notre quête, notre numéro désormais parfaitement rodé. Après, par exemple, une halte dans une boutique de chaussures faites main, place aux Aires, nous gagnions un atelier de fabrication de parfum. Nous arpentions les étroites rues sinueuses de la vieille ville, entrions dans des clubs et des théâtres où l'on aurait pu reconnaître un habitué. Enfin, au crépuscule, aux heures précédant le dîner, nous visitions des restaurants aux tables décorées de lampes voilées et de lourde argenterie. Enfin, nous revenions à l'hôtel où nous partagions une bouteille de rosé du pays et engloutissions des platées de frites. Ainsi s'écoulaient nos journées. Des journées dont nous laissions la direction à Eve car nos nuits nous appartenaient.

La tête sur la poitrine de Finn, je plaisantai :

— T'ai-je dit que, dans ton costume trois-pièces, tu es à couper le souffle ?

— Oui. Tu me l'as dit.

Je bus un peu du vin que nous avions monté du restaurant. Les mains croisées derrière sa tête, il m'enveloppait d'un regard admiratif. Complètement nue, je n'éprouvais plus aucune timidité.

— Eh bien, je te le répète. Quand devons-nous récupérer la Lagonda ?

— D'ici une semaine, peut-être.

Quand il avait su que nous resterions quelque temps à Grasse, Finn s'était arrangé pour faire réparer la capricieuse fuite d'huile. Anxieux pour sa précieuse voiture, comme une mère pour son enfant, il téléphonait au garage tous les deux jours pour connaître l'avancée de la réparation.

— Tu as besoin d'une voiture neuve, Finn.

— Tu sais ce que coûte une voiture neuve aujourd'hui, avec ce que la guerre a englouti de métaux ?

Je lui passai la tasse que nous utilisions comme verre à vin.

— Eh bien ! À la santé de la Lagonda ! J'aimerais mieux me promener en voiture autour de Grasse que de marcher dans les rues. J'ai mal aux pieds. Je pensais pourtant qu'il faudrait encore plusieurs mois avant que je sois assez énorme pour en arriver là.

Depuis que nous étions à Grasse, mes nausées matinales et mon perpétuel épuisement avaient disparu. J'ignorais si c'était l'air parfumé, les ébats amoureux, ou le fait que Bouton de Rose soit dans son quatrième mois. Mais soudain, je me sentais en pleine forme, débordant d'énergie et prête à tout. Même à arpenter inlassablement les ruelles de Grasse.

Finn avala le reste du rosé puis, assis contre le mur, commença à me masser les pieds. Par la fenêtre aux persiennes ouvertes sur la nuit chaude, des parfums de jasmin et de rose montaient jusqu'à nous. Dans la chambre obscure, la lampe de chevet donnait à notre lit l'apparence d'un vaisseau à la dérive sur une mer sombre. D'un commun accord, dans notre chambre, nous n'abordions ni le sujet de René, ni celui de la guerre, ni celui des terribles événements dont ils étaient responsables. Les heures de la nuit étaient réservées aux échanges joyeux.

Tout en me massant la voûte plantaire, il me prédit :

— Attends d'être au huitième mois. C'est là que les pieds commencent vraiment à faire souffrir.

— Que peux-tu savoir du huitième mois, monsieur Kilgore ?

— J'ai vu les femmes de tous mes copains. Je suis presque le seul célibataire. C'est la première chose que la plupart de mes camarades du 63e régiment ont faite en revenant chez eux. Trouver une fille et l'épouser. J'ai trois filleuls.

— Je t'imagine mal tenant une brassée de dentelle hurlante sur les fonts baptismaux.

— « Hurlante » ? Jamais. Les bébés m'aiment et, dès que je les prends dans mes bras, ils s'endorment.

Il marqua une pause et poursuivit :

— J'aime les enfants. J'en ai toujours voulu plusieurs.

Nous laissâmes l'idée planer puis, lui offrant mon autre pied, je m'aventurai à demander :

— Qu'est-ce que tu aimes encore ? À part les Bentley ?

La nuit précédente, il m'avait lu, à haute voix, un compte-rendu détaillé de la mécanique de la Bentley Mark VI, en imitant outrageusement mon accent américain. Sa réponse ne me surprit pas.

— Un homme qui possède une Bentley n'a besoin de rien d'autre, ma belle. À part, peut-être, d'un bon garage pour l'entretenir. Comme celui où est en ce moment la Lagonda.

Appuyant mes orteils sur son torse, je suggérai :

— Tu pourrais diriger un endroit de ce genre.

Il esquissa une grimace triste.

—Pour diriger un garage, il faut des connaissances en d'autres domaines que la mécanique. Tu me connais. Le chéquier atterrirait sous un bidon d'essence. On ne pourrait même plus lire les talons et, en un rien de temps, c'est la banque qui deviendrait propriétaire du garage.

Pas si c'était moi qui tenais les registres… Me gardant bien de développer cette idée, même pour moi-même, je la reléguai dans un coin de ma tête et lui racontai le café provençal si cher à mes souvenirs. Lui contai comment ce jour lointain, avec Édith Piaf et les biscuits maison sous l'auvent de toile rayée, était devenu mon idée du paradis sur Terre.

—On pourrait y prévoir un vrai petit déjeuner anglais. Dans le café idéal, bien sûr.

—Je fais une sacrée bonne poêlée, renchérit-il.

Nous n'étions pas dupes. Nous savions que, lors de ces conversations nocturnes à bâtons rompus, nous esquissions un futur dans lequel gauchement, presque craintivement, nous essayions de nous inclure l'un et l'autre. Puis, avec un sourire timide, nous faisions marche arrière devant tous les non-dits. Parfois, l'un de nous faisait un mauvais rêve. Mais les cauchemars sont plus faciles à éloigner quand on peut se réfugier au creux de bras chauds. Quand le chagrin rattrapait l'un de nous, il s'évanouissait doucement, se diluant dans la douceur de la nuit.

Tout en observant son beau profil dans la lumière, je me rendis à l'évidence.

Je ne te connais pas depuis assez longtemps pour être folle de toi. Et pourtant, je le suis.

Nous étions à Grasse depuis plus de deux semaines quand, un jour, après le déjeuner, alors que nous buvions le café, Eve déclara :

— René n'est peut-être pas ici.

Finn et moi échangeâmes un regard. Nous revoyions ce cortège de gens à qui sa photo n'avait rien évoqué. Trois directeurs de restaurant et un tailleur très chic avaient pensé reconnaître le visage mais n'avaient pas pu se rappeler son nom. Elle continua :

— Je devrais peut-être abandonner. Laisser Charlie retourner chez elle tricoter des chaussons. Et vous demander, Finn, de me ramener au pays du *fish and chips*.

— Je ne peux pas dire que je sois prête à rentrer à New York, lançai-je d'un ton faussement léger.

Finn me pressa la main et suggéra :

— Donnons-nous encore une semaine ou deux. Mais avant, offrons-nous un après-midi de congé. Je veux aller au garage pour voir où ils en sont avec la Lagonda.

Avec un signe d'assentiment, Eve se mit à rire.

— Il va harceler sans fin ces pauvres mécaniciens.

—- Ou bien demander pardon à la voiture de n'être pas venu la voir plus souvent, plaisantai-je à mon tour.

Nous finîmes nos cafés en silence. Puis Eve me regarda.

— Je ne suis pas intéressée par un après-midi de congé. Choisissons quelques restaurants. Je suis sûre que nous n'aurons pas besoin de notre avoué pour cuisiner les serveurs.

Je la regardai enfoncer son chapeau jusqu'aux sourcils, ses yeux gris brillant dans son visage hâlé, et suggérai en riant :

— Vous devriez me présenter comme votre fille, cette fois. En grand-mère, vous n'êtes plus crédible.

— Allons !

— Je suis sérieuse. Ça doit être l'air parfumé de Grasse. Un véritable élixir de jeunesse.

Alors que nous flânions dans le plus vieux quartier de Grasse, là où les maisons se rejoignent en arches au-dessus des rues comme des épaules amies, je compris que j'aimais cette ville. Toutes celles où nous étions passés – Lille, Roubaix, Limoges – avaient été occultées par la recherche de Rose. Mais, ici, nous nous étions enfin arrêtés pour respirer, et, tout comme les champs de jasmin en bouton qui l'entouraient, la cité se déployait pour moi. *Je voudrais ne jamais quitter cet endroit*, me dis-je, laissant un instant mes pensées vagabonder.

Après deux visites vaines, Eve déplia sa carte pour trouver un troisième restaurant. Tout en dégustant des beignets de fleurs de courgette que Bouton de Rose semblait aimer autant que le bacon, j'avisai une vitrine exhibant des vêtements d'enfant : costumes marins, jupes bouffantes et, étalée sur un berceau, une robe de bébé en dentelle brodée de grappes de raisin. Séduite, je l'imaginai sur ma fille, pour son baptême, dans cinq mois environ. Je sentais le bébé maintenant. En quelques jours, mon ventre si plat s'était bombé. Si elle ne se distinguait pas encore sous mes vêtements, la rondeur était bien là. Sans rien dire, la nuit, Finn se contentait de l'effleurer de caresses aussi légères que des ailes de papillon.

La voix d'Eve me tira de ma contemplation.

— Puisque vous êtes tombée en extase devant ce tas de dentelle, achetez-le !

— Je ne pense pas pouvoir me le permettre. Je crains qu'elle coûte plus cher que tous mes vêtements de seconde main réunis.

Après avoir replié sa carte qu'elle rangea dans son sac, elle entra d'un pas décidé dans la boutique et en ressortit avec un paquet qu'elle me lança sans cérémonie en disant :

— Bien, maintenant, nous allons peut-être pouvoir nous remettre en route.

— Vous n'auriez pas dû…

— Je déteste les remerciements. En avant, Ricaine !

Lui emboîtant le pas, je fis remarquer :

— Vous dépensez beaucoup, ces temps-ci, Eve.

L'argent de mes perles n'étant plus qu'un souvenir, elle pourvoyait à toutes nos dépenses. Je m'étais néanmoins juré de la rembourser dès que je pourrais ouvrir mon compte bancaire à Londres.

— À quoi puis-je dépenser mon argent ? Mon whisky, ma vengeance et une robe de bébé.

Je souris, serrant le paquet contre mon cœur.

— Accepteriez-vous d'être la marraine de ma fille ?

— Continuez à parler de votre « fille » et, rien que pour vous faire enrager, ce sera un garçon.

— La marraine de mon fils, alors ?

— Je ne me tiens pas bien dans les églises.

— Aucune importance. Je compte sur vous comme marraine.

Elle esquissa son sourire timide et continua d'avancer d'un pas raide.

— D'accord. Si c'est ce que vous voulez.

— Oui, j'y tiens, assurai-je d'une voix étranglée par l'émotion.

Le restaurant se trouvait au coin de la place du Petit Puy. L'heure du déjeuner était loin et les clients du soir n'allaient pas tarder à arriver pour l'apéritif. Après l'éclatante lumière du soleil, le faible éclairage de la salle me fit cligner des yeux. Je repris mon rôle de petite-fille dévouée et Eve s'appuya sur moi comme si elle était trop faible pour marcher seule.

M'avançant vers le maître d'hôtel, je débitai la tirade de Finn que j'aurais pu réciter en dormant. Eve se tamponnait les yeux. Puis, l'esprit bien plus occupé par la robe de baptême du bébé que par l'enquête, je poussai distraitement la photographie sur la table. C'est alors que, abasourdie, je vis l'homme hocher la tête en signe de reconnaissance. La surprise me coupa le souffle.

— Bien sûr, mademoiselle. Je connais bien ce monsieur, un de nos fidèles habitués. M. René Gautier.

Tétanisée, je me raidis. *René Gautier.* Le nom résonna en moi, longuement. *René Gautier…*

Eve s'avança à mon côté. Je ne savais pas comment elle pouvait encore jouer son rôle de vieille chose fragile et tremblotante. C'est alors que, sans bégayer, sans ciller, elle s'exclama :

— Oh, monsieur ! Que vous me rendez heureuse ! Mon René ! Il y a si longtemps que je ne l'ai vu ! René Gautier, c'est le nom qu'il a pris ?

Je me rappelai alors pourquoi elle avait gagné quatre médailles dans l'espionnage.

Le maître d'hôtel souriait, se rengorgeant d'être le messager d'une bonne nouvelle. Eve avait raison. Après la guerre, tout le monde aimait les happy ends.

— Oui, madame. Il a une charmante petite villa à côté de Grasse mais il vient souvent ici, pour les *rillettes de canard**. Nous faisons les meilleures *rillettes** de toute la Côte d'Azur, si je peux me permettre.

Je me fichais pas mal de ses *rillettes**.

— La villa, auriez-vous son adresse ? le pressai-je.

— Vous prenez la rue des Papillons et c'est juste après le champ de mimosa. Nous lui livrons des barriques de vin, un vouvray qu'on ne trouve nulle part ailleurs à Grasse.

Je bredouillai :

— Encore merci, monsieur, vous n'imaginez pas la joie que vous nous procurez.

Eve redressait déjà son chapeau. J'étais en train de lui reprendre le bras quand le maître d'hôtel, son regard fixé derrière nous, annonça, la mine réjouie :

— Ah ! Quelle chance ! Voici justement M. Gautier qui arrive.

38

Eve

Eve se retourna pour faire face à son ennemi et fut soudain catapultée dans le passé. On était à la fois en 1915 et en 1947. Elle avait vingt-deux ans et, les mains en sang, elle était brisée. Elle en avait cinquante-quatre et, tremblante, elle était tout aussi brisée. Le brun et suave René Bordelon, le bon vivant d'autrefois, était maintenant ce vieux monsieur aux épaules droites, aux tempes argentées, vêtu d'un costume parfaitement coupé. L'espace d'un instant, les deux époques se confondirent, les deux versions du même homme fusionnant.

Revenue au présent, elle se retrouva à Grasse, par une magnifique soirée de l'été 1947, une ancienne espionne séparée de son ennemi mortel par quelques mètres de sol couvert de tomettes. Devant cette haute silhouette droite comme un I, cette même canne à pommeau d'argent pendue à son bras, elle sentit une indicible terreur la submerger. Tout le courage qu'elle avait amassé à grand-peine vola en éclats en un long cri silencieux.

René ne l'avait pas reconnue. Il fit tourner son chapeau homburg noir entre ses mains et, intrigué, s'adressa au maître d'hôtel :

— On dirait que je suis attendu ?

En entendant le timbre de cette voix froide, posée, celle de ses cauchemars, elle fut prise de tremblements. Sous ses gants, ses mains étaient douloureuses. Hébétée de stupeur, elle dévisageait l'homme qui les avait détruites. Jamais elle n'avait imaginé tomber sur lui par hasard, avant de se sentir d'attaque. Elle avait toujours pensé qu'elle conduirait leur première rencontre selon ses propres termes, qu'elle le surprendrait une fois prête. Loin de se douter que le destin lui jouerait ce tour, elle était totalement prise au dépourvu.

Il n'avait pas changé. Les cheveux devenus gris, les rides barrant le front n'étaient qu'une façade. Les doigts comme des pattes d'araignée, la voix égale, l'âme abjecte du tortionnaire pointant derrière le luxueux costume du personnage raffiné : il était le même.

À l'exception de la cicatrice à sa lèvre. Elle comprit alors que c'était un souvenir de leur dernier baiser empoisonné. Elle l'avait mordu.

Le maître d'hôtel se confondait en explications. L'esprit embrumé, un bourdonnement dans les oreilles, elle sentit Charlie lui toucher le coude en lui murmurant quelque chose qu'elle n'entendit pas. Elle sentait qu'elle aurait dû parler, agir. Mais, pétrifiée, elle était transformée en statue de sel.

Les yeux noirs de René revinrent sur son visage et il fit un pas vers elle.

— « Madame Knight » ? Cela ne me dit rien…

Elle aurait été incapable de dire comment elle trouva la force de s'avancer vers lui, la main tendue. Il la prit, le contact des longs doigts l'inondant de la répulsion familière. Elle n'avait qu'une envie, prendre ses jambes à son cou et s'enfuir lâchement, refouler sa terreur, sa souffrance.

Mais il était trop tard. Il était là. Elle aussi. Eve Gardiner ne fuirait pas.

Quand elle lui pressa la main, elle vit son expression changer. À travers les gants, il avait senti les difformités de la sienne. Elle se pencha pour que lui seul puisse l'entendre et avec calme, sur un ton parfaitement neutre, s'enquit en détachant bien ses mots :

— Vous vous rappellerez peut-être le nom de Marguerite Le François, René Bordelon ? Ou devrais-je dire Evelyn Gardiner ?

Autour d'eux, l'effervescence régnait soudain. Se croyant témoins de joyeuses retrouvailles, les serveurs leur souriaient et le maître d'hôtel leur offrit sa meilleure table. Au milieu de tout ce brouhaha, Eve et René s'affrontaient de deux regards implacables.

Il finit par lâcher sa main difforme et lui montra la table que le personnel préparait avec tant de zèle.

— Voulez-vous… ?

Elle fit un signe d'assentiment. Puis, s'étonnant de ne pas tituber à chaque pas, elle s'avança. Le visage blême, Charlie vint se placer à côté d'elle, comme un écuyer à côté de son seigneur, et la prit par le coude. Cette petite main fougueuse se révéla un soutien providentiel. Avec un coup d'œil à l'homme qui les suivait, elle murmura :

— Eve, que puis-je faire ?

— Restez en dehors de cela, lui chuchota-t-elle à son tour.

Charlie St Clair n'avait rien à faire au milieu de ce duel. René l'écraserait aussi indifféremment qu'il en avait écrasé et mutilé tant d'autres par le passé. Mais elle le réduirait en bouillie avant de le laisser blesser une personne qui lui était chère.

Le réduire en bouillie ? se moqua-t-elle. *Tu peux à peine le regarder dans les yeux.* Refoulant cette idée et sa terreur, droite comme un I, elle prit place face à lui, à la table couverte d'une nappe en lin d'un blanc de neige. Dans un silence qui ne lui était pas habituel, Charlie se percha sur une chaise à côté d'elle. Les serveurs, élégants, soucieux de ne pas troubler cet heureux événement, s'affairaient à distance respectueuse.

René se cala confortablement dans sa chaise et joignit les extrémités de ses doigts. En un éclair, Eve les revit enroulés autour du buste ensanglanté de Baudelaire ou se promenant nonchalamment sur ses seins nus. Puis il murmura, en français :

— Eh bien ! Marguerite…

En entendant ce prénom franchir ces lèvres, elle sentit son cœur s'arrêter. Pourtant, à l'évocation de son ancienne identité, elle reprit son sang-froid habituel. Pour la première fois depuis qu'elle avait vu le vieil homme maléfique debout à l'entrée du restaurant, elle put le regarder avec un semblant de calme.

— « René Gautier » en l'honneur de Théophile Gautier, je s… suppose ? lança-t-elle. Le poète à qui Baudelaire a dédié *Les Fleurs du mal* ? À Limoges, vous aviez pris le pseudonyme de l'éditeur de Baudelaire, du Malassis. Je vois que vous n'avez toujours pas découvert d'autres poètes.

René haussa les épaules d'un air dégagé, comme s'ils devisaient agréablement autour d'un dîner.

— Quand on a trouvé le plus grand, pourquoi ne pas y rester fidèle ?

— C'est une façon élégante de dire que vous manquez d'imagination.

Une bouteille de champagne à la main, un sommelier s'extasia :

— Ce sont des retrouvailles qui se fêtent, monsieur ?

— N'est-ce pas ? ironisa-t-il. Pourquoi pas ?

— Un verre sera le bienvenu, renchérit Eve.

Elle aurait préféré un seau de whisky, mais elle allait boire le champagne. Le bruit du bouchon qui sautait fit sursauter René. Manifestement, il était loin d'être aussi tranquille qu'il voulait le paraître. Les mains crispées sur ses genoux, elle s'en félicita.

Le sommelier se retira et ils saisirent leurs flûtes en même temps. Mais aucun d'entre eux ne proposa de toast.

— Comme vous êtes ridée ! fit-il alors remarquer. Qu'avez-vous fait toutes ces années ?

— La vie n'a pas été tendre. Quant à vous, inutile de vous demander à quoi vous les avez occupées. Vous êtes resté fidèle à celui que vous étiez quand nous nous sommes connus : vous avez bien vécu. Aidé les Allemands. Tué vos compatriotes. À la différence que, maintenant, vous ne refusez pas de les tuer vous-même. Vous avez perdu votre délicatesse avec l'âge ?

— C'est à vous que je dois d'avoir perdu ma délicatesse, mon chou.

Elle tressaillit. Elle avait soudain la chair de poule.

— Je n'ai jamais été votre « chou », fulmina-t-elle.

— Préférez-vous « Judas » ?

Le coup porta, l'atteignant en plein cœur. Mais, se faisant violence, elle se composa un visage impassible et rétorqua :

— Et vous « dupe » ?

Il esquissa un sourire cruel. En le voyant se prélasser dans son luxueux costume, humer lentement de son long nez le bouquet du champagne, elle se sentit écumer de colère. Tant et tant de morts – Lili dans sa prison sordide, la cousine de Charlie et son bébé sous une rafale de balles, un jeune employé parce qu'il avait de l'argenterie volée dans sa poche –, et à quoi cet homme avait-il passé toutes ces années ? À boire du champagne sans jamais faire le moindre cauchemar.

Les siens n'avaient commencé qu'après Siegburg. Dans sa cellule, tremblant de froid, croupissant dans sa crasse, elle n'avait pas eu de rêves. C'est plus tard qu'étaient venues les horribles images de la pièce aux murs verts, des lys aux yeux malveillants, du buste qui s'abattait sur ses phalanges. Elle voyait le bureau mais jamais l'homme. C'étaient ces mauvais rêves qui avaient marqué ses yeux de rides, ces rides qu'il regardait maintenant avec mépris. Lui, en revanche, avait l'apparence d'un homme qui, au cours des trente dernières années, avait dormi d'un sommeil de bienheureux.

Le visage toujours pâle, Charlie, immobile, semblait avoir perdu sa vivacité. La Ricaine ne lui avait-elle pas dit un jour que, contrairement à elle, elle n'avait jamais été confrontée au Mal ? La même pensée devait l'animer.

À cet instant précis, il est face à nous.

René prit une autre gorgée de champagne, émit un son appréciateur et s'essuya les lèvres de sa serviette.

— J'avoue que je suis surpris de vous voir, Marguerite, reprit-il alors. Puis-je vous appeler Marguerite ? Je n'ai jamais pensé à vous sous un autre nom.

— Et moi, je suis surprise que vous ayez seulement pensé à moi. Vous n'aviez pas l'habitude de vous appesantir sur les décombres que vous laissiez derrière vous.

— Mais vous étiez unique. Je m'attendais un peu à vous voir me chercher à Limoges, après la Première Guerre.

Sans le mensonge de Cameron…

—Vous aviez bien effacé vos traces quand vous avez quitté Lille pour Limoges.

Il balaya l'argument d'un geste.

—Quand on a des relations dans le marché noir, se procurer des nouveaux papiers d'identité est un jeu d'enfant. Vous auriez pu encore me trouver quand ils vous ont relâchée de Siegburg. J'avais mes informations au sujet de votre libération. Pourquoi avoir tant attendu pour partir sur ma piste ?

Elle but la moitié de sa coupe.

—Quelle importance ? Je suis là maintenant.

Les mots lui venant plus vite, retrouvant le rythme rapide des échanges qu'elle avait eus avec René, sa réponse avait fusé.

—Pour me tirer une balle entre les deux yeux ? Je crois bien que si vous aviez eu une arme, c'est ce que vous auriez fait dans l'entrée, quand vous m'avez vu arriver. Si cet amas d'os cassés que vous appelez une main peut encore tenir un pistolet.

Que le diable emporte Finn Kilgore! fulmina-t-elle intérieurement. Sans lui, elle aurait eu son Luger sur elle…

Sans se départir de son flegme, d'un doigt levé, René fit signe à un serveur.

—Les *rillettes de canard**. J'ai faim.

—Bien sûr, monsieur. Et pour madame ?

—Rien, merci.

Lorsqu'ils furent de nouveau seuls, il fit remarquer :

—Vous bégayez nettement moins. Est-ce que ce défaut disparaît quand vous avez peur ?

—Quand je suis en colère. Vous, quand vous êtes en colère, vous avez un petit tic au coin de l'œil. Comme à cet instant précis.

—Je crois que vous êtes la seule femme à être jamais parvenue à me faire perdre mon sang-froid, Marguerite.

—Minces victoires. Avez-vous toujours le buste de Baudelaire ?

—Oui, et j'y tiens beaucoup. Quelquefois, la nuit, j'entends le craquement de vos doigts et je m'endors en souriant.

Une vision des murs verts du bureau, l'odeur de sang et de la terreur resurgirent en elle. Elle s'empressa de se ressaisir et rétorqua :

—Quand je veux dormir, je pense au moment où vous avez compris que vous aviez été berné par une espionne.

Il la regardait fixement, sans ciller. Mais une lueur d'incertitude dansait au fond de ses prunelles glaciales. Malgré son appréhension, elle sourit, finit son champagne et se resservit. *Je sais toujours comment t'atteindre, vieille crapule.*

—Je suppose que vous voulez votre revanche, lança-t-il sans ambages. La vengeance est le prix de consolation pour le perdant.

—Mon camp a gagné.

—Mais vous, vous avez perdu. Donc, comment avez-vous l'intention de vous venger, Marguerite ? Je ne vous crois pas capable de meurtre. Cette petite chose répugnante, couverte d'urine, que j'ai vue versant toutes les larmes de son corps sur mon Aubusson ne pouvait même pas lever la tête, encore moins un pistolet.

Eve tressaillit jusqu'au tréfonds de son être. Elle avait été cette petite chose répugnante pendant plus de trente ans.

Jusqu'à ce qu'on frappe à sa porte par une nuit pluvieuse de Londres, à peine un mois auparavant. Jusqu'à ce déclic, audible, devant le restaurant, aujourd'hui, quand le passé et le présent s'étaient télescopés. Jusqu'à cet instant.

Mais c'était fini. Elle ne serait plus jamais cette femme. Plus jamais !

René poursuivit :

— Vous croyez peut-être que vous pouvez ruiner ma réputation, me faire passer pour un collaborateur ? Vous vous leurrez. Je suis un homme honorable, à Grasse. J'y ai des amis puissants. Vous, vous êtes une vieille bique complètement piquée, que le chagrin a rendue folle. De nous deux, qui pensez-vous que l'on croira ?

La voix de Charlie s'éleva soudain, glaciale :

— Vous êtes celui qui a communiqué les informations concernant Oradour-sur-Glane.

Alarmée, Eve l'implora du regard. *Ne dites rien, ne vous faites pas remarquer*... Mais elle continua, le regard étincelant de fureur :

— Vous êtes responsable de la mort de six cents personnes. Je me fiche de vos puissants amis, espèce de vieux salaud ! La France, elle, ne vous le pardonnera jamais.

Le regard de René s'attarda sur le petit visage furibond.

— Qui est cette jeune dame, Marguerite ? J'imagine que ce n'est ni votre fille ni votre petite-fille. Vos vieilles entrailles desséchées n'ont sûrement jamais rien produit d'aussi joli.

Sans répondre, Eve regarda Charlie et sentit son cœur se gonfler d'une émotion nouvelle. Peut-être de l'amour ?

— Appelez-la Mercure, René. Le messager ailé qui est venu frapper à ma porte. Elle est la raison de ma présence ici. Elle est la raison pour laquelle, cette fois, vous ne vous en tirerez pas. Elle est celle qui vous perdra.

Levant sa flûte de champagne, elle poursuivit :

— Je vous présente Charlotte St Clair.

L'air soudain perplexe, il fronça les sourcils.

— Ce nom ne me dit rien.

Les doigts crispés si fort sur sa flûte qu'Eve s'étonna qu'elle ne se brise pas, Charlie persifla :

— Celui de ma cousine vous dira sans doute quelque chose. Rose Fournier, appelée aussi Hélène Joubert. Elle était blonde et jolie. Et elle a travaillé pour vous à Limoges. Mais vous l'avez fait tuer, sale fils de pute ! Vous l'avez dénoncée à la Milice parce que vous aviez peur qu'elle vous espionne et elle est morte avec les martyrs d'Oradour-sur-Glane.

Le serveur se présenta avec les *rillettes de canard** et repartit. Sans cesser de la dévisager, René déplia sa serviette, l'air pensif. Puis, flegmatique, il étala le pâté sur un toast et le dégusta avec un nouveau petit bruit appréciateur.

— Je me souviens d'elle, déclara-t-il enfin. Une petite garce qui écoutait aux portes. Je n'aime pas les serveuses bavardes. On ne peut pas dire que je ne retiens pas les leçons du passé, ajouta-t-il avec un coup d'œil à Eve.

— Pourquoi ne vous êtes-vous pas contenté de la renvoyer ? Pourquoi l'avez-vous dénoncée ?

— Juste pour me couvrir. Et, pour ne rien vous cacher, parce que cela me faisait plaisir. Je nourris une véritable aversion pour les espionnes. Mais j'espère que vous ne me tenez pas pour responsable de la mort du village entier. Ce serait un manque de logique étonnant. Comment voulez-vous que je sois pour quelque chose dans la décision d'un général allemand qui a choisi d'ignorer aussi abusivement la procédure ?

Charlie murmura :

— Je vous blâme pour la mort de ma cousine. Vous ne saviez même pas si elle faisait partie de la Résistance et vous l'avez quand même dénoncée. Elle était sans doute innocente, mais vous vous en fichiez, salaud !

Prenant un autre toast, René la rabroua :

— Du calme, petite. Laissez parler les grandes personnes. Une autre flûte de champagne, Marguerite ?

Pour toute réponse, Eve finit son verre et se leva.

— Nous avons terminé. Venez, Charlie.

Secouée de tremblements, cette dernière se raidit. Eve connaissait par cœur la sorte de rage qui l'habitait. Elle savait que la jeune Américaine ne rêvait que d'une chose : se jeter sur l'homme qui leur faisait face et l'égorger avec le couteau à beurre. Et combien elle la comprenait !

Patience, Ricaine. Patience.

— *Charlie* !

Sa voix claqua comme un coup de cravache. Visiblement ébranlée, elle céda, finit par se lever et regarda René, imperturbable. Assis devant ses rillettes, il avait les lèvres maculées de graisse de canard.

— Nous n'en avons pas fini avec vous ! lança-t-elle.

L'ignorant, il s'adressa à Eve :

— Si, nous en avons fini. Si je vous revois, vieille bique, ou si j'apprends que vous essayez de trouver ma maison et de porter atteinte à ma réputation, je vous ferai arrêter pour harcèlement. Je vais vous effacer de ma mémoire et retourner à une vie dont vous aurez disparu à jamais.

— Vous penserez à moi sans arrêt. Mon souvenir vous ronge chaque jour. Parce que je suis la preuve vivante que vous n'êtes pas aussi intelligent que vous le croyez.

Ses yeux lançant des éclairs, il rétorqua :

— Vous êtes une renégate qui a trahi les siens grâce à une cuillerée d'opium.

— Mais vous m'avez crue aveuglément quand je vous dupais et c'est ce qui vous dévore depuis trente ans.

Son masque tomba enfin. Les traits déformés par la rage, il la fusilla du regard, regrettant visiblement de ne pas pouvoir la voir s'écrouler, morte. Elle esquissa un lent sourire méprisant. Immobiles, dans un silence chargé de haine, ils se défiaient du regard, suscitant la curiosité des serveurs. Manifestement, il ne s'agissait pas là des joyeuses retrouvailles auxquelles ils avaient cru assister.

Puis, prenant l'un des toasts de René qu'elle dégusta lentement, elle déclara :

— *Au revoir**. « Je dois m'allonger au pied des échelles qui montent de l'infâme bric-à-brac qu'est un cœur. »

— Ce n'est pas Baudelaire, fit-il remarquer.

— Yeats. Je vous ai dit de trouver un autre poète. Au fond de cet ignoble organe que vous qualifiez de cœur, René, admettez que le retour de votre *Fleur du Mal* vous inquiète.

D'une poigne ferme, elle attrapa Charlie par le bras, se tourna vers la sortie et lança :

— Pensez-y en vous endormant, René !

39

Charlie

Je m'arrêtai devant le restaurant, le souffle coupé, haletante comme si je venais d'émerger d'un nuage toxique. J'entendais encore cette voix métallique me dire qu'il avait dénoncé Rose et l'avait envoyée à la mort, juste pour garantir sa propre sécurité. Que cela lui avait fait plaisir.

Eve me l'avait si souvent décrit. Les yeux fixes, les longs doigts, l'apparence élégante. Mais elle ne lui avait pas rendu justice. Ce n'était pas un homme qui était assis en face de moi à cette table. C'était une vipère à l'aspect humain.

J'avais envie de vomir. Mais elle me dépassa et descendit la rue presque en courant. Je me forçai à la suivre et, me précipitant pour la rattraper, lançai :

— Eve, vous n'êtes pas obligée de courir. Il ne vous poursuivra pas.

— Non, répliqua-t-elle sans s'arrêter. C'est moi qui vais le poursuivre.

L'espace d'un instant, je ne pus que m'en féliciter. En pensant à cet homme, je ne ressentais plus rien du malaise qui m'avait envahie la première fois que je m'étais rendu compte que la vengeance d'Eve pouvait être synonyme de meurtre. Une demi-flûte de champagne en compagnie de René Bordelon aurait suffi à convaincre n'importe qui que, parfois, un homme, même âgé, méritait de mourir.

Mais mon bon sens prenant le dessus sur la fureur qui m'embrumait l'esprit, j'eus soudain le cœur serré d'appréhension.

— Eve, attendez ! Vous ne pouvez pas prendre ce risque, vous...

— Dépêchez-vous !

Elle continuait d'avancer au pas de charge par les rues sinueuses, le regard flamboyant de fureur. Impressionné par son expression féroce, un Français de haute taille s'écarta de son chemin. Mon esprit en ébullition était partagé entre deux décisions : « *Arrête-la* ! » m'ordonnait la voix de la raison tandis que celle de la colère me hurlait : « *Pourquoi* ? »

Alors que j'abordais le dernier tournant, je vis la Lagonda devant notre hôtel, sa carrosserie bleue scintillante. Je poussai un soupir de soulagement. J'avais besoin de Finn. De son calme, de sa logique discrète et, si rien ne marchait, de ses bras implacables pour empêcher Eve de foncer tête baissée à la catastrophe. Mais il n'était pas à côté de sa voiture adorée. À l'intérieur, le réceptionniste me remit un mot de sa part, rédigé à l'encre noire, dans un gribouillis penché.

Eve me lança un regard inquisiteur et j'expliquai :

— Il est sorti boire un verre avec le mécanicien du garage. Ils lui proposent un travail, une histoire de réparation de moteurs.

Elle fonça en direction de l'escalier. Au moment où je tournais les talons pour lui emboîter le pas, le réceptionniste me héla :

— Madame, vous avez un télégramme de Roubaix.

— Je reviendrai le chercher, lançai-je.

Quand je fis irruption dans la chambre d'Eve, elle avait déjà sorti le Luger du tiroir de la table de nuit. À la vue de l'arme, je me figeai.

— Merde ! m'exclamai-je pour la première fois de ma vie.

Avec un sourire sombre, elle retira ses gants.

— Ne me dites pas que vous êtes surprise.

Je pressai mes doigts sur mes tempes douloureuses. Sa fureur était indubitablement en train de prendre le pas sur sa peur.

— Vous allez vous rendre chez lui et l'abattre, alors ? Vous allez attendre qu'il ait fini ses rillettes, puis vous allez arriver devant sa porte et lui mettre sept balles dans le crâne ?

— Oui.

Elle poussa la première balle dans le chargeur.

— « Une charmante petite villa », a dit le serveur. Juste a... après les champs de mimosa sur lesquels donne la rue des Papillons. Ce ne devrait pas être difficile à trouver.

Je croisai les bras.

— Posez ce pistolet, Eve, et écoutez-moi. Que vous réussissiez ou que vous échouiez, vous irez en prison. Vous le comprenez ?

— Je m'en fiche !

— Pas moi, répliquai-je en l'attrapant par le bras. Je veux que ma fille ait une marraine.

Elle referma le chargeur.

— Et moi, je veux voir cet homme mort.

J'étais partiellement d'accord. Mais la vie de Bordelon ne valait pas assez pour sacrifier l'avenir d'Eve. Il avait déjà suffisamment nui à son passé. Et je n'allais pas prendre le risque de gâcher mon propre avenir qui commençait tant bien que mal à se mettre en place en devenant complice d'un meurtre.

—Eve. Arrêtez et réfléchissez.

—J'ai réfléchi, répondit-elle en vérifiant le canon de son Luger. Si je tue René chez lui, il n'y aura pas de témoin. Il ne porte pas d'alliance, il n'a donc ni femme ni enfants pour demander des comptes. J'ai l'intention de laisser son corps pourrir sur le sol de sa maison et d'en ressortir aussi libre qu'un oiseau.

—Au restaurant, on sait que vous le cherchez. Vous leur avez demandé son adresse. Et pas simplement le restaurant d'aujourd'hui, je vous rappelle. Vous avez passé plus d'une semaine à interroger les gens partout dans Grasse.

Peut-être allait-elle apprécier cette logique. Je m'empressai de déployer mes arguments.

—S'il est retrouvé mort maintenant…

—Même si la police nous recherche, comment pourra-t-elle nous retrouver ? m'interrompit-elle. Dans tous les hôtels où nous sommes passés, nous sommes tous les trois descendus sous de faux noms. Y compris ici. En outre, je n'ai pas l'in… l'intention de rester à Grasse assez longtemps pour que l'on se lance sur mes traces.

—Et comment comptez-vous sortir de Grasse si Finn n'est pas là pour conduire ? D'ailleurs, comment allez-vous vous rendre chez René ?

—En taxi, si nécessaire.

Elle parlait d'une voix dénuée de toute émotion, comme si elle allait prendre le thé avec lui. Au restaurant, j'avais senti sa peur malgré son apparence glaciale, j'avais vu ses mains trembler sur ses genoux, sous la table. Mais maintenant, aussi lointaine et impitoyable qu'un aigle en plein vol, elle semblait l'avoir surmontée. Après avoir fourré le pistolet dans sa sacoche, elle retira les escarpins qu'avait portés la respectable Mme Knight pour enfiler ses vieilles sandales.

— Venez m'aider à le tuer si cela vous fait plaisir. Vous avez le droit de le voir mort, vous aussi.

— Je ne vous aiderai pas à assassiner cet homme.

— Vous ne pensez pas qu'il mérite de mourir ?

— Si. Mais je veux pire que la mort pour lui. Je veux le voir démasqué, humilié, emprisonné. Je veux son histoire étalée au grand jour afin que tout le monde sache ce qu'il est vraiment. Cela le tuera à petit feu, Eve. Pour un homme d'un tel orgueil, ce sera la pire punition au monde.

Je pris une profonde inspiration. Je voulais qu'elle m'écoute.

— Allons trouver la police. Nous avons une photo de lui, entouré de nazis, Nous avons votre témoignage. Et, au besoin, nous pouvons faire appel à cette femme de Limoges qui l'a vu abattre de sang-froid ce sous-chef. René Bordelon a peut-être des amis puissants, mais vous aussi. Vous êtes une héroïne de guerre. Les gens vous croiront. Alors dénoncez-le et faites de sa vie un enfer sur Terre.

Pour moi, ce serait suffisant. Voir cet homme en prison, sachant qu'il y aurait été envoyé grâce à Eve, soumis aux insultes publiques de la France du général de Gaulle qui traitait les collaborateurs et les profiteurs comme de la vermine. Plus de champagne glacé, plus de rillettes, juste l'humiliation et la grisaille des interminables journées de prison qu'elle avait endurées.

— Il ne restera jamais en prison, Ricaine ! répliqua-t-elle d'une voix dure. Pour René Bordelon, éviter les con… conséquences est une carrière. Si nous accusons un habitant de la ville, riche et respecté, avec des amis influents, il nous faudra du temps pour prouver nos dires. Du temps dont il profitera pour s'éclipser, car il fuit toujours. Il a fui ses mauvais choix des deux guerres et il va de nouveau s'enfuir parce qu'il sait que je suis après lui. Si je compte sur un mandat d'arrêt, il sera parti avant même que je me présente à sa porte et il se réinstallera quelque part où je ne pourrai jamais le retrouver. Je préfère donc compter sur une balle, ajouta-t-elle en ramassant sa besace.

Cherchant à la calmer, je persistai :

— Ne voyez-vous pas tout ce qui pourrait mal tourner ? Il pourrait facilement vous abattre, ou appeler la police et la regarder vous emmener, menottée…

— Je vais prendre le risque.

Je m'interposai entre elle et la porte et elle me toisa de toute sa hauteur.

— Laissez-moi passer, Charlie St Clair !

La regardant droit dans les yeux, je rétorquai :

— Non.

Elle s'avança vers moi. Sans essayer de la repousser, je l'enlaçai et la retins fermement dans mes bras.

— Vous allez me traîner dans l'escalier ? plaidai-je, au bord des larmes. Je ne vous lâcherai pas, Eve. Je refuse.

J'avais perdu mon frère. J'avais perdu Rose. Il n'était pas question que je perde un autre être aimé.

Elle se raidit, comme si elle s'apprêtait à lutter. Puis soudain, elle s'affaissa. J'entendis un sanglot s'échapper de sa gorge et la sacoche glissa sur le sol. Un long moment, nous restâmes ainsi, Eve pleurant, alors qu'à travers la fenêtre ouverte, le ciel se parait des lueurs pourpres du crépuscule. Avec un soupir de soulagement, je la serrai contre mon cœur.

Quand ses larmes se tarirent, elle ne prononça pas une parole. Elle se laissa persuader de s'allonger, prit le whisky que je lui servis, et j'étalai une couverture sur son corps agité de frissons. Assise à côté du lit, je me mordillais l'ongle, regrettant silencieusement l'absence de Finn. Il savait mieux que moi gérer ses humeurs. Lorsque son souffle régulier m'indiqua qu'elle s'était assoupie, je sortis sur la pointe des pieds et descendis à la réception. Mais personne ne savait où lui et son copain mécanicien étaient partis.

— Votre télégramme de Roubaix, me rappela le réceptionniste.

Je l'avais complètement oublié. Il devait être de Violette. Le cœur battant d'impatience, je le lui arrachai des mains. Même pour un télégramme, le message était laconique.

Mensonge confirmé. Une Mlle Tellier responsable.

J'exultai soudain de joie. J'avais raison. Mes soupçons s'avéraient confirmés. Pour une fois, j'avais entre les mains le pouvoir de réparer le passé. C'était ce dont Eve avait besoin.

Je me ruai à l'étage et me précipitai vers sa chambre.

— Eve, regardez…

Je trouvai la porte béante. Le lit vide. La besace contenant le Luger avait disparu.

Je n'avais été partie que cinq minutes. Elle avait dû se lever et filer à l'instant même où j'étais sortie en catimini, calme et détachée, ses sanglots et ses tremblements oubliés. Un instant glacée de peur, je courus à la fenêtre ouverte et inspectai la rue en contrebas. Sans apercevoir la moindre silhouette efflanquée. *Espèce de sale sournoise! Fripouille!*

L'idée qu'elle m'avait joué un tour et que je m'étais laissé rouler me faisait écumer de rage.

Je connaissais sa destination. Je ne pouvais pas appeler la police ni attendre Finn. La Lagonda était garée le long du trottoir.

Je fourrai le télégramme de Violette dans ma poche, attrapai les clés de la voiture sur la table de nuit de ma chambre et ressortis en trombe.

40

Eve

Eve avait certes joué un sale tour à Charlie.

— Plus vite ! pressa-t-elle le chauffeur de taxi en jetant une liasse de billets sur le siège avant.

Elle se fichait bien de dépenser jusqu'à son dernier franc. Elle n'en aurait pas besoin pour un trajet de retour.

Le taxi accéléra et, assise à l'arrière, les yeux secs, elle savoura le poids rassurant du Luger sur ses genoux. Elle avait eu tôt fait de sécher ses larmes de crocodile. C'était sournois et peu scrupuleux mais, devant Charlie debout, l'air résolu, entre la porte et elle, elle n'avait pu envisager que cette solution. Elle sourit intérieurement. Comme la jeune Américaine était différente de la petite chose agitée, hésitante, qu'elle avait vue pour la première fois sur son seuil.

Je suis désolée, car je sais que je ne te reverrai jamais. Vraiment désolée.

— Vous avez l'air très sérieux, fit remarquer le chauffeur de taxi, jovial. N'avez-vous pas dit que vous alliez rendre visite à un ami ?

— En effet.

— Une longue visite ?

— Très.

Éternelle. En fait, une fois chez René Bordelon, elle n'avait nulle intention d'en sortir. C'était la raison pour laquelle elle n'avait pas peur de la prison. Une femme morte ne pouvait pas être écrouée.

Le Luger contenait sept balles. Six étaient destinées à René, une quantité sans doute nécessaire car les salauds s'accrochaient à la vie. Elle gardait la dernière pour elle.

— Exactement comme vous, Cameron, chuchota-t-elle.

Indifférente aux rues sombres de Grasse qui défilaient derrière sa vitre, elle voyait un gros titre de journal flou. « Mort d'un soldat. » En quelle année était-ce ? En 1922 ? Non, en 1924. Un jour qu'elle souffrait d'une énorme gueule de bois, les mots l'avaient frappée comme un coup de poignard en plein cœur. Ils annonçaient la mort du commandant C.A. Cameron.

À cet instant, elle avait perdu toute notion de ce qui l'entourait. Finalement, sans verser une larme, elle avait réussi à ramasser la page et à la lire, ses yeux la brûlant. Il lui avait fallu un moment pour se rendre compte que le râle étranglé qui s'élevait dans la pièce sortait de sa gorge.

« Disparition du commandant C.A. Cameron du régiment royal d'artillerie, mort à la caserne de Sheffield à la suite d'une blessure par balle. » Le médecin légiste avait conclu au suicide.

Cameron, mort. Cameron avec son regard chaleureux et sa pointe d'accent écossais. Cameron qui avait embrassé ses bleus en lui murmurant : « *Ma pauvre petite, si courageuse.* »

En 1924, ils ne s'étaient pas revus depuis environ cinq ans, depuis cette dernière fois, à Folkestone. Mais ils s'étaient téléphoné quelquefois, en général à l'aube, quand l'un d'entre eux était ivre. Elle savait qu'il était rentré d'Irlande. Il lui avait un peu parlé de son école d'entraînement. Il lui avait annoncé avec nettement plus d'enthousiasme sa mutation comme attaché militaire à Riga…

Mais, au lieu de cela, il s'était fait sauter la cervelle.

L'enquête avait démontré qu'il avait mal vécu l'annulation de sa nomination à l'ambassade de Grande-Bretagne à Riga, due à sa réclusion criminelle.

L'armée l'avait expulsé pour sa vieille faute, avait songé Eve avec amertume. Si, en temps de guerre, la réputation ternie d'un officier n'était pas importante, après, il devenait un embarras.

Une fois de plus, sa voix résonna à ses oreilles, forte et claire, comme s'il avait été assis dans le taxi avec elle: «*Je travaillerai jusqu'à ce que je n'en puisse plus. Ensuite, je suppose que je mourrai. Une balle, l'ennui ou le cognac. Voilà comment nous partons. Dieu, lui, sait que nous ne sommes pas faits pour la paix.*»

— Certes, murmura Eve.

Ce n'était que lorsque le notaire s'était présenté à sa porte, le lendemain, qu'elle s'était totalement effondrée. Il lui avait apporté des documents, l'assurant de sa totale discrétion… Et il lui avait dévoilé que la pension versée sur son compte depuis cinq ans ne venait pas, en fait, du ministère de la Guerre, mais de Cameron. Que l'officier s'était assuré, à l'insu de sa famille, qu'elle continue à lui être versée après sa mort. Il avait même consigné, dans un testament secret, cette donation séparée des fonds qui seraient versés à sa veuve. Le solennel homme de loi lui avait soutenu que c'était un bon investissement qui ne devait prendre fin qu'à sa propre mort.

Après l'avoir chassé en vociférant, elle s'était écroulée et, comme un animal blessé, s'était terrée dans son lit où elle s'était cachée pendant des mois.

Comment avez-vous fait, Cameron ? se demanda-t-elle en regardant son propre Luger. *Le canon sur la tempe ? Sous le menton ? Entre les dents, le baiser de l'acier froid et de l'huile de pistolet comme dernière sensation terrestre ?* Au cours des années suivantes, dans l'épaisseur de la nuit, lorsque sa culpabilité l'empêchait de dormir, elle avait souvent imaginé ces jeux. Avait mimé les étapes du suicide avec son Luger... Mais elle n'était jamais allée jusqu'à presser la gâchette.

Elle n'était qu'une teigne, trop butée. Contrairement à Cameron, son âme n'avait pas une once de romantisme ni de noblesse. Mais, maintenant, alors que le taxi filait à la sortie de Grasse, longeant les champs de mimosa, elle s'interrogeait : si, au lieu d'être de l'entêtement, c'était le destin ? Peut-être la culpabilité et le chagrin ne pouvaient-ils être assouvis qu'une fois justice faite. Peut-être était-ce son entraînement d'espionne impitoyable qui la poussait à décréter qu'en dépit du vieux mensonge de Cameron, un ennemi attendait toujours sa vengeance. Afin qu'elle puisse mettre un terme à sa propre vie.

Eh bien, ce soir, l'ennemi allait mourir. Pour Lili, pour Rose, pour Charlie, pour elle. Ce soir, le combat d'Evelyn Gardiner prendrait fin. Il aurait fallu plus de trente ans, mais il n'était jamais trop tard.

Elle pensa à la dernière balle. Elle savait que Charlie et Finn allaient la haïr pour l'avoir tirée. Mais ils comprendraient plus tard que c'était en partie pour eux qu'elle l'avait fait. Un assassin mort à côté de sa victime les innocenterait totalement. Hormis la coupable, personne ne serait puni. Et tous les deux pourraient partir ensemble, vers le soleil couchant. Qu'ils soient bénis.

—Madame, nous sommes arrivés.

Le taxi s'arrêta devant une très longue allée au bout de laquelle se dressait une exquise villa. Ses murs blancs brillaient au clair de lune, son toit se détachait en pointe sur le ciel sombre. À travers les rideaux, plusieurs fenêtres étaient éclairées. Il était chez lui. Elle aurait été curieuse de savoir combien de temps il était resté à déguster ses toasts aux rillettes après son départ du restaurant avec Charlie. Pas longtemps, soupçonna-t-elle. Ce qui trahissait qu'il avait toujours peur d'elle. *Et pour cause !*

—Dois-je vous accompagner jusqu'au perron, madame ?

—Non, merci. Je vais marcher, répondit-elle en descendant du taxi.

41

Charlie

Chaque fois que j'entendais les vitesses de la Lagonda gémir, je murmurais intérieurement : *Je suis désolée, Finn.* Il faisait maintenant nuit noire. Je n'avais pas beaucoup conduit au cours de l'année précédente et je pouvais à peine atteindre les pédales. La voiture protestait dans les étroites petites rues françaises. *Je te jure que s'il y a la moindre éraflure sur ta carrosserie lorsque j'aurai fini, je me rachèterai.* Les freins grincèrent et je tressaillis.

Je ne conduisais pas particulièrement bien mais j'étais rapide. Je ne tardai pas à sortir de Grasse. C'est alors que les choses commencèrent à se compliquer. Dans une ville entourée d'hectares de fleurs, « après le champ de mimosa » était loin d'être une indication précise. Le croissant de lune montait. Je poursuivais mes recherches, consciente qu'Eve avait de l'avance et que le temps m'était compté. Je la revis en face de moi, dans sa chambre d'hôtel, m'ordonnant de m'écarter de son chemin. Elle ressemblait à un chevalier épuisé qui baissait la visière de son casque pour un dernier assaut : hagarde, grande et maigre, froide, sûre d'elle.

Mon frère avait eu cette même expression la dernière fois que je l'avais vu vivant. Cette expression qui signifiait : « Je suis prêt à mourir. »

Pas Eve, pensai-je. *Je vous en prie. Pas Eve.* Si je la trahissais, si je la perdais, jamais je ne me le pardonnerais.

Dans la rue des Papillons, plusieurs allées menaient à des villas de vacances respirant l'opulence. La première dans laquelle je m'engageai débouchait sur une bâtisse arborant un énorme panneau « À vendre ». La deuxième, sur une maison de famille dans laquelle six enfants entraient pour dîner. Il ne s'agissait manifestement pas du domicile de René. En me penchant en avant, je distinguai la forme sombre d'une autre villa se détachant dans la pénombre. Le cœur battant à toute allure, je me garai aussi près du bas-côté que possible et descendis de voiture. J'avisai une boîte aux lettres et, à la faveur de la pâle lumière de la lune, je pus lire en écriture cursive : « Gautier »

J'avais trouvé la maison. Ne voyant ni taxi, ni le moindre signe d'Eve, je murmurai une prière silencieuse : *Pourvu que je n'arrive pas trop tard.* Je m'élançai vers l'entrée. Un léger parfum de mimosa flottait dans l'air. Le parfum que j'imaginais dans les cheveux de mon bébé. Tout en courant, je posai une main sur mon ventre et j'eus un moment de pure terreur. Non pour Eve mais pour moi. Je n'étais pas la seule qui risquait d'être blessée ce soir.

Mais personne ne serait blessé. D'une façon ou d'une autre, j'allais m'en assurer.

Contournant la bâtisse, je me dirigeai vers la porte à l'arrière.

42

Eve

À la campagne, la plupart des cuisines restaient ouvertes, du moins en temps de paix. Comme l'avait prévu Eve, ce n'était pas le cas chez René Bordelon. Elle posa sa besace et tira deux épingles de son chignon. Même si ses leçons de crochetage de serrure à Folkestone étaient loin, c'était un jeu d'enfant : il suffisait d'une première épingle à glisser à l'intérieur et d'une autre pour tourner délicatement la gorge. Néanmoins, les manipuler de ses doigts détruits lui demanda de longues et angoissantes minutes. Si elle n'avait pas eu affaire à une très vieille serrure qui ne présentait aucune résistance, elle aurait peut-être échoué. Quand, enfin, elle entendit le déclic et qu'elle poussa la porte, elle dut s'arrêter un moment pour reprendre son souffle et se calmer. Elle ne comptait pas tirer le cœur battant, la main tremblante. Elle n'aurait pas de seconde chance. Quand elle se fit assez confiance pour entrer, elle sortit son Luger de sa sacoche qu'elle laissa sur le seuil.

À l'exception des tables à tréteaux et des casseroles de cuivre qui, aux murs, reflétaient la lune, la grande cuisine de campagne était vide. Elle traversa la pièce plongée dans la demi-pénombre et tourna la poignée de la seconde porte, qui émit un petit craquement. Une nouvelle fois, elle se figea et tendit une oreille anxieuse.

Pas un bruit.

Elle longea un couloir aux murs tapissés de peintures à l'huile et au plafond orné de lustres. Un épais tapis assourdissait ses pas. Les goûts luxueux de René l'accompagnaient encore une fois alors qu'elle s'apprêtait à mettre fin à ses jours. Des notes de piano flottaient dans l'air. Un instant, elle pencha la tête pour écouter puis, tournant dans un corridor sur sa droite, se dirigea furtivement vers la musique, qui se fit plus forte. Exubérante. Décidée. Debussy. Elle esquissa un sourire.

43

Charlie

— Non, chuchotai-je. Non…

La porte de la cuisine de la villa était grande ouverte. La besace d'Eve gisait sur les marches. Je la fouillai. Pas de Luger. J'arrivais trop tard.

Pourtant je ne perçus ni éclats de voix ni coups de feu. La maison était aussi silencieuse qu'avant l'explosion d'une grenade.

Je voulais me précipiter en hurlant son nom. Mais j'étais maintenant sur le territoire de René Bordelon. Et s'il ne se doutait toujours pas de ce qui l'attendait, je ne voulais pas réveiller cette vipère. Peut-être n'était-il plus capable de se défendre. Eve l'avait-elle déjà tué ? Le sang me battant aux tempes, ma voix intérieure me pressait de fuir, de nous protéger, mon Bouton de Rose et moi, de ne pas m'enfoncer plus loin dans ce nid de guêpes. Mais je devais aller rejoindre mon amie. Je continuai à avancer.

Je traversai une cuisine sombre, franchis une porte entrouverte. Elle donnait sur un long couloir silencieux qui respirait l'opulence. Mon cœur battait la chamade. Je perçus des notes de musique étouffées. Étaient-ce des bruits de pas que j'entendais ? Dans l'obscurité, l'air semblait vibrer. Je me dirigeai au son de la musique et, alors que le couloir tournait en angle vers le bureau, je les vis, l'arche de la large porte les encadrant, comme un tableau.

La silhouette d'Eve se découpait à contre-jour sur le flot de lumière s'échappant de la pièce qui était la copie conforme de celle qu'elle m'avait décrite à Lille : des murs tendus de soie verte, un disque qui tournait sur un gramophone, une lampe Tiffany qui scintillait des couleurs des plumes d'un paon. L'Anglaise braquait son Luger sur René qui, dans une chemise d'un blanc immaculé, le dos tourné à la porte, debout devant une valise ouverte, ne se rendait compte de rien. Il était trop tard pour que j'ose intervenir. Le cœur battant la chamade, je restai pétrifiée.

Eve et moi ne faisions pas un bruit. Mais son vieil instinct de serpent dut se réveiller car, sans crier gare, Bordelon se retourna. Visiblement prise au dépourvu par sa soudaine réaction, elle pressa la gâchette avant que le canon du pistolet soit totalement levé. La déflagration résonna sur le manteau de marbre de la cheminée et je sentis mes oreilles siffler. René fourragea dans sa valise. Son visage n'exprimait ni surprise ni peur. Simplement une haine féroce, vénéneuse. Il leva un objet en direction d'Eve qui, simultanément, tendit le bras. La scène se déroula aussi lentement que si elle avait été figée dans le temps : deux Luger à l'horizontale, deux gâchettes pressées, deux coups de feu.

Un seul corps s'affaissa.

Celui d'Eve.

Après ce moment qui m'avait paru interminable, tout se précipita. Le Luger tomba sur le sol en un bruit retentissant et son long corps osseux s'affaissa sur le tapis. Je m'élançai du couloir mais Bordelon me prit de vitesse. Il fit un pas en avant et, d'un coup de pied, envoya l'arme d'Eve dans un coin du bureau. Je voulus me jeter sur lui pour l'empêcher de tirer de nouveau mais il recula, son propre pistolet braqué sur moi.

— À genoux ! m'ordonna-t-il.

Tout était allé si vite. À mes pieds, Eve émit un son étouffé, ses mains infirmes agrippant son épaule gauche. Je m'agenouillai à côté d'elle, pris ses doigts et sentis le contact chaud de son sang.

— Eve, non, non !

Ses yeux ouverts s'étaient voilés. Elle battait lentement des paupières.

— Bon sang de bon sang ! s'exclama-t-elle d'une voix stridente.

Sur le gramophone, le disque s'arrêta dans un sifflement. J'entendais le bruit rauque de nos respirations mêlées, la mienne saccadée, celle d'Eve haletante, celle de René Bordelon bruyante et rapide. Il nous regardait depuis l'autre côté de la pièce qui sentait la fumée de pistolet. Un filet rouge coulait lentement sur son col d'un blanc immaculé. La moitié de son oreille pendait à un bout de chair et je sentis un rugissement silencieux naître en moi.

Les yeux plongés dans le trou noir sans fond du canon du Luger me visant entre les yeux, une pensée me traversa l'esprit : *Eve a manqué sa cible de si peu.*

Agitant son arme, il lança :

— Pousse-toi par là, jeune fille. Éloigne-toi de cette vieille garce.

Les mains pressées sur la blessure de mon amie, je rétorquai :

— Non.

Je n'étais pas infirmière mais je savais qu'elle avait besoin d'un bandage, de pression. Et qu'il allait s'assurer de ne pas les lui procurer, de la laisser mourir. Néanmoins, je répétai :

— Non !

Il tira un nouveau coup, m'arrachant un cri alors que le chambranle de la porte se fendait en éclats.

— Laisse-la et glisse-toi le long de ce mur. Par là.

D'une voix hachée mais claire, Eve renchérit :

— Faites ce qu'il vous dit, Ricaine !

Mes doigts étaient si serrés sur son épaule que je dus me forcer à les déplier. Elle avait les mains ensanglantées. Lentement, implacablement, le sang s'échappait de la blessure ouverte, et coulait sur son torse. Toujours visée par l'arme de René, je m'éloignai et m'adossai à une haute bibliothèque, mais les yeux de l'ordure restaient rivés sur Eve. Elle parvint à se redresser à moitié assise contre l'encadrement de la porte. La douleur qu'exprimait son regard vitreux n'était sûrement pas liée à sa blessure. Mais au fait de le voir toujours debout.

Le dégoût qu'il exprimait semblait dire : « J'ai échoué. J'ai échoué. »

Mais c'était moi qui avais échoué. Je n'avais pas été capable de la protéger.

— Retirez vos mains de votre blessure, Marguerite. Je vais vous regarder mourir et je veux que rien ne vienne ralentir votre mort.

La voix de René n'avait plus son timbre inexpressif et calme du restaurant.

— Ça risque de durer un moment, répondit-elle en jetant un coup d'œil à sa plaie. Une balle ne peut rien toucher de bien vi… vi… vital dans une épaule.

— Vous allez quand même vous vi… vi… vider de votre sang, mon chou, ironisa-t-il, imitant son bégaiement. Je préfère. Ce sera une mort plus lente.

Eve enleva ses mains rouge carmin de la tache sombre qui grossissait. À sa vue, je sentis ma gorge se nouer. C'était une simple blessure à l'épaule et, pourtant, elle lui serait fatale. Assis dans cet élégant bureau, lieu de tous ses pires cauchemars, nous allions la regarder s'éteindre à petit feu.

Ignorant sa blessure, René semblait fasciné par ses mains déformées.

— Vous portiez des gants, cet après-midi, fit-il remarquer. Je voulais voir à quoi elles ressemblaient après tout ce temps.

— Pas jolies jolies !

— Oh, je les trouve ravissantes. J'ai créé un chef-d'œuvre.

— Vous pouvez jubiler autant qu'il vous plaira, mais laissez partir la fille, lui dit-elle en me montrant d'un mouvement du menton.

— Mais elle est ici, l'interrompit René. Et comme je n'ai aucun moyen de savoir ce que vous lui avez raconté ni quels ennuis elle pourrait m'attirer, elle aussi va mourir. Une fois que vous serez passée de l'autre côté, je m'occuperai d'elle. Méditez cela tandis que vous saignez à mort, Marguerite. Je peux voir qu'elle compte pour vous.

Assise, les bras croisés sur mon ventre qui s'arrondissait, j'étais glacée de terreur. Je n'avais pas vingt ans et j'allais mourir. Et mon Bouton de Rose ne verrait même pas le jour.

— Vous ne pouvez pas vous permettre de la tuer, René. Je suis peut-être une vieille chouette épuisée, sans amis, sans fa… famille pour partir à ma recherche. Mais elle a des amis et une famille et ils ont de l'argent. Si vous la tuez, vous allez vous retrouver dans un pétrin inimaginable, même pour vous.

Malgré ce qu'il devait lui en coûter, Eve s'exprimait d'une voix égale, dégagée.

René marqua une pause et mon cœur faillit s'arrêter de battre.

— Non, finit-il par dire, en portant une main à son oreille blessée. Vous êtes entrée par effraction chez moi et vous avez essayé de me cambrioler, un vieil homme frêle, vivant seul. J'ai réussi à riposter en vous tirant dessus. Bien entendu, dans le noir, je ne pouvais pas me douter que vous étiez des femmes. Encore moins les deux femmes qui m'avaient abordé au restaurant aujourd'hui. Après avoir tiré, j'ai dû m'asseoir parce que j'ai eu des palpitations, et quand, enfin, j'ai pu téléphoner à la police, vous étiez mortes toutes les deux. Hélas ! Les gens d'ici sont des gens simples, des gens de la campagne. Ils ne montrent aucune indulgence envers les intrus.

Je sentis tout espoir m'abandonner. Même si je n'étais pas totalement sûre qu'il s'en sortirait aussi facilement que ça. Le personnel du restaurant pouvait certainement témoigner qu'il nous connaissait… mais il pouvait brouiller les pistes assez longtemps pour fuir en cas de nécessité. Il était évident qu'il s'y était déjà préparé. Sa valise le prouvait. Eve avait raison. René Bordelon fuyait toujours les conséquences. Il avait fui les conséquences de deux guerres et, avec de l'argent et de la chance – deux facteurs dont visiblement il n'était jamais à court –, cette fois encore, selon toute probabilité, il pourrait s'éclipser.

Il devrait d'abord me passer sur le corps ! Je faillis partir d'un rire hystérique. C'était exactement la façon dont cela se déroulerait. Eve allait mourir, puis viendrait mon tour. Et il enjamberait nos deux cadavres. S'il y avait réfléchi plus clairement, il m'aurait sans doute déjà abattue. J'étais jeune et vigoureuse, je représentais toujours une menace physique. Mais il avait l'esprit un peu confus. La femme qui l'avait humilié, dupé, était en train de mourir sous ses yeux. Jusqu'à ce qu'elle ait laissé échapper son dernier souffle, elle représenterait tout pour lui et moi je serais comme invisible. Il la dévorait des yeux.

— Vous pen… pen… pensez que vous pouvez abattre une inconnue qui vous regarde droit dans les yeux en lui tirant une balle en plein front, René ? continua à argumenter Eve. La seule fois de votre vie où vous avez pressé une gâchette, c'était pour abattre un homme dans le dos.

Son sang coulait maintenant plus vite.

Je ne doutais pas un instant qu'il puisse me tuer de sang-froid. À l'époque où elle l'avait rencontré, il était peut-être trop méticuleux pour faire le travail lui-même. Mais il n'était plus le même homme.

D'une petite voix, je murmurai :

— Eve, ne parlez pas. Gardez vos forces.

— Pour quoi ? lança René, l'air méprisant. Pour être sauvée ? Je peux vous assurer que personne n'a entendu les coups de feu. Le premier voisin est au moins à deux kilomètres.

« *Sauvée.* » Mes pensées dérivèrent soudain sur Finn à qui j'avais laissé un message hâtif à la réception de l'hôtel, lui indiquant où nous étions parties, pour le cas où les choses tourneraient mal. Eh bien, elles avaient vraiment mal tourné ! Une image fugace me traversa l'esprit : il s'était précipité dans la nuit pour se lancer à notre rescousse. Mais le destin ne serait sans doute pas si clément.

D'une main, il tira sa pochette et, la pressant sur son oreille, déclara :

— Je peux vous assurer que je n'aurai aucun scrupule à tirer sur cette petite Américaine. Mon bureau est déjà fichu. Un peu plus de sang sur les murs ne fera aucune différence.

Avec une bouffée d'angoisse, je plaidai intérieurement : *Rose, que puis-je faire ?* J'ignorais si je posais la question à ma cousine ou à ma fille. Je survolai les lieux du regard en quête d'une arme, mais le pistolet d'Eve gisait au milieu du parquet. Je levai alors la tête vers la bibliothèque derrière moi et avisai des chandeliers, trop haut, trop loin. Il aurait tiré avant que j'aie eu le temps de me relever. Mais, plus près, sur l'étagère du milieu…

— Épargnez-la, René.

J'entendis à peine Eve plaider. Sur l'étagère du milieu, juste au-dessus de ma tête, je distinguai une forme blanche. Un buste miniature qui regardait la pièce de ses yeux vides. Même si je ne l'avais jamais vu auparavant, j'étais presque sûre de le reconnaître.

Baudelaire.

— Je dois avouer que je ne pensais pas que vous trouveriez ma villa si facilement, poursuivit René. Qui vous a donné l'adresse, Marguerite ?

Il s'avança d'un pas alerte, comme si toute cette action soudaine avait agi comme un électrochoc sur son corps long et mince.

— Je peux soutirer des informations à n'importe qui, René. Ne vous l'ai-je pas p… prouvé ?

La rage lui déforma instantanément le visage. Combien il était ridicule de laisser une erreur qui remontait à des décennies vous consumer de fureur. Cependant, sa colère était utile. Elle pouvait se retourner contre lui. Une dernière fois, j'estimai du regard la distance qui me séparait du buste au-dessus de moi. Si j'étais assez rapide, je pouvais l'atteindre en un geste ample.

— « Et l'obscur Ennemi qui nous ronge le cœur, du sang que nous perdons croît et se fortifie ! » cita René. Il s'avère que l'obscure ennemie n'est pas aussi dangereuse qu'elle pensait l'être.

— Si, elle l'est ! m'exclamai-je. Votre ennemie cachée n'est pas Eve, vieille ordure ! Votre ennemie cachée, c'est moi.

L'air surpris, il se tourna vivement vers moi. Comme s'il avait même oublié ma présence. Résistant à mon envie de me jeter sur lui et sur l'arme qu'il brandissait dans ma direction, de mon air le plus méprisant, le plus indifférent, je le défiai du menton. Pourtant, jamais je ne m'étais sentie aussi concernée.

— Taisez-vous, Ricaine ! grommela Eve.

Le visage exsangue, elle transpirait. Pour combien de temps en avait-elle ? Je n'en avais pas la moindre idée.

Je devais attirer René près de moi. Eve m'avait dit un jour que s'il était un brillant planificateur, il était incapable d'improviser. Je devais le pousser à agir de façon précipitée et je savais que je le pouvais. Je ne l'avais peut-être jamais rencontré avant ce jour mais, grâce à elle, je le connaissais parfaitement.

Lui décochant mon regard le plus dédaigneux, je répétai :

— L'ennemie, ici, c'est moi. Je suis celle qui a trouvé votre restaurant à Limoges. Celle qui a retrouvé Eve. Qui l'a entraînée à faire toute cette route depuis Londres. Moi. Vous qui vous croyiez si malin d'avoir démarré une nouvelle vie, il a suffi à une étudiante de passer quelques coups de téléphone pour vous débusquer.

D'une voix glaciale, il riposta :

— Silence !

Oh, combien j'aurais aimé me taire ! Mais cela ne nous aurait pas sauvées, Bouton de Rose et moi. Ou je prenais le risque de le provoquer, ou j'attendais passivement de mourir après Eve.

— Je ne reçois pas d'ordres d'un imbécile de votre sorte, lâchai-je, sentant une goutte de sueur froide me couler dans le dos. Votre obsession de Baudelaire est d'un ennui mortel. Elle vous rend si facile à pister. Vous n'êtes pas tellement malin, vous êtes parfaitement prévisible. Si vous n'aviez pas appelé votre restaurant du même fichu nom deux fois de suite, vous seriez encore en train de dîner au champagne, à cette minute précise, au lieu de faire vos bagages pour prendre la fuite. Pour la troisième fois de votre misérable vie qui n'est qu'une suite de clichés.

— Silence, j'ai dit !

— Pourquoi ? Pour que vous puissiez parler ? Vous adorez parler. Toutes ces choses que vous avez racontées à Eve, juste parce qu'elle vous regardait de ses grands yeux de biche. Vous êtes un bavard, René.

C'était la première fois que j'appelais un homme âgé par son prénom. Mais j'estimais que nous étions arrivés au stade où nous pouvions nous appeler par nos prénoms. Les balles, le sang, les menaces de mort imminente créaient une certaine intimité.

— N'envisagez même pas de me tirer dessus, ajoutai-je en voyant ses lèvres se pincer et son arme vaciller. Mon mari est rentré à Grasse, maintenant. Si vous me tuez, il vous enterrera vivant. Je lui ai laissé un mot. Il est déjà en route. Vous pourriez laisser mourir Eve ici en vous en tirant, mais vous ne pouvez pas m'assassiner de sang-froid.

Bien sûr, il le pouvait. J'essayais juste de brouiller les pistes, de mettre ses nerfs à l'épreuve. Son arme bougea de nouveau. Paralysée de peur, je vis qu'il regardait mon alliance, avant de scruter mon visage. Pour essayer de savoir si je disais la vérité.

— C'est vrai, renchérit Eve. Son mari est un Écossais au caractère bien trempé. Un avocat connu des deux côtés de l'Atlantique.

Même à l'article de la mort, elle pouvait encore mentir de façon éhontée.

— La situation est en train de vous échapper, ajoutai-je. Regardez-vous, debout, comme si vous aviez gagné la partie. Vous l'avez perdue. Vous ne contrôlez plus rien. Laissez-moi partir, laissez-moi panser la blessure d'Eve...

Son regard se posa de nouveau sur moi.

— Cela fait trente ans que j'attends de la voir mourir, petite garce d'Américaine. Pour rien au monde je ne renoncerais à ce plaisir. Quand elle sera morte, je boirai du champagne sur son cadavre et me la rappellerai pleurant sur mon tapis après m'avoir dévoilé ses secrets...

— Elle ne vous a dévoilé aucun secret, foutu menteur !

Froidement, il répliqua :

— Vous ne savez rien. Cette salope pleurnicheuse était une lâche et une moucharde.

Du coin de l'œil, je vis le menton d'Eve tressauter. Sa blessure la plus ancienne, la plus profonde : sa trahison de Lili. Je sentis le télégramme de Violette brûler ma poche. Si seulement il était arrivé un jour plus tôt, j'aurais peut-être pu éviter tout cela.

Même si elle n'en avait plus pour longtemps, il n'était pas trop tard pour qu'elle connaisse la vérité. Implacable, je poursuivis :

— Vous lui avez menti. Même sous l'emprise de l'opium, Eve ne vous a jamais rien livré. L'information qui a fait condamner Louise de Bettignies venait d'une autre source, d'une certaine Mlle Tellier.

C'est ce qu'avait dû apprendre Violette en cherchant dans les archives du procès et en lisant les fragments qui n'avaient pas été entendus par les accusées. Dieu seul savait qui était cette Mlle Tellier. Si nous survivions à cette nuit, peut-être le découvririons-nous.

— Les Allemands avaient déjà tout ce dont ils avaient besoin. Vous saviez donc qu'il était inutile de continuer à torturer Eve et vous avez décidé de la livrer. Mais vous avez fait en sorte de la convaincre qu'elle était la traîtresse.

Je pris une profonde inspiration et poursuivis :

— Admettez-le, René. Eve vous bat. Elle a gagné. Vous avez menti pour lui faire croire qu'elle avait perdu.

Une lueur d'hésitation s'alluma dans son regard empreint de cruauté. En dépit de ma terreur aiguë, je sentis une bouffée de triomphe. Eve se débattait pour s'asseoir, dos au mur. J'étais incapable de savoir ce qu'elle avait assimilé de mes paroles. Le Luger de René se dirigea de nouveau vers elle. *Non, non. Visez-moi, regardez-moi !*

— Quel effet cela fait-il ? insistai-je. Vous avez essayé de la briser et cela n'a pas marché. Depuis le jour où elle a joué au plus fin avec vous, plus rien n'a jamais marché. Elle a fini en héroïne de guerre, décorée, et vous avez fini en redémarrant deux fois une nouvelle vie parce que vous aviez été assez crétin pour choisir le mauvais camp dans deux guerres successives.

Il craqua. Trop en colère pour m'abattre à une distance rassurante, il s'avança. L'homme qui avait tué Rose marchait vers moi, braquant son Luger. Mais je bondis, levai la main vers l'étagère et, après quelques interminables secondes de tâtonnement, je m'emparai enfin du buste de Baudelaire. D'un grand geste circulaire, je frappai le bras de René sans lui laisser le temps de tirer. Déséquilibré, il tituba en arrière et je sentis l'angoisse nouer ma gorge. *Lâchez le pistolet, lâchez-le !* Il dut prendre appui d'un coude sur le bureau, à côté de la lampe, tout en continuant à garder le pistolet dans sa main.

— Charlie ! plaida Eve, d'une voix claire et nette.

Je savais ce qu'elle voulait. Et, déjà, brandissant le buste de marbre, je me ruais vers lui en poussant un râle haineux. De son bras libre, il se protégea la tête. Mais je ne visais pas sa tête. Le buste alla s'écraser dans un ignoble craquement sur les longs doigts fins qui ressemblaient à des pattes d'araignée. J'entendis ses os se briser sous le marbre. Et il hurla, hurla comme Eve avait hurlé quand, une à une, il lui avait brisé les phalanges, hurla comme Lili avait hurlé sur la table du chirurgien à Siegburg, hurla comme Rose avait hurlé quand les premières balles allemandes avaient transpercé le corps de son bébé, puis le sien. Hurlant à mon tour, j'abattis de nouveau le buste sur ces longs doigts, les aplatissant en une bouillie sanglante.

Enfin, il lâcha son arme, qui tomba à terre.

Je me ruais pour la ramasser quand, de sa main valide, René m'agrippa par les cheveux. Criant toujours de douleur, il essaya de me repousser. D'un coup de pied, j'envoyai alors le pistolet, qui glissa sur le sol rouge de sang, vers Eve.

De ses mains ensanglantées, elle le ramassa. Les lèvres serrées par l'effort, elle le braqua, tandis que, m'arrachant à l'emprise du vieil homme, je plongeais à plat ventre.

Avec le plus grand calme, elle visa René Bordelon entre les deux yeux.

Son visage éclata dans une nuée de gouttelettes rouges.

Elle lui tira alors trois autres balles dans la poitrine, les déflagrations résonnant sur les murs.

Il trébucha en arrière, glissa à terre, ses mains détruites s'agitant, comme surpris. Surpris par cette fin qui ne lui permettait pas d'échapper à la douleur, à la vengeance, aux conséquences de ses actes. À des femmes qui ne pouvaient être battues.

Une odeur âcre de fumée de pistolet à laquelle se mêlait celle, plus prégnante, du sang, flottait dans l'air. Un silence de plomb s'abattit sur la pièce. Agrippant toujours le buste de Baudelaire, je me relevai avec peine. J'étais incapable de détacher les yeux du corps effondré de René. Dans la mort, il aurait dû avoir l'air rabougri, vieux. Pitoyable. Tout ce que je voyais, c'était une vieille vipère décapitée qui, jusqu'à la fin, avait craché son venin. Prise d'une soudaine nausée, j'eus envie de vomir. Je me détournai, un bras sur le ventre, et me précipitai vers Eve qui tenait toujours le Luger dans sa main infirme. Dépenaillée, éclaboussée de sang, elle était à la fois superbe et effrayante. Elle esquissa un lent et cruel sourire, comme une Walkyrie se dressant avec un cri de triomphe après avoir décimé une horde d'ennemis.

Le regard toujours braqué sur René, elle déclara :

— Il reste une balle.

Et, sous mes yeux soudain horrifiés, elle porta le Luger à sa tempe.

44

Eve

Le doigt d'Eve se crispait sur la gâchette quand elle fut saisie par une douleur fulgurante. Pas la douleur sourde dans son épaule, où battait son sang, mais une douleur atroce, aiguë, qui lui éclata dans la main. Étranglant ce hurlement de guerrière qu'elle avait poussé en se jetant sur René, Charlie St Clair l'avait visée avec le buste de Baudelaire. Le coup partit, assourdissant ses oreilles qui sifflaient déjà et, son bras déviant de sa cible, se répercuta sur le mur. Étouffant un cri, elle porta sa main blessée et son arme à sa poitrine.

— Espèce de garce de Ricaine ! parvint-elle à dire à travers ses dents serrées. Vous venez de casser, à nouveau, ma foutue main.

— Vu la manière dont vous m'avez faussé compagnie à l'hôtel, vous n'avez que ce que vous méritez.

Charlie se laissa tomber à genoux et, d'un geste aussi rapide que vigoureux, arracha le Luger à ses doigts crochus et le jeta de côté.

— Je ne vous laisserai pas vous suicider.

— Je n'ai pas besoin de me suicider pour mourir.

Le Luger aurait été la meilleure façon. La plus juste. Quand Eve avait braqué le canon éraflé devant les yeux soudain écarquillés de surprise de René, elle avait reconnu le vieux pistolet qu'il lui avait subtilisé des années auparavant. Celui que Cameron lui avait donné. Mais elle n'avait pas besoin d'une balle pour mourir. Elle pouvait périr de sa blessure ici même. Elle n'aurait rien à faire.

— Laissez-moi ! intima-t-elle à Charlie qui essayait d'examiner son épaule.

Lente, constante, la souffrance la dévorait comme un animal.

— Laissez. S'il vous plaît, lâchez-moi.

— Il n'en est pas question ! rugit Charlie.

Ignorant le cadavre à terre, elle se mit à faire le tour de la pièce pour se procurer de quoi la soigner. Elle revint chargée de chemises en lin propres prises dans la valise à moitié remplie de René et d'une carafe de cognac.

— Laissez-moi nettoyer cette blessure. Cela suffira à la désinfecter jusqu'à ce que nous trouvions un médecin.

Eve la repoussa de sa main cassée. Elle souffrait le martyre. Elle revivait cette sensation de sable rouge vif crissant dans ses phalanges. Elle n'avait qu'une envie, se recroqueviller et pleurer, se recroqueviller et mourir. Elle se sentait faible, bouleversée… finie. Elle n'avait plus d'ennemi à tuer. La haine avait été le pilier d'acier qui l'avait maintenue debout. Elle avait maintenant l'impression d'être un escargot privé de sa coquille, vulnérable, démuni. Le moment était venu de tirer sa révérence. Cette fille ne le voyait-elle donc pas ?

Bien sûr que non. Refusant de céder au découragement, Charlie s'affairait à la vitesse de l'éclair. Quand Eve l'avait entendue lancer au visage de René qu'il avait été assez crétin pour choisir le mauvais camp lors des deux guerres, elle avait eu envie d'applaudir. C'était comme si, soudain, Charlie s'était métamorphosée en Lili sous ses yeux, petite femme frêle aussi féroce qu'une louve, à un cheveu du désastre, improvisant et rivalisant d'esprit pour rester en vie. Si Lili avait fini par perdre, ce n'était pas le cas de la jeune Américaine.

— Vous n'avez pas à mourir, plaida-t-elle en pressant un tampon de lin sur son épaule. Eve, vous n'avez pas de raison de mourir.

Elle n'avait pas de raison de mourir ? Mais elle le voulait. À quoi bon continuer ? Elle n'était qu'une infirme imbibée de whisky, une bègue sans avenir. Qui avait vu sa vie détruite par la culpabilité, le chagrin, et par un salaud. Et elle en savait assez sur la justice pour savoir que le fait d'avoir tué René ne suffirait pas à lui adoucir l'existence.

Elle avait dû marmonner certaines de ces pensées à voix haute car Charlie protesta :

— N'avez-vous pas entendu ce que je lui ai dit ? Vous n'avez pas trahi Lili. Les Allemands ont obtenu les informations la concernant par quelqu'un d'autre. Dès l'instant où vous m'avez raconté la manière dont vous aviez été droguée pour les livrer, je me suis posé des questions…

Eve secoua la tête. Elle était au bord des larmes.

— Non, c'était moi.

Il n'y avait pas d'autre possibilité. Son esprit embrumé avait vaguement perçu l'accusation de Charlie. Mais elle avait porté cette culpabilité en elle si longtemps qu'elle était comme gravée dans son âme. Et quelques mots ne suffiraient pas à la faire disparaître.

— L'opium n'est pas le sérum de vérité, Eve ! Il vous a donné des hallucinations mais cela ne veut pas dire qu'il vous a fait parler ! J'ai demandé à Violette de faire des recherches dans les archives du procès, de trouver ce qui avait été dit en l'absence des accusées, et j'avais raison. C'était cette Tellier, une autre prisonnière, qui qu'elle ait été…

Eve continuait à secouer la tête.

— Ne croyez-vous pas que cela vaudrait la peine de chercher à en savoir plus ? En consultant ces archives de procès en personne ? Vous êtes une espionne, vous avez été décorée de l'ordre de l'Empire britannique, et des gens comme le commandant Allenton vous doivent des services ! Appelez Violette afin d'obtenir plus de détails.

— Non, répondit-elle.

— Espèce de fichue garce ! Ne voulez-vous pas vous affranchir de toute cette culpabilité ? Ou allez-vous continuer à vivre avec, aussi têtue qu'une mule ?

Elle planta son regard ardent dans le sien et hurla :

— Ce n'était pas vous !

Les larmes coulèrent sur les joues d'Eve. Plus tôt, elle avait pleuré des larmes de crocodile pour se débarrasser de cette fille, mais celles-ci étaient réelles. Elle pleura longuement, et Charlie la tint serrée contre elle, tandis qu'elle sanglotait contre sa petite épaule pointue.

Puis, la poussant, elle la pressa de se relever.

— Nous ne pouvons pas rester ici. Appuyez-vous sur moi et tenez bien votre garrot.

Eve voulait le laisser tomber, laisser le sang s'écouler. Elle voulait qu'au matin, la police trouve deux cadavres : l'espionne et la source, la captive et son ravisseur, la traîtresse et le collaborateur, enfermés ensemble jusqu'à cette fin amère. Mais…

« *Ce n'était pas vous.* »

À moitié traînée, à moitié soutenue par Charlie, elle s'engagea dans le couloir, le sang gouttant de sa blessure. Elles traversèrent la cuisine obscure et ressortirent dans la chaude nuit provençale. Eve était toujours secouée de sanglots, la douleur dans sa main insoutenable.

—Attendez-moi ici pendant que je vais chercher la voiture, lui ordonna alors son infirmière de fortune. Vous ne pourrez pas parcourir les quatre cents mètres qui nous en séparent.

Elle sursauta. Sur la route, à côté de la forme sombre de la Lagonda, des phares brillaient, l'éblouissant malgré sa vue brouillée.

—La p… p… p…, dit-elle, incapable de prononcer le mot « police ».

D'un geste gauche, elle arracha le garrot de son épaule. Plutôt mourir que de se voir jeter de nouveau en prison.

Mais Charlie s'écria :

—Finn !

Presque aussitôt, la voix familière aux intonations écossaises maugréa des paroles furieuses. Un bras vigoureux lui enlaça les épaules, la soutenant. Quand elle se sentit perdre connaissance, elle pria pour que ce soit la mort. Pour que tout soit fini.

Pourtant, une pensée continuait à tarauder son esprit brumeux : « *Ce n'était pas vous.* »

45

Charlie

Vingt-quatre heures plus tard, nous étions à Paris.

Devant la villa de René, après l'effervescence des explications, la première chose que j'avais dite à Finn avait été : « Eve a besoin d'un médecin. Mais si nous l'emmenons à l'hôpital, elle sera prise. Ils vont inspecter tous les blessés par balle quand ils trouveront… »

J'avais ponctué ma phrase d'un coup d'œil en direction de la maison.

« Je pense que je peux la rafistoler jusqu'à ce que nous soyons sortis de Grasse, m'avait-il répondu. La balle semble n'avoir rien brisé. Elle a perdu beaucoup de sang mais avec un pansement bien solide… »

Il avait imbibé les bandages de fortune de whisky et les avait étroitement enroulés autour de l'épaule de la blessée qui était allongée, inconsciente, sur le siège arrière de la Lagonda.

« *Prise.* » Le mot persistait à résonner dans ma tête. Nous allions être pris. Le laissant s'occuper d'Eve, je m'étais précipitée dans le bureau imprégné de l'odeur du sang et, après avoir enroulé un pan de mon chemisier autour de ma main et évité les flaques rouges sur le sol de façon à ne pas laisser d'empreintes de pas féminins, j'avais renversé la lampe

Tiffany et le gramophone et ouvert grand les tiroirs comme si la pièce avait été mise à sac par des malfrats en quête d'argent. Peut-être la police conclurait-elle à un cambriolage ayant mal tourné. Peut-être... Ma main toujours protégée, j'avais sorti de ma poche la photo de René que nous avions montrée partout dans Grasse, pliée, de façon à ne laisser paraître que son visage. La dépliant de façon à bien mettre en évidence la rangée de nazis arborant leur croix gammée à son côté, je l'avais laissée tomber sur son cadavre criblé de balles.

Une nouvelle nausée m'avait fait chanceler. Mais Finn avait crié mon nom. Sachant que le temps était compté, j'avais fourré les deux Luger et le buste de Baudelaire dans la besace et, après avoir pris le soin d'effacer toutes nos traces, j'étais ressortie en courant. Eve toujours allongée à l'arrière, j'avais ramené la Lagonda à l'hôtel, et il m'avait suivie au volant de la voiture empruntée au directeur de l'hôtel.

La première nuit avait été la pire. Elle avait repris conscience assez longtemps pour entrer dans le hall, son épaule ensanglantée dissimulée sous le manteau de Finn, et passer devant le réceptionniste de nuit qui bâillait. Mais, arrivée en haut de l'escalier, elle s'était évanouie. Il l'avait couchée dans son lit, avait nettoyé et pansé sa blessure avec des draps empruntés à la lingerie de l'établissement. Impuissants, nous avions alors passé la nuit à la veiller. Elle était d'une immobilité effrayante. La vue brouillée par les larmes, j'étais incapable de détacher mon regard de son corps inerte. Finn m'avait prise dans ses bras et m'avait chuchoté :

— Je pourrais la tuer pour t'avoir mise en danger.

— C'est moi qui l'ai suivie, avais-je répondu à voix basse. J'essayais de la stopper. Tout a foiré, Finn. Elle pourrait être arrêtée.

Ses bras se resserrant autour de moi, il m'avait affirmé :

— Nous ne le permettrons pas.

Non. Nous ne le permettrions pas. Dieu sait que j'avais essayé de l'empêcher de tuer René ! Mais une fois le mal fait, il n'était pas question de laisser la police mettre la main sur elle. Elle avait suffisamment souffert. En la regardant, frêle et inconsciente dans son lit, j'avais hoqueté, soudain secouée de sanglots :

— Finn, elle a essayé de se sui… suicider.

M'embrassant sur le crâne, il m'avait répondu, apaisant :

— Nous ne le permettrons pas non plus.

Aux premières lueurs de l'aube, nous avions quitté l'hôtel. Un bras enroulé autour de la taille d'Eve, je l'avais stabilisée sans éveiller en rien la curiosité du réceptionniste, toujours somnolent. En l'espace d'une heure, nous étions loin de Grasse. Finn poussait la Lagonda au-delà de sa vitesse habituelle. En entendant les protestations de l'embrayage, il maugréa :

— Gardiner, vous me devrez une voiture neuve. Je n'arriverai jamais à enlever ces traces de sang des sièges. Quant à ce moteur, il ne sera plus jamais le même.

Son long corps osseux recroquevillé sur la banquette arrière, Eve ne prononça pas un mot de tout le trajet, qui dura une journée. Une fois à Paris, alors que nous longions les eaux sombres de la Seine, toujours muette, elle me regarda lancer le buste de Baudelaire dans le fleuve. Mais ses tremblements convulsifs ne m'échappèrent pas…

J'ignore par quelle prouesse Finn trouva un médecin qui accepta d'examiner sa blessure sans poser de question.

Il la désinfecta, lui fit des points de suture. Après son départ, il m'expliqua :

— On peut toujours trouver ce genre de praticien. Des médecins qui ont perdu le droit de pratiquer, des vieux docteurs de l'armée. Comment crois-tu que les anciens repris de justice se font soigner s'ils ne veulent pas de traces des rixes auxquelles ils se trouvent mêlés ?

Maintenant qu'Eve avait des attelles aux doigts, l'épaule bandée, des antalgiques et d'autres cachets pour combattre l'infection, nous décidâmes de poser les valises. Quand elle ne nous faisait pas subir son caractère de cochon, elle restait d'une apathie inquiétante.

— Elle a besoin de temps pour guérir, déclarai-je. Et Paris est assez grand pour se cacher si quelqu'un…

Si quelqu'un venait fureter dans nos vies, une fois que René aurait été retrouvé. Finn et moi avions la même crainte. Pourtant, pas une fois nous ne l'exprimâmes, ni entre nous, ni devant elle. Nous avions trouvé des chambres bon marché à Montmartre et la laissions dormir, prendre ses cachets et nous insulter parce que nous refusions de lui donner son whisky. Cinq jours passèrent ainsi. Le sixième, Finn tomba sur un titre dans le journal.

« Un ancien restaurateur trouvé mort à la sortie de Grasse. »

Lui arrachant le journal des mains, je dévorai les détails. En venant faire le ménage hebdomadaire, la femme de ménage de René Bordelon avait découvert son cadavre. Le mort était un homme riche qui vivait seul. La pièce était sens dessus dessous. Un certain temps s'étant écoulé, les preuves n'étaient pas faciles à réunir.

Soudain prise de vertige, je posai ma tête sur le journal. L'article ne faisait aucune référence à une vieille femme et à son avocat qui l'avaient cherché partout dans Grasse. Si la police en avait eu vent, aucune enquête ne semblait avoir été lancée. Personne ne cherchait à faire le lien entre une riche veuve américaine et son imposant avoué, à Grasse, et une Anglaise alitée et son chauffeur peu recommandable, à Paris.

— Cinq jours pour le trouver, fit remarquer Finn, pensif. S'il avait eu une famille ou des amis, cela n'aurait pas autant traîné. Quelqu'un aurait téléphoné, se serait inquiété de lui. Mais il n'avait pas d'amis. Personne ne comptait pour lui et il ne comptait pour personne.

— En outre, j'ai laissé la photo bien en vue sur sa poitrine. Celle où il est photographié entouré de ses relations nazies.

Avec un lent soupir, je relus la courte annonce.

— J'ai pensé que si les policiers voyaient qu'il avait été un collaborateur, ils pourraient ne pas trop chercher son assassin. Cambriolage ou châtiment, ils se contenteraient de... laisser courir.

— Petite finaude ! s'exclama Finn en ponctuant son compliment d'un baiser dans mes cheveux.

Je repoussai le journal. La photo de René, obséquieux, souriant, me donnait la nausée.

— Je sais que tu ne l'as pas rencontré, mais tu peux me croire. C'était un monstre.

C'était moi qui, désormais, rêvais de pièces tendues de soie verte résonnant de cris.

D'une voix douce, il avoua :

— Je suis content de ne pas l'avoir rencontré. J'ai vu suffisamment de monstruosités. Néanmoins, je regrette de n'avoir pas été avec vous. Pour vous protéger toutes les deux.

Je me félicitais qu'il n'ait pas été là. Avec son casier judiciaire, il aurait couru le risque de finir derrière les barreaux s'il avait été pris. Au bout du compte, Eve et moi avions pu, seules, régler son compte à René. Mais ne voulant pas froisser sa fierté, je m'abstins d'exprimer mes pensées à voix haute. Au lieu de cela, je suggérai :

— Si nous allions dire à Eve qu'elle ne risque sans doute plus rien ?

— Elle arrêtera peut-être de nous accabler d'insultes.

Eve nous écouta en silence. Mais, au lieu de la calmer, la nouvelle sembla décupler son agitation. Elle tirait sur les baguettes entourant ses phalanges cassées, se plaignait du bandage à son épaule. Je pensais qu'elle allait me harceler de questions sur son procès de 1916, sur les preuves que Violette avait découvertes, à ma demande expresse. Pourtant, pas une fois elle n'aborda le sujet.

Dix jours après sa blessure par balle, je frappai à sa porte le matin avec un croissant pour son petit déjeuner et trouvai son lit vide et un mot sur l'oreiller.

Ignorant les jurons de Finn, furieux, je lus et relus le message laconique.

Je rentre chez moi. Ne vous inquiétez pas.

— « Ne vous inquiétez pas », répéta-t-il en passant une main dans ses cheveux. Où diable est partie cette stupide mégère ? Chez Violette, tu crois ? Pour essayer d'en savoir plus sur le procès ?

Il se rua au rez-de-chaussée pour appeler Roubaix. Mais alors que je regardais fixement le mot, prise d'un autre soupçon, je décidai de fouiller la chambre. Les deux Luger avaient disparu.

Finn ne tarda pas à revenir et annonça :

— Violette jure qu'elle n'a pas vu Eve. Et qu'elle n'a aucune nouvelle d'elle.

— Je crois qu'elle n'est partie ni à Lille ni à Roubaix. Je crois qu'elle rentre chez elle pour mourir, chuchotai-je. Elle est partie là où nous ne pouvons pas l'empêcher d'appuyer sur la gâchette.

Je m'étais bercée du fol espoir qu'en apprenant qu'elle n'avait pas trahi Lili, elle guérirait de cette vieille blessure qu'elle portait en elle depuis si longtemps. Elle avait découvert qu'elle n'était pas une traîtresse et elle avait fait périr son ennemi de sa propre main. Et j'avais supposé que cela suffirait. Qu'elle regarderait maintenant vers l'avenir, qu'elle tournerait la page sur son passé. Mais peut-être que, face à son miroir, sa haine et sa culpabilité maintenant évanouies, elle n'avait plus aucune raison de vivre.

Le souffle court, je déclarai d'une voix saccadée :

— Il faut la rejoindre, Finn ! Il faut retourner à Londres sans attendre.

— Elle n'est peut-être pas en route pour Londres, ma belle. Si elle veut se suicider, elle peut très bien avoir loué une autre chambre à deux rues d'ici, sans que nous sachions jamais où…

— Dans son mot, elle dit : « Chez moi. » Elle n'a habité nulle part ailleurs qu'à Londres depuis trente ans. Si c'est là qu'elle veut mourir…

Non, je vous en prie, non !

Cet ultime trajet sur les routes de France fut bien différent des autres. Sans cette présence acerbe sur la banquette arrière, la voiture paraissait vide, et nous ne fîmes aucun détour par Rouen ou Lille. Mais nous couvrîmes la distance entre Paris et Calais en quelques heures. Puis le ferry nous ramena sur les brumeux rivages d'Angleterre. Et, bientôt, la Lagonda roula péniblement vers Londres. La gorge nouée, je me rendis soudain compte que c'était le jour de mon anniversaire. Je l'avais totalement oublié.

Vingt ans.

À dix-neuf ans, à peine deux mois auparavant, j'étais descendue du train par une nuit pluvieuse avec ma photo de Rose et mes espoirs insensés. Evelyn Gardiner n'avait été qu'un nom sur un papier. Je ne connaissais ni Eve, ni Finn, ni René Bordelon. Je ne me connaissais même pas moi-même. En si peu de temps, deux mois à peine, tant de choses avaient changé. Je caressai mon ventre qui s'arrondissait doucement. J'étais curieuse de savoir quand Bouton de Rose commencerait à bouger.

— N° 10 Hampson Street, marmonna Finn en enfilant les rues criblées d'ornières.

Londres portait toujours les cicatrices de la guerre. Mais, en cette chaude journée d'été, les passants avaient le pas plus alerte, le visage plus joyeux que lorsque j'étais arrivée. Finn et moi étions les seuls à arborer une expression sombre.

— Gardiner, vous avez intérêt à être chez vous !

Chez vous et saine et sauve, priai-je. Parce que si je franchissais le seuil d'Eve et que je la trouvais gisant morte, un pistolet dans sa main raidie, jamais je ne pourrais me le pardonner. « *Je ne vous lâcherai pas* », lui avais-je promis à Grasse. *Je ne peux pas vous perdre. Si je vous perdais…*

Hélas, le n° 10 Hampson Street, était désert. Pas simplement vide. Il y avait un nouveau panneau sur la façade : « À Vendre. »

Charlie

Six semaines plus tard

— Tu es prête ? me demanda Finn.

Je me tournai vers lui pour son inspection.

— Pas vraiment. Suis-je assez imposante pour Park Lane ?

— Tu es une ravissante demoiselle !

— Plus vraiment une demoiselle.

Mon ventre rond souligné par ma robe noire proclamait désormais glorieusement ma grossesse. Même si elle était devenue trop étroite, aujourd'hui, je l'avais enfilée pour me porter bonheur. Elle me conférait l'élégance et la maturité dont j'aurais besoin cet après-midi. Parce que mes parents m'attendaient au *Dorchester*, sur Park Lane.

Depuis mon retour à Londres, ma mère et moi nous étions souvent parlé au téléphone. Quelles qu'aient été ses paroles lors de notre dernière rencontre, c'était ma mère et je savais qu'elle s'inquiétait pour moi.

— Chérie, tu dois bien avoir un projet, avait-elle avancé quelques semaines auparavant. Nous allons nous rencontrer et en parler tous ensemble.

— Je suis désolée mais je ne veux pas rentrer à New York.

Elle n'avait pas protesté. Ce qui était chez elle un signe infaillible de nervosité.

— Dans ce cas, nous allons venir à Londres. Ton père doit s'y rendre pour affaires très bientôt, de toute façon. Je l'accompagnerai, nous nous entretiendrons tous ensemble et nous ferons des projets.

J'avais déjà des projets. Installée dans le petit studio de Finn, je les affinais depuis quelques semaines déjà. Nous nous inquiétions pour Eve chez qui nous allions frapper tous les jours. Mais ce n'était pas juste de notre chère espionne que nous parlions au cours de nos petits déjeuners anglais. Nous discutions de Bouton de Rose pour qui, peu à peu, j'achetais une layette adéquate. De notre futur et de la façon dont nous allions l'organiser. Finn formulait des idées et je gribouillais des chiffres sur mes relevés de compte en banque pour voir comment les concrétiser. Et quand je me présentais avec ma fausse alliance à la main gauche, les banquiers me laissaient retirer mon argent sans pinailler. Mais je n'étais pas sûre que mes parents soient très intéressés par mes projets. Aussi, je me préparai à les entendre m'exposer leur plan et à le refuser. Même si j'étais encore mineure, ils allaient découvrir que je n'étais plus aussi obéissante que je l'avais été. Le fait d'avoir été confronté à un assassin qui vous braquait d'un pistolet rendait soudain les parents bien moins intimidants.

Pourtant, je craignais qu'après m'avoir vue taper du poing, cette rencontre ne tourne au vinaigre, ce que je voulais éviter. En dépit de tout, ils me manquaient. Je voulais leur dire que j'étais désolée d'avoir été une telle source de problèmes, que je comprenais mieux maintenant à quel point la mort de James les avait brisés. Leur montrer combien je tenais à les retrouver.

— Tu es sûre que tu veux que je vienne ? Je n'ai pas fait très bonne impression à ta mère, à Roubaix.

Finn portait le même costume gris charbon qu'à Grasse, quand il s'était présenté sous l'identité de Donald McGowan. *Mon Donald.*

— Tu ne t'en tireras pas si facilement, Finn Kilgore. Allons-y !

Son visage se fendant d'un sourire, il annonça :

— Je vais appeler un taxi.

La Lagonda était retournée au garage. Quand il ne réparait pas les voitures des autres, il travaillait à reconstruire son moteur. Son dernier trajet entre Paris et Londres avait vraiment épuisé la vieille guimbarde. Pourtant, arriver au *Dorchester* en Lagonda m'aurait donné grande confiance en moi. Même si elle n'était plus qu'un tas de ferraille sous son capot, elle restait d'une élégance incomparable.

Je pris mon sublime chapeau noir, une folie que je m'étais offerte parce que je me souvenais d'Eve secouant la tête en évoquant la passion de Lili pour les chapeaux extravagants. Certes, ce nuage de tulle et de plumes était extravagant. Avec un sourire, je le juchai sur ma tête en le faisant pencher sur un œil et l'imaginai approuver : « Très joli, Ricaine ! » Et, comme chaque fois que je pensais à elle, je sentis ma gorge se nouer. L'agence immobilière qui avait mis sa maison en vente n'avait pu nous éclairer en rien. Elle avait reçu ses instructions par télégramme. Impuissants, nous lui avions laissé l'adresse de Finn et l'avions suppliée de nous contacter si elle avait des nouvelles. Et nous étions passés devant le n° 10 Hampson Street aussi souvent que possible dans l'espoir de l'apercevoir. Une semaine auparavant, un panneau nous avait annoncé que la maison avait été vendue.

Où êtes-vous ? Elle semblait heureuse de nous laisser nous interroger. Et si je n'avais pas été si terrifiée à l'idée qu'elle soit morte, j'aurais voulu la tuer moi-même pour la punir de me causer de telles frayeurs.

— Charlie, ma belle ! Viens voir ça, m'appela Finn de la porte.

Intriguée par son intonation étrange, mon cahier à la main, je le rejoignis sur le seuil et restai muette de surprise. Garée le long du trottoir, une magnifique voiture décapotable à la carrosserie grise scintillait sous le soleil du matin.

— La Bentley Mark VI 46, chuchota-t-il, en s'avançant comme un somnambule. Moteur de quatre litres et demi. Suspension avant indépendante à ressorts hélicoïdaux. Arbre d'hélice divisé.

Le regard incrédule, il caressa le garde-boue d'une main.

Mais, si magnifique qu'elle soit, ce ne fut pas la voiture qui fit accélérer les battements de mon cœur. Une grande enveloppe blanche couverte du gribouillis noir familier avait été glissée sous l'essuie-glace. La gorge sèche, je la décachetai et, ignorant l'objet que je sentais au fond, j'en tirai la feuille de papier. Le mot démarrait sans excuses, sans salutations. Quoi de plus naturel ?

Vous avez commencé le processus avec Violette, Ricaine, mais il a fallu que je voie les détails par moi-même pour le croire. Le nom et l'implication de Lili dans le Réseau Alice ont été communiqués par l'une de ses anciennes compagnes de cellule, Mlle Tellier. En échange de sa libération, elle a fait passer aux Allemands cinq lettres et un aveu à la période où j'ai été interrogée par René Bordelon. Une information confirmée non sans difficulté

par les archives du procès, les documents top secret et les autres sources clandestines. Mais confirmée. Autre information confirmée: Tellier s'est empoisonnée après l'armistice.
René a menti. Ce n'était pas moi.
Vous aviez raison.

Je m'aperçus que je pleurais à chaudes larmes. Comme si sa lettre me laissait démunie. Pourtant, c'était tout le contraire. Pendant si longtemps, j'avais écouté la méchante voix intérieure qui me soufflait que j'avais trahi James, mes parents, Rose, que je m'étais trahie moi-même. Mais je n'avais pas trahi Eve. Et peut-être qu'en dépit de la culpabilité qui m'étouffait, je n'avais trahi ni mon frère ni ma cousine. J'avais fait mon possible pour Rose et pour James. Et si je n'avais pas pu les sauver, je n'étais en rien responsable de leur mort. Quant à mes parents, il n'était pas trop tard pour les retrouver… et faire amende honorable.

J'allais désormais pouvoir prendre soin de Charlotte St Clair. Elle avait géré la situation sans espoir dans laquelle elle se trouvait, avait allégé les variables insignifiantes, les Y et les Z sans importance, pour ne garder que X. Et arriver à l'opération très simple: Finn plus elle plus Bouton de Rose. Elle en connaissait exactement le résultat.

Je repris ma lecture de la lettre d'Eve.

Violette m'a écrit. Je suis en route pour Roubaix et nous allons nous rendre sur la tombe de Lili ensemble. Ensuite, je vais voyager. Je serai rentrée à temps pour le baptême. En attendant, je vous dois des perles, et à Finn une voiture.

Finn prit l'enveloppe, la retourna et fit tomber dans sa large paume les clés de la Bentley enchevêtrées à un collier de magnifiques perles laiteuses. Mes perles. À peine rentrée à Londres, j'étais retournée chez le prêteur sur gages mais mon ticket avait expiré et elles avaient été vendues. Pourtant, je les avais retrouvées. Mes larmes ruisselant sur mes joues, je les voyais à peine. La lettre contenait une dernière phrase :

Considérez que c'est votre cadeau de mariage.

Eve

Notre arrivée au *Dorchester* fit sensation. Les portiers, les grooms, les hommes coiffés d'élégants chapeaux et leurs femmes gantées de blanc regardèrent, bouche bée, la Bentley s'arrêter devant la façade de l'hôtel. Elle ronronnait comme un chaton, roulait comme dans un rêve et, enfoncée dans son siège en cuir gris perle, j'avais l'impression d'être sur un coussin de soie. Finn eut toutes les peines du monde à confier la clé au voiturier.

— Merci d'aller la garer. Madame et moi sommes attendus à l'hôtel pour déjeuner.

Puis, la contournant par l'avant, il vint m'ouvrir la portière du passager.

Sous l'auvent, j'aperçus mon père qui balayait la rue des yeux avant d'admirer les superbes lignes de la voiture. Dans une robe bleue à froufrou, ma mère enveloppa Finn d'un regard appréciateur. Le beau costume faisait son effet. Puis, la stupéfaction se peignant sur son visage, elle le regarda me tendre mon élégant chapeau et mes perles.

Glissant mon bras sous le sien, je souris.

— Maman, papa, je voudrais vous présenter M. Finn Kilgore. Nous n'avons encore rien officialisé, ajoutai-je en voyant les yeux maternels se poser sur ma main gauche, mais cela ne saurait tarder. Nous avons beaucoup de beaux projets pour le futur et je souhaite vous y inclure.

Ma mère commença à s'agiter. Mon père fit de même, de façon plus réservée. Finn leur tendit la main et je continuai les présentations. Alors que nous nous avancions tous les quatre vers le somptueux hall du *Dorchester*, je me retournai et, une dernière fois, la vis. Dans sa robe d'été blanche, la brise jouant dans ses mèches blondes, Rose était debout sous l'auvent. Elle me lança ce coup d'œil espiègle que je connaissais si bien et agita la main.

Je fis de même et ravalai la boule dans ma gorge. Puis, souriante, je précédai mes parents et Finn à l'intérieur.

Épilogue

Été 1949

Autour de Grasse, les champs de fleurs, océan de roses, de jasmin, de jacinthes, étaient en pleine floraison. L'air embaumait de leur parfum entêtant et, sur la route qui reliait Cannes à Nice, le ravissant café offrait une halte délicieuse. Le voyageur pouvait y savourer nonchalamment son rosé tout en admirant le paysage vallonné. La femme mince à la natte argentée avait eu le temps de vider plusieurs bouteilles dans l'après-midi. Le visage hâlé, elle portait des bottes et un pantalon kaki, et une multitude de bracelets en ivoire de sanglier à un poignet. Assise dans un coin stratégique, le dos calé contre le mur, elle semblait surveiller les éventuelles lignes de tir. Pourtant, loin de penser aux lignes de tir, elle guettait le flot des voitures sur la route, en contrebas.

— Vous risquez d'attendre longtemps, l'avaient prévenue les serveuses quand elle était entrée d'un pas décidé et avait demandé à voir les propriétaires. Tous les dimanches, Monsieur et Madame montent pique-niquer dans les champs de fleurs. Ils y restent des heures.

— J'attendrai.

Eve était habituée à attendre. Elle avait attendu plus de trente ans pour tuer René Bordelon et, depuis, elle avait passé de longues heures, embusquée sous un soleil de plomb, à attendre le gibier. En tuant René, elle avait eu une révélation : elle aimait chasser, traquer et tuer des gibiers dangereux. Elle n'avait jamais pensé à tuer les timides gazelles ou les gracieuses girafes. Mais les énormes ours sauvages de Pologne ou les lions mangeurs d'hommes dans les villages d'Afrique de l'Est s'étaient avérés être des cibles suffisamment nobles pour les deux Luger huilés et impeccables qui reposaient dans la besace, sous sa chaise. Et ses compagnons de safari se fichaient bien de savoir qu'elle jurait toujours trop, buvait trop et que ses cauchemars la réveillaient encore parfois, tremblante.

Une voiture passa, vrombissante, devant le café-garage, une Bugatti à la capote baissée, pleine de jeunes Italiens bruyants et joyeux, en route pour la côte. À voir la taille du garage visiblement prospère, elle supposait que son emplacement était idéal pour les propriétaires d'élégantes voitures qui, menant grand train, descendaient à vive allure sur la Riviera. La Bentley argent qu'elle avait offerte à Finn y était garée, à côté d'une Peugeot au capot relevé et d'une Aston Martin sur l'élévateur. Les clients du garage devaient attendre au café devant une assiette de biscuits à la confiture de roses et arrosés d'une trop grande quantité de vin, tout en fredonnant la chanson qui passait à la radio. Comme, en ce moment, *Mon légionnaire*, d'Édith Piaf.

Quand, enfin, elle reconnut la voiture qui remontait vers le café, l'après-midi tirait à sa fin : la Lagonda roulait paisiblement, sa carrosserie bleue toujours aussi rutilante.

Souriante, elle la vit entrer dans le garage. Quelques minutes plus tard, Charlie s'avançait dans un pantalon cigarette noir et une blouse blanche, bronzée, ses cheveux courts coiffés en un carré lisse. Un panier de pique-nique dans une main, elle tenait fermement la robe poussiéreuse d'une fillette de l'autre. Eve s'interrogea. Quel âge pouvait bien avoir sa filleule ? Elle n'en avait pas la moindre idée. Dix-huit mois ? Elle ne l'avait pas revue depuis son baptême. Cette petite créature blonde au menton volontaire, aux sourcils froncés par la colère, n'avait plus rien à voir avec le paquet de dentelles brodées de roses et de raisins qu'elle avait tenu sur les fonts baptismaux. Ce jour-là, elle avait fièrement arboré ses médailles et, de son poing de bébé, la petite Evelyn Rose Kilgore avait presque arraché la croix de guerre.

Sans se retourner, Charlie lança :

— Finn, arrête de bricoler. On est dimanche. C'est interdit le dimanche.

La voix familière s'éleva :

— J'ai presque fini. C'est toujours cette vieille fuite d'huile.

— Heureusement que nous ne prenons la Lagonda que pour les pique-niques. Ce n'est presque plus qu'un tas de ferraille.

— Un peu de respect, s'il te plaît, Charlie !

Finn approcha, longiligne, hirsute, son col déboutonné dévoilant sa gorge brunie. Ignorant les regards pleins de convoitise des serveuses, il entoura les épaules de sa femme d'un bras et, de l'autre, souleva sa fille.

— Oh, Evie Rose ! Tu es une belle petite mais tu n'es pas légère ! plaisanta-t-il avec son accent écossais.

L'enfant poussa un hurlement strident.

— Elle est impossible, dit Charlie avec un soupir résigné. Un bébé grincheux moins une sieste : résultat, des colères puissance dix. Ce soir, nous la coucherons tôt.

Eve, qui était installée à la table la plus éloignée, à l'ombre du store, les salua d'une main noueuse. Ils ne l'avaient pas vue. Ses mains attiraient toujours leur lot de regards et n'étaient toujours pas bonnes à grand-chose hormis presser une gâchette. Mais c'était sans importance. Une *Fleur du Mal* qui vivait assez longtemps pour devenir vieille avait le droit d'être un peu usée.

Ses mains en visière, Charlie regarda la silhouette qui s'agitait sous l'auvent. Avec un hurlement de joie, elle se précipita vers elle.

— Vous a… allez vouloir m'embrasser, j'imagine ! maugréa Eve.

Avec un soupir faussement résigné, elle se leva et, souriante, laissa son amie la serrer contre son cœur.

— Fichue Ricaine !

Note de l'autrice

Rares sont ceux qui se souviennent aujourd'hui de Louise de Bettignies, pourtant figure historique. Ce qui est tout à fait injuste. Car il n'est pas nécessaire d'exagérer le courage, l'ingéniosité, la débrouillardise de cette femme, baptisée la Reine des Espionnes, pour faire de sa vie un récit palpitant. Recrutée par un certain capitaine Cecil Aylmer Cameron, qui avait déjà monté des opérations de renseignements à Folkestone et qui savait repérer les talents, l'ancienne gouvernante Louise de Bettignies prit le nom de code d'Alice Dubois (parmi d'autres, même si le surnom « Lili » est le fruit de ma seule imagination) et mit ses facultés linguistiques et ses dons d'organisatrice au service du renseignement. Il en résulta un réseau d'espionnage en temps de guerre d'une efficacité spectaculaire.

Le Réseau Alice était alimenté par les nombreuses sources de Louise qui étaient basées dans la région de Lille. Elles faisaient leurs rapports sur le segment local du front allemand avec une rapidité et une précision qui laissaient l'*Intelligence Service* et l'armée britannique pantois. « Les services rendus par Louise de Bettignies sont inestimables. »

« Une authentique Jeanne d'Arc contemporaine. » « S'il devait lui arriver quoi que ce soit, ce serait une véritable calamité. » Les Allemands étaient tout aussi impressionnés (en dépit de leur fureur) par la remarquable exactitude de ce flot d'informations secrètes, d'une telle efficacité que les nouveaux emplacements de batteries d'artillerie étaient souvent bombardés quelques jours à peine après leur installation. Le Réseau Alice fut également à l'origine d'autres précieux renseignements : la visite du *Kaiser*, dont le train manqua de peu de se faire bombarder ; la préparation d'une attaque sur Verdun, l'un des derniers rapports de Louise (qui, hélas, ne fut pas jugé crédible par le commandement).

La chef du Réseau Alice se déplaçait constamment entre la France occupée, la France libre et la Belgique, transmettant des rapports, rendant visite à ses agents, collectant des informations. Ses méthodes pour les faire passer secrètement (messages codés enroulés autour de bagues ou d'épingles à cheveux, cachés sous des gâteaux dans des boîtes de fer, glissés entre des pages de magazines) sont toutes décrites avec précision. Son courage était remarquable : bravant les projecteurs et les patrouilles armées allemandes, elle avait pour habitude de franchir clandestinement la frontière ennemie dont le sol était jonché de cadavres de réfugiés qui avaient été surpris et abattus. Rien ne pouvait la dissuader, pas même d'avoir vu deux fuyards sauter sur une mine à quelques mètres d'elle.

Peut-être encore plus remarquable était sa vivacité : Louise de Bettignies faisait preuve d'une ingéniosité stupéfiante pour bluffer les gardes des postes de contrôle. Comme la fois où, la voyant jongler avec ses paquets, la sentinelle, exaspérée, finit par la laisser passer. Ou celle où, prétextant une partie de chat perché avec des enfants, elle avait déjoué la surveillance des Allemands pour s'introduire en territoire occupé. Deux incidents véridiques. Tout comme l'extraordinaire anecdote du jour où, en route pour un rendez-vous, elle fut reconnue par un général allemand qui l'avait vue jouer aux échecs lorsqu'elle était gouvernante et qui, galamment, mit sa voiture à sa disposition.

Si Eve Gardiner est un personnage fictif, deux choses à son sujet sont bien réelles. Tout d'abord, son bégaiement. Un handicap contre lequel mon mari a lutté toute sa vie, et son combat est celui d'Eve : les difficultés récurrentes dans la conversation ordinaire, les moments de colère ou de grande émotion qui facilitent l'élocution, la frustration d'être interrompu, ignoré, ou d'être automatiquement catalogué comme un idiot. C'est donc lui qui m'a donné l'idée de faire bégayer ma jeune espionne de la Première Guerre mondiale. Elle en fait un atout, fait de sa faiblesse une arme et l'utilise contre ceux qui la sous-estiment.

L'autre fait réel du personnage d'Eve est son nom de code. Quand, à l'automne 1915, la chance de Louise de Bettignies finit par tourner, une certaine Marguerite Le François fut arrêtée avec elle. Au cours de l'interrogatoire qui suivit, les Allemands ne tardèrent pas à décider que la jeune Marguerite, terrifiée, n'était pas une espionne mais une simple fille de la région qui avait bêtement laissé une inconnue emprunter son laissez-passer à un poste de contrôle. Elle fut relâchée, réprimandée et priée de rentrer chez elle. Louise, en revanche, fut arrêtée et conduite en prison. La véritable Marguerite Le François n'était très probablement qu'une jeune fille candide et parfaitement innocente.

Mais imaginons que cela n'ait pas été le cas ? En lisant le compte-rendu historique de l'arrestation au cours de laquelle les deux femmes furent déshabillées, fouillées et terrorisées, où la jeune Marguerite, en sanglots, s'évanouit, éveillant la pitié des Allemands, tandis que Louise les mit en fureur en avalant un message avant de leur demander un cognac, je n'ai pu m'empêcher de me demander si, pour les deux femmes emprisonnées, menottées par les Allemands, cela n'avait pas été un dernier – et leur meilleur ! – coup de bluff. Ainsi est né le personnage essentiellement fictif d'Eve Gardiner, que j'ai associé au duo historique de Louise et de son principal lieutenant.

Marie-Léonie Vanhoutte – et ses lunettes – a vraiment existé. Elle avait pour nom de code Charlotte Lameron (que j'ai changé pour Violette Lameron car j'avais déjà une Charlotte). Léonie commença par contribuer à l'effort de guerre en tant qu'infirmière pour la Croix-Rouge (même s'il n'a jamais été prouvé qu'elle ait pratiqué des avortements). Peu après, elle fut recrutée par Louise de Bettignies dont elle devint le bras droit dévoué et l'amie loyale. « J'étais prête à la suivre n'importe où car je savais d'instinct qu'elle était capable de prouesses », devait-elle écrire plus tard.

Marie-Léonie fut arrêtée peu de temps avant Louise mais elles furent jugées et purgèrent leur peine de prison à Siegburg ensemble. Louise y mourut d'un abcès pleural. Marie-Léonie survécut. Après la guerre, l'ancienne espionne, doublement médaillée, épousa un journaliste et prit la direction d'un magasin de porcelaine, à Roubaix. Se basant sur les souvenirs de Léonie, son mari écrivit par la suite *La Guerre des femmes*, un mémoire sur le travail de Louise de Bettignies pendant la guerre. Ses témoignages personnels, qui sont d'une précision inestimable, comprennent des descriptions détaillées des opérations du réseau, de l'arrestation de Louise, du procès, et des années à Siegburg, marquées par d'incroyables mauvais traitements et par de rares moments de triomphe. Comme la fois où Louise incita ses codétenues à faire grève en refusant de fabriquer des munitions. *La Guerre des femmes* cite également nombre de ses bons mots* brillants.

Un autre personnage historique du réseau est Antoine, auquel il est brièvement fait référence dans ce livre en tant que faussaire fabriquant les faux papiers de Lili. Le véritable Antoine Le Four était un libraire à l'âme de poète, un expert en contrefaçon d'antiquités. Ce n'est que récemment que ses descendants ont découvert dans ses lettres qu'il a très probablement mis son talent de faussaire au service du Réseau Alice pour lequel il fabriquait de faux documents. D'autres membres de sa famille faisaient aussi probablement partie du réseau, comme sa sœur cadette Aurélie qui escortait des messagers et qui, comme le décrit Violette dans le chapitre 22 aurait été violée par des soldats allemands. Enceinte, elle aurait, d'après les archives familiales, avorté avec l'assistance d'une amie infirmière de Louise de Bettignies, même s'il n'est pas certain qu'il s'agisse de Violette/Léonie. Après l'arrestation de Louise, Aurélie et Antoine semblent avoir continué leurs missions de résistance. Échappant heureusement aux Allemands qui ne les ont jamais arrêtés. Leurs lettres, poignantes, (dont l'une est citée dans les annexes avec l'autorisation de la famille), permettent de prendre toute la mesure des souffrances endurées par les Français et de leur fervent patriotisme.

Le capitaine (puis commandant) Cecil Aylmer Cameron est un autre personnage historique. L'homme, connu de ses sources sous le nom d'oncle Edward, recruta non seulement Louise de Bettignies, mais aussi Léon Trulin, un autre espion français qui devint un martyr après avoir été arrêté et fusillé par les Allemands. Le passé inhabituel de Cameron – son arrestation pour fraude à l'assurance, sa peine d'emprisonnement pour avoir, soi-disant, essayé de protéger sa femme, sa réintégration dans l'*Intelligence Service* pendant la guerre et son suicide après l'armistice – est réel, même si mes spéculations sur les raisons qui l'ont poussé à l'escroquerie, sur l'état de son mariage ou sur la personnalité de sa femme sont purement fictives. Pendant la guerre, Cameron utilisa, entre autres, le nom de code « Evelyn », qui fut le prénom qu'il donna plus tard à son enfant unique.

Tout comme Eve, René Bordelon est un personnage fictif qui est né d'un lambeau de vérité historique. Les profiteurs comme lui ont assurément existé, et ce traître m'a permis de relier les deux guerres et les deux époques. Il est aussi, dans mon roman, l'informateur resté historiquement anonyme qui, pendant la Seconde Guerre mondiale, a communiqué le nom d'Oradour-sur-Glane à la Milice et, par conséquent, aux nazis.

La tragédie du massacre des habitants d'Oradour-sur-Glane reste un mystère. La confusion et les rapports contradictoires abondent : apparemment, un informateur aurait rapporté à la Milice qu'un officier allemand avait été enlevé et exécuté par des membres des réseaux de la Résistance locale. Mais on ignore si le siège de la Résistance régionale se trouvait à Oradour-sur-Glane ou dans le village voisin d'Oradour-sur-Vayres, pour peu qu'il ait même existé.

On ne saura sans doute jamais pourquoi l'officier SS qui commandait le détachement décida de faire massacrer le village entier en représailles (ce qui lui a valu un blâme considérable de ses supérieurs allemands par la suite), ou si un massacre intégral était même son intention première. Selon une autre version, ce furent des explosifs cachés dans l'église d'Oradour-sur-Glane par les membres de la Résistance qui provoquèrent l'explosion qui coûta la vie à tant de villageois. Dans la confusion de la guerre, reste la certitude que presque tous les hommes d'Oradour-sur-Glane furent rassemblés et fusillés dans des granges et dans des bâtiments autour du village, tandis que les femmes et les enfants étaient entassés dans l'église et exécutés.

S'il y eut quelques survivants aux fusillades dans les bâtiments, une seule personne échappa à l'enfer des flammes dans l'église : Mme Rouffanche. J'ai tiré l'histoire de sa fuite quasiment mot pour mot de son témoignage, lors du procès de 1953 au cours duquel les officiers SS survivants et connus pour être responsables de ces crimes furent jugés et condamnés. Il est vrai qu'une jeune mère qui, avec son bébé, tenta de fuir par la fenêtre de l'église à la suite de Mme Rouffanche périt sous les balles. Mais son vrai nom était Henriette Joyeux et non Rose Fournier, comme dans le roman. Aujourd'hui, la ville fantôme d'Oradour-sur-Glane, toujours déserte, est un sinistre mémorial : des bâtiments sans toit dont les murs portent encore les traces des balles nazies, des pendules incendiées arrêtées à 16 heures pour l'éternité, une Peugeot complètement rouillée garée sur le champ de foire. Mme Rouffanche vécut dans le voisinage jusqu'à sa mort.

Finn Kilgore est un personnage fictif, même si son récit de la libération du camp de concentration de Belsen est tiré directement des témoignages du 63e régiment antichar du régiment royal d'artillerie. Charlie St Clair et sa famille sont aussi des personnages de fiction. Mais la sombre situation à laquelle se trouvaient confrontées les jeunes filles enceintes, non mariées, était presque aussi désespérée à son époque qu'à celle d'Eve. Les avortements, illégaux, restaient une solution pour celles qui, comme Charlie, avaient l'argent pour payer une opération sans risques, ou pour celles qui, comme Eve, étaient prêtes à risquer la mort plutôt qu'une grossesse. Pendant la Première Guerre mondiale, de nombreuses habitantes de la zone occupée par les Allemands furent contraintes de faire ces choix difficiles. Pendant mes recherches, je suis tombée sur des lettres déchirantes d'une jeune Française violée par des soldats allemands, implorant le pardon de sa famille parce qu'elle préférait avorter plutôt que de porter l'enfant de ses violeurs.

Pourtant, pour Eve, la réputation sulfureuse des espionnes de l'époque est une épreuve pire encore à affronter qu'une condition de fille mère.

En effet, le métier d'espion n'avait alors rien du glamour que devait lui conférer par la suite le personnage de James Bond ou les films de Hollywood ; il n'était pas considéré comme une activité de gentleman, et encore moins de femme de la bonne société. Si une femme devait se compromettre en devenant espionne, elle devait garder sa réputation intacte. Et il était capital d'insister sur le fait que les sources féminines comme Louise de Bettignies n'avaient pas perdu leur vertu. « Il y avait peut-être des coquettes mais jamais de prostituées. [Elles] n'avaient jamais recours aux habituels stratagèmes féminins pour obtenir des informations », écrivit un biographe de Louise avec le plus grand sérieux sur les femmes du Réseau Alice. En dépit de la dure réalité vécue par Eve et Louise, elles étaient parfaitement conscientes que, dans l'opinion publique, les espionnes ne pouvaient être que des saintes ou des prostituées : des images d'une pureté sans tache comme la martyre Edith Cavell ou des femmes de petite vertu, volages et sensuelles, comme Mata Hari.

Comme toujours, dans l'intérêt de mon récit, j'ai pris quelques libertés avec les archives historiques en déplaçant certains événements et en en condensant d'autres. Les ferries comme ceux qui ont transporté la précieuse Lagonda en France existaient en 1947, même si je n'ai pas pu vérifier qu'il y avait une liaison entre Folkestone et Le Havre. Louise de Bettignies et Marguerite Le François furent conduites à Tournai pour leur interrogatoire, avant la libération de Marguerite et l'arrestation officielle de Louise. À la suite du procès de Bruxelles, quelques jours s'écoulèrent avant que l'on annonce aux deux femmes que leur peine de mort avait été commuée en peine d'emprisonnement.

La question de la condamnation de Louise et des preuves que les Allemands avaient sur elle reste discutable. Durant ses mois d'emprisonnement, elle refusa de livrer la moindre information. Les Allemands finirent par soutirer à Mlle Tellier, sa compagne de cellule, des lettres écrites par Louise. Mais il est difficile de déterminer s'ils y trouvèrent de quoi l'incriminer. Les archives étant contradictoires, je les ai restructurées afin d'apporter un peu plus de clarté à l'affaire. Néanmoins, la culpabilité de Louise de Bettignies reposait sur très peu de preuves concrètes, hormis le fait qu'elle aurait été arrêtée en possession de plusieurs cartes d'identité alors qu'elle essayait de franchir un poste de contrôle avec un laissez-passer emprunté.

J'ai également condensé la narration des événements qui entourent la mort de Louise, en 1918. L'opération des abcès pleuraux eut lieu un peu plus tôt, cette année-là. Elle ne mourut pas immédiatement après l'intervention chirurgicale mais parvint à survivre pendant quelques mois, invalide, un autre exemple de sa remarquable endurance. En effet, d'après

La Guerre des femmes, l'opération dura plus de quatre heures insoutenables, dans une salle sans chauffage, mal désinfectée, de la tristement célèbre infirmerie de Siegburg, théâtre récent d'une épidémie de typhus. Il est impossible de dire si les fonctionnaires de Siegburg l'ont opérée avec l'intention de la tuer ; le manque d'hygiène et de soins médicaux appropriés avait déjà coûté la vie à de nombreux patients, sans malveillance particulière. Mais, assurément, pour les Allemands, Louise était une prisonnière à problèmes. Ils ne lui montrèrent pas beaucoup de compassion à la fin de sa vie. Refusant d'accéder à sa requête d'aller retrouver sa mère, ils l'envoyèrent mourir seule à Cologne, loin de ses loyales amies et de ses compagnes de prison, à Siegburg. Je regrette vraiment de ne pas avoir pu changer le cours de l'Histoire pour offrir à Louise un bien meilleur destin. Les grandes funérailles de Louise eurent lieu en 1920, lorsque son corps fut enfin rapatrié, et non en 1919.

À quelques exceptions près, les femmes espionnes de la Première Guerre sont aujourd'hui tombées dans l'oubli. Si leur contribution à l'effort de guerre fut particulièrement appréciée, quand vint la fin des hostilités la manière de les traiter engendra un certain malaise. Elles étaient perçues soit comme des femmes qui, faisant fi de leur féminité, s'étaient endurcies, les dangers de la guerre les ayant contraintes à adopter des attitudes masculines ; soit comme des femmes gracieuses et délicates, qui, contraintes par le devoir à accepter des tâches dangereuses, n'en restaient pas moins des petites choses fragiles. Et Louise de Bettignies avait beau être admirée, portée aux nues, et couverte de médailles, ses contemporains insistaient beaucoup plus sur sa frêle silhouette, sa féminité et son patriotisme que sur sa force et son courage. « Louise était la féminité incarnée… Elle n'avait rien d'une virago. »

Rien n'avait vraiment changé à la fin de la Seconde Guerre mondiale : Charlie St Clair aurait vu Rosie encouragée à abandonner le combat pour retrouver sa place, dans son foyer. Manifestement, les femmes qui s'engageaient déstabilisaient leurs contemporains. Elles laissèrent néanmoins un héritage. Celles qui, dans les années 1930 et 1940, rejoignirent les services spéciaux pour recevoir des formations d'espionnes contre les nazis avaient comme modèles des héroïnes comme Louise de Bettignies. Et elles n'étaient pas inspirées par leur grâce féminine, mais bien par leur courage, leur ténacité et leur détermination sans faille. Tout comme j'ai imaginé Charlie trouvant son inspiration en Eve. Avec leur volonté inflexible, leur endurance, leur talent, ces femmes, en vraies « Fleurs du Mal », comme je les appelle en référence à Baudelaire, relevaient tous les défis et inspiraient d'autres à suivre leurs traces.

Remerciements

Je tiens à remercier du fond du cœur les nombreuses personnes qui m'ont aidée à écrire ce livre. Ma mère, qui a planché sur un nombre incalculable de complots avec moi au cours de longues promenades et d'interminables conversations téléphoniques. Mon mari, qui a peaufiné le bégaiement d'Eve dans chaque scène et m'a souvent dit : « Tu continues à écrire, je m'occupe du dîner. » Mes merveilleuses critiques, Stephanie Dray et Sophie Perinot, dont les interventions et la perspicacité m'ont été si précieuses. Mon agent, Kevan Lyon, et mon éditrice, Amanda Bergeron. Ma relectrice, Lisa Christie, et son mari Eric pour avoir répondu à mes questions sur les voitures de collection, avoir vérifié les détails mécaniques et m'avoir permis de visiter la merveilleuse collection de voitures anciennes de Henry Petronis. Et, enfin, Annalori Ferrell, dont les talents de bilingue se sont révélés incroyablement précieux pour la traduction de documents français liés à ma recherche et pour l'utilisation de jurons français pertinents. Elle m'a, en outre, donné une vision de l'intérieur sur la Première Guerre mondiale et l'occupation allemande du nord de la France, qu'avait vécue sa famille. C'est avec sa permission que la lettre de son arrière-grand-oncle, Antoine Le Four, est reproduite dans la section « Au sujet du roman ». C'est ce même Antoine ainsi que sa vaillante sœur qui sont évoqués dans ce roman comme membres du Réseau Alice.

Au sujet du roman

Voix du passé : lettres et archives de procès

Les lettres, les archives de procès, les souvenirs... donnent vie aux morts et rendent l'Histoire vivante. Ci-dessous, certaines des voix qui se sont élevées du passé pour inspirer *Le Réseau Alice*.

Extrait d'une lettre, 1916

Louise de Bettignies après son procès, à sa mère supérieure.

Vous savez, ma mère, combien j'ai besoin d'aide et d'intercession près du Bon Dieu pour obtenir sa miséricorde. Ma vie n'a pas été exempte de fautes et je n'ai pas été un modèle de douceur et d'abnégation. Depuis que je suis solitaire, j'ai eu le temps de repasser ma vie ; que de misères j'y ai découvertes ! J'ai honte de moi et du mauvais emploi que j'ai fait de mon temps et de ma santé, de mes facultés et de ma liberté...

La décision du conseil de guerre n'est pas discutable. J'accepte ma condamnation avec courage. Lors de ma mission, j'ai envisagé la mort avec calme et sans effroi ; j'y joins aujourd'hui un sentiment de joie et de fierté car j'ai refusé de dénoncer qui que ce soit et j'espère que ceux que j'ai sauvés par mon silence m'en sauront gré et m'en remercieront par une bonne prière. J'avoue que je préfère la rigueur de ma condamnation au déshonneur de m'être disculpée en dénonçant les personnes qui ont fait leur devoir envers leur pays.

Je vous écris fort à la décousue, ma mère, étant encore sous l'émotion du verdict ; je suis toute brisée et sans forces. Demain, je serai mieux.

Dans chacun des comptes-rendus historiques qui traitent d'elle, la chef du Réseau Alice est décrite comme une personnalité vibrante, aussi courageuse que flamboyante. En 1914, la France devait foisonner de femmes de cette trempe. Des femmes de bonne famille, appauvries, qui mettaient leur instruction et leur éducation à profit pour se tourner vers le métier de gouvernante, ou autre profession liée à leur condition disponible en marge de la société aristocratique. Mais, contrairement aux autres, Louise de Bettignies ne put se satisfaire de soigner les blessés, d'enrouler des bandes, ni de tout autre travail de guerre féminin traditionnel. Elle voulait combattre. Et quel combat ce fut ! Si elle a fait preuve d'un courage remarquable, son humour et son engagement sont encore plus stupéfiants. Sa personnalité est peut-être résumée au mieux par une appréciation faite environ trente ans plus tard sur un correspondant de guerre : « Il était bon soldat et gardait son sens de l'humour en toute circonstance. »

Louise aussi avait cette précieuse capacité de rire du danger. Elle faisait remarquer sur les Allemands : « Ils sont tellement stupides ! On peut leur fourrer n'importe quel papier sous le nez, il suffit d'un peu de culot pour passer comme on veut. » Lorsqu'on la pressait d'être plus prudente, elle riait « Allons ! Je sais que je serai prise un jour. Mais j'aurai servi. Dépêchons-nous de faire de grandes choses pendant qu'il est encore temps. » Un jour qu'on lui demandait s'il lui arrivait d'avoir peur, elle répondit avec un haussement d'épaules : « Oui, comme tout le monde. Mais seulement une fois le danger passé ; avant, la peur est un luxe. » Elle dut avoir ses moments sombres en secret. Quand elle fut condamnée à être enfermée à Siegburg, elle confessa en une prémonition troublante : « J'ai le sentiment que je ne reviendrai jamais. » Pourtant, jamais elle ne laissa la peur la paralyser dans son travail, dont elle s'acquitta à la perfection. Sa mort fut sans nul doute très douloureuse mais elle l'affronta sans ciller, et si elle sentit à la fin qu'elle n'avait pas suffisamment mis à profit son temps et ses facultés, d'autres n'auraient sûrement pas partagé cet avis. Des années plus tard, un membre des services secrets britanniques déclara : « Sans doute, pendant la guerre… seuls un ou deux agents des services spéciaux égalèrent Louise. Personne ne les a jamais surpassés. »

Extrait d'une lettre, 1919
Antoine Le Four après la libération de Lille, à sa sœur.

C'est aujourd'hui une ville hantée, peuplée de fantômes vivants. Nous vivons, nous respirons, nous nous acquittons de notre routine quotidienne, mais la couleur s'est évanouie, peut-être pour toujours. Pour nous qui en avons tant vu, comment le monde peut-il nous apparaître autrement qu'en teintes de gris et de noir ? Nous avons l'impression qu'il n'en a jamais été autrement et, pourtant, nous avons connu un jour la musique, l'art, la vie. Les gens dansaient et chantaient. La vie était belle ici à une époque, petite sœur, et c'est ce souvenir qui a gardé vivants tant d'entre nous. Tant que nous qui avons aimé cette ville refusons d'y renoncer, je crois que cette beauté peut revenir. Je le crois parce que je le dois, car croire la beauté disparue à jamais leur donnerait une victoire que mon cœur refuse. Nous savons que la guerre change tout. Que le changement est inévitable. Mais où est-il dit qu'il doit être éternel? Nous ne pourrons jamais retrouver notre innocence mais nous pouvons reconstruire. Non, nous le devons à nos morts: nous devons reconstruire car seuls ceux qui ont connu notre ville avant la guerre le peuvent. Pour cette raison et pour nulle autre je dois rester. À toi, ma sœur, je te demande de savourer chaque instant et de préserver la beauté qui t'entoure. Car si je prie pour que jamais plus nous ne revivions pareille guerre, je sais à quel point l'Histoire est capricieuse.

Antoine Le Four apparaît brièvement dans ce roman en tant que faussaire pour Louise de Bettignies. Il a réellement existé et vivait à Lambersart, non loin de Lille. Il a écrit à sa sœur environ neuf mois après la fin de la guerre. Ses mots d'une poésie poignante témoignent de l'état de dévastation de la France occupée pendant la Première Guerre mondiale. Ce fut une période d'indescriptible misère et d'oppression et les Français ont vécu pendant des années avec les rappels quotidiens de la vie sous la botte de l'ennemi : les pendules étaient à l'heure allemande, les rues françaises rebaptisées de noms allemands, les pénuries en nourriture et en essence indescriptibles, tout était réquisitionné, les armes, le savon, les rideaux de cuisine.

La menace de la famine, de la prison, des mauvais traitements et des viols était constante. Le legs d'une telle brutalité a projeté ses ombres de la Première Guerre mondiale à la Seconde Guerre mondiale. Il est facile de condamner les Français pour avoir capitulé trop facilement devant les nazis alors que tant d'entre eux portaient encore les cicatrices de la barbarie de la première occupation, se souvenaient encore parfaitement d'avoir dû regarder sans pouvoir réagir les patrouilles allemandes tout leur voler, hormis leur ration de pain quasiment immangeable, de crainte de se voir arrêtés, battus ou fusillés. En l'espace de moins de quarante ans, les Français qui ont survécu non à une, mais à deux occupations brutales, méritent bien plus d'admiration pour leur farouche endurance que celle qu'ils suscitent. « Ceux qui n'ont jamais souffert d'une invasion ennemie sur leur propre territoire ne pourront jamais comprendre ce qu'est vraiment la guerre », écrivit un autre habitant de Lille.

Extrait des archives du procès, 1953
Madame Rouffanche s'adresse à la cour :

« Je demande que justice soit faite avec l'aide de Dieu. Je suis sortie vivante du four crématoire ; Je suis le témoin sacré de l'église. Je suis une mère qui a tout perdu. »

Le massacre des habitants d'Oradour-sur-Glane est une tragédie bien connue en France.

Avec ses pendules brûlées, sa Peugeot abandonnée, ses murs éraflés par les balles, l'angoissante ville fantôme en est, encore aujourd'hui, le témoignage. Mais ce drame n'est pas aussi célèbre à l'étranger, où le tragique destin de ce village fut englouti dans les innombrables rapports sur les atrocités nazies. Les mots de Mme Rouffanche relatant ce chapelet d'horreurs restent une voix obsédante du passé. Elle raconta son histoire souvent, durant sa longue vie, et tout particulièrement lors du procès de Bordeaux, en 1953, où elle témoigna contre les soldats SS jugés pour avoir pris part au massacre. Elle finit sa déposition par l'appel ci-dessus, des paroles qui eurent un impact puissant sur le tribunal. Un spectateur écrivit : « Sa voix, sans la moindre trace de sentimentalité facile, nous arrive, limpide, implacable. C'est Némésis, calme, inexorable. »

Achevé d'imprimer en décembre 2019
Par CPI Brodard & Taupin à La Flèche
N° d'impression : 3036643
Dépôt légal : janvier 2020
Imprimé en France
81122394-1